연행사와 북경 천주당

연행록 소재 북경 천주당 기사집성

신익철 편저

보고사

책머리에

연행사는 조선시대에 명나라와 청나라에 파견된 사절단을 이르는 말이다. 사절단의 구성과 인원은 사행의 종류에 따라서 다르지만 총인원은 200인에서 300인 내외가 되었으며, 사행 기간은 통상 4개월에서 6개월 정도가 걸렸다. 연행사는 북경에서 40일에서 60일가량 머물면서 공적인 활동 이외에 사적으로 중국의 학자들과 접촉해 문화교류를 했고, 서점과 명소고적 등을 방문하였다. 이들이 연행의 체험을 기록한 연행록에는 조선의 울타리를 벗어나 세계와 조우하는 연행사의 의식과 사상이 생생히 담겨져 있다.

17세기를 전후해 밀려온 서세동점(西勢東漸)의 세계사적 조류는 한중일 동아시아 삼국에 커다란 문명적 충격을 주었다. 한중일 세 나라의 근대화는 서학(西學)의 수용과 밀접한 연관 속에서 진행되었는데, 중국과 일본이 서구 문명과 직접 교류하고 있었던 데 비해 조선왕조는 그러한 기회를 갖지 못하였다. 연행사는 북경에 체류하는 틈틈이 천주당을 방문할 수 있었는데, 이는 당시 조선의 지식인이 서양의 문물을 직접 체험할 수 있는 주된 통로였다. 당시 북경에는 천주당이 네 곳 있었으며, 이곳은 유럽의 선교사가 상주하면서 서구의 과학 문명 및 종교를 전파하는 진원지였다.

연행사는 천주당을 방문하여 서양식 석조 건물의 웅장한 자태와 사방 벽면에 그려진 각종 서양화의 사실적 묘사에 놀라고, 파이프 오르간의 음악 소리에 경탄하였다. 그리고 서양 선교사와 대화를 나누면서 서양에 관한 호기심을 충족시키며 각종 정보를 습득할 수 있었다. 북경의 천주당은 하나의 별천지로 인식되며 연행의 기이한 구경거리로 꼽혔던바, 조선 지식인의 이국 체험의 정점을 이루었던 곳이었다. 연행록에 보이는 북경 천주당 방문 기록에는 전혀 이질적인 문명을 접하는 데서 오는 충격과 경이로움, 그리고 이를 소화해내기 위한 갈등 등이 생생하게 담겨져 있다.

필자가 연행록에 보이는 북경 천주당 방문 기사에 관심을 가지게 된 것은 이기지의 『일암연기』를 접한 데서 비롯되었다. 간략한 해제만 있었던 이기지의 『일암연기』를 한국은행 도서관에서 어렵게 복사해 통독하였는데, 천주당을 방문한 조선 문사(文士)의 열정과 호기심, 그리고 서양 선교사와의 깊은 교유가 특히 감동적으로 다가왔다. 1765년에 연행한 홍대용의 연행록에 있는 천주당 방문기가 그의 실학사상과 함께 널리 알려지며 진작부터 조명을 받은 반면에 1720년에 연행한 이기지의 천주당 방문기는 그 내용의 풍부함에도 불구하고 당시까지 전혀 알려지지 않았기에 더욱 눈길을 끌었던 것이다. 이를 계기로 조선 후기의 연행록 전반을 대상으로 천주당 방문 기사를 찾아내어 번역하여 소개하는 일을 구상하게 되었다. 조선 후기 사상사 및 문화사를 이해함에 있어 매우 긴요한 자료를 제공할 수 있을 뿐 아니라, 천주교의 전래와 관련해서도 많은 시사점을 줄 수 있다는 확신이 들었던 것이다. 그렇지만 300종에 달하는 조선 후기의 연행록을 일일이 통독해야 하는 어려움이 선뜻 작업에 착수하지 못하게 했다. 그러던 차에 한국연구지단의 지원을 받게 되어 박사과정에 재학 중인 김동건 군과 함께 연구를 시작하게 되었다.

그동안의 작업 과정을 돌이켜보면 어려움도 적지 않았다. 애초에는 300종에 달하는 17~19세기의 연행록을 3년의 연구 기간에 끝내고자 했는데, 우여곡절 끝에 2년으로 연구 기간이 조정되었다. 간혹 난초(亂草)로 쓰인 연행록은 읽는 시간을 마냥 늘어지게 하기도 했다. 사행의 경위 및 연행록에 대한 개략적인 소개 또한 적잖은 노력을 요하는 일이었다. 그러다가 간혹 국역서가 있는 연행록을 만나게 되면 절로 반가운 마음이 들었다. 특히 민족문화추진회에서 수행한 『국역 연행록선집』을 통해 연행록에 등장하는 각종 용어나 사행의 절차 등에 대한 이해에 많은 도움을 받았다. 그러면서 한편으론 출간을 앞두고 머리말을 쓰는 이 순간까지도 미처 발견하지 못한 천주당 방문 기사가 있을지도 모른다는 생각과 오역에 대한 두려움이 머리에서 떠나지 않는다. 독자 여러분의 질정을 달게 받을 것이다.

끝으로 출판계의 불황 속에 시장성도 없는 이 책의 출간을 흔쾌히 허락해준 보고사의 김흥국 사장과 예쁘게 책을 만들어 주느라 애쓴 편집부의 이경민 씨에게 고마움을 전한다.

2013년 5월

신익철

차례

일러두기

1. 이 책은 조선후기의 연행록을 대상으로 북경 천주당 방문 기록을 뽑아 번역한 것이다. 단 이이명(李頤命)의 문집 『소재집(疎齋集)』에 실린 「與西洋人蘇霖戴進賢」은 1720년의 연행 때에 서양 선교사 수아레즈(Joseph Suarez, 蘇霖)와 쾨글러(Ignatius Kőgler, 戴進賢)에게 보낸 편지가 분명하기에 함께 수록하였다.

2. 1801년에 일어난 신유박해 이후 조선 조정에서는 연행사의 천주당 방문을 금지하게 된다. 이에 연행사절들은 북경에서 천주당 대신 아라사관(俄羅斯館)을 방문하게 되었으며, 이는 조선 사신들이 서양 문물을 구경하고 체험할 수 있는 주요 통로였다. 이에 19세기의 연행록 중 아라사관 방문 기록을 함께 수록하였다.

3. 서양 선교사의 성명은 중국식 명칭으로 표기하고, 권말에 부록으로 〈서양 선교사 약력〉을 수록하여 독자의 이해에 도움이 되게 하였다.

4. 연행사와 서양 선교사의 교류 양상을 살펴보기에 편리하도록 권말에 부록으로 〈교유 양상 일람표〉를 제시하였다.

5. 본문에 시가 인용되어 있는 경우 원문과 번역문을 함께 제시하였다.

연행록 소재 천주당 관련기사

노가재연행일기

김창업(金昌業)

◆◆ 김창업(金昌業, 1658~1721)은 본관은 안동(安東), 자가 대유(大有), 호는 노가재(老稼齋)이다. 이이명(李頤命)과는 사돈지간이며, 사위로 학암(鶴巖) 조문명(趙文命)이 있다. 1681년 진사시에 합격했으나 벼슬길에 나아가지 않고 한양의 동교송계(東郊松溪, 지금의 성북구 장위동)에 은거하였다. 1689년에 기사사화(己巳士禍)가 일어나자 포천에 있는 영평산(永平山) 속에 들어가 숨어살았다. 시와 그림에 뛰어난 조예를 지니고 있었다. 1712년 연행정사(燕行正使)인 형 창집(昌集)을 따라 자제군관(子弟軍官)으로 북경(北京)에 다녀왔다.

이 사행은 동지겸사은사(冬至兼謝恩使)로 정사는 김창집(金昌集), 부사는 윤지인(尹趾仁), 서장관은 노세하(盧世夏)였다. 『노가재연행일기(老稼齋燕行日記)』는 1712년(숙종 38) 11월 3일부터 이듬해 3월 30일까지 5개월 동안의 일기를 기록한 것으로, 체재는 권두(卷頭)의 별록(別錄)과 일기로 구분된다. 별록에는 일행의 인마(人馬) 수, 방물(方物)·세폐(歲幣)의 목록, 예단(禮單, 세폐의 품목 명세서)과 인정(人情), 입경(入京)과 하정(下程, 사신에게 일상 수요 물품을 내림)의 예식, 표문(表文)·자문(咨文, 중국과 주고받던 문서)을 바치는 예식, 중국 조회에 참여하는 예식, 가지고 오는 물목(物目), 상마연(上馬宴), 산천·풍속과 뛰어난 경치의 총록 등이 실려 있다. 현재 6종의 이본(한문본 4종, 한글본 2종)이 알려져 있다. 『담헌연기』·『열하일기』와 함께 3대 연행록으로 불리는데, 『노가재연행일기』는 '연행록의 교과서'로 일컬어질 만큼, 후대 연행록의 많은 참고가 되었다.

번역은 민족문화추진회의 『국역 연행록선집』을 참조하되, 부분적으로 수정하였다.

◇ 1712년 11월 4일

저녁에 객사의 대청에서 주수(主守)를 만나 보았다. 주수는 곧 홍우정(洪禹鼎) 군이었는데, 그의 숙부인 참판 수주(受疇) 공을 따라 연경에 간 적이 있었기에 나는 그가 유람한 일에 대해 물어보면서 이야기를 나누었다. 대개 오룡정(五龍亭)이나 천주당(天主堂)은 우리나라 사람들이 가보기 어려운 곳인데, 볼 수가 있었다는 것이었다. 다담과 저녁밥이 모두 정갈하여 먹을 만하였으니, 여간 다행이 아니었다.

◇ 1713년 2월 9일

저자에는 감귤이 많아 선흥(善興)에게 사도록 하였는데 값이 싸지는 않았다. 문 안에 이르러 동쪽을 바라보니 쇠로 만든 종이 인가에 높이 솟아 있는데, 이것이 천주대(天主臺)였다. 신지순(申之淳)이 홍우정(洪禹鼎)을 따라가 보았다고 하는 말을 전에 들은 적이 있다.

외면의 편액에는 '천주대(天主臺)'란 3자가 씌어져 있고, 문안에 대가 있는데 높이는 서너 장(丈)쯤 되었다. 남쪽에 홍예문이 열려 있기에 그 안에 들어가 보니 북쪽 벽에 소상 하나가 걸려 있었다. 그 모습은 머리를 풀어헤치고 어깨를 드러내었으며, 화주(火珠)를 쥐고 있는데 얼굴이 살아 있는 듯했다. 그 위에 '천지진주(天地眞主)' 4자와 '경천(敬天)' 2자가 씌어져 있는데, 황제의 글씨였다. 좌우의 벽에도 소상이 하나씩 걸려 있는데, 그 모습은 북벽에 그려진 것과 같았다.

홍예문의 좌우 석면(石面)에는 돌아가며 12방위를 써 놓았고 중간에 철침(鐵針)을 끼어 놓았는데, 이것으로 해 그림자를 보는 것이었다. 그 위에 크고 작은 종을 달아 놓았으며 종은 각기 치는 것이 있었다. 중앙에 있는 것이 가장 높고도 컸는데, 혼천의(渾天儀)가 그 위에 있었다. 홍예문 왼쪽

남당(南堂)[1]의 옛 모습

에 홍예문이 또 하나 있었고, 문 위에는 역시 12방위가 적혀 있었다. 문 안에는 얇은 판자 4개를 세워 문을 만들었고, 앞면에 분칠을 하고 그림을 그려 놓았다. 지키는 자가 죽장(竹杖)으로 두 짝을 나누어 열어 좌우 벽으로 밀어 넣자, 그 안에 또한 2층으로 된 붉은 문이 있었으며, 위의 두

1) 남당(南堂) : 1605년(만력 33) 이마두(利瑪竇, M. Ricci)가 방적아(龐迪我, Pantoja) 신부와 함께 선무문(宣武門) 안에 건립하였다. 이후 남당과 동당은 포르투갈 선교사들에 의해 사용되었는데, 이들은 흠천감의 실권과 산동성의 포교권의 장악을 시도하였다. 이로 인해 서당[이탈리아]과 북당[프랑스]의 선교사들과 갈등을 겪기도 한다. 1811년 박해로 동당의 신부들이 들어오기도 하였으며, 1838년 이후 러시아 교회의 소유로 넘어가기도 했다. 1900년 의화단 사건으로 파괴되었다가 새로운 모습으로 재건축 되었다가 다시 파괴되기를 반복했다.
남당은 중국식 불교 사원과 유럽식의 건축 양식이 융합되어진 성당이다. 이 성당은 이탈리아의 대성당과 비슷한 반원 아치형의 로마네스크 양식이며 남북으로 길게 놓여 있고 전체적으로 암회색의 벽돌을 사용하여 축조하였다. 남당은 특히 조선 사신의 숙소였던 옥하관(玉河館) 부근에 위치하고 있어, 연행사 일행이 북경의 네 천주당 중에서 가장 많이 방문했던 곳이다.

짝과 아래 네 짝이 차례로 열렸다.

그 안에는 기둥[柱]도 같고 서까래[椽]도 같으며 대[竹]와도 같은 것들이 빽빽이 늘어서 있는데, 크기는 똑같지 않았으나 모두 금은(金銀)으로 칠해져 있었다. 그 위에 철판 하나를 가로질러 놓았는데, 한쪽에는 구멍이 무수히 뚫려 있으며, 한쪽은 부채와 같은 모양이었다. 조금 있다가 해그림자[日影]가 그 방위에 도달하자, 대(臺) 위의 크고 작은 종들이 각기 네 번씩 치고 중앙의 큰 종이 여섯 번 울렸다. 이것은 곧 자명종(自鳴鐘)으로 특이할 것이 없었으나, 괴이한 것은 종소리가 그치자마자 동쪽의 홍예문 안에서 갑자기 뭇 바퀴를 굴리는 듯한 바람 소리가 들리더니, 이어서 음악이 연주되었다. 생황(笙簧)과 사죽(絲竹)의 소리가 어디로부터 나오는지 알 수 없었으나, 율려(律呂)가 맞고 궁상(宮商)이 가락[調]을 이루었다. 통관들이 말하기를, "이는 중화의 음악입니다."라고 하였다. 한참 지나서야 그치고, 또 다른 음악이 나왔는데 그 소리는 마치 조정에서 조회(朝會)드릴 때에 듣던 것과 같았다. 통관들이 말하기를, "이는 지금의 음악입니다."라고 하였다. 한참 뒤에 그치고, 또 다른 음악이 나왔는데 그 소리가 빨랐다. 통관들이 말하기를, "이는 몽고(蒙古)의 음악입니다." 라고 하였는데, 이 또한 한참 뒤에야 그쳤다. 음악 소리가 다 끝나자, 여섯 짝의 문이 모두 저절로 닫혔다.

이것은 서양의 사신 서일승(徐日昇)이 만든 것으로 대개 박득인(朴得仁)의 집에서 본 침향산(沈香山)과 제도는 다르지만 기계 장치는 같은 것이다. 역시 한번 보고 싶었으나, 요즈음 금지하고 있다는 말을 들었기에 지나쳐갔다.

연행일록

조영복(趙榮福)

◆◆ 조영복(趙榮福, 1672~1728)은 본관은 함안(咸安), 자가 석오(錫五), 호는 이지당(二知堂)이다. 군수(郡守) 조해(趙楷)의 아들로, 관아재(觀我齋) 조영석(趙榮祏, 1686~1761)의 아우이다. 김창협(金昌協)의 문인으로, 노론의 핵심 인물이었다. 1705년(숙종 31) 사마시에 합격, 전설사별검(典設司別檢)·김천군수를 지내고, 1714년 예천군수로 있으면서 증광문과에 병과로 급제하였다. 1719년 승지가 되었고, 이해에 동지부사가 되어 청나라에 다녀왔다. 신임사화 때 소론에 배척당하여 파직되고 유배되었다가, 1725년 노론의 집권으로 풀려나 공조참의·참찬관·승지·경상도감사·도승지를 역임하였다.

이 연행은 동지사행으로 정사는 조도빈(趙道彬)이고, 부사는 조영복(趙榮福), 서장관(書狀官)은 신절(申晢)이었다. 『연행일록(燕行日錄)』은 저자가 1719년 11월 4일부터 이듬해인 1720년 3월 26일까지 보고 겪은 사실을 일기체로 기록한 것이다. 일기체의 기록 뒤에는 연행 도중에 지은 시가 따로 시기순으로 수록되어 있다. 북경에 도착한 1월 2일부터 북경을 출발하는 2월 9일까지의 약 한 달 남짓 별다른 기록을 남기지 않아, 사행 당시 북경에서 어떤 일이 있었는지는 알 수 없다. 다만 당시 산동순무(山東巡撫) 이수덕(李樹德)이 해적을 소탕하고 올린 계본을 자세하게 적고 있어서 당시 청나라의 치안 상황을 보여주고 있다.

◇ 1719년 2월 14일

서양국에서 온 노인 세 사람이 어떤 이는 가마를 타고 어떤 이는 말을 타고서 어제 보낸 선물에 대해 사례하고자 방문하였다.[2] 정청(正廳)으로 나와 동서(東西)로 나누어 앉아 함께 대화를 나누며 물었다.

"여러분은 연경에 와서 무슨 일을 하십니까?"

"황제가 도교(道敎)[3]를 숭상하여 저희들을 맞이해 스승으로 삼았으며, 이곳에 온 지는 벌써 30여 년이 되었습니다."

"서양은 서역(西域)의 서쪽에 있으니, 의당 똑같이 불교를 섬겨야 하거늘 도교를 숭상함은 무슨 연유입니까?"

"서양과 서역은 서로 매우 멀리 떨어져 있고, 숭상하는 바도 서로 다릅니다."

"서양국의 풍속도 선생들의 옷차림과 같습니까?"

"본국은 이와 같지 않습니다."

그리고는 말하기를,

"일찍이 조선의 예법은 다르다고 들었는데, 지금 여러 대인들을 보니 참으로 매우 기쁩니다."

라고 하였다.

과일과 안주를 간략히 차려 술을 한차례 마셨는데, 끝마치고 돌아갈 때에 자못 아쉬워하는 기색이 있었다. 밖으로 나온 후에 천리경 1개·흡독석(吸毒石)[4] 2개·소영귀(小靈龜)[5] 2개·칼 1자루·화경(火鏡, 돋보기) 2개

---

2) 어제 보낸 선물에 대해 사례하고자 방문하였다: 조영복 일행은 2월 12일 궁궐에서 하마연(下馬宴)을 치르고 나오는 길에 천주당에 들렀다. 2월 13일 일기에는 보이지 않으나, 여기에서 "어제 보낸 선물"이라는 말을 하고 있는 것으로 보아, 13일에 사신 일행이 천주당으로 예물을 보낸 듯하다.

3) 도교(道敎): 여기에서는 문맥상 천주교를 뜻하는 것으로 보아야 할 것이다. 천주교에 대한 지식이 없던 일부 연행사들의 경우 천주교를 도교라 표현하기도 하였다.

4) 흡독석(吸毒石): 독을 빨아들여 제거한다는 약제로 당시 천주당을 방문한 조선 사신에게 서양 선교사가 선물로 많이 준 물건이다. 청(淸)나라 학옥린(郝玉麟)의 『광동통지(廣東通志)』「여지략(輿地略)」 권12에 "흡독석은 서양의 섬에 사는 독사의 뇌 속에 있는 돌이다. 크기는 편두(扁豆)같은데, 일체의 종독(腫毒)을 빨아들일 수 있어 곧 등에 난 것까지도 치료할 수 있다.[吸毒石, 乃西洋島中毒蛇腦中石也. 大如扁豆, 能吸一切腫毒, 卽發背亦可治.]"라고 한 것이 보인다.

· 수건 2장 · 도서(道書)[6] 9권을 주기에, 종이부채와 여러 물건으로 답례하였다.

5) 소영귀(小靈龜): 미상.

6) 도서(道書): 앞에서 천주교를 도교라고 지칭하고 있는 것으로 보아 천주교 서적을 말한 것으로 여겨진다.

연행잡지

이이명(李頤命)

◆◆
◆ 이이명(李頤命, 1658~1722)은 본관은 전주(全州), 자가 양숙(養叔), 호는 소재(疏齋)이다. 세종의 아들 밀성군(密城君)의 6대손으로 1680년(숙종 19) 문과에 급제하여 홍문관 정자(弘文館正字)가 되고, 이후 대사헌, 이·병조 판서, 우의정, 좌의정 등을 역임하였다. 숙종의 총애를 받아 독대(獨對)한 일이 있었고 왕세자 청정(廳政)의 어명이 내리자 소론(少論)의 맹렬한 반대가 있었으나, 1721년(경종 1)에 김창집(金昌集)·이건명(李健命)·조태채(趙泰采) 등과 함께 연잉군(延礽君, 훗날 영조)을 세제(世弟)로 세울 것을 경종에게 청했다. 그러나 소론의 유봉휘(柳鳳輝) 등의 무고로 남해에 귀양 갔다가 후에 신임옥사가 일어나 한양으로 압송 도중 한강에서 사사(賜死)되었다. 저서로는 문집으로 『소재집』 20권 10책이 전하고, 또 「양역변통사의(良役變通私議)」와 「강역관계도설(疆域關係圖說)」·「강도삼충전(江都三忠傳)」 등이 있다.

『연행잡지(燕行雜識)』는 1720년에 이이명이 사신으로 연경(燕京)에 다녀오는 도중의 견문을 기록한 산문으로, 모두 17칙(則)의 짤막한 기록으로 이루어져 있다. 1720년 6월 8일에 숙종이 승하하자, 조선의 조정은 숙종의 승하를 알리고 시호를 청함과 동시에 경종의 승계를 인준받기 위해 고부청시승습사(告訃請謚承襲使)를 보내게 된다. 이이명은 이 사행의 정사(正使)로 참여했으며, 부사는 이조(李肇), 서장관은 박성로(朴聖輅)였다. 사신 일행은 7월 27일 한양을 출발, 연경에서 임무를 마치고 1721년 1월 7일 한양에 돌아왔다. 『연행잡지』는 『소재집(疎齋集)』 권11 「잡저(雜著)」에 실려 있다. 한편 『소재집(疎齋集)』 권19에는 이 사행에서 서양 선교사 소림(蘇霖)과 대진현(戴進賢)에게 보낸 편지가 수록되어 있다.

◆ 연행잡지(燕行雜識)

서양인 소림(蘇霖)과 대진현(戴進賢)이 관소로 찾아와 만나보았다. 편지를 보내 사례하면서 아울러 천주(天主)의 학문에 대해 논하였고, 역수(曆數)의 술법에 대해서도 질문하였다. 대답이 그다지 명백하지 않았기에, 또한 다시 만나 확실히 논의할 것을 기약하였다.

◆ 서양인 소림(蘇霖)과 대진현(戴進賢)에게 보내는 편지(경자년, 1720년)

선당(仙堂, 천주당)을 방문하자 오래된 친구처럼 기쁘게 맞아주었고, 곧 이어 직접 찾아주시고 더욱이 진귀한 선물까지 주었습니다. 동서로 10만 리나 떨어진 사람으로 이처럼 기이한 인연을 이루었으니, 이는 참으로 특별한 일입니다. 곡진한 정의는 실로 생각지 못한 것으로 스스로 돌아보건대 졸렬한 이 몸이 어찌 이러한 대접을 받을 수 있겠습니까? 부끄러운 마음이 며칠 동안이나 가시지 않았습니다. 듣자 하니 100여 년 이래로 귀국의 뜻있는 선비들이 갖은 죽음의 위험을 무릅쓰고 큰 바다를 건너 중국에 와서는 돌아가지 않는 자들이 끊임없이 이어지고 있다고 하니, 필시 살기를 좋아하는 것보다 더욱 간절한 소원이 있다고 할 것입니다.

어제 웅장한 자태에 휘황찬란한 색채의 전각(殿閣)에 기이한 상이 높이 걸려 있고, 향과 촛대가 탁자에 놓인 것을 보고서는 석가의 가람(伽藍)이 아닌가 생각되었습니다. 가로로 쓰인 세밀한 글자의 서적들이 용마루까지 가득 차 있었는데, 또한 범패(梵唄)[7]의 문서와 흡사하였습니다. 처음 보고는 매우 놀랐을 뿐 아득히 그 연고를 알 수 없었는데, 보여주신 이마

---

7) 범패(梵唄): 불교에서 석가여래(釋迦如來)의 공덕을 찬미하여 부르는 노래를 말하는데, 여기에서는 범어(梵語), 즉 고대 인도의 문어(文語)인 산스크리트어를 지칭하는 것으로 보인다.

두(利瑪竇)와 애유략(艾儒略) 등 여러 선생의 글을 읽고 나서야 대략 그 개요를 얻을 수 있었습니다. 아! 세상의 도를 즐기는 선비들로 하여금 귀국의 선비들처럼 발원(發願)하게 할 수 있다면 천고의 성현의 학문이 전해지지 않음을 어찌 근심하겠습니까? 그 고심함은 가히 귀신을 감동시킬 만합니다.

대개 상제(上帝)에게 제사지내며, 애초의 본성으로 돌아가려고 노력함은 우리 유학의 법문(法門)과 흡사하고 크게 다른 점이 없으니, 노장(老莊)의 청정(淸淨)이나 불가(佛家)의 적멸(寂滅)과는 함께 논할 수 없습니다. 또한 윤리를 끊고 이치를 저버리면서 충효(忠孝)의 길을 막은 적이 없으니, 이 세상에서 복희(伏羲)·문왕(文王)·주공(周公)·공자(孔子)의 말씀을 외우는 자들 중에 누가 즐겨 듣지 않겠습니까? 그렇지만 천주의 탄생은 석가모니가 태어난 것과 방불하고, 지옥에 관한 설에서는 도리어 보응(報應)의 논의를 취함은 어째서입니까? 이러한 것으로 천하를 바꾸기는 어렵다고 생각됩니다. 예전에 중국의 현인 섭창하(葉蒼霞)[8] 같은 여러 공들이 관한(寬閒)의 물가에서 뜻을 다하여 변론하였지만[9], 오히려 정확히 서로 합치되지는 못하였습니다. 하물며 이처럼 객지에 머물면서 창졸간에 어떻게 변변치 않고 어리석은 견해로써 몇 마디 대화하는 가운데 깨달을 수 있겠습니까? 이런 까닭에 감히 많은 이야기를 나누지 못했던 것입니다.

---

8) 섭창하(葉蒼霞): 중국 명대의 인물로 자세한 행적은 미상임. 『해동역사』 권40 「교빙지」 권8을 보면 『섭창하집』을 인용하여 일본의 지형과 일본에서 조선으로 올 때의 수로에 대해 소개한 것이 보인다. 또 『해동역사』 권61, 「인물조」 권3에서 정육동에 대해 기술하면서 『섭창하집』을 인용한 것이 보이며, 『홍재전서』 권53에 주자(朱子)의 어록(語錄)을 간행한 것을 소개하면서 명나라 때에 이르러 섭창하가 중간(重刊)하였다는 내용이 보인다.

9) 관한(寬閒)의 물가에서 뜻을 다하여 변론하였지만: 미상.

또한 생각건대 역상(曆象)의 학문은 요(堯)와 순(舜)임금이 백성들에게 삼가 절후를 알려준 바로, 나라에서 폐할 수 없는 것입니다. 중국에서 대대로 그 법을 지켜왔으나, 중간에 잃어버리고 어지러워진 것이 많아 옛 법이 갈수록 어두워졌습니다. 한나라의 곤수(壼遂)[10]·낙하굉(洛下閎)[11]과 당나라의 일행(一行)[12] 같은 이들이 또한 황폐한 가운데에서 스스로 깨우친 것이 많았지만, 세차(歲差)[13]와 연수(年數)에 있어서는 대부분 일정한 법식이 없었습니다. 원나라 때에 측구(測晷)가 매우 많아졌지만, 대통력(大統曆)[14]의 절후(節候)도 오래될수록 점점 차이가 나게 되었

---

10) 곤수(壼遂): 전한(前漢) 무제(武帝) 때에 역법에 밝은 인물로 알려져 있다. 『사기』「한장유열전(韓長孺列傳)」에서 사마천은 곤수와 함께 율력을 찬정한 사실을 회상하며, 곤수는 심중이 깊고 온후한 인물이라 하였다. 아울러 벼슬이 첨사(詹事)에 이르렀으며, 천자가 그를 신뢰하여 승상을 삼으려고 할 때 갑자기 죽었다고 하였다.

11) 낙하굉(洛下閎): 전한 무제 때의 인물로 자는 장공(長公). 최초로 혼천의(渾天儀)를 만들었으며, 태초(太初) 원년(BC 104년) 당도(唐都), 사마천(司馬遷), 선우망(鮮于妄) 등과 함께 『태초력(太初曆)』을 만들었다. 태초력은 중국에서 사용된 통일된 공식 역법(曆法)의 시초이며, 천체력(天體曆)으로의 발달을 가져와 역법의 기준을 제시하였다는 평가를 받는다.

12) 일행(一行, 683~727): 당나라 시대의 밀교 승려이자 천문학자. 본명은 장수(張遂)로, 어려서부터 총명하여 경사(經史)와 역상(曆象), 음양오행의 학문에 정통하였다. 721년 이순풍(李淳風)이 만든 인덕력(麟德曆)에 의한 일식의 예보가 자주 틀리게 나오자 현종(玄宗)은 일행에게 새로운 역서를 편찬하도록 명하였다. 일행은 724년에 역법 개편 작업을 시작하여 역법에 『역(易)』의 형이상학을 결부시킨 『대연력(大衍曆)』(52권)을 완성하였다. 이 역법에 의하여 계산된 태음력은 그의 사후인 729년부터 전국에 배포되었다. 일대의 영재로서 존경을 받았으나 45세의 나이에 죽었으며, 현종이 직접 탑록(塔錄)을 써 주었다고 한다.

13) 세차(歲差): 지구의 자전축의 방향이 해마다 각도(角度) 50.26초씩 서쪽으로 이동함으로써 춘분점(春分點)과 추분점(秋分點)이 조금씩 앞당겨지는 현상. 지구가 타원체이며, 부풀어 있는 적도 부분에 작용하는 달과 태양의 중력이 가장 큰 원인이며, 다른 행성의 중력 등도 작용하여 일어난다.

14) 대통력(大統曆): 명나라 때 사용된 역법. 명나라 건국 초기에 태사원사(太史院使) 유기(劉基)가 무신대통력(戊申大統曆)을 태조(太祖)에게 올리고, 1370년(홍무 3) 대통민력(大統民曆)이 만들어졌지만 이는 모두 원(元)나라 때 곽수경(郭守敬)이 만든 수시력

습니다. 일단 시헌력(時憲曆)이 나오면서부터 시절(時節)에 어긋남이 없고, 칠정(七政)[15]에 착오가 없게 되었는데, 우리나라에서도 서양 선비들의 공이 크다고 들었습니다. 어제 많은 가르침을 듣던 중에, 지난 시대의 역법은 사용할 수가 없다고 하였는데, 그렇다면 세차(歲差)가 일정하지 않음은 몇 년에 몇 도씩이며, 단지 성도(星度)와 일구(日晷, 해시계)로써 차이에 따라 고치는 것인지요? 반드시 그 방법이 있을 것입니다.

분야(分野)[16]의 설은 중국에 고대부터 전하는 바로 대화성(大火星)은 송(宋) 나라에 해당하고, 기미성(箕尾星)[17]은 연(燕) 나라를 지켜준다는 것 같은 따위입니다. 지금 비록 지명(地名)은 시대의 변천에 따라 달라짐이 있지만 분야에 따른 구역은 알 수 있을 것인데 어제의 많은 가르침에서

(授時曆)에 따른 것이다. 1384년(홍무 17) 누각박사(漏刻博士) 원통(元統)이 수시력을 약간 수정하고, 그 해를 역(曆)의 기원으로 하여 『대통역법통궤(大統曆法通軌)』를 만들었다. 1년을 365.2425일로 하는 역법은 수시력과 다름없고, 100년마다 1만분의 1씩을 줄이는 소장법(消長法)을 수시력에서 뺀 것이 수시력과 다른 점이었다. 명나라 말기까지 260여 년 동안 사용되었으며, 한국에는 고려 후기에 전해져서, 1653년(효종 4)부터 시헌력(時憲曆)을 사용할 때까지 널리 사용되었다.

15) 칠정(七政): 태양, 태음[달] 및 다섯 개의 행성[수성·금성·화성·목성·토성]을 말한다.

16) 분야(分野): 중국을 중심으로 한 지상(地上)의 영역을 하늘의 28수(宿)에 배당하여 나눈 칭호로, 하늘과 땅이 서로 연결되어 있다고 믿는 천인감응(天人感應)의 인식에서 유래한 것이다. 고대 천문학자들은 태양이 지나가는 황도(黃道)상에 위치한 항성(恒星)을 28개의 별자리로 나누어 이를 '28수(宿)'라고 하였다. 28수는 황도 360도 위에 흩어져 있는데, 이것을 다시 30도씩으로 나누어 12궁(宮)으로 하였다. 고대에는 이 12궁의 차례와 위치로 지상의 분야를 나누었다. 12궁의 명칭은 수성(壽星)·대화(大火)·석목(析木)·성기(星紀)·현효(玄枵)·취자(娵訾)·항루(降婁)·대량(大梁)·실침(實沈)·순수(鶉首)·순화(鶉火)·순미(鶉尾)이다.

17) 기미성(箕尾星): '기(箕)'와 '미(尾)'는 28수에 속하는 별자리 이름으로, 기는 28수의 일곱째 별자리이고, 미는 28수의 여섯째 별자리이다. 기미성은 기성(箕星)과 미성(尾星)을 통칭하는 것으로, 중국의 분야로는 기주(冀州)와 유주(幽州)에 해당한다. 『장자』「대종사(大宗師)」편에 따르면 은(殷) 나라 무정(武丁)의 현상(賢相)이었던 부열(傅說)이 죽은 뒤에 천상의 별이 되어 동유성(東維星)과 기미성(箕尾星)을 걸터타고서 뭇별과 나란히 있다고 한다.

는 이 점에 대해 분명히 밝혀주지 않았습니다. 혹 분야의 법을 귀국에서는 사용하지 않는 것입니까?

땅이 공처럼 둥글다는 것에 대해서는 우리나라 사람들도 일찍이 그 도설(圖說)을 보았습니다. 예로부터 천지의 형세를 논하는 자들은 모두 하늘은 둥글고 땅은 네모나다고 하였습니다. 그런데 오직 이 법은 땅 또한 하늘을 따라서 둥글며 가운데가 높고 네 변이 낮다고 하는데, 어떤 연유로 이처럼 추측하는 것인지 모르겠습니다. 이는 혹시 천도(天度)를 사용하여 지리(地里)를 구획한 것입니까?

주비(周髀)[18]와 계자황(雞子黃)[19]의 설이 여기에 조금 가깝지만 또한 천도(天度)로써 지리(地里)를 정한 것은 아닐 것이고, 여러 지역에 이르기까지 필시 요즘 사람들이 눈으로 본 바는 아닐 것입니다. 그런데 또한 어떻게 이와 같다는 것을 알 수 있겠습니까? 어구십주(禦寇十洲)[20]와 석씨(釋氏)의 사대부주(四大部洲)[21]의 설이 또한 여기에 가까운데, 혹 이러

---

18) 주비(周髀): 중국 고대의 천문관측 해시계로, 주공(周公)에 의해 시작되어 주나라의 여러 사람들이 조술하였으므로 주비라 하였다. 또 '비(髀)' 자체는 표(表)라고 하며, 길이 8자의 막대를 지면에 수직으로 세우고 그 그림자의 길이로 하지와 동지를 알았다. 하지의 정오 때 1자 6치, 동지의 정오 때 1길 3자 5치가 된다. 주비법에서 그림자의 길이 1치는 실지 길이 1,000리에 해당한다. 따라서 하지의 정오 때 태양은 주나라의 땅 남쪽 1만 6,000리, 동지 때에는 13만 5,000리에 있다고 생각했다. 이렇게 하여 태양은 북극을 중심으로 하는 원 궤도를 그리고, 그 궤도반지름은 계절에 따라 변화한다. 중국 고대의 우주관이었던 개천설(蓋天說)도 이 주비법에 근거를 두었던 것으로 생각된다.

19) 계자황(雞子黃): 계자황은 달걀의 노른자를 말함. 우주가 달걀과 닮았으며 하늘은 달걀 껍데기, 땅은 노른자와 같다는 동양 전통의 천문학 지식을 말한다. 이는 중국 후한(後漢) 때의 천문학자 장형(張衡, 78~139)의 학설로 이를 근거로 천문관측 기구인 혼천의가 만들어졌다.

20) 어구십주(禦寇十洲): '십주(十洲)'는 한나라 동방삭(東方朔)이 찬술했다고 전해지는 『해내십주기(海內十洲記)』에 따르면 조주(祖洲)·영주(瀛洲)·현주(懸洲)·염주(炎洲)·장주(長洲)·원주(元洲)·유주(流洲)·생주(生洲)·봉린주(鳳麟洲)·취굴주(聚窟洲)의 10주로 신선이 산다고 알려진 섬이다. '어구(禦寇)'의 뜻은 미상임.

한 것들을 전해들은 데서 나온 것인지요? 이러한 것으로 말한다면 중국은 28수 중에서 겨우 1수의 분야에 해당되는데, 귀국에서 분야의 법을 사용하지 않음은, 또한 이 때문입니까? 하늘의 상을 살피는 자는 다만 성전(星躔, 별의 궤도)만 알아서는 안 될 것입니다. 감석(甘石)의 술법[22]은 별의 형상과 빛깔이 능범(凌犯)하는 것으로써 인사의 길흉을 점치는데, 귀국에서도 또한 이러한 술법을 사용합니까?

구장(九章)[23]의 술법은 성문(聖門)에서 이른바 육예(六藝)의 하나입니다. 중국은 참으로 산술(算術)에 신묘한 자들이 많았지만, 역법의 교묘함에 있어서는 더욱 그 적임자를 얻기가 어려웠습니다. 귀국의 이러한 술법은 여러 나라들과는 전혀 다르니 애초에 어디로부터 전수받은 것입니까? 『동문산지(同文算指)』[24]는 일찍이 살펴본 적이 있습니다. 무릇 산술

21) 사대부주(四大部洲): 불교에서 말하는 수미산(須彌山) 주위의 함해(鹹海) 가운데 있는 네 개의 대주(大洲)로, 사주(四洲)·사대주(四大洲)·사천하(四天下)라고도 한다. 원시불교의 경전인 『아함경(阿含經)』에서 "인간 세상에는 4개 천하가 있으니, 곧 사대부주(四大部洲)이다. 첫째는 동승신주(東勝身洲), 둘째는 남섬부주(南贍部洲), 셋째는 서우화주(西牛貨洲), 넷째는 북구로주(北俱盧洲)로 수미산(須彌山) 사방의 함해(鹹海) 가운데 있다."고 하였다.

22) 감석(甘石)의 술법: 감석은 전국시대 천문학의 대가인 제(齊) 나라 사람 감공(甘公)과 위(魏) 나라 사람 석신(石申)을 아울러 일컫는 말. '감석의 술법'이란 곧 이들로 대표되는 전통 천문학을 말한다.

23) 구장(九章): 『구장산경(九章算經)』을 말함. 『구장산경』은 동한(東漢) 초기에 저술된 수학서(數學書)로 선진시대와 전한 시기의 수학 지식을 집대성한 것으로 알려져 있다. 246개의 수학 문제와 해법을 제시하고 있는데, 문제를 풀이하는 방법과 응용 범주에 따라 9개의 부문으로 나누고, 이를 각 장으로 삼았기에 '구장(九章)'이란 명칭이 붙었다. 작자에 대해서는 일설에는 주공(周公)이라 하고, 혹은 황제(皇帝)의 저작을 한나라 때 장창(張蒼) 등의 수학자가 주석한 것이라고도 한다.

24) 동문산지(同文算指): 클라비우스(Christopher Clavius, 1538~1612)의 『실용산술개요(實用算術概要, Eptome Arithmeticae Practicae)』를 명말 예수회 선교사 마테오 리치와 이지조(李之藻)가 1614년에 번역하여 편찬한 한역서학서(漢譯西學書). 전편 2권, 통편 8권, 별편 1권으로 구성되었다. 1630년에 편찬된 『천학초함(天學初函)』에 수록되어 당시 조선의 수학자들에게 많은 영향을 미쳤다.

에 있어 실제에 따른 법식이 있어, 승(乘, 곱셈)과 제(除, 나눗셈)로써 하는데, 모두 거기에 해당하는 숫자를 취한 것입니다. 다만 하늘의 역수(曆數)를 계산함에 있어 법수(法數)를 명하여 곱하고 나누니 그 명함에 있어 또한 법이 있는 것입니까?

자명종의 제도는 참으로 기묘합니다. 일본에서 남양(南洋)으로 왕래하는 선박에서 우리나라 사람이 수십 년에 겨우 한번 자명종을 본 적이 있는데, 제조법이 정밀하지 못하여 몇 개월 못 되어 반드시 틀리는 경우가 많아, 버려두고 사용치 않으니 또한 애석한 일입니다. 귀국에서 만든 것은 응당 이와 같지 않을 것입니다. 혼천의(渾天儀)는 중국에서도 역대로 많이 만들어졌습니다. 그런데 아래에 기륜(機輪)을 설치하여 물[水]로 격발시키는 법은 우리나라에 전해지지 않았습니다. 귀국에 혹시 그 제조법을 문자로 기록한 것이 있습니까? 우리나라 사람은 이러한 일에 있어 매우 거칠고 졸렬합니다.

무릇 지혜로써 어리석음을 깨우쳐 주고, 선각자가 후각자를 깨닫게 해주는 것 또한 어찌 천주의 어짊이 아니겠습니까? 혹 그 깨우치는 편지를 보내줄 수 있을 런지요? 꽉 막히고 어리석은 식견으로 고명한 이에게 질정을 받고자 함이 여기에 그치지는 않지만 편지가 번거롭게 될까 염려하여 하고많은 말을 다 적지는 못합니다. 다만 물은 바에 대해 밝은 답을 주어 어리석음을 깨우쳐주기 바랍니다.

일암연기

이기지(李器之)

◆◆ 이기지(李器之, 1690~1722)는 자가 사안(士安), 호(號)는 일암(一庵)이다. 본관은 전주(全州)로 부친은 노론 사대신의 한 사람인 이이명(李頤命)이고, 모친은 광산김씨(光山金氏)로 판서 김만중(金萬重)의 따님이다. 이기지는 1715년(숙종 41) 26세 때 식년시(式年試)에 장원급제해 진사가 되었다. 1720년 숙종의 서거를 알리기 위해 부친 이이명이 고부사(告訃使)의 정사로 연행을 갈 때 자제군관의 자격으로 수행했고, 이듬해인 1721년(경종 1)에 귀국했다. 이 해에 신임옥사(辛壬獄事)가 일어났는데, 부친인 이이명이 뒷날 영조가 되는 연잉군(延礽君)에 대한 세제책봉(世弟册封)을 건의한 일로, 소론에 의해 거제에 유배되었다. 이기지 역시 연루되어 1722년에 남원으로 유배되었고, 목호룡(睦虎龍)의 고변으로 의금부로 압송되었다가 국문 끝에 옥사(獄死)했다. 1725년(영조 1) 신원되어 사헌부지평에 추증되었으며, 문집으로 필사본 『일암유고(一庵遺稿)』와 목판본 『일암집(一庵集)』이 전한다.

1720년 6월 8일, 숙종이 승하하자 조정은 숙종의 승하를 알리고 시호를 청함과 동시에 경종의 승계를 인준받기 위해 고부청시승습상사(告訃請諡承襲上使)를 보내는데, 이이명을 정사로, 이조(李肇)를 부사로, 박성로(朴聖輅)를 서장관으로 삼았다. 이기지는 부친 이이명의 자제군관으로 수행했다. 『일암연기(一庵燕記)』는 이때의 경험을 바탕으로 지어진 연행록으로, 1720년 7월 27일 한양을 출발하여 1721년 1월 7일 귀국하기까지의 사행 과정이 기록되어 있다. 연행의 일정과 일어난 일들이 거의 매일 빠짐없이 기록되어 있어, 당시 이들의 여정을 소상히 살펴볼 수 있다. 『일암연기』에는 여타 연행록에 비해 북경의 천주당을 방문한 기록이 매우 상세하여 서학(西學)에 대한 저자의 관심을 살펴볼 수 있으며, 서적·서화에 대해서도 많은 기록을 남기고 있다. 『일암연기』는 1768년(영조 44) 저자의 아들인

이봉상(李鳳祥)이 직접 필사한 5권 5책이 한국은행 귀중본도서에 소장되어 있으며, 이밖에 연행할 때 지은 시들은 문집에 별도로 수록되어 있다.

참고 신익철, 「『일암연기』 해제」, 『연행록선집보유』 上, 대동문화연구원, 2008.

◆ 1720년 9월 22일

식후에 박태중(朴泰重)과 함께 물을 길러 나갔는데 김두익(金斗益)과 개천(開天), 수현(守賢)도 따라왔다. 대개 금평위(錦平尉) 박필성(朴弼成)이 전년(前年)에 연경으로 사행 왔을 때[25]에 조회(朝會)에 참여했다가 돌아오는 길에 천주당에 들러, 기(紀)씨 성의 서양 사람[26]을 만났다. 기(紀)씨 또한 옥하관(玉河館)으로 찾아와 만나보고 흡독석(吸毒石)을 선물로 주었고, 돌아온 후에도 안부를 묻는 편지와 선물이 끊이지 않았다. 박태중은 일찍이 금평위를 따라 연경에 온 적이 있었기에 기(紀)씨를 알고 있었으며, 이번 연행에서도 금평위가 보내는 물건을 기(紀)씨 성을 가진 사람에게 전해야 했다. 이 때문에 내가 박태중과 함께 가서 서양인을 만나보려고 하는데, 대개 황제도 기(紀)씨를 빈사(賓師)의 예로 대우한다고 한다.

문을 나서려는데 물 긷는 일을 담당한 쇄마인(刷馬人)[27]이 오래 지나도록 나오지 않았다. 사람을 시켜 여러 번 독촉했으나, 반나절이 지나도록

---

25) 박필성(朴弼成)이 전년(前年)에 연경으로 사행 왔을 때: 박필성(1652~1747)은 본관은 반남(潘南), 자는 사홍(士弘), 호는 설송재(雪松齋)이며, 1662년(현종 3) 효종의 딸 숙녕옹주(淑寧翁主)와 결혼하여 금평위(錦平尉)에 봉해진 인물이다. 그는 숙종 때에 1685년부터 1717년까지 네 차례나 사은사 또는 주청사로서 청나라에 다녀왔다. 여기에서 전년에 사행 왔다는 것은 1717년(숙종 43) 12월 사은사(謝恩使)의 정사로 연행한 사실을 말한다.

26) 기(紀)씨 성의 서양 사람: 독일 출신의 예수회 선교사 기리안(紀理安, Kilian Stumpf, 1655~1720)을 말함.

27) 쇄마인(刷馬人): 쇄마구인(刷馬驅人)이라고도 함. 지방에 배치하여 둔 관용 말을 몰던 사람으로, 여기에서는 말몰이꾼을 말한다.

여전히 나오지 않아 매우 분통이 터졌다. 이에 돌아온 후에 병방(兵房)에게 말하여 곤장을 치도록 했다. 갑군(甲軍) 왕사(王四)[28]는 다른 갑군이 시기하는 까닭에 순번을 뛰어넘어 길을 나서기가 곤란했다. 내가 함께 갈 수 있도록 주선해서 출발할 즈음에야 비로소 승낙을 얻어 함께 나왔다. 대개 다른 갑군은 마음대로 길을 벗어나 다니기가 어렵지 않을까 염려되었기 때문이다.

큰길로 나와 궁궐의 담을 따라 남쪽으로 가자 병부(兵部)앞에 이르러 서쪽으로 꺾어 태청문(太淸門)의 남쪽에 있는 정양문(正陽門) 안에 이르렀다. 또 서쪽으로 꺾어 성을 따라 갔는데 성 안쪽은 벽면이 깎아지른 듯 솟아 있어 오를 수가 없었다. 이 때문에 300보쯤 되는 곳마다 계단을 만들어 성가퀴로 오르는 길에 통하게 하고, 계단 양쪽 끝에는 문을 설치하여 잠가 놓았는데, 간혹 잠그지 않은 곳이 있었다. 북쪽으로 수십 보를 가서 또 서쪽으로 꺾어들자 수백 걸음이 못 되는 곳에 천주당이 있었으며, 철종(鐵鐘)과 일영(日影, 해시계)이 멀리 바라보였다.

천주당에 이르러 두 개의 중문(重門)을 들어서자 건물의 법식이 입구[口]자 모양 같았다. 동서로 기둥이 다섯 개, 남북으로 기둥이 일곱 개였으며, 전면의 삼층 누각은 모두 벽돌을 쌓아 만들었는데 높이가 여섯 장(丈)쯤 되었다. 아래층에는 다섯 개의 문을 설치했는데 문을 열자 벽으로 가리어져 있었다. 가운데층에는 다섯 개의 무지개문[虹門]을 그려놓았는데, 멀리서 보기에 들어갈 수 있을 것만 같았다. 위층의 가운데 세 칸은 모두 둥그렇게 황금빛으로 조각한 꽃무늬 창문[綺疏]을 만들어 놓았다.

---

28) 왕사(王四): 1712년에 연행한 노가재(老稼齋) 김창업(金昌業)의 북경 안내를 맡았던 갑군으로 이기지 또한 그의 안내로 북경을 관광하였다.

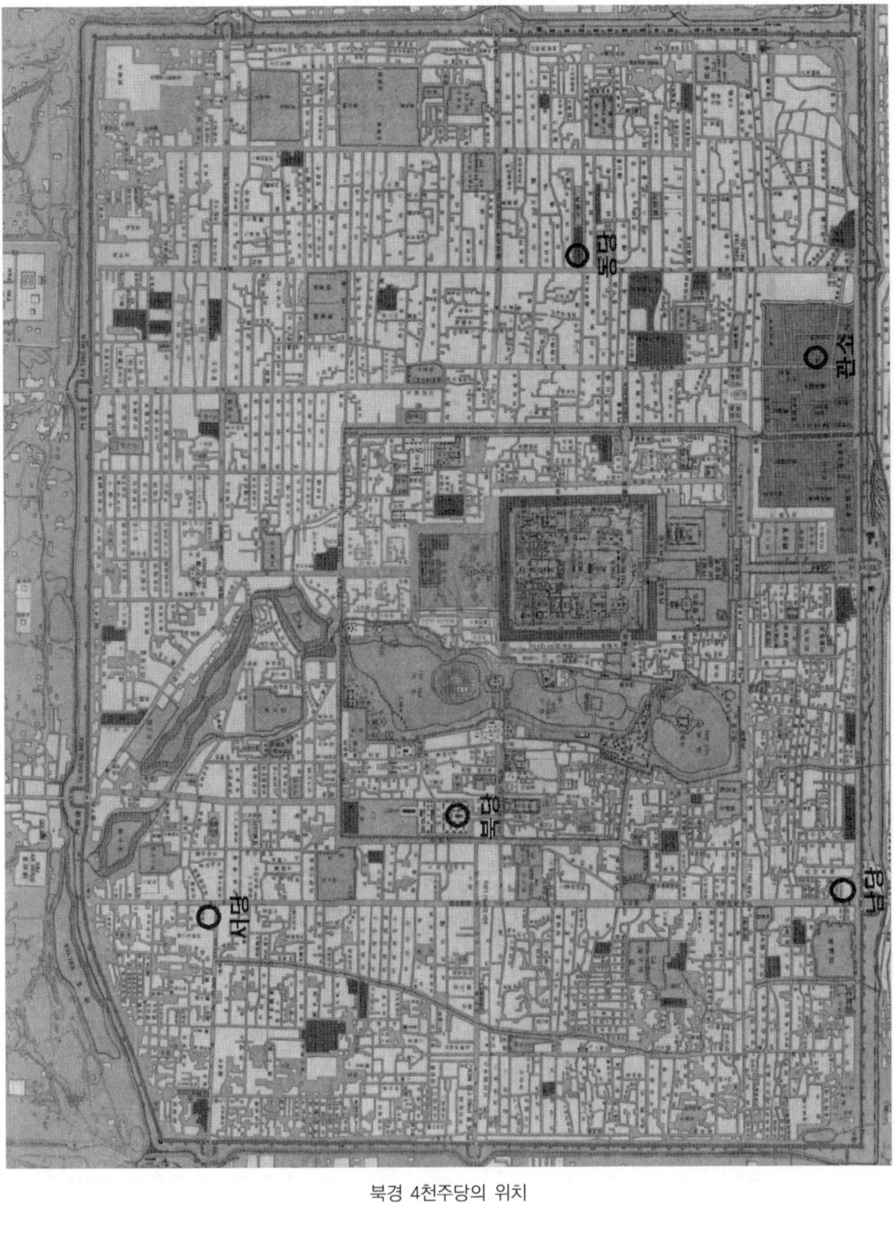

북경 4천주당의 위치

동편에는 일영(日影)의 원권(圓圈)을 만들어 놓았는데 지름이 주척(周尺)[29]으로 5척쯤 되었다. 남쪽을 향하여 곧추 세워놓았으며 가운데에는 해시계 말뚝[臬]이 박혀 있었다. 아래쪽에는 인(寅)으로부터 술(戌)까지 아홉 개의 시간[30]이 씌어져 있었고, 그 글자 위에 획을 그어놓았다. 검은 막대는 몇 촌에 불과하였는데 마치 부챗살을 펼쳐놓은 듯한 모양이었다. 시각이 되면 막대의 그림자가 때마다 획의 끝에 이르게 되는데, 지금은 바야흐로 정오였다. 서편의 원권(圓圈) 또한 동편의 것과 마찬가지였는데 다만 돌아가며 12시가 씌어져 있었다. 가운데에 있는 금거북[金龜]이 회전하면서 12시를 가리켰다.

누각 안에는 기계가 설치되어 있었는데, 길이가 10여 척쯤 되는 쇠막대[鐵杖]의 한쪽 끝이 톱니바퀴에 꽂혀 있으면서 쇠로 된 기계의 바퀴에 이어져 있었고, 또 다른 한쪽 끝은 금거북에 이어져 있어서 안팎으로 회전하도록 통해져 있었다. 그 위에는 종(鐘)이 있었는데 시간에 따라 울렸다. 기계 아래에는 세 개의 큰 바퀴가 있었는데, 모두 납으로 된 커다란 추(錘)가 달려 있었다. 대저 자명종과 비슷했으나 톱니바퀴[牙輪]가 매우 많았다. 제작의 신묘함이 거의 하늘의 교묘함을 훔친 듯 했다. 또 다른 쇠막대 하나가 서쪽으로 나와 있었는데, 이 또한 마찬가지였다.

북쪽의 정전(正殿)은 높고 크며 깊숙했다. 당 안의 가장 높은 벽 위에 천주상(天主像)이 그려져 있었는데, 한 사람이 붉은 옷을 입고 구름 가운데 서 있었다. 그 옆에는 여섯 사람이 구름 기운 속에서 출몰하고 있었는데, 어떤 이는 온몸을 다 드러냈고, 어떤 이는 몸을 반만 드러내었으며,

---

29) 주척(周尺): 고려 시대 이후부터 조선 시대에 걸쳐 사용된 자의 하나. 한 자가 곡척(曲尺)의 여섯 치 육 푼으로, 23.1cm 정도이다.

30) 아홉 개의 시간: 12지에서 해(亥)·자(子)·축(丑)을 뺀 인(寅)·묘(卯)·진(辰)·사(巳)·오(午)·미(未)·술(戌)을 말한다. 인시(寅時)는 새벽 3~5시, 술시(戌時)는 저녁 7~9시에 해당한다.

어떤 이는 구름을 헤치고 얼굴을 드러내고 있기도 하였다. 몸에 두 날개가 돋은 이도 있었는데, 얼굴 모양과 머리터럭이 살아있는 사람 같았다. 코는 높이 솟고 입은 들어갔으며, 손발이 불룩하게 솟아있어 양각(陽刻)한 것 같았다. 주름 잡힌 옷이 아래로 드리워져있었는데 마치 구름 기운[雲氣]을 잡아 비틀어 놓은 듯 했고, 머리카락은 솜을 탄 듯 더부룩하게 풀어져 있었다. 가장 이상했던 것은 구름을 헤치고 얼굴을 드러낸 자가 두어 장(丈) 정도 깊은 곳에 있는 듯 보였던 것이다.

처음에 전당 안에 들어서서 고개를 들자 벽 위에 커다란 감실이 있는 것이 보였는데, 감실 안에는 구름 기운이 자욱하였다. 구름 가운데 5~6인이 서 있었는데 아득하고 황홀하여 마치 신선이나 귀신이 변환(變幻)한 듯했다. 자세히 살펴보니 벽 위에 붙인 그림일 뿐이었으니, 사람의 솜씨가 이러한 경지에 이를 수 있으리라곤 생각도 못했다.

좌우의 벽 위에는 천신(天神)의 상을 줄줄이 그려놓았는데, 온갖 모습이 다 갖추어져 있어서 이루 다 기록할 수가 없다. 여자의 형상도 있었는데 심원하고 아득하여 참으로 신선과 같았다. 천주상(天主像) 앞에는 자리가 마련되어 있었는데, 붉은 옷에 호모(胡帽)를 쓰고 이목구비를 그려 넣지 않은 자가 있었다. 황제의 지위에 있는 이라고 하였으니, 괴이한 일이다.

그 앞에 주홍 탁자와 향로(香爐), 향합(香盒), 기명(器皿) 따위가 놓여 있었는데 모두 매우 기이했다. 촛대 두 쌍을 세워놓았는데 높이가 모두 한 장(丈) 남짓했다. 그 바깥으로는 긴 탁자를 난간처럼 설치하여 사람들의 출입을 막았다. 탁자 위에는 화분 수십 개를 늘어놓았는데, 모두 종이와 밀랍으로 만든 것으로 꽃과 잎이 진짜 같아 분간할 수 없을 정도였다. 좌우의 익실(翼室, 큰 방 양쪽에 딸린 방)은 정전(正殿)으로부터 전각(前閣)에 이어져 있었는데, 모두 천신(天神)의 형상이 그려져 있었다. 동쪽 벽

산지오 라파엘로(Sanzio Raffaello) 작, 〈성 미카엘(St. Michael) 천사〉

위에 한 신장(神將)이 있었는데, 몸에 두 날개가 있고 발로는 귀조(鬼鳥)를 밟고 있는 모습이었다. 그 귀조는 박쥐처럼 생겼으며, 수레바퀴만한 날개를 펴고 막 땅으로 내려서고 있는 형상이었다.[31] 천신이 항마저(降魔杵)[32]로 그 머리를 찧고 있었는데, 그 눈에서는 광채가 뿜어져 나와 강렬함이 마치 살아있는 듯했다. 세상에 신장(神將)이 없다면 모를까, 만약 있다면 그 형상이 필시 이와 같을 듯했다.

익실(翼室)의 신상(神像) 앞에도 모두 탁자가 놓여있고, 그 밖으로 난간을 설치하여 사람들이 가까이 오는 것을 막아놓았다. 정전의 가운데에는 천녀(天女)를 그린 병풍을 세워두고 향탁(香卓, 향로를 올려놓는 탁자)을 놓아두었다. 대개 용마루[棟宇]와 난간과 담벼락은 모두 돌 빛깔로 채색되어 있었는데, 혹은 푸르스름하고 혹은 불그스름했으며, 간간이 돌무늬를 만들어 넣어 완연히 돌과 같아 보였다. 그 안으로 들어서자 처음에 냉기

31) 몸에 두 날개가 … 내려서고 있는 형상이었다: 미카엘(Michael) 천사가 악마를 밟고 있는 그림으로 보인다. 미카엘은 기독교에서 말하는 대천사장(大天使長)으로 일곱 수호신 가운데 하나이다. 유대교에서 비롯되어 선민(選民)의 수호자이자 용의 형상을 한 악마와의 싸움에서 하느님의 세력을 나타내는 천사로 인식되어 왔다. 회화(繪畵)에서는 전사(戰士)의 모습으로 그려지는 경우가 많으며, 최후의 심판 때에 저울을 들고 있는 모습으로도 나타난다.

32) 항마저(降魔杵): 마귀를 굴복시킨다는 방망이로, 금강항마저(金剛降魔杵) 또는 금강저(金剛杵)라고도 함. 사찰에서는 대개 금강소상(金剛塑像)이 손에 쥐고 있는 모습으로 나타난다.

같은 것이 느껴져서 따라온 이들이 모두 돌이라고 여겼는데, 내가 손톱으로 그것을 긁어 보인 뒤에야 돌이 아님을 알았다.

전우(殿宇)의 법식은 모두 벽만 세워져 있고, 처마[簷]와 용마루[棟]가 없어서 마치 나무궤짝[木櫃] 같은 모습이었다. 신상(神像)을 놓은 곳에는 금빛 기둥이 늘어져 있었는데, 혹은 나선(螺旋) 문양을 이루었고, 혹은 덤불 모양을 이루기도 하여 영롱하게 새겨진 모습이 모두 생각 밖의 것들이었다. 문의 빗장과 자물쇠 또한 이어붙인 흔적을 찾을 수 없었다. 대개 서양 나라의 풍속은 천주를 숭상하여 받들기를 마치 서역에서 부처를 섬기는 것 같이 하며 으레 천주당을 지어 받드는데, 이 전당 또한 서양인이 지은 것이다.

나는 전당 안을 두루 살펴보고 서쪽의 익실(翼室)로 들어갔는데, 벽을 만져보다가 우연히 문 하나를 발견했다. 그 문으로 들어가니 빙빙 굽어 돌아 있었는데, 사다리가 있어 올라갈 수 있었다. 시험 삼아 굽이굽이 돌며 사다리를 밟고 올라가니, 사다리가 끝나는 곳이 바로 전각(前閣)의 상층이었다. 서편에 자명종이 있기에, 한동안 기계 장치[機鍵]가 움직이는 모습을 자세히 살펴보았다. 돌아서 내려오니, 문지기가 말도 없이 올라갔다며 화를 내고는 앞문을 열어 나가도록 하더니, 나오자마자 곧장 문을 잠갔다.

박태중(朴泰重)이 문지기를 불러 기씨(紀氏)에게 통지해 달라고 하자, 문지기가 기씨는 올해 7월에 이미 죽었고, 다른 서양인 8명이 이곳에 있다고 하였다. 아마도 서양인으로 중국에 온 자는 모두 이곳에 머무는 듯했다. 드디어 문지기에게 그들에게 알리도록 하자, 잠시 후 들어오라고 했다. 박태중을 먼저 들여보내 내가 온 것을 전하도록 하자, 잠시 후 어떤 사람이 나에게 들어오라고 했다. 나는 천주당의 외문(外門)을 나와서 작은 중문(中門)으로 들어갔는데, 마침 당옥(堂屋)을 짓고 있어서 커다란 벽돌과 깎아낸 돌들이 널려 있고 여러 공인(工人)들이 분주했다. 대개 건물을 지을 때는 모두 벽돌을 쓰고, 기둥과 들보는 적게 사용하는 듯했다.

중당(中堂)에 들어가니 서양인 세 사람이 서쪽에 앉아 동쪽을 향해 있었고, 꽃무늬 의자를 동편에 놓아두었다. 내가 들어서자 모두 읍하며 앉으라고 하는데, 예모(禮貌)가 매우 공손하였다. 세 사람은 모두 덥수룩한 수염에 범상치 않은 모습으로, 우뚝한 코가 콧등이 솟아있으면서도 아랫부분은 처져 있었다. 눈썹은 짙으면서도 털이 가늘었고, 눈빛은 강렬하면서도 맑은 것이 마치 유리구슬과도 같아 무언가를 볼 때에 눈동자를 굴릴 것 같지도 않아 보였다. 두 번째 자리에 앉아있는 사람은 키가 9척 남짓 되었다. 모두들 변발을 하고 청나라 옷을 입고 있었다.

당 안에 비치되어 있는 기구들은 모두 기이한 것들이었는데, 자명종이나 천리경 같은 것들이 많이 있었다. 북쪽 벽에 족자 하나가 걸려 있었는데 천녀(天女)가 머리를 풀어헤치고서 운무(雲霧) 속에 서 있는 그림이었다. 천녀의 자태가 매우 우아하고 고결하며 자연스러워 마치 세상 밖에서 가만히 이치를 자득(自得)한 듯도 보였고, 아래를 내려다보는 눈빛은 마치 무언가 생각하는 것이 있는 듯도 했다. 동쪽 벽에는 꽃나무, 반도(蟠桃), 괴석(怪石) 등이 잡다하게 그려져 있었는데, 구불구불하게 서로 얽히며 여러 겹으로 덮여 있었다. 멀리서 보면 모습이 분명히 잡혀 한 무더기의 석가산(石假山)[33]과 같았는데, 가까이서 보자 어지럽게 얽혀 있어 무엇인지 분별할 수가 없었다. 동쪽 방에는 비단 휘장이 드리워져 있었는데, 종자(從者)가 걷어 올리자 주홍빛 침상에 깔린 이불과 화려하게 수놓은 융단이 보였다. 또 작은 방이 있었는데 휘장과 기물들이 하나하나 정

33) 석가산(石假山): 기괴하게 생긴 돌이나 나무를 인공적으로 쌓아서 만든 작은 산을 말하는데, 옛사람들은 이것을 정원에 만들어 두고 관상용으로 삼았다. 나무로 만든 것은 목가산(木假山), 돌로 만든 것을 석가산(石假山)이라 한다.

교하고 기이했다.

세 사람은 모두 한어(漢語)를 말할 수 있었지만 분명하게 알지는 못하였고, 글 또한 알지 못했다. 곁에 앉은 한인(漢人)은 곧 강남 지방의 거인(擧人)으로 이곳에 있으면서 통역을 해 준다고 하여, 박태중이 그와 대화를 나누어 보았지만 끝내 분명하게 통하지가 않았다. 결국 내가 글을 써서 거인에게 주면, 그 사람이 그 글을 가지고 세 사람 앞으로 가서 번역하여 이야기해 주고, 또 세 사람의 말을 글로 써서 나에게 보여주었다.

내가 글로 써서 묻기를,

"나는 천지의 동쪽 끝에 살고 당신은 천지의 서쪽 끝에 사는데, 지금 이처럼 얼굴을 마주하게 되니 어찌 하늘이 베푼 인연이 아니겠습니까? 하물며 영묘한 마음은 그대와 내가 다름이 없을진대, 정과 뜻이 서로 통한다면 어찌 멀고 가까운 것을 따지겠습니까? 저의 성은 아무개이고 이름은 아무개인데, 감히 세 분의 성명을 알고자 합니다."

라고 하였다. 답한 글에 이르길,

"첫 번째 사람은 소림(蘇霖)이고, 두 번째 사람은 장안다(張安多)이며, 세 번째 사람은 맥대성(麥大成)입니다."

라고 하였다. 소림이 말하길,

"이 노야(李老爺)는 말씀이 매우 분명하고 사리에 통달해 있으니, 늦게 만난 것이 애석합니다."

라고 하였다.

대화를 나누던 중에 첫 번째 자리에 앉아 있던 사람이 종자를 시켜 거울 하나를 가져오게 하고는 내 앞에 세워 놓았다. 거울은 지름이 3척 남짓 되었고, 한 면은 볼록하며 한 면은 오목했다. 꽃무늬로 받침과 대(臺)를 만들었으며, 높이는 사람 키만 하였다. 거울을 회전시켜 볼록한 면에 비춰보자 사람이 막 태어난 갓난아기처럼 작아 보이더니, 잠시 후

회전시켜 오목한 면에 비춰보자 사람이 모두 거꾸로 보였다. 그가 나에게 앞으로 다가와 가까이서 보게 했는데, 얼굴이 쟁반 만하게 크게 보이면서 거꾸로 뒤집혀 보이지는 않았다. 내가 기물을 둘러보자, 그 사람이 천리경(千里鏡)을 꺼내어 보여주었다. 길이는 2장(丈) 남짓 되었는데, 장소가 협소하여 멀리 바라볼 만한 것이 없었다.

책상 위에는 서책이 많이 쌓여 있었는데 모두 가죽으로 장정이 되어있었다. 살펴보니 서양 글자로 쓰여 있었는데, 글자 모양은 대략 범자(梵字, 산스크리트어)와 비슷했다. 내가 소림(蘇霖)에게 써보도록 했는데, 그가 사용하는 붓은 거위 깃털이나 독수리 깃에다가 나무줄기나 뿌리를 비스듬히 깎아 뾰족하게 만든 것이었다. 수정으로 만든 조그만 항아리[小缸]에 솜으로 먹을 적셔 놓고 붓을 거기에 담가 놓았다가 쓰는데, 한번 담그면 대여섯 줄을 써도 먹이 마르지 않았다. 글은 왼쪽에서부터 옆으로 써내려갔으니 「대완전(大宛傳)」에서 말한 '가죽 책에다 글을 가로로 쓴다[革書旁行]'[34]는 것이었다. 서방(西方)의 글은 대체로 이와 같아 붓놀림이 매우 빨라 마치 나는 듯하면서도, 먹줄을 잡아당긴 듯 정연했다. 또 자명종을 꺼내어 보여주었는데, 사면에 모두 유리를 붙여놓았고 윗부분은 오금(烏金, 鐵)으로 덮어놓았다. 작은 줄을 잡아당기면 곧바로 종이 울렸는데 제작의 정교함이 극치를 이루었다.

탁자 위에는 주홍색 정(釘)[35]이 많이 놓여있었는데 크기가 붓 대롱만

---

34) 가죽에다 글을 옆으로 쓴다[革書旁行]: 사마천(司馬遷)의 『사기(史記)』 「열전(列傳)」 제63편 「대완(大宛)」에 나오는 말로, 원문에 '畫革旁行以爲書記'라고 되어 있다. 대완은 지금의 우즈베크 공화국 내의 분지에 있었던 고대 국가이다. 한 무제(武帝) 때 명마(名馬)를 얻고자 대완을 정벌하게 되었는데, 「대완전」에는 대완 정벌을 주축으로 하여 한 왕조가 서역 각국과 왕래하던 모습 및 서역의 풍속이 기록되어 있다.

35) 정(釘): 여기에서는 아마도 편지를 보낼 때 밀봉하는, 못처럼 생긴 자그마한 밀랍으로 여겨짐.

하였다. 어디에 쓰는 것인지 묻자, 종자를 시켜 촛불을 켜 가지고 오도록 했다. 초는 손가락만큼 가늘면서 국수처럼 구불구불 말려 있으며, 길이가 거의 몇 십 척쯤 되었다. 손을 대는 대로 구부려지기도 하고 펴지기도 해서 밀랍으로 만든 초는 아닌 듯했다. 그 사람이 붉은 정(釘)의 끝부분을 촛불 위에 대어 불을 붙이자, 정(釘)에 곧 불이 붙었다. 그리고는 정(釘)의 끝부분을 종이에 떨군 다음 접어서 봉했다. 다시 한 방울 떨어뜨린 뒤 작은 구리 도장[銅印]을 그 위에 찍자 붉은 글자가 매우 선명하게 보였다. 내가 묻기를,

"여기에 도장을 찍는 것은 무슨 용도입니까?"

라고 하자, 그가 답하였다.

"서찰(書札)이나 그밖의 문서를 봉하는 표지를 할 때에 모두 이 도장을 씁니다."

내가 또 말하기를,

"세 분 중에서 혹시 우리 관소에 와 주실 수 있는 분이 있는지요?"

라고 했는데, 이 사람들을 대인께 보여드리고 싶었기 때문이었다. 그 사람이 깃털 붓으로 종이에 글을 써서 주면서 손가락으로 가리키며 말하기를,

"이 노야(李老爺)께서 사리에 매우 밝아 공경할만하니 마땅히 관소에 가도록 하겠습니다."

라고 하였다. 왕사(王四)가 곁에 있다가 말하기를,

"매매하는 것을 지금 허락하지 않고, 문금(門禁, 문의 출입을 금지함)이 매우 엄하기에 오실 수 없을 것입니다."

라고 하니, 그 사람이 이에 주저하면서 답하였다.

"마땅히 문금에 대해 알아보고 나서, 들어갈 수 있으면 가도록 가겠습니다."

내가 왕사를 꾸짖으며 말하기를,

“너는 일에 대처할 줄을 전혀 모르는 구나. 매매하는 사람들의 경우 혹 금지된 물품을 가지고 올까 염려해서 관소에 들어오는 것을 금할 수 있지만, 구만 리 밖에서 온 서양 사람들이 너희들의 매매하는 일에 무슨 상관이 있겠느냐?”
라고 하였다. 박태중 또한 그를 꾸짖자, 왕사가 얼굴을 붉히며 물러났다. 그렇지만 그 사람은 끝내 따라오지 않았다. 드디어 내가 작별 인사를 하고 나오니, 세 사람 모두 문 밖에 나와 전송해 주었는데, 작별하는 정이 은근하였다.

◆ 1720년 9월 27일

9월 27일, 신묘(辛卯). 맑음.

새벽에 일어나니 일행들이 홍려시(鴻臚寺)의 연의(演儀)[36]에 가려고 했다. 나는 함께 나가려고 했다가 먼저 천주당에 가야 했기 때문에 아침밥을 먹고 출발하였다. 양징(楊澄)에게 찾아가가기로 했던 약속을 하였었는데 오랫동안 지키지 못했기에, 드디어 왕사(王四)와 함께 조화(趙華)의 집으로 갔다.

… 〈중략〉 …

나는 천주당에 가야 했기에 오랫동안 앉아있을 수가 없었다. 드디어 글을 써서,

---

36) 홍려시(鴻臚寺)의 연의(演儀): 홍려시(鴻臚寺)는 국가의 행사와 의례를 담당한 관서이다. 홍려시의 연의란 각국의 사신들이 연경에 들어와 황제가 친림(親臨)하는 행사에 참여하게 되었을 때, 홍려시에 가서 황제를 배알하는 의전을 미리 익히는 것을 말한다. 의전의 핵심은 삼궤구고(三跪九叩)로 무릎을 세 번 꿇고 아홉 번 머리를 조아리는 것인데, 의식을 주관하는 관리가 ‘고두(叩頭)’라고 하면 머리를 땅바닥에 닿도록 조아리고, 한번 무릎을 꿇을 때마다 세 번씩 머리를 조아린다.

"내가 바쁜 일이 있기에 가고자 합니다. 오후에 다시 와서 이야기를 나누도록 하겠습니다."
라고 하고는, 곧바로 나왔다. 두 사람은 모두 문 앞에까지 나와 전송하였다.

옥하교(玉河橋)에 이르러 홍순택(洪舜澤)을 만났는데, 사신 일행이 이미 천주당에 갔다고 말하였다. 나는 드디어 태청문(太淸門) 밖으로부터 패루(牌樓) 아래로 들어가서 곧장 천주당으로 향했다. 지나는 골목[衚衕]마다 모두 이문(里門)을 만들어 놓았으며, 밤에는 문을 닫고 갑군(甲軍)들이 숙직을 섰다. 그렇기에 비록 순라꾼들이 밤에 통행을 금지하는 일은 없었지만 사람들이 왕래하지 못했다. 천주당에 반 리쯤 못 가서 골목길에 점포가 있었는데 바깥에 초상화 한 점이 걸려 있었다. 이곳은 곧 초상화를 그려주고 값을 받는 곳이었다. 비록 조그마한 골목길이라도 길가에 모두 점포가 있었으니, 거리의 제도가 또한 우리나라와는 달랐다. 거리는 모두 질서 정연하고 곧게 쭉 뻗어 있었으며, 구불구불하거나 후미져 치우친 곳이 없었다.

천주당에 이르자 사신 일행이 마침 문간에 앉아있었다. 잠시 뒤에 문지기가 나와서 먼저 천주전(天主殿)을 열어주어, 나와 일행들이 모두 들어가 두루 살펴보았다. 대인께서 위층으로 올라가 서편에 있는 자명종을 보고자 하였는데, 문지기가 말하길,

"잡인(雜人)들을 모두 쫓아내야지 올라가 볼 수 있습니다."
라고 하기에, 이에 종자들을 모두 문 밖으로 내보냈다. 삼사신(三使臣)과 함께 나는 누대의 사다리를 올라가서 자명종을 보았다. 다시 내려와 서양인을 만나러 들어갔는데, 지난번에 내가 앉았던 방으로 소림(蘇霖)·장안다(張安多)·맥대성(麥大成) 세 사람이 모두 있었다. 대진현(戴進賢)도 있었는데, 그의 얼굴은 세 사람에 비해 맑고 환해 보였다. 소림·장안

다·맥대성은 모두 나를 보고 반갑게 맞이하며 악수를 나누고 정을 표했다. 대인이 부사와 서장관과 함께 나란히 앉고, 나 또한 곁에 앉아서 글을 써서 이야기를 주고받았다. 그들 곁에는 흠천감(欽天監) 관원 두 사람이 앉아 붓을 잡고 묻고 답하는 내용을 글로 옮겼는데, 한 사람은 이름이 소운룡(邵雲龍)이고, 또 다른 한 사람은 이름이 손이무(孫爾茂)라고 하였다.

대인께서 이런저런 이야기를 나누고는, 예물로 종이와 부채 등의 물건을 주었다. 삼사가 방을 나와 여러 방에 있는 진기하고 기이한 물건들을 두루 구경하였는데, 이루 다 볼 수가 없었다. 그렇지만 아직 아침 식사를 하지 않았기 때문에 모두 돌아가게 되었다. 서양인들이 문까지 나와 전송하였는데, 대인께서 관소를 방문하기를 청하자 며칠 내로 찾아가겠다고 대답하였다. 나는 더 자세히 보고 싶어 홀로 남았다. 서양인이 나를 다른 방으로 인도해서 자리를 잡고 앉았다.

나는 다시 부채 세 자루를 지난번에 만났던 세 사람에게 주고, 또 부채와 여러 가지 빛깔의 선자지(扇子紙)[37]를 대진현에게 주고 그와 더불어 이야기를 나누었다. 식사를 대접하려고 하기에 이미 먹었다고 사양하였는데, 서양 떡 30립(立)을 내왔다. 그 모양이 우리나라의 박계(薄桂)[38]와 비슷하게 생겼다. 그런데 매우 부드럽고 감미로워 입안에 넣자 즉시 녹았으니, 참으로 기이한 맛이었다. 만드는 방법을 묻자, 사탕(砂糖)과 계란, 밀가루 등을 섞어서 만든다고 한다. 선왕(先王, 숙종)께서 말년에 음식에 물려 색다른 맛을 찾자 어의 이시필(李時弼)이 말하길,

---

37) 선자지(扇子紙): 질기고 단단한 흰 종이로 부채를 만들거나 크고 좋은 연을 만드는 데 주로 썼다.

38) 박계(薄桂): 박계(薄桂)는 보통 약재로 쓰이는 계수나무의 가늘고 엷은 햇가지를 말하는데, 여기에서는 문맥상 맞지 않다. 아마도 박계(朴桂)를 지칭한 것으로 여겨지니, 이는 밀가루에 소금·꿀을 섞고 반죽하여 높은 온도에서 지져낸 한과이다.

"일찍이 연경에 갔을 때 심양장군(瀋陽將軍) 송주(松珠)[39]의 병을 치료해주고 계란떡을 받아먹었는데, 그 맛이 지극히 부드럽고 뛰어났습니다. 저들 또한 매우 진귀한 음식으로 여깁니다."
라고 했다. 이시필이 그 제조법에 따라 만들기를 청해 내국(內局)에서 만들었지만 끝내 좋은 맛을 낼 수가 없었는데, 바로 이 음식이었던 것이다. 내가 한 조각을 먹자 저들이 곧 차를 내왔는데, 대개 이것을 먹은 후에 차를 마시면 소화가 잘되어 체하지 않기 때문이다. 뱃속이 매우 편안하였으며 배가 부르지는 않았지만 시장기를 잊을 수 있었다.

내가 서양화 보기를 청하자 초상화 족자 일곱 개를 꺼내어 보여주었는데, 모두 중국에 온 서양인으로 중국 사람들이 그들의 모습을 그린 것이었다. 이마두(利瑪竇)・탕약망(湯若望)・용화명(龍華明)・안문사(安文思)는 모두 명나라 때 들어온 사람들이고, 청나라 때 들어온 사람들 또한 세 명의 초상화가 있었다. 이마두는 기상(氣像)이 유아(儒雅)하고 맑아 학문하는 사람 같아 보였는데, 눈에는 정채가 있었고 머리에는 정자건(程子巾)을 쓰고 있었다.

앉아있는 자리 곁에 조그만 책 한권이 있기에 들추어보니 서양 글자로 씌어져 있었으며, 작은 종이에다 손바닥만 한 크기로 그린 그림이 책 속에 수십 장 끼워져 있었다. 내가 한두 장 얻기를 청하자, 소림과 대진현 두 사람이 각기 다른 그림 두 세장을 꺼내 주었다. 그 중에는 자그마한 비단 조각에 먹을 칠하고 사람의 형상은 비워두어 음각(陰刻)으로 찍어낸 듯한 것이 있었다. 그림은 여인이 아이를 안고 있는 모습을 그린 것이었

---

39) 송주(松珠): '송주(宋柱)'라고 쓴 문헌도 있는데(심육(沈錥), 『저촌유고(樗村遺稿)』(권39)), 『사고전서』에 의거하면 정확한 이름은 '송주(松柱)'이다. 송주(松柱)는 만주족으로 청나라 시대 팔기(八旗)의 하나인 양남기(鑲藍旗) 사람으로 1709년(강희 48)에 장군으로 임명되었다.(『흠정성경통지(欽定盛京通志)』 권43, 「직관(職官)」 권2)

는데, 나에게 주려고 하다가 도로 놔두며 매우 아까워하는 기색이 있었다. 내가 그 까닭을 묻자, 답하기를

"이는 천모(天母)의 상인데, 만일 함부로 대한다면 준 자나 받은 자 모두 좋지 않습니다."

라고 하였다. 내가 말하기를,

"천주의 가르침이 만약 우리나라에서도 행해진다면, 또한 여러분들의 공이 될 것입니다. 천주의 상이 유포된다고 해서 무슨 해가 되겠습니까?"

라고 하자, 세 사람은 모두 그대의 말이 매우 옳다고 하면서 드디어 그림을 주었다.

또 커다란 책 세 권을 꺼냈는데 길이와 너비가 모두 두세 척(尺)은 되었고, 두께는 반 척쯤 되었다. 한 책에는 서양 임금과 황후가 그려져 있었고, 그밖에 인물·산천·성곽·마을·바다·섬 등이 그려져 있었다. 그림마다 서양 글자가 작게 씌어져 있었는데 알아볼 수가 없었다. 서양 임금은 머리를 풀어헤친 모습에 재봉질하지 않고 길게 늘어진 옷을 입고 있었으며, 황후는 곱슬머리[卷髮]가 마구 헝클어진 것이 구름모양 같았다. 성곽의 제도 또한 모두 특이하였다. 또 운무(雲霧) 가운데에 쇠방망이를 쥐고 있는 사람 하나가 그려져 있었는데, 뇌공(雷公)[40]의 모습과는 달라 보였다. 책 속에 이러한 형상이 매우 많이 있기에 무엇이냐고 물으니, 답하기를

"이는 중국의 용(龍)과 같은 것으로 구름 속을 날아다니며 비를 내리고, 번개를 치게 할 수 있습니다."

라고 하였다. 생각건대 천신(天神)과 인귀(人鬼)의 사이에 또 하나의 이물(異物)이 있는 듯하였으나 알 수는 없었다. 초목도 대부분 기이하여 일찍

40) 뇌공(雷公): 우레와 천둥을 관장한 신을 말한다.

이 보지 못한 것이었다. 과일은 모양이 소라껍질 같은 것이 많았으며, 풀은 잎이 파초처럼 넙적한 것이 많았고, 꽃은 해바라기와 국화 종류가 많았다. 금수(禽獸)는 사자·코끼리·호랑이·곰·소·말 등속이었는데, 모두 중국의 짐승과 비슷해보였다. 그런데 생김새가 쥐 같으면서 크기가 소만 한 것도 있었는데, 이름이 맥(貘)[41]이라고 하였다. 또 물소처럼 생겼는데 목이 몸뚱이보다 더 긴 것이 있어 서우(西牛)라고 하였다. 그 밖에도 기이하게 생긴 것들이 많았지만 이루 다 볼 수가 없었다. 필법이 정교하고 기이하여 중국 사람들이 미칠 수 있는 바가 아니었다. 금수와 초목은 각기 그 모습을 극진히 그렸으며, 풀 한포기와 짐승 한 마리라도 모두 서 너 본씩 함께 그려 놓았다.

다시 소림·대진현 등의 사람들과 함께 여러 방을 두루 지나다니며 구경하였다. 한 방을 자세히 살펴보니, 중앙에 주홍색 의자 십여 개와 붉은 탁자 다섯 개가 놓여 있었다. 북쪽 벽에는 석함(石函)을 들여놓고 물을 담아 놓았는데, 석함의 바닥에는 구멍 세 개를 뚫어 놓고 동(銅)으로 만든 용의 머리를 구멍에다 꽂아 놓았다. 용의 입에는 여닫는 장치가 되어 있어, 열면 용의 입에서 물이 뿜어져 나와 그 아래의 석궤(石櫃)로 흘러가게

---

41) 맥(貘): 서양에서 '테이퍼(tapir)'라고 부르는 동물을 가리키는 것으로 보인다. 동양에서 맥(貘)은 고대 문헌에서부터 전해오는 기이한 동물을 가리키는데, 이익이 '맥(貘)'에 관해 정리한 글을 참고로 제시하면 다음과 같다. "백거이(白居易)의 「맥병찬서(貘屛贊序)」에는, '맥(貘)의 생김새는 곧 코끼리의 코에 무소의 눈, 소의 꼬리에 호랑이의 발이다. 그 가죽을 깔고 자면 염병이 들지 않고, 그 얼굴을 그려서 벽에다 붙이면 사귀(邪鬼)를 물리칠 수 있다.'하였으며, 어떤 이는, '맥은 털이 검고 가슴이 흰데 곰과 흡사하나 조금 작다.'고 하였다. …〈중략〉… 『습유기(拾遺記)』에는, '곤오산(昆吾山)에 어떤 짐승이 있는데 크기는 토끼와 비슷하고 털빛은 금같이 누르며 땅속에 든 단석(丹石)을 먹는다. 굴을 깊이 뚫고 사는데, 또한 구리와 무쇠도 잘 먹으며 암컷은 빛깔이 희다. 오(吳) 나라 무고(武庫)에 저장한 병인(兵刃)과 철기(鐵器)를 다 이 짐승이 훔쳐다 먹었다.'고 하였으니, 이도 역시 맥의 별종인 듯한데, 물리(物理)로 보아서 대개 이와 같은 것이 있을 듯하다."(『성호사설』 권5, 「맥치(貊齒)」)

되어 있었고, 용의 물이 석궤(石櫃) 속으로 떨어지면서 벽 밖으로 흘러 나갔다. 그 곁에는 길이가 십여 척(尺) 되는 긴 베를 걸어놓았는데, 곧 식사를 한 후에 사람들이 손을 씻는 곳이다. 이 방은 서양 사람들이 모여서 식사를 하는 곳이다.

또 다른 한 방에는 지도와 혼천의(渾天儀)·지구의(地球儀) 등의 물건이 많이 놓여 있었다. 탁자 위에 기기 하나가 있었는데 한쪽 끝에 둥근 목판이 비스듬히 세워져 있었다. 목판 위에는 오색이 어지럽게 칠해져 있었는데, 종횡으로 어지럽게 흩어져 있어 갈피를 잡을 수가 없었다. 새의 머리 모양 같은 것도 있었고, 새의 날개 모양 같은 것도 있었는데, 이는 그저 내가 이름을 붙여 본 것일 따름이다. 목판에서 3척쯤 떨어진 곳에 원통이 비스듬히 세워져 있고, 원통의 한쪽 끝에 수정(水晶)이 붙여져 있었다. 수정은 가운데가 불룩하고 모서리 진 곳이 많았으며, 다른 한쪽 끝에는 조그만 구멍 네 개가 있었는데 겨우 바늘구멍만 하였다. 사람이 그 조그만 구멍에 눈을 갖다 대고 수정을 투과하여 목판의 그림을 보게 되면, 아까 보았던 어지럽게 흩어져있던 것들이 모두 모여들어 하나의 사물을 이루었다. 학이 소나무 가지를 쪼기도 하고, 비오리가 물에 떠다니기도 하여 그림마다 마치 살아있는 것들이 날아 움직이는 듯하였다. 그렇지만 목판 위의 그림으로는 어떤 것이 머리가 되고 어떤 것이 발이 되는지조차 끝내 분간해 낼 수 없었으니, 참으로 괴이하였다. 대개 수정의 모서리 진 곳이 사람이 물건을 볼 때 능히 이합(離合)시키기 때문에 그 이합의 형세에 따라 그림이 만들어져, 목판에 있는 점과 획이 모여들어 완전한 새의 모양을 이루는 것이었다. 장인의 마음 씀의 교묘함은 신의 기교를 빼앗았다고 이를 만했다. 목판 위에는 '시학(視學)'이라는 두 글자가 씌어 있었고, 그 옆에는 '이산취이취산(以散聚以聚散: 흩어지는 것으로써 모으고, 모으는 것으로써 흩어버린다)'이라는 여섯 글자가 씌어 있었다.

뜰 가운데에 작은 우물이 있었는데 물은 없었다. 그 곁에다 구멍을 뚫어 구리로 만든 대롱을 꽂아 놓았는데, 대롱의 크기가 사람 팔뚝만 했다. 구부러진 관이 우물 위로 높이 튀어나와 있었고, 그 아래는 대나무 홈통으로 이어져서 연못까지 닿아있었다. 작은 우물 북쪽으로 100보쯤 떨어진 건물 뒤에도 우물이 있었는데, 우물 가운데에 기계를 설치해서 사람이 그 기계를 작동시키면 물이 땅 속을 지나 구리로 만든 대롱 입구로 뿜어져 나와 평지 위에 곧장 샘솟았다가 대 홈통으로 쏟아져서 연못까지 흘러들어갔다.

소림과 대진현이 또 다른 방으로 인도하여 들어갔다. 탁자 위에는 수정병(水晶甁)이 놓여 있었는데, 높이가 세 척쯤 되었고 술이 담겨 있었으나 마치 비어있는 듯하였다. 술을 따라 나에게 권하였는데, 술맛은 감미롭고 상쾌하면서도 색다른 향이 코를 자극하였다. 마시고 나자 조금 훈훈하기만 하고 취하지는 않았다. 드디어 작별을 하고 나오니, 여러 사람들이 문까지 나와 전송해 주었다.

◆ 1720년 9월 29일

식사 후에 서양인 대진현(戴進賢)과 소림(蘇霖)이 대인을 찾아뵈었다. 흠천감정(欽天監正)[42] 소운룡(邵雲龍)과 역과박사(曆科博士) 손이무(孫爾茂) 또한 따라왔으며, 종자가 열 명 남짓 되었다. 소림은 교자(轎子)를 타고 왔다. 대인이 맞이하여 캉(炕) 위에 앉게 했는데, 내가 대인을 모시고 앉았으며 잠시 뒤에 부사도 들어왔다. 두 사람이 흡독석(吸毒石), 여송과

42) 흠천감정(欽天監正): 흠천감(欽天監)의 감정(監正)을 말함. 흠천감은 명·청(明淸) 때에 천문을 관찰하고 역법을 제정하는 일을 맡아보던 관서이고, 감정은 흠천감의 책임을 맡아보는 관직이다. 북경의 천주당에 있던 선교사들은 천문학에 뛰어난 지식을 인정받아 탕약망(湯若望) 이래로 많은 선교사들이 흠천감정을 역임했다.

(呂宋果)[43], 서양 칼, 수정합(水晶盒), 서양 그림, 서양인이 저술한 책 세 종류를 대인께 드렸다. 또 흡독석, 여송과, 서양 종이, 수중천(水中天)을 나에게 따로 주었고, 부사와 서장관에게도 각기 준 것이 있었다. 흡독석과 여송과는 각기 사용법이 있었는데, 흡독석은 곧 독사의 머릿속에 든 돌이다. 책은 모두 천주의 교리를 밝혀 놓은 것이고, 그림은 서양의 천주당을 인화(印畫)[44]한 것이었다.

대인과 내가 글을 써서 이것저것 물어보았는데, 대진현(戴進賢)은 한자를 알아볼 수는 있었으나 쓰지는 못하였기에 손이무(孫爾茂)에게 대신 글을 쓰게 하여 답하였다. 율병(栗餠, 밤떡)·해송자병(海松子餠, 잣떡)·약과·복어 등의 물건을 대접하고, 또 계당주(桂糖酒)[45]를 권했는데 모두 한두 차례 마실 뿐이었다.

떠날 즈음에 삼사가 각기 장지(壯紙)[46]·칼[刀子]·문어·부채 등을 주었으며, 손이무와 소운룡 두 사람에게도 종이부채[紙扇]를 약간 주었다. 또 따로 준비한 음식으로 종자들을 대접하여 보냈다. 소림이 내게 반드시 또 방문해 달라고 하기에, 나는 며칠 후에 가겠다고 하였다. 대인께서 서양의 인물(人物)이나 금수와 화초 등이 그려진 그림책을 보고 싶다고 하자, 대진현이 나를 가리키며 말하기를,

"저 사람이 필시 이야기를 늘어놓았군요."

---

43) 여송과(呂宋果): 마전과(馬錢科)에 속하는 보두나무의 열매로 만든 약재로 보두(寶豆)·고과(苦果)라고도 한다. 보두나무가 필리핀, 월남, 태국 등지에 분포하기에, 여송(呂宋, 필리핀의 루손 섬)이라는 명칭이 붙었다. 복통, 이질 및 학질 등을 치료하거나 지네 등에 물렸을 때 사용한다.

44) 인화(印畫): 일반적으로 안료를 벌꿀 또는 송진에 녹여서 불에 달군 인두로 벽면 또는 화면에 색을 입히는 고대 회화 기법을 말하는데, 여기에서는 동판에 새겨진 그림을 찍어낸 것을 이르는 듯하다.

45) 계당주(桂糖酒): 계피와 꿀을 소주에 넣어 담근 술이다.

46) 장지(壯紙): 한지의 한 종류로, 두껍고 질기며 질이 좋은 종이이다.

유리로 만든 비연호(鼻烟壺)와 비연

라고 하였다. 내가 답하기를,

"내가 보고 돌아온 후에 말씀드린 것입니다."

라고 하자, 그가 답하였다.

"이 그림은 사람이 많은 곳에서 함께 보아서는 안 되니, 조용한 곳에서 혼자 보십시오. 마땅히 보내드려 볼 수 있도록 하겠습니다."

또 나에게 비연(鼻烟)[47] 가루를 조금 주기에, 내가

"이것은 어디에 쓰는 것입니까?"

라고 묻자, 가루를 조금 집어서 콧구멍 가까이에 대고 들이마시면서 말하기를,

"이렇게 하면 머리와 눈의 각종 질병과 감기에 걸려 몸이 떨리는 증상이 모두 낫습니다. 근래에 황제께서도 우리에게 배워서 이것을 하고, 북경 사람들 중에도 점점 배워 하고 있는 이가 많습니다."

라고 하고는, 또 말하였다.

"신독국(身毒國)과 천축국(天竺國)[48]은 중원(中原)에서 삼만 리 떨어져

---

47) 비연(鼻烟): 질 좋은 담배를 매우 가늘게 갈은 분말에 사향 등의 약재나 꽃가루 등을 섞어 만든 담배의 일종. 기관(器官)이 막혀서 갑갑할 때 재채기를 하기 위해 콧구멍에 대고 냄새를 맡거나, 콧구멍 속에 불어 넣는 용도로 쓰였다. 아메리카 원주민에게서 유래되었으며, 1581년(만력 9) 이마두(利瑪竇)가 자명종, 〈만국여도(萬國輿圖)〉 등과 함께 공물로 바치면서 중국에 처음으로 알려졌다고 한다. 그 후 서양 선교사를 통해 독일, 스페인, 프랑스 제의 비연 등이 전래되기 시작했으나, 값이 매우 비싸 일부 상층 계급만이 사용할 수 있었다. 옹정제(雍正帝)는 비연을 애용하였으며, 대신들에게 비연과 비연호(鼻烟壺)를 하사하기도 했다고 한다.

48) 신독국(身毒國)과 천축국(天竺國): 신독국은 전한(前漢) 때까지 214년간 중원대륙의

있으며, 서양은 천축국으로부터 떨어진 거리가 육만여 리입니다. 육로에는 험준한 산이 많고, 사람을 잡아먹거나 노략질하는 나라도 있기에 지나기가 매우 어렵습니다. 큰 바다에 배를 띄워 오게 되면 한 해나 두 해 정도면 도착합니다."

작별인사를 하고 나가기에, 내가 문까지 이르러 전송하고 돌아왔다. 들으니 소림과 대진현이 사람들을 두루 만날 때에 통관 김사걸(金四傑) 또한 비연을 구하여 얻었다고 한다.

◇ 1720년 10월 3일

10월 3일, 병신(丙申). 맑음.

아침에 대인께서 서양인에게 편지를 보내 역법의 세차(歲差)와 혼천의(渾天儀)의 제조법 및 유리와 청기와의 제조법에 대해 물었다.[49] 또 편지와 함께 도자(刀子)를 주면서 왕사(王四)에 전하도록 하였다.

◇ 1720년 10월 10일

동화문(東華門)[50] 밖에 있는 천주당(天主堂)을 방문하려고 동안문(東安

북방과 서역 지방의 방대한 지역을 다스렸던 나라이다. 한(漢)나라 초기에는 아주 작은 제후국이었으나 한나라 후기에 들면서 청해성·감숙성·신강성·서장성으로 확장되어 운남성에서부터 서역(西域) 전반에 걸친 넓은 지역을 차지하였다. 워낙 강역이 넓어 후한(後漢) 때 와서 다섯 제후국으로 나뉘었는데 그것이 바로 다섯 천축국(天竺國)이다. 다섯 천축국 중에서 석가(釋迦)가 태어난 곳은 중천축국이다.

49) 이 날에 보낸 편지가 바로 소림과 대진현에게 보내는 편지(『疎齋集』 卷19, 「書牘」, 〈與西洋人蘇霖戴進賢, 庚子〉)로 짐작된다. 이 편지의 내용은 17면 참조.

50) 동화문(東華門): 중국 북경의 자금성(紫禁城) 동남쪽에 있는 문으로 평소에 황제의 신하들이 출입하던 궁문이다. 조선의 연행사가 청국에 바치는 공물(貢物)을 운반해 들여가던 문이기도 하다.

門)[51]으로 들어가 지나가는 사람에게 물으니 모두들 여기에 없다고 하였다. 한 사람이 말하기를

"바로 동안문 밖에 있습니다."

라고 하여, 도로 문을 나오다가 우연히 조화(趙華)[52]를 만났다. 그가 나에게 어디로 가느냐고 묻기에, 나는

"천주당을 구경하러 가는데, 돌아오는 길에 집에 들르겠습니다."

라고 하였다. 말 위에서 서로 읍(揖)을 하고 지나쳐 동쪽 골목길로 수십 보쯤 들어가 천주당에 이르렀다.[53] 실제로는 관소(館所)[54]에서 멀지 않은 곳이었는데, 예전에는 늘 동안문 안쪽에서 찾았기 때문에 찾을 수 없었던 것이다.

문지기를 시켜 들어가 통지하도록 하자, 잠시 후 비(費) 씨 성의 서양 사람이 나와서 맞이하였다. 대개 예전에 소림(蘇霖)과 대진현(戴進賢) 두 사람이

"비 씨가 여기 관소에서 에서 멀지 않은 곳에 있어서 만나보기를 원합니다."[55]

51) 동안문(東安門): 북경 자금성의 사대문(四大門 ; 天安門·地安門·東安門·西安門) 중 하나로 동쪽 편에 있었음.

52) 조화(趙華): 조화는 노가재 김창업이 1712년에 연행했을 때에 만났던 인물이다. 『노가재연행일기(老稼齋燕行日記)』에 따르면 그는 만주인이었으며, 당시 나이가 34세였다고 하였다. 노가재는 그의 모습을 평하기를, '조화의 모습은 시커멓고 비쩍 마른 데다 얽었고, 한쪽 눈마저 찌그러져 외모로 보면 그가 문인임을 알지 못하겠다.'고 하였다. 이기지는 북경에 도착한 즉시 조화의 거처를 방문하여 그와 교유한다.

53) 이 날 이기지가 방문했던 천주당은 동당(東堂)이었다. 북경에는 동당·서당·북당·남당의 총 4곳의 천주당이 있었다. 이 중 서당은 1723년에 지어졌기에, 이기지가 북경을 방문한 1720년 당시에는 세 곳의 천주당만 있었다.

54) 관소(館所): 관소는 북경에 있는 법화사(法華寺)를 말한다. 이기지 일행은 9월 18일 북경에 도착한 이후 북경을 떠날 때까지 법화사에 유숙하였다.

55) 비 씨가 …… 원합니다: 앞의 9월 29일자 기사에서 선교사 소림과 대진현 일행이 연행사들의 관소를 방문하여 관소에서 동천주당이 멀리 있지 않다고 이야기한 바 있다.

동당(東堂)[56]의 모습

라고 하였기에, 방문한 것이다. 그 사람이 맞이하면서 나에게 먼저 가라고 하며 읍을 하기에, 내가 여러 번 사양했지만 이를 막을 수는 없었다. 구불구불 이어진 길을 따라 담장과 건물 사이를 지나 한 건물에 이르렀는데, 건물의 제도와 집안에 있는 물건들이 서천주당(西天主堂)[57]과 대략

56) 동당(東堂): 1653년에 탕약망(湯若望, A. Schall) 신부가 동안문(東安門) 밖에 건립한 천주당이다. 청이 북경에 들어올 때 훼손되었다가, 1655년(순치 2)에 현재 동당 위치의 땅을 하사하여 새로 건립했다. 1807년(가경 12)에 화재를 입었다. 남당과 동당은 포르투갈 선교사들이 관할하던 곳이었는데, 가경제(嘉慶帝) 초기에는 남당과 동당에서는 흠천감의 실권과 산동성의 포교권의 장악을 시도하였다. 이로 인해 서당[이탈리아]과 북당[프랑스]의 선교사들과 갈등을 겪게 된다.

동당의 모습은 홍대용의 『연기(燕記)』에 자세히 서술되어 있어 참고할 만한데, 이에 따르면, 동당은 몽고관(蒙古館)에서 북옥하교(北玉河橋)를 지나 자금성(紫禁城)을 따라 가다가 보이는 기이한 기와지붕을 인 서양식 집이었다. 동당 서쪽에는 자명종루(自鳴鐘樓)가 있고, 누각 아래에는 해시계[日晷石] 한 쌍이 있었다. 서쪽으로 난 문밖으로 두어 길 되는 대(臺)가 있었는데, 이름은 관성대(觀星臺)였다. 대 위에는 집 셋을 세워 놓았고, 가운데 집에 혼천의(渾天儀)·망원경 등의 의기들을 보관해 두었다고 했다.

57) 서천주당(西天主堂): 앞의 주석에서 언급했듯이 이기지가 방문한 1720년에는 서천주

같았다. 자리에 앉자 차를 내오도록 하고, 즉시 글을 아는 한인(漢人)을 불러 붓과 벼루를 가져다가 앞에 두고 서로 문답하였다. 각자 통성명을 하였는데, 그 사람은 성이 비(費)이고 이름은 은(隱)으로 코가 높고 뾰족하며 수염이 덥수룩한 것이 소림이나 대진현과 같았다. 사방 벽에는 서양화 족자가 걸려있었다. 벽에는 자명종 두 개가 걸려있었는데, 동시에 나란히 정오를 알리는 종소리가 들려왔다.

내가 말하기를,

"이전부터 방문하고자 하는 뜻이 있었기에 이렇게 선생을 뵈러 온 것입니다. 지금 정성스럽게 대접해 주시니 매우 감사합니다."

라고 하였다. 그 사람은 글자를 읽을 줄은 알았지만 직접 쓰지는 못하기에 한인(漢人)을 시켜 답하였는데,

"나는 서양으로부터 성인의 가르침을 전파하기 위해 왔습니다. 오늘 그대와 만난 것은 실로 전생의 인연일 것입니다."

라고 하였다. 내가 말하기를,

"천주(天主)의 가르침이 지금껏 중국에 행해지지 않고 있는데, 이는 불교가 크게 유행하고 있기 때문에 천주의 가르침이 행해지지 못하는 것입니다. 그대들은 어찌하여 황제께 고하여 천하의 불사(佛寺)를 천주당으로 고쳐 짓고, 중들을 예수회[耶蘇會][58]의 사도로 바꿔놓으려 하지 않

당이 건립되지 않았다. 이기지가 서천주당이라고 말한 것은 실제로 남천주당을 말하는 것으로, 연행사의 숙소가 있던 옥하관(玉河館)을 기준으로 서쪽에 위치하였기에 서천주당이라 언급한 것으로 여겨진다.

58) 예수회[耶蘇會]: 1540년 성 이그나티우스 데 로욜라(Ignatius de Loyola)가 프란시스코 사비에르(Francisco Xavier) 등과 함께 파리에서 창설한 가톨릭의 남자 수도회. 1534년 성 이그나티우스 데 로욜라와 그의 '영신수련(靈神修練)'으로 단련 받은 초대회원들로부터 유래하며 1540년에 로마 교황청의 정식 인가를 받았다. 1541년 4월 8일 초대 총장으로 이그나티우스가 선출되었으며, 1556년 이그나티우스가 죽을 때는 예수회원이 거의 1,000여 명에 이르렀고 4대륙에 걸쳐 사도들이 파견되었다. 제수이트 교

습니까?"
라고 하자, 그가 대답하였다.

"중국에서 천주의 성스러운 가르침을 받드는 자가 매우 많으니, 이들은 모두 이치에 따라 마음을 보전하고 있습니다. 황제께서 온갖 기무(機務)를 처리함에 있어서도 모두 순리대로 하고 있으며, 천주를 받들어 모시지 않음이 없습니다. 불교가 탄망(誕妄)하여 이치에 어긋난 것을 사람들 또한 깨닫고 있기에, 지금 북경 외의 성(省)에서는 불사를 없애고 천주당을 건립하는 자들이 있습니다."

내가 말하길,

"서양의 서책을 어째서 한자로 번역해 출판하지 않습니까?"
라고 하자, 그가 답하였다.

"서양의 책은 소리의 음과 장단이 일치하지 않아서, 한자로 번역해 출판하는 것은 매우 어려운 일입니다. 그렇지만 또한 번역한 것들이 있기도 하니, 비록 글자와 소리는 같지 않지만 이치는 하나입니다."

그가 다시 묻기를,

"귀국에서는 도읍을 어디에 세웠습니까? 어떤 곳을 거쳐서 여기에 오셨는지 노정(路程)을 자세히 알려주시기 바랍니다."
라고 하여, 내가 답하였다.

단이라고도 하며, 한국에서는 중국식 음사(音寫) 그대로 예수회[耶蘇會]로 칭했다. 예수회가 아시아에 진출한 것은 1542년 프란시스 사비에르가 포교활동을 위해 인도를 거쳐 일본으로 건너왔으며 1583년 마테오 리치가 중국으로 건너갔다. 마테오 리치는 중국에 머물면서 중국인들에게 포교의 목적으로『천주실의』를 편찬하였으며 이 책은 조선에도 전해지게 된다. 예수회는 중국의 고위층을 대상으로 포교활동을 펼쳤으며 유교(儒敎)와 친화적인 입장을 취하여 공자와 조상 숭배를 인정하였다. 그리하여 중국 내에서 선교 활동이 수월하였으나 로마 교황청과 마찰이 발생하였다. 로마 교황청은 예수회의 유화적 입장을 철회하도록 하였고, 급기야 청나라 조정은 중국내 모든 선교사를 추방하고 가톨릭 포교활동을 금지시키게 된다. 조선 후기에 연행사가 교류한 서양 선교사는 거의 대부분 예수회 소속의 신부였다.

“우리나라는 도읍을 한양(漢陽)에 세웠는데 이곳은 나라의 한가운데 있습니다. 왕경(王京)으로부터 경기도, 황해도, 평안도를 거쳐 압록강(鴨綠江)을 건너고, 책문(柵門)으로 들어와 왔습니다.”

내가 다시 묻기를,

“서양에서 온 낭(郎) 선생[59]이 황제의 행차를 따라 창춘원(暢春苑)에 갔다고 들었는데, 언제 돌아옵니까?”

라고 하자, 그가 답하였다.

“황제께서 북경에 돌아올 때 올 것입니다.”

내가 묻기를,

“낭 선생 외에 또 서양인 중에서 그림을 잘 그리는 사람이 있습니까?”

라고 하자, 그가 대답했다.

“오직 낭 선생 한 사람뿐입니다. 중국 화가들 중에서도 서양화를 익힌 자가 매우 많지만, 서양화에는 크게 미치지 못합니다.”

내가 설화지(雪花紙)[60] 한 장(丈)과 승두선(僧頭扇)[61] 한 자루를 주자, 그가 고맙다고 사례하면서 종이를 손으로 어루만졌다. 내가

“만일 그대가 쓸 곳이 있으면 다시 보내드리겠습니다.”

라고 하자, 그가 답하였다.

“이것도 이미 많은데, 어찌 다시 주시기를 바라겠습니까?”

곁에 족자 하나가 걸려 있었는데, 그림 속 사람의 머리카락이 풀어 헤

---

59) 낭(郎) 선생: 예수회 선교사로 궁정화가로 활동한 낭세녕(郎世寧, 1688~1766)을 말한다. 낭세녕은 낭석녕(郎石寧)으로도 표기하는데, 『일암연기』에서는 낭석녕으로 적고 있다.

60) 설화지(雪花紙): 뽕나무를 원료로 해서 겨울철에 눈을 이용하여 표백하고 초조한 고급 종이. 서화용이나 인쇄용지로 사용되었으며, 궁중에서 혹은 사신의 예물로 사용된 고급품이었다.

61) 승두선(僧頭扇): 손잡이의 꼭지를 중의 머리처럼 동그랗게 만든 부채.

쳐진 채 사방으로 늘어뜨려져 있었다. 내가 묻기를

"이는 어떤 사람이며 머리 모습이 어째서 이러합니까?"

라고 하자, 그가 대답했다.

"이는 서양 황제의 초상입니다. 서양의 법식은 머리 위에 두발 장식을 하는데, 이는 머리에 쓰는 모자와 매한가지입니다."

또 서양의 그림책 3권을 꺼내 보였는데, 인물과 성지(城池) 및 천주당 수십 종류를 그려놓은 것이다. 하나하나가 기이하였고 모두 다 같지 않아서 이루 다 볼 수가 없었으니, 대개 서양의 모습인 것이다. 또 지도를 꺼내어 보여 주었는데, 중국은 한자로 씌어져 있었고 그밖의 나라는 서양 글자로 씌어져 있었다. 우리나라 지도 또한 그려놓았는데 산천의 형세가 대체로 틀림이 없었으니, 괴이한 일이다.

곁에 천리경(千里鏡)이 있었는데 크기가 용마루만 하였고, 길이는 3장(丈)쯤 되었다. 내가 묻기를,

"이것은 어디에 사용하는 것입니까?"

라고 하자, 대답하기를

"이것으로 별을 보면, 별의 크기가 주먹만 해 보입니다."

라고 하였다. 또 물건 하나를 꺼냈는데, 원의 지름이 한 마디쯤 되었고, 나무로 겉을 둘렀다. 가운데의 안팎이 모두 유리로 되어 있고, 유리의 안쪽에 검은 비단 같은 것이 몇 겹 있었다. 그것에 눈을 대고 해를 보게 하였는데, 해의 모양이 달을 보는 것처럼 분명하며 하루 종일 해를 보아도 눈이 아찔해지지 않을 것 같았다. 이것은 일식이나 일변(日變) 때에 해를 보는 도구였다.

또 물건 하나를 꺼냈는데 수정으로 만들었으며, 길이가 두 마디 남짓 되었다. 크기는 두 손가락만 했고, 세 모서리가 있었다. 그것을 콧등[鼻梁]에다 가로로 걸쳐놓고 해를 보자 온 하늘이 모두 푸르고 붉고 누렇고

예수 탄생 그림

흰 색으로 변하면서 수백 빛깔의 화려한 무지개 같아 보였다. 금빛이 사방으로 흩어지면서 상서로운 빛깔이 하늘에 가득하여 아찔하게 빛나며 어지럽도록 뒤바뀌어 잠깐 동안에도 수없이 변화하였다. 다시 한쪽 모서리로 돌려서 하늘에다 대자 갑자기 하늘이 맑아보였지만 다섯 가지 빛깔이 여전히 허공중에 있으면서 기묘하게 변해 더욱 기괴하고 황홀하였다. 다시 한 번 돌려보니 하늘이 텅 비어 아무것도 없고, 다섯 가지 빛깔이 땅 위에 있는 집안과 담장, 건물에까지 펼쳐져 보였다. 모두 금색 가운데로 들어가 나타났다 사라지는 것이 바다의 신기루와 같았다. 이것은 요긴한 물건은 아니지만 또한 하나의 기이한 볼거리였다.

서쪽 건물 안에 그림이 많다기에 들어가 보기를 청하였더니, 사람을 시켜 먼저 들어가 무언가를 수습해 숨겨 두게 한 후에 함께 들어갔다. 그것이 무엇인지는 알 수 없었다. 네 벽에 천주(天主)와 천신(天神)의 모습을 그려놓았는데, 북쪽 벽의 한 천신은 구름 안개 속에 있으면서 입으로 하얀 기운 한 줄기를 내뿜고 있었다. 기운이 퍼진 곳에 어린아이가 땅에 누워있었고 그 곁에는 소 두 마리가 나란히 서 있었는데, 그것이 무슨 의미인지는 알 수 없었다. 또 어떤 사람이 나무 막대를 지고 있었는데 나무의 모양이 십(十)자와 같았다. 이는 곧 천주가 고난을 겪는 상이라고 하였다. 벽 위에는 모두 족자가 있었고, 탁자 위에는 감실을 만들어

놓았다. 감실 안에는 사방 한자쯤 되는 병풍이 많이 놓여 있었는데, 천주를 그려놓고 유리로 덮어 놓아서 멀리서 보면 살아있는 사람이 그 속에서 걸어 다니는 듯했다. 또 수정으로 만든 둥근 구슬이 있었는데 주먹만 했으며, 그 속에 상아로 천주의 형상을 만들어 놓아 영롱하게 은은히 비치는데 그 형상은 무어라 표현할 수가 없었다.

벽 위에 자명종을 걸어놓았는데 시각 표시가 없었고 작동하지도 않았다. 내가 그 이유를 묻자, 그가 대답하였다.

"이것은 뇨종(鬧鍾)이라 하는 것으로 보통 때는 울리지 않습니다. 만약 시각을 정해 놓고 기계를 조작해 놓으면 때가 되어 저절로 울리는데, 둥그런 축이 마구 돌면서 우레 같은 종소리가 나 매우 시끄럽습니다. 간혹 오경(五更)에 창춘원(暢春苑)에 가야하기에 이것을 울리게 하여 잠에서 깨는 것입니다."

등불과 화로, 칼과 도마, 자물쇠 같은 것들은 제작 솜씨가 매우 기이하고 공교로워서 이루다 설명할 수가 없었다. 또 나무로 만든 혼천의(渾天儀)가 있었는데, 크기가 어린아이의 머리만 하였다. 별자리와 황도(黃道)·적도(赤道)를 새겨놓았으며, 북쪽은 높은 쪽 남쪽은 낮은 쪽으로 하여 양극(兩極)을 삼았다. 구리로 지구를 본뜬 원권(圓圈)을 만들어 놓고 여기에 주천도수(周天度數)[62]를 새겼다. 그리고 그 위에 혼천의(渾天儀)[63]를 설치하였는데, 반은 지면에 들어가 있고 반은 지면 밖으로 나와 있었다. 비스듬히 세워 돌리게 되어 있는데, 지면으로 나온 천체의 장단(長短)과

62) 주천도수(周天度數): 하늘을 한 바퀴 도는 데 소요되는 것을 숫자로 나누어 표시한 것으로 동양의 전통 천문학에서는 365.25도로 보았다.

63) 혼천의(渾天儀): 고대 중국의 우주관이던 혼천설(渾天說)에 기초하여 천체의 운행과 그 위치를 측정하여 천문시계의 구실을 하였던 기구로 선기옥형(璿璣玉衡), 혼의(渾儀), 혼의기(渾儀器)라고도 한다. 혼천의에 대해서는 10월 30일의 일기에 매우 자세히 묘사되고 있다.

영축(盈縮)이 매번 각각 달랐다. 제작법이 정교하고 기이하여 조금도 착오가 없었다.

잠시 후 음식을 차려서 대접해 주었는데, 서양 떡·서양 사탕·산사편(山査片)[64]·앵두 조각·배·대추·포도 등의 종류로 모두가 정갈하였다. 떡은 소림과 대진현이 내 왔던 것과 같은 종류였다. 따뜻한 차에 담갔다가 조각내어 먹으니 마치 연한 죽처럼 부드러워 먹을 만 하였는데, 비씨가 먹는 방법을 가르쳐 주었다. 또 서양 포도주 한 병을 내왔는데, 색이 검붉었고 맛은 매우 향긋했으며 강렬하면서도 상쾌했다. 나는 본디 술을 마실 줄 몰랐는데 한 잔을 다 마시고도 취하지 않았고 뱃속이 따뜻해지면서 약간 취기가 오를 뿐이었다. 내가 묻기를

"이것은 서양의 술 빚는 법으로 여기에서 만든 것입니까? 아니면 서양에서 가지고 온 것입니까?"

라고 하자, 그가 대답했다.

"서양인 중에 최근에 온 자가 지금 여기 있는데, 한어(漢語)를 알지 못하기 때문에 나와 뵙지 못하고 있습니다. 그 사람이 올 때 이 술을 가지고 온 것입니다."

내가 묻기를

"서양의 포도는 중국의 포도에 비해 어떠합니까?"

라고 하자, 그가 대답하였다.

"열매가 커서 길이가 한 촌 남짓 되는 것이 있으며, 맛이 중국 것보다 낫습니다. 이것으로 술을 빚으면 수십 년이 지나도 부패하지 않습니다."

---

64) 산사편(山査片): 산사나무는 장미과의 낙엽 활엽 교목이다. 높이는 6미터 정도이며, 잎은 어긋나고 깃 모양으로 얕게 갈라진다. 초여름에 흰 꽃이 피고 가을에 '산사자'라는 붉은 열매가 열리는데 약용 또는 식용한다. 산사편(山査片)은 그 열매를 쪄서 체에 으깨며 거른 것에다 꿀이나 설탕, 녹말 따위를 넣고 끓여서 식힌 음식이다. 산사병(山査餠)이라고도 한다.

차를 다 마시고 내가 인사하고 나서는데 길이가 1촌(寸)쯤 되는 천리경을 주었다. 건물 문을 나가면서 묻기를,

"여기에는 단지 건물만 있고 천주당은 없습니까?"

라고 묻자, 그가 대답하기를

"아직 짓지 못하였습니다. 건물을 다 지어 천주상을 설치하려고 하는데, 우선 중문 안에 있는 건물에다가 안치해 두었습니다."

라고 하며, 나를 데리고 구경시켜 주었다. 네 벽의 그림은 서천주당과 같아 보였으며, 그 안에 여인이 아이를 안고 있는 상을 만들어 놓았는데 곧 천주의 어머니가 천주를 안고 있는 모습이었다. 남쪽에는 한 사람을 그려놓았는데, 모습이 매우 위엄이 있었다. 물어보니 성인의 상이라고 하였는데, 어떤 사람인지는 알 수 없었다. 비은(費隱)은 그림 앞에서 머리를 바닥에 대며 절을 하고, 입 속으로는 낮은 소리로 주문을 외웠다. 주문을 외우면서 한편으론 절을 하였는데, 뒷문에서 서양인 두 사람이 나오더니 따라서 절을 하고 꿇어앉았다. 주문을 외울 때마다 손가락으로 코를 가리켰는데, 무슨 의미인지는 알 수 없었다. 문을 나와서 비은과 작별하였다.

돌아오면서 조화(趙華)의 집에 들렀는데, 먼저 정숙(正叔)을 시켜서 통지하였더니 조화가 이미 나와서 문 밖에 서서 기다리고 있었다. 서쪽편의 방으로 인도해 들어가는데, 전일에 봤던 객실을 지나 깊숙이 들어갔다. 양징(楊澄)[65]도 와있어서 세 사람이 캉(炕)[66] 위에 둘러앉았으며, 가

---

65) 양징(楊澄): 앞에 나온 조화(趙華)와 함께 1712년 연행하였던 김창업(金昌業)이 북경에서 교유한 중국 문사이다. 김창업과 친분이 있었던 이기지는 연행에 앞서 두 사람을 소개받고, 북경에서 이들과 교유한다. 『노가재연행일기(老稼齋燕行日記)』에 실린 양징에 관한 기사에 따르면, "그의 자는 영수(寧水), 호는 이등(二橙)으로 절강 소흥부 여요(餘姚) 사람이다. 어릴 때부터 남다른 뜻을 품고 30세 때 두 차례나 과거를 보았으나 급제하지 못하자 곧 벼슬길에 나아갈 것을 단념하고 문장과 시주(詩酒)로 즐겼다."

운데에 놓인 탁자에 붓과 벼루를 놓아두었다. 잠시 뒤에 조화의 아들도 들어와서 조화의 곁에 앉았는데, 이름은 국벽(國壁)이고 자는 사란(思蘭)이며 나이가 스물이라고 하였다.

관소로 돌아오니 날이 아직 일렀다. 갑군(甲軍) 배가 모두 좋아하면서, “오늘은 일찍 돌아오시니, 매우 기쁩니다.”라고 하였다. 이날 대인께서 정문(呈文) 두 건을 지었는데, 예부(禮部)에 올리기 위해서였다. 하나는 표문(表文)을 가지고 상마연(上馬宴)과 하마연(下馬宴)에 사례하는 내용이었고, 다른 하나는 전대(前代)의 시호를 글로 써 보내어 시호를 의논할 때에 여러 논의가 나오는 것을 방지하고자 하는 내용이었다. 나는 비은에게 편지를 써서 종이 한 묶음과 부채 하나를 보내면서, 또 종이 한 묶음과 부채 하나는 낭가(郎哥, 郎世寧)에게 보내는 것인데 비은에게 전하도록 하였다. 또 포도주 약간을 얻고 싶다고 하면서 작은 병을 왕종인(王從仁)에게 딸려 보냈다. 밤에 부사의 방에 갔더니 서장관(書狀官)도 왔다. 함께 사운(射韻)[67] 놀이를 하다가 밤이 깊어서야 돌아왔다.

◆ 1720년 10월 11일

10월 11일, 갑진(甲辰). 맑음.

아침에 왕종인(王從仁)이 비은(費隱)의 답서(答書)를 가지고 왔다. 푸른 유리병에 담은 포도주 한 병을 함께 보내왔기에 대인께 드렸다. 조그만

고 한다.

66) 캉(炕): 중국 가옥의 난방 장치로 우리나라의 온돌과 비슷하며, 황하(黃河) 이북 지역에서 주로 사용하였다.

67) 사운(射韻): 한시의 운자 및 시구를 알아맞히는 놀이. 그 방식은 대개 임의의 글자 한 자를 차례로 내어 그 글자가 첫 글자로 쓰인 시구, 오언시의 셋째 글자에 쓰인 시구, 칠언시의 넷째 글자로 쓰인 시구, 시구의 맨 마지막에 쓰인 시구 등을 차례로 알아맞히는 것으로 진행한다.

잔에 따라 함께 마셨는데 맛이 상쾌하면서 그다지 취하지는 않았다.

◇ 1720년 10월 12일

저녁 때 서양인 비은(費隱)에게 편지를 써서 포도주를 보내준 것에 대해 사례하였다. 여러 가지 색깔의 선자지(扇子紙) 15장, 먹 3정(丁), 연죽(煙竹) 1개, 복어와 홍합 약간을 보내면서, 비연(鼻烟)과 서양구(西洋韭)의 종자를 요청했으며, 왕종인(王從仁)에게 이를 전하도록 했다.

◇ 1720년 10월 13일

10월 13일, 병오(丙午). 맑음.

왕종인이 서양인 비은의 답서(答書)를 가지고 왔다. 그 편지에 이르기를,

"서양구(西洋韭)의 종자는 새 것은 아직 도착한 것이 없고, 묵은 것은 다 떨어져서 부탁에 응할 수가 없습니다. 비연(鼻烟)은 괜찮다면 내일 심부름꾼을 보내 전달해 드리겠습니다. 낭선생(郎先生, 郎世寧)께 보낸 물건은 이미 전해주었으며, 편지에 감사 인사를 적은 쪽지[刺]를 함께 붙여 보냅니다."

라고 하였다. 그 쪽지는 조그만 붉은 종이로 위에는 '영사(領謝, 고맙게 받음)'라 적혀 있고, 아래에는 '낭석녕배(郎石寧拜)'라 적혀 있었다.

…〈중략〉…

비은이 사람을 시켜 편지를 보내왔는데, 서양 비연(費烟) 한 합과 각합(角盒)·야향화(夜香花)[68]·비연 한 봉지를 아울러 보내주었다. 심부름꾼이

---

68) 야향화(夜香花): 쌍떡잎식물 통화식물목 가지과의 관목이다. 서인도제도가 원산지이며 관상용으로 온실에서 가꾼다. 가는 가지가 사방으로 퍼지며, 잎은 어긋나고 달걀 모양 또는 긴 타원 모양이며 끝이 뾰족하다. 특히 밤중에 향기가 많이 퍼지기에, 야래

말하길,

"비은이 막 창춘원(暢春苑)으로 가면서, 이 편지를 쓰고는 그대에게 전해달라고 하였습니다."

라고 하였다. 부채 한 자루와 종이 한 묶음을 심부름꾼에게 주었고, 답장을 써서 보내 말하기를

"낭선생을 한 번 뵙기를 원하니 만약 성으로 들어오게 되면 꼭 저에게 연락해 주셨으면 합니다."

라고 하였다.

◇ 1720년 10월 16일

동화문(東華門) 밖 큰 거리에 이르자 바람이 점점 잦아들었다. 나는 말하길,

"나는 천주당을 구경할 테니 자네[김사걸(金四傑)을 지칭함]는 먼저 가도록 하게."

라고 하고는 드디어 동쪽 거리로 들어가 천주당 앞에 이르렀다. 비은(費隱) 선생이 계시냐고 묻자, 문지기가 오늘은 창춘원(暢春苑)에 갔다고 하였다. 이에 되돌아 나와 조화(趙華)의 집으로 갔다.

◇ 1720년 10월 18일

10월 18일, 신해(辛亥). 맑음.

아침에 서양인 비은(費隱)에게 보낼 편지를 써서 왕종인(王從仁)을 시켜 부쳤는데, 낭석령(郞石寧)이 왔는지를 묻고, 또 섭자(鑷子, 족집게) 하나를

향(夜來香)이라고도 한다.

얻어오도록 한 것이다. 답서에 이르길,

"석령은 아직 창춘원(暢春苑)에 있으며 내일 창춘원을 나올 것이라고 합니다. 그에게 이삼일 내로 성으로 들어오라고 하고, 성에 들어오게 되면 곧바로 알려 드리겠습니다."

라고 하였다.

◆ 1720년 10월 20일

10월 20일, 신축(辛丑). 맑음.

서양인 대진현과 비은이 상사를 찾아왔다. 내가 즉시 나아가 함께 이야기를 나누었는데 잠시 뒤에 부사와 서장관 또한 왔다. 비은이 나를 보고

"지난번에는 헛걸음 하고 가셨다고 해서 매우 놀랐습니다."

라고 하였다. 절강 출신의 공생(貢生)[69]인 오욱(吳煜)이 따라왔는데, 내가 글을 써서 오욱에게 보여주면 그가 대진현에게 그것을 보여주고, 대진현의 말에 따라 대답하는 말을 써 주었다.

"낭석령(郞石寧)은 언제 성에 들어옵니까?"

"황상이 계신 곳에 있는데, 황상이 매번 그림 그리는 일을 시켜서 잠시도 떠날 수가 없습니다."

"며칠 전에 내가 천주당에 갔을 때 서양인 한 사람이 새로 왔다고 했는데, 구만리 해로를 결코 혼자 올 수는 없을 텐데 같이 온 사람들은 어디로 간 것입니까?"

"상선이 매년 왕래하는데 수도사 한두 사람이 매년 고국을 떠나옵니다. 상선의 장사치들은 광동과 광서 지방에서 매매하고 돌아갑니다."

---

69) 공생(貢生): 부(府)·주(州)·현(縣)에서의 시험에 합격한 생원(生員)으로 국자감(國子監)에 올라와 공부하면서 대과를 준비하는 사람을 말함.

"어떤 물건을 매매합니까?"

"단지 서양의 은자(銀子)를 싣고 와서 인삼·백사(白絲)·금단(錦段)·차엽(茶葉) 등의 물품을 구입해 갑니다."

"수도사로 이곳에 온 자 중에서 고국으로 돌아가는 자가 간혹 있습니까?"

"올 때에 천주 앞에서 발원(發願)하며 교화를 행하겠다고 다짐하며 가족들과 영원히 이별하기에 다시 돌아가지 않습니다."

"천주당 건물이 이처럼 장려(壯麗)하고 기이하며, 서양인들이 쓰는 물건 또한 극히 화려하고 아름답습니다. 이곳에서 받는 녹봉만으로 이러한 것들을 마련할 수가 있습니까?"

"황상께서 내려주는 녹봉이 있지만 우리들은 모두 받지 않습니다. 천주당을 짓는 데 드는 물자와 인력 및 날마다 필요로 하는 것들은 모두 서양에서 보내준 은자로 필요한 것들을 구입합니다. 해마나 서양의 상선들이 올 때에 은자를 많이 가져다주는데, 이것만으로도 충분히 쓸 수 있기에 이곳의 물건들을 빌리지는 않습니다."

"여러분들은 서양에 계실 때 처자(妻子)가 있었습니까?"

"수도사는 원래 어린아이와 마찬가지여서 우리들은 모두 처자가 없습니다."

"서양까지 해로로 9만 리라고 하는데, 몇 년 만에 중국에 도착합니까?"

"순풍을 만나면 반년 만에 광동(廣東)에 도착하기도 하는데, 간혹 일이 년 만에 오는 경우도 있기에 기한을 정하기가 어렵습니다."

"지난번에 보내주신 포도주는 맛이 매우 상쾌하고 시원했는데, 이것으로 병을 치료할 수 있습니까?"

"기혈을 크게 보강해주고 정력을 길러줍니다."

"술은 어떠한 방법으로 빚습니까?"

"9월 안에 잘 익은 포도 100곡(斛)을 수확하여, 세라포(細羅布)로 만든 포대를 이용해 맑은 즙을 짜냅니다. 그런 다음에 큰 솥 안에다 부어 끓이다가 반쯤 졸아든 것을 거둡니다. 한 곡(斛)마다 매우 좋은 화소주(火燒酒) 한 곡(斛)을 섞어 큰 항아리 안에 넣어서 보관하고 1년이 지난 다음에 꺼내서 그 색깔을 가지고 완성되었는지를 봅니다."

"서양의 천문학 서적 중에 한자로 번역해 낸 것이 있습니까?"

"모두 황상의 내정(內庭)에 있어서 함부로 가져다 볼 수가 없습니다. 지금 우리들이 천문을 관측하는 것은, 모두 서양에 있을 때 학습하여 공부가 다 된 후에 오기 때문입니다."

비은(費隱)이 서양의 갖가지 물건들을 삼사신(三使臣)과 나에게 주었다. 지도 8장, 천문도 2장, 서양서적 4권, 서양화 6장, 비연합(鼻烟盒), 노경(路鏡), 서양향 등의 물건을 대인에게 올렸고, 추보서(推步書)[70] 1권, 서양화 3장, 수건포(手巾布) 등의 물건을 나에게 주었다. 부사와 서장관에게도 또한 주는 것이 있었다.

대인께서 주방(厨房)을 시켜서 음식을 차려 대접하도록 하고, 장백지(壯白紙)·부채·붓과 먹·환약·은장도 등의 물건으로 두 사람에게 답례하였다. 부사와 서장관 또한 그들에게 답례하였다. 비은이 말하기를,

"지난번에 이 진사(李進士) 선생께서 보내준 것이 많고, 또한 여러 차례 누추한 곳을 찾아주었기에 감히 와서 폐백을 올리는 것입니다. 이번에 드리는 것은 감히 보답을 바라지 않는 것이니, 박한 물건이라고 사양하지 마십시오. 존장(尊長)께서 이미 보내준 것이 있는데 어찌 답례가 없을 수 있겠습니까?"

라고 하였다. 내가 말하기를,

"지난날 보여주셨던 서양의 금수(禽獸)와 물고기와 벌레, 풀과 나무를

---

70) 추보서(推步書): 추보(推步)는 천체의 운행을 관측하는 것을 말하며, 추보서는 그러한 내용을 다룬 책을 가리킨다.

그린 그림을 대인께서 보고 싶어 하시는데 보내주실 수 있는지요?"
라고 하니, 대답하길

"내일 마땅히 보내드리겠습니다."
라고 하였다. 따라왔던 절강출신 서반(序班)에게도 부채와 종이를 주니 답하기를,

"일개 한미한 선비를 한번 보시고 물건을 내려주시니 감사합니다."
라고 하였다. 대진현과 비은이 모두 사례하고 나서자 내가 외문(外門)까지 가서 전송하고 돌아왔다.

◇ 1720년 10월 21일

낮에 비은(費隱)이 포도주 한 항아리와 서양 계란떡[71] 스무 덩어리, 등자나무 열매[橙實], 복숭아와 자두 및 여러 가지 빛깔의 전병 네 그릇을 보내왔는데 맛이 매우 향기롭고 달콤했다. 자관(咨官)[72]이 아직 출발하지 않아서 대인께서 떡과 과일·전병 약간을 영상(領相)에게 보내며 자관이 가서 전하도록 하였다. 서양의 금수(禽獸)와 충어(蟲魚)를 그린 그림책 1권과 서양의 성지(城地) 및 인물(人物)을 그린 그림책 1권, 여러 모습의 천주당을 그린 그림책 3권이 또한 들어 왔다. 가지고 온 사람이 말하기를

"이 책은 이전에는 천주당 밖으로 한 발자국도 나간 적이 없는 것인데, 노야(老爺)께서 보고자 하셔서 가지고 온 것입니다. 반드시 오늘 안에 가

---

71) 서양 계란떡: 거품을 낸 달걀에 밀가루·설탕 등을 버무려 만든 카스텔라의 일종인 듯하다.

72) 자관(咨官): 황력재자관(皇曆齎咨官)을 말하는 것으로 보인다. 황력재자관은 중국으로 역서(曆書)를 받으러 가는 약식 사행을 말한다. 전에는 동지사가 하던 것을 현종(顯宗) 때부터 따로 가게 되었는데, 세 사신(상사·부사·서장관)의 격식을 갖추지 않고 역관 중에서 적당한 사람을 골라서 자문(咨文)을 보내는 약식 사행이다.

져가야하는바, 보시기를 기다리고 있다가 다시 가져가겠습니다."
라고 했다. 대인(大人)이 역관을 시켜 말하기를,
"오늘 안에는 결코 다 볼 수 없고 내일 아침 일찍 보내 드리겠소."
라고 하고, 해삼과 홍합, 전복, 찹쌀[糯米]을 답례로 주었다.

내가 대인을 모시고 그 그림을 자세히 완상해보았는데, 필법이 심히 정묘(精妙)하고 신기(新奇)해서 묘사한 물물마다 살아있는 것과 매우 비슷했다. 또한 예컨대 나비와 벌 따위의 아주 작은 곤충일지라도 반드시 수십 종(種)을 그렸다. 흰나비[粉蝶]·무늬 나비[繡蝶]·꿀벌·낭봉(囊蜂)과 같은 것도 갖가지 모습과 색깔을 털끝만한 차이를 다투어 그렸으며, 같은 종류에 속하는 것들을 다 그렸다. 부리, 눈, 수염, 눈썹까지도 각기 그 모양을 지극히 묘사했기에 채색하지 않고 이름을 적지 않았더라도 한번 보면 그것이 어떤 벌레이고 어떤 짐승인지를 분명히 알 수 있었다. 책을 펼치면 갑자기 벌레와 물고기가 꿈틀거리며 움직이거나 날아올라 마치 손에 잡힐 듯했다. 그림 아래마다 서양 글자로 그것의 이름과 성질을 써 두었는데 알아볼 수는 없었다.

성과 해자(垓子)의 제도가 또한 기이(奇異)해서 여섯 모서리이거나 여덟 면이었고, 물 안에 짓거나 산 위에 지어서 지형에 따라 성을 축조했으며 성 안에는 인가가 즐비하고 길거리는 반듯했다. 그림으로는 겨우 두 자에 불과하지만, 마치 높은 곳에 올라 아래를 내려다보는 듯해서 성에 가득한 인가가 단지 그 기와지붕만 보였다. 대개 먹의 농담(濃淡)으로 밝고 어두운 명암과 보이지 않거나 드러나 있는 모습을 표현해서 사람들로 하여금 원근(遠近)과 고저(高低)의 형상을 볼 수 있게 했으니, 솜씨의 교묘함이 조화옹을 능가할 만했다. 천주당의 제도는 각기 달라 100여 개의 모습이 있었으니 이루 다 기록할 수 없다. 대개 길쭉한 돌기둥이 여러 개 늘어져 있고, 벽면에는 홍예문(虹霓門)이 많이 설치되어 있었다. 위에는 기와로 덮지 않고 혹은 평평하게 혹은 둥글게 했으며, 층층으로 쌓아올렸는데 대부분 벽돌을 사용했다.

◇ 1720년 10월 22일

10월 22일, 을묘(乙卯). 맑고 따뜻했다.

아침에 이추(李樞)가 통관(通官)에게 말하자, 그가 답하기를,

"이 진사(李進士)가 한번 문을 나서면 반드시 성(城) 안팎을 두루 돌아보는데, 만일 대신이나 재상을 만나게 되면, 이 진사는 구애될 것이 없겠지만 우리들에게 질책이 있을 수 있습니다. 또한 그대는 당상관(堂上官)이니 아무런 이유 없이 관소 밖으로 나갈 수는 없습니다."

라고 하며, 매우 난처한 표정을 띠었다고 한다. 이에 정태현(鄭泰賢)이 김진필(金振泌)을 도와 통관배에게 말하지 않고서 보냈다. 나는 따로 왕종인(王從仁)과 함께 물을 길러 나갔는데, 제독의 노비 장기(張奇)가 종이를 달라고 해서 주었다. 그 뒤에야 나를 인도하여 문으로 나가게 했는데, 막 골목길로 나서자마자 갑군 한명이 뒤를 따라와서 말하기를, "통관이 나갈 수 없다고 했습니다."라고 하였다. 이에 말고삐를 쥐고 돌아오는데, 문 앞에 미처 이르기도 전에 제독의 노비가 그 갑군을 채찍으로 때리면서 나를 다시 내보내 주었다. 드디어 동천주당에 갔는데, 문 앞에 태평거가 있기에 물어보니, 서천주당의 소림(蘇霖)이 왔다고 하였다.

문에 들어서자 비은(費隱)과 소림이 모두 나와 맞이하고는 인도해 들어가 자리를 잡고 앉자 차를 내왔다. 내가 오면서 어제 보내준 서양화 책 다섯 권을 가지고 와서 돌려주었는데, 소림이 대인의 안부를 물었다. 그 곁에 코가 우뚝하고 수염이 덥수룩하게 난 사람이 있었는데 그도 서양인이었다. 어떤 사람이냐고 묻자, 올해 중국으로 왔기 때문에 대화를 나눌

수 없다고 하였다. 잠시 뒤에 또 한 사람이 들어와 소림, 비은과 함께 앉기에, 그에 대해 물어보자 또한 서양인으로 이 천주당에 있으며 성명은 나회중(羅懷中)이라고 하였다. 오욱(吳煜) 또한 자리에 있으면서 비은과 소림 두 사람을 모시는데 공경스럽게 대하는 것이 마치 아래에 있는 관원처럼 하였다. 내가 묻기를,

"그대는 공사(貢士)[73]인데 어째서 이곳에 있는 것입니까?"

라고 묻자, 그가 답하였다.

"서양 선생들이 막하에 와서 기실(記室)[74]처럼 지내달라고 했기 때문입니다."

또 부채 두 개를 나에게 주면서 대인께 바치도록 했는데, 하나는 〈감자목란화(減字木蘭花)〉[75]가 씌어있었고, 하나는 지두(指頭)로 산수를 그린 그림[76]이었다. 비은이 편지 한 통을 내어 보이는데, 곧 나에게 편지를 썼다가 미처 보내지 못한 것이었다. 그가 글을 써서 세 사신의 관직명과 성명을 묻기에 내가 모두 써서 보여주었다. 비은이 또 그림 하나를 꺼내어 보여주며,

"이것은 낭석령(郎石寧)이 보내준 그림입니다."

라고 하였다. 두터운 종이에 작은 개를 그리고서 종이를 잘라서 개의 모

---

73) 공사(貢士): 명·청 시대에 회시(會試)에 합격한 사람을 공사라 했다. 청대에는 회시에 합격한 사람을 공사, 전시(殿試) 출신을 진사(進士)라 하였는데, 회시에 합격한 후에는 으레 진사라 불렀다.

74) 기실(記室): 문서와 기록, 격문 등을 관장하던 아전들이 거처하던 곳으로, 주로 아전을 지칭하는 말로 쓰인다.

75) 감자목란화(減字木蘭花): 송나라의 여류시인 이청조(李淸照, 1084~1155)가 그리움을 노래한 사(詞)로, 원문은 다음과 같다. "賣花擔上, 買得一枝春欲放. 淚染輕勻, 猶帶彤霞曉露痕. 怕郎猜道, 奴面不如花面好. 雲鬢斜簪, 徒要教郎比並看."

76) 지두(指頭)로 산수를 그린 그림: 지두산수화를 말함. 지두는 곧 손가락이나 손톱에 먹물을 묻혀 그린 그림으로, 지두산수화는 이러한 방식으로 그린 산수화를 말한다.

습만을 남겨놓은 것인데, 땅 위에 비스듬하게 세워놓으니 언뜻 보면 살아있는 것 같았다. 또 지도를 꺼내어 우리나라로 가는 노정(路程)을 묻기에 통주(通州)로부터 책문(冊門)까지의 노정을 써 주자, 그가 하나하나 살펴보며 확인하였다. 그 지도는 대개 비은이 의주(義州)로 가는 목극등(穆克登)을 따라 영고탑까지 갔다가 동쪽 변방으로 돌아오면서 그린 것인데, 모두 만주어로 씌어져 있어서 알아볼 수가 없었다. 또 화첩 하나를 꺼냈는데 모두 서양의 산수·누대·원림(園林)을 그린 것으로 필획이 정교하고 세밀하여 마치 가는 털끝과 같았다. 이 그림이 찍어낸 것이냐고 묻자 답하기를, "동판에 새겨 찍어낸 것입니다."라고 하였으니, 또한 기이한 솜씨였다.

한 그림에는 꽃나무 안에 석가산(石假山)이 그려져 있었다. 그 높이는 몇 장(丈)쯤 되고 꼭대기에서 2~3장 되는 물줄기가 뿜어져 나와 구슬이

「황여전람도(皇輿全覽圖)」의 서양판

나 안개와 같이 사방으로 흩어져 꽃에 어지럽게 뿌려지는 것이 마치 이슬비가 부슬부슬 내리는 것 같았다. 또 석대(石坮)와 동반(銅盤)이 수십 층 있어 마치 탑 모양 같았고, 그 아래의 평지에 탑이 둘러져 있고 네 마리의 용머리가 있었는데, 용의 입에서 물줄기가 몇 장쯤 뿜어져 나와 석대의 허리 부근에 있는 동반으로 떨어졌다. 그 물줄기는 탑의 꼭대기 곁에서 하늘을 향해 뿜어져 나와 꺾어져 아래로 흩어져서 10층의 동반으로 떨어지는데 마치 얇은 비단 그물과도 같았다.

또 삼층 누각의 용마루 꼭대기에서 물줄기가 나와 처마 끝에서 가늘게 퍼지며 떨어지면서 사방에 물주렴[簾]을 만들었다. 또 욕실이 있었는데 건물의 대들보에서 물줄기가 흩어져 떨어지는데 마치 가랑비가 내리는 것 같았으며, 욕실 안에는 사람이 목욕하는 형상을 그려 놓았다. 내가

"이것은 어떠한 방법으로 하는 것입니까?"

라고 묻자 답하기를,

"이 그림은 서양 큰 저택의 화원(花園)과 그 안에 있는 희대(戲臺)를 그린 것으로 각양각색의 꽃과 풀을 심고 또 온갖 신기한 것들을 설치해 놓았습니다. 혹은 수기(水機)를 만들어 놓고 혹은 흐르는 샘물을 뿜어 올리게 하는데, 저마다 같지 않습니다. 그 아래에는 기계를 설치하여 저절로 뿜어져 나오는데 물줄기가 멀리서 올수록 그 형세가 더욱 대단합니다."

라고 하였다. 내가 눈으로 직접 본 것은 팔리보(八里堡) 동가(佟家)의 분원(墳園) 안에 있는 수기(水器)인데, 한 통의 물로 십여 장(丈)을 뿜어 올릴 수 있었다. 서천주당에서는 조그만 우물물을 땅 속으로 백여 보를 끌어서 뿜어 올리니, 이 기계를 계곡이나 연못처럼 큰 물줄기의 물에 사용한다면 천변만화(千變萬化)하는 모습을 펼쳐 보이는 것도 괴이할 것이 없다 하겠다.

또 그림 한 장을 꺼냈는데 곧 서양인의 집을 그린 것이었다. 집은 모두 이층으로 되어있으며 대부분 기와를 덮지 않고 평평하였으며 꼭대기에는 간간히 문을 만들어놓았다. 어떤 집은 수십 칸이 되는 것도 있었다. 비은이 말하길,

"집 모양은 사방 어디에서 보든지 모두 이와 같습니다."

라고 하였다. 또 서양 계란떡[卵餠]과 서양 술을 내와 대접하였다. 나는 설화지(雪花紙)[77] 10장과 자금능화지(紫金菱花紙) 30장을 비은에게 주고 작별 인사를 하고 나오는데, 세 사람이 모두 문까지 전송해 주었다. 나는 천주전(天主殿)으로 다시 들어가 병풍에 그려진 그림[障畵]을 자세히 보고서 두 날개가 있는 것이 무엇이냐고 물었는데, 천신(天神)이라고 답하였다. 소림(蘇霖)이 말하길

"사람에게는 모두 자신의 신이 있으며, 그 형상은 같지 않습니다. 사람들이 알지 못하지만 이 신이 스스로 사람들의 몸을 지켜주는데 이 또한 그러한 종류의 신입니다."

라고 하였다. 문을 나서는데 두 사람이 악수를 하고 작별하는 정이 매우 두터웠다.

…〈중략〉…

대인께서 낭석령이 그린 개 그림을 탁자 위에다 세워 두었다. 여러 비장과 역관들이 문으로 들어오다가, 얼핏 보고는 곧 살아 있는 개라 여기다가 다가와서 자세히 본 후에야 그림인 줄을 알았다. 이에 그 그림을 땅 위에 세우고는 절의 승려가 키우는 개를 불렀다. 개에게 그림을

---

77) 설화지(雪花紙): 설화지는 16세기 이전부터 19세기 이후까지 초조된 종이로서, 원산지는 平康이며 17세기 이후 남원·순창·진주 등지에서도 초조되었다. 원료는 뽕나무로서, 겨울철에 눈을 이용하여 표백하고 초조하였다. 서화용이나 인쇄용지로 사용되었으며, 궁중에서 혹은 사신의 예물로 사용된 고급품이었다.

낭세녕(郎世寧, Giuseppe Castiglione)작, 「죽음서령도(竹蔭瑞獰圖)」, 심양고궁박물원 소장

보여주었더니 곧바로 그림 앞으로 꼬리를 흔들며 다가가 그림 속 개의 냄새를 맡았다. 그림을 물어 훼손할까 걱정되어 쫓아내었더니, 곧바로 다시 앞으로 다가왔다.

◇ 1720년 10월 24일

식사 후에 서양인 소림(蘇霖)과 비은(費隱)이 또 방문하였다. 나는 상방(上房)으로 가서 함께 만나보았는데, 흠천감관(欽天監官) 손이혜(孫爾蕙)[78]와 소운룡(邵雲龍)또한 따라와 있었다. 내가 글을 써서

"며칠 사이에 또 방문해 주시니 두터운 정의에 깊이 감사드립니다."

라고 보여주자, 두 사람 모두 글을 알아볼 수는 있지만 쓰지는 못하였기에 지난번처럼 손이혜가 대신 글을 써서 답하였다.

"대인의 일이 이미 끝났으며 황상께서 융숭한 조칙을 내려 주셨다는 소식을 듣고는 매우 기뻤습니다. 대인께서 떠날 날이 가까워졌기에 특별히 전송하러 온 것입니다."

소림이 조그만 자명종과 천리경(千里鏡), 황고(黃膏)와 흑고(黑膏) 각 서너 정(丁), 득리아객(得利雅喀)이라 부르는 고약(膏藥) 1합(盒), 일영공구(日影公晷)를 대인께 드렸다. 그리고 『칠극(七克)』[79] 3권과 〈곤여도(坤輿

78) 손이혜(孫爾蕙): 앞에 나온 '손이무(孫爾茂)'의 오기로 보인다.

圖)〉[80] 2권, 『천주실의(天主實義)』[81] 2권, 여송과(呂宋果) 3개를 나에게 주었다. 장안다(張安多) 또한 〈지구도(地球圖)〉 8장, 〈천문도(天文圖)〉 2장, 서양화 7장을 내게 보내주었다. 소림은 서양 계란떡 세 그릇을 삼사(三使)에게 각각 40개씩 나누어 주었는데 신선하고 부드럽기가 이전에 보내온 것보다 훨씬 좋았다.

자명종은 주먹보다 조금 큰 크기로 만든 솜씨가 정밀하고 기이했다. 일구(日晷) 또한 정교했으나, 서양 글자로 12시각을 써 놓았기에 알아볼

---

79) 『칠극(七克)』: 명나라 때 서양인 방적아(龐迪我, Didaco de Pantoja, 1571~1618)가 저술한 윤리도덕서(倫理道德書)로 총 7권이다. 방적아는 스페인 출신의 예수회 선교사로 1599년 마카오[澳門]를 거쳐 이마두(利瑪竇, Matteo Ricci)를 따라 북경(北京)으로 왔다. 황제의 명을 받아 역법을 고치고 지도를 제작했는데, 1616년 서학(西學)에 대한 금령으로 인해 쫓겨났다. 이 책은 『칠극대전(七克大全)』이라고도 하는데, 서학의 수양관, 가치관을 보여주는 저서이다. 복오(伏傲)·평투(平妬)·해탐(解貪)·식분(熄忿)·색도(塞饕)·방음(坊淫)·책태(策怠) 등 일곱 가지 금기 사항에 대해 논하고, 교리에 맞는 올바른 윤리관을 제시했다. 이마두의 『천주실의(天主實義)』와 함께 조선에 일찍 전래되어, 서학에 대한 조선 선비들의 관심을 불러일으켰다. 이익(李瀷)과 정약용(丁若鏞), 안정복(安鼎福) 등이 이 책에 대해 언급한 바 있으며, 현재 한글 필사본이 절두산순교박물관에 소장되어 있다.

80) 〈곤여도(坤輿圖)〉: 명(明)나라 때 흠천감감정(欽天監監正)을 지냈던 벨기에 출신의 예수회 선교사인 남회인(南懷仁, 페르디난트 페르비스트, Ferdinand Verbiest, 1623~1688)이 1674년 만든 세계지도이다. 〈황여전람도(皇輿全覽圖)〉가 담겨 있는 『고금도서집성(古今圖書集成)』의 지도들과 비슷하며, 중국의 13성 소속의 부(府), 군(郡), 현(縣) 등의 지도가 정교하게 채색으로 그려져 있다. 또한 서양 천문학의 영향을 받아 그려진 천문도와 서구식 세계지도도 실려 있다. 남회인은 1672년 〈곤여도〉의 해설서인 『곤여도설(坤輿圖說)』도 저술한 바 있다.

81) 『천주실의(天主實義)』: 이탈리아 출신의 예수회 선교사 이마두(利瑪竇, Matteo Ricc, 1522~1610)가 한문으로 저술한 천주교 교리서로, 8편 174항목으로 구성되어 있다. 1593~1596년에 편찬된 것으로 보이며, 1603년에 중국 북경에서 처음 간행된 이후 선교사들에 의해 거듭 출판되었다. 유교적 교양을 바탕으로 천주교 교리를 설득하는 방식으로 씌어졌으며, 필요한 경우 불교와 도교 이념도 동원하였으며 중국의 고사(古事)와 성어(成語)를 적절히 이용하였다. 조선에서는 사신 일행을 통해 이 책이 전래되었으며, 18세기 중엽 이후 이벽(李檗)·권철신(權哲身) 등을 중심으로 한국 천주교회가 성립하는 데에 결정적인 영향을 끼쳤다.

수가 없었다. 황고(黃膏)와 흑고(黑膏)는 온갖 독종(毒腫)에 붙이는 것이라고 하였는데, 그 모양이 채흑정(彩黑丁)과 흡사했다. 득리아객(得利雅嗐)은 흑탕(黑湯)처럼 생겼는데 비위가 안 좋아 곽란(霍亂)이 일어나거나 가슴이 답답한 병 등에 모두 복용한다고 했다. 잠시 뒤 부사와 서장관이 왔는데, 서책과 여송과를 내게 주었던 것만큼 주었다. 자명종과 천리경은 그저께 내가 소림과 비은을 만났을 때 보았던 것으로 "갖고 싶어 하셨기에 보내드리는 것입니다."라고 하였다.

대인께서 정태현(鄭泰賢)을 시켜 말을 전하길,

"귀한 물건을 많이 주시니 두터운 정의에 감사합니다만 마음이 매우 편치 못합니다."

라고 하자, 그들이 답하기를,

"대인 일행과 저희들은 서로 친분이 두텁고 지난번에 후히 보내주신 물건들을 받아 지금까지도 깊이 감사하고 있는데, 저희들이 공경하는 마음을 되갚을 길이 없었습니다. 하찮은 물건 몇 가지는 그다지 요긴한 것이 아니지만, 서책 몇 권은 귀중한 것으로 여러 대인께서 고국에 돌아간 후에 천천히 잘 읽어보시면 묘한 이치가 많이 담겨있을 것입니다."

라고 하였다. 내가 또한 글로 써서

"이처럼 많은 물건을 주시니 어떻게 감사를 드려야할지 몰라 마음이 매우 편치 못합니다."

라고 하자, 답하였다.

"하찮은 물건으로 작은 성의를 표한 것이니, 깊은 정은 물건에 있지 않습니다."

내가 자명종과 일구(日晷)에 12시각을 써놓은 글자에 대해 묻자, 그가 답했다.

"이것은 12진(辰)이 아니라 일(一), 이(二), 삼(三), 사(四)라는 글자입니다. 축(丑)은 1시로 정(正)[82]은 2시가 되며, 인(寅)은 3시로 정은 4시가 되며, 묘(卯)는 5시로 정은 6시가 되며, 진(辰)은 7시로 정은 8시가 되며, 사(巳)는 9시로 정은 10시가 되며, 오(午) 11시로 정은 12시가 되며, 미(未)는 1시로 정은 2시가 되며, 신(申)은 3시로 정은 4시가 되며, 유(酉)는 5시로 정은 6시가 되며, 술(戌)은 7시로 정은 8시가 되며, 해(亥)는 9시로 정은 10시가 되며, 자(子)는 11시로 정은 12시가 됩니다. 여기에 쓰인 십일(十一)과 십이(十二)는 각기 하나의 숫자가 되는 것입니다."

그 이유를 묻자, 답하였다.

"12를 성수(成數)로 삼음은 중국에서 10을 성수로 삼는 것과 같으니 13부터는 다시 1로 헤아립니다. 축(丑)시와 미(未)시에서 1의 숫자(오전 1시와 오후 1시를 말함)가 시작되고, 자(子)시와 오(午)시에서 시작되지 않는 것은, 자(子)시의 중반에야 일양(一陽)이 생겨나고, 자(子)시의 초(初)는 여전히 음(陰)에 속하기에 1이라는 수로 표시할 수 없는 것입니다. 정(正)에 이르러서야 바야흐로 일양(一陽)이 희미하게 생겨나 1의 숫자가 시작되기는 하지만, 하나의 시(時)를 음양으로 나누는 것은 불가한 까닭에 축(丑)시의 앞의 초(初)를 양(陽)의 첫머리로 여겨 1의 숫자를 삼은 것이고, 미(未)시의 초(初)에서 1의 숫자가 시작되는 것 또한 마찬가지입니다."

그 글자는 해서로도 쓰였고 초서도 쓰였는데 매우 간단하여 쓰기 쉬웠다.

그저께 내가 천주당에 갔을 때 돌에 글자를 새긴 일영(日影, 해시계)을 가리키며 탁본해 가기를 청하자, 소림이

---

82) 정(正): 12시 법에서 하나의 시는 오늘날의 두 시간을 가리키는데, 앞의 한 시간을 '초(初)'라하고, 뒤의 한 시간을 '정(正)'이라고 한다. 청나라 전대흔(錢大昕)의 『십가재양신록(十駕齋養新錄)』, 「이십사시(二十四時)」에 "一日分十二時, 每時又分爲二, 曰初, 曰正. 是爲二十四小時."라는 기록이 보인다.

"이 표목(標木)은 40도가 기울어 세워져 있기에 조선에서는 사용할 수 없습니다. 조선에서는 마땅히 36도를 써야 합니다."
라고 말했었다. 그런데 이 날은 그가 가지고 온 일구(日晷)를 가리키며 말하기를,

"이것은 공구(公晷)로 온 천하에서 모두 사용할 수 있습니다."
라고 하였다. 대개 구리를 가지고 반달 모양으로 원권(圓卷)을 만들고 4분의 1마다 90도씩 새겨놓았다. 이것은 주천(周天) 360도를 넷으로 나누어 놓은 것이다. 여기에다 비스듬히 세운 것을 기둥으로 삼고, 다시 원권을 기둥 위에 더함으로써 높이를 마음대로 하여 각각 그 지역의 도수(度數, 위도)에 따랐다. 원권 위에는 열두 시각을 새겨 놓고, 가운데에 표목을 세워 해 그림자를 측정한다. 대개 북극성(北極星)이 지상(地上)으로 나온 고도(高度)[83]는 지역마다 도수가 각기 다른데, 우리나라의 경우 북극성이 지상으로 나온 고도가 36도이므로 이같이 하는 것이다.

이처럼 준 물건이 매우 후하여 간략히 보답할 수가 없기에 나중에 보내고자 하였다. 내가 물었다.

"서양의 떡은 무엇으로 만듭니까?"

"밀가루와 설탕, 계란으로 만듭니다."

"서양의 국왕 중에도 대를 물려 전하는 일이 있습니까?"

"있습니다. 지금은 4대이니, 중국의 황상(皇上)과 마찬가지입니다."

"아들끼리 왕위를 전하는 것입니까?"

"그렇습니다."

"아들이 없으면 어떻게 합니까?"

"아들이 없으면 동성(同姓)을 데려와 왕위에 세우고 다른 성(姓)은 세우

83) 북극성(北極星)이 ~ 고도(高度): 북극성과 지평선(地平線) 사이의 각 거리(角距離)를 말함.

지 않습니다."

대인께서 글을 써서 묻기를,

"성력(星曆, 천문 역법)에 관한 여러 서책을 구입해 가려고 하나 얻기가 어렵습니다."

라고 하자, 그가 답했다.

"그러한 책들은 감히 팔 수 없습니다. 단지 중국인만 살 수 없는 것이 아니라, 외국인인 저희들도 살 수가 없습니다. 중국인도 팔 수 없고 서양인도 마찬가지이기에 감히 보내드릴 수가 없습니다."

대개 성력에 관한 서책은 금법(禁法)이 있었으니, 유기(劉基)[84]로부터 그 법령이 시작되었으며 청나라에서도 여전히 시행되고 있는 것이다. 저녁때가 되자 작별 인사를 하고 가는데, 내가 중문(中門)까지 나가 전송하였다. 소림(蘇霖)이 말하기를,

"중국의 법도는 사람을 전송할 때 문에까지 나가지만 조선의 법도는 단지 캉 위에 서서 전송하니, 노야(老爺)께서 꼭 나와서 전송하실 것은 없습니다."

라고 하였다. 내가

"서양의 법도는 어떠합니까?"

라고 묻자, 그가 답하였다.

"중국의 법도와 같이 문에 나와 전송합니다."

---

84) 유기(劉基, 1311~1375): 자는 백온(伯溫). 원나라 말기와 청나라 초기의 걸출한 군사가이자, 정치가, 문학가로, 경사(經史)에 통달하고, 천문(天文)에 밝았으며, 병법(兵法)에도 정통하였다. 주원장(朱元璋)을 보좌하여 명나라를 건국하고 국가를 안정시키는 데 힘을 다하였기에, 사람들이 그를 제갈무후에 빗대기도 하였으며, 주원장은 자신의 '장자방(張子房)'이라고 말한바 있다.

◆ 1720년 10월 26일

10월 26일, 기미(己未). 맑고 추웠다.

이곳에 온 후 처음으로 겪는 추위였다. 대인께서 건량(乾粮, 건량군관 최수명(崔壽溟)을 말함)을 시켜서 각종 물품을 마련하여 소림(蘇霖)에게 보내주었다. 백면지(白綿紙) 10묶음, 대모(玳瑁)[85]와 은장도(銀粧刀) 2자루, 청서피(靑黍皮) 10장, 왜능화지(倭菱花紙) 1축(軸), 마장니(馬障泥) 2부(部), 붓 10자루, 먹 10개, 청심원(淸心元) 10알, 크고 작은 갑초(匣草) 25갑으로 자명종과 천리경, 해시계[日晷]를 준 보답을 하였다.

아침을 먹고 나는 정태현(鄭泰賢)과 함께 선무문(宣武門) 안에 있는 천주당[남당]으로 갔다. 이 날은 매우 추운데다가 모래바람으로 먼지가 가득해 길을 가기가 매우 힘들었다. 나는 두터운 가죽옷을 입었는데도 추웠는데, 길을 다니는 사람들을 보니 대부분 얇은 옷에 솜도 넣지 않았는데도 추운 기색이 없었다. 바람이 거꾸로 불어 흙먼지가 얼굴을 때리는데 육 칠세 되는 아이들 또한 모두 눈도 깜빡거리지 않았다. 이는 늘 겪는 일인지라 잘 참을 수 있는 것이다.

천주당에 이르러 사람을 시켜 알렸더니 전날 앉았던 곳으로 맞이해 들어갔다. 방 안에는 소림(蘇霖), 대진현(戴進賢), 장안다(張安多) 세 사람 및 다른 서양사람 세 명이 와서 모여 있었다. 그 중 한 사람은 눈이 푸른 구슬 같았고, 푸른 구슬 안에 흰 원이 있었으며, 흰 원 안에 눈동자가 있었다. 그 사람은 수염이 매우 덥수룩하고 구불구불했으며, 색이 진한 황색이어서 모습이 매우 괴이하였다.

정태현을 시켜 소림에게 말하기를,

---

85) 대모(玳瑁): 바다거북의 일종. 등껍데기가 빛깔의 변화가 많아 대모갑(玳瑁甲)이라 하여 공예품이나 장식품으로 쓰였다.

“지난번에 관소를 찾아주시고 또 진귀한 물건들을 주셨기에 참으로 감사드립니다. 변변치 못한 물건 몇 가지로 후의(厚意)에 보답하고자 합니다.”
라고 하고, 가지고 온 것을 꺼내어 각각의 물건을 주려고 하자, 답하기를
“저희가 드린 것은 그림과 눈을 즐기는 도구에 불과한데, 지금 주시는 것들은 이처럼 요긴한 것들이니 감히 받을 수 없습니다.”
라고 하였다. 이에 내가
“보잘 것 없는 물건을 어찌 사양하십니까? 그대들은 서쪽 끝에 있고 우리는 동쪽 끝에 있는데, 하늘의 인연으로 서로 만났습니다. 각각 그 토산물로 선물하는 것일 뿐인데, 어찌 많고 적음을 논하십니까?”
라고 하자, 소림이 선물을 받았다. 또 장지(壯紙) 2묶음과 크고 작은 담배 12갑, 족집게[鑷子] 1개를 대진현에게 주었으며, 장안다에게도 대진현에게 준 것과 똑같이 주었다.

대인이 주방(厨房)을 시켜 우리나라의 시루떡 두 그릇을 만들어 보내주었다. 여러 사람들이 각기 조금씩 먹어보고 다들 맛이 좋다고 하고는, 서양 떡을 찬합에 담아 보답하였다. 올 때 자명종을 가지고 왔는데 소림에게 묻기를,
“이 자명종이 잘 작동되지 않고, 때 맞춰 울리지도 않습니다. 수리해 돌아가고자 합니다.”
라고 하자, 그 중 한 사람이 말하길,
“나는 서화문(西華門) 밖에 있는 천주당에 있습니다. 만약 모레 그곳으로 오신다면 마땅히 이 종을 분해해서 그 안을 살펴보고서 정밀한 이치를 알려드리겠습니다.”
라고 하였다. 내가 모레 찾아가 보기로 약속하고 그 성명을 물으니, 두덕미(杜德美)라고 하였다.

내가 글을 써서 묻기를,

"예로부터 모두들 주천(周天) 도수는 365와 1/4도라고 했습니다. 그런데 지금 서양의 방법은 5와 1/4도를 제하고서, 다만 360도만 사용하고 있습니다. 그렇다면 중국에서 수천 년간 전해 내려온 역법이 모두 틀린 것입니까? 서양이 중국과 통하기 전에 역법을 제정하거나 윤달을 두고 절기(節氣)를 정함에 있어 모두 오차가 없었음은 어째서 그런 것입니까? 5와 1/4도의 남는 것이 있기 때문에 들쑥날쑥 가지런하지 못하기에, 영부족(贏不足)[86]이 생긴 것입니다. 이 때문에 기영삭허(氣盈朔虛)[87]에 따라 윤달을 둔 것입니다. 「요전(堯典)」에 이르길, '기(朞)는 365일(日)인데, 윤달을 두어 사시(四時)를 정하고 해를 이룬다.'[88]고 했는데, 그렇다면 「요전(堯典)」의 말 또한 틀린 것입니까?"

라고 하자, 흠천감 관리 손이혜(孫爾蕙)가 내가 쓴 것을 대진현(戴進賢)에게 보여주고, 그의 말을 듣고는 글로 써서 나에게 보여주었다.

"서양 사람들은 모두들 중국의 역법에 대해서 알지 못하고, 「요전(堯典)」에 대해서도 모릅니다. 단지 서양에 있을 때 천상(天象)을 측정하여 도수를 일일이 밝혔는데 털끝만한 차이가 없이 360도가 되었으며 1분(分)의 남음도 없었습니다. 측정하는 방법은 극히 정밀하고 미세하여 마

---

86) 영부족(贏不足): 황제의 신하인 예수(隸首)가 만든 산법(算法)인 『구장산술(九章算術)』에 나오는 계산법 중 하나이다. 아홉 가지 산법은 방전(方田)·속미(粟米)·쇠분(衰分)·소광(少廣)·상공(商功)·균수(均輸)·영부족(贏不足)·방정(方程)·구고(句股)이다.

87) 기영삭허(氣盈朔虛): 1년을 360일 기준으로 할 적에 태양의 주기(366일)는 남고 달의 주기(354일)는 모자람을 가리키는 말이다.

88) 기(朞)는 366일(日) … 해를 이룬다 : 『서경』「요전」에는 '기(朞)'가 366일로 되어 있어, 여기에서 365일이라 한 것은 이기지의 착오로 보인다. 「요전」의 해당 대목은 다음과 같다. "제요(帝堯)가 말씀하였다. '아! 너희 희씨(羲氏)와 화씨(和氏)야. 기(朞)는 366일(日)이니, 윤달을 사용하여야 사시(四時)를 정하여 해를 이루어 진실로 백공(百工, 백관)을 다스려서 모든 공적이 다 넓혀질 것이다.' [帝曰, 咨汝羲暨和, 朞, 三百有六旬有六日, 以閏月, 定四時成歲, 允釐百工, 庶績, 咸熙.]"

치 손 안의 염주를 세는 것과 같으니, 만에 하나도 틀림이 없을 것입니다. 또한 360도로 역법을 만들어 천상(天象)에 적용해 보니 일식과 월식, 및 오성(五星)이 운행하는 도수를 침범함[凌犯]이 부절(符節)을 맞추는 듯 딱 들어맞아서 하나도 어긋남이 없었습니다. 중국의 역법인 365와 1/4도로 계산해보면, 일식과 월식이 맞지 않는 것이 많았으며, 일식과 월식이 있어야 할 때 일어나지 않고, 일식과 월식이 없어야 할 때 도리어 일어나기도 하였습니다. 서양의 역법으로는 위로 과거 천년을 계산하고 아래로 미래의 천년을 계산한다 하더라도, 모두 어떤 날에 일식이 있고 어떤 달에 월식이 있는지를 알아서 그 시각이 틀림이 없습니다. 오성(五星)이 침범함에 있어서도 또한 그러합니다. 이것이 어찌 360도가 참으로 정확하며 의심할 바 없다는 명백한 증거가 아니겠습니까?"

내가 또 묻기를,

"일식과 월식은 모두 천변(天變)에 달려있는 것입니다. 임금이 덕을 닦으면 혹 마땅히 일식과 월식이 있어야 하는데도 일어나지 않으며, 정사가 혼란스러우면 일식이 자주 나타납니다. 그래서 공자께서 『춘추(春秋)』를 지으면서 반드시 일식을 큰 변괴로 기록하였습니다. 대개 인사의 선악에 따라 어떤 감응하는 바가 있기에 일식이 생기는 것입니다. 오성(五星)이 침범함에 있어서도 또한 그러한 것입니다. 그대의 말에 따른다면, 일식과 월식, 오성(五星)이 침범함은 그 스스로 일정한 연월일시가 있게 되는바, 이는 천변에 따라 정해지는 것이 아니라는 말입니까?"
라고 하자, 대진현이 대답하였다.

"일식과 월식, 오성이 침범함은 예부터 지금까지 모두 응당 행해지는 때가 있는 것이며, 천변 때문에 일어나는 것이 아니며 인사에 관계되는 것도 아닙니다."

내가 또 묻기를,

"28수(二十八宿)[89]는 점점 도수가 옮겨지고 있습니다. 송나라 때 사람들이 천문을 살펴보고 말하기를, '허수(虛宿)와 위수(危宿)[90] 사이가 자(子)의 정중(正中)이고, 장수(張宿) 3도가 오(午)의 정중이 된다.'라고 하였으니, 별자리가 옛날에 비해 이미 동쪽으로 옮겨갔습니다. 지금은 위수(危宿)의 3~4도가 자(子)의 정중이 됩니다. 그렇다면 수천 년 후에는 28수의 위치가 모두 바뀌게 되는 것입니까?"

라고 하자, 대진현(戴進賢)이 답하였다.

"28수는 황도(黃道)를 따라서 매년 동쪽으로 51초(秒)[91]씩 이동합니다. 송나라 때로부터 지금까지는 세월이 오래 흘렀기 때문에 자연히 이전에 비하여 조금 멀어진 것입니다."

내가 또 묻기를,

"상고시대부터 12방위에 28수를 배치하여 그 신(神)의 이름을 정하였습니다. 자(子)는 쥐, 축(丑)은 소와 같은 것이 그러합니다. 12방위는 옮겨지지 않는데, 28수가 점점 옮겨간다면 12신의 이름도 이에 따라 변경해야 하는 것입니까?"

라고 하자, 대진현이 대답하였다.

"상고 이래로 간지(干支)는 시진(時辰)과 짝하였습니다. 12궁의 이름은

---

89) 28수(二十八宿): 하늘의 적도를 따라 그 남북에 있는 별들을 28개의 구역으로 구분하여 부른 이름. 중국에서 달의 공전주기가 27.32일이라는 것에 착안하여 적도대(赤道帶)를 28개의 구역으로 나눈 것으로, 각 구역이 각각의 수(宿)이다.

90) 허수(虛宿)와 위수(危宿): 28수 중 북방 7사(舍)에 속하는 별자리. 28수는 7개씩 묶어서 4개의 7사(舍)로 구별하여 각각 동·서·남·북을 상징하는데, 이 중 북방 7사는 28수 중 하짓날 초저녁 동쪽 지평선 위로 떠오르는 두수(斗宿, 여덟째 별자리의 별들)를 필두로 하여 시간이 경과되면서 차례로 동쪽 지평선 위로 떠올라오는 우(牛)·여(女)·허(虛)·위(危)·실(室)·벽(壁) 등 7개의 수가 차지하는 별자리를 말한다.

91) 초(秒) : 원주(圓周)의 각도를 재는 단위의 하나이다. 천구(天球)를 한 바퀴 도는 주천(周天)이 360도(度)이고, 1도는 60분(分), 1분은 60초(秒)가 된다.

일정하고 옮겨가지 않기에, 자(子)는 쥐, 축(丑)은 소로 이름을 삼은 것이지 결코 별자리로 기준을 삼은 것은 아닙니다."

내가 또 물었다.

"자(子)는 허일서(虛日鼠)에 해당하기 때문에 쥐가 된 것이고, 축(丑)은 우금우(牛金牛)에 해당하기 때문에 소가 된 것이고, 인(寅)은 미화호(尾火虎)에 해당하기 때문에 호랑이가 된 것이고, 묘(卯)는 방일토(房日兎)에 해당하기 때문에 토끼가 된 것이고, 진(辰)은 항금룡(亢金龍)에 해당하기 때문에 용이 된 것이고, 사(巳)는 익화사(翼火蛇)에 해당하기 때문에 뱀이 된 것이고, 오(午)는 성일마(星日馬)에 해당하기 때문에 말이 된 것이고, 미(未)는 귀금양(鬼金羊)에 해당하기 때문에 양이 된 것이고, 신(申)은 자화후(觜火猴)에 해당하기 때문에 원숭이가 된 것이고, 유(酉)는 앙일계(昴日鷄)에 해당하기 때문에 닭이 된 것이고, 술(戌)은 누금구(婁金狗)에 해당하기 때문에 개가 된 것이고, 해(亥)는 실화저(室火猪)에 해당하기 때문에 돼지가 된 것입니다.[92] 12신의 이름이 모두 그러하지 않음이 없습니다. 지금은 자(子)가 위월연(危月燕)에 해당되는데, 자(子)의 신(神)이 변해서 제비가 되고, 축(丑)은 여토복(女土蝠)에 해당되는데, 축(丑)의 신이 변해서 박쥐가 된 것입니까? 또한 혼성(昏星)이 점점 옮겨간다면 동방창룡(東方蒼龍) 7수인 각항저방심미기(角亢氐房心尾箕)[93]가 마땅히 남방으로 옮

---

92) 여기에서 이기지는 28수에 해당되는 신의 이름을 나열하였는데 신의 이름은 다음과 같다. 항금룡(亢金龍)·여토복(女土蝠)·방일토(房日兎)·심월호(心月狐)·미화호(尾火虎)·기수표(箕水豹)·두목해(斗木獬)·우금우(牛金牛)·저토맥(氐土貉)·허일서(虛日鼠)·위월연(危月燕)·실화저(室火豬)·벽수휴(壁水貐)·규목랑(奎木狼)·누금구(婁金狗)·위토체(胃土彘)·묘일계(昴日雞)·필월오(畢月烏)·자화후(觜火猴)·참수원(參水猿)·정목안(井木犴)·귀금양(鬼金羊)·유토장(柳土獐)·성일마(星日馬)·장월록(張月鹿)·익화사(翼火蛇)·진수인(軫水蚓).

93) 각항저방심미기(角亢氐房心尾箕): 동양 전통의 천문학에서는 하늘의 별을 위성(緯星)과 경성(經星)으로 분류하였는데, 위성(緯星)은 금목수화토오성(金木水火土五星)의

겨가고, 남방주조(南方朱鳥) 7수가 서방으로 옮겨가고, 서방백호(西方白虎) 7수가 북방으로 옮겨가고, 북방현무(北方玄武) 7수가 동방으로 옮겨가게 됩니다. 그렇다면 천지 사방이 모두 위치가 바뀌는 것입니까? 자오정침(子午正針)과 토규남북(土圭南北) 또한 하늘을 따라 변하게 되는 것입니까? 이러한 점들에 매우 의심스러운 것이 많으니 원컨대 하나하나 깨우쳐주시기 바랍니다."

손이혜(孫爾蕙)는 내가 쓴 글을 가지고 대진현과 소림 및 여러 사람들과 함께 읽으면서 한참동안 서로 의논하였는데 망연히 대답하기 어려워하는 기색이 있었다. 끝내 글을 써서 답하기를,

"28수는 사계절을 따라 움직이는 것이라 방향이 일정하지 않습니다. 매년 별이 51초(秒)씩 움직이지만, 자오(子午)의 정침(正針)은 일정하여 옮겨가지 않습니다."

라고 하였는데, 그 말이 매우 분명치 못하였다.

대개 서양인은 단지 그들의 법칙에 따라 관측할 뿐, 원래부터 중국의 역법을 추고(推考)해 보지는 않는다. 이에 그들과 함께 같고 다른 점을 토론하려 해도 중국 별자리와 시진(時辰)의 명칭을 이해하지 못하고 있기 때문에 나의 갑작스러운 질문을 당하자 모두 말이 막혀 답을 할 수 없었던 것이다. 흠천감 관리 두 사람 또한 천문학의 연원을 깊이 이해하지 못하고, 다만 한결같이 서양인들의 말을 따라서 한자로 번역하여 역서를 만들기만 할 뿐이다. 때문에 서양의 기술을 모두 이해하지도 못하면서 중국의 천문학을 궁구하고 있는 것이다. 여러 사람들이 서로 돌아보면서 말하길 "그가 매우 명백하다[他的很明白]"라고 하였는데, '흔(很)'이란 저들

7개 이고, 경성은 동방의 각항저방심미기(角亢氐房心尾箕), 북방의 두우여허위실벽(斗牛女虛危室壁), 서방의 규루위묘필자삼(奎婁胃昴畢觜參), 남방의 정귀유성장익진(井鬼柳星張翼軫)의 총 28개이다.

말로 '매우'라는 뜻이다.

내가 또 묻기를,

"옛날의 성인은 중국의 땅을 위로 28수에 짝하게 하고 분야(分野)라 이름하였습니다. 춘추시대와 한(漢)·당(唐) 이래로 분야로 별자리 점을 쳤는데, 그 설이 많이 징험되고 어긋남이 없었으니 잘못된 것이라고 할 수 없습니다. 별자리가 점점 옮겨지는데 중국 땅은 일정하여 옮겨지지 않는다면 북경의 기미(箕尾)의 분야와 남경의 두우(斗牛)의 분야가 또한 모두 다른 별자리의 분야로 들어가게 될 것입니다. 그렇다면 분야에 따라 점을 침에 있어서 여전히 옛날 것에 의하여 변치 말아야 하는 것입니까? 아니면 오늘날의 옮겨 들어간 별자리로 점을 쳐야 하는 것입니까?"
라고 하자, 손이혜가 글로 써서 답하길,

"서양의 선생들은 다만 새로운 방법으로 관측하였는데 오차가 없었을 뿐이고, 분야의 설에 대해서는 궁구하지 못하였다고 합니다."
라고 하였다. 중국의 천학(天學)을 아는 자와 더불어 서로 문답하여 이 의문을 깨뜨리지 못함이 한스러웠다.

내가 또 소림(蘇霖)에게 묻기를,

"지난번에 주셨던 자명종은 때 맞춰 종이 울리지 않는데, 이것은 고장이 나서 그러한 것입니까?"
라고 하자, 그가 답하였다.

"이처럼 작은 것은 단지 보면서 즐길 뿐이고 시간을 알 수는 없습니다. 무릇 자명종은 클수록 좋은 것인데 큰 것은 가격이 매우 비싸 간혹 3~4백 냥에 이르기도 합니다."

그러면서 자명종 하나를 꺼내어 보여주었는데, 높이와 너비가 두 척(尺)쯤 되었으며, 금과 은으로 사면을 장식하고, 수정으로 창을 만들어 그 속을 들여다 볼 수 있게 하였다. 매우 정교하게 제작되었으며 진이(珍

異)한 톱니바퀴[輪機]들이 매우 뒤섞여있어 우리나라의 자명종에 비하여 두 배는 되었다. 왼쪽에는 은종(銀鐘)을 매달았고, 오른쪽에는 은경(銀磬)을 매달았는데, 12개가 마치 비늘[鱗甲]처럼 되어있었다. 시각이 되면 차례대로 12개의 경을 치는데, 1경을 치는 것이 막 끝나면 또 하나의 경을 쳤다. 그 소리가 맑고 높아서 마치 경을 울리고 종을 치며 음악을 연주하는 듯하였다. 종은 때에 따라 치는 횟수를 달리하였다.

탁상 위에는 녹색의 파려(玻瓈) 조각 수십 개를 두었는데 두께가 4~5푼[分] 정도 되었다. 내가,

"이것은 어디에 쓰는 것입니까?"

라고 묻자, 답하기를

"자르고 갈아서 각종 물건을 만드는데 반짝거리고 단단하여 유리처럼 쉽게 깨지는 것과는 다릅니다."

라고 하였다. 내가,

"유리와 만드는 방법이 같습니까?"

라고 묻자, 답하기를

"유리를 만드는 것은 매우 쉽지만, 수정을 만들기는 어렵습니다. 부드러운 흙과 돌가루에 수십 건의 각종 재료들을 합성하여 만드는데 응고시키기가 매우 어렵습니다."

라고 하였다. 내가,

"이것을 가는 데는 어떤 물건을 사용합니까?"

라고 묻자, 답하였다.

"가는 모래로 가는 작업을 마치고 속새[木賊][94]로 윤을 내면 저절로 빛

94) 속새[木賊]: 속새과에 속하는 다년생 초본식물로 한약제로 널리 쓰인다. 마디가 있으며 표면이 거칠어 나무로 도구를 만들 때 이것을 사용하여 갈고 문질러 광택을 내었기에, 나무를 죽인다는 의미로 목적(木賊)이라는 이름이 생겨났다. 또한 주석으로 된 그릇

이 납니다."

작별하고 나오는데, 왼편에 새로 지은 건물의 북쪽 벽 문이 열려있는 것이 보였는데, 개가 있어 문짝 밖으로 얼굴을 내밀고 밖을 살펴보고 있었다. 자세히 살펴보니 문은 원래 없었고, 단지 반쯤 열린 모양의 문이 벽에 그려져 있었고, 개를 그 아래에 그려놓은 것이다. 붓으로 찍어 마른 것이 그다지 정밀하고 자세하지 않아 가까이 가서 보면 그림이었는데, 열 걸음 떨어져 보면 분명히 살아있는 개였다. 문짝 안쪽은 매우 깊고 무언가 비쳐 보이는 듯하였으나, 살펴보면 한 쪽 벽면이기에 더욱 괴이하였다. 물어보니 석령(石寧, 郎世寧)의 그림이라고 하였으니, 그 사람이 뛰어난 바가 이러한 개 그림인 듯하였다. 여러 사람들이 문 밖까지 나와 전송하였다. 관소로 돌아오니 날이 이미 저물었다.

◆ 1720년 10월 27일

소림(蘇霖)이 사람을 통해 가보(假寶) 2봉을 보내왔는데, 각기 10여 매가 들어있었으며 대인과 나에게 보내온 것이다. 홍란(紅鸞)[95] 같아 보였는데 쓸데는 없어 보였다. 또 〈지구도(地球圖)〉를 박태중(朴泰重)에게 보내왔는데 윗면에 '표노야(瓢老爺)께서 받아주십시오.[瓢老爺收]'라고 씌어 있어서 서장관에게 잘못 전해졌다. 서장관과 부사가 마침 상방(上房)에 와 있다가 한바탕 크게 웃었다. 대개 우리나라 방언으로 표(瓢)를 박(朴)이라고 하는데, 이 때문에 이곳 사람이 박(朴)이라는 성을 표(瓢)로 여긴 것이니 참으로 우스운 일이다.

을 닦는 데도 쓰여 '주석초'라고도 부른다. 산속 계곡의 물가나 습지에서 많이 자란다.

95) 홍란(紅鸞): 신화나 전설에 등장하는 신령스러운 붉은 새.

◇ 1720년 10월 28일

그저께 서양인 두덕미(杜德美)와 약속하였기 때문에 일찍 식사를 하고 정태현(鄭泰賢)과 함께 문을 나섰다. 왕종인(王從仁)·정숙(正叔)·만억(萬億)이 따라왔다. …〈중략〉…

천주당(天主堂)에 이르렀다. 천주당은 궁성(宮城) 밖, 궁장(宮墻) 안에 있으면서 서화문(西華門)과 서안문(西安門) 사이에 위치하였다. 문지기가 내가 오는 것을 보고는 즉시 나와 맞아들이니, 두덕미(杜德美)가 미리 말해두었던 것이다. 문을 두 개 들어가자 문지기가 서편의 객실(客室)로 인도해 의자에 앉기를 청하고는, 곧바로 들어가 서양인에게 알렸다.

방 안 사방의 벽에는 서양화와 지구도(地毬圖)가 많이 걸려 있었다. 족자 하나에는 사람이 말을 타고 전쟁하는 모습이 그려져 있었는데 활이 매우 길었고, 화살촉은 매의 혓바닥처럼 생겼으며, 말은 모두 매우 컸다. 남쪽 벽에는 유리로 만든 커다란 원반이 걸려 있었는데, 가운데에 황금으로 구름에 둘러싸인 봉우리가 한 촌(寸) 정도 튀어나오게 만들어져 있어 모양이 매우 기이했다. 캉 위에는 삼색 실로 수놓은 자리 위에 붉은 의자 십여 개를 놓아두었는데, 모두 황금실로 용을 수놓은 이불이 걸려 있었다. 가운데에는 커다란 구리 화로를 놓아두었는데 지름이 네댓 척(尺)은 되었고, 속에는 석탄이 타고 있어 봄날처럼 따뜻했다.

잠시 후에 서양인 네 사람이 나와 읍을 하고 나서, 나는 캉 위에 앉고, 그들은 모두 의자에 앉았다. 정태현(鄭泰賢)에게도 읍을 하고 캉 아래의 주벽(主壁)[96]에 놓인 의자에 앉게 했다. 대개 이곳에서 손님을 대하는 방식은 손님을 높인다면 반드시 캉에 앉게 하고, 비록 자신보다 낮은 지위

96) 주벽(主壁): 여러 사람을 좌우(左右)쪽 양 옆으로 앉히고 그 가운데를 차지하여 주가 되는 자리, 또는 그 자리에 앉은 사람을 말한다.

라도 반드시 주벽(主壁)에 앉게 하며, 주인은 손님 자리에 앉는 것이다. 내가,

"두선생(杜先生, 杜德美)이 계십니까?"

라고 묻자, 답하길

"그저께 남천주당에서 돌아오자마자 병이 나서 누워있기에 나올 수가 없습니다."

라고 하였다. 내가

"누워계신 곳에 가 볼 수 있습니까?"

라고 묻자, 답하길

"두선생이 일어나 앉을 수가 없으니 볼 수가 없습니다."

라고 하였다. 또 한 사람이 들어왔는데, 얼굴에 마마자국이 있고 한쪽 눈은 애꾸눈이었는데, 절강 공생(浙江貢生) 양달(楊達)이었다. 천주당 세 곳에 모두 절강 공생이 있어 필담으로 대화를 나눈다고 한다.

서양인 네 사람의 성명을 물으니, 한 사람은 백진(白晉), 한 사람은 뇌효사(雷孝思), 한 사람은 탕상현(湯尙賢), 한 사람은 은홍서(殷弘緖)였다. 네 사람 중에서 은홍서의 모습은 매우 풍채가 있고 응결차 보였으며, 온화한 기운이 얼굴에 가득하여 서양인 같지가 않았다. 정태현을 시켜 말을 통했는데, 서양인은 한어가 매우 서툴러 알아듣지 못하는 것이 많았다. 내가 붓과 벼루를 달라고 하자, 한 사람이 비연(鼻烟)을 꺼내 주었다. 대개 필연(筆硯)과 비연(鼻烟)은 한어(漢語)로는 음이 같으며, 비(鼻)는 급하게 발음하고, 필(筆)은 여운이 있는 성조인데[97], 내가 한어 발음이 서툴러 분명하지 않았기 때문이다. 내가 말하길

"글씨를 쓰는 필연(筆硯)입니다."

---

97) 비(鼻)는 급하게 …… 있는 성조인데: 비(鼻)는 한어 발음으로 bí로 촉급하게 발음하는 데 비해, 필(筆)은 한어 발음으로 bǐ로 길게 늘여 발음하는 것을 말하는 듯하다.

라고 하자, 그 사람들이 크게 웃었다. 종자를 시켜 문방사구(文房四具)를 가지고 와 탁자 위에 두게 하였다. 용이 서린 모양을 새긴 벼룻돌은 솜씨가 기이하였다.

내가 써서 말하길,

"극동(極東)과 극서(極西) 사람이 이곳에서 만났으니, 이는 하늘이 내린 인연입니다."

라고 하자, 뇌효사(雷孝思)가 양달(楊達)을 시켜 글로 써서 답하기를,

"이번의 복된 만남은 모두 천주(天主)의 깊으신 뜻이 있는 것입니다. 우리들 인류는 모두 천주에 의해 태어났기에 사해(四海)가 모두 형제에 속하는 바, 수만리 떨어져 있어도 또한 형제입니다."

라고 하였다. 내가

"사해가 모두 형제라고 한 것은 참으로 확론(確論)입니다. 선유(先儒)께서 말하길 '백성들은 우리의 동포이니, 무릇 천지 사이에 머리가 둥글고 눈이 옆으로 찢어진 백성은 모두 우리의 동포 형제이다.'라고 하였습니다. 그러니 서양과 동양을 구별하지 말고 보잘 것 없는 사람일지라도 귀하게 여기며, 마음으로 서로 아끼고 사랑해야 합니다."

라고 하자, 네 사람이 내가 쓴 것을 보고 모두 머리를 끄덕였다.

내가 묻기를,

"탕 선생(湯先生, 湯尙賢)은 혹시 탕약망(湯若望)과 일가입니까?"

라고 묻자, 답하길

"아닙니다. 탕약망과는 같은 나라 사람이 아니니, 대개 서양에는 30여 나라가 있습니다."

라고 하였다. 내가

"여러 분들의 성명은 서양에 있을 때에도 지금과 같았습니까?"

라고 묻자, 답하였다.

백진(白晉, Joachium Bouvet)의 초상

"서양에 있을 때에는 따로 성명이 있었는데 성 하나가 혹 서너 글자가 되는 경우도 있고, 중국의 글자와는 같지 않습니다. 이 때문에 중국에 온 이후에 각기 성명을 이처럼 정한 것입니다."

백진(白晉)이 말하길,

"일찍이 목극등(穆克登)과 함께 장백산(長白山)을 가본 적이 있습니다. '조선 지방을 보니, 조선에도 큰 성이 있다'고 하였습니다."

라고 하는데, 그가 어떤 성을 보았다는 것인지 알 수 없었다.

그리고 또 묻기를

"등주(登州)와 래주(萊州)에서 조선으로 가는 해로는 거리가 얼마나 됩니까?"

라고 하였다. 내가

"자세히 알지는 못하나, 2~3천리를 넘지는 않습니다."

라고 답하자, 그가 묻기를

"배로 왕래하는 자들이 있습니까?"

라고 하여, 내가 답했다.

"산동의 어부들이 조선의 해변에 많이 왕래합니다."

그가 말하길

"산동의 바다에도 고기 잡는 곳이 많은데 어째서 조선까지 갑니까?"

라고 하기에, 내가

"산동의 바다에는 해삼이 없는데, 조선의 바다에는 해삼이 매우 큽니다. 그래서 많이 와서 잡아갑니다."

라고 답하자, 그 사람이 잠자코 고개를 끄덕였다.

탕상현(湯尙賢)이 정태현(鄭泰賢)에게 말하길
"우리들은 조선으로 가서 천주당을 짓고 천주의 가르침을 멀리까지 포교하고 싶은데, 가능하겠습니까?"
라고 하였으니, 대개 해로를 물은 것은 의도가 있었던 것이다. 정태현이 답하기를,
"이것은 우리나라 조정에 달린 것으로 우리들이 미리 헤아려 말할 수 있는 것이 아닙니다. 다만 이곳의 황제께서 여러 선생이 떠나가는 것을 허락하시겠습니까?"
라고 하자, 그가 말하였다.
"우리들은 본래 이곳에서 관직을 받은 것이 아니고, 단지 포교하기 위해 왔기에 떠나고 머무는 것을 우리 뜻대로 합니다. 대서양·소서양·중국과 그 밖의 나라들을 가지 못한 곳이 없습니다. 황제 또한 우리들이 오고 가는 것을 간섭하지 않습니다."

이전에도 서양인은 비록 동쪽으로 가겠다고 분명히 말하지는 않았으나, 매번 우리나라로 가는 노정(路程)을 물어 가고 싶은 뜻을 보인 적이 많았다. 대개 이들의 인품은 궤이(詭異)하면서도 매우 고결(高潔)하였는데, 이곳의 오랑캐 풍속에 대해 싫어하는 뜻이 있었기에 우리나라 사람의 의관과 문물을 보고는 염모(艷慕)하는 기색이 있었다. 일찍이 소림(蘇霖)을 보고 서양에 있을 때도 머리를 깎았느냐고 물었더니, "나라의 풍속이 이와 같으니 우리들 또한 면할 수가 없었습니다."라고 하면서 머리를 문지르며 자못 부끄러워하는 기색이 있었다. 서양인은 불승(佛僧)과는 원수지간으로 또한 중들과 같음을 싫어하는 것을 이것으로도 미루어 알 수 있는 것이다. 그러나 우리나라에는 만에 하나라도 와서 살 수는 없으니, 우리나라에 오랫동안 살다가 그 허실(虛實)을 자세히 알아내어 고국으로 돌아간다면 또한 우려할 일이기 때문이다. 그래서 내가 그들의 뜻을 헤

아려 우리나라에 올 수 없다는 뜻을 매번 은근히 보였는데도 여전히 간절하게 노정을 물어오니 근심스러운 일이다.

잠시 후 음식을 내어왔는데, 돼지·양·닭·거위 및 잡탕 예닐곱 그릇을 연속해서 올렸다. 두어 번 젓가락을 대자, 종자(從者)가 한 그릇씩 또 내어왔는데 맛이 매우 좋으면서 진귀한 것으로 이곳에 온 이후로 처음 먹어보는 것이었다. 또 포도주 3잔을 내어왔는데 지난번에 마신 것보다 맛이 더 좋았다. 내가 연이어 두 잔을 마셨지만 그다지 취하지는 않았다. 입에 들어갈 때에는 상쾌하며, 목구멍을 넘어갈 때면 훈훈한 기운이 올라와 그 맛을 형언할 수가 없었다. 선인(仙人)의 음료라 하더라도 이보다 낫지는 못할 것이란 생각이 들었다. 또 떡 4, 5종류를 내왔는데 지난번에 보았던 계란떡[卵餠]도 있었고 상화당병(霜花唐餠) 종류도 있었는데, 모두 부드러워 먹을 만하였다. 또 어탕(魚湯) 서너 종을 내어오고 계란탕과 양과 돼지의 뼈를 우린 탕을 계속해서 내왔다. 또 백미 밥을 내어오기에, 식사가 여기에서 그치는가 하였더니, 종자가 커다란 도마에 통째로 익힌 돼지 두 마리와 거위 두 마리를 담아 와서 칼로 조각내어 계속 앞에 두었다. 모두 맛있으면서 부드러웠다. 내가 말하길

"이미 배가 불러 더 먹을 수가 없으니 또 내오지는 마십시오."

라고 하자, 답하길

"많이 드실 필요는 없고, 단지 조금만 맛보셔도 괜찮습니다."

라고 하였다. 식사를 마치자 팽저탕(烹猪湯)을 내어왔는데, 대개 식후에 마시는 물 대용이었다. 나는 맑은 차를 연달아 몇 잔을 마셨다.

여러 사람들이 또한 천주당으로 가서 구경하기를 청하였다. 이에 함께 나가 서쪽으로 가서 몇 개의 방문을 지나 천주당으로 들어갔다. 그 크기는 선무문(宣武門) 안의 천주당에 비해 조금 작았으나 제도는 대략 비슷하였다. 깊고 그윽하면서 밝고 환하여 마치 별세계에 들어온 듯하

였으며, 진귀한 물건들은 이루 다 기록할 수가 없었다. 주벽(主壁)의 높은 곳에 천주당(天主堂)이 그려져 있었는데, 용마루와 대들보가 엇갈려 배치되어 높고 깊게 보였고, 네모난 모서리 곁으로 돌아들면 마치 몸을 숨길 수 있을 듯하였다. 가장 괴이한 것은 둥근 기둥이 죽 서있는데, 가운데는 높고 주변은 낮아서 둥근 모양이 분명하여 마치 만질 수 있는 듯 했던 것이다.

천주(天主) 그림은 구름 위에 옆으로 누워 손으로는 커다란 구슬을 어루만지고 있는 모습으로 수염이 덥수룩하고, 안광(眼光)은 사람을 쏘았다. 그 구슬은 크기가 사람 머리만 했으며 푸르게 빛나고 영롱하여, 마치 유리나 수정 같았다. 한쪽이 비쳐 보이는데, 신기하게 칠한 채색 빛깔을 이해할 수가 없었다. 천주의 아래에는 다섯 사람이 그려져 있는데, 모두 천주를 올려다보고 있었고, 이마는 찡그리고 눈빛은 반짝여 참으로 살아있는 사람 같아 마치 만질 수 있을 듯하였다. 앞에는 커다란 꽃무늬 탁자가 놓여 있었는데, 흰 옥과 마노색이 반짝이며 빛을 발하였다.

천주 그림의 아래에는 유리로 된 네모난 거울을 붙여놓았는데 색깔이 검은데도 밝아서 마치 벽 바깥을 투사해 보는 것 같았고, 깊이가 십여 장은 되는 듯 했다. 정태현이 벽 밖에 또 천주당이 있다고 하였으니 우스운 말이다.

서편에는 천신(天神)을 그렸는데, 두 날개가 달렸고 발로 귀신 하나를 밟고 있었다. 네모진 철창으로 그 머리를 찧고 있었는데 마치 살아있는 듯 생동감이 있었으며 벽에 붙여놓은 것이 아닌 듯 했다. 창의 칼날이 밖을 향한 듯이 툭 튀어나와있어서 참으로 괴이하였다. 내가 은홍서(殷弘緖)에게 묻기를,

"저것은 어떤 귀신입니까?"
라고 하자, 그가

북당(北堂)[98]의 모습

98) 북당(北堂): 1703년에 북경 서안문(西安門) 밖에 건립된 천주당으로 프랑스 예수회 선교사 홍약한(洪若翰, Jean de Fontaney) 신부가 키니네(Quinine)를 사용하여 강희제(康熙帝)의 학질을 고친 공로로 하사받은 부지에 축성하였다. 이때 강희제는 '칙건천주당(勅建天主堂)'이라는 명문을 하사했다. 이에 앞서 프랑스에서는 1684년에 교황청으로부터 중국 전교권을 인정받은 뒤, 홍약한을 비롯한 5명의 선교사를 파견하였다. 이들은 보호권을 주장하는 포르투갈 선교사들의 방해로 마카오를 경유하지 못하고, 1687년 말에야 영파(寧波)에 도착하였다. 이듬해에는 천진을 경유하여 2월 8일 북경에 도착하였다. 이 중 백진(白晉, Bouvet)과 장성(張誠, Gerbillon) 신부는 북경에 남아 전교하였으며, 홍약한·이명(李明, Le Cormpte)·유응(劉應, Visdelou) 신부는 지방 전교에 착수하였다. 그러다가 1703년에 강희제가 하사한 부지 위에서 북당을 완공 축성하여 전교의 본거지로 삼게 되었다.

이곳은 프랑스 예수회의 중국 선교 본부로 사용되어 1773년 7월 예수회가 해산할 때까지 동당·남당·서당 등 북경의 다른 예수회 소속 교회들과 마찬가지로 포교 활동에 사용되었다. 1785년 중국 선교사로 임명된 프랑스 라자리스트회[遣使會]의 나강상(羅廣祥, N. J. Raux) 신부 일행이 북당에 거처하면서 선교에 힘쓰던 중, 흠천감의 실권과 산동성의 포교권을 장악하려는 남당·동당의 포르투갈 선교사들로 인해 서당의 이탈리아와 북당의 프랑스 선교사들 간에 갈등을 겪기도 하였다.

19세기 들어 극심한 박해로 인해 폐쇄되었던 북당은 1844년 황포조약(黃埔條約)의 종결과 동시에 재건되었다가, 1951년 중국이 공산화 되자, 다시 폐쇄되었다. 명말 청

"귀신에는 아귀(餓鬼)와 포귀(飽鬼) 두 종류가 있는데, 이것은 포귀입니다."

라고 하였다. 탁자 아래에는 서양 비단 십여 필이 있었는데, 일일이 꺼내어 보여주었다. 비단의 길이는 두 장(丈)쯤 되었고 너비는 대단(大緞)보다 배는 넓었는데, 모두 그림을 그린 것처럼 실을 짜고 그 위에 비단으로 무늬를 더한 것이었다. 그 중 하나는 은사(銀絲)로 짜고 금사(金絲)로 꽃무늬를 수놓았는데, 무늬는 높낮이가 있어서 높은 것은 한 촌쯤 되었다.

금필(金疋)에는 실을 한 가닥도 쓰지 않았고, 다만 금실과 은실로만 머리카락처럼 가는 무늬를 넣어 짰다. 지극히 세밀한 까닭에 부드럽기가 비단실 같았다. 또한 홍색과 백색을 섞어 짠 비단이 있는데 두께는 우리나라의 시권지(試卷紙)와 같았다. 각색 비단은 모두 금실과 은실을 가에 드리워서 마치 말갈기 같았다. 동쪽 가에 작은 문이 있었는데 문을 열어보니 방이었고, 여러 진귀한 보기(寶器)들이 번쩍거리며 빛났는데 기괴한 모습이었다. 수정으로 만든 네모난 큰 거울은 사방이 네 척(尺)쯤 되었으며, 검고 어둡기가 칠을 한 듯 했는데, 빛이 온 방안을 비췄다. 수정에 용을 조각한 영롱한 등잔걸이는 너비가 5~6척쯤 되었는데 마치 얼음과 눈이 벽에 쌓여있는 듯 했다. 이밖에 다른 것들은 이루 다 기록할 수가 없었다.

서양인이 남쪽으로 이끌고 들어가 이리저리 구불구불 지나서 한 문으로 나오니 곧 천주당 동문이었다. 문 하나를 지나자 한 사람이 문에서 나와 예를 갖추며 맞이했는데 역시 서양인이었다. 수염과 눈썹이 희었고 행동거지가 넉넉하고 여유 있었는데, 이름을 묻자 파다사(巴多思)[99]이며

초 북경에 건립된 4개의 성당 가운데 현재까지도 본래의 형태가 남아 있는 유일한 가톨릭 교회당으로서, 한국 최초의 신자인 이승훈(李承薰)이 예수회의 양동재(梁棟材, Jean-Joseph de Grammont) 신부를 만나 세례를 받은 곳이기도 하다.

파다명(巴多明, Dominique Parrenin)의 초상

병이 나서 밖으로 나와 손님을 맞을 수 없다고 했다. 건물 안에는 꽃무늬가 있는 대리석을 깔아놓았는데 거울처럼 빛이 났다. 탁자 위에는 수정병(水晶甁)과 유리병, 청란병(青鸞甁)을 놓아두었는데 두 척(尺)쯤 되었다. 벽에는 자명종을 걸어 놓았는데, 마침 미시(未時, 오후 1시~3시)를 알리는 종이 울렸다. 대개 서양화와 자명종은 방마다 있었는데 그 모양이 각기 달랐다.

정태현(鄭泰賢)을 시켜 안부를 묻게 했다. 왼편에는 서양 거위 깃털로 만든 붓이 있었는데 파다명(巴多明)이 나에게 글씨를 써 보라고 했다. 나는 서양인들이 글씨를 쓰는 방법대로 왼쪽 편에서부터 나란히 Ⅰ·Ⅱ·Ⅲ·Ⅳ부터 Ⅻ까지 썼다. 여러 사람들이 놀라고 괴이하게 여기며 기이하다고 말하였고, 파다명은 초서(草書) 몇 줄을 써서 보여주며 말하였다.

"이것은 서양의 초서[草字]입니다. 무릇 오랫동안 익힌 후에야 쓸 수 있습니다."

다시 객실을 나와 북쪽 방으로 인도하여 갔는데, 북쪽 벽의 편액에는 '하룡광(荷龍光)'이라는 세 글자가 쓰여 있었고, 금칠을 해놓았다. 글자의 획은 크기가 서까래만 했으며, 아래에는 '파다명에게 준다[賜巴多思]'라고 씌어 있었는데 황제의 글씨라고 했다. 방 안에는 마침 서양화 병풍 한 첩을 배접하고 있었는데, 너비는 두 장(丈) 반쯤 되었고, 서양의 산수·성곽·인물을 크게 그렸는데 필법이 기이하고 장쾌했다. 배접된 종이는 곧

99) 파다사(巴多思): 프랑스 출신의 예수회 선교사인 파다명(巴多明, Dominique Parrenin, 1665~1741)을 잘못 기록한 것으로 여겨진다. 이후의 파다사는 모두 파다명으로 수정함.

우리나라의 장지(壯紙)였다.

또 동쪽 편의 건물로 인도해 갔는데, 책을 보관하는 곳이었다. 네 벽에 시렁을 설치하고 서양책 만여 권을 쌓아두었다. 큰 것은 가로 세로가 4~5척이 되었고 작은 것은 1촌 정도밖에 되지 않았는데, 모두 가죽으로 장정하였다. 책엽(冊葉)[100]은 홀수였고 접지 않고 책 뒤편을 실로 묶었는데, 글자와 그림은 모두 동판으로 찍어낸 것이라고 하였다. 그림들은 터럭처럼 가늘었으나 보면 볼수록 더욱 또렷해 보였다. 커다란 책 세 권을 보여주면서 말하길,

"이것이 서양의 본초(本草)입니다."

라고 했는데, 곧 남천주당에서 봤던 것이다. 다시 자세히 살펴보니 짐승 한 마리마다 정면과 측면 및 앉아있거나 걷는 모습 몇 가지를 그려놓아 각기 그 모양을 완전히 표현했다. 또 장부(臟腑)와 골절(骨節)을 그 곁에 그려놓았는데 비록 조그만 것이라도 똑같이 하였다. 사물의 이치를 끝까지 탐구하여 모든 것을 정확하게 함이 이와 같았다.

문을 나서자 객실이 보였는데 서쪽 편 천장에 종 다섯 개가 걸려 있었고 북채가 저절로 종을 쳤는데, 그 소리가 매우 맑아 방에 울려 퍼졌다. 내가 들어가려 하자 건물 안에 있던 사람들이 인도하였다. 벽 높은 곳에 커다란 자명종을 설치했는데 둘레가 5척이었고 톱니바퀴가 매우 복잡하게 얽혀있어 창졸간에 그 원리를 이해할 수가 없었다. 쇠줄이 톱니바퀴에 걸려서 위아래로 움직였고, 쇠줄의 한쪽 끝이 옥상 위로 나와 있어 그것으로 북채를 당겨 종을 쳤는데, 그 횟수가 시각에 따라 각각 달랐다.

여러 사람들이 또 인도하여 객실 안으로 돌아오니, 탁자 위에 찬물(饌物)은 이미 치워지고 종자와 더불어 각종 과일 스무 그릇 정도를 늘어놓

---

100) 책엽(冊葉): 책을 이루고 있는 낱낱의 장. 동양에서는 책을 찍은 후에 반을 접은 후에 책을 만들지만, 서양은 책장이 하나이기 때문에 책엽이 홀수였다고 한 것이다.

고 대접하였다. 자리에 앉자 또 포도주를 내왔는데 내가 말하기를,

"아까 먹은 것이 이미 매우 많은데 어째서 이처럼 많이 차리셨습니까?"
라고 하자, 답하기를,

"배불리 먹은 뒤에 여러 과일을 먹으면 음식이 잘 소화됩니다. 다 먹을 필요는 없고 종류별로 조금씩만 맛보아도 됩니다."
라고 하였다. 산사전(山査煎)·이전(梨煎)·앵도전(櫻桃煎)·귤병(橘餠)·등당(橙糖)·조당(棗糖) 같은 것들로 하나하나가 모두 진미였다. 건포도를 가리키며 말하기를,

"이것은 서양 포도인데 맛이 매우 좋습니다."
라고 하였다. 그 크기가 말린 대추만 하였는데, 북경의 건포도보다 맛이 훨씬 좋았다. 나는 돌아가면 대인께 드리려고, 종이에 각종 말린 과일들을 싸 두었다.

식사를 끝내고 작별하고 나오자 은홍서(殷弘緖)가 『천주보의(天主寶義)』[101] 2책을 나와 정태현에게 주었다. 처음 왔을 때 장지(壯紙) 2묶음과 필묵(筆墨), 남초(南草)를 두덕미(杜德美)에게 주었는데, 유리로 만든 네모난 작은 거울[玻瓈小方鏡] 2개와 서양 수건 2개, 서양화 2장, 서양 종이 한 묶음으로 답례하였다. 또 말하기를

"자명종은 오늘은 날이 늦었으니 내일 마땅히 사람을 보내어 가지고 오면 열어보고 수리해 드리겠습니다."
라고 하였다.

여러 사람들이 문에 나와 전송하였는데, 정숙(正叔)의 말을 들으니, 그들에게 보낸 음식도 이루 다 먹을 수가 없었다고 했다. 견마잡이 두 사람과 한흥오(韓興五)의 노비와 이세방(李世芳)의 노비 및 다른 역자(驛子) 다섯

101) 『천주보의(天主寶義)』: 『천주실의(天主實義)』의 오자로 보인다.

사람이 나를 따라 왔었는데, 모두들 진귀한 음식을 배불리 먹고 반도 넘게 남기고 왔다고 하였다. 경선(景先)은 상화떡[霜花]을 품에 넣어 와서 아쉬워 했는데, 사람들이 크게 웃었으니, 그가 진수성찬을 앞에 두고 가장 천한 것을 품에 넣었기 때문이다. 길을 가며 종자(從者)들이 모두들 말하길

"오늘 먹은 음식은 난생 처음 보는 것입니다."

라고 하기에 내가

"너희들뿐만이 아니라, 나 또한 처음 본 것이다."

라고 하였다. 정태현(鄭泰賢)이 말하기를,

"말린 과일의 값만 대략 계산해도, 은 열 냥으로도 마련해 내지 못할 것입니다."

라고 하였다. 아마도 두덕미(杜德美)가 나를 맞이해 날을 잡아 음식을 차려 대접한 것인 듯하였다.

◇ 1720년 10월 29일

오늘은 서양인 두덕미(杜德美)가 자명종을 고칠 사람을 보내기로 하였는데, 또 감기가 들었다고 하며 편지를 보내 답하기를, "병이 있어 다음날 가도록 하겠습니다."라고 했다. …〈중략〉…

서양인 소림(蘇霖)이 사람을 보내어 포도주(葡萄酒) 만드는 방법과 서양 고약(膏藥)을 사용하는 방법을 보내왔기에 답례하여 보냈다.

◇ 1720년 10월 30일

천주당에 이르러 비(費) 선생이 계신지 묻자, 문시기가

"방금 전에 남천주당(南天主堂)에 가셨습니다. 다만 서 노야(徐老爺)만

계신데 한어(漢語)를 하지 못하십니다."
라고 하였다. 문지기를 시켜 왔다고 통지하도록 하자, 곧 건물 안으로 맞이해 들였는데 전일에 봤던 사람이었다. 서로 묵묵히 바라보기만 하니 너무 재미가 없었다. 종자(從者)가,
"상공(相公)이 조금 말이 통합니다."
라고 하여 즉시 맞아들이니, 곧 전일에 글을 풀이해 준 사람이었는데 역시 절강(浙江) 사람이었다. 그가 조금이나마 말이 통하는 것은 서양인들과 함께 거처하며 서양 말을 익숙하게 익혔기 때문이다. 방에 들어가 앉자 차와 서양 떡을 내오고 수정으로 만든 잔에 서양 술을 따라 주기에 마셨다.
내가 글을 써서 말하기를,
"출발할 기일이 멀지 않아 비(費) 선생을 만나보고 작별인사를 드리러 왔는데, 마침 계시질 않으니 안타깝습니다. 비 선생께서 돌아오시면 이 말을 전해주십시오."
라고 하자, 그가 대답했다.
"비 노야(費老爺)께서는 남천주당에 가셨습니다. 금방 돌아오실 것이니, 조금 기다리는 것이 어떻겠습니까?"
내가 글을 써서 말하기를
"바빠서 기다릴 수가 없습니다."
라고 하고, 서(徐)씨의 이름을 물으니 무승(懋昇)이라고 답하였다.[102] 내가 묻기를,
"천주당을 건립하는 데 재력(財力)은 어디에서 나옵니까?"
라고 하자, 그가 대답했다.

---

102) 서무승(徐懋昇): 영국계 포르투갈인 선교사 서무덕(徐懋德, Pereira.A., 1690~1783)을 잘못 기록한 것으로 여겨진다. 이후의 서무승은 모두 서무덕으로 수정함.

"황상께서 은량(錢粮)을 지급하였고, 또 서양에서 보내준 은자(銀子)도 있습니다."

서무덕(徐懋德)이 지도책과 종이로 만든 혼천의를 꺼내 보여주었다. 배접한 종이에 둥근 권역 대여섯 개를 만들었는데, 주천도수(周天度數)와 지평(地平)[103]·남극(南極)·북극(北極)·황도(黃道)[104]·적도(赤道)[105]였다. 해와 달의 운행에 따른 절기는 각각 크고 작은 권역으로 만들었는데, 외권(外圈)은 지름이 한자 남짓하고 이면의 지형은 겨우 탄알만 했다. 그가 혼천의를 돌려가며 해와 달이 왕래하는 것을 보여주었다. 해가 동지(冬至)가 되었을 때 하늘을 돌자 지평(地平)의 남쪽 가를 스치며 지나가는데 땅 위로 나온 것이 3분의 1이고, 땅 밑으로 들어간 것이 3분의 2였다. 하지(夏至)에는 이와 반대로 해가 하늘 중앙에서 움직였다. 춘분과 추분에는 해가 반은 땅 위로 나오고 반은 땅 밑으로 들어갔다. 한번만 봐도 명료하게 천지와 일월의 운행을 환히 알 수 있어서 마치 촛불을 비춰보며 헤아리는 것 같았다. 지평(地平)은 움직이지 않았고, 남극과 북극의 권역은 왕래하고 상하로 움직였다. 땅 위에서 40도 나온 곳이 곧 중국에서 보는 바였다. 서무승이 거기에서 4도를 줄이고서 말하였다.

"조선은 36도에 해당하여 일월의 운행이 중국과 조금 다릅니다."

내가 지구도(地毬圖)를 보니 서양은 적도(赤道)와의 거리가 중국보다 북쪽이었다. 이에 내가 묻기를

---

103) 지평(地平): 관측점을 포함하는 수평면과 천구(天球)와의 만남을 말한다. 지평을 선으로서 생각할 때는 지평선, 면으로서 생각할 때는 수평면을 지평면이라 한다.

104) 황도(黃道): 천구에서 태양의 궤도를 말하며 태양의 궤도면을 평면이라 보고 그 평균궤도면을 황도면이라고 한다. 황도는 근소하지만 다른 행성으로부터의 영향으로 조금씩 변한다.

105) 적도(赤道): 지구의 자전축에 대하여 직각으로 지구의 중심을 지나도록 자른 평면과 지표와의 교선.

"서양은 몇 도에 해당됩니까?"

라고 하자, 그가 대답하였다.

"지역이 매우 커서 4~50도, 혹 6~70도가 되는 곳이 있으며, 북쪽의 바다 섬은 80도가 넘는 곳도 있습니다."

내가 혼천의를 북극까지 밀어서 돌려보니 해가 대지 위로 나온 것이 구십 도이니, 북극은 정히 하늘 한 가운데에 해당되었다. 일륜(日輪)을 동지에 해당시키고 돌리자 해가 하늘을 한번 돌 동안 오래도록 대지 아래 있고 대지 위로 나올 때가 없었다. 또 하지에 해당시키고 돌리자 해가 하늘을 한번 돌 동안 오래도록 대지 위에 있고 대지 아래로 들어갈 때가 없었다.

내가 묻기를,

"서양의 북쪽 끝에서는 하지에는 낮만 있고 밤이 없으며, 동지에는 밤만 있고 낮이 없습니까?"

라고 하자, 그 사람이 깜짝 놀라 말을 못하다가 연이어 명백하다며 칭찬하고는 대답하였다.

"참으로 그러하니 북극지방에는 춘분에서 추분까지는 낮만 있고 밤이 없으며 추분에서 추분까지는 밤만 있고 낮이 없습니다. 서양은 지역이 매우 커서 낮과 밤이 일정하지가 않고, 단지 낮으로만 말한다면 6시(時)[106] · 7시 · 8시 · 9시인 곳이 있습니다. 또 한낮이 한 달이나 되는

혼천의

106) 6시(時): 동양의 전통 천문학에서는 하루를 12시로 나누었는바, 여기의 시는 오늘날의 2시간에 해당한다. 따라서 6시는 12시간에 해당함.

곳도 있으며, 해가 방금 졌는데 곧바로 뜨는 곳도 있습니다."

대개 북극에 가까울수록 해의 장단(長短)이 더욱 들쭉날쭉하여 가지런하지 않았다. 그 말과 기술이 적확하여 의심할 바 없어서, 가히 만고(萬古)에 대롱으로 표범을 들여다보는 비루함을 면할 만하였다.

당 태종(唐太宗)이 북쪽을 정벌할 때, 해가 진 후에 양의 어깨살을 삶았는데, 그것이 익기도 전에 해가 곧바로 떴다고 했었다.[107] 나는 매양 이를 의심스럽게 여겼지만 그 이유를 알지 못했는데, 지금 이 혼천의를 보고서 그 때를 상상해보니, 이는 반드시 춘분이 지나고 추분이 되기 전이었을 것이다. 만약 추분이 지난 뒤였다면 양의 어깨살이 익기도 전에 해가 다시 졌을 것이다. 그 당시 당태종 및 후세의 사서(史書)를 보는 사람들은 모두 단지 이곳이 북변이기 때문에 밤이 짧고 낮이 길다고 여기고, 실제로 낮과 밤이 춘분과 추분에 따라 번갈아 길고 짧아지는 줄은 몰랐던 것이다. 이 하나의 일로도 그들의 기술에 오차가 없음을 확인할 수 있고, 또한 하늘이 둥글고 땅 또한 둥글다는 설이 참으로 의심할 바 없음을 알 수 있겠다. 일찍이 『황극경세서(皇極經世書)』[108]를 보니 "하루의 낮 시간은 8시(八時)를 넘지 않는다."고 했는데, 이는 대개 중국에서 보는 것

---

107) 당태종이 북쪽을 …… 떴다고 했었다: 이와 관련된 내용이 『구당서(舊唐書)』 권35에 보이니, 원문은 다음과 같다. "又有骨利幹, 居廻紇北方瀚海之北, 草多百藥, 地出名馬, 駿者行數百里. 北又距大海, 晝長而夕短, 既日沒後, 天色正曛, 煮一羊胛纔熟, 而東方已曙, 蓋近日出入之所云."

108) 『황극경세서(皇極經世書)』: 소옹의 저작으로 『주역(周易)』의 원리를 응용하여 수리(數理)로써 천지만물의 생성변화를 관찰, 설명한 것이다. 12진(辰)을 하루, 30일(日)을 한 달, 12개월을 1년, 30년을 1세(世), 12세를 1운(運), 30운을 1회(會), 12회를 1원(元)으로 한다. 그러므로 12만 9600년이 1원이며, 천지(天地)는 1원마다 한번 변천하고, 만물은 이 시간적 순서에 따라 진보한다는 것이다. 1~6권까지는 『역(易)』의 64괘(卦)를 원·회·운·세에 배당하여 요제(堯帝)의 갑진년(甲辰年)에서 후주(後周)의 현덕(顯德) 6년(959)까지의 치란(治亂)의 자취를 적시하고, 7~10권에는 율려성음(律呂聲音)을 논하고, 11~12권은 동식물에 관해 논하였다.

에 의거하여 말한 것이다. 그러나 지금 9시, 10시, 혹은 한 달에 이르는 지역이 있으니, 소옹(邵雍)[109]의 말 또한 위대한 견해는 아니라 하겠다.

내가 묻기를

"하늘의 1도는 땅의 몇 리에 해당합니까?"

라고 하자, 그가 대답하였다.

"1,900리에 해당합니다."

"이러한 모양의 혼천의를 동(銅)으로 만든 것이 있습니까?"

"있습니다."

"혼천의에 한자(漢字)로 글자를 표시한 것이 있습니까?"

"없습니다."

"이 물건은 동으로 만든 것이 이미 있으니, 종이로 만든 이것은 의당 당초의 모양을 취했을 것입니다. 내가 사가지고 돌아가 천지와 일월의 운행을 완상하려고 하는데, 괜찮은지요?"

"이것은 서양의 글자이니, 만일 노야(老爺)께서 이 물건을 얻고자 한다면, 당연히 하나를 따로 만들어 중국 글자를 써 가지고 가실 때를 기다리겠습니다. 나중에 편지를 보내면 보내드리겠습니다."

드디어 작별하고 나오는데, 그가 문까지 전송해주었다.

---

109) 소옹(邵雍, 1011~1077): 중국 송(宋)나라의 저명한 철학자. 호는 안락선생(安樂先生)이며, 자는 요부(堯夫), 시호는 강절(康節)이다. 도가사상의 영향을 받고 유교의 역철학(易哲學)을 발전시켜 특이한 수리철학(數理哲學)을 만들었다. 즉, 『역(易)』이 음과 양의 2원(二元)으로서 우주의 모든 현상을 설명하고 있음에 대하여, 그는 음(陰)·양(陽)·강(剛)·유(柔)의 사원(四元)을 근본으로 하고, 4의 배수(倍數)로서 모든 것을 설명하였다. 『황극경세서(皇極經世書)』(62권)을 저작하여 천지간 모든 현상의 전개를 수리로서 해석하고 그 장래를 예시하였으며, 또 『관물내외편(觀物內外編)』 2권에서 허심(虛心), 내성(內省)의 도덕수양법을 설명하였다.

◆ 1720년 11월 1일

비은(費隱)이 편지를 보내와 나와 이별하고자하는 뜻을 밝혔고, 또 산동(山東)에서 (우리나라로 가는) 해로(海路)를 물었는데, 나는 알지 못한다고 답하였다.

◆ 1720년 11월 2일

비은(費隱)이 편지와 함께 해를 관측하는 조그만 나무 조각을 보내왔다. 측정하는 법을 설명해 보였는데, 문장이 분명치 않아 이해할 수가 없었다. 날이 저물 때까지 답을 하지 못하다가 내일 사람을 보내어 답장을 하겠다고 했다.

◆ 1720년 11월 3일

비은(費隱)에게 편지를 쓰고, 유둔(油芚)[110], 은장도(銀粧刀), 장지(壯紙)[111] 10속(束), 붓 10개, 먹 10개를 정숙(正叔)과 왕종인(王從仁)을 시켜 전하도록 하였다.

…〈중략〉…

저녁에 비은이 작별의 편지를 보내와 문틈으로 전해주어서 답장을 써서 보내주었다. 편지는 대략 다음과 같은 내용이다.

"이처럼 따로 사람을 보내 답장을 전해주시니, 기쁘고 위로됨이 헤아릴 수 없습니다. 게다가 문사가 정중하여 심상한 내용이 아니니 제가 어

---

110) 유둔(油芚): 비 올 때 쓰기 위하여 이어 붙인 두꺼운 기름종이.

111) 장지(壯紙): 우리나라에서 생산된 종이의 한 가지로, 재질이 두껍고 단단한 좋은 품질의 종이이다.

째서 이런 대우를 받는지 모르겠습니다. 다만 처음 만나 한번 보고 친밀해져서 새로 알게 된 것을 막 즐거워하다가 갑작스럽게 이별하게 되고, 이후의 만남은 기약하기 어려우니 슬픈 마음을 붓으로 다할 수가 없습니다. 산천(山川)이 막혀, 아름다운 모습과 날로 멀어질 터인데, 바라건대 때때로 서풍을 따라서 소식을 전할 수 있기를 바랄 뿐입니다."

◇ 1720년 11월 4일

11월 4일, 정묘(丁卯). 맑음.

아침에 정숙(正叔)과 역자(驛子) 갈손(葛孫)을 시켜 동천주당에 편지와 함께 물건을 보냈다. 또 편지를 써서 서천주당(북천주당을 말함)의 두덕미(杜德美)에게 다음과 같은 편지를 보냈다.

"얼마 전에 천주당에 갔었으나, 마침 병에 걸리셨다 하여 끝내 뵙지 못하여 슬프고 탄식하기가 헤아릴 수 없습니다. 지금은 나으셨는지 모르겠습니다. 백진(白晉)·뇌효사(雷孝思)·은홍서(殷弘緖)·탕상현(湯尙賢) 네 선생께서는 모두 편안하십니까? 지난달 말일에 만났을 때, 매우 후하게 대해 주셔서 진귀한 음식이 넘쳤고, 정의(情意)가 곡진하였습니다. 아울러 선물까지 주셨으니 넘치는 마음을 어찌 보답해야 할지 모르겠습니다. 저는 떠날 날이 가까워오니 다시 찾아 볼 형편이 되지 않습니다. 말 머리는 동쪽을 향하나, 온 마음은 당신을 향해 있으니 서쪽을 바라보며 슬퍼할 따름입니다. 정을 표할만한 것이 없어 토산물 몇 가지를 드리니, 보잘 것없고 미미한지라 부끄러워 식은땀이 납니다. 화문석(花紋席) 하나, 장지(壯紙) 3묶음, 부채 3자루, 붓과 먹 각각 7개를 보내드립니다."

왕종인(王從仁)의 아버지 기봉(起鳳)을 시켜 전하게 하였다. 제독의 노비가 들어왔는데 역관(譯官)에게 말을 하니 비로소 나가는 것을 허락하였다.

비은이 답서를 보내오고,

"고약 3가지, 지도 5장, 여송고과(呂宋苦果) 한 봉지, 서양침(西洋針) 한 봉지, 성냥[火柴] 한 봉지, 다경(多鏡) 한 개. 또 돈 660문(文), 그림 2장, 최생석(催生石)[112] 2개를 정숙(正叔)과 갈손(葛孫)에게 나누어 보내드립니다."

라고 하였다. 기봉(起鳳)이 돌아와서 말하길,

"두덕미 선생은 이미 초이틀에 돌아가셨고 다른 서양 사람이 답장을 써서 보냈습니다."

라고 하였으니, 며칠 사이에 사람의 일이 서글프기도 하였다. 그 편지에는,

"먼 서양사람[遠西] 탕상현, 뇌효사, 백진, 은홍서 등이 보냅니다."

라고 하였고, 한 사람을 함께 보내 자명종을 가지고 왔다.

그 사람이 말하길,

"저는 두덕미 선생의 제자로 이름은 원문림(袁文林)입니다. 산서성 태원부(太原府) 기현(祈縣) 사람인데, 아버지가 거인(擧人)으로 북경으로 오게 되었기에 저도 따라온 것입니다."

라고 하였는데, 사람됨이 매우 똑똑하고 사리에 밝아 보였다. 내가 말하기를,

"두 선생과는 만나보자마자 오랜 친구와 같았습니다. 그런데 이처럼 갑자기 세상을 버리니 제 마음이 너무나 아픕니다."

라고 하자, 그가 말하길

"서양사람 중에서 두 선생이 가장 현명하고 천문역법에 밝았으며, 속

112) 최생석(催生石): 청금석(靑金石)의 일종으로 보석이다. '최생(催生)'이란 명칭은 고대에 이 돌을 갈아서 약물과 혼합한 것을 복용하면 부녀자들이 아이를 낳는 것을 돕는다는 데서 유래했다고 한다.

두덕미(杜德美, Pierre Jartoux)가 서양 세계에 인삼을 소개하면서 그린 그림

마음도 매우 분명했습니다. 불행히 중풍을 만나더니 며칠 만에 일어나질 못 하셨습니다."

라고 하고는, 눈물을 흘리며 또 말했다.

"두 선생은 선생을 천주당으로 맞이하여 자명종의 내부를 보여 주려 했습니다. 지금 자명종을 열어본 후에 수리하여, 두 선생의 유의(遺意)를 이루도록 하겠습니다."

나는 그 사람과 함께 상방(上房)으로 가서 대인 앞에서 자명종을 열어보았다. 그는 기계에 매우 밝았는데, 모두 서양의 방법을 따른 것이라고 하였다. 톱니바퀴를 일일이 분해하여 내부의 구조를 환히 보여주고는 다시 조립해놓았다. 또 말하기를,

"서양 사람들은 오늘 모두 궁중에 들어갔습니다."

라고 하기에, 내가

"무엇 때문에 입궐하였습니까?"

라고 묻자, 그가 답하였다.

"오늘 황제께서 조참(朝參)을 하는데 서양인들은 납아소(拉兒素)와 함께 조참에 참여합니다. 납아소의 말은 오직 서양인들과 통하기 때문입니다. 납아소라는 것은 곧 대비달자(大鼻㺚子)[113]입니다."

내가 묻기를,

"어째서 말이 통합니까?"

라고 하자, 그가

113) 대비달자(大鼻㺚子): 달자(㺚子)는 중국인이 북방의 소수민족을 일컫는 말이고, '대비(大鼻)'는 코가 크다는 뜻으로 러시아인을 지칭하는 말임.

"땅이 접해있기 때문입니다."
라고 하여, 내가 묻기를,
"일찍이 납아소는 중국의 동북쪽에 있다고 들었는데 어떻게 서양과 땅이 접할 수 있습니까?"
라고 하자, 그가
"납아소는 원래 중국의 서북쪽에 있고, 서양의 동북쪽 만여 리 되는 곳에 있으니, 중국과는 이만여 리의 거리입니다."
라고 답하고, 또 말하였다.
"그들은 조공(朝貢)을 하지 않고 단지 가죽제품을 매매하기 위해서 옵니다. 만리장성 밖의 몽고(蒙古)지방에서 거용관(居庸關)으로 들어와 청하현(淸河縣)에서 자고 북경으로 들어왔는데, 130명이 왔습니다."
내가 묻기를,
"전에 우리나라 사신이 귀국할 때 납아소(拉兒素)와 동행하여 계주(薊州)를 지났다고 했으니, 당신이 서쪽에 있다고 함은 잘 알지 못하는 것입니다."
라고 하자, 그가 답하였다.
"그때는 마침 일이 있기에 동쪽으로 간 것입니다."
자명종을 다 조립하지 못했는데, 관소의 문을 닫으려고 하기에 역배(譯輩)를 시켜 우선 기다리게 하고, 통관(通官)이 문을 좀 늦게 닫도록 하였다. 그러자 갑군(甲軍)들이 상방으로 쳐들어와 소리를 지르며 그 사람을 잡아갔는데, 극히 포악스러웠다. 무릇 오랑캐 잡인의 출입을 금하는 것이 군노(軍奴)의 책임인지라, 대인께서 병방군관(兵房軍官)을 시켜 군노에게 곤장 세 대를 치게 했다.
통관들이 말하기를,
"대비달자의 땅은 여인이 극히 드물어서 남자 열 명이 여자 하나와 간

통을 하여 순서에 따라 밤을 같이 지내는데 법률이 무척 엄합니다. 혹시 순서를 뛰어넘어 간통을 한 자가 있으면 아홉 사람이 함께 그를 죽입니다. 여자가 낳은 자식은 아버지를 구별할 수가 없으니 열 사람이 순서에 따라 자식으로 삼습니다."

라고 하였다. 대개 짐승과 별 차이가 없고, 서양 사람들도 그들을 짐승으로 대하니, 대개 중국의 북쪽 오랑캐인 것이다.

◆ 1720년 11월 5일

식사 후에 원문림(袁文林)이 또 왔기에, 함께 상방(上房)으로 가서 자명종을 수리하다가, 실수로 기둥 하나를 부러뜨렸다. 그가 말하길,

"내일 아침에 사람을 보내어 가져가서 수리해 보내드리겠습니다."

라고 하였다. 내가 묻기를,

"두덕미(杜德美) 선생이 죽은 후 염장(殮葬)의 절차는 어떻게 됩니까?"

라고 하자, 그가 답했다.

"죽은 후 이틀째에 입관하고, 십여 일 후에 장례를 지냅니다. 여러 서양인들이 날마다 경(經)을 외우는데 8일이 되면 그칩니다."

"무슨 경(經)입니까?"

"서양의 경전입니다."

"어느 곳에 장사지냅니까?"

"부성문(阜城門) 밖인데, 예전부터 서양인은 대부분 이곳에 장사지냈습니다. 장사지내는 법은 한인(漢人)과 같고 청인(淸人)처럼 화장은 하지 않습니다. 또 큰 비석을 세워서 행적을 기록합니다."

대인이 약과(藥果)와 소주(燒酒)를 대접하고, 또 부채 두 자루와 장지(壯紙)를 주었다. 그는 소륜일영(小輪日影)을 가지고 갔다. 백진와 은홍서 등

여러 사람에게 다음과 같이 두덕미(杜德美)를 조문하는 글을 보냈다.

"두(杜) 선생이 갑자기 저 세상으로 돌아가셨다 하니, 경악스럽고 비통하여 할 말을 잊었습니다. 나와 두 선생은 모두 구만리 밖 땅 끝의 사람으로 부평초처럼 떠다니다 서로 만나니 한 번 만남에 오랜 친구와 같았습니다. 기쁨을 나누기도 전에 인사가 이처럼 급히 변하니 꿈이나 환상 같아 슬퍼하지 않을 수 있겠습니까. 사귀었던 정을 느끼며 눈물을 떨구게 됩니다. 나도 이러한데 하물며 이역에서 서로 의지하며 마음을 같이하는 형제들인 여러 공들께서는 어떠하겠습니까? 마땅히 나아가 곡을 해야 하겠으나 떠나는 기일이 촉박하여 갈 도리가 없으니 더욱 슬픕니다."

◇ 1720년 11월 11일

서천주당의 은홍서(殷弘緖) 등 네 사람이 원문림(袁文林)을 시켜 편지를 전해왔다. 또 서양란병(西洋卵餠) 2그릇, 흡독석(吸毒石) 2개, 비연(鼻烟), 화자소호(畵磁小壺) 2개, 서양수건(西洋手巾) 2단(端), 파려방경(玻瓈方鏡) 하나를 보내왔다. 그들이 보낸 편지는 말은 간략하면서도 묘리가 있었는데, 어떤 사람이 대신 써 주었는지 알 수 없었다. 원문림이 지난번에 들고 갔던 자명종을 가지고 와서 말하기를, "잘 수리를 마쳤습니다."라고 하였다. 대인이 계신 곳으로 함께 가서 정태현(鄭泰賢)을 불러 문답하였다.

"두 선생은 이미 장사지냈습니까?"

"초팔일에 이미 운구하여 성을 나갔고, 내년 봄에 장례 지낼 것입니다."

"지난번에 들으니 대비달자(大鼻㺚子)가 창춘원(暢春苑)에 갔다고 하던데 황제가 그들의 춤을 보았습니까?"

"서양의 여러 선생들도 창춘원에 갔었습니다. 황제가 대비달자를 인견하고 대좌하여 잔치를 내렸는데, 이번에 납아소(拉兒素) 상사(上使)는 예모에 밝아서 황제가 칭찬하였고 매우 후하게 대해주었습니다."

"그대는 문필(文筆)이 이와 같은데 어째서 팔고문(八股文)을 지어 과거에 응시하지 않고 천주당에 있는 것입니까?"

"여기에서 산수와 역법을 배워서 학문을 이뤄도 관직을 얻을 수 있습니다."

그가 대모(玳瑁)와 비연합(鼻烟盒)을 대인께 드리고는 말하길,

"오늘은 서양인과 함께 창춘원에 가야 해서 매우 바쁩니다."

라고 하고는 일어나 갔는데, 필묵(筆墨)을 각 세 개씩 주었다. 또 전날에 만났던 절강공생(浙江貢生) 양달(楊達)이 부채를 갖고 싶다고 하여 부채 하나를 주었다.

내가 은홍서(殷弘緖)와 여러 사람들에게 다음과 같은 답서를 보냈다.

"보내주신 편지를 받고 간곡한 뜻을 알았습니다. 깊은 뜻은 평소보다 깊었는데, 각종의 진귀한 선물까지 주시니 두터운 정이 무궁하여 어찌 감당하겠습니까? 다만 스스로 감사하게 받을 뿐입니다. 들으니 두 선생의 영구(靈柩)가 이미 성 밖으로 나갔다고 하니, 멀리 바라보면서 눈물을 뿌리며 비통해 할 뿐 무슨 말을 할 수 있겠습니까. 저는 떠날 날이 5~6일 후가 되어 만일 여유를 얻는다면 다시 찾아뵈었으면 하나, 그대들이 와 주시기를 어찌 기대하겠습니까? 온 사람이 바쁘다고 하기에 일일이 말씀드리지 못합니다. 모월 모일 돈수(頓首)."

◆ 1720년 11월 22일

11월 22일, 을유(乙酉). 맑음.

오늘은 왕고(王考)의 기일(忌日)이다. 대인께서는 이역에서 이 날을 지

내게 되어 서글프고 침통함이 배가 되었다. 아침에 서무덕(徐懋德)이 편지와 함께 종이로 만든 조그만 혼천의를 보내왔는데, 길이는 반 척쯤 되었고 한자로 씌어있었다. 내가 다음과 같은 답장을 보내었다.

"감사히 편지를 보내주시고, 혼천의까지 함께 보내주셨으니, 돌보아 주시는 은혜에 어떻게 사례해야 할지 모르겠습니다. 이 물건은 조그맣지만 천지(天地)와 일월(日月)의 운행을 완상할 수 있으니, 동국으로 돌아가서 자랑하면 서양 학문의 정묘함을 알리기에 충분할 것입니다. 그렇지만 조금 작은 것이 흠이니, 만약 큰 것 하나를 다시 주신다면 더욱 감사하겠습니다. 이듬해 봄에 우리 사신이 돌아오는 편에 부쳐주시면 감사하겠습니다. 낭(郞) 선생(郎世寧)과 비은(費隱) 선생께도 감사드린다고 전해주십시오. 저는 떠날 시기가 모레로 임박하였는데 어쩌면 찾아뵙고 이별할 수 있지도 모르겠습니다."

◆ 1720년 11월 24일

동천주당에 이르니 비은(費隱)은 없었고, 서무덕(徐懋德)이 나와서 맞이하였다. 앉으라고 하며 차와 서양 당병(糖餠)과 계란떡[卵餠] 서너 그릇을 권하였다. 지난번에 통역해 주었던 절강 사람도 앉아 있어서 글을 써서 문답하였다. 내가 "오늘 돌아가게 되어 작별을 하러 왔습니다."라고 쓰자, 서무덕이 종이로 만든 혼천의를 꺼내어 보여주었다.

지난번에 본 것보다 크기가 배는 되었고 방위는 한자로 씌어져 있었다. 반쯤 만들기 시작하고 완성되지 않았는데 6~7일 후면 공정이 완료된다고 하였다. 앉은 자리 곁에 모래시계[沙漏]가 있었는데 매우 정묘하였고 크기가 겨우 1촌쯤 되었다. 가운데에 검은 모래가 들어 있었는데 매우 가늘지만 단단했다. 바늘구멍처럼 작은 구멍으로 내려가는데 막히지가 않았으며, 서양 모래라고 하였다. 벽에는 자명종이 걸려 있었는데 소권(小圈)이 몇 번 회전하고 동추(銅鎚)가 아래로 늘어져 있어 동서로 왕래하는데 한번 가는 것이 1초라고 하였다. 작별하고 문을 나서자 서무덕 또한 문 밖까지 따라 나와 악수하고 이별하였다.

한포재사행일기

이건명(李健命)

◆◆ 이건명(李健命, 1663~1722)은 본관은 전주(全州), 자는 중강(仲剛), 호는 한포재(寒圃齋)·제월재(霽月齋)이다. 1686년 춘당대 문과에 을과로 급제, 설서(說書)에 임명되고 수찬(修撰)·교리·이조정랑·응교(應敎)·사간을 역임하였다. 1698년 서장관(書狀官)으로 청나라에 다녀온 뒤 우승지·대사간·이조참의·이조판서 등의 요직을 두루 거쳤다. 노론 사대신의 한 사람으로, 1722년(경종 2) 노론이 모역한다는 목호룡(睦虎龍)의 고변으로 일어난 신임옥사에 연루되어, 전라도 흥양(興陽)에 위리안치 되었다가 죽임을 당하였다. 시문에 능하고 송설체(松雪體)에 뛰어났으며, 문집으로 『한포재집(寒圃齋集)』 10권이 전한다.

『한포재사행일기(寒圃齋使行日記)』는 1721년(경종 1) 이건명이 연잉군(延礽君, 훗날 영조)의 세제 책봉을 주청하기 위해 주청겸동지사(奏請兼冬至使)의 정사로서 연행했을 때의 기록이다. 이 사행의 정사는 이건명, 부사(副使)는 윤양래(尹陽來), 서장관(書狀官)은 유척기(兪拓基)였다. 본래 이 사행의 정사로는 영의정 김창집이 임명되었으나 이건명으로 바뀌었다가, 다시 종실(宗室) 여산군(礪山君) 이방(李枋)으로 교체되었다. 이후 김창집과 이건명의 건의로 결국 이건명이 임명되었는데, 이처럼 정사 임명이 번복되었던 것에서 당시 혼란스러운 정세의 일면을 살필 수 있다.

『한포재사행일기』는 1721년 10월 27일 한양을 출발하여 같은 해 12월 28일 북경에 도착, 시방원(十方院)에 머무르다가 입궐하여 주청을 승인받기까지의 내용이 담긴 1722년 3월 9일까지의 일기와 조선 국왕의 자문(咨文) 4편, 저자가 귀국하면서 압록강을 건넌 뒤에 임금에게 올린 장계(狀啓) 및 「남천일기(南遷日記)」로 이루어져 있다. 「남천일기」는 이건명이 나로도(羅老島)에 이배 된 이후에 쓴 일기로, 끝에는 임종시(臨終詩) 두 수가 수록되어 있다.

참고 김인철, 「『한포재사행일기』 해제」, 『국학고전 연행록 해제』 1, 유성문화사, 2003.

◇ 1721년 12월 29일

이에 제독(提督)과 통관(通官)에게 천주사(天柱寺)에 가보기를 청하였는데, 여러 번 청하고 나서야 허락을 받았다. 통관 박득인(朴得仁)과 김세륜(金世倫)이 앞에서 인도하여 문을 나서 남쪽으로 대청문(大淸門) 밖의 홍전책(紅箭柵) 앞길을 따라 순성문(順城門) 안 천주사에 이르러 문 밖에서 말에서 내려 문으로 들어갔다. 중문(中門) 안에는 돌로 쌓은 높은 누대가 있었으며, 누대 위에는 혼천의(渾天儀)가 있어 시각을 측정하였다. 마당 가운데 평상을 두었는데, 앉아서 쉬다가 보니 마침 시간이 사시(巳時, 오전 9시~11시)가 지나고 오시(午時, 오전 11시에서 오후 1시)가 되었는데, 대 위에 걸린 종이 저절로 울리면서 소리를 몇 번 냈다.

대 옆의 작은 문으로 들어가서 천주당의 전각과 난간의 분벽에 그려진 그림을 두루 보았는데 화려한 색채가 휘황찬란하고 청정(淸靜)하며 기이하고 공교로웠다. 거의 이전에 보고 들은 바가 아니기에 문자로 기록할 수 있는 것이 아니었다. 북쪽 벽 아래 감실 안에는 소상(塑像) 하나가 있었는데 검은색 보자기로 덮어 놓아 어떤 모습인지 알 수 없었다.

서양사람 맥대성(麥大成)과 목경원(穆敬遠)이 이 곳에 거주하였는데, 나와서 마중하며 자기들이 살고 있는 캉[炕]에 들어오기를 청하였다. 들어가려고 할 때 갑자기 남쪽 건물의 벽 아래에 검은색 개 한 마리가 고개를 쳐들고 노려보고 있는 것이 보였다. 마치 살아 움직이는 듯 하였는데, 가까이 가보니 그림으로 진짜 개가 아니었다. 서양 사람의 화법이 신묘함을 이로써 알 수 있었다. 들어가 캉 위에 앉자 차와 과일을 권하였고,

종이와 붓을 가져오도록 하여 글로 써서 대화를 나누었다.

내가 묻기를

“여기서 서양까지의 거리는 몇 리나 됩니까? 또 어느 해에 여기에 왔으며, 이 누각은 언제 지었습니까? 지금은 무슨 일을 본업으로 합니까?”
라고 물으니, 답하였다.

“서양은 중국에서 해로(海路)로 9만여 리 떨어져 있습니다. 우리들이 이곳에 온 지는 이미 십여 년이 지났습니다. 또 이 누각은 60여 년 전에 지어졌으며, 우리들은 모두 내정(內廷)의 일을 맡아 하고 있습니다.”

내가 또 묻기를

“맡아 한다는 일은 구체적으로 무엇입니까?”
라고 하자, 답하였다.

“천문(天文)과 역법(曆法)에 관한 일입니다.”

종이부채[紙扇] 등의 물건을 주면서

“흡독석(吸毒石)이 있습니까?”
라고 묻자, 서양인이 즉시 여섯 개를 꺼내 주었다. 서양 서적 보기를 청하자, 훗날 볼 수 있도록 찾아서 보내 주겠다고 약속했다. 서양인 중에 낭선생(浪先生, 郎世寧)이라고 불리는 자가 화법(畵法)에 뛰어나다고 해서 꼭 만나보고 싶었는데, 마침 입궐해있어 종이부채를 남겨 두어 돌아온 뒤에 전달해 주도록 하였다. 전각을 나와서 천주당(天主堂)에서 잠시 쉬다가 얼마 안 있어 관소(館所)로 돌아왔다.

◆ 1722년 1월 25일

김진필(金震弼)이 돌아와 말하였다.

“올 때에 천주당(天主堂)에 들렀는데, 서양인이 탱자 두 개를 그린 그림

[兩栒圖]을 주기에 소매에 넣어 가지고 왔습니다."

◆ 1722년 1월 29일

서양인이 그림책 몇 권을 보라고 보내주었다. 이는 곧 서양 여러 나라의 궁실(宮室)과 인물(人物)을 그린 것인데, 대부분 알 수 없는 것들이었다.

◆ 1722년 2월 14일

서양인이 음식 2합(榼)과 그림 여러 장을 보내왔다. 또 편지 및 흡독석(吸毒石), 천리경(千里鏡) 등의 물건을 보내면서 연동진사(蓮洞進士)[114]의 거처에 전달해 달라고 했다.

114) 연동진사(蓮洞進士): 이기지(李器之, 1690~1722)를 말한다. 이기지는 1720년 숙종의 서거를 알리기 위해 부친이 고부사(告訃使)의 정사(正使)로 연행을 갈 때 자제군관의 자격으로 수행했다. 서양인과 깊은 교류를 나누었는데, 그 내용은 앞에서 살펴본 『일암연기(一庵燕記)』에 자세히 나와 있다.

였다. 내가 무슨 일을 하느냐고 묻자, 천문과 역법을 맡아 본다고 했다.

천주교라는 것이 어느 시대에 시작된 것인지는 모르겠으나, 스스로 말하길 하늘만을 받들고 거짓된 일을 하지 않으며, 도교와 불교를 배척하여 외도(外道)로 여긴다고 한다. 책방[書肆]에서도 이러한 책이 있다는 것을 듣지 못하여 그들의 종지와 법문이 어떠한지는 알 수가 없었다.

◆ 1722년 1월 29일

천주당에 거처하는 서양사람 소림(蘇霖)·맥대성(麥大成)과 동천주당[원주: 동천주당은 성 안 동편에 있는데, 서천주당에 비해서는 장려함이 상당히 떨어진다고 한다.] 에 거처하는 대진현(戴進賢)이 관소에 와서, 부사와 함께 정사가 머무는 거처로 가서 만나보았다. 대진현은 나이가 가장 많았는데 용모가 뛰어나 도를 지닌 사람처럼 보였다. 옷차림이 청나라 사람과 같기에 본국에서도 이처럼 입느냐고 묻자, 고국에서는 본국의 관복을 착용한다고 했다.

서양사람이 그 나라의 문자로 쓰인 커다란 책 세 권을 보라고 보내주었다. 글자 모양이 범자(梵字, 산스크리트어)나 일본어와 달랐으며, 무슨 뜻인지 알 수가 없었다. 책장마다 그림이 있었는데, 궁궐과 성지(城池), 인물과 금수(禽獸)의 형상을 그려놓았으며, 그들 문자로 세밀하게 서른 줄 가량을 써놓았다. 모두 백지를 사용하여 찍어낸 것인데, 농담(濃淡)과 심천(深淺)이 장인이 묘사한 듯 섬세하고 기이하였으니 중국에서는 절대로 흉내 낼 수 없는 것이었다. 인물과 금수는 알 수 없는 것들이 많았다.

◆ 1722년

관상대는 시방원(十方院) 동편 담 밖으로 백여 보쯤 되는 곳에 있었다.

관상대는 성 위에 위치하였으며, 성 아래에는 오관감(五官監)이라는 공관이 있었다. 이는 곧 예전 흠천감(欽天監)의 정당으로 편액에 '관찰유근(觀察惟勤)'이라는 커다란 글자 넉 자가 씌어져 있었다. 당 앞을 지나 층계로 올라가서 관상대에 올랐더니, 문 밖에 쇠로 주조해 만든 울타리가 있었는데, 사방이 모두 네다섯 칸쯤 되었다. 그 가운데에 혼천의를 안치했는데 둥근 모양에 크기는 옹기만 했다. 윗부분에는 별자리와 궤도가 새겨져 있었으며 틀[機] 위에 엇갈려 놓여져 있었는데, 모두 동으로 만든 것이었다. 손으로 좌우로 돌려보니, 황도(黃道, 태양의 궤도)와 흑도(黑道, 달의 궤도)도 있었으며 틀에는 시반(時盤)이 놓여 있었는데, 모두 동으로 주조한 것이었다. 기둥 밑에는 이무기가 서리고 있는 모습이나 용이 엇갈려 있는 형상을 만들어 놓았는데, 매우 정밀하였다. 강희 계축년(1673)에 남회인(南懷仁)이 법식을 세웠다고 새겨져 있었는데, 이 자는 서양 사람이라고 하였다.

성 위는 말 일곱 기가 나란히 달릴 만한 하였으며, 사방이 훤히 트여 광활히 펼쳐졌다. 도성을 내려다보니 건물의 기와지붕이 생선 비늘처럼 빽빽이 늘어서 아득히 끝간 데 모르게 펼쳐져 있었다. 북쪽에 가장 높은 누대가 있었으며 좌우에 행랑이 길게 늘어서서 거의 백여 칸은 되어 보였다. 논밭처럼 보이는 것도 있었는데, 시장(試場)이라고 한다. 서쪽에는 백탑(白塔)이 높게 솟아 있고 탑 뒤에 울창한 산이 어슴푸레 보였는데, 만수산(萬壽山)이라고 하여 사람으로 하여금 망국의 슬픔을 느끼게 했다.[115]

115) 만수산(萬壽山)이라고 하여 … 망국의 슬픔을 느끼게 했다: 명나라의 마지막 황제인 숭정제(崇禎帝)는 이자성(李自成)의 군대가 숭정 17년(1644) 북경을 점령하자, 수황정(壽皇亭) 누각 앞의 괴목(槐木)에 목을 매어 자결한 것으로 알려져 있다. 수황전이 위치한 곳은 경산(景山), 혹은 만세산(萬歲山), 만수산(萬壽山) 부근이라고 알려져 있기에, 이처럼 말한 것이다.

상봉녹

강호부(姜浩溥)

◆◆◆ 강호부(姜浩溥, 1690~1778)는 본관은 진주(晉州)로 자가 양직(養直)이다. 오아재(聱齖齋) 강석규(姜錫圭)의 서자로, 어머니는 안동(安東) 김씨(金氏) 김성급(金成岌)의 따님이다. 강호부는 1726년(영조 2) 생원시에 1등으로 합격한 후, 이듬해 1727년(영조 3) 부친의 문인이었던 이세근(李世瑾)의 천거를 받아 청나라에 다녀왔다. 이 사행은 1727년(영조 3) 10월에 출발해 이듬해 4월에 돌아왔다. 사행의 정사는 낙창군(洛昌君) 이당(李檔), 부사는 호조참판 이세근(李世瑾), 서장관은 사복시정 겸집의(司僕寺正兼執儀) 강필경(姜必慶)이다.

강호부가 저술한 한문본 『상봉록(桑蓬錄)』의 원본은 친구 정수연(鄭壽延)이 빌려갔다가 분실하여 전하지 않는다. 강호부는 연행 후 13년이 지난 시점에[1740년] 어머니를 위해 한글로 연행록을 써 드렸는데, 현재 남은 것은 이 한글본(1부 3책) 『상봉녹』이다. 강호부는 연행록을 한글로 쓰면서 기존의 내용에서 추가하기도 했다. 1839(헌종 5)에 증손 강재응(姜在應)이 한글본 『상봉녹』의 내용을 바탕으로 6책 12권의 한문본 『상봉록』(『四養齋外集』 권12)을 다시 편술(編述)하였다. 이때 강재응 역시 자신의 견해와 주석을 간간이 덧붙여 기술하였다.

한글본을 한문본과 비교하여 보면, 한문본의 권1에서 권3까지가 소실되어 없고, 상권은 한문본의 권4 : 12월 19일(山海關)~12월 20일(澄海樓), 권5 : 12월 21일(永哥莊)~12월 25일(圓通寺), 권6 : 12월 26일(孫哥莊)~12월 28일(玉河館)을 다루고 있고, 하권(원본에서는 상권)은 한문본의 권7 : 12월 29일~12월 30일까지(北京滯在), 권8 : 정월 1일~정월 30일까지(北京滯在). 권9 : 2월 1일부터(北京) 2월 29일(武寧縣 天台山), 권10 : 3월 1일(山海關)~3월 25일(鴨綠江), 권11 : 3월 26일(龍川)~4월 8일(平澤)을 다루고 있다. 연행 중에 중국인과 서로 교류하는 대목이 상세히 실려 있으며, 북경에서의 환술(幻術)과 천주당 방문 기록 또한 자세히 실려 있다. 강호부는 서책에 많은 관심을 가지고 상세히 기록하였는데, 자신이 구입한 1300여 권의 책을 돌아오는 길에 많이 잃어버려 한탄하기도 했다. 여기에서는 두 본 중에서 한글본이 더 원형에 가까우므로 한글본을 저본으로 삼아 관련 기사를 추출하였다.

참고 이지양, 「『상봉록(桑蓬錄)』 해제, 『연행록선집보유』 上, 성균관대학교 대동문화연구원, 2008.

◇ 1727년 12월 29일

돌아오는 길에 서양국(西洋國)의 천주당(天主堂)을 구경하러 갔다. 남쪽으로 가서 태청문(太淸門)을 지나니 궁성의 남문이었다. 태청문은 명나라 때에 붙인 것인데, 이제 인(因)하였는지라. 원나라 때 대궐 문의 이름을 대명문(大明門)이라 하였더니 명나라가 원나라를 이었고, 명나라 때에 문의 이름을 태청문이라 하였더니 청나라가 명나라를 이었다. 이 또한 나라의 흥망(興亡)이 미리 나타나 보인 것이니 이상한 일이었다. 태청문 밖에 돌로 수백여 보(步)를 둘러 목책(木柵)같이 울을 만들고 가운데 문(門)을 내어 군사가 지키고 있었다. 석책(石柵) 앞으로 돌아 꺾어 서로 행하니 태청문(太淸門)에서 바로 남쪽으로 삼백 보 밖은 곧 정양문(正陽門)이니 곧 성(城)의 남문(南門)이다. 또 사오 리를 가서 천주당에 이르니 천주당이 도성 남쪽 셋째 문인 선무문(宣武門) 안에 있었다. 순치(順治) 초년(初年)에 서양국 사람 탕약망(湯若望)이 들어와 이 집을 지어 귀신을 받들고 도(道)를 닦는 곳을 만드니 그 후로부터 서양 학사(學士)와 화공(畵工)과 술사(術士) 모든 사람이 서로 이어 와 은총(恩寵)을 입어 벼슬하여 지금까지 끊이지 아니하였다.

서양국은 곧 구라파국(歐羅巴國)이니 그 나라가 서해(西海) 밖에 있기 때문에 중국 사람이 서양(西洋)이라 일컫는다. 『연경기보통지(燕京畿輔通

탕약망(湯若望, Joannes Adam Shall von Bell)의 초상

志)』[116]에 이르되,

"서양국(西洋國)이 강희 6년에 들어와 진공(進貢)하다."

하고 또 이르되,

"'그 땅이 멀기 때문에 진공하는 기약을 정하지 아니하고 진공하는 길이 광동(廣東)으로 말미암으니 이제 그 사람이 성중(城中)에 와 머무는 자가 있다."

하고, 또 이르되,

"그 진공하는 것이 태반(太半)이 산호수(珊瑚樹)와 호박(琥珀)과 금강석(金剛石)과 가남향(迦藍香)과 소합유(蘇合油)와 파려경(玻瓈鏡)이다."

라고 하였다.

천주당 앞으로 수십 보 밖에 돌로 문을 만들었으되 높이 40여 장(丈)이요, 문 위에 해와 달을 만들어 붙였으되 해 달과 같이 절로 돌게 하였더라. 천주당이 거의 수십 칸이로되 들보 없이 지었다. 칸마다 네 벽에 다 무지개 형상을 만들어 그 안을 깊게 하고 그 안에 귀신과 부처를 그리고 그 위에 각각 그 이름을 썼으되 그 그림이 다 유동(流動)하고 발월(發越)하여 정신이 살아 움직이는 듯하여 엄연(儼然)히 참사람 같다. 북쪽 벽

---

116) 『연경기보통지(燕京畿輔通志)』: 청대(淸代)에 칙명으로 편찬된 북경 지역 주변 방지(方志)이다. 청대에는 『기보통지(畿輔通志)』가 3차례 편찬되었는데, 1차는 우성룡(于成龍, 1617~1684), 곽돈(郭惇) 등이 칙명(勅命)을 받들어 1682년(康熙 21)에 완성한 『강희기보통지(康熙畿輔通志)』 40권이고, 2차가 당집옥(唐執玉), 이위(李衛), 진의(陳儀) 등 여러 신하가 역시 칙명을 받들어 1735년(옹정 13)에 완성한 본지(本志) 120권이다. 3차는 이홍장(李鴻章, 1823~1901), 황팽년(黃彭年, 1823~1890) 등 제신(諸臣)이 1884년(光緖 10)에 완성한 『광서기보통지(光緖畿輔通志)』 300권인데, 보통 『기보통지(畿輔通志)』라 하면 이 3차 본을 지칭한다.

가운데 칸에 천주신상(天主神像)을 그리고 서쪽 벽 한 칸에 한 고운 부녀(婦女)를 그렸으되 일어섰고 머리 씌운 것이 내려져 손으로 그 터럭을 쥐었으니 더욱 핍진하여 그림의 사람인 줄 깨닫지 못하리라. 당 가운데 아롱진 탁자와 채색(彩色) 기둥이 처음에는 화반석(花斑石)이라 하였더니 손으로 긁어본 후에야 비로소 그림을 그려 놓은 것을 알았다. 당이 여러 칸 남은데 한 담[氈]으로 수(繡)를 놓아 깔았고 상하좌우가 조촐하고 영롱(玲瓏)하여 한 점 티끌이 없으니 사람으로 하여금 정신이 맑고 꽤 상연(爽然)하게 하더라. 당 높이 가히 십여 장(丈)이니 바라보기에 의미(依迷)하더라. 담 남쪽에 출입하는 문을 돌로써 무지개같이 문을 만들고 문 위에 세 층 누(樓)를 만들고 누 앞면에 양천침(量天針)이 있어 스스로 십이시(十二時)를 가리키고 누 위에 자명종(自鳴鐘)이 있어 시각을 따라가며 절로 울리되 제작(制作)이 다 정묘(精妙)하고 공교(工巧)하여 사람이 만든 것 같지 아니하니 천하에서 공교한 것을 극진히 하였다고 하겠다.

당에서부터 서녘 담 밖에 또 당이 있어 북쪽 벽에 귀신을 하나 그려 앉혀 부처 위하듯 하고 앞에 탁자를 놓고 그 위에 분향(焚香)하고 네 벽에 산수(山水)와 누대(樓臺)와 인물(人物)과 화초(花草)와 금수(禽獸)를 그렸으되 그 그림이 말로써 형용하기 어려운지라. 대개 멀리서 바라본즉 살아 움직이고 변환(變幻)하여 옮기어 공중(空中)에 있는 듯하여 집이 칸칸(間間)이 따로 나 벌려 세운 듯하고 사람이 따로 각각 벌려 앉은 듯하고 초목(草木)과 금수(禽獸) 온갖 것이 다 그러하더니, 나아가 살펴본 즉 이에 붙여놓은 그림이었다. 세상이 이르되 서양국 그림이 신기함이 대개 이러함으로 빼어나거니와, 내가 보건대 사람도 요괴(妖怪) 있고 금수(禽獸)도 괴이(怪異)한 것이 있으니 재주도 또한 그러함이 있는지라. 그 그림이 진실로 꿈에 군말하는 것과 귀신의 변환(變幻)하는 것 같아서 가히 알지 못하니 짐짓 요괴(妖怪) 옛 재주라 이르리니, 서양인품(西洋人品)과 천주도술(天主道術)을 이에 또 한가히 한 모서리를 뒤집어 알리라.

천주당에 예전에는 하늘 거문고[天琴]라 하는 것이 있어 날이 오시(午時) 되면 누문(樓門)이 절로 열리고 천금(天琴)이 스스로 타며 거문고 두어 곡조를 하다가 한참 있다가 소리가 그치고 누문이 스스로 닫히니 그 기특(奇特)하고 공교(工巧)함이 이러하더니 이제는 보지 못하니, 대개 해가 오래되어 훼파(毁破)함이라. 뒤뜰에 기특한 풀과 이상한 꽃을 심었고 뜰 가운데 또한 한 점의 먼지도 없으니 신을 신고 그 위를 밟는 것이 아까운 듯하더라. 서양 사람이 있는 방에 들어가니 서양인이 나와 맞아 고두(叩頭)하니, 그 사람이 낯이 적되 빛이 희어 분 같고 눈이 깊고 관골(顴骨)이 높고 수염이 검어서 옻칠 한 듯하고 섞기고 길어 아름답고 푸른 눈이 정채(精彩)를 감추고 재주가 있는 기운이 밖으로 드러나 표표하여 조금 연화식(煙火食)하는 기운이 없으니 그 재주에 공교로움이 마땅하더라.

천주당 앞 왼편에 돌비[石碑] 있으니 대강 이르되,

"서양 사람이 하늘 알기에 정(精)하며 인물(人物) 그리기에 공교(工巧)함이 이미 천하에 유명한 지 오래되었는지라. 황명(皇明) 때부터 이미 그 말을 조차 책력법(册曆法)을 고치고자 하되 조정 의논이 시비(是非) 많아 마침내 과연(果然)치 못하였더니 순치(順治) 초년(初年)에 비로소 은혜를 입어 들어와 벼슬하고 그 도술이 크게 행해졌다."

하였더라. 서양인이 있는 방으로 들어가는 중문(中門) 한 짝에 먹으로 개를 그렸으되 중문의 반(半)만 나와 짖는 형상을 하였으니 일행이 다 짐짓 개로 알았다가 가까이 본 후에 그림인 줄을 알고 다 크게 웃더라.

삼사신(三使臣)이 외당(外堂) 탁자 앞에 나아가 교의(交椅) 위에 앉았더니 대비달자(大鼻韃子) 두 놈이 서서 따라 들어와 통관(通官) 유만권(劉萬權)과 더불어 어깨를 대어 교의 위에 앉아 사신과 더불어 서로 향(向)하여 만권(萬權)으로 하여금 말을 전하여 삼사신(三使臣)께 고하여 가로되,

"대인(大人)을 모셔 말씀하고자 하되 하방(下方)에서 나서 자랐는지라 예절을 알지 못하니 이로 인해 황공(惶恐)하여 하나이다."
하기에, 사신이 하여금 이르기를
"할 말이 있거든 말하라."
하되 그 기색을 보니 국축(跼縮)하여 편안하지 못해 하더니 이윽고 문으로 나가거늘 만권(萬權)에게 물으라 하되,
"네 어떤 연고로 한 말을 아니 하고 즉시 일어나 가는가?"
하니 답하기를,
"예모(體貌)를 잃을까 두려워 감히 오래 앉아있지 못하노라."
하니, 대개 아국(我國)이 본디 예의(禮義)로 사이(四夷)에 소문이 나타난 고(故)로 제 우리 우의(友誼)를 보고 자연히 사모하고 공경하여 위엄(威嚴)이 없어도 서로 두려움을 깨닫지 못함이라.

들으니 대비달자(大鼻㺚子)가 본디 영한(獰悍)하여 연경(燕京)에 와 횡행(橫行)하니 연경 사람이 할 일이 없어 다만 삼가 피한다 하더니 홀로 우리를 두려워함이 이러틋 하니, 예의 무용(武勇)에서 더 강함이 이러한데 대비달자가 의복과 모양이 청인(清人)과 몽고(蒙古)와 대동소이하되 추하기는 몽고보다 심하고 사나운 거동이 터럭과 가죽에 나타나 보이더라. 두루 보기를 마침에 파(罷)하여 돌아올 때 서양인이 고두(叩頭)하고 읍(揖)하여 보내더라. 관소(館所)에 돌아오니 날이 이미 오시(午時)를 지났더라.

천주(天主)의 이름은 예수[耶蘇]인데, 구라파(歐羅巴) 사람이다. 예수라고 이름은 세상을 구제함을 말하니, 존재하는 제일 큰 이라. 바다 밖의 성인(聖人)이라 하고, 하늘로 으뜸을 삼는 고로 또 일러 천주(天主)라고 한다. 대개 그 학설이 입을 열면 반드시 하늘을 일컬으며, 일이 크나 적은 것 없이 깊으나 얕은 것 없이 다 반드시 하늘로써 근본을 삼는다. 이

르되 공자(孔子)와 맹자(孟子) 이전의 모든 성인은 학문이 하늘에 근본을 둔 고로 그 도를 얻으시고, 정자(程子)와 주자(朱子) 이후의 모든 현인은 그 학문이 다 능히 하늘에 근본하지 못한 고로 드디어 그 도통(道統)을 잃어버렸다고 하니, 그 무망(誣妄)하고 망탄(妄誕)함이 가히 밉고 또 가히 우습다.

또 그 학술(學術)이 맑고 조촐하여 욕심이 없는 것으로 공부를 삼고, 도를 얻어 앉은 채 변화하기로써 효험을 삼는다 하니, 대개 불도(佛道)와 선도(仙道)를 합하여 하나가 된 것이다. 그 지은 글이 이른바 『천주진경(天主眞經)』과 『천주연의(天主演義)』라 하는 책들이 있으니, 그 말이 이따금 신기로워 가히 좋은 말이 없지 아니하대, 그 속을 궁구하면 필경에 탄망하고 허황하여 족히 한 번 볼 만한 것이 못 되었다.

야소(耶蘇)로부터 세 번째 전하여 이마두(利瑪竇)에 이르니, 이마두의 지은 것이 「감여도(堪輿圖)」라 하는 책이 있어, 바다 안팎 모든 나라의 지형(地形)과 풍속을 기록함이 심히 자세하다. 또 스스로 이르기를

"배를 타고 오는데 하늘 위와 땅 아래를 가지 아니한 곳이 없어 수십 년을 두루 돌아다녀 본 후에 이에 돌아와 비로소 이 글을 만드노라."고 하였다. 또 이르기를,

"땅 형상이 구(球)와 같아 공중에 떴는데, 좌우와 상하에 다 세계가 있으니, 땅 아래서 사는 사람이 땅 위에 있는 사람으로 더불어 발바닥을 서로 맞추어 행(行)하노니, 시방 이 세계는 천지(天地)로써 이른다면 사람이 다 가로로 서있으면서 머리는 동으로 두고 발은 서로 두었다."
라고 하였으며, 또 이르기를,

"내 말을 믿지 못한다면, 북두성으로 가히 알 수 있다."
라고 하였다.

그 말이 조금 놀랍고 크게 괴이하여, 사람으로 하여금 눈을 휘둥그렇

게 한다. 다만 그 술업(術業)이 천문에 자못 정(精)하여 천지운거(天地運去)와 성신도수(星辰度數)를 말함이 옛 사람의 말하지 못한 것을 발명한 것이 많다고 한다. 이는 혹 괴이하지 아니하대, 다만 은하수(銀河水)가 기운(氣運)이 아니라, 이에 모든 별이라 함은 진실로 놀라운 것이다.[117]

구라파에 또 풍보보(馮寶寶)[118] 란 자가 있으니, 그 하늘 형상을 그린 데에 이르길,

"하늘은 아홉 층이 있으니, 맨 위층은 별 다니는 하늘이오, 그 버금은 해 다니는 하늘이오, 맨 아래층이 달 다니는 하늘이다."

라고 하였다. 선유(先儒)가 이르기를 '하늘은 쌓인 기운이다.'라고 했으니, 기운이 어찌 층이 있으며, 또 이르대 '하늘이 형체 있음이 아니라, 땅 위는 모두 하늘이다.'라고 했으니, 층을 나누어 또 어찌 아홉층뿐이리오? 또한 가히 웃을 만하다.

구라파란 나라는 옛 사기(史記)에 전하지 아니하더니, 명말에 이르러 서역(西域)으로부터 유전(流傳)하여 비로소 중국에 들어와 이미 발뵈야 물들일[染] 점이 있더니, 그 말과 글이 점점 전하여 성행하여 이제는 연중(燕中)이 사람마다 존대(尊待)하지 아니하는 이가 없다. 우리 동방 사람도 이따금 그 도를 숭상하고 그 말을 좇는 자가 있으니, 그 해(害)가 이미 천하를 덮었다. 슬프다, 성현의 글과 말씀이 해와 별같이 밝아 기둥에 메이고 집에 넘치어 사람이 능히 다 읽지 못하거늘 서방 오랑캐 귀신이 남긴 침 뱉은 것과 남은 즙(汁)이 천지 사이에 덮여 방자히 행하여 금하지 않음은 어째서인가? 저들이 비록 재주가 높고 나는 것이 넓을지라도 괴

117) 놀라운 것이다: 〈한글본〉에는 '회연ᄒᆞ더라'라고 되어 있는데, 〈한문본〉에 의거하여 풀이한 것이다.

118) 풍보보(馮寶寶): 한자는 〈한문본〉에 의거해 보충한 것인데, 어떤 인물인지는 알 수 없음.

기배(怪奇輩) 글자 아는 자가 되는 것에 불과할 따름이거늘, 사람이 그 도를 좇고 그 설을 믿는 이 많음이 저와 같이 하니 더욱 가히 괴이하다.

옛날 석가(釋迦)가 서방에 났더니, 이제 예수 또한 서방에서 나니, 내 일찍이 이를 인하여 생각하건대 그 동방과 남방은 곧 천지 문명의 땅이니 이에 천지간의 기운이 모여서 인걸이 생겨나 필경에 아름다운 문명의 땅이 될 것이다. 그런 고로 삼대(三代) 적을 당하여 태백(泰伯)이 남월(南越)로 도망하시고, 기자(箕子) 조선(朝鮮)으로 들어오시니, 그 때를 당하여 남월과 조선이 머나먼 오랑캐 땅이 됨이 서만(西蠻)과 북적(北狄)으로 더불어 다름이 없었다. 그렇지만 두 성인이 자취를 의탁하심이 서북으로 가시지 아니하고 반드시 동남으로 오신 것은 대개 반드시 이유가 있는 것이다.

이러한 까닭으로 수천 여년 지난 후에 양귀산(楊龜山, 楊時)·이연평(李延平, 李侗)·주회암(朱晦庵, 朱熹)·채구봉(蔡九峯, 蔡沈) 모든 대현(大賢)이 남월(南越) 땅에서 나시고, 정암(靜庵, 趙光祖)·퇴계(退溪, 李滉)·율곡(栗谷, 李珥)·우계(牛溪, 成渾) 모든 선성(先聖)이 조선의 땅에서 태어나셨다. 대개 동남의 두 땅이 마침내 문물이 휴명(休明)한 땅이 됨은 태백과 기자 이미 징조 되시고, 하늘이 두 성인으로 나누어 동남을 맡기시게 한 것도 마침 우연함이 아닌 듯싶으니, 동남이 지리(地理)에 문명한 땅이 됨은 진실로 가히 속이지 못할 것이다. 의서책(醫書册)에 〈천지국맥도(天地國脈圖)〉가 있어 이르기를,

"기운이 동남으로 모이어 문명이 너무 성(盛)하니, 또한 천지의 한 병(病)이다."

라고 하였으니, 대개 그 말이 또한 소견이 있는 것이다. 저 서방은 곧 그윽하고 그늘지고 숙살(肅殺)한 땅이 되니 마땅히 그 명인(名人)이 나오지 아니할 것이로되, 전에 석가가 나와 감히 허무(虛無)한 말로써 우리

성인의 도학(道學)으로 더불어 항형(抗衡)하여 도에 근심 끼치기를 지금까지 이르렀다.

이제 또 야소를 내어 허환(虛幻)한 학술(學術)로써 유자의 남은 죽저[119]로 꾸며내고 또 허튼 말과 괴이한 소문으로써 자뢰(藉賴)하야 침침하야 온 세상을 몰아 좇게 하니, 그 해(害)가 또 장차 유도와 불도로 더불어 숫발나게 니러셔 정형하리니[120] 세도(世道)의 근심이 그 다함이 있으랴? 전후(前後) 두 이적(夷狄)의 귀신이 다 서방에서 남은 대개 또한 이유가 있으니, 서방 매곡(昧谷, 서쪽에 있던 기상 관측소)에 해 떨어짐에 북방 유도(幽都, 북쪽에 있던 기상 관측소)에 비하면 조금 밝은 고로 경경(耿耿)한 남은 기운이 때로 반딧불 같은 빛을 빚어내어 서방이 떨어지는 때에 비로소 붉은 고로 석가는 동주(東周)적 석양에 나고, 야소는 황명(皇明)적 석양에 났다. 서방 밝음이 어두운 때에 나왔기 때문에 그 사람들이 비록 약간 재주와 적은 아는 것이 있으나 다 이단(異端) 유음(幽陰)한 무리의 선소리이니, 천도와 지리에 가히 속이지 못함이 이와 같은 것이다. 그러나 이는 억탁(臆度)의 소견이니, 감히 스스로 미쁘지 못하여 우선 기록하여 당세의 말을 아는 군자에게 질정하려 하노라.

◇ 1728년 1월 11일

부사(副使) 영공(令公, 李世瑾)이 무술년(戊戌年, 1718년)에 사신으로 왔을 때 중국 명화(名畵)를 구하여 얻어 화상(畵像)을 그리려 하되 여러 번 이름난 화사(畵師)를 다 청하여 여러 번 그리되 마침내 방불(彷佛)하지 아니한 고로 그쳤더니, 이번에 들으니 서양국(西洋國) 화법(畫法)이 천하에 독

---

119) 유자의 남은 죽저: 미상.

120) 숫발나게 니러셔 정형하리니: 미상.

보(獨步)한다 함에 홍만운(洪萬運)에게 천주당(天主堂)에 가 서양인을 보고 영공(令公) 화상 그리기를 청하니 서양인이 사양하여 말하기를,

"내가 바다 밖에 있는 사람으로서 바야흐로 천자가 사랑하는 은혜를 입어 천자가 바야흐로 천주당(天主堂)을 너희 사신 들어오는 관(館)의 오른편에 따로 짓기 때문에 실로 잠간도 틈이 없으니 실로 청하는 뜻을 따를 길이 없으니 연경(燕京)의 화상을 잘 그리는 자가 있으니 내 마땅히 소개하여 천거하리라."

하더니 금일(今日)에 마건(馬建)이란 자가 오니 대개 서양인이 보낸 바더라. 방석(方席)을 주니 올라 앉아 영공의 얼굴을 우러러 자세히 보다가 앞에서 초본(草本)을 그려내되 또한 심히 방불치 아니한지라 건(建)이 말하기를,

"처음으로 그리니 능히 같게 못하였으니 명일에 마땅히 다시 그려내겠습니다."

하거늘, 영공이 종이와 부채를 주어 보냈다.

◆ 1728년 1월 12일

마건(馬建)이 와 또 영공(令公, 李世瑾) 화상(畵像)을 그리니 어제 그린 것보다 적이 방불한 듯하지만 오히려 같지 못한지라. 건(建)이 말하기를,

"내 왕공(王公) 귀인(貴人)의 화상을 그림이 전후(前後)의 무릇 몇 번인 줄을 알지 못하되, 한 번 붓을 내리면 다시 고치지 아니하여서 방불치 아님이 없고 혹 처음 그려내어 십분(十分) 같지 못하여도 두 번 그리면 일정(一定) 같지 아니함이 없더니, 이제 영공(令公) 화상(畵像)은 두 번 시험하되 오히려 그리지 못하니 대개 대인(大人)의 높으신 상(相)이 과연 그리기 어려운지라. 내 재주가 여기에 그치니 가히 시험하지 못할 것이니

낭세녕(郎世寧, Giuseppe Castiglione)이 그린 건륭제 초상

서양인(西洋人)의 제자(弟子) 중(中)에 잘 그리는 자(者)가 있으니 내 마땅히 데려오리라."
하더라.

◆ 1728년 1월 22일

서양인이 새로 천주당(天主堂)을 경영(經營)하되 우리 든 위에서 심히 가까운지라 부사(府使) 영공(令公)이 반드시 서양인을 얻어 화상(畵像)을 그리고자 또 홍만운(洪萬運)을 보내어 가서 청하려 할 때, 내가 따라가 문 밖에 이르러 서양인(西洋人)에게 통하니 서양인이 나와 맞아들이니 천주당에서 읍(揖)하여 보내던 자이러라. 매양 문에 들 때 반드시 읍하여 먼저 들기를 손님에게 사양하더라. 그 집에 이르러 한훤(寒暄, 안부인사)을 마치고 서양인이 우리를 인도하여 새로 짓는 천주당에 이르니 집 짓는 역사(役事)를 오히려 마치지 못하여 각색(各色) 장인이 당중(堂中)에서 역사(役事)를 바야흐로 방장(方張, 막 벌여놓음)하였고 부계(浮階)를 설치하여 판자(板子)의 그림 그리는 역사가 또한 반(半)이 못하였더라. 그 제도(制度) 굉걸(宏傑)함이 선무문(宣武門) 안에서 보던 것만도 미치지 못하되, 그 굉교(宏巧)하고 사치(奢侈)함은 다름이 없더라. 두루 보기를 마침에 서양인이 또 인도하여 그 방(房)으로 돌아와 아이를 불러 차(茶)를 드리더라. 홍만운(洪萬運)이 부영공(副令公) 뜻으로 화상 그림을 간절히 청하니 서양인이 말하기를,

"내 이미 황지(皇旨)를 받아 이 집 역사를 차지하여 시키니 어찌 가히 그 맡은 소임을 버리고 마음을 등한(等閒)한 그림에 옮기리오."
하거늘 달래기를 만단(萬端)으로 하되 마침내 즐겨 허락하지 아니하더라.
서양인의 성(姓)이 낭가(浪哥, 郎世寧)라 하더라.

연행일록

김순협(金舜協)

◆◆ 김순협(金舜協, 1693~1732)은 본관은 부안(扶安), 자가 사형(士迥)이고, 호는 오우당(五友堂)이다. 본래 이름은 서(墅)였는데, 뒤에 순협으로 개명했다. 아버지는 우암(尤庵) 송시열(宋時烈)의 문인인 농암(聾巖) 김택삼(金宅三)이다. 김순협은 종부시(宗簿寺)의 낭청(郎廳)을 지냈는데, 이때 종실(宗室)의 여천군(驪天君, 李增)이 동지사은사(冬至謝恩使)로 중국에 들어가게 되면서 수행원으로 연행하게 되었다. 이후 그는 병절교위 행충좌위 부사정(秉節校尉行忠左衛副司正)으로 과천현감(果川縣監)에 제수되었으나 부임하지 못하고 졸하였다.

『연행일록(燕行日錄)』은 1729년(영조 5) 김순협이 동지겸사은사(冬至兼謝恩使) 여천군(驪天君) 이증(李增)을 수행하여 연행했을 때의 일기다. 사행의 정사는 여천군(驪天君) 이증(李增), 부사는 송성명(宋成明), 서장관은 박사정(朴師正) 이었다. 사행은 1729년(영조 5) 8월 10일 한양을 출발하여 1730년(영조 6) 1월 18일 돌아와 복명(復命)하였으며, 사행을 떠날 때 영조가 『효순사실(孝順事實)』, 『주문공집(朱文公集)』, 『삼재도회(三才圖會)』를 구해 오도록 당부한 사실을 확인할 수 있다. 번역은 최강현(崔康賢)이 역주한 『오우당연행록(五友堂燕行錄)』(국학자료원, 1993)을 참조하였으며, 부분적으로 수정한 내용도 있다.

◇ 1729년 10월 12일

듣건대 도성 안에 동서로 두 천주전(天主殿)이 있는데, 서천주전은 거리가 여기서 멀지 않다고 하기에 예부(禮部)에서 곧바로 갔다. 정문을 지나자 '대청문(大清門)'이라고 씌어 있고, 그 앞에 정남쪽으로 문이 있는데

'정양문(正陽門)'이라고 하였다. 정양문과 대청문의 사이는 겨우 백 보 정도밖에 안되었다. 정양문을 안쪽으로 성을 따라 서쪽으로 가서 천주전에 이르렀는데, 천주전은 선무문(宣武門) 안에 있었다.

이른바 천주전은 곧 서양국 사람들이 사는 곳으로, 그 나라의 풍속이 예수교[耶蘇教]를 숭봉(崇奉)하는 까닭으로 천주전을 건립하여 그 상을 그려 놓고, 향을 사르면서 받들어 모시는 곳으로 삼고 있었다. 이른바 예수는 곧 서양국의 이인(異人)이다. 그 학문은 이치로서 하늘을 받드는 것을 종지로 삼는 까닭에 '천주(天主)'라 하였고, 그 옆에 또 그들이 거처할 집을 지었다.

대체로 서양의 나라들은 서해 9만 리 밖에 있는데, 바다를 거쳐서 들어왔다. 명나라 신종(神宗) 때에 서양인 이마두(利瑪竇) 등이 중국에 들어왔는데 신종(神宗) 황제가 중국 안에 머물도록 명하였고, 그들 또한 머물러 있기를 원한 까닭에[원주: 예수교가 중국에 크게 행하여지기를 바랐기 때문이다.] 재물과 인력을 내어 그 나라의 제도를 본떠 그들이 머물러 살 집을 지어 주었다. 그 뒤로는 서양인으로 중국 조정에 들어와 벼슬살이하는 사람들이 지금까지 한결같으며, 온 자가 다시 자기 나라로 돌아가려는 사람이 경우가 드물다고 한다.

천주당의 제도는 다른 일반 건물들과는 크게 달라서 이른바 누각이라는 것은 비록 입으로 그것을 말한다고 하여도 비슷하게 묘사해낼 수가 없다. 하물며 글로는 어찌 만분의 일조차 그려낼 수 있겠는가.
그렇지만 그 대강을 말하자면, 전(殿)의 제도는 좁고 길다. 넓은 쪽을 정면으로 하지 않고, 긴 쪽으로 정면을 삼아 전면에는 큰 돌기둥[石柱]을 세워놓고 3층으로 만들었다. 3층은 모두 돌기둥으로 길이가 약 2장(丈) 남짓하며, 동서로는 5칸이 되었다. 각 층마다 기둥이 이어지는 곳에 돌로 조각하여 마룻대를 삼기도 하고 주초(柱礎)를 삼기도 하였으며, 따로

남당(南堂)의 내부 모습

처마는 없었다.

그 벽은 벽돌을 가지고 정교하게 쌓고 회칠을 더했다. 아래층에는 무지개문 하나가 있었는데, 곧 드나드는 문이다. 그 위층에는 세 개의 무지개문을 나누어 내었는데, 조명을 위한 창문으로 여겨졌다. 그 모양은 대체로 패루(牌樓)와 같았으며, 또 위층에 일영(日影)을 걸어 놓았는데, 둥근 것이 넙적한 소반만 하였다. 돌아가며 12시를 새겨놓고 가운데에는 해와 달의 모양을 만들어 놓았는데, 둘 다 황금으로 밝게 비쳤다. 한 가지로는 일영(日影)을 만들어 횡으로 걸쳐 놓았다. 또 천주당의 지붕 위에는 큰 자명종 하나를 세워 놓아 때에 따라 저절로 종이 울리는데, 추호도 틀림이 없다고 하였다. 내가 처음 천주당에 이르렀을 때에 종 위를 보니, 어린 아이가 먼저 종을 세 번을 치고, 이어서 쟁(錚)을 네 번 쳤는데, 이때가 곧 진시(辰時, 오전 7시에서 9시) 정각이라고 하였다. 또 천주당 위 가장 높은 곳에는 쇠자루로 만든 풍기(風旗) 하나와 금색으로 된 십자(十字)가 세워져 있었다. 정면에서 본 모습은 이와 같았다.

문을 열고 그 안으로 들어가서 지붕 위를 올려다보니, 원래부터 서까래나 들보 하나가 없이 하늘처럼 높고 둥근 모양으로 장막을 덮어 놓은 듯한 모습이었다. 깊숙하고 길게 이어진 공간이 확 트였는데 전각 안을 둘러보니, 모두가 황금빛으로 번쩍번쩍 빛나며 눈이 부시게 황홀하여 놀랍기 그지없었는데, 그것들이 무엇인지는 알 수가 없었다. 오랫동안 자세히 살펴보니, 그 가운데에 세워 놓은 기둥과 시렁과 탁자들이 모두 푸른 돌과 꽃무늬 돌과 오색 돌이었다. 사람들이 말하기를,

"이것은 돌이 아니고, 나무에다가 칠을 섞어서 돌 빛을 만든 것입니다. 이는 곧 서양 사람들의 기술로만 할 수 있을 뿐, 중국인들이나 다른 나라 사람들은 만들 수 없는 것입니다."

라고 하였다. 그러나 자세히 들여다보아도 돌이 아님을 알 수가 없었고, 손톱으로 긁어보고 나서도 굳세고 단단함을 확인하게 될 뿐이었다. 그래서 사람들이 돌이 아니라고 하여도 나는 그 말을 믿을 수 없었는데, 판자 한 조각을 들어보고 나서야 매우 가벼웠기에 과연 그것이 나무임을 알게 되었다.

북쪽 벽 위를 보니 예수[耶蘇]의 상을 그려 놓았는데, 밑에서부터 층층의 돌계단을 만들어서 예수의 상 앞에까지 닿아 있었다. 그리고 기다란 평상을 놓고 그 위에 등잔 같은 물건들을 놓아두었는데, 이상하고 기이하여 아름답지 아니한 것이 없었다. 화상의 좌우에는 각기 한 쌍의 금(金) 기둥을 세워놓았는데, 기둥은 크고 둥글었으며 기둥 위에는 오색의 돌로 층층을 둥글게 조각하여 황금으로 꾸며놓았다. 그 위아래와 좌우에는 용을 새겼으며, 구름무늬와 채색 그림을 새겨 넣어 휘황하게 번쩍거리니, 기이한 모습이 무어라 설명하기가 어려웠다. 앞에는 한 쌍의 등을 매달아 놓

고 밤낮으로 촛불을 환히 켜 놓았는데, 등의 모습은 곧 쌍룡이 하늘로 날아 올라가는 모습이었다. 좌우의 기둥 위에 각기 하나의 널빤지를 붙여서 금빛 글씨로 크게 써놓았는데, 하나는 "처음도 끝도 없는 때에 먼저 소리와 모양을 만드시니, 참 주재자이다.(無始無終, 先作聲形, 眞主宰.)"라고 하였으며, 다른 하나는 "어짊과 의로움을 펴고 스스로 밝히시어 구제하시니, 위대한 심판자이다.(宣仁宣義, 聿昭濟, 大權衡.)"라고 하였다.

그 위층 허공에는 금 글씨로 크게 쓰기를, '만유진원(萬有眞元)'이라고 하였습니다. 동서편 벽을 보자 매 칸(間)마다 무지개문의 모양을 만들어 놓았으며, 그 속이 자못 깊숙하고 넓었다. 그곳에는 모두 사람의 형상을 그려 놓았는데, 어떤 데는 두세 명이고 어떤 데는 네댓 명이었다. 그 그림은 어린 여자아이가 곱게 눈을 뜨고 있는 듯도 하고, 포동포동하게 살찐 어린 아이가 웃는 듯, 기뻐하는 듯도 하며 마치 금방이라도 입을 열어 말을 하려는 듯하였다. 이 같은 것이 동서로 모두 다섯 군데였고, 그 앞에는 각기 향로와 향촉(香燭)을 놓아두었다.

또 늘어세운 화상 둘레에는 긴 시렁을 세워놓았는데, 높이가 두 척(尺) 남짓 되었다. 이것은 방문한 사람들이 가까이하는 것을 막기 위한 것이었다. 이 긴 시렁들은 곧 나무판자로 흙과 돌 빛깔을 바른 것인 듯 하였다. 천주당 바깥 서쪽에는 작은 누각이 있었는데, 누각 안은 비어있고 네 벽에 모두 그림이 그려져 있었다. 그림은 세밀하게 그리지 않았으면서도 절묘하지 않은 것이 없었는데, 그림의 모습은 무어라 형용할 수가 없었다. 벽 위에 5칸의 누각을 그린 것을 보니, 누각 안은 그윽하고 깊으며 평평하고 네모반듯한데 그 안은 넓게 트여 있었고, 보면 볼수록 점점 멀어 보였다. 그 안의 탁자 위에는 책이 가지런히 놓여 있었다.

또 벽 위에는 잔글씨들이 희미하게 씌어져 있었고, 겹겹의 기둥에 작은 창이 나 있었는데, 또렷한 모습이 실제로 만든 것 같았다. 개가 문에서 있는데, 그 문은 곧 그림이었고, 머리를 돌리고 있는 백마는 마치 발굽을 움직이는 듯하였다. 그 밖에 타구(唾具)와 둥근 상자 등의 물건들이 진품과 흡사하지 않은 것이 없었다. 더욱 이상하게 생각된 것은 교의(交椅)이니, 그림자가 드리운 꽃병과 그늘진 들보 머리에 가로놓인 판자는 누런 색깔에 흰빛으로 가를 둘렀다. 그런데 다듬은 흔적과 자른 틈이 정녕 새로 칼로 잘라내어 놓은 듯하여, 보는 사람들이 가짜임을 알아채기 어려웠다. 여러 사람들 중 어떤 이는 이를 나무라고 하였고, 어떤 이는 그림이라고 하였다. 부사가 그림이라고 하는 사람을 꾸짖다가, 손으로 만져 본 뒤에야 비로소 그것이 그림인 줄을 알고는 계면쩍었는지 크게 웃었다. 이에 그 신묘함을 충분히 알 수 있는 것이다.

서양사람 5인이 나와 맞이하였는데, 그들의 언어와 의복이 또한 오랑캐의 한 사람이었다. 그들의 눈은 깊고 푸르렀으며, 눈썹은 숱이 많고 검었으며, 코는 매우 길며 곧추 솟아 있었다. 수염은 가늘고 고불고불하면서도 숱이 많고 붉었다. 얼굴 모습은 희고 깔끔하였는데, 다섯 사람의 얼굴이 단지 한 사람 같아 보였다. 그 나라의 거리를 물어보자, "9만여 리 입니다."라고 하고는 또 말하였다.

"천하의 지역이 서양과 동양으로 나뉘어 있기에 동해의 밖에는 동양의 큰 나라와 여러 작은 나라들이 있으며, 서해의 밖에도 서양의 큰 나라와 여러 작은 나라들이 있습니다. 동양과 서양이 있다는 것을 알지 못하는 사람들이야말로 어찌 대롱 구멍으로 천하를 엿보려는 것과 다르겠습니까?"

그 사람들은 역술(曆術)에 정통하였기에 그 중 한 사람은 흠천감(欽天監)에 들어가서 특별한 은전을 받아 예부시랑(禮部侍郎)이 되었는데, 그 자의 성명이 곧 대진현(戴進賢)이다. 또 천주당 안에는 그들이 사는 집이 있는데, 건물이 극히 기묘하며, 외부 사람들이 쉽사리 들어갈 수 없다.

대체로 서양 사람들의 학문은 불교를 심히 배척하고 으뜸으로 받드는 것은 상천(上天)과 바른 이치[正理]이다. 그렇지만 또한 하나의 이단이라고 한다. 두루 구경한 뒤에 돌아오니, 이미 해가 한낮이 되어 있었다.

◆ 1729년 10월 17일

삼사(三使)가 홍려시(鴻臚寺)에서 돌아오는 길에 동천주전(東天主殿)을 방문하여 그림을 보았는데 품격이 매우 기묘했다. 대체로 외면은 그리지만 내면은 그려내지 못하고, 앞은 그리지만 뒤는 그려내지 못하는 것이 곧 그림의 도리이다. 그런데 지금 이 그림은 앞뒤를 아울러 그리고 안팎이 모두 통하게 그렸으므로, 붉은 휘장이 반쯤 걷혀 있자 벽 사이가 비어 보이고, 흰 구름이 처음 피어나 공중에 높이 떠 있는 듯 하였다. 어느 것 하나 그렇지 않은 사물이 없었으며, 그림은 획이 굵어질수록 더욱 묘해 보였다. 들으니 서양의 나라에는 음양수(陰陽水)가 있기 때문에 한 폭의 그림 위에도 음양을 그릴 수 있어 이와 같은 것이라 고하는데, 과연 그런 것인지는 알 수 없다.

◆ 1729년 10월 24일

낮에 서양 사람들이 사람을 보내어 사례하고, 아울러 약물(藥物)·흡독석(吸毒石)·석경(石鏡)·화도(畵圖)·능화지(菱花紙)와 『만물진원(萬物眞原)』[121)]

121) 『만물진원(萬物眞原)』: 이탈리아 출신 예수회 중국 선교사 애유략(艾儒略, Aleni, Julio, 1582~1649)이 저술한 한역서학서(漢譯西學書). 천주교의 입장에서 자연과학을 논한 것으로 1628년 북경에서 초간되었다. 1791년(정조 15년) 진산사건(珍山事件) 당시 『만물진원』, 『성교천설(聖敎淺說)』 등의 서학서가 예산 촌민 중에서 발견되었다는 글이 홍낙안(洪樂安)의 「장서(長書)」에 보이며 김건순(金健淳)도 1801년 의금부(義禁府)에서 『교요서론(教要序論)』과 함께 『만물진원(萬物眞原)』도 읽었다고 자백하였다. 이

·『벽망(闢妄)』[122] 2책을 보내왔다. 이른바 『만물진원』은 하늘이 만물의 으뜸이기에 하늘에서 주관하는 것이 바른 이치가 된다는 것이었다. 『벽망』이라고 한 것은 이른바 불교(佛敎)에서 늘 염송하는 아미타불(阿彌陀佛)은 진실로 의미가 없으며, 이것으로 어떻게 지옥을 물리치고 천당에 올라갈 수 있다는 것인가? 이는 비할 데 없이 망령된 것이니, 물리쳐서 탁 트이게 해야 한다는 것이다.

◇ 1729년 11월 26일

천주당(天主堂)은 선무문(宣武門) 안에 있으니, 대서양국(大西洋國) 사람들이 세운 것이다. 명나라 때 예수교[耶蘇敎]를 신봉하는 이마두(利瑪竇)라는 자가 구라파국(歐羅巴國)에서 9만 리의 바다를 항해하여 중국에 들어왔다. 신종(神宗) 때 봉록(俸祿)과 상을 내려주고 이 집에 살도록 했으며, 집 왼편에 천주당을 건립하였다. 건물의 제도는 좁고 길며 윗부분은 휘장을 덮은 듯 했고 벽은 모두 화려하게 채색하였는데, 그 나라의 법식대로 지은 것이다.

책을 본격적으로 비판한 학자는 홍정하(洪正河)로서 『만물진원증의(萬物眞原證疑)』를 저술하여 동양의 오행(五行) 사상으로 비판하였다.

122) 『벽망(闢妄)』: 명나라의 학자 서광계(徐光啓, 1562~1633)가 천주교의 입장에서 불교 교리를 비판한 척불서(斥佛書). 18개 조목에 걸쳐 불교의 교리(敎理) 및 불교의 폐해와 허례허식을 비판하고 있다. 서광계(1562~1633)는 자가 자선(子先), 호는 현호(玄扈)이며, 시호는 문정(文定)이다. 상해(上海) 출생으로 1604년 진사가 된 후 예부좌시랑(禮部左侍郞), 상서(尙書)를 거쳐 1632년 대학사(大學士)가 되었으나 재임 중에 사망하였다. 그는 예수회에 입교하여 마테오 리치에게 천문·역산·지리·수학·수리(水利)·무기 등의 서양과학을 배웠으며 이의 보급을 위해 노력한 인물이다. 그러나 이 책이 간행된 뒤, 중국의 불교측으로부터 불교를 모함하는 글이라고 공격 받았고, 홍제즙(洪濟楫), 장성요(張星曜) 등에 의해 8개 조목의 척불 내용을 반박하는 『벽망벽략설(闢妄闢略說)』이 간행된 바 있다.

그 위에 예수[耶蘇]의 상을 그려 놓았는데, 멀리서 바라보면 흙으로 빚은 소상(塑像)처럼 보였으며, 나이는 30세쯤 된 사람이었다. 수염과 눈썹이 뻗쳐 있는 것은 성난 듯했고, 날리는 것은 기뻐하는 듯도 했다. 귀바퀴는 두툼하고, 코는 우뚝했으며, 눈은 뭔가 바라보는 듯 했고, 입은 웃고 있는 듯 했다. 이는 중국의 그림 솜씨로는 따를 수가 없는 것이었다. 갖추어 놓은 향등(香燈)과 덮어 놓은 휘장 등이 깨끗하여 범상치 않아 보였다. 오른편 성모당(聖母堂)에 젊어 보이는 어미와 함께 있는 한 아이가 예수이다.

예수의 다른 이름은 두사(陡斯, Deus)이니, 이는 천지만물을 창조하여 처음과 끝이 없고 형체도 없음을 말한다. 한(漢) 나라 애제(哀帝) 원수(元壽) 2년 경신(AD 1)에 여덕아국(如德亞國, 유대국)의 동녀(童女)인 마리아(瑪利亞)의 몸에서 태어나 예수라고 일컬어지며 33년을 살고 죽었다. 죽은 지 3일 만에 살아나고 살아난 지 3일 만에 승천해 가니, 그가 죽은 것은 사람임을 밝힌 것이고, 다시 살아나 승천한 것은 하늘의 뜻임을 밝힌 것이다. 두사를 7일 동안 제사지내고 태어나거나 승천한 날자와 시각은 『천학실의(天學實義)』[123] 같은 책에 실려 세상에 전해지고 있다.

그 나라의 풍속이 기기(機器)에 공교로운 솜씨가 있으니, 간평의(簡平儀, 원주: 본명은 범천도(範天圖)로 근본을 헤아려 관측하는 것이다)·용미거(龍尾車, 원주: 낮은 곳의 물을 퍼 올리는 것이다)·사루(沙漏, 원주: 거위 알 모양인데 그 안에 모래를 채워놓고 뒤집어 놓으면 모래가 흐르도록 했다. 모래가 다 내려오면 시간이 다 되는 것으로 모래가 미세하게 떨어지게 해서 시각의 기준을 삼는 것이다)·원경(遠鏡, 원주: 모양은 약 한 척쯤 되는데, 대나무 죽순처럼 뽑아내면 다섯 척 가량이 된다. 유리로 만든 렌즈[眼光]가 있어 멀리 있는 것과 가까이 있는 것을 하나하나 본다)·후종(候鐘, 원주: 저절로 소리를 내되 절도가

123) 『천학실의(天學實義)』: 『천주실의(天主實義)』의 초명(初名)이다.

있다) · 천금(天琴, 원주: 현이 철사로 되어있는데, 두드리는 대로 음조가 악보대로 난다)과 같은 것들이 있다.

이마두는 붉은 수염에 푸른 눈이었으며, 얼굴빛은 조선인이나 중국 사람과 같았다. 중국에 와서 만국도(萬國圖)를 연구하였고, 그가 죽자 부성문(阜城門) 밖에 있는 가홍관(嘉興館)의 오른편에 매장하였다. 매장하는 법식은 중국의 제도와 매우 다르다. 무덤 곁에는 그의 벗 등옥함(鄧玉函)도 매장하였는데, 그 무덤들은 지금도 전과 다름없이 남아있다. 그의 벗 방적아(龐迪我)와 용화민(龍華民)의 무리가 그를 대신하여 교법(教法)을 주관하였는데, 그들은 서로 벗으로 사귀고 군주를 높이지 않으며 오직 예수만을 높인다. 가홍(嘉興)의 이일화(李日華)가 이마두에게 준 시에 이르기를,

서쪽에서 9만 리를 와서	西程九萬里
동쪽으로 항해한 지 8년이라네.	東泛八年槎
기이한 기계와 역수에 밝아	昭昭奇器數
근본은 넓어 끝이 없구나.	元本浩無涯

라고 하였으며, 지현방(池顯方)의 시에도

오주(五洲)에 다리 힘 다하였고	五洲窮足力
칠정(七政)으로 심령을 도왔네.	七政佐心靈

라고 한 구절이 있다. 그 후로 서양인들이 지금까지 대대로 중국에 들어와 살았고, 지금은 대진현(戴進賢)이라는 사람이 그 교법을 전하고 있다고 한다. 서양 사람들의 학문을 살펴보면, 불교와 도교와는 멀고 유학에 가까워서 중국에서는 이들을 서유(西儒)라고 일컫는다.

연사록

조상경(趙尙絅)

◆◆ 조상경(趙尙絅, 1681~1746)는 본관은 풍양(豊壤), 자가 자장(子章)이고, 호는 학당(鶴塘)이다. 김창협(金昌協)의 문인으로 1708년(숙종 34) 사마시를 거쳐 1710년 증광문과에 병과로 급제한 뒤 경종 즉위 후 대사간·승지·이조참의 등을 거쳤다. 1722년 신임사화 때 노론계열이라 하여 안주에 유배되었다가 아산에 이배되었다. 1725년(영조 1) 풀려나서 경기관찰사·이조판서·수어사(守禦使)·병조판서 등의 요직을 역임하였다. 문집으로 『학당유고(鶴塘遺稿)』가 있다.

조상경의 『연사록(燕槎錄)』은 1731년 사은겸동지사의 부사로 연경을 다녀오면서 지은 연행시를 모은 것이다. 당시 사행의 정사는 낙창군(洛昌君) 이탱(李樘), 부사는 조상경, 서장관은 이일제(李日躋)였다. 수록된 시는 서장관 이일제와 차운한 작품이 대부분이며, 이일제의 시도 함께 수록되어 있다. 이 사행에서 조상경은 『명사조선열전(明史朝鮮列傳)』을 입수하여 돌아온 것으로 알려져 있다.

『연사록(燕槎錄)』은 저자의 문집인 『학당유고(鶴塘遺稿)』에 수록되어 있는데, 일기체로 서술된 것이 아니라 모두 한시로 되어 있어 구체적인 연행의 일정을 확인할 수는 없다. 다만 시가 시간 순서대로 배치되어 있어서 여정과 그가 방문했던 장소 등은 개략적인 파악이 가능하다.

◇ 「천주당(天主堂)」(1731년)

단청 빛 휘황하게 비치는 한 누각 있어	金碧輝煌映一樓
살아 움직이는 듯한 그림이 사람의 시름을 깨뜨리네.	淋漓活畫破人愁
여러 신선 벽에 가득 늘어서 움직이는 듯 하고	群仙滿壁森相動

상서로운 안개 허공에 가득하여 빛이 출렁이는 듯하네.	瑞靄迷空色欲浮
구령(緱嶺)[124]에서 우화한 신선을 따른 것인가	緱嶺得非隨羽化
아니면 봉래산에서 신선이 가득 노니는 것인가?	蓬山無乃遍神遊
당의 이름이 단청의 이치와 맞지 않은데	堂名不合丹靑理
그릇되게 예수의 신묘한 법술이 머문다 했네.	枉使耶蘇妙法留

군경(君敬)[125]의 화답시

허공에 높이 솟은 누각 단청이 찬란한데	巍然金碧架虛樓
기이한 솜씨 참으로 조물주가 근심 짓게 할 만하네.	奇巧眞令造物愁
네 벽에 가득 찬 단청 움직이는 듯 하고	四壁丹靑森欲動
허공에는 상서로운 연기가 떠있는 듯.	半空烟霧藹如浮
하늘은 소리도 냄새도 없거늘 누가 주인이 되리	天無聲臭誰爲主
이 세상에 신선들이 이곳에 놀러 왔구려.	世有神仙此定遊
시험 삼아 예수가 전한 이치와 뜻을 물어보니	試問耶蘇傳法意
상자 속에 『천주실의』의 글로 간직되어 있다하네.	箱中實義帶書留

[원주: 예수는 서양국의 이름이고, 『천주실의(天主實義)』는 서양 책의 이름이다.]

◇ 「서양 사람(西洋國人)」(1731년)

푸른 눈에 우뚝한 콧날, 게다가 푸른 머리털	眼碧鼻隆仍綠髮
고국은 멀리 대양의 서쪽에 있다네.	邦鄕遠在大洋西
스스로 말하길, 도를 추구해 오래도록 계율을 지켜	自言求道長修戒
60의 나이에도 아내를 얻지 않는다하네.	六十年高不娶妻

---

124) 구령(緱嶺): 선경으로 일컬어지는 구지산(緱氏山)을 가리킨다. 『열선전(列仙傳)』에 따르면, 주(周) 영왕(靈王)의 태자인 왕자교(王子喬)는 생소(笙簫)를 불어 봉황의 울음소리를 잘 냈는데, 그가 일찍이 선인(仙人) 부구공(浮丘公)에게서 도를 배운 지 30여 년 뒤에 구지산에서 백학(白鶴)을 타고 승천했다는 이야기가 전해진다.

125) 군경(君敬): 서장관으로 사행했던 이일제(李日躋)의 자(字)이다.

군경(君敬)의 화답시

푹 꺼진 눈동자에 긴 수염, 기이한 모습으로	深瞳長髯詭奇貌
서녘나라 해 지는 곳에서 왔다고 하네.	來自金天日沒西
뭔가 총령(蔥嶺)[126]의 기운을 띠고 있으며	一種帶來蔥嶺氣
식탁에는 고기가 없고 집에는 아내가 없다네.	案無魚肉室無妻

126) 총령(蔥嶺): 돈황(敦煌)에서 8천 리 떨어진 신강성(新疆省) 서남쪽에 있는 봉우리. 곤륜(崑崙)·천산(天山) 산맥이 시작되는 곳으로, 죽었던 달마대사가 환생한 곳으로 알려져 있다.

임자연행잡지

이의현(李宜顯)

◆◆ 이의현(李宜顯, 1669~1745)은 본관은 용인(龍仁), 자가 덕재(德載), 호는 도곡(陶谷)이다. 김창협(金昌協)의 문인으로 1694년(숙종 20) 문과에 급제, 검열(檢閱)·정언(正言)·교리(校理)·부응교(副應教)를 거쳐 1708년 승지가 되었다. 1716년 예조 참판(禮曹參判)이 되고, 1720년(숙종 46년) 동지사(冬至使)로 청나라에 다녀와 이듬해 형조 판서·예조 판서가 되었다. 1722년(경종 2) 세제를 세우고자 하던 4대신이 화를 입은 신임사화(辛壬士禍)가 일어나자, 연루되어 운산(雲山)에 유배되었다. 1725년(영조 1) 해배된 이후 우의정·영의정 등을 역임하였다. 문집으로 『도곡집(陶谷集)』 32권 16책이 있다.

이 연행은 청나라에서 편찬한 『명사(明史)』에 인조반정(仁祖反正) 때의 일이 사실과 다르게 기록되어 있었던 것을 정정하여 편찬한 『명사』를 1731년에 보내준 것에 대한 사은사(謝恩使)였다. 정사는 이의현, 부사는 조최수(趙最壽), 서장관은 한덕후(韓德厚)다. 『영조실록』에 따르면 당시 이의현은 64세의 고령으로 양주(楊州)의 고향집에 은거하고 있었는데, 영조의 간곡한 요청에 따라 사행에 참여하게 되었다. 이 연행은 1732년 7월 28일에 사폐(辭陛)하고 출발하여 12월 17일 돌아왔다고 한다.

『임자연행잡지(壬子燕行雜識)』는 이때의 연행 체험을 기록한 것으로, 문집인 『도곡집(陶谷集)』에는 이전 사행기록인 『경자연행잡지』 뒤에 부록처럼 수록되어 있다. 그래서인지 1721년에 저술한 『경자연행잡지』와 중복되는 산천의 경치나 청인들의 풍속·제도 등에 대해서는 기록하지 않았다. 연행 중에 지은 시는 『도곡집』 권3에 별도로 수록되어 있다. 『임자연행잡지』에는 『경자연행잡지』와는 달리 천주당에 다녀온 내용이 실려 있고, 흡독석·고과 등의 서양문물을 자세하게 소개하고 있다. 아울러 『경자연행잡지』와 마찬가지로 구입한 책의 서목을 밝혀 놓았는데, 친지들이 부탁해서 사온 책도 적고 있어 당시 조선 문인들의 중국 서책 구매의 기호를 엿볼 수 있다. 번역은 『국역 연행록선집』을 참조하였으며, 부분적으로 수정하기도 하였다.

◇ 1732년 10월경(날짜 미상)

천주당(天主堂)을 가서 보았다. 천주당은 서양 사람이 창건한 것이다. 서양의 도(道)는 하늘을 섬기는 것을 주로 하여 비단 유도(儒道)와 어긋날 뿐만 아니라, 선(仙)·불(佛)의 두 도(道) 또한 배척하고서 스스로 높은 체한다. 강희제(康熙帝)가 몹시 혹하여 천상(天上)을 본 따 이 묘(廟)를 지은 것이다. 중간에 무너진 것을 옹정제(雍正帝)가 또 새로 세웠다. 머무는 관소에서 수십 보밖에 떨어져 있지 않아 두루 보기에 힘들 것이 없기에 가서 구경한 것이다.

문에 들어서자 단청이 휘황찬란하여 똑바로 쳐다볼 수가 없었다. 천상을 본 딴 것이다 보니, 그 높이가 거의 하늘에 닿을 만하다. 거기에 일월(日月)과 성신(星辰)을 그린 것은 물론이고, 벽에는 음귀(陰鬼)를 많이 그려서 선방(禪房)의 시왕전(十王殿)과 같았다. 보기에 그윽하며 어둡고 밝은 기상이 없었으니 괴상한 일이다. 수직(守直)하는 사람은 성이 비(費)인데 서양 사람이다. 나와서 우리를 보고 차를 가져다 대접했다. 나이는 지금 60세인데, 푸른 눈에 코가 높고, 수염이 구부러져 서렸다. 풀어헤친 머리에 둥근 관(冠)을 썼으며, 넓은 소매의 긴 옷을 입었다. 그 나라가 북경에서 몇 리나 떨어졌느냐고 물었더니, 대답하였다.

"해로로 9만 리요 육로로는 5, 6만 리가 되는데, 대비달자(大鼻㺚子)와 국경이 서로 닿아 있습니다."

◇ 1732년 10월경(날짜 미상)

천주당(天主堂)의 주인인 비씨(費氏) 성을 가진 사람(남당의 책임자인 費隱을 말한다.)이, 『삼산논학기(三山論學記)』[127]와 『주제군징(主制群徵)』[128] 각 1책과 채색 종이 4장, 백색 종이 10장, 크고 작은 그림 15폭, 흡독석(吸毒石) 1개, 고과(苦果)[129] 6개를 보냈다. 이에 약간의 물건으로 답례를 했다. 그들이 보낸 두 가지 책은 곧 서양국의 도술을 논한 것이다.

이른바 흡독석이라는 것은 그 모양과 크기가 마치 엄지손가락 한 마디만 한데, 납작하면서 검푸른 빛을 띠었다. 그 유래는 다음과 같다고 한다. 소서양(小西洋)에 독사 한 종이 있는데, 그 머릿속에 돌 하나가 난다. 크기가 편두인(扁豆仁, 한약재로 덩굴 콩의 일종)만 하며 각종 독기를 뽑아 없앨 수 있는데, 이것이 자연적으로 만들어진 흡독석이다. 그곳 사람들

---

127) 『삼산논학기(三山論學記)』: 이탈리아 출신의 예수회 선교사 애유략(艾儒略, Aleni, Julio: 1582~1649)의 저서를 중국어로 번역한 한역서학서(漢譯西學書). 항주(杭州)에서 1625년 간행되었다. 애유략은 1610년 말경에 중국에 도착해 30년 동안 전교 활동을 하면서 한문을 배워 저술 활동에 종사했으며, 중국인들이 서양의 공자로 추앙되었던 인물이다. 『삼산논학기』 외에 『직방외기(職方外記)』, 『기하요법(幾何要法)』, 『서방문답(西方問答)』 등 수십 권의 책을 저술했다. 이 책은 저자가 삼산(三山)에서 섭상국(葉相國)과 함께 담론한 내용을 대화체의 문장으로 엮은 것으로 하느님의 유일성(唯一性), 천지창조, 강생구속, 상선벌악 등 천주교 4대교리에 대한 해설이 주 내용이다.

128) 『주제군징(主制群徵)』: 독일 출신의 예수회 선교사 탕약망(湯若望, Joannes Adam Shall von Bellf, 1592~1666)이 저술한 천주교 개설서를 중국어로 번역한 한역서학서(漢譯西學書). 탕약망은 1622년 중국에 도착하여 천주교리를 전도하면서 많은 저서를 남겨 명말, 청초의 중국 문화 발전에 많은 공헌을 한 인물이다. 천문·역법에 밝아 월식을 예측하여 명성을 얻었으며, 그가 서양역법을 기초로 편찬한 시헌력(時憲曆)은 청과 조선에서 채택, 사용되었다. 이 책은 가톨릭 교리서의 일종으로 아리스토텔레스 철학을 주로 소개하였고, 아울러 당시까지도 유럽에서 인정되던 갈레노스의 '인체생리설'을 소개하여 의학서로도 받아들여졌다.

129) 고과(苦果): 마전과(馬錢科)에 속하는 보두나무의 열매로 만든 약재로 해독과 살충 작용이 있다. 복통과 이질 및 어린아이의 회충을 제거하는 등에 쓰인다. 양고과(洋苦果)·여송두(呂宋豆)·여송과(呂宋果)라고도 함.

이 이 돌을 가져다가 빻아, 그 독사의 독과 본토(本土)의 흙과 함께 가루로 만들고 섞어서 돌 하나를 만든다. 그 모양이 마치 바둑돌과 같이 생겼는데, 이것이 만들어진 흡독석이다.

낭세녕(郎世寧)이 그린 남당(南堂)의 모습[동판화]

그 용도를 보면, 이 돌은 뱀이나 전갈, 지네 등 독충에 물린 것을 고치고, 또 모든 종기의 독과 악성 부스럼을 치료하는 데 그 효험이 몹시 빠르다. 이러한 병에 걸리게 되면 바로 이 흡독석을 가져다 물린 곳이나 종기나 악성 부스럼이 난 위에 놓기만 하면, 이 돌이 능히 그 독을 빨아낸다. 만일 독이 끈끈해서 잘 떨어지지 않을 때는 독기를 모두 빨아낼 때까지 기다리면 저절로 떨어지게 된다. 이때 빨리 이 흡독석을 가져다가 유즙(乳汁) 속에 담가 우윳빛이 약간 푸른빛으로 변하도록 내버려 둔 후에 이 돌을 꺼내서 맑은 물로 깨끗이 닦아서 말려 두면 후일에 쓸 수 있다. 그 돌을 담갔던 유즙에는 이미 독기가 있으므로 반드시 땅을 파고 묻어서 사람이 피해를 입는 일을 방지해야 한다. 만일 물린 곳의 독기나 종기의 독기가 다 가시지 않으면, 계속해서 흡독석을 놓고 독기를 뽑아내야 하는데 그 방법은 이전과 같다. 만일 흡독석이 떨어지고 끈끈하지 않으면 이는 독기가 이미 다 가신 것이니, 병이 서서히 나을 것이다. 유즙은 모름지기 반 종지쯤 미리 준비해야 하며, 사람의 젖이나 소의 젖이나 모두 좋다. 만일 이때에 유즙이 없어서 담그지 못하거나, 혹 조금만 더디게 담가도 이 돌은 상하게 되어 후에 쓰지 못하게 된다.

이른바 고과(苦果)라고 하는 것은 그 모양이 둥글기도 하고 길쭉하기도 하며, 빛깔은 누르고 검다. 그 크기는 한 치[寸]에 지나지 않는데, 그 용도는 내외의 질환을 모두 고칠 수 있다. 하나는 부인의 난산을 고치는데, 이것을 갈아서 청수(淸水)와 먹으면 즉시 애를 낳는다. 또 하나는 곽란(癨亂)과 토사(吐瀉)를 고치는데, 갈아서 청수와 먹는다. 또 하나는 학질(瘧疾)을 고치는데, 갈아서 청수와 먹는다. 또 하나는 체증을 고치는데 갈아서 청수와 먹는다.

또 하나는 모든 화증(火症)을 고치는데, 갈아서 청수와 먹는다. 또 하나는 모든 창독(瘡毒)을 고치는데, 마른 것을 소주에 갈아서 붙이면 즉시 아픈 증세가 그치고 서서히 저절로 낫는다. 이밖에도 다른 용도가 있으니, 그 효험은 이루다 말할 수가 없다. 이 고과는 큰 것은 열 번 먹을 만하고, 작은 것도 일고여덟 번을 먹을 수 있다.

승지공연행일기

한덕후(韓德厚)

◆◆ 한덕후(韓德厚, 1735~?)는 본관은 청주(淸州), 자가 근지(謹之)이고, 호는 호암(湖庵)이다. 1719년(숙종 45) 증광문과에 급제하여 지평·장령으로 있으면서 여러 차례 소론의 처벌을 요구한 바 있는 노론 계열의 문신이다. 1727년 왜인 접대를 위한 왜인접위사(倭人接慰使)로 동래에 파견되었고, 이후 헌납·집의·사간으로 있으면서 외직으로 쫓겨난 언관의 구원, 무신난 연루자의 처벌, 부정을 저지른 수령의 탄핵 등 강경한 언론을 행사했다. 1732년 사은사(謝恩使)의 서장관으로 청나라에 다녀왔고, 이후 집의·의주부윤·승지 등을 지냈다.

이 연행의 성격은 앞의 『임자연행잡지』에서 이미 기술한바 있다. 한덕후는 1732년(영조 8)에 정사 이의현, 부사 조최수와 함께 서장관으로 연행에 참여하였다. 애초에는 이귀휴(李龜休)가 서장관으로 내정되었으나 승지로 발탁되면서, 한덕후(韓德厚)로 교체된 것이다. 『승지공연행일기(承旨公燕行日記)』는 1732년 7월 28일에 시작하여 이해 12월 17일까지의 연행 체험을 일기체 형식으로 간략하게 기술하고 있다. 말미에는 「문견사건(聞見事件)」, 「별단(別單)」, 「좌목(座目)」과 함께 연행 중에 작성하여 조정에 보고한 장계(狀啓)를 수록하고 있다. 이는 사행에서 기록을 담당하는 서장관의 직임과 관련된 공식 기록으로 당시 연행의 실상을 살피는 데 일정한 참조가 된다.

◇ 1732년 10월 12일

12일 병인(丙寅). 관소에 머물렀다.

식사를 마친 뒤 삼사(三使)가 함께 천주당에 갔다. 이른바 천주당이란 것은 하늘을 높인다는 뜻이며, 서양사람 비가(費哥, 費隱)가 책임을 맡고 있었다. 새로 묘우(廟宇)를 지었는데 매우 기이하고 화려하였다. 네 모퉁이에 모두 무지개문을 만들어 놓았고 층층이 위로 쌓아 올렸는데, 가장 높은 꼭대기는 동그란 모습에 하늘의 형태를 그려놓았다. 네 모퉁이에 글씨를 써 놓아 '만유(萬有)' · '진원(眞元)' · '무시(無始)' · '무종(無終)'이라 하였다. 네 벽에는 인물을 그려 놓았는데 살아있는 듯 생동하는 모습으로 진짜인지 가짜인지 구분할 수가 없었다. 한쪽 눈을 감고 바라보자 옥우(屋宇)에 있는 사람의 모습이 모두 붕 떠있어 마치 새겨놓은 듯하였는데 손으로 만져보니 모두 그림이었으니, 참으로 괴이하였다. 비가(費哥)가 차를 내오고 함께 문답하였다. 서양국은 중원에서 수로(水路)로는 9만 리이고 육로로는 6만 리 떨어져 있으며, 인접한 나라는 대비달자(大鼻㺚子)와 회회국(回回國)이라 하였다.

그 나라에도 군신(君臣)과 문무(文武)가 있으며, 머리를 묶는 법이 없어서 어른이나 아이나 모두 머리를 풀어헤친다. 쓰고 있는 관은 마모자(磨帽子)처럼 생겼는데 둥글고 크며, 옷의 제도는 소매가 넓고 옷자락이 길었다. 나라의 풍속이 유(儒) · 불(佛) · 도(道) 삼교를 존숭함이 없고 단지 천주만 높인다고 하였다. 술업은 모두 탕약망(湯若望)을 종주로 삼는다고 하였다. 지도를 펼쳐 보여주었는데 어지럽고 아득하여 알아볼 수가 없었다. 그 나라의 문자는 우리나라의 언문과 비슷하지만 기이하고 괴상하였다. 그는 강희 43년(1704)에 이곳에 와서 여태껏 머물러 있었다. 대저 이 나라의 사람들은 모습이 날래고 굳세[精悍] 보였으며, 푸른 눈에 코가 뾰족하고 얇고 붉은 입술에 곱슬머리였으니, 참으로 별종의 사람이었다.

◆ 1732년 10월 28일

28일 임오(壬午). 관소에 머물렀다.

서양 사람이 여러 그림과 약석(藥石) 등의 물건을 보내와서 종이와 붓 등의 물건으로 회례(回禮)하였다.

정사연행일기

이철보(李喆輔)

◆◆ 이철보(李喆輔, 1691~1775)는 본관은 연안(延安), 자가 보숙(保叔)이고, 호는 지암(止庵)이다. 1723년(경종 3) 별시 문과에 급제하여 예문관 검열·홍문관 교리·사헌부 지평 등을 역임하였다. 1737년 주청사(奏請使)의 서장관으로 청나라에 다녀온 뒤 도승지·이조참판 등을 지냈으며, 1747년 동지부사(冬至副使)로 다시 청나라에 다시 다녀왔다. 이후 이조참판·공조판서·병조판서·예조판서 등을 역임하였다. 문집으로 『지암유고(止菴遺稿)』가 있다.

『정사연행일기(丁巳燕行日記)』는 1737년(영조 13년) 진주겸주청사(陳奏兼奏請使)의 서장관으로 연행했을 때의 기록이다. 이 사행의 목적은 세자의 책봉을 주청하기 위한 것이었으며, 정사는 서명균(徐命均), 부사는 유엄(柳儼)이었다. 이 연행은 1737년 7월 25일 출발하여 이 해 12월 27일 복명하였으며, 사행 중에 겪은 일을 일기체로 기록하였다. 이 때 지은 시들은 따로 문집에 수록되어 있다. 연행 중에 일어난 주요 사건과 서장관으로서 북경에서 행하는 절차들이 빠짐없이 실려 있다. 또한 뇌물을 과도하게 요구하는 것과 그것을 해결하는 과정 및 예부를 통해 사신들이 올리는 문서가 오고가는 과정 등을 자세히 기록하고 있어 참고가 된다. 『영조실록』에 따르면 이때의 연행에서 역관(譯官) 한수희(韓壽熙)가 강희제(康熙帝)의 문집을 얻어 왔다고 한다.

◇ 1737년 윤 9월 8일

삼사가 옷을 갈아입고, 앞서 갔던 길로 돌아 나와 곧장 천주사(天柱寺)[130]로 가서 천주당을 구경하였다. 천주당은 청나라 조정에서 창건하여 서양 사람을 거처하게 한 것인데, 건물은 서양인이 지었다. 당의 높이는 서너 장(丈)쯤 되고 길이와 넓이는 예닐곱 칸쯤 되었다. 모두 벽돌을 쌓아서 만들었으며, 흙이나 나무를 사용한 흔적이 전혀 없었다. 사방 벽에 모두 자기 나라에서 섬기는 신을 그려 놓았는데, 온갖 모습과 형상은 이루 다 설명할 수가 없다. 사람의 모습 외에 각종 의기(儀器) 또한 매우 기묘하여 조물주가 만들어 놓은 듯 천연스러웠다. 가까이 다가가 자세히 살펴보고 나서야 그것이 그림인 줄 알 수 있었으니, 참으로 신기한 솜씨였다. 이 밖에도 기묘한 기계들이 분명히 많을 것인데 굳게 감추어두고 내어 보이지 않았으니, 청나라 사람일지라도 볼 수가 없다고 한다. 도성 서쪽에도 천주당이 있는데 퇴락해서 구경할 것이 못 된다고 한다.

130) 천주사(天柱寺) : 천주당을 말하는 것으로, 바로 뒤에 이어지는 대목에서는 천주당(天柱堂)이라 칭하기도 하였다.

초자록

남태제(南泰齊)

◆◆ 남태제(南泰齊, 1699~1776)는 본관은 의령, 자가 원진(元鎭)·관보(觀甫)이며, 호는 담정(澹亭)·학야(鶴野)이다. 1727년(영조 3)에 증광문과에 급제하여 『숙종실록』 편찬에 참여하였으며, 그해 이인좌(李麟佐)의 난 때 죄인 국문 등에 신속히 대처한 공으로 양무원종공신(揚武原從功臣) 1등에 녹훈되었다. 이후 한성판윤·형조판서·예조판서·홍문관제학·이조판서 등의 요직을 역임하였다. 성품이 단정하고 스스로 행동을 잘 단속하여 관직생활 50년 동안 파당적인 논쟁에 휩쓸리지 않았다. 문장이 우아하여 시문에 화실(華實)이 구비되었다는 평가를 받으며, 제자백가에도 통달하였다. 문집으로 『담정유고(澹亭遺稿)』가 있다.

『초자록(椒蔗錄)』은 1752년(영조 28) 동지겸사은사로 연행을 간 기록인데, 당시 정사는 해흥군(海興君) 이강(李橿)이었으며, 부사는 남태제, 서장관은 심발(沈墢)이었다. 『초자록』은 11월 1일부터 이듬해인 1753년 2월 6일까지의 기록이 실려 있는데, 11월 6일 입궐하여 임금을 인견하고 출발한 이후 12월 29일에 북경에 도착한다. 북경에 체류하던 중간에 일기를 끝맺었다. 국립중앙도서관본은 마지막장이 찢어진 채로 보존되어 있는데, 이 영본(零本)이 유일본인 까닭에 결락(缺落)된 이후의 귀국과정은 확인할 수 없다. 『승정원일기(承政院日記)』 1753년 4월 25일조에 이들 연행단이 귀국하여 복명하였다는 기사가 보인다.

『초자록(椒蔗錄)』은 남태제의 손자인 남이익(南履翼, 1757~1833)이 1822년 변무사은정사로 연행을 하고 남긴 『초자속편(椒蔗續編)』과 합본되어 있다. 서문은 남이익이 직접 썼는데, 조부[南泰齊]의 『초자록』에 자신의 기록을 붙이면서 『초자속편』이라 이름 붙였다는 내용을 설명하였고, 맵고[椒], 달짝지근[蔗]한 것으로 제목을 삼은 것은 '신(辛)', '감(甘)'을 공유하며 일행들과 동고동락(同苦同樂)하는 후덕함을 빗대어 지은 것이라고 밝혔다.

참고 강경훈, 「『초자록』 해제」, 『국학고전 연행록해제 1』, 유성문화사, 2003.

◆ 1753년 1월 20일

20일 맑음.

이날 날씨가 조금 따뜻해져 동천주당(東天主堂)에 가 보았다. 누각은 모두 3층인데 기둥과 들보, 서까래를 모두 돌을 갈아서 올려 지었다. 창문은 무늬 있는 나무로 만들었는데, 가장 높은 층을 올려다보니 양천척(量天尺)[131]을 설치해 놓았고, 아래층 방 가운데 주벽(主壁)에 한 남자가 그려져 있었는데, 나이가 매우 젊었다. 얼굴은 하얗고 갸름했으며 머리카락이 목까지 늘어뜨려져 있는데, 그것을 '천주상(天主像)'이라 하였다. 그 옆에 한 남자와 한 여자가 붙어 있었는데, 그들을 일러 성인(聖人)과 성모(聖母)라 하였다. 동서(東西) 벽의 그림은 대부분 어린 아이들로 모두 두 날개가 달려 있었는데, 그들을 '선동(仙童)'이라 하였다. 군데군데 선불(仙佛)이나 이국(異國) 사람이 그려져 있었는데, 모습이나 의복이 모두 괴상하였다. 왼쪽 벽에는 한 어린아이가 있었는데 상에 누워 기침을 하고 있는 것이 곧 죽을 듯한 형상이었으며, 그 옆에는 한 여자가 손을 모으고 허공을 향해 있는 것이 기도하는 듯하였다.

이런 종류의 그림이 매우 많았는데 모두 천주(天主)가 법(法)을 행하여 널리 세상을 구제하는 일이라고 하였다. 그러나 그 설명이 황당하고 의혹되어 이치로 헤아릴 수가 없었다. 서양 사람들은 마침 별당(別堂)에서

131) 양천척(量天尺): 『숙종실록』 38년 5월 15일조를 보면 양천척에 대한 설명이 나오는데, 다음과 같다. "양천척(量天尺)이 있으니, 하나의 목판(木板)으로 길이는 1자 남짓, 넓이는 몇 치였습니다. 등에 상아(象牙)를 씌워 푼과 치를 새겼는데, 치가 12금이고 푼이 10금이며 위에 윤도(輪圖)를 설치하고 한가운데에 조그만 널을 세웠으니, 측량(測量)하는 기구(器具)인 듯하였습니다."

경(經)을 외고 있었으며, 기도할 일이 있어서 만나볼 수 없다고 하였다. 다만 문지기인 청인(淸人)과 대화를 나누었는데 말이 분명치가 못하여 서로 물어볼 수가 없었다. 대저 생동하는 화법에 화룡점정 하듯 하는 채색으로 완연히 살아있는 사람 같았으며, 머리카락과 옷이 바람이 불면 휘날릴 듯하였다. 손으로 만져보고 나서야 그림인 줄을 알았으니 참으로 기이한 솜씨였다.

연행일록

정광충(鄭光忠)

◆◆ 『연행일록(燕行日錄)』은 『연행록전집』에는 저자미상으로 수록되어 있으며, 본문에 저자와 관련된 내용이 보이지 않는다. 그러나 다음의 몇 가지 사실로 저자를 정광충(鄭光忠, 1703~?)으로 추정할 수 있다. 먼저 표제에 '을해절사(乙亥節使)'라고 부기되어 있다는 점과 내용 중 건륭제(乾隆帝)에 관한 업적이 소개되고 있는 점, 천주당을 방문하여 유송령(劉松齡, August von Hallerstein, 1703~1774)과 면대한 사실이다. 아울러 연행록 곳곳에 이명우(李命禹, 1706~?), 이여방(李汝芳, 1700~?), 김진하(金振夏, 1711~?), 김정섭(金鼎燮, 1705~?) 등 역관(譯官)의 성명이 보인다. 이러한 점으로 미루어 보면 『연행일록』은 1755년(영조 31, 건륭 20)의 사행기록임을 알 수 있다. 특히 12월 28일 기사에는 북경에서 사은사(謝恩使)로 앞서 떠난 사신들을 상봉하여 매우 반가워하는데, 사은사의 정사(正使)가 본 연행단의 정사와 친형제간이라는 기록이 보인다. 1755년 사은정사는 해운군(海運軍) 이연(李樋)이고, 이 해의 동지정사는 해봉군(海蓬君) 이인(李橉)으로 두 사람은 함평군(咸平君) 이홍(李泓)의 아들이다. 따라서 『연행일록』은 1755년의 동지절사(冬至節使)의 기록임을 알 수가 있는 것이다.

1755년의 동지사의 정사는 해봉군 이인이고, 부사는 정광충(鄭光忠)이며, 서장관은 처음에 김광국(金光國)으로 정했다가 며칠 뒤 이기경(李基慶)으로 바뀌었다. 그런데 연행록의 내용을 살펴보면, 정사와 서장관 등을 언급한 부분이 많은 반면 부사를 지칭한 기록은 보이지 않는다. 이 점으로 미루어 『연행일록(燕行日錄)』은 부사인 정광충의 시각에서 기술된 것임을 알 수 있다.

정광충(鄭光忠, 1703~?)은 본관은 온양(溫陽), 자는 사원(士元)이다. 1733년(영조 9) 진사시에 합격하고, 1746년(영조 22)에 44세의 나이로 문과에 급제하였다. 본래 이름은 정광진(鄭光震)이었으나 영조가 1755년(영조 31) 3월 정광충

(鄭光忠)이라는 이름을 하사하고 병조참지에 승진시켰으며, 이후 승지·대사간·형조참판·공조참판·경기관찰사·대사헌·병조참판 등을 역임하였다.

『연행일록(燕行日錄)』에는 연행을 떠나는 1775년 11월 29일부터 시작하여, 이듬해 3월 17일까지의 체험이 날짜순으로 기술되어 있다. 연행과 관련하여 세세한 사실을 기록하기보다는 그날의 주요한 일을 개괄적으로 간략하게 기록하였으며, '숙소에 머물렀다[留館]'는 간단한 기록도 상당히 많은 편이다. 여타 연행록과 비교하여 특기할만한 사항은 잘 보이지 않으나, 유구국(琉球國) 사신과의 필담이나 천주당(天主堂)을 방문하고 유송령(劉松齡)과 문답한 내용 등은 상세한 편이다. 『영조실록』 1756년 4월 5일조에 동지 상사 해봉군 이인·부사 정광충을 인견하여 청나라 황제의 거둥을 묻고, 태학(太學)의 석고(石鼓)에 대해 묻는 내용의 기사가 보이는데, 3월 17일 책문(柵門)에서 떠나 4월 초에 한양에 입성한 것으로 생각된다.

◆ 1756년 1월 10일

오룡정(五龍亭)과 천주당(天主堂)을 구경하기 위해 따로 식사를 한 뒤에 상사, 서장관과 함께 길을 나섰다. 큰 길에 이르자, 궁녀를 간택하는 일 때문에 성 안의 여아(女兒)들이 모두 궐 안으로 들어가는 바람에 수레가 길에 가득하여 갈 수가 없었다. 곧장 남관(南館)으로 갔다가 해가 저물어 돌아왔다. 무릇 천주당은 서양국 사람들이 사는 곳인데 천주(天主)를 위해 만든 것이라고 한다.

◆ 1756년 1월 13일

천주당을 구경하기 위해 먼저 마두배를 보내어 관원이 있는지 알아보게 했다. 마두배가 돌아오기 전에 상사와 함께 천주당으로 향했다. 길을 반도 못 갔는데, 천주당의 관원이 모두 황제의 행차에 따라가 천주당 안에 없다는 소식을 전해왔다. 그래서 남관(南館)으로 돌아갔다가 날이 저물어서야 돌아왔다.

◆ 1756년 1월 21일

식사를 마치고 상사와 함께 천주당(天主堂)에 갔다. 본당(本堂)은 선무문(宣武門)안에 있는데[원주: 속명은 순직문(順直門)이라고 한다], 수직(守直)하는 갑군(甲軍)이 있었다. 수레에서 내려 문에 들어가니 문지기가 안으로 들어가 고하였다. 그 관원이 잠시 뒤에 나와 말하기를,

"방금 조반을 올렸습니다."

라고 하였다. 그래서 동쪽 편에 있는 협문으로 들어가서 당 안에 이르러 평상에 걸터앉아 있었다. 조금 뒤에 한 사람이 다가와 고하기를,

"노야(老爺)께서 나옵니다."

라고 하였는데, 용모가 매우 단아하고 깨끗하였으며 수염과 머리카락이 반백이었다. 누구인지 묻자, "서양 사람인 유송령(劉松齡)입니다."라고 하였다. 천주당 문을 열고 들어가자 안이 매우 넓었고 네 벽면에는 모두 그림이 그려져 있었다. 그림은 공교로워 신의 솜씨에 부합하였으니, 진실로 천하의 기이한 그림이었다.

당 안의 서쪽에 사다리가 있어 누각으로 오르자, 위에 음악을 연주하는 곳이 있는데 악기가 하나도 없었다. 목판으로 높다란 궤 하나를 만들어놓고 크고 작은 납통(鑞筒) 30여 개를 그 위에 꽂아놓았다. 궤의 표면에는 구멍이 뚫려있는데 구멍의 수는 납통 수와 같았다. 각 구멍마다 한 척쯤 되는 나무를 옆으로 꽂아 놓았는데 하나를 움직이면 한 소리가 나고, 두 개를 움직이면 두 소리가 났다. 움직이는 바에 따라 소리가 났고, 이리저리 움직임에 따라 곡조가 절로 조화되어 여러 음악소리가 이루어

졌다. 대저 음악이 곡조를 이룸에 있어 사람이 많으면 어려운 법인데, 이것은 한 사람이 두 손가락으로 누르기만 하면 오음(五音)이 일제히 나고 육율(六律)이 함께 이루어졌다. 소리는 매우 맑고 상쾌하여 어지럽거나 속되지 않았으니, 그 기묘한 술법이 헤아릴 수는 없지만 천기(天機)를 범하고 조화(造化)를 빼앗았다 해도 안 될 것이 아니었다.

음악 듣기를 마치고 또 서당(西堂)으로 향해가니, 서너 칸에 불과한 작은 방이었고 동서(東西)의 벽 위에는 모두 수묵(水墨)으로 흐릿하게 그림이 그려져 있었다. 문과 담장을 그리기도 하였고, 창문을 그리기도 하였는데, 물러나 앉아 가만히 들여다보니 오래 볼수록 더욱 기묘하였다. 옥우(屋宇)가 분명하고 간가(間架)는 완연하여 그림 같기도 하고 그림이 아닌 것 같기도 하여, 그 진위를 분별하기가 어려웠다. 세상에서 서양화가 기묘하다고 칭찬함이 공연이 그런 것이 아니었다. 대개 서양에는 크고 작은 나라가 있고 서양은 중국에서 9만여 리 떨어져 있으며, 그곳 사람들은 중국을 동양(東洋)이라 한다고 한다.

그 지역을 그린 지도는 중국에 비해 더욱 컸는데 그 사이에 나라를 세운 것이 또한 32개의 나라이다. 각기 군장(君長)이 있으며 서로 통섭(統攝)하지 않는데 남녀가 결혼하여 서로 인척이 되었기 때문에 친하게 지내고 그다지 싸우지 않는다. 형정(刑政)과 법도(法度)는 한결같이 천도(天道)를 높이며, 언어와 문장은 중국과 크게 다르다. 글씨는 올챙이가 움직이는 모양이고 말은 토속을 따르는데 남녀가 결혼하면 한 사람만 따르고 두 사람을 두지 않고, 상(喪)에 거할 때는 일 년이면 끝난다. 조상에게 제사지낼 때는 반드시 화상(畵像)을 둔다. 위의(威儀)를 꾸밈에 반드시 단아함을 숭상하며 인품은 돈후하고 용모는 깨끗하고 희었다. 평소에 거처할 때는 머리를 묶고 관을 쓰는데 공적인 모임이 있을 때는 머리를 풀어 헤치고 맨발 차림이다. 그들의 생김새는 눈이 깊고 코가 커서 악라사(鄂

羅斯, 러시아)와 자못 비슷하다.

예로부터 지금까지 먼 바다 밖에 살고 유교와 불교를 모르고 오직 도교(道敎)만을 존숭한다. 연경(燕京)에 와서 사는 자들도 모두 도가의 부류이다. 어릴 때부터 고기를 먹지 않고 아내를 두지 않으며 마음을 보존하고 계율을 지킨다. 중국의 언어와 문장을 흠모하여 자기 나라를 떠나 부모와 헤어져서 중국에 와서 벼슬하며 종신토록 돌아가지 않는 자가 있다고 한다. 그 사람들은 역법(曆法)에 매우 정통하고, 그림에도 뛰어나다. 흠천감(欽天監)의 관원 태반이 서양 사람이다. 그 중에서 그림을 잘 그리는 자는 궐내에서 돌아가며 숙직하며, 무릇 화역(畵役)이 있을 때면 모두 완성을 책임진다고 한다.

지금 이곳에 와서 머물고 있는 서양 사람은 25인인데, 여섯 사람은 서천주당에 거처하고 나머지는 동천주당에 거처하거나 서화문(西華門) 밖에 거처한다. 서당(西堂)의 여섯 사람 중의 하나가 유송령(劉松齡)이다. 그의 나이를 물으니 50세라고 하고, 이곳에 와서 머문 지 몇 년이나 되었느냐고 물으니 17년 되었다고 하는데, 진실로 더불어 대화를 나눌 만 한 자였다. 그 나라에서는 항상 누대에 거처하며, 누대의 기둥은 반드시 돌을 사용하고 대들보도 나무를 쓰지 않는다고 한다. 산천과 초목, 오곡(五穀)과 가축들은 모두 중국과 다른 것이 없는데, 오곡 중에서는 보리가 가장 많다고 하였다. 불교에 대화가 미치자 착한 일을 하면 복이 오고, 악한 일을 하면 재앙이 생기는데 어째서 부처에게 비느냐고 하였다. 중국에서는 불교가 소서양(小西洋)에서 전래되었다고 여기는 경우도 있는데, 이는 모두 헛된 말이라고 하였다. 유송령은 지금 흠천감정(欽天監正)으로 있는데, 정(正)은 삼품(三品)의 관직이다. 한참동안 이야기를 나누다 보니 날이 이미 저물어 가기에 작별하고 돌아왔다. 가만히 생각해 보니 서양국은 분명히 하나의 별천지로 여겨졌다.

서당(西堂)[132]의 모습

◇ 1756년 1월 24일

천주당(天主堂) 관원 유송령(劉松齡)이 사람을 시켜 회단(回單)을 보냈는데, 겉봉에 "대대인에게 영광스럽게 올립니다[大大人榮陞]"이라 쓰여 있었다. 그 안에 붉은 종이로 된 단자 2개가 있었는데, 하나에는 "찾아달라는 청은 삼가 논의를 해야 하고, 감히 마음대로 할 수 없는 것입니다. 삼가 감사드리며 또 가까운 날에 만날 수 있기를 기다리겠습니다."라고 쓰여 있었고, 다른 하나에는 "삼가 양화(洋畵) 4장(張), 여송과(呂宋果) 4매(枚),

132) 서당(西堂): 1725년(옹정 3)에 라자리스트회[遣使會]의 덕리격(德理格, Pedrini) 신부가 서직문(西直門) 대로에 있던 자신의 집을 개조하여 건립한 천주당이다. 1811년의 박해로 서당 선교사들은 마카오로 추방되고 성당은 몰수되었다. 1844년 황포조약으로 천주교 박해가 종결된 후로도 폐허로 남았다가, 1900년 의화단 사건으로 대부분 파괴되었다.

흡독석(吸毒石) 2개(箇), 양경(洋鏡) 1방(方)을 갖추어 보냅니다."라고 쓰여 있었다.

이른바 양화는 산수(山水)와 인가(人家)의 모습을 그린 작은 그림이었고, 여송과는 고과(苦果)이며, 양경(洋鏡)은 작은 면경(面鏡)이었다. 회단을 가져온 사람에게 부채와 환약을 주어 보냈는데, 상사도 이 같이 하였다고 한다.

북원록

이상봉(李商鳳)

❖ 이상봉(李商鳳, 1733~1801)은 본관은 전주(全州), 자는 백상(伯祥), 호는 나은(懶隱)이며, 나중에 의봉(義鳳)으로 개명하였다. 세종의 5남인 광평대군의 후손으로, 대사헌을 지낸 이휘중(李徽中, 1715~1786)과 달성 서씨(1714~1781, 서종옥(徐宗玉)의 딸) 사이에 3남 1녀의 장남으로 태어났다. 1773년(영조 49)에 정시문과에 급제하여 부수찬·교리·신천군수·좌승지·대사간·공조참판 등을 역임하였다. 18세 때인 1750년에 여러 책을 참고하여 『증주어록해(增註語錄解)』를 편찬하였으며, 1789년에 『고금석림(古今釋林)』을 완성하였다. 『고금석림』은 무려 1,400여 종류의 참고문헌을 통한 광범위한 고증을 거쳐 동양의 여러 언어와 문자에 관한 사서(辭書)이다. 이 밖의 저서로 『산천지(山川志)』·『나은에어(懶隱囈語)』 등이 있다.

『북원록(北轅錄)』은 이상봉의 부친 이휘중이 삼절연공사의 서장관으로 떠날 때 자제군관으로서 연행한 체험을 기록한 것이다. 당시 사행의 정사는 홍계희(洪啓禧, 1703~1771), 부사는 조영진(趙榮進, 1703~1775), 서장관은 이휘중이었다. 연행 당시 연행의 공식 기록을 책임진 부친 이휘중이 병환으로 고생하였기에, 이상봉이 기록자의 역할을 대신한 것으로 보인다. 이 연행은 1760년(영조 36) 11월 2일 한양을 출발하여 1761년(영조 37) 4월 6일 한양으로 돌아왔으며, 참가 인마(人馬)는 총 301명, 198필이었다. 국문본 『셔원녹』이 함께 전하며, 국문본은 한문본이 나온 직후에 필사되었다. 여기에서는 한문본 『북원록』을 대상으로 검토하였다.

이상봉은 연행 중에 중국에서 출간된 최신 서적에 대해서 깊은 관심을 가지고 살펴보고 있음을 볼 수 있다. 특히 강희제와 옹정제에 의해 1725년에 간행된 『고금도서집성(古今圖書集成)』을 처음 접하고 이에 1만여 권, 5천여 책으로 이루어진 이 책의 목록과 체제에 대해 상세한 기록을 남기고 있다. 이와 함께 천주당을 방문하여 유송령(劉松齡, A. Von Hallerstein)과 필담을 나누면서 얻은 서양에 관한 관심사를 기록하였다. 이 때 유송령의 서기(書記)인 서광계(徐光啓)의 후손 서승은(徐承恩)을 알게 되어 〈곤여전도(坤輿全圖)〉와 『곤여도설(坤輿圖說)』을 보고, 세계지리에 관한 정보를 50여 면에 걸쳐 상세하게 기록하기도 하였다. 이 기록은 아마도 연행 후에 돌아와 『직방외기(職方外記)』를 참조해서 주요 내용을 초록한 것으로 여겨진다.

참고 김영진, 「북원록 해제」, 『연행록선집보유』 上, 대동문화연구원, 2008.

◇ 1761년 1월 8일

8일, 무신(戊申). 맑고 따뜻했다. 북경에 머물렀다.

가군께는 아침으로 타낙죽[駱粥][133]을 올리고, 또 밥 반 공기를 드렸다. 정사, 부사와 함께 나가기에 나는 □□[134]와 자겸(子謙)과 함께 따라갔다. 옥하(玉河) 동쪽 언덕을 지나 동안대가(東安大街, 東長安街를 말함)로 나와 궁궐의 담을 따라 걸어가서, 작은 골목길 입구에서 꺾어 들어가 동천주당(東天主堂)에 이르렀다. 들어가 보니 누대가 있었는데 높이는 3, 4장(丈) 정도이고, 둥근 대들보가 활을 뉘여 놓은 듯했으며, 길게 뻗은 지붕은 마치 자라가 엎드려 있는 것 같았다. 남쪽에 무지개 문이 하나 열려있는데, 각진 기둥에 둥그런 문미(門楣)가 어떤 것은 세로로, 어떤 것은 가로로 놓여 있었으며, 돌도 아니고 벽돌도 아니면서 나무는 하나도 사용하지 않았다. 무지개 문을 따라 들어가니 북쪽 벽에 소녀상(少女像)이 많이 그려져 있었는데, 그 중 한 여자가 머리를 산발하고 팔뚝을 드러내고

133) 타낙죽[駱粥]: 쌀가루와 우유를 넣고 끓인 죽을 말한다.

134) 이상봉의 『북원록』에는 중간에 지워진 인명이 종종 보인다. 이는 당시 사행의 정사인 홍계희(洪啓禧)와 그의 자제군관 자격으로 수행한 이봉환(李鳳煥)이 나중에 역모에 연루되어 죽었기에, 이를 기휘한 것이다. 홍계희는 1777년(정조 1) 아들 술해(述海)와 손자 상범(相範)이 대역죄로 사형을 받자 관직을 추탈 당하였으며, 이봉환은 1770년 사도세자의 능에 참배하기를 청하여 영조의 진노를 사서 일어난 경인옥(庚寅獄)에서 물고 당하였다.

있었다. 이가 이른 바 천주(天主)인데, 쏘는 듯한 눈빛이 매우 정채(精彩)가 있었다. 처음에 들어설 때에 멀리서 바라보니 마치 화난 듯 보였기에, 마두배(馬頭輩) 중 어떤 이는 뒷걸음질 치는 자도 있었다.

동서(東西)의 벽에는 많은 어린 아이를 안고 있는 여인의 형상이 무수히 그려져 있었는데, 하나하나가 마치 움직이는 듯하였다. 비단 휘장을 걷어 올리거나, 벽돌 계단의 네모반듯한 모습에 이르러서는 더욱 그 진위를 분별할 수 없었다. 몇 걸음 떨어져서 쳐다보아도 여전히 그림인지 알 수 없었으며, 손으로 쓰다듬어 보아 아무런 물건도 없음을 확인한 후에야 비로소 분별할 수 있었다. □□이 말하기를,

“옛 사람들이 그림이란 칠분(七分) 흡사하게 그려내는 것으로 여겼는데, 이것은 거의 구분(九分) 흡사하다고 해도, 과분한 칭찬이 아닐 것이다.” 라고 하였으며, 어떤 이는 말하기를

“음양(陰陽)을 사용해서 대상의 정신을 그려내기에 멀리서 바라보면 살아있는 듯 생동감이 넘친다.”

고 하였다. 그림 그린 사람이 누구냐면 바로 서양 사람이다. 그림 속의 방은 깊고 좌우가 우묵하였으며, 모두 곁에 행랑이 있었고 행랑에는 으레 편액이 걸려있었으며, 동서쪽의 창문은 매우 밝았다.

천판(天板)[135]에는 ‘진원(眞元)’, ‘만유(萬有)’, ‘무시(無始)’, ‘무종(無終)’이라는 편액이 걸려 있었다. 이곳은 지키는 관원은 따로 없고 오직 네다섯 명의 하인이 지키며, 서양인들은 서천주당에 있다고 하였다. 누대의 앞뒤로는 긴 행랑이 있고 행랑에는 반드시 방이 있었으며 방들은 이미 자물쇠로 잠겨 있었다. 문틈으로 방 안을 들여다보니 벽에는 그림이 가득하였는데 모두 신묘한 솜씨였다. 방 한 곳으로 들어가니 책상 위에 성력

---

135) 천판(天板): 가구 또는 집안의 천장을 이루는 널을 가리킨다.

도(星曆圖)가 쌓여있었고, 곁에는 수정으로 만든 기구를 놓아두었는데 제작된 모양과 기술을 살펴보니 인공으로 만든 것이었다. 살펴보건대 천주(天主)란 이른바 만물을 탄생시키는 주재(主宰)로서 마치 우리 유자들이 귀신이라고 하는 것과 같다. 서양인들은 삼교(三教, 儒・佛・道)를 숭상하지 않고 오직 천주만을 존숭하는데, 한번 마시고 먹는 것을 모두 천주가 내려준 것으로 여기어 높이기를 제왕(帝王)처럼 하고, 사랑하고 섬기기를 부모처럼 하였다.

그들의 무리 중 애유략(艾儒略)의 말은 다음과 같다.[136]

"조물주(造物主)가 우리 인류를 세상에 나게 하심은 마치 커다란 뜰 가운데에 이끌어 성대한 잔치를 열어주고 또 노래하고 춤추는 즐거움을 즐길 수 있게 한 것과 같다. 일찍이 위로 천상(天象)을 살펴보니 해와 달, 오성(五星)과 여러 별들이 아름답게 빛나는데, 하늘은 집과 같으며 늘어서 있는 일월과 뭇별은 마치 진귀한 보석이 담장을 장식하고 있는 것 같았다. 아래로 지형(地形)을 살펴보니 산천과 초목이 울창하게 늘어선 것이 마당에서 연극을 하는 것과도 같았다. 그밖에 하늘을 나는 새들과, 강과 바다에서 헤엄치는 물고기들, 땅 위의 백곡(百穀)과 과일들은 곧 오제(五齊)와 팔진(八珍)[137]을 상 위에 차려놓은 것 같았다. 그러하니 조물주의 은혜가 참으로 지극하다고 할 것이다. 그런데 어찌해서 사람들은 날마다 사용하면서도 당연한 듯이 여기고 그렇게 된 연유를 궁구하지 않는지 모르겠다.

대저 조물주의 신통한 능력은 한이 없기 때문에 오대륙 만국에 기이함

136) 이하 인용하는 말은 애유략이 저술한 『직방외기(職方外記)』의 자서(自序) 중 일부를 초록한 것이다.

137) 오제(五齊)와 팔진(八珍): 제사에 쓰이는 다섯 가지 귀한 술과 여덟 가지 맛있는 음식을 가리킨다.

이 다하지 않는 것이다. 만약 생각을 돌려 그 연유를 생각해보고 근원을 돌이켜 본다면 진실로 어리석은 사람이라도 참으로 이에 대해 깨달음이 있게 될 것이다. 함께 하늘을 이고 땅을 밟고 사는 사람으로서 바라는 바는 이미 이 세상에 자리 잡고 살며 이 잔치를 즐기고 이 음악을 들으니, 물줄기를 거슬러 올라가서 근원을 다하여 끝까지 살펴보는 것이다. 말단에서 본원을 찾아 만물을 창조하신 주재자의 뜻을 생각하며 밝게 하늘을 섬기는 두려움으로 삼가 행한다면 이치에 어긋난 말을 끌어 모아 구구한 이야기를 늘어놓는다는 꾸짖음을 면하지 않겠는가? 만일 이상한 것을 듣고 보아 그것으로 귀와 눈을 어지럽히는 것이라고 한다면 내가 어떤 사람이기에 감히 학문의 성대함으로 이름난 이곳에서 이러한 잔재주를 부리려 하겠는가? 이는 또한 완물상지(玩物喪志)에 미혹됨이 심한 것이 될 것이다."

구경을 끝내고 거리로 나왔다.

◆ 1761년 1월 27일

이내 서천주당으로 달려가니, 정사와 부사가 중당(中堂)의 의자에 나란히 앉아있었고, 자리 하나 건너 가군(家君)께서 앉아계셨다. 서양사람 둘도 의자에 나란히 마주 앉아있는데, 하얗게 센 머리에 눈썹이 짙고 큰 키에 눈동자는 푸른색이었다. 인간세상의 속된 기미가 조금도 없었으니, 청나라의 옷을 입고 모자를 썼지만 그러한 기운을 가리지는 못했다. 앞에 앉은 사람은 유송령(劉松齡)인데, 자는 교년(喬年)으로 더욱 수려해 보였다. 천주당 안은 사방 벽에 그림이 가득했는데, 살아있는 듯 핍진해 보였다. 완마(宛馬)[138]가 머리를 돌리는 모습과 개 두 마리가 서로 돌아

---

138) 완마(宛馬): 서역에 있는 나라인 대완국(大宛國)에서 생산되는 뛰어난 말을 이름.

보는 자태는 더욱 뛰어나 입신의 경지였다. '기화성청(氣和聲淸, 기운은 조화롭고 소리는 맑다)'는 글이 걸려 있었는데, 서양 선비 서일승(徐日昇)이 쓴 것이었다.

얼마 후에 커다란 탁자가 들어왔는데, 둥근 계란떡[鷄卵圓餠] 한 그릇, 길쭉한 떡 한 그릇, 모과고(木瓜糕)·산리홍고(山裡紅糕) 한 그릇씩과 작은 배를 담은 그릇 하나가 차려져 있었다. 삼사(三使) 앞에는 칼 하나와 숟가락 하나씩을 드렸는데, 숟가락은 주석으로 만들었고 손가락을 펴 놓은 모양이었으며 자루는 상아였다. 유송령이 칼을 쥐고 산리홍고(山裡紅糕)를 우물 정(井)자 모양으로 갈랐고, 계란떡도 가르고 숟가락은 모과고에 꽂아두었다. 삼사가 다 드시자 우리들이 남은 것을 먹어보았는데, 모과고는 맛이 상큼하면서도 먹기에 편해 과연 기이한 맛이었다.

가군께서 말을 대신해 붓으로 쓰라고 명하려 하자, 유송령이 말하길,

"한자를 알지 못하기 때문에 통역을 청합니다."

라고 하여, 이에 역관 변헌(邊憲)을 시켜 말을 전하도록 했다.

"서쪽에서 북경으로 오신 지는 몇 년이나 되었습니까?"

"22년입니다."

"예전부터 이곳에 와서 간혹 고국에 돌아간 사람이 있습니까?"

"없습니다. 한 번 동양으로 건너오면 연경에 뼈를 묻습니다."

"가솔을 데리고 왔습니까?"

"몸종도 데리고 오지 않는데 어떻게 식솔을 데리고 오겠습니까? 오직 저희 두 사람뿐이니, 이른바 출가(出家)한 것이지요."

"서양은 이곳에서 거리가 얼마나 됩니까?"

"오만여 리입니다."

"서양국(西洋國)은 영토가 대략 얼마나 됩니까?"

"서양은 나라의 이름이 아니니, 중국 일대의 여러 나라들을 동양이라

고 통칭하는 것과 같습니다. 서양에는 30개의 나라가 있습니다."

"서양에도 중국 일대를 거느리는 천자(天子)처럼 여러 나라를 거느리는 임금이 있습니까?"

"없습니다. 단지 자기 나라에서만 임금 노릇을 합니다."

"그대는 어느 나라에서 오셨습니까?"

"열이마니아국(熱爾瑪尼亞國, 독일) 사람입니다."

원경(遠鏡)보기를 청하자, 유송령이 심부름꾼을 메고 오게 했다. 원경은 길이가 8척이고, 둘레는 한 줌 반을 넘지 않았다. 네모진 나무를 사용하였고 가운데가 비어있으며, 매 척(尺)마다 철편(鐵片)을 둘렀다. 위아래의 끝부분에는 거울[鏡]을 붙였으니, 이는 밤에 별자리를 관측하는 기구였다. 나는 두 손으로 들고 건물 지붕을 향해 들여다보았으나 흔들거려 움직이며 고정되지가 않았다. 유송령이 말하기를,

"어째서 기구위에 걸치지 않습니까?"

라고 하였다. 이에 작은 문으로 이끌고 들어갔는데, 문 안에 2층 누각이 있었다. 1층의 편액에 '흠약(欽若)'이라고 쓰여 있었고 2층에는 붉은 발을 드리워놓았다. 누각 앞에 기둥 두 개를 세워놓았으며, 기둥 위에는 마름무늬를 조각한 둥근 나무를 가로놓았다. 원경을 그 위에 걸쳐놓고 또 두 개의 나무를 엇갈려 놓아 지탱하게 하였다. 유송령이 먼저 들여다보고 윗부분을 더 빼내자, 2촌 가량이 더 나왔다. 그가 말하길,

"이제 볼 수 있습니다."

라고 하여, 사람들이 차례대로 들여다보았다. 내가 보니 천주전의 무늬를 새긴 기와가 눈 아래 있는 듯 가까이 있고 털끝만큼도 차이가 없었으니, 정말로 기이한 보배였다. 만약 이것을 가지고 법장사(法藏寺)의 미타탑(彌陀塔)[139] 위에 오른다면 그 위에서 황제 처소의 장관을 굳이 직접 가지 않더라도 훤히 볼 수 있을 것 같았다. 유송령이 말하기를,

“서양에는 길이가 백 척이 되는 원경이 있는데, 이것으로 별을 보면 조금도 착오가 없습니다. 이것 또한 태양을 향해 보면 태양 속에 있는 흑점[坎黑]을 볼 수 있는데, 지금은 짙은 구름이 해를 가려 대인께 보여드릴 수 없으니 안타깝습니다.”

라고 하였다.

또 관상대로 인도하였는데, 관상대는 정방형으로 각 방위마다 몇 칸이 되었다. 바깥은 돌로 쌓아 올렸고 안은 벽돌을 깔아 놓았는데, 높이는 두 사람 키를 넘었다. 돌계단 10여개를 놓되 굽이굽이 돌아가게 되어 있어 오르내리기에 편리하도록 하였다. 앞에 건물 하나가 있었는데 유송령이 긴 나무로 그 건물의 남쪽 처마를 걸어 올렸더니 하늘이 환히 드러나 두루 조망할 수 있었다. 또 아까 남쪽 처마를 걷은 것처럼 맞은편 처마를 걸어올리자 완연히 건물이 없는 빈 시렁이 되었다. 가운데에 기둥 두 개를 세워놓았고 기둥 위에는 나무 하나를 걸쳐놓았다. 나무 위에 원경 한 자루가 걸려 있었는데, 유송령이 먼저 들여다 본 후에 뒤로 물러서며 이제 볼 수 있다고 하였다. 이에 한쪽 눈을 감고 들여다보니 거울 표면에 철사로 분금(分金)[140]하였는데, 세로로 한 줄, 가로로 세 줄이 있었다. 이것은 별자리와 궤도를 관측하는 기구였다.

또 마주한 벽에는 시경(時鏡)을 걸어 놓았는데, 가운데에 동그란 거울을 붙여놓았고 거울에다가 작은 침을 끼워놓았으며, 네 방향으로 돌아가

---

139) 법장사(法藏寺)의 미타탑(彌陀塔): 북경 천단(天壇) 동쪽에 있는 사찰로 금나라 대정(大定) 연간(1161~1189)에 창건되었다. 본래 이름은 미타사(彌陀寺)였는데, 명나라 1451(景泰 2)년에 수리하고 법장사란 이름으로 바꾸었다. 이곳에 있는 미타탑은 7층으로 매우 높았는데, 나선형으로 층계를 쌓아 올라가 볼 수 있도록 되어 있어 연행사들이 즐겨 찾는 관광 명소였다.

140) 분금(分金): 분금은 원래 풍수지리에서 시신을 묻을 때 위치를 정하는 것을 가리키는 말이다. 그런데 여기에서는 망원경 렌즈의 면을 철사로 나누어 별의 궤도 관측을 용이하게 만든 것을 지칭하는 것으로 보인다.

며 12진(辰)을 늘어놓았다. 글자나 그림으로 표시하지 않고, 1·2·3·4로 획을 구어 구별을 하고 유리로 그 윗면을 덮었다. 침은 저절로 움직였는데, 이때는 마침 진시(辰時, 오전 7시~9시)를 가리켰다. 그 밑을 보니 기계 장치가 있었는데 주위를 따라 돌아가면서 째깍째깍 소리를 냈다. 비록 크고 작은 차이가 있지만 만든 모양은 중화전(中和殿) 뜰에서 노당(老璫, 늙은 환관)이 찼던 시계와 같은 것이었다.

또 천주를 모신 당에서 서양의 음악을 청하니, 유송령이 동료에게 뭐라고 이야기하자 그 사람이 곧바로 행루(行樓)로 올라갔다. 얼마 후에 나각(螺角)과 소관(簫管) 소리에 질장구를 두드리며 거문고와 피리를 부는 소리가 번갈아 났다. 청탁(淸濁)과 고저(高低)가 서로 섞여 시끄럽게 울려 퍼졌는데, 대체로 우리나라의 군악과 흡사했다. 악기를 보자고 청하니, 유송령이 나를 오른쪽의 협실로 데리고 가서 10층의 사다리를 오르고, 또 9층의 사다리를 오르니 곧 누각 꼭대기였다. 누각의 북쪽 벽이 3층으로 나뉘어져 있는데, 첫 번째 층은 납을 바른 원통을 세운 것이 87개였다. 그 크기는 서까래만 하였는데 길이가 일정치 않고 하나하나마다 조그만 구멍이 뚫려 있었다. 두 번째 층에는 건반[角牌] 27개가 있고, 세 번째 층에도 건반 10여 개가 있었다. 왼쪽으로 예닐곱 걸음쯤 되는 곳에 작은 방이 있었고 그 안에 가죽에다 나무를 댄 모습이 초옥(草屋)의 모습과 흡사했다. 발로 밟으면 들어가고 발을 떼면 나왔으니, 풍로가 여닫히는 것과 같았다. 한 사람이 손가락으로 건반을 누르고 다른 한 사람이 발로 풍로를 밟자 음악소리가 났다. 내가 그것을 멈추게 하고, 첫 번째 건반을 누르자 큰 나각(螺角)을 부는 듯한 웅장한 소리가 났다. 2번째와 3번째부터 8번째 9번째 건반을 누르자 차례대로 가볍고 맑은 소리가 났다. 19번째와 20번째 건반을 누르니 가늘고 길게 이어지는 소리가 완연히 옥피리의 맑은 소리였다. 26번째와 27번째 건반을 누르니 지극히 맑으면서 가는 소리가 났다. 또 아래층의 건반 10개를 눌러보니, 역시 차례대로 청탁이 다른 소리가 났다. 대체로 음의 고저와 장단으로 8음(八音)을 조절하고 8풍(八風)을 일으키는 것이었다. 또 위아래의 건반을 일제히 누르자 궁상(宮商)이 번갈아 연주되어 율려(律呂)의 법도에 부합되었으니, 참으로 진기한 보배였다.

연주를 끝내고 곁에 있는 첨대를 합쳐두자 비록 건반을 누른다 하더라도 음악 소리가 나지 않았다. 작은 방의 가죽 부대[革包]가 여닫히는 것에 따라서 바람이 구멍 속에서 나왔다 들어갔다 하는데 소리가 마치 구르는 것 같아서 천기를 꿰뚫고 조화를 빼앗았다고 할 만 하여, 보고 있노라니 넋이 빠지는 듯했다.

유송령이 또 우리 일행을 이끌어 작은 누각으로 갔다. 돌계단 일곱 개를 지나고 나무 사다리 여덟 개를 지났더니, 위에 종 7개가 달려 있었는데 종은 차례대로 점점 작아졌다. 앞의 것이 가장 컸고, 뒤의 것이 가장 작았다. 큰 종의 곁에는 북채 하나가 높이 걸려 있었고, 작은 종의 뒤에는 조그만 감실을 만들었는데 작은 문짝이 달려 있었다. 감실의 내부에는 기계장치를 만들어 놓았는데 우리나라 방거(紡車, 물레)의 모양과 같았다. 가운데에는 굽은 쇠를 걸어두었는데, 쇠가 스스로 움직이며 잠시도 쉬지 않았다. 가는 쇠줄을 써서 한쪽에 7개의 종을 매달아 놓았고, 한쪽은 굽은 쇠에 매어져 있었다. 감실의 뒤쪽은 빈 곳이었다. 붉은 끈 네댓 가닥을 사용했으며 가닥 끝에는 각기 돌 한 덩어리를 달아놓았는데, 이것이 감실의 꼭대기를 꿰뚫으며 땅바닥까지 드리워져 있었다. 이것이 곧 자명종이라는 것이었다. 유송령이 말하기를,

"신시(申時, 오후 3시~5시)가 멀지 않았으니 조금 후에 종이 울릴 것입니다."

라고 하였다. 얼마 지나 굽은 쇠가 돌지 않더니 감실 내부의 기계가 왼쪽

으로 매우 빨리 회전했다. 회전이 끝나자 작은 북채가 위에서 내려와 일곱 번째에 있는 가장 작은 종을 일곱 번 치고 멈췄다. 또 북채가 첫 번째의 가장 큰 종을 몇 차례 치고 나자 굽은 쇠가 또 전처럼 움직였으니, 이 또한 기이한 구경꺼리였다.

중당에서 흠약루(欽若樓)에 이르는 중간에 작은 문이 있는데 새 한 마리가 있었다. 크기는 물오리 같은데 머리가 몸에 비해 작았다. 머리와 꼬리가 짧았고 정수리는 길었으며, 굽은 부리에 벼슬[肉鼻] 두 개가 달려 있었다. 하나는 목에 달려 늘어져 있었고 하나는 턱에 달려 있는데, 늘어나거나 줄어들기도 하였다. 깃털은 흑백이 섞여 있어서 우리나라의 매[鷹鷄]와 비슷했다. 사람을 보면 화를 내며 깃털과 꼬리를 활짝 폈는데, 그 크기가 작은 솔개만 했다. 피가 벼슬에 모여 있어 붉은색이 더욱 선명해 보였는데 이것이 서양 닭의 수컷이었다. 또 다른 새가 있었는데 크기는 오리만 했고 머리와 꼬리가 길며 깃털은 짧았다. 아주 작은 붉은 벼슬이 부리 끝에 달려 있었고 쪼는 소리가 들오리 같았는데, 이것은 서양 닭의 암컷이었다. 이들은 모두 서양 아묵리가주(亞墨利加州, 아메리카) 백로국(白露國)에서 나는 동물이다. 색깔이 조금 흰 놈, 회색인 놈, 푸른색인 놈도 있으며, 태어날 때부터 벼슬이 있고 공작처럼 그 깃털을 폈다가 오므릴 수도 있었다. 새끼를 낳고나서 아끼며 기르지 않기 때문에 사람이 보살펴주어야 살 수 있다고 한다. 또 커다란 개 두 마리가 있었는데 모두 쇠줄로 목을 묶어서 사람을 물지 못하게 했다. 그런데도 사람만 보면 짖어대면서 다가오려 했는데, 이는 북쪽 지방에서 나며 관공서나 제왕의 집에서 다들 기른다고 한다.

또 작은 방에 이르렀는데, 방안에는 율력(律曆)에 관련된 서적이 쌓여 있었다. 내가,

"일찍이 『천학초함(天學初函)』[141]을 몇 차례 읽었습니다."

라고 하니, 유송령이 내 말을 알아듣지 못하고 곁에 있던 변(邊) 역관을 돌아보며

"『기하원본(幾何原本)』 이라구요?"

라고 물었다. 나는 아니라고 하면서,

"이는 지금 처음 듣는데 어떻게 읽어볼 수 있었겠습니까?"

라고 하였다. 뜰에는 벽돌로 쌓은 우물이 두 개 있었는데, 둥근 돌로 그 위를 덮어두었다. 두 우물 사이에 기둥 두 개를 세워놓았고 기둥 위에 나무 하나를 걸쳐 놓았다. 나무 위에 둥그런 고리 하나를 걸어놓았고, 고리 끝에는 굵은 끈으로 그 가운데를 꿰어두었다. 끈의 양쪽 끝에는 각각 버드나무로 짠 작은 바가지를 달아서 우물에 띄워 두었다. 물을 뜨는 자가 그 끈을 잡고, 왼쪽의 바가지로는 왼쪽 우물물을 뜨고, 오른쪽의 바가지로는 오른쪽 우물물을 떴다. 오른쪽이 나오면 왼쪽이 들어가고, 왼쪽이 나오면 오른쪽이 들어갔으며, 물을 뜨는데 끈을 잡고 힘을 들이

---

141) 『천학초함(天學初函)』: 명나라 말기의 과학자인 이지조(李之藻, 1565~1630)가 편찬한 학술총서(學術叢書)로 총 52권이다. 이지조는 자가 진지(振之)이며 호는 양암거사(涼庵居士)로 절강(浙江) 인화(仁和, 지금의 杭州) 사람이다. 과학자로서 천문, 역법, 수학에 뛰어났다. 『천학초함』은 천학(天學) 즉, 서학(西學, 가톨릭교)이 중국에 전래된 초기, 예수회 신부였던 이마두(利瑪竇, Matteo Ricci, 1552~1610)가 한문으로 저술한 서적들을 모은 총서이다. 처음 이마두가 중국에 들어왔을 때, 이지조는 서광계(徐光啓)와 함께 그의 학설을 돈독히 믿었다. 이마두의 책은 대부분 이 두 사람을 통해 기록되어 전했는데, 이러한 와중에 이 총서가 만들어진 것이다. 여기에 수록된 서적은 총 19종인데, 전체를 이(理)·기(器) 두 편으로 나누었다. 이편(理編)에는 총 9종이 수록되어 있는데, 『서학(西學)』(1권), 『기인십론(畸人十論)』(2권), 『교우론(交友論)』(1권), 『이십오언(二十五言)』(1권), 『천주실의(天主實義)』(2권), 『변학유독(辨學遺牘)』(1권), 『칠극(七克)』(7권), 『영언여작(靈言蠡勺)』(2권), 『직방외기(職方外記)』(5권)이 그것이다. 기편(器編)에는 10종이 수록되었는데, 『태서수법(泰西水法)』(6권), 『휘개통헌도설(渾蓋通憲圖說)』(2권), 『기하원본(幾何原本)』(6권), 『표도설(表度說)』(1권), 『천문략(天問略)』(1권), 『간평의설(簡平儀說)』(1권), 『동문산지전편(同文算指前編)』(2권), 『통편(通編)』(8권), 『환용교의(圜容較義)』(1권), 『측량법의(測量法義)』(1권), 『측량이동(測量異同)』(1권), 『구고의(勾股義)』(1권)이 그것이다.

지 않고서 고리의 자루를 잡고 돌리기만 했다. 무릇 일의 교묘함이 대체로 이와 같았다. 마침 목이 말라서 맑은 냉차 한 사발을 마셨다.

삼사께서 나가자, 유송령과 여러 사람들이 문까지 나와 전송하였다. 내가 말하길,

"어째서 혼천의는 보여주시지 않는지요?"

라고 묻자, 유송령이 답하길

"사람이 많아 이처럼 분답한데 어찌 다 보여드릴 수 있겠습니까? 나중에 오시면 내가 공에게는 숨김이 없을 것입니다."

라고 했다. 내가,

"비록 다시 오고자 해도 문지기가 막는다면 어찌합니까?"

라고 하자, 유송령이 즉시 문지기를 불러 나를 가리키고 말하길,

"이분이 오시면 급히 나에게 알리게."

라고 하더니, 읍하고 들어갔다. 나 또한 읍하고 나와 관소로 돌아왔다.

◇ 1761년 2월 6일

내가 옛 옥하관(玉河館)에 이르러 대비달자(大鼻㺚子)[142]를 보고자 해서 통관(通官)을 시켜 문 밖에 불러 나오도록 했더니, 지금 술에 취해 누워 있으면서 사람을 보고자 하지 않는다고 하였다. 이에 서천주당(西天主堂)에 이르렀는데, 문지기가 또 저지해서 평상에 한참 동안 걸터앉아 있었다. 문지기가 들어오기를 청해 문지방으로 들어서자 흠천감정(欽天監正) 유송령(劉松齡)이 맞이해 읍을 하고 문을 양보하며 들어오게 하더니 중당(中堂)으로 인도했다. 당에는 편액이 걸려 있었는데, '화기성청(和氣聲淸)'

---

142) 대비달자(大鼻㺚子): 달자(㺚子)는 중국인이 북방의 소수민족을 일컫는 말이고, '대비(大鼻)'는 코가 크다는 뜻으로 러시아인을 지칭함.

이라 쓰여 있었다. 그 옆에는 "옹정(雍正) 39년 월일 서일승(徐日昇)에게 하사한다."라고 적혀 있었으니, 곧 전날에 이야기를 나누었던 방이었다. 좌우 기둥에도 편액이 걸려 있어 "금애정시탄(琴愛靜時彈, 고요한 때를 틈타 거문고를 타고) 운종고처망(雲從高處望, 높은 곳에서 구름을 바라본다)"라고 쓰여 있었다.

주객이 의자를 마주하고 앉아 차 석 잔을 마시고 나서, 내가 글을 써서 물었다.

"그동안 존후(尊候)가 어떠하셨는지요? 지난번에 혼천의(渾天儀)[143]와 간평의(簡平儀)[144]에 대한 가르침을 받았기에 이에 또다시 방문하게 되었습니다."

유송령이 한번 읽어보더니,

"말로는 할 수 있는데 언어가 다른지라 알 수가 없을 겁니다."

라고 하였다. 내가 말하길

"가슴 속의 많은 회포를 정만 품은 채 말로 할 수 없습니다."

라고 하자, 유송령이 서기 한 사람을 오라 하더니 그에게 붓을 주고는 부르는 것을 쓰도록 하였다.

"가르침을 청합니다. 몇 번이나 방문하신 겁니까?"

---

143) 혼천의(渾天儀): 천체의 운행과 그 위치를 측정하여 천문시계의 구실을 하였던 기구로 선기옥형(璿璣玉衡), 혼의(渾儀)라고도 한다. 고대 중국의 우주관이던 혼천설에 기초를 두어 BC 2세기경 중국에서 처음으로 만들었다. 한국에서는 대략 삼국 시대 후기에서 통일신라 시대와 고려 시대에 만들어 사용되었을 것으로 추정된다. 1669년(현종 10)에 송이영(宋以穎)이 만든 혼천의는 서양식 자명종의 원리와 특징을 잘 살펴 추(錘)를 시계장치의 동력으로 이용한 것으로 혼천의가 두 추의 운동에 의하여 움직이는 시계장치와 여러 개의 톱니바퀴에 의하여 연결되었는데, 이는 육합의(六合儀)·삼진의(三辰儀)·지구의(地球儀)의 세 부분으로 되어 있다.

144) 간평의(簡平儀): 시법(視法, 投射法)을 써서 혼원(渾圓, 球面)을 평면으로 투사하여, 이 평면에서 구면상의 수치를 측정하도록 한 천문관측기구.

마태오 리치와 서광계

"북경에 온 것은 처음입니다. 저는 이상봉(李商鳳)이라 하는데, 여러분의 성명이 무엇인지 감히 묻습니다."

라고 하자, 서기가 대답하였다.

"이 어른의 성함은 유송령(劉松齡)입니다. 제 이름은 서승은(徐承恩)인데, 명나라 재상 서광계(徐光啓)[145]의 7대 손입니다."

"대대로 선조의 학문을 지켜왔겠군요?"

"그렇지 못합니다. 그렇지 못합니다."

"선조 상국께서는 수학에 밝아 서양 선비 이마두(利瑪竇)와 함께 이치를 밝혀 드러내어 저술한 바가 많았습니다. 저도 그 책을 읽어보았기에 그 사람을 떠올리노라면 아침저녁으로 만나보는 것처럼 친밀감을 느낍니다. 지금 다행히도 상공의 후손을 만나볼 수 있게 되었습니다. 『천학초함(天學初函)』이 서안에 있을 터인데, 내게 보여줄 수 있는지요?"

"알지 못합니다."

"『천학초함』의 첫 권은 제목이 기하원본(幾何原本)이지요."

"『천문략(天問略)』과 『구고의(句股義)』가 있을 뿐입니다."

내가 말하길

---

145) 서광계(徐光啓, 1562~1633): 중국 명나라 말기의 정치가, 학자로 자는 자선(子先), 호는 현호(玄扈)이며, 시호는 문정(文定)이다. 상해(上海) 출생으로 1604년 진사가 된 후 순조롭게 승진하여 1628년에는 예부좌시랑(禮部左侍郎), 이어서 상서(尙書)를 거쳐 1632년 대학사(大學士)가 되었으나 재임 중에 사망하였다. 예수회에 입교하여 마테오 리치에게 천문·역산·지리·수학·수리(水利)·무기 등의 서양과학을 배웠다. 『기하원본』·『농정전서』·『숭정역서』 등을 번역 또는 저술하고, 대포·철포를 사용하는 서양 전술의 채용을 진언했다. 그가 건설한 서가회(徐家匯)의 천주교당은 그의 사후에도 중국 예수회의 중심이 되었다.

“서양의 학술에서 말하는 선계(仙界) · 도리(道理) · 지방(地方) · 인물(人物) · 풍요(風謠) 등에 대해 어째서 저를 위해 상세히 설명해주지 않는지요?” 라고 하자, 유송령이 말했다.

“높은 하늘과 넓은 대지 가운데 사는 것은 마찬가지이기에 서로 큰 차이가 있는 것은 아닙니다. 그 가운데 지혜로움과 어리석음이 또한 다른 점이 있겠지요.”

“고인이 이르길 ‘백리 떨어진 곳은 풍(風)이 다르고, 천리 떨어진 곳은 속(俗)이 다르다’고 했습니다. 지금 동서로 서로 떨어진 것이 몇 만 리나 되는데, 그 사이에 어찌 이야기 할 만한 기이한 사적이 없겠습니까? 지혜로움과 어리석음이 다름에 있어서는 기질에 국한됨이 있어서겠죠.”

“귀국에도 또한 곤여도(坤輿圖)가 있습니까? 이것은 아마 좀 더 자세할 것입니다. 나라를 다스리고 천하를 평안하게 하는 도리를 논한다면 대동소이합니다. 다만 오륜 가운데 부부 간의 윤리에 있어서는 오직 그 바름을 지킬 뿐이고 끝내 첩을 취하는 법이 없습니다. 공경하고 받드는 바는 오직 천지와 만물을 창조한 조화주일 뿐이고, 나머지 삿된 신들은 공경하지 않습니다.”

“첩을 취하지 않는다면 남자도 여자를 위해 정절을 지켜 마치 여자가 남편이 죽으면 시집가지 않는 것처럼 하는 것입니까?”

“남편이 죽으면 여자가 재가할 수 있음은 아내가 죽으면 남편이 재취할 수 있는 것과 같습니다. 다만 아내가 살아있을 때에는 첩을 얻을 수 없음은 남편이 있는데 재가할 수 없는 것과 같을 따름입니다.”

내가 동관(彤管, 붉은 자루의 붓) 5자루를 주자, 유송령이 받으며 고맙다는 말을 하고는 하나하나 포장을 열어 살펴보았다.

내가 말하길,

“존공(尊公)께서 수리(數理)의 학식에 정밀하다는 말을 많이 듣고 늘 모습을 대해 표범 가죽의 무늬 하나라도 엿보고자 하였습니다. 그런데 행사(行事)에는 기약이 있고 한가한 날은 많지 않은지라 매우 한탄하는 바입니다. 존공께서는 필시 인간의 전후의 명수(命數)를 알 터인데, 다행히 저를 위해 헤아려 주시면 우리나라로 돌아간 뒤에도 잊지 못하는 바가 있을 것입니다."

라고 하자, 그가 답하였다.

"우리들은 명수를 믿지 않습니다. 명을 부여받아 생을 영위하게 된 시초의 연유에 대해서는 사람이 헤아려 따질 수 있는 바가 아닙니다."

"좋은 말씀입니다."

"귀국에서도 배를 타고 중국에 이르는 것입니까?"

"단지 압록강 한 줄기가 있는데 조그만 거룻배로도 건널 수 있습니다. 서양은 해로로 몇 리나 떨어져 있습니까?"

"대략 오륙만 리 됩니다. 압록강은 바다로 나가는 입구에 있습니까?"

"백두산 꼭대기에서 발원합니다."

"사방이 대부분 바다일 텐데, 육지에서 바다로 흘러나가는 수로(水路)를 알려줄 수 있습니까?"

"우리나라를 두르고 있는 것은 모두 바다입니다. 의주로부터 북경에 이르는 길만이 왼편으로 발해(渤海)를 끼고 곧장 육지로 오게 되어 있는데, 오직 옷의 띠처럼 좁은 강 한 줄기가 있을 뿐입니다."

"『천학초함(天學初函)』을 당신도 가지고 계십니까?"

"우리나라의 흠천감(欽天監)에 있습니다."

"알겠습니다. 책은 어느 정도 분량입니까? 몇 권으로 이루어져 있습니까?"

"약 수십 권이 됩니다."

"서양에서도 공자를 존경합니까?"

"서양 역시 존경하고 있습니다."

"부처는 배척하고 있습니까?"

"배척하고 있습니다."

"서양과 동양의 크기는 어떻습니까?"

"동양 또한 많은 지방이 있는데, 서양도 마찬가지입니다."

"서양에 삼십여 개국이 있다고 하는데, 다스리는 방도는 어떠합니까? 그곳에도 이름난 산과 큰 강, 진귀한 금수들이 많을 것인데, 보고 들을만한 것이 있습니까?"

"지금은 아홉 명의 국왕이 있고, 산천은 중국과 서로 같습니다. 금수에 있어서는 서양에 있는 것이 중국에 간혹 없는 것이 있는데, 중국과 서양이 마찬가지입니다."

심부름꾼 한 사람이 밖으로부터 들어와 무어라고 이야기하자, 유송령(劉松齡)이 즉시 자리에서 일어나 나갔다. 서군(徐君, 徐承恩)이 말하길,

"삼대인(三大人, 서장관을 말함)께서 바야흐로 오실 것이라고 하였는데, 우리 대인께서 또한 가셨으니, 대접함에 있어 매우 미안합니다."

내가 말했다.

"아홉 개 나라의 이름을 당신은 알고 계십니까?"

"그 이름은 모두 서양 음으로 기록한 것이기에 뜻으로는 전혀 이해할 수 없고, 서양인만이 알 수 있습니다."

"당신은 어디서 거주합니까? 장차 서양 선비들과 함께 역학(曆學)을 익히고 연구하려고 온 것입니까?"

"저는 본디 강남사람입니다. 다만 대인들이 서계(書啓)를 쓰거나 접자(摺字) 같은 것을 진상하는 데 필요해서 여기에 있는 것일 뿐입니다."

"접자는 무엇입니까?"

"황제께 올리는 주본(奏本)입니다."

"이 또한 관직입니까? 서판(書辦)[146]과 견주어 볼 때 어느 것이 높습니까?"

"서판은 흠천감 아문 안에 있는데, 이는 직책이 낮습니다. 저는 여기에 있으면서, 선생님의 일만 행할 뿐입니다."

"서양 사람들 가운데 초상화[傳神]를 잘 그리는 사람이 있습니까?"

"성이 랑(郞)인 사람과 애(艾)인 사람이 있는데, 모두 황상이 머무르는 대궐 안에 있습니다. 당신은 나이가 어떻게 되십니까?"

"스물아홉입니다. 당신의 나이를 여쭤 봐도 되는지요?"

"허송세월하다가 서른일곱이 되었습니다."

"일상생활의 모든 일이 떳떳한 도리 아님이 없거늘, 어찌해 허송세월 하셨다고 하십니까?"

"이름을 이루지 못하고, 일을 성취하지 못했으며, 다만 얼마 안 되는 썩어빠진 책을 읽고 있을 뿐입니다."

"심성(心性)은 안에 있는 것이요. 명업(名業)은 밖에 있는 것으로, 그 성취에는 자신의 분수가 있는 것입니다. 옛 사람이 남긴 천만가지의 말에 이르러서는 생동하지 아니함이 없는데, 어째서 썩어빠진 책이라고 합니까?"

"대인께서는 언제 이곳에 오십니까?"

"황제께서 주시는 상을 받고 들를 것입니다."

"우리들이 우연히 만나 마주해 즐거운 이야기를 나누었으니, 또한 기이한 만남입니다."

"참으로 그렇습니다."

"존공께서는 언제 이곳에 다시 방문하실지 묻고 싶습니다."

"기약할 수 없습니다."

---

146) 서판(書辦): 글씨를 쓰는 역(役)에 종사하는 사람으로 서기(書記)·서역(書役)·서차(書差) 등을 가리킨다. 보통 관아의 출납이나 회계 등의 잡역에서부터 실록(實錄) 등을 편찬할 때의 방대한 일에 이르기까지 다양한 일에 종사하였다.

"이곳에 명승지로 이름난 곳이 몇 곳이나 있습니까?"

"여기에 있은 지 오래되었지만, 특이하다 할 만한 곳은 없습니다."

"당신의 고향이 강남이라고 했는데, 어느 주(州)에 어느 현(縣)입니까?"

"송강부(松江府) 상해현(上海縣)이니, 경도(京都)에서 삼천오백 리 떨어진 곳입니다."

"당신께서는 동정호(洞庭湖)나 악양(岳陽)의 명승지를 두루 구경하셨는지요?"

"아직 보지 못했습니다."

"당신의 친족들 중 선상국(先相國, 徐光啓를 말함)의 역법을 능히 계승한 자는 얼마나 됩니까?"

"한미한 가문에서 책을 읽어, 과거에 급제한 자 10여 인이 되는데, 천문을 강습한 자는 없습니다."

"그대 또한 팔고문(八股文)[147]을 공부하십니까?"

"몇 차례 시험은 쳤지만, 학문에 더 정진할 기회를 얻지는 못했습니다. 그대의 대인께서는 오늘 반드시 오시는 겁니까? 유대인(劉大人)께서 집에서 기다리고 계십니다."

"오래지 않아 오실 것입니다."

"대인 세 분이 모두 오시는 것입니까? 아니면 그대의 부친 한 분만 오시는 것입니까?"

"삼대인(三大人) 한 분만 오실 것입니다."

나는 서생(徐生)과 함께 외당으로 나갔는데 당의 좌우에 편액이 걸려있었다. "하늘의 운행에 빈틈없이 부합하니, 선을 다하고 아름다움을 다하

---

147) 팔고문(八股文): 명(明)·청(淸) 시대에 과거시험에 사용되던 문체로 경서(經書)의 구(句)·절(節)·단(段)을 뽑아 주제로 하고, 그 뜻을 부연하여 팔고(八股)의 형식으로 지었다.

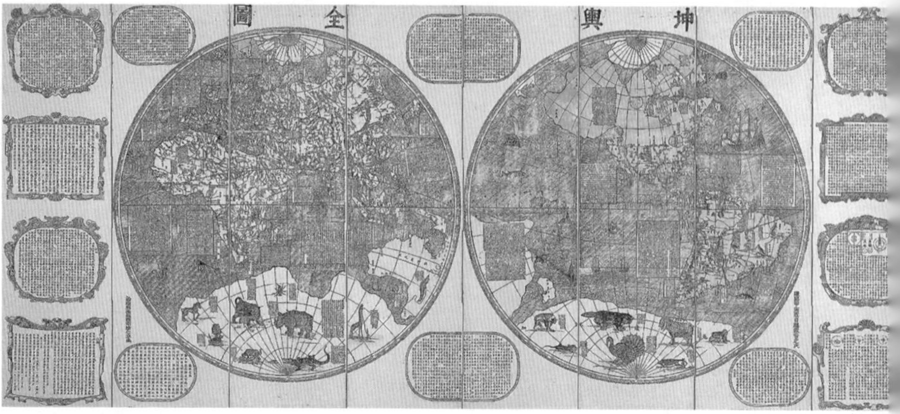

곤여전도(坤輿全圖)

였다.[密合天行, 盡善盡美]"라고도 하였고, 또 한쪽에는 "고요한 때를 틈타 거문고를 타고, 높은 곳에서 구름을 바라본다.[琴愛靜時彈, 雲從高處望]"는 구절도 있었다. 동쪽 벽에는 〈천상도(天象圖)〉가 붙어있고, 서쪽 벽에는 〈곤여도(坤輿圖)〉가 붙어 있었다. 지형(地形)·지진(地震)·산악(山岳)·해조(海潮)·해동(海動)·강하(江河)·인물(人物)·풍속(風俗)과 각 지방의 특산물이 상세히 적혀있지 않음이 없었는데, 어떤 것은 그림으로 되어 있고, 어떤 것은 이야기로 되어 있었다.

강희(康熙) 갑인년(1674)에 서양선비 남회인(南懷仁)이 이마두(利瑪竇)·애유략(艾儒略)·고일지(高一志)·웅삼발(熊三拔) 등 여러 사람이 일찍이 논변했던 바에 근거해서 그 설을 드러내고 보충했다. 그 학설은 다만 앞 시대 사람들이 드러내지 못한 바를 새롭게 확충시켰을 뿐만 아니라, 『직방외기(職方外記)』에 이르기까지 기이한 이야기를 모두 수록해놓았다. 지금 그 학설의 대강을 기록해 두어 이로써 격물치지(格物致知)의 한 주요 단서로 삼고자 한다.

대개 천하 만국을 오대주(五大州)로 나누었는데, 그 중 첫 번째가 아세아주(亞細亞州)이다. 인류가 이곳에서 처음 생겨났고, 성현(聖賢)이 가장 먼저 나왔다. 그 경계는 남으로 수마트라[蘇門答喇]·루손[呂宋] 등 섬에 이르고, 북으로는 카라해[新增白臘][148]와 북해(北海)에 이른다. 동으로 일본도(日夲島)·대청해(大淸海)에 이르고, 서로는 다뉴브[大乃河]·흑해[墨河]의 호수·대해(大海)·서홍해(西紅海)·소서양(小西洋)에 이른다. 나라는 백여 개를 넘는데, 그 중 큰 나라는 중국이 제일이고, 그 외에 타타르[韃而靼], 아라비아[回回], 인도[印第亞], 무굴[莫臥爾], 페르시아[百兒西兒], 터키[度兒格], 유대[如德亞]가 모두 아세아주의 큰 나라들이다. 바다 가운데에 큰 섬이 있는데 스리랑카[則意蘭], 수마트라, 자바[瓜哇], 보르네오[渤泥], 루손, 몰루카[馬路古][149]가 있다. 또한 지중해 여러 섬도 역시 이 주의 경계 내에 속한다.

중국은 아세아주의 동남쪽에 위치하고 있다. 예로부터의 제왕과 성철(聖哲), 성명(聲名)과 문물(文物), 예악(禮樂)과 의관(衣冠), 멀고 가까운 산천(山川), 토속(土俗)과 물산(物産) 및 조공(朝貢)하는 나라에 대해서도 『성지(省志)』 등 여러 책에도 상세히 실려 있는데, 번다하기에 소개하지는 않는다. 서북쪽에는 아라비아의 여러 나라가 있으니, 곧 회자국(回子國)이다. 사람들 가운데 무예를 익힌 사람들이 많으며, 또한 배우기를 좋아하고, 예의를 좋아하는 사람들도 있다. 애초에 마호메트[馬哈默]의 교를 받들었을 때는 여러 나라들이 대부분 동일한 교리를 따랐는데, 그 후로 각자 문호를 세워, 서로 배격하였다. 토산물은 소와 양, 말과 같은 가축이 매우 많다. 돼지를 먹지 않기 때문에, 모든 나라에 돼지가 없다.

---

148) 카라해[新增白臘]: 러시아 북쪽의 북극해에 딸린 바다. 남쪽은 시베리아, 동쪽은 세베르나야젬랴, 서쪽은 노바야젬랴로 둘러싸여 있다.

149) 몰루카[馬路古]: 원문에는 '大路各'으로 되어 있는데, 『직방외기』를 살펴본 결과 '馬路古'로 나온다. 마로고(馬路古)는 현재의 몰루카제도를 이른다. 몰루카제도는 인도네시아 술라웨시섬과 이리안자야[뉴기니]주 서쪽 끝 사이에 산재하는 제도이다.

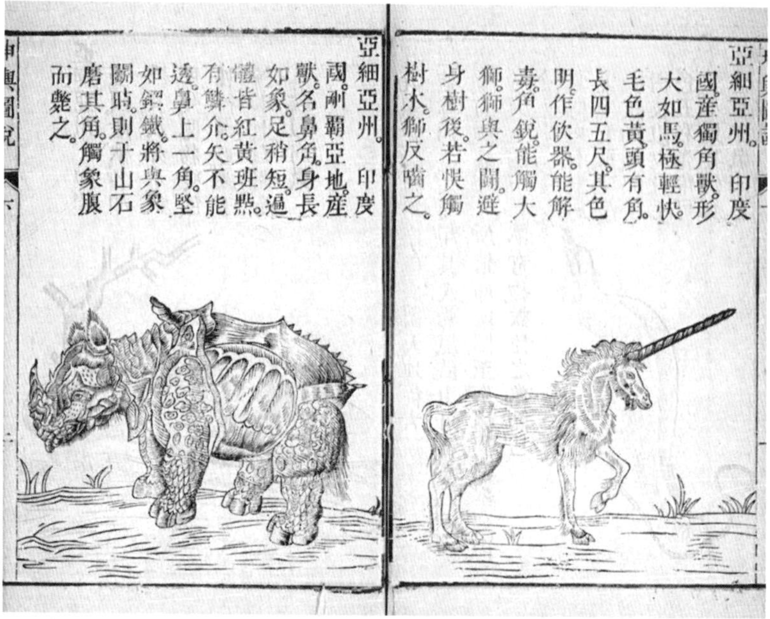

『곤여도설』에 도판으로 삽입된 비각(鼻角)과 독각수(獨角獸)

인도에는 다섯 나라가 있었는데, 오직 남인도만 그 영토를 지켰고, 나머지 네 인도는 모두 무굴제국에 병합되었다. 그 나라의 영토는 매우 넓어, 열네 개의 도로 나누어져 있고, 코끼리가 삼천여 마리이다. 일찍이 서인도를 침공했을 때, 서인도 왕이 군사 50만, 말 15만, 코끼리 200마리를 거느리고 있었다. 코끼리 한마리마다 사람 20명을 태울 수 있는 나무로 된 하나의 대(臺)를 등에 지고 있는데, 총 천 문(門)을 실었고, 큰 대포 4문이 있었는데, 매 문마다 소 이백 마리가 대포를 끌고 있었다. 금과 은이 항아리 50개에 가득 차 있었는데, 막았으나 이기지 못해서 모두 무굴 왕에게 빼앗겼다. 인도에는 독각수(獨角獸)가 있는데, 그 모습은 말처럼 크며, 매우 빨리 달린다. 털은 황색이고, 머리에 뿔이 있는데, 길이는 4~5척이고, 밝은 빛을 띤다. (그 뿔로) 물 마시는 그릇을 만들면 능히 해

독할 수 있다. 뿔이 날카로워서 사자도 떠받을 수 있다. 사자가 독각수와 싸울 때면 나무 뒤에 몸을 숨기는데, 독각수가 잘못하여 나무를 받으면, 사자가 도리어 물어뜯는다.

…〈중략〉… [역자 주: 중략한 대목에서는 천주당 외당 동벽에 붙어있는 〈곤여도(坤輿圖)〉와 그에 관한 설(說)의 내용을 49여 면에 걸쳐 기술하고 있다. 그 내용은 『직방외기(職方外記)』와 『곤여도설(坤輿圖說)』의 내용을 초록한 것이다.]

서군(徐君)과 함께 지도의 교묘함을 가리켜 가며 대지의 광대함을 변론하고 있는데, 유노인(劉老人, 유송령)이 안에서 나와 『곤여도설(坤輿圖說)』 2책을 주면서 말하길,

"천문(天文)의 이치를 배워본 적이 있습니까?"

라고 하여, 내가 말했다.

"선비가 이 세상에 태어나 은미한 것으로는 천상(天象)과 드러난 것으로는 이륜(彝倫)이 우리의 직분에 속한 일 아님이 없습니다. 다만 우리나라 사람들은 성현의 경전에 힘쓰면서 간혹 이전의 사람들이 드러내지 못한 이치를 드러낸 것이 있습니다. 그렇지만 천상과 역수(曆數)에 있어서는 껍데기만 익혔을 뿐입니다. 저 또한 뜻은 있지만 익히지 못했는데, 새로운 서적을 구매할 수 있다면 우리나라에 돌아가서 궁구하지 못한 이치를 자세히 궁구하고 싶습니다. 이는 평소의 바램인데, 다만 이치에 밝은 자의 가르침을 받지 못한 것이 염려되었습니다. 지금 다행히 이치에 밝은 분을 만나게 되었는데, 그 핵심을 깨우칠 기회를 얻지 못하면 돌아가서도 여한이 될 것입니다."

유송령이 말하길,

"홍대인(洪大人, 정사인 홍계희(洪啓禧)를 말함)은 삼대인(三大人, 서장관인 이휘중(李徽中)을 말함)과 어떤 관계입니까?"

라고 하여, 내가 말하길,

"우리 삼대인의 동료입니다. 노야(老爺)께서는 연경에서 어떤 관직에 있으며, 월급은 얼마나 됩니까? 고향을 떠나 만리타향에 있으면서 고향 집으로 돌아가고픈 바람은 없습니까?"

라고 하자, 유송령이 말하였다.

"흠천감(欽天監) 감정(監正)으로 있고, 3품의 녹봉을 받습니다. 고향을 떠나 만리타향에 온 것은 사람들을 천주의 가르침으로 인도하고자 해서 입니다."

이때 심부름꾼 하나가 밖에서 와서 아뢰길,

"고려의 삼대인이 문에 도착해 있습니다."

라고 하여, 내가 즉시 몸을 일으켜 나갔고, 유송령 또한 뒤따라 나와 중당(中堂)으로 맞이해 들여 의자를 마주해 앉았다.

가군(家君)의 명에 따라 내가 글로 써서 말하길,

"지난번에는 많은 사람들로 번잡하고 겨를이 없어 조용히 대할 기회가 없었습니다. 때문에 요즈음 한가한 날이 없다고 들었지만 얼마 안 돼 다시 오게 되었습니다. 한번 모습을 대하고 결코 속세의 사람이 아님을 알았기에 우리나라로 돌아갈 날을 앞두고 바쁜 틈을 내 방문한 것인데, 존장께서도 이 마음을 아시고 반나절이나 기다리셨다고 하니 다행입니다."

라고 하자, 유송령 또한 서생을 시켜 글로 써 대답하였다.

"마음속에 원하던 바입니다. 대인께서 며칠 머무는 동안에 여러 차례 볼 수 있어 매우 기쁩니다."

"지난번에 정사와 부사는 선물을 드린 것이 있는데, 저는 다시 한 번 맑은 모습을 보고 예물을 드리고자 하여 이에 종이부채[紙扇] 약간을 바쳤을 뿐인데, 변변치 못한 것이라 부끄럽습니다. 장지(壯紙) 1묶음[束]·별선(別扇) 2자루·대청심환(大淸心丸) 2알을 예물로 드립니다."

유송령이 받아서 간직하며 머리를 조아리며 사례하였다. 내가 말하길,

"낭대인(郎大人, 郎世寧을 말함)을 비롯한 세 대인은 언제 이 천주당에 오십니까?"

라고 하자, 유송령이 대답하길,

"낭대인은 이곳에 올 수 없으니, 늘 원명원(圓明園)에 있습니다."

라고 하여, 내가 말하였다.

"세 대인이 그린 그림은 뜻을 다하였으니, 우리 대인께서 한번 완상하고자 하시며 '늘 이면(裡面)을 보게 되니, 외면(外面)을 그린 그림이 1폭도 없다'고 하셨습니다."

가군께서 말하길,

"은하(銀河)가 대지 하해(河海)의 정기가 아니라 뭇별들이 모인 것으로 물처럼 맑은 빛을 띤다는 것이 귀국 사람들이 전하는 천상(天象)입니다. 과연 이 설과 같다면 선유께서 물의 정기[水精]라고 한 것이 틀린 말입니까?"

라고 하자, 유송령이 대답하였다.

"천하(天河)는 본래 작은 별들이 모인 것이니, 만일 매우 좋은 천리경이 있다면 금방 분별해 볼 수 있습니다."

"작은 별이 천체(天體)를 두르고 있다면 그 모습은 띠[帶]와 같을 것인데, 어떤 형상입니까? 천한(天漢)의 가운데가 갈라졌다가 다시 합져지는 것이 있는데, 이는 또 어떤 형상입니까?"

"이는 천하(天河)라고 부르는 것입니다."

"하늘의 둘레는 365와 4분의 1도인데, 하늘의 1도는 대지의 200리가 됩니다. 이처럼 나누면 10도는 2,500리에 불과하고, 100도는 25,000리에 불과하며, 온 하늘 아래 있는 대지는 7~8만 리에 불과하게 됩니다. 남극의 나라로부터 북극의 지역까지는 아마도 의당 4~5만 리가 될 것입니다. 왜국(倭國)에서 서양까지의 거리 또한 몇 만리가 될지 모르는데, 이는 어

떻게 설명할 수 있는 것입니까?"

"하늘의 둘레는 360도이고, 대지 또한 마찬가지입니다. 1도가 200리이니, 천상의 도수는 높을수록 더욱 커지게 됩니다."

라고 하더니, 그리고는 남회인(南懷仁)의 말을 되풀이 하여 말하였다.

"대지의 둘레는 360도이고, 매 도(度)는 250리이기에 그 둘레는 실로 9만 리가 됩니다. 대지를 네모지게 나누어 4면을 1면으로 삼으면 응당 22,500리가 됩니다. 사람은 한 면의 지평(地平) 위에 거하고 있으니, 그것은 22,500리의 안에서 의당 보여야 할 것입니다. 그런데 지금 시력이 미치는 바가 대략 300리를 볼 수 있기에, 가장 높은 산 위에서도 4~5백리를 볼 수 있는 자는 있지 않습니다. 그것은 지구의 둥근 부분이 가운데에서 우뚝 솟아 양계(兩界)를 가리고 있기 때문입니다."

이때 마침 종이가 떨어져 유송령이 하인을 불러 몇 장 가져오라고 했는데, 곧 우리나라의 질 좋은 큰 종이였다.

"그렇다면 대지의 둘레는 6만 여리에 불과한 것이 아니겠습니까?"

"대지의 둘레는 360도이고 1도는 200리이니, 대지의 전체 둘레는 7만 여리가 됩니다. 이 때문에 구설(舊說)에서는 매 도마다 250리이고 전체 둘레가 9만 리라고 한 것입니다."

"여기에서 서양까지의 거리가 5~6만 리이고 일본과의 거리가 3만여 리이니, 그렇다면 벌써 대지의 둘레가 넘습니다."

"서양에서 곧바로 중국에 이르면 3만 리에 불과한데, 만(滿)이 많기 때문에 먼 것입니다."

"여기에서 일본과의 거리가 곧바로 가면 2~3만 리에 불과하고, 또 서양까지의 거리가 3만여 리가 됩니다. 만일 귀국에서 말하는 것과 같다면 이미 거의 대지를 한 바퀴 돈 것이 되니, 동양과 서양이 극히 멀리 떨어져 있다고 말할 수 없을 것입니다."

유송령이 즉시 일어나 들어가더니 〈방여도(方輿圖)〉 두루마기 한 장을 가지고 와 손을 들어 상세히 가리켜 보였는데, 두루마기 1장 안에 천하 오대주(五大州)가 다 들어 있었다. 중국으로부터 흑인(黑人)·회자(回子)·일본(日本)·서달(西㺚)에 이르기까지 각 지방의 도리(道里)·산천(山川)·인물(人物) 등이 모두 기재되어 있었는데, 특히 서양이 자세하였다. 우리나라는 중국의 폭원(幅圓) 안에 덧붙어져 있었으며, 따로 지도가 그려져 있지 않았다. 지도에 그려진 회자국(回子國)의 인물과 의상이 흡사한 모습이었는바, 그 밖의 지역의 인물 또한 비록 징험해 볼 수는 없지만 이로 미루어 그리 어긋나지 않으리란 것을 알 수 있었다. 산천의 지명은 모두 서양 글자로 쓰여져 있었는데, 글자의 모습은 네모지면서 옆으로 써져 있었는데, 옆으로 써가다가 세워진 것도 있었으며, 극히 정세(精細)하면서 가지런했다. 또 오색(五色)의 선이 지도 위에 종횡으로 그어져 있는데, 이는 경위선(經緯線)이라고 하는 것이다.

내가 말하길,

"한자로 지명을 적은 것이 있습니까?"

라고 하자, 없다고 하면서 남회인(南懷仁)의 〈곤여도(坤輿圖)〉를 보여주었는데, 대략 다음과 같이 적혀 있었다.[150)]

"대저 대지와 바다는 본래 둥근 형상으로 합해져 지구를 이루며 천구(天球)의 가운데에 있으니, 진실로 계란 노른자가 푸른 껍질 안에 들어있는 것과 같은 모습이다. 대지가 네모나다고 하는 것은 곧 그것이 일정한 자리에 있으면서 움직이지 않는 성질을 말한 것이지 그 형체를 말한 것이 아니다. 하늘이 이미 대지를 감싸고 있으면서 피차가 서로 조응하기에 하늘에 남북의 2극(極)이 있고 대지에도 그것이 있다. 하늘은 360도로

---

150) 이하의 내용은 남회인(南懷仁)의 『곤여도설(坤輿圖說)』 상권의 내용을 초록한 것이다.

나뉘어지며 대지 또한 둘레가 그러하다. 하늘 안에는 적도(赤道)가 있으며, 적도로부터 남쪽으로 23.5도가 남도(南道)가 되고 적도로부터 북쪽으로 23.5도가 북도(北道)가 된다. 중국을 살펴보면 적도의 북쪽에 있다. 태양이 적도를 운행하면 밤낮의 길이가 같고, 남도를 운행하면 낮이 짧으며, 북도를 운행하면 낮이 길다. 그런 까닭에 천구에는 가운데에 주야의 길이가 같은 권역이 있고, 남북으로 낮이 짧고 낮이 긴 권역이 있어 해가 운행하는 경계(經界)를 드러내 보인다. 지구에도 또한 세 개의 권역이 있어 아래에서 이에 대응한다. 다만 하늘은 대지 밖에서 둘러싸고 있는 것이 매우 광대하기에 그 도수가 넓은 것이고, 대지는 하늘 안에서의 위치가 매우 작기에 그 도수가 협소하니, 이 때문에 서로 차이가 나는 것이다. 북방으로 곧장 가는 자라면 행로(行路)의 250리마다 북극이 1도씩 높아지고 남극이 1도씩 낮아지는 것을 발견하게 되고, 남방으로 곧장 가는 자라면 행로의 250리마다 북극이 1도씩 낮아지고 남극이 1도씩 높아지는 것을 발견하게 됨을 알 수 있다. 이에 지구의 모습이 과연 둥글다는 것을 살펴보지 않아도 알 수 있는 것이고, 아울러 대지의 1도의 넓이가 250리라는 것을 또한 징험할 수 있는 것이다. 그런즉 지구의 동서남북을 각기 일주하는 것이 9만 리가 되게 되는 것이다. 이는 남북과 동서로 그 수가 같고, 다름을 허용치 않는다.

대저 대지의 두께는 28,636리와 100분의 36분이며, 상하(上下)와 사방(四旁)에 모두 사람이 살고 있다. 혼륜(渾淪)한 하나의 구체(球體)로 원래 상하가 있지 않은바, 어디를 보든 하늘이 아니겠는가. 육합(六合) 안을 통틀어 무릇 발이 디디고 있는 바가 아래가 되고, 머리가 향하고 있는 바가 위가 된다. 이에 오로지 신체의 위치로써 상하를 나누어 봄은 옳지 않은 것이다. 또 내가 태서(泰西)로부터 바다에 떠서 중국에 들어왔는데, 낮과 밤의 길이가 같아지는 지점에 이르러 이미 남북의 2극(極)을 보았는

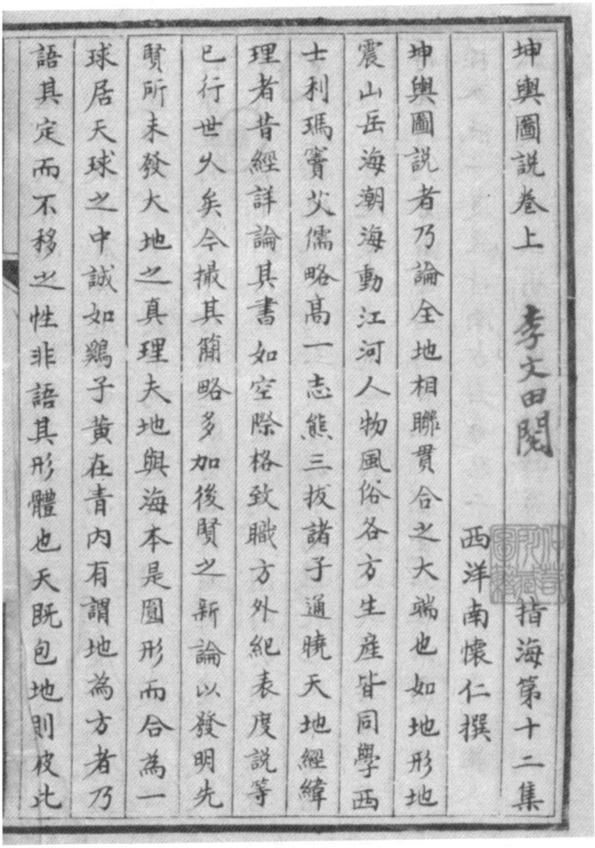
坤輿圖說卷上　孝文田閱　指海第十二集
西洋南懷仁撰
坤輿圖說者乃論全地相聯貫合之大端也如地形地
震山岳海潮海動江河人物風俗各方生産皆同學西
士利瑪竇艾儒略高一志熊三拔諸子通曉天地經緯
理者昔經詳論其書如空際格致職方外紀表度說等
已行世久矣今撮其簡略多加後賢之新論以發明先
賢所未發大地之真理夫地與海本是圜形而合為一
球居天球之中誠如鷄子黄在青内有謂地為方者乃
語其定而不移之性非語其形體也天既包地則彼此

『곤여도설』 상권의 첫 면

데, 이들 모두가 평지로 대략 높고 낮음이 없었다. 길을 돌아 남쪽으로 가 대랑산(大浪山, 희망봉)을 지나는데, 이미 남극이 지상에서 35도가 나와 있는 것이 보였다. 그런즉 대랑산과 중국은 상하에서 서로 대칭되고 있는 것이다. 이때에 나는 다만 위에 있는 하늘을 올려다 볼 뿐이고 아래에 있는 것은 볼 수 없었다. 그런 까닭에 대지의 형체가 둥글다고 하는 것이고 이 둘레에 모두 사람이 살고 있다는 것은 참으로 그러한 것이다.

하늘의 형세로 산천을 나누어 보면 북쪽에서 남쪽으로 다섯 지대가 있다. 첫째는 낮이 길고 낮이 짧은 두 권역의 사이에 위치하는데, 그곳은 매우 더운 지역이니 태양이 가까이 있기 때문이다. 둘째는 북극권(北極圈)의 안에 있고, 셋째는 남극권(南極圈)의 안에 있다. 이 두 지역은 매우 추운 곳이니, 태양이 멀리 있기 때문이다. 넷째는 북극의 낮이 긴 두 권역 사이에 있고, 다섯째는 남극의 낮이 짧은 두 권역 사이에 있다. 이 두 지역을 정대(正帶)라고 하는데, 매우 춥거나 덥지 않으니 태양이 멀거나 가까이 있지 않기 때문이다.

또 대지의 형세로 지역을 나누어 보면 오대주(五大州)가 되는데, 각 주(州)의 지경을 오색(五色)으로 구별하여 보기에 편리하도록 하였다. 나라가 매우 많아 이루 다 말할 수가 없으며, 본래는 의당 구체(球體)로 만들어야 하지만 그것이 지도로 보이기에는 불편하기에 어절 수 없이 둥근 원을 고쳐 평평하게 하였으며, 권역을 선으로 표시하였다.[151] 그 형세를 알고자 하면 반드시 서로 합해 동서(東西)의 두 바다를 이어 하나로 보아야 한다. 경위선(經緯線)은 본래 매 지역마다 구획해야 하는데, 지금 오직 10도로 일방(一方)을 삼아 어지러이 늘어놓지 않았으니, 이에 따라 그 장소에 각 나라를 분배해 둘 수 있는 것이다. 천하의 위도는 낮과 밤이 같은 곳을 중앙으로 삼아 시작해서 위로는 헤아려 북극에 이르고 아래로는 헤아려 남극에 이른다. 천하의 경도는 순천부(順天府)[152]를 기점으로 삼

151) 나라가 매우 많아 … 선으로 표시하였다: 이 대목이 『북원록』에는 "更圓爲平, 反圈爲線"으로 되어 있는데, 남회인의 『곤여도설』에는 "各國繁夥難悉, 原宜作圓球, 以其入圖不便, 不得不更圓爲平, 反圈爲線耳"로 되어 있다. 여기에서는 『곤여도설』에 의거해 번역하였다.

152) 순천부(順天府): 명나라 초기에 북경(北京) 일대를 통치하기 위하여 설치했던 관부. 태종 영락제(永樂帝)는 이때 순천부를 북경으로 삼아 서울을 금릉(金陵)에서 이곳으로 옮기고, 유명한 자금성(紫禁城)을 축조하였다.

아 1도에서 365도에 이르면 다시 서로 이어진다.

시험 삼아 복도(福島)[153]를 살펴보면 중선(中線)에서 위쪽으로 28도 떨어져 있고, 순천부에서는 동쪽으로 250도 떨어져 있는 곳이 그 곳에 해당된다. 무릇 중선 위쪽으로 북극에 이르는 지역은 북방(北方)에 해당하고, 중선 이하에 있는 지역은 남방(南方)에 해당한다. 또 위선(緯線)을 사용해 양극(兩極)에서 지상으로 얼마나 나와 있는지를 표시하니, 대개 낮과 밤이 같은 중선(中線)에서 떨어진 도수와 양극(兩極)에서 지상으로 나온 도수는 서로 같은 것이다. 다만 남방에서는 남극에서 지상으로 나온 도수를 표시하고, 북방에서는 북극에서 지상으로 나온 도수를 표시한다. 가령 경사(京師, 북경)을 살펴보면 중선 이북 40도에 해당하니, 경사는 북위(北緯) 40도임을 알 수 있다. 대랑산(大浪山)을 살펴보면 중선 이남 35도에 해당하니, 대랑산은 남위(南緯) 35도임을 알 수 있다. 무릇 동일한 위도의 지역은 그 양극(兩極)에서 지상으로 나온 도수가 같기에 사계절과 온도가 같은 모습을 보인다. 만약 두 지역이 중선에서 떨어진 도수가 서로 같으면서 하나는 남쪽, 하나는 북쪽에 위치한다면 사계절과 밤낮의 길이가 모두 같으면서 오직 시절이 서로 반대될 것이니, 이곳의 여름이 저곳의 겨울이 될 것이다. 낮이 길거나 밤이 긴 것은 중도에서 멀리 떨어질수록 더욱 길게 된다. 내가 지도 옆에 매 5도마다 밤낮의 길이가 어떻게 되는지를 표시를 하였으니, 동서와 상하로 중선(中線)에서 1도 떨어진 곳은 모두 통용해 쓴다.

경선(經線)을 사용해 서로 떨어진 지역이 몇 시(時)가 차이 나는지를 표시하였다. 대개 태양이 하루에 일주함에 매 시마다 30도를 가니, 서로 30도 떨어진 두 곳은 모두 1시가 차이남을 말한다. 가령 산서(山西) 태원

---

153) 복도(福島): 일본 나가사키현(長崎縣)의 동북부, 사가현(佐賀縣)의 이마리만[伊万里灣] 안쪽에 있는 섬.

부(太原府)는 경도(經度) 355도에 위치하며, 스리랑카[則意蘭島]는 325도에 위치하고 있다. 두 곳은 서로 30도 떨어져 있기에 서로 1시가 차이가 나니, 태원부가 오시(午時, 오전 11시~오후 1시)이면 스리랑카는 사시(巳時, 오전 9시~11시)가 된다. 나머지 지역도 이와 똑같으며, 가령 서로 6시가 차이나면 두 곳은 밤과 낮이 서로 반대가 되는 것이다. 또 중선에서 떨어진 도수(度數)가 서로 같으면서 남북으로 차이가 난다면 두 지역 사람들은 발바닥을 마주하며 반대로 걷게 된다. 가령 하남(河南) 개봉부(開封府)는 중선에서 북쪽으로 34도에 위치하는데, 남아메리카[南亞墨利加] 안의 은하(銀河)에 가까운 지역으로 조로아사(趙路亞斯) 같은 곳은 중선에서 남쪽으로 34도에 위치하고 있다. 그리고 경도(經度)로는 177도에 위치하여 두 지역이 서로 180도 떨어져 있으니, 6시(時)가 차이나 (밤낮이) 서로 반대가 되며 발바닥을 마주 대하며 걷게 되는 것이다. 이로부터 동일한 경선(經線)에 위치한 지역은 시간이 같은바, 일식이나 월식을 같은 시각에 보게 된다.

대저 지도에서 정한 각 지역의 경도와 위도는 세월을 오래 겪은 것으로 시간이 지날수록 더욱 법도에 맞았다. 대개 그 법도를 정함에는 측험(測驗)을 위주로 하였으며, 시작할 당시에는 천하의 나라와 바다 섬의 대부분을 지나본 적이 없었다. 나 이전에는 기록한 일이 없었기에 바다 밖에도 이러한 대지가 있는지를 알지 못하였다. 근래 200년 이래로 대서양 여러 나라의 명사들이 항해하여 천하를 두루 다니면서 주위에 이르지 않은 바가 없다. 무릇 각지에서 역법(曆法)에 의거해 천문을 측정해서 그 지역의 경도와 위도를 정하였기에 만국의 지명과 지도가 이처럼 자세히 갖추어지게 되었다. 육합(六合) 안의 모든 지역과 산천·강하(江河)·호해(湖海)·도서 중 본래 명칭이 없는 것은 무릇 처음 그곳을 지난 사람이 대부분 옛 성인의 이름으로 이름을 지어 표지를 삼고 그 도리(道里)를 정하였다.”

내가 말하길,

“이처럼 자세히 깨우쳐 주시니 친절하기 그지없습니다. 의기(儀器) 중 볼만한 것으로 내가 보지 못한 것이 있습니까?”
라고 하자, 유송령이 즉시 몸을 일으켜 안으로 들어가더니 혼천구(渾天球)를 가지고 왔다. 나무를 깎아 둥근 덩어리를 만들었는데, 크기는 수박만 하였고 가운데를 비어놓고 그 안에 기기를 끼어 놓아 회전하는 데 편리하게 되어 있었다. 그 위에 별자리의 운행 도수(度數), 황도(黃道)와 적도(赤道) 및 남북극(南北極)이 지면에 출입하는 도수가 새겨져 있었는데, 매우 자세하였다.

가군께서 나를 돌아보며 이치를 따져보고 있었는데, 유송령이 옆에 있으면서 듣고는 이미 알아차리고 역관 이인덕(李寅德)에게 말하였다.

“공자(公子)께서 매우 총명합니다.”

이미 차를 마셨는데, 또 둥글고 네모난 계란떡[鷄卵餠]과 산리홍고(山裡紅糕)를 가군께 올리었다. 가군께서 남은 것을 여러 사람에게 나누어주며 다 먹었다. 내가 말하길,

“간평의(簡平儀)와 선기옥형(璿璣玉衡)은 어째서 내게 보여주지 않습니까?”
라고 하자, 유송령이 대답하였다.

“이는 모두 관성대(觀星臺)에 있으니, 만약 보고자 한다면 예부(禮部)의 대인(大人)께 말해야 볼 수 있습니다.”

내가 말하길,

“예부에서는 보여주기에 인색한 것 같습니다.”
라고 하자, 유송령이 “그렇습니다.”라고 하였다. 나는 별선(別扇) 두 자루로 『곤여지(坤輿誌)』를 준 것에 사례하였다. 유송령이 〈황도총성도(黃道總

星圖)〉 2본(本), 〈수묵유렵(水墨羽獵)〉 2본, 금릉화지(金綾花紙) 2장(張), 작은 각도(刻刀) 한 자루[柄]를 주었다. 누런 주석으로 자루를 만들었고 칼날이 매우 예리하였으며, 중간에 작은 못이 부착되어 있어 마음대로 굽혔다 폈다 할 수 있었다. 쓰지 않을 때에는 자루 속에 칼날을 감추어 둘 수 있었으니, 매우 특이하게 만든 것이다. 또 흡독석(吸毒石) 2개는 모양이 작은 연석(燕石)[154] 비슷했으며, 고과(苦瓜) 1개는 밤처럼 작은 것이 핥아보니 매우 쓴 맛이 났는데, 이를 가군과 나에게 주었다. 가군께서 받으며 사례하고, 능화지(菱花紙)와 각도는 돌려주며 말하길,

"이 두 물건은 서화나 약석(藥石)과는 다른 물건이니, 감히 받을 수 없습니다."

라고 하자, 유송령이 웃으며 이 역관에게 말하였다.

"좋습니다. 서화와 약석만 가져가시지요."

내가 고과는 어떤 병을 낫게 하는 것이냐고 묻자, 그가

"곽란(藿亂)과 구토를 그치게 합니다."

라고 하였다. 내가

"흡독석의 용법을 알려주시겠습니까?"

라고 하자, 유송령이 들어가 두루마기[卷子] 3장을 가지고 나왔는데, '흡독석원유용법(吸毒石原由用法)'이라는 제목에 다음과 같이 씌어져 있었다.

"소서양(小西洋)에 독사 한 종이 있는데, 그 머릿속에 돌 하나가 난다. 크기가 편두인(扁豆仁, 한약재로 덩굴 콩의 일종)만 하며 각종 독기를 뽑아 없앨 수 있는데, 이것이 자연적으로 만들어진 흡독석이다. 그곳 사람들이 이 돌을 가져다가 빻아, 그 독사의 독과 본토(本土)의 흙과 함께 가루로 만들고 섞어서 돌 하나를 만든다. 그 모양이 마치 바둑돌과 같이 생겼

154) 연석(燕石): 중국 연산(燕山)에서 난다는 옥 비슷한 돌.

는데, 이것이 만들어진 흡독석이다.

무릇 달리는 짐승이나 모든 벌레가 각기 그 본성에 좋아하는 기미(氣味)가 있어 그 본체를 기르니, 이는 마치 초목이 각기 그 본체에서 필요로 하는 것을 빨아들여 본체를 기르는 것과 같다. 대저 독사 종류는 그 본성이 모든 독기를 즐겨 먹으며 이로써 그 몸을 기르는 것이다. 아울러 딱딱한 껍데기를 지녀 그 몸을 보호하며 다른 동물의 해를 면하는 것이나 말의 발굽이나 소의 뿔, 범이나 늑대나 사자의 발톱과 어금니, 코끼리의 기다란 코 등은 모두 이것으로 적을 막는 것이다. 이에 여러 독충이 독미(毒味)가 없어 그 몸을 기르지 못하면, 이는 소나 말이 꼴이 없어 그 몸을 기르지 못함과 같은 것으로 필시 성명(性命)을 보존할 수 없게 되는 것이다. 그러므로 실로 독미는 독충이 본성이 좋아하며 필요로 하는 것으로 그 용법을 가지고 징험할 수가 있다. 대개 땅 속에 여러 독물(毒物) 재료를 섞어두고 또 독사의 살에서 먼저 그 독기를 제거한 연후에 이 독기가 없는 독사의 살을 독료가 있는 땅 속에 넣어둔다. 그러면 독사의 살이 반드시 땅 속의 여러 독기를 빨아들여 자신의 살 속에 가득 담아두게 되니, 이는 그 본성이 좋아하고 필요로 하는 것을 분명히 보여주는 것이다. 지금 흡독석이 독을 빨아들이는 능력을 지니게 된 것은 곧 이 돌이 원래 생성된 질료가 독사의 성정과 서로 같기 때문이다. 대저 독충의 종류는 갖가지 형질을 따질 것 없이 모두 본성의 악기(惡氣)를 지니고 있다. 이 때문에 곤충마다 제각기 그 악기를 제거할 수 있음은 마치 금수에 주린 이가 있는 것과 같다. 초목과 화훼에도 본체의 곤충이 따르고, 토목(土木)에도 각기 뱀·지네·두꺼비 등의 악기(惡氣)가 행하니, 거미·풍뎅이·모기 등도 모두 각기 그 사물의 독기를 제거함이 있는 것이다. 이처럼 여러 곤충이 본체를 양육함은 모두가 자신의 보존에 이로움이 되기 때문이다. 인류는 만물 중 가장 드러난 존재로 조물주가 인류를 사랑해서 여러 품물(品物)을 절제하고 조화하였기에, 그 본성을 따름으로써 이 세상의 아름다움을 완전히 구현할 수 있는 것이다."

또 이르길,

"이 돌은 뱀이나 전갈, 지네 등 독충에 물린 것을 고치고, 또 모든 종기의 독과 악성 부스럼을 치료하는 데 그 효험이 몹시 빠르다. 이러한 병에 걸리게 되면 바로 이 흡독석을 가져다 물린 곳이나 종기나 악성 부스럼이 난 위에 놓기만 하면, 이 돌이 능히 그 독을 빨아낸다. 만일 독이 끈끈해서 잘 떨어지지 않을 때는 독기를 모두 빨아낼 때까지 기다리면 저절로 떨어지게 된다. 이때 빨리 이 흡독석을 가져다가 유즙(乳汁) 속에 담가 우윳빛이 약간 푸른빛으로 변하도록 내버려 둔 후에 이 돌을 꺼내서 맑은 물로 깨끗이 닦아서 말려 두면 후일에 쓸 수 있다. 그 돌을 담갔던 유즙에는 이미 독기가 있으므로 반드시 땅을 파고 묻어서 사람이 피해를 입는 일을 방지해야 한다. 만일 물린 곳의 독기나 종기의 독기가 다 가시지 않으면, 계속해서 흡독석을 놓고 독기를 뽑아내야 하는데 그 방법은 이전과 같다. 만일 흡독석이 떨어지고 끈끈하지 않으면 이는 독기가 이미 다 가신 것이니, 병이 서서히 나을 것이다. 유즙은 모름지기 반 종지쯤 미리 준비해야 하며, 사람의 젖이나 소의 젖이나 모두 좋다. 만일 이때에 유즙이 없어서 담그지 못하거나, 혹 조금만 더디게 담가도 이 돌은 상하게 되어 후에 쓰지 못하게 된다."

라고 하였는데, 이 또한 남회인(南懷仁)이 기록한 것이다.

가군께서 작별을 하고 나오고, 나 또한 뒤따라 나왔다. 유송령이 대문 밖에까지 이르러 전송하며 이 역관을 돌아보며 말하길,

"공자께서 매우[很, 원주: 매우(最)라는 뜻이다.] 이치에 밝다."

라고 하였다. 서생(徐生) 또한 옷자락을 잡으며 작별하기에 작은 청심환 두 환을 두고 돌아왔다.

내가 유송령과 더불어 한나절 가량 이야기를 나누었는데, 그는 때때로 콧등에 연기를 날리며 쏘이곤 하였다. 대개 양각(羊角)으로 만든 작은 합(盒)으로 수중천(袖中天)처럼 생겼으며, 그 안에 약 가루를 담아두었는데 향기가 매우 강렬하였다. 코 근처에 대면 금방 재채기가 나와 통기(通氣)하는 데 이로웠다. 서양 사람들은 늘 이 법을 사용해서 잠시도 그만두지 않았으며, 탁자 아래에는 타구(唾具)를 놓아두어 온 방에는 먼지 한 점이 없었다.

을병연행록

홍대용(洪大容)

◆◆ 홍대용(洪大容, 1731~1783)은 본관은 남양(南陽)이며 자는 덕보(德保), 호는 홍지(弘之)이다. 담헌(湛軒)이라는 당호(堂號)로 널리 알려져 있다. 당대의 유학자 김원행(金元行)에게 배웠고, 북학파의 실학자로 유명한 박지원(朴趾源)과는 깊은 친분이 있었다. 여러 번 과거에 실패한 뒤 1774년(영조 50)에 음보(蔭補)로 세손익위사시직(世孫翊衛司侍直)이 되었고, 1775년 선공감감역(繕工監監役), 1776년 사헌부감찰, 1777년 태인현감, 1780년 영천군수를 지냈다. 홍대용은 1765년 연행사의 서장관으로 임명된 작은 아버지 억(檍)을 따라 자제군관 자격으로 북경에 다녀왔다.

『을병연행록(乙丙燕行錄)』은 삼절연공겸사은사(三節年貢兼謝恩使)로 영조 41년(1765) 11월부터 이듬해 4월까지 이루어진 연행의 내용을 담은 것이다. 연행사는 상사 순의군(順義君) 훤(烜), 부사 김선행(金善行, 1716~1768), 서장관 홍억(洪檍, 1722~1809)인데, 홍대용은 자제군관의 자격으로 따라갔다. 홍대용은 자신의 연행 경험을 한문본 『연기(燕記)』와 한글본 『을병연행록』으로 남겼는데, 한문본은 주제별로 구성하되 주제의 내용은 날짜별로 정리했고, 한글본은 기존의 일기체 연행록과 같이 날짜별로 구성하였다.

홍대용은 1765년 12월 27일에 북경에 도착하였고, 3월 1일에 북경을 떠났다. 담헌은 북경에 머문 60여 일 동안 두 가지 중요한 경험을 했는데, 하나는 우연히 사귀게 된 항저우(杭州) 출신의 중국 학자들과 개인적인 교분을 갖게 된 일이며, 다른 하나는 북경에 머물고 있던 서양 선교사들을 찾아가 서양 문물을 구경하고 필담을 나눈 것이다. 번역은 김태준, 박성순이 옮긴 『산해관 잠긴 문을 한 손으로 밀치도다』, 돌베개, 2002.)를 참고하였으며, 일부 수정한 내용도 있다.

◇ 1766년 1월 7일

식전에 세팔을 불러 천주당(天主堂) 보는 일을 의논하니 세팔이 말하기를,

"몇 년 전에는 천주당 사람이 조선 사람을 각별히 대접하고 구경 가는 사람을 막는 일이 없었습니다. 그런데 근래에는 구경 가는 사람이 혹 잡되게 보채고 자리와 그림을 더럽히는 까닭에 매우 괴로이 여겨서 막고 들이지 않는다 하니, 미리 통하지 않으면 들어가기를 믿지 못할 것입니다."

라고 하기에, 드디어 세팔로 하여금 먼저 나아가 내일 가고자 하는 뜻을 전하라 하였다.

천주당은 서양국 사람이 머무는 곳으로, 서양국은 서쪽 바다 가운데 있는 나라이고 중국에서 수만 리 밖이다. 옛날에는 중국을 통하는 일이 없었는데, 대명 만력(萬曆, 1573~1619) 연간에 이마두(利瑪竇)라 하는 사람이 비로소 중국에 들어오니, 이마두는 천하에 이상한 사람이었다. 스스로 말하기를, "20여 세에 천하를 구경하고자 하는 뜻이 있어 나라를 떠나 천하를 두루 보고, 땅 밑으로 돌아 중국에 들어왔다."고 하였다. 그 말이 비록 믿어지지 않았으나 대개 천문성상(天文星象)과 산수(算數)·역법(曆法)을 모르는 것이 없고, 다 근본을 속속들이 살피고 증거를 밝혀서 하나도 억측의 말이 없으니, 대개 천고에 기이한 재주였다. 또 저희 학문을 중국에 전하였는데, 그 학문의 대강은 하늘을 존숭하여 하늘 섬기기를 불도(佛道)의 부처 섬기듯이 하고, 사람을 권하여 조석으로 예배하고 착한 일을 힘써 복을 구하라고 하니, 대개 중국 성인(聖人)의 도[유가(儒家)의 도]와 다르고 이적(夷狄)의 교회(敎會)여서 족히 말할 것이 없다. 그렇지만 천지(天地)의 도수(度數)와 책력(冊曆)의 근본을 낱낱이 의논하여 세월의 절후(節侯)를 틀리지 않게 함은, 또한 옛사람이 미치지 못할 것이다.

또 그 나라의 풍속이 공교(工巧)하고 이상하여 온갖 기계를 매우 정묘(精妙)하게 만든다. 이러므로 아마두가 죽은 후에 그 나라 사람이 이어서 중국에 통하여 끊어지지 않았고, 근래에는 작품(爵品)을 주고 후한 녹봉을 주어 책력 만드는 것을 완전히 맡겼다. 그 사람들이 한번 나오면 돌아가는 일이 없어서 각각 집을 지어 따로 거처를 정하고 중국 사람들과 섞이지 않았는데, 동서남북 네 집이 있어 이름을 천주당이라 하였다. 이는 하늘을 주(主)로 한다는 말이다. 그중 서천주당(남천주당을 말함)의 집과 기물이 더 이상하였다. 두 사람이 있었는데 한 명은 유송령(劉松齡)이고, 다른 한 명은 포우관(鮑友官)[155]으로, 두 사람 다 나이가 많고 소견이 높았다. 이곳은 전부터 우리나라 사람이 출입하는 곳이었다.

이윽고 세팔이 들어와 말하기를,

"큰 서통관(徐通官)이 아문에 들어와 문을 엄히 막아 출입을 통치 않습니다."

라고 하니, 큰 서통관은 이름이 종맹(宗孟)으로, 서종현(徐宗顯)의 사촌형이다. 종맹의 형인 서종순(徐宗順)은 대통관(大通官)으로 부임하여 권력이 양국(兩國, 중국과 조선)에 진동하였다. 종순이 죽은 후에 종맹이 그 대를 이어 또한 권세를 부리는데, 우리나라 말을 능히 하고 성정이 교활하여 여러 칙사(勅使)를 데리고 우리나라에 다니니, 다소(多少)의 일이 다 종맹의 손에서 결단되었다. 또 욕심이 무궁하고 사람됨이 불량하니, 우리나라 역관들이 감히 그 뜻을 어기지 못하고 극히 두려워하였다.

종맹의 사는 곳이 황성에서 40리 밖이어서 병이 있어 들어오지 못하다가 이날 아침에 들어왔는데, 마침 통관 오림포(烏林哺)가 제 집에서 음식을 갖추고 일행 역관을 청하여 노는 것이다. 이러므로 서종맹이 들어와

---

155) 유송령은 당시 나이 62세로 흠천감정(欽天監正)이었고, 포우관은 당시 64세로 흠천부감(欽天副監)이었다.

도 역관들이 나아가 대접하지 못하였다. 이에 종맹이 크게 노하여 문을 엄히 막았는데, 이는 우리나라 사람을 가두어 곤욕을 치르게 하려는 의사였다. 갑군이 문을 엄히 지켜 안팎이 서로 말을 통하지 못하게 하였으며, 물 긷는 사마군 또한 전립을 벗어 갑군에게 맡기고 즉시 들어온 뜻을 보이게 하였고, 수를 헤아려 부질없는 사람을 내보내지 않으니 구경할 일이 극히 낭패였다.

역관들이 들어와 그 연고를 물으니, 다 기색이 좋지 않아 기운을 펴지 못하고 다만 서로 말하기를,

"종맹이 죽지 않으면 북경을 다니기 어렵겠다."

고 하며 또 말하기를,

"비록 그러하나 사나운 가운데 슬기로운 것이 있는 것이다. 변통하기 어려운 일을 능히 주선하는 이가 없기는 어려운 것이다."

라고 하였다. 구경할 일을 의논하는데, 모두 말하기를 4~5일 안은 변통할 길이 없으니 조금 진정하기를 기다리자고 하니, 대개 종맹의 성정을 두려워하여 말하기를 다 어렵게 여기는 거동이었다. 역관들이 나가기에 세팔과 덕형(德亨)을 불러 의논하니 세팔이 말하기를,

"서통관이 비록 성정이 불량하고 허위(虛威)한 곳이 있으나, 만일 먼저 사람을 보내 말을 잘하여 온화하고 공손한 뜻을 보이며, 이 다음에 나가기를 청하면 필연 허락할 법이 있겠습니다."

라고 하였다.

덕형이 말하기를,

"오늘 일은 역관 때문에 노한 것일 뿐만 아니라 전부터 이곳 상고(商賈)들이 아문에 먼저 세를 바치면 아문이 방을 붙여 온갖 매매를 허락하였으니, 이러므로 조선 사람을 막을 뿐 아니라 이곳 상고의 출입을 막아 그 세 바치기를 재촉하는 뜻입니다. 만일 말을 잘하여 달래면 오래 막히

는 것을 걱정하지 않아도 될 것입니다."
라고 하였다. 세팔이 말하기를,
"덕형은 전부터 매매하는 것이 많은 까닭에 아문에 권력이 있고, 서통관이 또한 사랑하므로 만일 덕형을 보내면 일이 쉬울 것입니다."
라고 하기에, 드디어 덕형을 바삐 보냈다. 그랬더니 이윽고 돌아와 말하기를,
"아문에 나아가 이 사연을 이르는데 서통관이 대사와 다른 통고의 말을 들었기에 쾌히 허락하며, '공자의 구경하는 뜻을 내가 이미 알았으니, 사람을 적게 데리고 임의대로 다녀라.'하고 또 두려워하여 내게 문안 전갈을 보낸다."
고 했다. 그리고 우리나라 사연으로 전갈의 말을 전하기에 내가 말하기를,
"저희가 이미 전갈을 보냈으니 내가 대답하지 않으면 필연 무례하게 여길 것이므로, 즉시 사람을 보내어 안부를 묻고 구경하도록 허락함을 치사하는 것이 어떠하겠는가?"
라고 하였다. 세팔과 덕형이 다 말하기를,
"만일 그렇게 하면 크게 감사해야할 것입니다."
라고 하였다. 이에 덕유(德裕)를 시켜 아문에 나가 말씀을 공손히 하라 하였더니, 돌아와 말하기를,
"서통관이 전갈을 듣고 웃으며 극히 좋아했습니다. 전에도 수역(首譯)을 따라와 여러 번 전갈을 듣고 다녔지만 다만 안부를 알고자 한다고 하며 그 사연이 매우 거만하였는데, 이번에는 문안을 못내 아뢴다고 하니 조선 일을 익히 알고 대답이 서로 다른 줄을 안 것입니다."
라고 하니, 우스웠다.

천주당 일이 심히 바빠서 덕유를 다시 불러 세팔을 데리고 내보내기를 청하라 하니, 과연 즉시 내보냈다. 세팔이 천주당에 다녀와서 말하기를,

“두 사람은 보지 못하였고, 문 지키는 갑군에게 청심환을 주며 여러 번 달래자, 두어 번 들어갔다 나와 말하기를, ‘20일에 서로 볼 날이 있겠지만 그 전에는 계속해서 나라 일이 있어 틈이 없노라’ 하였습니다.” 라고 하니, 기다릴 밖에는 할 일이 없었다.

◇ 1766년 1월 9일

드디어 이덕성·홍명복과 한 수레에 올라 천주당으로 향하는데, 조그만 나귀를 매어 세 사람을 이기지 못할 듯 하였으나 조금도 어려워하는 모양이 없으니 이상하였다. 이 날 바람이 크게 일어 길에 먼지가 하늘을 덮었고 눈을 뜰 길이 없어 풍안경(風眼鏡)[156]을 내어 끼고 갔다. 정양문(正陽門) 안을 지나 서쪽 성 밑으로 수 리(里)를 가서 멀리서 바라보니 2층 성문이 티끌 가운데 표연히 높았는데, 이것이 선무문(宣武門)이다. 이 문 안으로 마루 없는 높은 집이 공중에 쌓여 있고, 기와 이은 제도와 집 위에 세운 기물이 다 그림에서도 보지 못하던 모양이어서 묻지 않아도 천주당인 줄을 짐작할 수 있었다. 문 앞에 이르러 수레에서 내려 세팔을 시켜 먼저 들어가 통하라 하니 세팔이 들어갔다. 문 지키는 사람의 성은 장가(張哥)인데 언약한 줄을 알고 있어서 즉시 들어가기를 청한다 하였다. 셋이 같이 그 사람을 따라 들어갔다.

큰 문을 들어가니 서쪽으로 또 문이 있는데, 이것은 안으로 통하는 문이다. 동쪽에 벽돌로 담을 정결히 쌓고 가운데 문 하나를 내었는데, 반만 열려 있어 문 밖의 첩첩한 집들이 은은히 비치었다. 세팔을 불러 그곳을 물으니 세팔이 웃으며 말하기를, 이것은 진짜 문이 아니라 담에 그림을 그려 구경하는 사람에게 재주를 보이려고 한 것이라고 하였다. 내가 이

156) 풍안경(風眼鏡): 바람과 먼지를 막기 위해 쓰는 안경.

상히 여겨 두어 걸음을 나아가 보니, 과연 담에 그림 그림이고 진짜 문이 아니었는데, 이것만 보아도 서양국의 그림 재주를 상상할 수 있었다.

서쪽 문으로 들어가니 남향하여 큰 집이 있는데 아로새긴 창과 비단 발[簾]이 다 예사 제도와 달랐고, 발을 들추고 문을 들어가니 그 안의 넓이가 7, 8칸이고 바닥에는 벽돌을 깔았다. 교의 세 쌍을 장막 안에 가로 놓았는데, 다 화류(樺榴)로 만들었고 기이한 비단으로 방석을 정결히 만들어 그 위에 얹었다. 서쪽 바람벽에는 천하지도(天下地圖)를 붙이고 동쪽 바람벽에는 천문도(天文圖)를 붙였는데, 적이 퇴색하였으나 소소(疎疎)히 보아도 매우 자세하고 분명하여 우리나라에서 보지 못하던 본이었다. 동쪽 벽 밑에 교자 하나를 놓았는데 주인이 타는 것인가 싶었다. 양쪽 벽 밑으로 다니며 그림을 구경하는데 장가가 말하기를,

"제가 먼저 들어가 통하겠습니다."

하고 가더니, 이윽고 뒷문으로 들어와 들어가기를 청하였다.

뒷문으로 들어가자 좌우에 첩첩한 집이 있고, 뜰을 건너 두어 층 돌계단을 올라 남향한 큰 집으로 들어가니, 이곳은 손님을 대접하는 정당(正堂)이었다. 북쪽의 주벽을 의지하여 네모진 병풍 한 척(隻)을 쳤는데, 수묵(水墨)으로 산수를 기이하게 그렸고, 그 앞으로 탁자 하나를 놓았다. 그 제양은 연잎 모양이었고, 옻칠 위에 이금(泥金)으로 화초를 그렸다. 외다리를 세우고 그 아래에 네 굽을 달았는데, 모두 새김과 채색이 이상하였다. 탁자 좌우로 세 쌍의 교의를 놓고 교의 앞으로 조그만 그릇에 등겨[왕겨]를 가득히 담아 각각 놓았는데, 이것은 침을 뱉게 한 것이다. 좌우 바람벽에 산수와 화초를 그렸고 또 인물을 가득히 그렸는데 다 진짜 형상이었으며 공중에 드러나서, 몇 발자국을 물러서면 종시 그림인 줄을 믿지 못할 듯하였다. 사람의 생기(生氣)와 안정(眼睛)이 완연히 산 사람의 거동이어서 차마 가까이 나아가지 못할 듯하였고, 높은 바위에

폭포가 내리는 모양은 의연히 소리를 들으며 옷이 젖는 듯하였다. 또 성 위에 외로운 내[川]와 수풀 가운데 층층한 누각이 아무리 보아도 벽 위에 진짜 경계를 베푼 듯하였다.

이윽고 장가가 들어와 말하기를,

"대인들이 나온다."

고 해서 창황히 문을 나가 맞았다. 두 사람이 문 밖에 섰기에 나아가 공순히 읍하고 물러서자, 두 사람이 또한 공순히 대답한 후에 먼저 들어가라고 하여, 두어 번 사양한 뒤에 먼저 들어가 문에 들어섰다. 두 사람이 또한 교의를 가리켜 앉으라고 하니, 또 사양한 후에 같이 앉았다. 두 사람은 서쪽 교의에 앉고 우리는 동쪽 교의에 앉았다. 자리를 정하고 탁자 위에 다섯 그릇의 차를 벌여놓았는데, 주인이 먼저 한 그릇을 마시며 권하여 다 치사하고 마셨다. 차 맛이 별양 청렬하여 향기로웠으며 차도 보통 것과 다른 법이었고, 이상한 제도와 공교(工巧)한 집물이 마음을 취하게 했다. 이목이 현란해서 심상한 기물이라도 또한 우러러보는 까닭인가 싶었다.

유송령(劉松齡)은 나이가 예순둘이고, 포우관(鮑友官)은 나이가 예순넷이었다. 유송령은 양람(亮藍) 정자(頂子)를 붙였으니 종2품 벼슬이었고, 포우관은 암백(暗白) 정자를 붙였으니 6품 벼슬이었다. 이러므로 송령이 나이가 적으나 우관의 위에 앉았다. 두 사람이 다 머리를 깎았고 온몸에 호복(胡服)을 하였다. 중국 사람과 분별이 있고 나이가 많아 수염과 머리가 세었으나 얼굴은 젊은이의 기색이며, 두 눈이 깊고 맹렬하여 노란 눈동자의 이상한 정신이 사람을 쏘는 듯하였다. 홍명복을 시켜 말을 통하니, 서로 알아듣지 못하는 말이 많아 매우 답답하였다.

홍명복이 말하기를,

"귀국이 중국의 어느 편에 있으며 멀기는 얼마나 됩니까?"

하자, 유송령이 말하기를,

"중국에서 남쪽으로 수만 리 밖이고, 대서양 사람입니다."

하였다. 홍명복이 말하기를,

"대서양의 땅 넓이는 얼마나 됩니까?"

하니, 유송령이 말하기를,

"셋으로 나누어져 있어 지방(地方)은 넓지 못하지만 인재는 매우 성합니다."

하고 또 말하기를, 사대부주(四大部洲, 세계를 넷으로 나눈 것)를 아느냐고 하기에, 홍명복이 어찌 모르겠냐고 하였다. 유송령이 말하였다.

사대부주도(四大部洲圖)

"조선은 동성신주(東星神洲)의 지방입니다."

또한 홍명복이 "그대는 어느 해에 중국에 왔습니까?"하고 물으니, 유송령이 중국에 이른 지 스물여섯 해라고 하였다. 홍명복이 서양국의 복색(服色)이 중국과 다름이 없는지를 묻자, 유송령이 본래 저희 복색은 이러한 일이 없어 머리를 깎지 않고 의복이 넓지만, 중국에 들어와 중국의 녹(祿)을 먹기에 마지못하여 중국 제도를 하고 있다고 말하였다.

홍명복이 글자는 중국과 다름이 없느냐고 물으니, 유송령이 말하기를,

"다만 우리 글자를 행할 뿐이어서 중국 진서(眞書, 한문)는 아는 일이 없습니다."

하였다. 홍명복이,

"그러하면 그대는 중국 글을 모릅니까?"

라고 하니, 유송령이 말하기를,

"중국에 들어와 비로소 진서를 배워 약간 글자를 알고, 성명 또한 본성명이 아니라 중국에 들어온 후 지은 것입니다."

라고 하였다. 홍명복이 이덕성을 가리키며 말하기를,

"이 사람은 우리나라 흠천감(欽天監)의 관원으로, 그대에게 책력 만드는 법과 성신(星辰)의 도수(度數)를 배우고자 합니다."

라고 하니, 유송령이 말하기를,

"어찌 감히 감당하겠습니까? 다만 벼슬이 우리와 같으니 마음이 각별합니다."

하고, 나를 가리켜 이 사람은 무슨 벼슬이냐고 물었다. 홍명복이 말하기를,

"이는 우리 삼대인(三大人)의 공자(公子)로, 벼슬이 없어 선비의 몸으로 중국을 구경하고자 왔는데, 그대의 높은 의론에 참여하여 듣고자 합니다."

라고 하였다. 이때에 수작한 말이 많았으나 다 기록하지 못하였다.

내가 말하기를,

"천주당은 유명한 곳이어서 한 번 구경하고자 하는데, 사람을 불러 인도하게 함이 어떠하겠습니까?"

하자, 유송령이 말하기를,

"어찌 사람을 시키겠습니까? 내가 같이 가겠습니다."

라고 하고, 즉시 일어나 뒷문으로 인도하였다. 따라서 들어가니 뒤에 또 한 뜰이 넓고 뜰 가로 온갖 화초분을 놓았으며, 서쪽으로 꺾어 수십 칸 행각(行閣)이 있어 칸칸이 비단 발을 드리웠으니, 사람들이 머무는 곳인가 싶었다. 화초분은 빈 것이 많았고 뜰에 열 개 정도 흙무덤이 있으니, 이는 화초를 묻는 곳인가 싶었다. 동쪽 처마 밑을 돌아 북으로 꺾어 두 번 문을 드니, 이곳이 천주를 위한 묘당이다. 그 안이 남북으로 열 칸 정도였고, 동서는 5, 6칸이었으며 높이는 7, 8장(丈)이었다. 네 벽과 반자를 다 벽돌로 만들고 나무 한 가지 드린 곳이 없었으니, 먼저 그 이상한 제도를 짐작할 것이었다.

북쪽 벽 위 한가운데 한 사람의 화상(畵像)을 그렸는데 여자의 상으로,

머리를 풀어 좌우로 드리우고 눈을 찡그려 먼 데를 바라보니, 무한한 생각과 근심하는 기상이었다. 이것이 천주(天主)라 하는 사람이다. 형체와 의복이 다 공중에 서 있는 모양이고, 선 곳은 깊은 감실(龕室) 같아, 처음 볼 때는 소상인 줄만 알았는데 가까이 간 후에 그림인 줄을 알았다. 안정(眼睛)이 사람을 보는 듯하니, 천하에 이상한 화격(畵格)이었다.

동서 벽에 각각 열 명 정도의 화상을 그렸는데, 다 머리털을 드리우고 장삼(長衫, 길이가 길고 소매가 넓은 옷) 같은 긴 옷을 입었으니, 이것은 서양국의 의복 제도인가 싶었다. 화상 위로 각각 칭호를 썼는데, 다 서양사람 중에 천주학문을 숭상하고 명망이 높은 사람이었다. 이마두(利瑪竇)와 탕약망(湯若望) 두 사람밖에는 알지 못하였다. 천주화상(天主畵像) 아래로 10여 쌍의 꽃을 꽂은 병과 온갖 기이한 기물을 벌여놓았는데, 다 서양국의 화기(花器)이고 기묘한 제양이어서 이루 기록하지 못할 것이었다. 두어 칸을 물려 한가운데 높은 탁자를 놓고 그 위에 향로와 향합과 온갖 보배로운 집물을 벌여놓았으며, 한편에 아로새긴 책상을 놓고 그 위에 누런 비단보를 덮었다. 유송령이 그 보를 헤치고 한 권 책을 내어 말하기를, "이것을 보십시오." 하기에 나아가보니, 다 황제와 후비(后妃)의 복록(福祿)을 축원하는 말이다.

유송령이 비록 나이가 많고 천문·역상(曆象)에 소견이 높았으나, 이런 무리(無理)하고 아첨[阿黨]하는 일을 스스로 낮추어 외국 사람에게 자랑하고자 하니, 극히 비루(鄙陋, 고상하지 못하고 더러움)하고 용속(庸俗)하여 먼 나라 이적(夷狄, 오랑캐)의 풍습을 벗지 못한 일이다. 양쪽 바람벽의 위층에는 다 화상이었고 아래층에는 온갖 누각과 인물을 그렸는데, 채색과 기물이 천연(天然)하고 이상할 뿐 아니라, 두어 칸을 물러서면 아무리 보아도 그림 속 인물의 정신을 알 길이 없었다.

남쪽으로 벽을 의지하여 높은 누각을 만들고 난간 안으로 기이한 악기가 놓여 있는데, 서양국 사람이 만든 것으로 천주에게 제사할 때 연주하는 풍류였다. 올라가 보기를 청하자, 유송령이 처음에는 매우 지난(至難, 지극히 어려워함)해 하다가 여러 번 청한 후에야 열쇠를 가져오라고 하여 서쪽의 한 문을 열었다. 그 안으로 들어가니 두어 길 채색한 사다리를 놓았는데, 이 사다리를 올라 또 한 층을 오르니 곧 누 아래에 이르는 것이다. 나아가 그 풍류 제작을 자세히 보니, 큰 나무로 틀을 만들었는데 사면이 막혀 은연히 궤(櫃) 모야이고, 장광(長廣)이 한 발(양팔을 잔뜩 벌린 길이) 남짓하고 높이는 한 길이다. 그 안은 보지 못하였으나 다만 틀 밖으로 5~6십 개의 쇠통을 장단(長短)이 층층 하도록 정제히 세웠는데, 모두 백철(白鐵)로 만든 통이고 젓대(대금) 모양이었다. 짧은 통관(統管)이 틀 안에 들어 있으니 그 대소를 보지 못하나, 긴 통은 틀 위로 두어 자가 높고, 몸 둘레는 두어 움큼이다. 대개 길이와 몸 둘레를 차차 줄였는데, 이는 음률의 청탁고저(淸濁高低)를 맞추어 만든 것이다.

틀 동쪽에 두어 보를 물려 두어 자 궤를 놓았고, 그 뒤로 두세 칸을 물려 큰 뒤주 같은 틀을 놓았다. 틀 위에는 부드러운 가죽을 덮었는데 큰 전대(纏帶, 자루) 모양이다. 아랫부리에는 틀을 둘러 단단히 붙였으니 바람도 통하지 못하였고, 윗부리에는 넓은 널로 더데(두둑하게 덧붙인 것)를 만들어 또한 단단히 붙였다. 더데 나무에 한 발 남짓한 나무 자루를 맞추었는데, 더데 나무를 틀 위에 덮었더니 너무 무거워 한 사람이 그 자루를 잡아 틀 앞을 의지하여 아래로 누르는데 매우 힘쓰는 거동이었다. 더데 판을 두어 자 들고 구겨진 가죽을 팽팽히 펴서 얹었으니, 사람이 자루를 놓은 후에 무거운 판이 즉시 눌리지 않도록 팽팽한 가죽에 얹어놓은 것이다.

내가 유송령에게 그 소리 듣기를 청하였는데, 유송령이 말하기를, 음악을 아는 사람이 마침 병이 들었으니 할 수 없다고 하며 철통을 세운 틀

이마두(利瑪竇, Matteo Ricci)와 탕약망(湯若望, Joannes Adam Shall von Bell)

앞으로 나아갔다. 틀 밖으로 말뚝 같은 두어 치의 네모진 나무가 줄줄이 구멍에 꽂혀 있는데, 유송령이 그 말뚝을 차례로 눌렀다. 위층의 동쪽 첫 말뚝을 누르니, 홀연히 한결같은 저(笛) 소리가 누 위에 가득하였다. 웅장한 가운데 극히 정완(貞婉, 정숙하고 온순함)하며, 심원한 가운데 극히 유량(嚠喨, 소리가 맑음)하니, 이는 옛 풍류의 황종(黃鐘) 소리를 본뜬 것인가 싶었다. 말뚝을 놓으니 그 소리가 손을 따라 그치고, 그 다음 말뚝을 누르니 처음 소리에 비하면 적이 작고 높았다. 차차 눌러 아래층 서쪽에 이르자 극진히 가늘고 극진히 높았으니, 이는 율려(律呂)의 응종(應鐘)을 응한 것인가 싶었다. 대개 생황 제도를 근본으로 하여 천하에 참치(參差)한 음률을 갖추었으니, 이것은 고금(古今)에 희한한 제작이다.

내가 나아가 그 말뚝을 두어 번 오르내려 누른 후에, 우리나라 풍류를 흉내 내어 잡으니 거의 곡조를 이룰 듯하여 유송령이 듣고 희미하게 웃었다. 여럿이 다투어 눌러 반나절[半晑]이 지난 후에는 홀연 눌러도 소리가 나지 않아 동쪽 틀 위를 보니, 가죽이 접혔고 더데 판이 틀 위에 눌렸던 것이다.

대개 이 악기의 제도는 바람을 빌려 소리를 나게 하는데, 바람을 빌리는 법은 풀무 제도와 같았다. 그 고동(기계 따위를 움직여 활동시키는 장치)은 오직 동쪽 틀에 있으니, 자루를 누르면 가죽이 차차 펴져서 어느 구석의 구멍이 절로 열려 함께 바람을 틀 안에 가득히 넣은 후에 자루를 놓아 바람을 밀면 들어오던 구멍이 절로 막히고 통 밑을 향하여 맹렬히 밀어댄다. 통 밑에 비록 각각 구멍이 있으나 또한 조그만 더데를 만들어 단단히 막은 까닭에, 말뚝을 눌러 틀 안에 고동을 쫑기어(빳빳이 세워) 구멍이 열린 후에야 비로소 바람이 통하여 소리를 이루고, 소리의 청탁고저는 각각 통의 대소장단(大小長短)에 따라 음률을 다르게 하는 것이다. 틀 속은 비록 열어보지 못하였으나 겉으로 보아도 그 대강의 제작을 짐작할 수 있었다. 내가 유송령을 향하여 그 소리 나는 곡절을 형용하여 이르니, 유송령이 웃으며 맞는 말이라고 하였다.

누각을 내려와 다른 구경을 청하니, 유송령이 앞서 나가며 따라오라고 하였다. 그 뒤를 좇아 문을 나와 서쪽의 한 집에 이르니, 이곳은 자명종을 감춘 집이었다. 정당에서 말을 수작할 때 때때로 웅장한 종소리가 들렸는데, 이곳에서 나는 소리였다. 먼저 그 집 제양을 보니 서너 길의 표묘(縹渺)한 집을 지었는데 넓이가 서너 칸이다. 남쪽 처마에는 다 널로 빈지(한 짝씩 끼었다 떼었다하게 만든 문)을 쌓았고, 한가운데 한 아름 둥근 쇠고리를 박았다. 고리 위에 12시와 96각(角, 분)을 그렸고 각각 서양국 글자로 시각을 표하였다. 가운데 조그맣고 둥근 구멍에 쇠막대 부리 두어 치를 나오게 하였고, 그 위에 가로로 쇠를 박아 시각을 가리키게 하였다. 문 안으로 들어가자 위에 또한 누(樓)가 있는데 남쪽은 두 발 사다리를 세웠고, 북쪽은 누가 터져 있어 큰 줄 두 가닥을 가로로 드리웠는데, 실은 한 가닥이었고 그네줄 모양이다. 그 줄에 말[斗]만한 큰 추를 꿰었으니 연알(약재를 갈 때 굴리는 바퀴 모양의 쇠) 모양이다. 아래에서 들으니 다만 도는 소리만 들릴 뿐이고 그 제양은 볼 길이 없었다.

올라가 보기를 청하자, 유송령이 말하기를,

"누 위가 매우 좁아 여럿을 용납하지 못합니다. 한 명만 올라가는데 머리에 쓴 것은 벗고 오르십시오."

하고, 나를 향하여 말하기를,

"그대만 올라가십시오."

라고 하여, 내가 즉시 전립을 벗어 세팔에게 맡기고 누 위에 오르니, 넓이가 두어 칸이었다. 기이한 기계를 가득히 벌였으니, 무수한 바퀴들이 서로 얽혀 갑작스럽게 알아낼 길이 없었다. 대개 자명종 제도를 바탕으로 하여 형체를 키우고 기계를 변통하였으니, 바퀴 하나의 크기가 혹은 한 아름이 넘었고, 한편에 여러 가지 이상한 기계를 잡란(雜亂)하게 베풀었다. 서쪽에 작은 종 다섯을 달고 그 옆에 큰 종 하나를 달았는데, 각각 망치를 갖추고 철사를 두루 늘여 서로 응하게 만들었다. 대강 이러할 따름이고, 그 공교한 법은 말로 이루 기록하지 못하였다.

누를 내려와 문을 나가니 비단 발을 드리운 서쪽 집에서 청아한 소리가 들렸다. 홍명복에게 물으니,

"저희가 머무는 캉입니다"

라고 하였다. 들어가 보기를 청하라 하니, 여러 번 간청하였는데 종시 응답하지 않고 매우 어렵게 여기는 기색이었다. 드디어 도로 정당에 이르러 두어 말을 수작하고 훗날 기약을 머무르고 문을 나와 대문에 이르니, 두 사람이 문 밖에 이르러 여러 번 들어가기를 청하였지만 듣지 않고 수레에 오른 후에야 비로소 다시 들어갔다.

◆ 1766년 1월 13일

식후에 이덕성을 데리고 천주당에 다시 갈 때, 홍명복은 연고가 있을 뿐 말을 종시 분명하게 통하지 못하니, 차라리 지필(紙筆)로 서로 수작하는 것만 같지 못하다고 하여 이덕성과 한가지로 갔다. 천주당에 이르러 말하니, 문 지키는 장가가 말하기를,

"유대인(劉大人)은 일이 있어 흠천감에 나아가고 포대인(鮑大人)이 혼자 있으나 재상 대인들이 여럿 와 있어 만나보지 못할 것이니, 19, 20일 두 날 중에 다시 오면 필연 조용히 만날 것입니다."

라고 하였는데, 과연 문 밖에 수레와 휘황한 안마(鞍馬)가 여럿 매여 있고 정자(頂子)를 붙인 관원 두엇이 나왔다. 세팔이 말하기를,

"포우관이 중문 안에서 손님을 보내고 우리를 보고는 바삐 몸을 숨겨

도로 들어가니 보기를 어려워하는 싶고, 이때 상원(上元)이 가까이 온 까닭에 천주당에 기도하는 재상이 많이 다녀서, 필연 외국사람 보기를 더욱 불편하게 여기는가 싶습니다."

라고 하기에, 드디어 장가에게 19일 기약을 재삼 언약하였다. 수레를 이덕성에게 주어 관으로 돌아가게 하고, 덕유를 데리고 걸어 성문 안에 이르렀다.

◆ 1766년 1월 19일

일관(日官) 이덕성은 관상감에서 책력 만드는 법을 질정(質正)하러 왔다. 천주당에서 조용히 의논하지 못하는 것을 민망하게 여기더니, 이 날 약간의 폐백을 갖추어 한가지로 가기를 청하였다. 내가 장지(壯紙)와 화전지와 부채를 내주어 한데 봉하게 하고, 식후에 세팔을 데리고 천주당으로 갔다. 장가를 불러 찾아온 뜻을 통하라 하였더니, 장가가 들어갔다가 나와 말하기를, 두 대인(大人)이 밤을 새도록 천문을 보는 까닭에 잠이 들어 아직 깨지 못하였으니 잠깐 기다리라고 하였다. 드디어 수레를 돌려보내고 당(堂)으로 올라가 교의에 앉았는데, 장가가 청심환을 얻고 싶다고 하였다. 주머니 속에서 둘을 내주고 이덕성이 또 하나를 내주자, 장가가 대단히 기뻐하는 기색으로 말하기를,

"노야들이 저번에 나와 구경한 곳을 남긴 것이 없고 두 대인들과 종일 말을 하였는데, 다시 보고자 하는 것은 무슨 까닭입니까?"

라고 하였다. 내가 말하기를,

"우리는 두 대인의 높은 식견을 흠모하여 조용히 천문 도수를 의논하고자 하니, 이번은 구경을 위한 것이 아니라 약간의 폐백을 갖춰 정성을 표하고 배우기를 청하려 하는 것이다."

라고 하자, 장가가 머리를 끄덕였다. 그리고는 오래도록 소식이 없기에 장가에게 여러 번 재촉하였더니 장가가 말하기를,

“이미 폐백을 가져왔으면 먼저 발기(發記, 사람이나 물건의 이름을 적어놓은 글)를 적어 대인에게 보이는 것이 어떠하겠습니까?”

라고 말했다. 내가 말하기를,

“말이 해롭지 아니하나 지필을 가져오지 않았으니 어찌하겠는가?”

라고 하니, 장가가 나가 필연(筆硯)과 종이를 가져왔다.

이덕성을 시켜 발기를 적었는데, 세묵(細墨) 두 필, 청심환 네 환, 장지(壯紙) 두 권, 화전지 한 권, 부채 여섯 자루였다. 장가가 들어가더니 나와 말하기를,

“대인들이 몸이 피곤하여 손님을 볼 길이 없고, 이 면피는 저번 받은 것도 지금 회폐(回幣)를 못하였으니 어찌 다시 받을 것이냐고 합니다. 어쩔 수 없으니 훗날 다시 오시지요.”

라고 하였다. 내가 말하기를,

“우리의 면피는 정성을 표한 것인데 무슨 회폐를 바랄 뜻이 있으며, 조용히 천문을 강론하여 높은 의론을 듣게 하면 이것이 더 없이 중한 회폐가 될 것이오. 이 말을 다시 통하고 잠깐 보기를 청하여라.”

라고 하였다. 장가가 들어갔다 나와 말하기를,

“이번은 볼 길이 없고 면피는 받을 뜻이 없으니 내가 알 바가 아닙니다.”

라고 하였다. 여러 번 다시 청해보라 하였으나 장가가 도리어 괴롭게 여기는 거동이었다. 내가 말하기를,

“자네가 말로 청하기를 어렵게 여기는가 싶으니, 내 두어 줄 글로 돌아가는 사연을 적어줄 테니 대인들에게 전할 수 있겠는가?”

라고 하자, 장가가 허락하였다.

드디어 장가에게 종이를 다시 얻어 이렇게 썼다.

"우리들은 높은 덕을 흠모하고 배우기를 원하는 정성이 있는데, 두 번째 문병(門屛)에 나왔지만 보지 못하니, 무슨 죄를 얻은 듯하며 부끄러움을 이기지 못하겠습니다. 청컨대 길이 하직을 고하고 나아오지 않으려 하니 헤아려 용서함을 바랍니다."

쓰기를 마치고 장가에게 주면서 말하기를,

"우리는 대인에게 무엇을 얻고자 하는 뜻이 아닌데 대인의 사람대접이 매우 박절(薄絶)하니, 다시 볼 낯이 어찌 있으리오. 이 편지를 전한 후에 즉시 돌아가겠다."

라고 하였다. 장가가 가지고 들어가더니 즉시 돌아와 말하기를, 대인들이 만나기를 청하니 내당(內堂)에 먼저 들어가 기다리라고 했다. 내가 말하기를,

"대인들이 보기를 괴롭게 여기는데, 우리가 어찌 먼저 들어가겠는가?"

라고 하자, 장가가 여러 번 재촉하며 대인들이 내당에 하마(벌써) 나왔다고 하기에, 장가를 따라 들어갔다.

비로소 장가가 내당의 발[簾]을 들어 먼저 앉기를 청하기에, 내가 섬돌 아래 머물러 말하기를,

"우리가 어찌 먼저 당에 오르겠는가?"

하고 잠시 섰더니, 유송령과 포우관이 과연 한가지로 나와 친히 발을 들어 먼저 들어가기를 청하였다. 두어 번 사양하다가 먼저 들어가 각각 자리에 앉은 후에 피차 한훤(寒暄, 안부 인사)을 통하였다. 내가 말하기를,

"우리는 중국에 처음 들어온 사람이라서 한어(漢語)를 익히 알지 못하니, 하고자 하는 말을 서로 통할 길이 없습니다. 청컨대 지필을 얻어 글로 서로 수작하는 것이 어떻겠습니까?"

하니, 유송령이 즉시 사람을 불러 필연과 종이를 가져오라고 하였다. 또

무슨 말을 하니까 이윽고 한 사람이 들어오는데, 모양이 적이 조촐하였다. 교의에서 내려 읍하여 인사하자 유송령이 말하기를,

"이 사람은 남방의 선비입니다. 마침 이곳에 머무르는 까닭에 청하여 수작하는 말을 쓰게 하고자 합니다."

라고 하였다. 대개 두 사람이 중국 글을 약간 알지마는 글자 쓰기를 전혀 못하는 까닭에, 저희가 대답하는 말은 이 사람에게 말로 일러 글을 만들어 쓰게 하는 것이다. 우리가 써 보이는 글을 포우관은 전혀 알지 못하는 모양이고, 유송령은 구절을 붙여 읽으며 자세하지 못한 곳은 그 선비와 의사를 의논한 후에 비로소 대답하는 말을 받아썼다. 이러므로 종일 수작이 종시 난만(爛漫, 충분히 많음)하지 못하였다.

그 선비가 탁자 남쪽으로 교의를 놓고 앉기에 내가 먼저 써 말하기를,

"비록 존모(尊慕)하는 마음이 있으나 자주 나아와 괴로움을 끼치니 극히 불안합니다."

하니, 유송령이 보고 대답이 없었다. 내가 또 말하기를,

"그윽이 들으니 천주학문이 삼교(三敎, 유교·불교·도교)와 더불어 중국에 병행한다 하는데, 우리는 동국 사람이어서 홀로 알지 못하니, 원컨대 그 대강을 듣고 싶습니다."

라고 하였다. 유송령이 말하기를,

"천주의 학문은 심히 기특하고 깊습니다. 그대는 어느 대목을 알고자 합니까?"

하기에, 내가 말하기를,

"유도(儒道)는 인의(仁義)를 숭상하고, 노도(老道, 도교)는 청정(淸淨)을 숭상하고, 불도(佛道)는 공적(空寂)을 숭상하는데, 원컨대 천주의 숭상하는 바를 듣고자 합니다."

라고 하였다. 유송령이 말하기를,

"천주의 학문은 사람을 가르쳐 천주를 사랑하고, 사람 사랑하기를 내 몸과 같이하게 하는 것입니다."
라고 하였다. 내가 묻기를,
"천주는 상제(上帝)를 가리키는 이름입니까? 혹은 특별한 사람이 있어서 칭호를 천주라 하는 것입니까?"
하니, 유송령이 말하기를,
"이는 공자(孔子)의 이른바, '교사(郊社)의 예는 써 상제를 섬기는 바라' 하는 것이고 도가의 옥황상제를 이르는 것이 아닙니다."

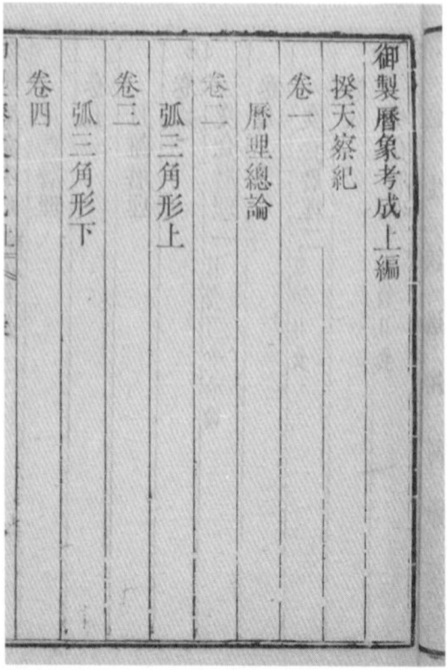

『역상고성(曆象考成)』

하고 또 말하기를,
"『시전(詩傳)』 주(註)에 '상제는 하늘 주재(主宰)이다'라고 하지 않았습니까?"
라고 하였다.
내가 말하기를,
"그윽이 들으니 그대는 겸하여 천문을 살피고 역법을 다스린다 하는데, 하늘의 다섯 별이 해마다 돌아가는 도수가 변하니 추보(推步, 천체의 운행을 관측하는 일)하는 법 가운데 근년에 고쳐 추보함이 있습니까?"
하니, 유송령이 말하기를,
"지금 추보하는 법은 『역상고성(曆象考成)』[157]에서 의논한 바를 고침이

157) 『역상고성(曆象考成)』: 청나라 강희(康熙) 연간에 편찬된 역법(曆法)에 관한 책. 청나라는 초기에 탕약망(湯若望)이 편찬한 『서양역법신서(西洋曆法新書淸)』에 의거해 『시헌력(時憲曆)』을 제정하였는데, 여기에서 오류가 발견되자 이를 바로 잡기 위해 흠

없는데, 근년에 두어 도수가 변하였습니다. 이 연고를 황상께 아뢰어 옛 법을 고치고자 하는데 아직 시작하지 못하였습니다."
하로 하였다. 『역상고성』은 강희황제가 만든 책으로, 하늘의 도수를 산법(算法)으로 미루어 책력 만드는 법을 의논한 것이다.

이때에 수작한 말이 많지만 다 기록하지 못하고 나중에 내가 이르기를,

"천문 도수는 가볍게 알 수 있는 것이 아닌데, 내가 망령됨을 잊고 혼천의(渾天儀) 하나를 만들어 천상을 모방하여 비록 대강 도수를 얻었으나, 하늘 법상(法象)에 참여하여 상고하면 어긋나고 그름이 많습니다. 이곳에 여러 번 나아와 번거로움을 피하지 않은 까닭은 필연 기이한 의기(儀器) 제도가 많이 있을 것이므로, 한번 구경하여 미혹하고 닫힌 마음을 깨치고자 하는 때문입니다."
라고 하였다. 유송령이 대답하기를,

"여러 가지 의기는 관상대(觀象臺)에 있으며 아주 볼 만하나 쉽게 들어가지 못할 것이고, 이곳에는 다만 초솔(草率, 거칠고 엉성함)하고 상한 것 하나가 있으니 족히 볼 것이 없습니다."
라고 하였다. 내가 비록 초솔하더라도 잠깐 보기를 청한다고 하니, 유송령이 사람을 불러 무슨 말을 이르더니 즉시 하나를 내왔다.

그 크기는 큰 뒤웅박 같고, 종이를 배접(褙接)하여 만든 것이다. 위에 삼원(三垣)[158] 28수(宿)의 온갖 성신(星辰)을 다 갖추어[諸備] 그리고, 주석 고리를 그 위에 끼웠는데 동서로 임의로 돌리고, 남북은 각각 곧은 쇠로 버티어 치우쳐 놀지 못하게 하였다. 한 고리의 이름은 적도(赤道)인데 하

천감원(欽天監員)을 시켜 이 책을 편찬토록 하였다. 천문학 이론을 설명한 「규천찰기(揆天察記)」(상편 16권)와 천문 산법(算法)을 밝힌 「명시정도(明時正度)」(하편 10권) 및 「운행표(運行表)」(16권)으로 구성되어 있다.

158) 삼원(三垣): 동양 천문학에 있어서의 성좌의 세 구획, 곧 자미원(紫微垣)·태미원(太微垣)·천시원(天市垣)을 말한다.

늘 가운데를 이르는 것이고, 한 고리는 황도(黃道)인데 일월(日月)이 다니는 길을 이르는 것이다. 유송령이 두 고리를 돌려 보이면서 말하기를,

"이것은 해마다 도수가 틀리는 것을 상고하게 하는 것입니다."

라고 하였다. 포우관이 조그만 그림 한 장을 내왔기에 보니 관상대 그림이라 하였다. 높은 대 위에 사면을 여장(女墻, 성가퀴)으로 두르고 그 안에 천문을 보는 온갖 의기를 벌였는데, 그 그림으로 보아도 기이 신묘(神妙)하여 구경할 만하였다. 내가 말하기를,

"이 그림을 보니 관상대를 더욱 보고 싶습니다. 그대는 이미 흠천관의 벼슬을 하고 있어 지키는 사람에게 한 말을 이르면 필연 어기지 못할 것이니, 우리를 위하여 한 번 도모함이 어떻겠습니까?"

라고 하니, 유송령이 말하기를,

"관상대는 나라의 중한 기물을 감춘 곳이어서 금령(禁令)이 가장 엄하여 바깥사람이 임의로 출입하지 못합니다. 비록 친왕(親王) 대인이라도 황상의 조서를 얻지 못한다면 어찌 들어갈 수 있겠습니까? 이는 우리 힘으로 도모할 바가 아닙니다."

라고 하였다.

이곳에 원경(遠鏡, 망원경)이라 하는 것이 있는데, 서양국에서 만든 것이고 우리나라의 천리경(千里鏡) 제도와 같았다. 먼 데를 보는 안경이라 이르는 것으로, 천만 리 바깥의 터럭 끝을 능히 살피는 것이다. 이러므로 하늘을 엿보며 일월의 형태와 성신의 빛을 난만(爛漫)하게 측량하니 천하에 이상한 기구이다. 이때 구경하기를 청하자, 두 사람이 서로 이슥히 의논하고 사람을 불러 말을 이르더니, 이윽고 나가보기를 허락하였다.

한가지로 문을 나와 서쪽 월랑(月廊, 행랑)으로 나아가니 원경을 이미 내어다가 벌여놓았다. 그 제도를 자세히 알 길이 없지만 대강을 보니, 둥근 통이 총렬(銃列) 모양 같으며 푸른 구리로 만들었고, 길이는 주척(周

북경 관상대도(觀象臺圖)

尺)[159] 석 자를 넘지 못할 듯하였다. 양 끝에 유리를 붙이고 세우는 틀은 당(唐) 촛대의 모양 같으며, 외기둥의 높이는 주척으로 서너 자이고, 아래로 세 굽을 만들어 땅에 세웠다. 또 기둥 위에 옆으로 도는 고동을 쇠로 만들어 옆으로 드리워 걸어놓은 것이 있는데, 제도는 펴놓은 부채 모양이었다. 그 위에 통을 단단히 끼웠는데 각각 고동이 있어 기둥을 움직이

159) 주척(周尺): 고려 시대 이후부터 조선 시대에 걸쳐 사용된 자의 하나. 한 자가 곡척(曲尺)의 여섯 치 육 푼으로, 23.1cm 정도이다.

지 아니하여도 보고자 하는 곳을 임의로 돌려대게 하였고, 가운데 가는 실에 작은 추를 매어 드리웠으니 지평(地平)을 정하게 한 것이다. 문을 만들어 닫았는데 쇠로 사개를 만들고 가운데 유리로 꾸며서, 비록 열지 아니하여도 안을 분명히 살피게 하였다. 그 이상한 제도와 공교한 성력(星曆)은 이루 전할 길이 없다.

그 대강의 제도는 이러하고 보는 법을 물으니, 조그맣고 짧은 통이 있는데 길이는 한 치 남짓하고 종이를 단단히 배접하여 만든 것이다. 한편 머리에 2층으로 유리를 붙였는데 눈에 대고 한 군데를 바라보니, 침침히 어두워 겨우 희미하게 밝은 빛이 있었다. 유송령이 이 통을 들어 큰 통의 동쪽 부리에 끼우고, 서쪽 부리가 해를 향하도록 고동을 틀어 놓은 후에 나를 가리켜 먼저 보라고 하였다. 틀 동쪽으로 조그만 교의를 놓고 그 위에 비단 방석을 깔았는데, 이것은 사람이 걸어 앉아보게 한 것이다. 자리에 나아가 한쪽 눈을 감고 통 안을 엿보니 햇빛이 둥근 형태를 통 끝에 건 듯하고, 조금도 멀리 바라보이는 모양이 아니어서 해 속에 무엇이 있으면 머리털이라도 감추지 못할 듯하였다. 형태는 비록 분명하나 희미한 구름 속에 싸인 듯하고, 눈에 쏘이는 빛이 없어 오래 보아도 조금도 부시지 아니하니 이상한 일이다. 해 가운데 가로로 가는 줄이 있어 띠를 씌운 듯하기에 그 곡절을 물으니, 유송령이 웃으면서 말하기를, 그것은 해 속에 있는 것이 아니라 통 안에 가는 철사를 가로 매어 바깥 지평을 응하게 한 것이라고 하였다. 내가 묻기를,

"전에 들으니 해 속에 세 개의 검은 점이 있다고 했는데 보이지 않으니 어떤 이유입니까?"

하니, 유송령이 말하기를,

"검은 점은 셋뿐이 아니라 혹 하나나 둘이 있고 많을 적에는 여덟이 있는데, 시방은 하나도 보이지 않을 때입니다."

하였다.

내가 말하기를,

"점이 이미 있으면 어찌 없을 적이 있으며, 또 달이 고르지 아니함은 무슨 곡절입니까?"

하니, 유송령이 말하기를,

"그대가 그 묘리를 모르는 것입니다. 검은 점이 두루 박혔지만 해의 형태는 이미 둥근 것이고, 주야로 돌아갈 적이면 구르기가 수레바퀴 같은 까닭에, 좌우에서 바라보매 이 면에 점이 있으면 혹 저 면에 없으며, 이 면이 적으면 혹 저 면이 많을 적이 있습니다."

라고 하였다. 보기를 파하고 정당으로 돌아와 내가 묻기를,

"자명종이 필연 어려 제양이 있을 것이니, 잠깐 보게 해주시는 것이 어떻겠습니까?"

하자, 유송령이 자명종은 다만 다락 위에 베픈 것이 있을 따름이며 다른 것은 없다고 하여, 보여주기를 어렵게 여기는가 싶었다.

올 때에 삼방(三房)에서 각각 면피 보낸 것이 있었다. 세팔을 불러 들어오라 하여 사행의 의사로 전해주라 하니, 어쩔 수 없이 받지만 괴로이 여기는 기색이 있어 회폐(回幣)를 어렵게 여기는가 싶었다. 내가 말하기를,

"날의 기운이 심히 차니 귀체(貴體)가 상함이 있을까 걱정되고, 날이 또한 저물었으니 감히 물러가기를 고하거니와, 그윽이 다시 나와 배우기를 청하고자 하니 한가한 날을 기약하여 가르침이 어떠하겠습니까? 가져온 폐백은 극히 소소하거니와 하직 정성을 표하니, 만일 받지 아니하면 이것은 다시 보기를 허락하지 않음이니 다시 생각해주십시오."

라고 하였다.

유송령이 말하기를,

"성한 폐백의 후의를 입으니 삼가 받을 것입니다. 청컨대 우리를 대신

하여 세 대인에게 사례하는 뜻을 전해주십시오. 이후에 다시 만나고자 해도 이 달 안에는 다시 한가한 날이 없으니, 내가 월후(月後, 새달)에 다시 상량(商量, 헤아려 생각함)하여 한 번 모이기를 도모하겠습니다."
라고 하였다. 내가 말하기를,
"우리는 비록 날마다 배우기를 청하고자 하나 진실로 한가한 날이 없을진대 어이하겠습니까?"
하였다. 두 사람이 낀 안경이 별양 작고 꾸민 제양이 기이하기에 그 만든 곳을 물으니, 서양국에서 만들어온 것이라고 하였다. 수정인가 물으니, 유송령이 웃으며 말하기를,
"수정 안경은 눈이 상하여 끼지 못할 것이고, 이것은 유리로 만든 것입니다."
하였다. 두 사람이 다 비연(鼻煙, 콧구멍에 대고 불어넣는 가루약)을 내어 코에 넣는데, 담은 그릇은 대모(玳瑁)로 만든 둥근 합이고, 품에 품었다. 읍하고 물러나올 때 이덕성이 말하기를,
"몇 년 전에는 천주당 사람이 우리나라 사람을 보면 가장 반겨하며 대접하는 음식이 극히 풍비하고 혹 서양국 소산으로 답례하는 선물이 적지 아니하더니, 근래는 우리나라 사람의 보챔을 괴로이 여겨 대접이 이리 낙락(落落)하니 통분합니다."
하였다. 해질 무렵에 관에 돌아왔다.

◇ 1766년 1월 24일

드디어 수레를 세내어 덕성과 한가지로 타고 동천주당으로 향했다. 북쪽 옥하교를 건너 궁장을 좇아 백여 보를 가고, 다시 동쪽 골목으로 들어 큰 길로 나가 북으로 1~2리를 가서 천주당에 이르렀다. 집 제양은

밖에서 바라보매 대강 서천주당(남천주당의 잘못임)과 한가지였다. 문을 들어가니 문 지키는 사람이 구태여 막지 않았고 면피를 징색(徵索, 세금 따위를 내라고 요구함)하지 아니하였는데, 조선 사람이 드물게 다니는 까닭이었다. 동쪽으로 중문을 들어가니 문 안에 두 사람이 마주 앉아 장기를 두고 있었다. 나아가 보고자 하니 두 사람이 즉시 쓸어버리고 일어나기에, 다시 두기를 권하였지만 종시 듣지 아니 하였다. 한 사람이 나와 말하기를,

"조선 사람이 가장 청수(清秀)하여 다른 외국에 비하지 못할 것입니다." 하기에, 내가 대답하기를,

"무슨 청수함이 있겠습니까? 우리를 조롱하는 말입니다."
라고 하니, 그 사람이 머리를 저으며 그렇지 않다고 하였다.

정양문이 잠겼기에 지키는 사람을 불러오라 하였더니, 세팔이 한 소년을 데려왔다. 열쇠를 가져와 문을 여는데 또한 면피를 구하지 아니하고 인물이 극히 양순하였다. 그 성을 물었더니 왕가(王哥)라 하였고 연산역(連山驛) 사람인데, 몇 년 전에 조선 사신이 제 집에 여러 번 머물렀다고 했다.

문을 들어가니 북벽에 천주화상과 좌우에 벌인 집물이 대강 한 모양이었고, 바람벽에 가득한 그림이 더욱 이상하여 그 인물과 온갖 물상이 두어 걸음을 물러서면 아무리 보아도 그림인 줄을 깨닫지 못할 것 같았다. 동쪽 벽에는 층층한 누각을 그리고 여러 사람이 앉았는데, 아래에 기치(旗幟, 깃발)과 의장(儀裝)을 많이 벌여 왕자의 위의(威儀)와 같았다. 서쪽 벽에는 죽은 사람을 관 위에 얹어놓고 좌우에 사나이와 계집이 혹 서고 혹 엎드려 슬피 우는 모양을 그렸는데, 소견에 아니꼬워 차마 바로 보지 못하였다.

왕가에게 그 곡절을 물으니 왕가가 이르기를,

"이것은 천주가 죽은 모습을 그린 것입니다."
라고 하였다. 이밖에 괴상한 형상과 이상한 화격(畵格)이 무수하였지만 다 기록하지 못한다.

서쪽 협문을 나가니 왕가가 문 위를 가리키며 보라고 하였다. 돌아보니 문 위에 사람 하나가 무슨 괴상한 짐승을 걸어 앉혔는데 마음에 놀라워 앞에 나아가 자세히 바라보니, 진짜 사람이 아니고 그림을 그려 사람의 눈을 놀라게 한 것이다. 서쪽 뜰을 지나 자명종을 감춘 누각 위에 올랐더니, 자명종 제도는 남천주당과 다름이 없었다. 이윽히 구경하고 내려오니 뜰 좌우에 한 쌍의 일영(日影, 해시계)을 놓았는데, 네모진 돌 위에 도수를 정제하게 새기고 가운데 시간 보는 쇠를 꽂았다. 기둥의 철사 한 오리를 꿰어 남쪽으로 향하여 뜰 가운데 조그만 돌기둥의 한끝에 매였는데, 쓰는 곳을 물었더니 말하기를, 그것은 남방을 가리키는 것이며 별을 보게 한 것이라고 하였다.

왕가를 불러 다른 구경할 곳을 인도하라고 하였더니, 이때 다른 사람 하나가 따라와 말하기를,

"다른 구경이 없는데, 어디를 보고자 하십니까?"
하고 아주 괴롭게 여기는 기색이다. 내가 뜰 서쪽으로 혼자 다니며 집 지은 제양을 구경하다가 서쪽을 바라보니, 높은 집이 멀리 반공(半空)에 뛰어나고 제작이 이상하였다. 마침 아이 하나가 따라다니기에, 위연(威然, 점잖고 엄숙함)하게 묻기를

"네가 저 집을 아느냐?"
라고 하였더니, 그 아이가 대답하기를 관상대(觀象臺)라고 하였다. 즉시 왕가를 불러 말하기를,

"관상대는 이곳의 제일 구경처인데, 너희는 어찌 우리를 속이고 보여주지 아니하느냐?"

라고 하니, 왕가가 웃으며

“관상대를 어찌 아십니까?”

하고, 서쪽으로 두어 문을 지나 한가지로 나아갔다. 북쪽으로 연하여 집이 있는데 간간이 비단 발을 드리웠고 사람이 머무는 모양이었다.

왕가에게 물었더니,

“다 서양국 사람이 자는 캉인데, 오늘은 서천주당에 일이 있어 나가고 한 명도 있는 이가 없습니다.”

라고 하였다. 또 한 문을 나가니 서너 길의 높은 대를 세우고 대 위에 세 집을 지었는데, 가운데 집이 가장 높고 양쪽 집은 적이 낮았다. 여러 층의 섬돌을 지나 대 위에 올랐더니, 서북으로 만세산이 바라보이고 사면으로 즐비한 여염집 마루가 서로 바라보이니 또한 기이한 구경이었다. 집에 다 쇠(자물쇠)를 채웠기에 왕가를 달래어 문을 열라 하니, 왕가가 말하기를 서양국 사람이 쇠를 가지고 가서 어쩔 수가 없다고 하였는데, 핑계를 대는 기색이었다. 문틈으로 안을 엿보니 이상한 의기를 가득 벌였는데 안이 어두워 자세히 보지 못하였다. 그중 두어 자 쇠통을 틀에 얹은 것이 있으니, 이는 원경(遠鏡)인가 싶었다. 가운데 집은 위로 남쪽을 향하여 길게 구멍을 통하고 쇠로 문짝을 만들어 얹었는데, 물었더니 왕가가 말하기를,

“밤에 천문을 볼 때면 이 문을 열어 제치고 집 안에 들어가 남방에 보이는 별을 상고하게 한 것입니다.”

라고 하였다.

대 아래 남쪽으로 뜰이 아주 넓고 뜰 가운데 벽장(벽돌)을 세워 기둥 모양을 만들었는데, 높이가 한 길이 넘게 줄줄이 세웠다. 모두 다 행렬(行列)이 정제하고 끝에 구멍이 있어 사면에 나무를 꿰어 서로 얹었는데, 포도넝쿨을 올리게 한 것이다. 곳곳에 포도나무를 묻은 곳이 있는데, 그

수를 대강 세어도 수삼십이 넘었다. 여름에 넝쿨을 올려 잎이 피고 열매를 맺은 후에는 천여 칸 넓은 뜰에 그늘이 가득할 것이니, 장한 구경이 될 듯하였다.

대 아래에 내려 남쪽에 두어 칸 집이 있어 왕가를 따라 들어가니, 그 안에 우물 하나가 있었다. 깊이가 여남은 길이고 위에 녹로(轆轤, 도르래)를 베풀었다. 녹로 한끝에 둥근 말뚝을 여럿 박고 남쪽으로 딴 기둥을 세워 기둥 가운데로 나무 바퀴 하나를 걸었다. 바퀴 위에 말뚝을 무수히 박아 녹로 말뚝에 서로 걸리게 하였으며, 바퀴 바깥으로 씨아(목화씨를 빼는 기구) 꼭지 같은 나무를 꺼내어 손으로 돌리게 만들었다. 왕가가 말하기를,

"이 우물은 포도에 물을 주기 위한 것입니다. 여름이면 무수한 두레(두레박)를 찾아 드리우고, 이 바퀴를 한 사람이 돌리면 계속하여 물이 올라와 그치지 아니하니, 두루 홈을 놓아 여러 포도에 각각 흘러가게 합니다."

하고, 손으로 그 모양을 형용하여 일렀지만 갑작스러워 자세히 알아듣지 못하였다. 한편에 두어 층의 탁자를 두고 두레를 무수히 쌓아놓았다. 여러 사람들이 주머니에 넣은 청심환을 모아 왕가에게 주었고, 나는 청심환 하나와 별선(別扇) 하나를 주었다.

◆ 1766년 2월 2일

식후에 이덕성과 한가지로 천주당을 가고자 할 때, 이 날도 문금(門禁)이 오히려 엄한 까닭에 세팔로 하여금 아문에 구경 나가는 뜻을 통하라 하였다. 통관들이 말하기를,

"제독 대인이 방문(榜文)을 붙여 사람의 출입을 엄히 금하니 임의로 허락하지 못할 것이며, 우리가 아문을 비우고 잠깐 피하는 것이므로 가만

히 나가는 것이 해롭지 않다."
고 하였다. 대개 문금이 엄할 때에도 역관과 하인의 근처 푸자[鋪子] 출입이 무상한 까닭에, 아문을 지나도 멀리 나감을 의심하지 않았다. 하지만 나는 행색이 다르고 무상한 출입이 없을 뿐 아니라, 한번 문을 나서면 멀리 다니는 줄을 짐작하고 있을 터여서, 혹 가만히 나가다가 욕되는 일이 있을 수도 있다. 그러므로 출입하는 것을 아문이 다 알게 하여 아문의 안정(眼睛, 눈동자)에 익었을 뿐 아니라, 속이지 아니함을 믿어 매양 주편(主便, 자기에게 편하도록 주장함)할 도리를 가르치고 가로막는 꾀를 쓰지 아니 하였다.

드디어 이덕성과 한가지로 세팔을 데리고 아문으로 나가니, 정당의 문이 닫히고 대사와 통관들이 다 몸을 숨겼다. 바삐 큰 문을 나서니, 세팔이 이렇게 말했다.

"아문을 비록 지났지만 양쪽 어귀에 가로막는 갑군이 있는데, 그중 정양문 근처에는 푸자들이 많으므로 더욱 엄히 금합니다. 필연 지나가지 못할 것이므로 옥하교 어귀로 돌아가는 것이 옳을 것입니다."

그래서 서쪽 길로 가서 어귀에 이르렀더니 과연 두어 갑군이 있어 엄히 막았다.

세팔이 말하기를,

"잠깐 길가 푸자에 피하였다가 갑군을 달래어 술파는 곳으로 함께 가거든 비어 있는 때를 타서 먼저 지나가라."
하기에, 내가 말하기를,

"그것은 위태로운 계교다. 어찌 도망하는 거조(擧措, 행동거지)를 보인단 말이냐?"
하고, 세팔을 시켜 아문에 들어가 통관에게 이 사연을 통하라 하였다.

이윽고 서종맹의 종 하나가 한가지로 나와 갑군에게 분부를 전하고 나가라 하여서, 곧 어귀를 지나서 수레를 얻어 타고 정양문 안을 지나 천주당에 이르렀다.

문 지키는 장가가 즉시 청하여 외당(外堂)에 앉으라 하기에 바삐 온 뜻을 통하라 했더니, 장가가 또 청심환을 요구하였다. 거리낌 없이 면피를 징색(徵索)하는 일이 매우 통분하였지만, 어쩔 수 없어 세팔에게 맡긴 작은 청심환 두엇을 내주었다. 장가가 들어가더니 드디어 내당으로 청하고 두 사람이 나와 맞았다. 자리를 정하고 한훤(寒暄, 안부 인사)을 파한 후에 또 필담을 청하는데, 유송령이 사람을 불러 글 쓰는 선비를 청하였지만 미처 들어오지 못하였다고 하였다. 유송령이 묻기를,

"대마도(對馬島)와 부산이 조선의 어느 현에 있으며, 근년에 왜국 사람과 서로 왕래를 통합니까?"

라고 하였다. 내가 그 사상(事狀, 일의 형편)을 대답하고 묻기를,

"대마도와 부산을 그대는 어이 압니까?"

하니, 유송령이 말하기를,

"명나라 만력(萬曆, 1573~1619) 연간의 사기(史記)를 보았으니 어찌 모르겠습니까?"

라고 하였다.

또 묻기를,

"조선에도 자명종이 있습니까?"

라고 하여, 내가 말하기를,

"우리나라에서 만든 것이 있지만 많지 않고, 중국에서 만든 것과 일본에서 나온 것이 많으며 혹 서양국 제작도 있습니다."

라고 하였다. 유송령이 말하기를,

"일본에도 또한 자명종이 있습니까?"

하여, 내가 말하기를,

“근본 제양은 중국 제도를 효칙(效則, 본받아 법으로 삼음)하였으나, 정교한 수단은 중국에 지지 않습니다.”

라고 하였다. 또 묻기를,

“만세산(萬歲山)에 자명종이 있는데 구경하였습니까?”

라고 하였다. 내가 말하기를,

“일찍이 그 앞을 지나갔지만, 지키는 사람이 들여보내지 않는데 어찌 구경하였겠습니까?”

하자, 유송령이 말하기를,

“만세산은 황상이 노는 곳이어서 바깥사람을 들여보내지 않는 것이 이상하지 않습니다. 가운데 집 안에 자명종이 있는데, 종이 매우 웅장하여 문 밖에서도 그 소리를 들을 수 있습니다.”

라고 하였다. 이때 유송령이 세팔에게 묻기를,

“당신네 노야의 중국말이 극히 분명한 것으로 보아 반드시 첫길이 아닌가 보지요?”

라고 하였다. 두 사람이 서로 대하여 한참 동안 수작을 하는데, 어음(語音)이 괴이하고 한 구절도 알 길이 없어, 필연 서양국의 어법(語法)인가 싶었다.

이윽고 선비가 들어왔기에 필담으로 서로 수작하였다. 이덕성과 책력(冊曆) 만드는 법을 약간 의논하였는데, 졸지에 다 의논할 수 없으리라 하여 분명히 이르는 말이 적었다. 저희 산(算) 두는 책(수학책)을 보고 싶다고 하였더니, 포우관이 웃으며

“본들 어이 알리오?”

라고 하면서 사람을 불러 책 한 권을 내왔다. 종이는 왜지(倭紙) 같지만 매우 두꺼워 서양국 종이인가 싶었다. 장마다 괴상한 글자를 가득히 썼는데 자획(字劃)의 가늘기가 털끝 같고, 정간(井間, 井 자 모양으로 된 각각의

칸살)이 정제하여 줄로 친 듯하였다. 글자는 저희 언문이라 과연 한 자를 알 길이 없고, 정세(精細)한 필획(筆劃)은 천하에 짝이 없을 것 같았다.

그 쓰는 양을 보고자 하여, 사방 24방위를 종이에 먼저 쓰고 그 옆에 서양국 글자로 일일이 번역하여 쓰라 하였다. 유송령이 선비가 쓰는 붓을 달라 하여 두어 자를 쓰다가 글자를 이루지 못하며 그치고 말하기를, 붓이 다른 까닭에 쓰지 못하겠다고 하였다. 그들이 쓰는 붓을 보고 싶다고 하였더니, 유송령이 사람을 불러 하나를 내왔는데 날짐승의 깃이었다. 밑이 둥글고 단단한 곳을 두어 치 잘라 밑동을 엇베어 끝이 날래게 만들었는데, 이 끝으로 글자를 쓰게 한 것이다. 엇깎은 안에 무슨 먹물을 구멍 가득히 넣어 글씨를 쓰는 대로 차차 흘러나와 갑자기 끊어지는 일이 없었으니, 이 또한 이상한 제양이었다.

내가 묻기를,

"그대는 자식이 있습니까?"

하니, 유송령이 대답하기를,

"우리는 처첩이 없는데, 어찌 자식 유무를 의논하겠습니까?"

하였다. 내가 묻기를,

"천주의 학문은 처첩을 두지 못합니까?"

하니, 유송령이 말하기를,

"어찌 그러하겠습니까? 지금 북경 사람이 천주의 학문을 다 숭상하지마는 어찌 인륜을 폐한 사람이 있겠습니까? 우리는 중국에 학문을 전하기 위하여 젊어서 집을 떠나 이곳에 와서 이미 나이가 들어 늙었을 뿐 아니라, 고향이 수만 리 밖이라 비록 처첩을 두고자 하더라도 어찌하겠습니까?"

라고 하였다. 내가 묻기를,

"서양국은 중국 진서(眞書, 한문)를 알지 못하니 필연 중국 서적이 없을 것인데, 도를 배우는 사람은 무슨 글을 봅니까?"
하니, 유송령이 말하기를,
"다만 우리나라 언문을 쓸 뿐입니다. 온갖 서적이 있지만 다 우리나라 사람이 만든 글이고 우리나라 언문으로 지은 것이며, 말이 비록 다르지만 도리를 의논한 말은 중국과 다름이 없습니다."
하고, 인하여 『중용(中庸)』 첫 장을 외우며 말하기를,
"이 세 구절로 말하여도 비록 그 글은 없으나 그 말은 있습니다."
라고 하였다.

자명종과 가지고 있는 의기(儀器)를 보고 싶다고 하며 여러 번 청하였더니, 여러 번 거절하다가 사람을 불러 한 가지 것을 내왔다. 나무로 집을 만들었는데 네모지고 길이는 두어 뼘이며, 안에 주석으로 만든 것이 있는데 자명종 모양이었다. 전면에 시각분수(時刻分數)를 새기고 밖으로 유리를 붙여 문을 열지 아니하여도 속을 살피게 하였다. 밖으로 열쇠 같은 것을 걸어놓은 까닭에, 유송령이 그 쇠를 가지고 구멍에 넣어 서너 번을 돌리더니 손을 떼어놓자 위에 달린 종을 치는데, 반향(反響, 울림)이 그치지 아니하며 그 수를 헤아리지 못하였고 매우 요란하였다. 이것은 이름이 '요종(鬧鍾)'인데, '떠들썩한 자명종'이라는 말이다. 이것은 무슨 일이 있어 밤에 일어나고자 하거나, 혹 시각을 몰라 잠을 제때에 깨지 못할까 염려하며 저녁에 잘 때 시각을 짐작하여 상 아래 틀어놓으면, 시간이 되면 고동이 열리고 요란한 종소리로 사람의 잠을 깨우게 하는 것이다.

두 사람이 다 품에 일표(日表, 회중시계)를 품었다가 내어 시각을 보았다. 한 번 보기를 청하였더니 포우관이 제가 찬 것을 끌어내어 속을 열어 보였는데, 양혼(兩渾, 강희제의 증손)에게 빌려 보던 것과 다름이 없었다. 그 요종을 자세히 보고자 하여 손을 잠깐 달라 하자, 포우관이 놀라며 다치게 하지 말라 하니 기색이 극히 용속(庸俗)하였다. 즉시 도로 전하고

서양국 윤도(輪圖, 나침반)를 보고 싶다고 하였더니 하나를 내왔는데, 크기가 두어 웅큼에 주석으로 만들었고, 바늘 길이가 두어 치에다 밖으로 360도를 새겼다.

유송령이 말하기를,

"윤도(輪圖)의 바늘이 비록 남방을 가리킨다 하나 매양 병방(丙方)으로 당기고, 여러 윤도를 비교하면 종시 고르지 않습니다. 사방의 대강 방위를 알려고 하면 이것으로 족히 짐작하겠지만, 천문의 정밀한 도수를 측량코자 하면 이를 믿지 못하는 것입니다."

라고 하였다. 내가 묻기를,

"몇 년 전에 서양국 윤도를 보니까 24방위를 나누어 32방위로 만들었던데, 이것은 무슨 의사입니까?"

라고 하였더니, 유송령이 말하기를,

"중국은 24방위를 쓰지만 우리나라는 수가 일정하지 않아서, 혹 8방위로 나누고 혹 16방위로 나누고 혹 24방위로 나누고 혹 32방위로 나눕니다. 32방위로 나누는 것은 다른 데 쓰는 일이 없고 다만 큰 바다에 다니는 배에 쓴다고 합니다."

라고 하였다. 문시종의 시간을 표한 글자를 물었더니, 포우관이 말하기를,

"이것은 종 치는 수를 기록한 것입니다. 자오시(子午時) 초(初, 밤 1시와 낮 1시)에 하나를 치고 정(頂)에는 둘을 치고 차차 하나씩 더하여 사해시(巳亥時) 정(正, 밤 12시와 낮 12시)에 이르러는 열두 번을 치는 줄을 알게 하는 것입니다."

라고 하였다.

무신의(戊申儀)를 보고 싶다 하였더니, 유송령이 말하기를,

"전에는 오경(五更, 하룻밤을 다섯으로 나눈 시각)과 28수(宿)를 다 각각 의기로 측량하여 여섯 가지 제도가 있었는데, 무신의는 근래에 만든 것

입니다. 여섯 가지 의기를 한 틀에 합하여 그 제도는 비록 간략하고 공교(工巧)하나 종시 틀림이 있어 전 제도에 미치지 못합니다. 요사이는 폐하여 쓰지 않고, 여러 의기들을 다 관상대에 감추어 이곳에는 있는 것이 없습니다."

라고 하였다. 날이 늦어 물러가기를 청하고, 귀국하여 돌아갈 기약이 멀지 않으니 다시 오지 못하리라 하는데도 조금도 창연히 여기는 기색이 없었다. 두 사람이 능화지(菱花紙, 마름꽃 무늬의 종이) 두 장과 작은 인화(印畫, 박은 그림) 두 장과 고과(苦瓜, 여지) 네 낱과 흡독석(吸毒石, 독을 녹인다는 돌) 두 낱을 각각 봉하여 이덕성에게 나눠주며 말하기를,

"근래에 서양국에 왕래하는 인편이 잦지 않으므로 있는 토산(土産)이 없어 이렇듯 간략하나 허물치 마십시오."

라고 하였다. 사행께서 각각 면[illegible]를 보냈는데, 회례(回禮)할 생각을 않으니 괴이하였다. 이덕성은 맡[illegible] 일이 있어 역법을 자세히 배우고 두어 가지 의기와 서책을 사고자 하였는데, 대접이 종시 관곡하지 아니하고 서책과 의기는 다 '없노라' 하며 즐겨 보여주지 않으니, 매우 통분하였지만 어쩔 수가 없었다.

연행록

엄숙(嚴璹)

◆◆◆ 엄숙(嚴璹, 1716~1786)은 본관은 영월(寧越), 자가 유문(儒文), 호는 오서(梧西)이며, 초명은 엄린(嚴璘)이다. 1757년(영조 33) 정시문과에 병과로 급제한 뒤 교리(校理)와 승지 등을 지냈고, 1771년 형조참판을 거쳐 대사간이 되었으며, 이듬해에는 대사헌으로 자리를 옮겼다. 1773년 동지부사(冬至副使)로 청나라에 다녀왔으며, 늙어서는 기로소(耆老所)에 들어갔다.

『연행록(燕行錄)』은 1773년(영조 49) 11월 4일부터 이듬해 4월 5일까지의 연행 체험을 기록한 것이다. 1책 171장의 필사본으로 출발 시에 국왕 정조와의 대담, '정은(丁銀)' 사용문제 및 관모사(官帽事)가 자세히 기록되어 있다. 북경(北京)에 도착 뒤에는 유구사신(琉球使臣)과의 대담, 천주당(天主堂) 방문기를 기록하였다. 또 대성전(大聖殿) 및 한림원(翰林院)을 방문하고 구(邱)·허(許)·평한림(平翰林) 등과 필담(筆談)하면서 『사고전서(四庫全書)』, 『영락대전(永樂大典)』 같은 서적 간행문제, 과거제도에 대해서 자세히 서술하였고, 양명학(陽明學)·불교(佛敎)에 대하여 토론한 부분과 비문(碑文) 탁본의 교환 기록들도 특색 있는 부분이다. 마지막 부분에는 조정에 제출한 별단(別單)을 첨부하였는데 금천의 전쟁[金川之戰]·안남(安南)국반란(安南國反亂) 등 당시 청국의 상황과 『사고전서』에 관한 내용들이 주를 이루고 있다.

◆ 1774년 2월 25일[160]

25일, 흐림.

삼사(三使)가 함께 천주당에 갔다. 천주당은 선무문(宣武門) 안에 있으며, 서양 사람들이 머무는 곳이다. 유송령(劉松齡)이란 자가 있는데, 70세가 넘었으며 흠천감정(欽天監正)으로 있다. 며칠 전에 역관을 보았을 때에는 만나볼 뜻이 없다고 하더니, 오늘로 약속했다고 한다. 그가 또 말하기를,

"사람이 많으면 폐단이 생기니, 삼사가 각기 한 두 사람만 데려와야 할 것입니다."

라고 했다고 한다. 그런데 오늘 삼사와 상하의 일행들이 모두 함께 와 이르니, 유송령은 병이 났다고 하면서 나와 보지 않았다. 그렇지만 천주전을 둘러보는 것은 허락해서 들어가 보았는데, 특별히 기이한 구경거리가 있지는 않았다.

누각 위에 여러 기계가 많았고, 누각 옆에는 용기(舂機)가 설치되어 있었다. 한 사람이 그 기계를 돌리면 벽 안에서 여러 음악 소리가 일제히 울려 퍼졌다. 전후로 사신들이 모두 이르러 보려고 하자, … 용기를 보여주었다. 사람들이 다투어 들어가려고 하자 성낸 기색을 지으며 종자(從者)를 쫓아내려고 해 여러 번 간청하였다. 두 사람이 있어 누각에 오르면서 청심환을 구하기에, 그것을 주고 해보라고 해자 한 사람은 용기에 있고 … 여러 음악소리가 들리더니 금방 그쳤다. 그리고는 스스로 익숙하지 못하다고 했다. 더욱 권하였지만 따르지 않기에 매우 분통이 터졌다.

---

160) 본 연행록의 기사는 난초로 되어 있으며, 글자가 심하게 뭉개져 있어 판독할 수 없는 부분이 두어 군데 있다. 번역문에서 '…' 표시한 부분은 글자를 알아볼 수 없어 번역하지 못한 대목이다.

연행기사

이압(李岬)

◆◆ 이압(李岬, 1737~1795)은 본관이 연안(延安), 자는 신경(信卿)이다. 1769년(영조 45) 문과에 급제하여 도승지 · 대사간 · 대사헌 · 비변사당상 등을 거쳐, 1775년 황해도관찰사로 나갔다가 다음해 뇌물죄의 보고를 여러 달 지체시킨 일로 파직되었다. 1777년 이조판서로 재임할 때 동지겸진주사(冬至兼陳奏使)의 부사로 북경에 다녀왔다. 이어 대사헌 · 도승지, 예조참판 · 형조참판 등을 거쳐, 이후 예조판서 · 공조판서 · 병조판서 · 형조판서 · 한성부판윤 · 판의금부사 등의 요직을 두루 거쳤다. 1777년 사행 당시에는 이조판서에 재직하고 있었다.

『연행기사(燕行記事)』는 이압이 1777년(정조 1)에 파견한 진하사은진주겸동지사(進賀謝恩陳奏兼冬至使)의 부사로 연행했을 때의 체험을 기록한 것이다. 당시 사행의 정사는 하은군(河恩君) 이광(李垙), 서장관(書狀官)은 겸집의(兼執義) 이재학(李在學)이었다. 이 사행은 정조 즉위년에 정조 즉위를 반대하던 벽파(僻派)의 홍인한(洪麟漢) · 정후겸(鄭厚謙) 등의 일파를 사사(賜死)한 사유를 중국에 보고해 인준을 받으려 했던 것이었다. 본 연행록은 1~2책은 일기, 3~4책은 「문견잡기(聞見雜記)」로 구성되어 있다. 일기는 1777년 7월 11일 저자가 동지겸사은부사에 차출된 후 1778년 3월 29일 귀국하기까지 약 9개월간의 기록으로 되어 있다. 저자는 당시 부사의 신분으로 직접 체험한 일들을 상세하게 기록하였으며, 특히 '문견잡기'에서는 자그마치 102건의 내용으로 당시 청나라의 실정을 세밀하게 관찰한 기록으로 흥미로운 내용을 많이 담고 있다. 번역은 『국역 연행록선집』을 참조하였으며, 부분적으로 수정한 내용도 있다.

참고 김동주(金東柱), 「『연행기사(燕行記事)』 해제」, 『국역 연행록선집』, 족문화추진회, 1976.

◇ 『문견잡기(聞見雜記) 상』(1777년)

서양(西洋)의 소위 포도주(葡萄酒)는 빛이 맑고 푸르며 맛이 왜주(倭酒)와 같은데, 또한 좋다고 한다.

◇ 『문견잡기(聞見雜記) 하』(1777년)

서양(西洋) 사람 약간이 흠천감(欽天監)에 예속되어 역법(曆法)을 맡고 있지만 기타의 외이(外夷)로서 입사(入仕)한 자는 없다. 이 사람들은 벼슬의 지위가 만주 사람과 같으며, 외국과는 비록 물화를 통하더라도 모두 한계와 구속이 있는데 이들은 상고(商賈)가 왕래하며 차별이 없다.

입연기

이덕무(李德懋)

◆◆ 이덕무(李德懋, 1741~1793)는 본관은 전주(全州), 자는 무관(懋官), 호는 형암(炯庵)·아정(雅亭)·청장관(青莊館)·영처(嬰處)·동방일사(東方一士)이다. 정종의 별자(別子) 무림군선생(茂林君先生)의 10세손이며 통덕랑 성호(聖浩)의 아들이다. 약관에 박제가(朴齊家)·유득공(柳得恭)·이서구(李書九)와 함께 『건연집(巾衍集)』이라는 사가시집(四家詩集)을 내어 문명을 떨쳤다. 1778년(정조 2) 사은겸진주사(謝恩兼陳奏使) 서장관 심염조(沈念祖)와의 친분이 있어 군관으로 연경에 들어가 기윤(紀昀)·이조원(李調元)·이정원(李鼎元)·육비(陸飛)·엄성(嚴誠)·반정균(潘庭均) 등 청나라 석학들과 교유하는 한편, 그곳의 산천·도리(道里)·궁실(宮室)·누대(樓臺)·초목·충어(蟲魚)·조수(鳥獸)에 이르기까지 자세한 기록을 가지고 돌아왔으며, 고증학에 관한 책들도 많이 가져왔다.

『입연기(入燕記)』는 1778년(정조 2)에 이덕무가 사은겸진주사를 따라 3월 17일 서울인 한성을 출발하여 같은 해 윤 6월 14일 의주로 돌아올 때까지 5개월간의 중국문화와 풍경에 대한 연행 체험을 적은 일기체 기록문이다. 이 사행의 정사는 채제공(蔡濟恭), 부사는 정일상(鄭一祥), 서장관은 심염조(沈念祖)였다. 이덕무가 입연을 하게 된 계기에 대한 자세한 기록은 『선고적성현감부군연보(先考積城縣監府君年譜)』에 드러나 있다. 이를 살펴보면 심염조가 사은겸진주사의 서장관이 되자, 그와 친분이 있어서 함께 가기를 청한 것으로 되어있다. 또한 이 사행에는 이덕무 이외에 박제가(朴齊家)가 채제공을 따라 함께 입연하였다.

『입연기』를 살펴보면, 당시 정사였던 채제공이 남긴 『함인록(含忍錄)』에서 보이는 배청(排淸) 의식과 부분적으로 상통한다. 따라서 청조의 지배세력과 선진문물에 대하여 다분히 부정적이고 비판적인 시선으로 바라보고 있다. 이는 같은 북학파였던 박제가와의 관점과는 대조적인 특징이라고 할 수 있다. 또한 6월 14일 천주당의 그림에 대한 기사에서도 홍대용이나 박지원 등과는 사뭇 다른 어조로 기술하고 있는 것을 통해서도 알 수 있다. 그러나 풍부한 서적과 중국의 여러 문사들에 대한 그의 견해는 앞서 기술한 것과는 달리 매우 긍정적이며, 학술적인 면에 있어서도 특히 문자학과 음운학 등에 상당한 관심을 갖고 있다는 것을 기록을 통해 파악할 수 있다. 번역은 『국역 청장관전서(青莊館全書)』를 참조하였으며, 부분적으로 수정한 내용이 있다.

참고 박문열, 「青莊館 李德懋의 『入燕記』에 관한 硏究」, 『국제문화연구』 13집, 청주대학교국제개발연구원, 1996.

◆ 1778년 6월 14일

14일 임인(壬寅) 비가 내렸다. 관에 유숙했다.

오후에 천주당(天主堂)에 갔다. 천주당은 순성문(順城門) 동쪽에 있다. 전부 벽돌을 쌓아 지었고 나무라고는 하나도 쓰지 않았는데, 높고 넓었으며 들보를 얽고 용마루나 처마를 두는 중국의 제도는 달랐다. 흠천감관(欽天監官) 두 사람은 서양 사람이라 하는데, 마침 원명원(圓明園)에 입직(入直)하러 가서 부재중이고 다만 수직하는 한인(漢人)들만 있었다. 발[簾]을 걷고 문으로 들어가니 마치 깊은 골짜기 같아 사람의 말소리가 울렸다. 옥우(屋宇)를 바라보니 마치 가마솥을 엎어 놓은 것 같은데, 두루 인물화(人物畵)를 그려 놓았다. 한 어린 아이는 놀란 눈을 하고 위를 쳐다보고 있고, 한 부인은 걱정스런 모습으로 그 어린 아이를 어루만지고 있으며, 한 늙은이는 두려워하는 모습으로 손을 비비며 그 어린 아이가 죽지 않기를 바라는 듯한 모양을 하고 있다. 사방에서 구름이 어린 아이를 감싸고 있고 그 구름 위로 머리만 내어 놓은 사람이 무수히 많이 그려져 있다.

그 집은 대개 세 개의 기둥으로 이루어져 있었는데, 첫 번째 기둥의 북쪽 벽에 마치 불당(佛幢)과 같은 나무 장자[木障]가 있었다. 나무 장자에도 부인이 병든 아이를 구호하는 그림이 있는데, 위에는 백조(白鳥) 한 마리가 날개를 펴고 입으로 하얀 기운[白氣]를 토하여 부인의 이마를 쏘아 대고 있는 그림을 그렸다. 좌우의 벽에도 또다시 3개의 나무 장자를 설치하고, 혹은 날개가 달린 여자가 창[戈]을 가지고 사람을 찌르는 그림을 그리기도 하였다. 또 한 늙은이가 두 손을 벌리고 십자가(十字架)에 매달려, 떨어지려는 어린 아이를 받으려는 모습을 한 그림도 있었는데, 황홀하고 유괴(幽怪)하여 사람으로 하여금 좋지 않은 생각이 들게 한다. 대개 병든 어린 아이는 이른바 천주(天主) 예수[耶蘇]이고, 근심하는 부인은 예수의 어머니이다.

서양 사람은 성품이 깨끗하여 집안 벽장 위에 붉은 목기(木器)에다가 왕겨 따위를 담아, 사람의 침을 그곳에 뱉게 한다. 옥상(屋上)에 또 누(樓)가 있고 밖으로 5개의 창문이 있는데, 납지(蠟紙)로 발라 광선을 차단한 것이 마치 유리와 같다. 지키는 자가 주인이 없다는 이유로 옥상에 올라가서 구경하기를 허락하지 않았다. 대개 그 위는 풍로고(風鑪鼓)와 기상악(氣象樂) 따위의 악기(樂器)를 설치하였다 하는데 매우 시끄럽다고 한다. 이는 호원(胡元) 때의 홍륭생(興隆笙)161)이다.

어떤 이가 말하길,

"천주당은 근래에 불이 나서 새로 지었으며 악기 또한 불타 없어졌으며, 다시 설치하지 못하였다."

고 한다. 이 집은 전체가 벽돌로 이루어져 있어 불에 타지 않을 듯한데, 대개 집은 새로 지은 것이었다. 당(堂)의 오른쪽으로 작은 문이 하나 있고 문 안으로는 작은 길이 나 있다. 작은 문에서 바라보니 북쪽 벽에

---

161) 홍륭생(興隆笙): 12~13세기 무렵 유럽에서 널리 쓰였던 풍금. 고려 시대에 중국 원나라 궁정에서 이 악기를 구경하였다고 한다.

철사 줄에 목이 묶인 큰 개의 그림이 있는데, 언뜻 보니 물려고 덤비는 것 같아 무서웠다. 그 그림 밑에는 살아 있는 개 몇 마리가 그늘에 누워 있는데, 그림의 개와 살아 있는 개가 구분이 되지 않았다. 서쪽 담 밖에 의기(儀器)를 간직하여 두는 집이 있는데, 지키는 사람이 끝내 구경하기를 허락하지 않아 보지 못하였으니 매우 한스럽다.

열하일기

박지원(朴趾源)

박지원(朴趾源, 1737~1805)은 본관은 반남(潘南), 자는 미중(美仲)·중미(仲美)이고, 호는 연암(燕巖)·연상(煙湘)이다. 학문이 뛰어났으나 1765년 처음 과거에서 뜻을 이루지 못한 이후로는 과거나 벼슬에 뜻을 두지 않고 오직 학문과 저술에만 전념하였다. 1768년 백탑(白塔) 근처로 이사를 하게 되면서 박제가(朴齊家)·이서구(李書九)·서상수(徐常修)·유득공(柳得恭)·유금(柳琴) 등과 이웃하면서 학문적으로 깊은 교유를 가졌다. 1780년(정조 4) 삼종형 박명원(朴明源)이 청나라의 고종(高宗) 70세 진하사절 정사로 북경을 갈 때 수행하여 압록강을 거쳐 북경·열하를 여행하고 돌아왔다. 이 때의 견문을 정리한 것이 『열하일기』이며, 이 속에는 이용후생에 대한 생각이 구체적으로 표현되어 있다. 『열하일기』에서 박지원은 청나라의 번창한 문물을 받아들여 낙후한 조선의 현실을 개혁해야 함을 강조하였으며, 이는 연암 특유의 문체와 더불어 널리 애독되며 당대 지식인 사회에 큰 반향을 불러일으켰다.

『열하일기(熱河日記)』는 1780년(정조 4) 박지원이 자제군관의 자격으로 종형인 금성위(錦城尉) 박명원(朴明源)을 따라 청나라 고종의 칠순연(七旬宴)에 가는 도중 열하(熱河)의 문인들과 사귀고, 연경(燕京)의 명사들과 교유하며 그곳에서 견문한 바를 각 분야로 나누어 기록한 것이다. 일정은 같은 해 6월 24일 압록강 국경을 건너는 데에서부터 시작하여 요동(遼東)·성경(盛京)·산해관(山海關)을 거쳐 연경(燕京)에 도착하고, 열하로 갔다가 8월 20일 다시 연경에 돌아오기까지 약 2개월 동안 겪은 일을 날짜 순서에 따라 항목별로 적었다.

이 책은 중국의 역사·지리·풍속·습상(習尙)·고거(攷據)·토목·건축·선박·의학·인물·정치·경제·사회·문화·종교·문학·예술·고동(古董)·지리·천문·병사 등에 걸쳐 수록되지 않은 분야가 없을 만큼 광범위하고 상세히 기술하면서, 이용후생(利用厚生)적인 면에 중점을 두고 있어 수많은 연행록(燕行錄) 중에서도 백미(白眉)로 꼽힌다. 『열하일기』는 당초부터 명확한 정본(正本)이나 판본(版本)도 없었고, 여러 전사본(轉寫本)이 유행되어 이본(異本)에 따라 그 편제(編制)의 이동이 심하다. 자서(自序)를 통해보면 1783년경 정리한 듯하며 필사본으로만 전해져오다가 1901년 김택영에 의해 처음 간행되었다. 한편 연암의 후손에 의하여 최근 『양매시화(楊梅詩話)』가 새로 발견되었는데, 이는 양매서가(楊梅書街)에서 중국의 학자들과 주고받은 한시화(漢詩話)로서, 당시 옮겨 쓰려다가 우연히 누락된 것으로 짐작된다.

한글본 『열하일기』는 한문본에서 지적인 부담을 주는 부분이나 현실적으로 예민한 문제는 거의 생략했다는 점에서 그 독자층의 교양을 높게 설정하지 않았음을 알 수 있다. 그러나 『열하일기』가 민간에까지 회자되었음을 증거 한다는 점에서 의미가 있다. 여기에서는 최근에 영인 발행되었고, 조금 더 완성된 형태를 띠는 고전번역원 판본을 저본으로 하였으며, 번역은 김혈조 교수가 최근에 번역한 『열하일기』(돌베개, 2009)를 참조하였다.

참고 이가원(李家源), 「『열하일기(熱河日記)』 해제」, 민족문화추진회, 1983.

◆ 「곡정필담(鵠汀筆談)」(1780년)

내가 말하길,

"저는 수만 리 길을 어렵게 걸어서 귀국에 관광하러 왔습니다. 우리나라는 가장 동쪽에 있고, 구라파는 가장 서쪽에 있습니다. 저는 극동의 사람으로서 태서(泰西)의 사람을 북경에서 한번 만나 보기를 원했습니다만, 지금 갑자기 열하로 들어오는 바람에 태서 사람이 있는 북경의 천주당에 가 보지 못했습니다. 만약 여기서 황제가 칙명을 내려 바로 귀국하라고 한다면 다시 북경에 들어갈 수 없을 것입니다.

지금 여기 열하에서도 대인들과 선생들 사이에서 외람스럽게 교유할 수 있게 되어 많은 가르침을 받아 비록 저의 큰 소원을 이루긴 했으나,

서양 사람들은 멀리 있어서 서로 만날 길이 없으니 저에게는 한이 됩니다. 듣자 하니 서양 사람들도 황제의 수레를 따라와서 이곳 열하에 있다고 합니다. 원컨대 가르침을 받고자 하니, 혹 서로 아는 분이라도 있으면 소개해 주시면 다행이겠습니다."

라고 하였다.

◇ 「황도기략(黃圖紀略)」 〈천주당(天主堂)〉[162](1780년)

나의 벗 덕보(德保) 홍대용(洪大容)이 언젠가 서양인의 재주를 논하면서 이런 이야기를 하였다.

"우리나라 선배 중에 노가재(老稼齋) 김창업(金昌業)이나 일암(一庵) 이기지(李器之) 같은 분은 모두 식견이 탁월하여 도저히 따라갈 수 없네. 특히 그 식견은 중국을 잘 관찰한 점에서 아주 잘 드러나지. 그러나 그들이 북경 천주당에 대해서 기록한 것을 보면 뭔가 부족한 느낌이 드네.

이건 다른 이유가 아닐 걸세. 천주당이란 것이 사람의 생각으로 미칠 바가 아니고, 갑자기 보아서 이해할 수 있는 것도 아니어서 그럴 것이네. 그들의 뒤를 이어 북경에 이른 사람들 중 천주당을 먼저 관광하지 않은 사람이 없었으나, 어리둥절하고 짐작하기 어려워 도리어 유령이나 괴물로 배척하고 있으니, 이는 도무지 아무것도 본 것이 없는 사람들일세.

노가재가 천주당의 건물과 그림에 대해서 상세하게 이야기했고, 일암은 그림과 각종 서양 기기들에 대해서 더욱 상세하게 이야기했지만, 누구도 풍금에 대해서는 언급하지 못했네. 아마도 두 분은 음률을 그다지 이해하지 못했기 때문에 그 근처에도 못 간 것이란 생각이 드네. 나는

162) 천주당(天主堂): 이 소제(小題)는 여러 본에는 풍금(風琴)으로 되어있으나, '수택본'을 따라 천주당이라고 하였다.

귀로는 풍금 소리를 살피고, 눈으로는 만든 제도를 관찰할 수 있지만, 문장으로 그 오묘함을 다 묘사할 수 없는 것이 아주 큰 한이네."

그런 다음에 노가재의 기록을 꺼내어 함께 읽어 보았다. 이런 대목이다.

"천주당 안의 동쪽 벽에 이층으로 된 붉은 문이 있는데, 위층은 문짝이 둘이고, 아래층은 문짝이 넷이다. 차례대로 열어 보면 그 안에 대나무 통 같은 것이 들어 있는데, 기둥과 서까래만 한 것들이 빼곡하게 서 있다. 크기가 각각 다르고, 모두 금빛, 은빛으로 섞어서 칠해 놓았다. 그 위에는 천판을 옆으로 걸치고, 한쪽은 무수한 구멍을 뚫어 놓았고 다른 한쪽은 부채 모양에 방위와 12시각을 새겨 놓았다.

잠시 보니, 해 그림자가 그 방위로 이르자 대(臺) 위에 있는 크고 작은 종들이 각기 소리를 네 번 울리고 중앙의 큰 종은 여섯 번 울린다. 종소리가 막 그치자 동쪽 가에 있는 무지개문이 안에서 홀연히 한바탕 바람 소리가 일어나며 마치 여러 개의 바퀴를 돌리는 듯한 소리를 냈다. 그러고는 음악 소리가 나면서 각양의 악기 소리를 연주하는데, 어디에서 소리가 나는지 알 수 없었다.

통관이 중국의 음률이라고 말한다. 한참 있다가 그치더니 또 다른 곡이 나오는데, 음절이 매우 촉급하다. 통관이 몽고의 음률이라고 한다. 음악 소리가 그치고 나니 여섯 문짝이 절로 닫혔다. 서양 사신 서일승(徐日昇)이 제조한 것이라고 한다." [원주: 노가재의 일기는 여기까지이다.]

덕보가 읽고 나서 크게 웃으며 이렇게 말했다.

"이른바 말을 했으되 상세하지 않다고 하는 것은 바로 이런 어정쩡한 기록을 두고 하는 말이네.

'중간에 들어 있는 통이 기둥과 서까래만 하다'는 말은 유기로 만든 관을 가리키는 것이네. 가장 큰 관은 기둥과 서까래만 하고 빼곡하게 들어차 있고 길이가 들쭉날쭉 가지런하지 않으니, 이는 생황 소리를 크게 내기 위한 것이지. '크기가 모두 다르다'는 말은 차례대로 음률을 취해서 소리를 배가하는 것으로, 여덟 음을 건너뛰어 소리 나게 한 것이니, 마치 『주역』에서 8괘를 변화시켜서 64괘를 만들어 내는 것과 같은 원리라네.

'금빛, 은빛을 섞어서 칠했다.'라는 말은 외관을 화려하게 치장한 것을 가리키네. '한바탕 바람 소리가 일어 마치 여러 개의 바퀴를 돌리는 것 같다'라는 것은 풍금의 지하 길이 구불구불 서로 통하게 되어 있어, 풀무를 불어서 공기를 연결하는 것이 마치 입으로 바람을 부는 것과 같다는 말이고, '계속해서 음악 소리가 연주되었다'는 말은 바람이 바닥의 구멍에서 성으로 들어가면 바퀴들이 재빨리 돌면서 생황의 쇠청이 절로 열려 여러 구멍에서 시끄럽게 소리를 내는 것이라네.

바람을 내게 하는 풀무를 만드는 법은 다섯 마리의 소가죽을 마주 붙여서 부드럽고 매끄럽기는 마치 비단주머니 같은데, 큰 줄로 들보 위에다 매달아 놓는다네. 마치 큰 종에 두 사람이 줄을 잡고 힘껏 뛰어올라 몸을 달고 있는 것 같고 돛을 달고 있는 것 같아, 발로 풀무 주머니를 밟으면 점점 그 배가 팽창하면서 공기가 빵빵하게 찼다가 풍금의 지하 길로 공기를 몰아넣는다네. 그리하여 음률에 맞추어 구멍을 닫으면 밖으로 새어 나갈 수가 없으니 이에 쇠로 된 혀(金舌, 쇠서)를 치며 순차적으로 열리면서 여러 음악 소리를 내는 것이라네.

이제 내가 그 대략을 말할 수는 있으나, 오묘한 것을 다 말할 수는 없다네. 만약 국가에서 비용을 주어 만들어 보라고 한다면 거의 그대로 만들 수 있을 것이네."

[원주: 덕보의 이야기는 여기까지이다.]

지금 내가 중국에 들어온 이래로 매양 풍금을 어떻게 만들었을까 하고 항상 마음에 잊지 않고 애를 태웠다. 열하에서 북경으로 돌아오는 즉시 나는 천주당을 찾아갔다. 선무문 안에서 동쪽을 바라보면 집 마루가 둥근 곳이 바로 천주당이다. 황성 안에는 사방에 모두 천주당이 하나씩 있다. 풍금이 있는 당은 바로 서쪽의 천주당이다.

천주라는 말은 중국에서 고대 전설의 임금인 천황씨(天皇氏, 중국 전설에 나오는 최초의 임금)나 반고씨(盤古氏, 중국 전설에 나오는 최초의 임금)를 칭하는 말과 같다. 다만 서양 사람들은 역법(曆法)을 잘 만들었고, 자기 나라의 제도대로 집을 지어 살며, 학술은 부화하고 거짓된 내용을 근절하고 성실과 신뢰를 귀중하게 여긴다. 하느님을 밝게 섬기는 것을 으뜸으로 삼고, 충효와 자애를 공적인 의무로 삼으며, 개과천선하여 종교에 입문하고, 사람이 죽고 사는 큰 문제에 미리 준비하여 근심하지 않는 것을 궁극의 목표로 삼는다.

그들 스스로는 자신들의 학문은 근원을 연구하고 근본을 따지는 학문이라고 평가한다. 그러나 뜻을 세움이 지나치게 높고 말하는 것이 편벽되고 교묘해서, 하늘을 기만하고 사람을 속이는 죄과를 범하는 데로 귀결되고, 의리에 어긋나고 인륜을 상하게 하는 구덩이에 스스로 빠지는 줄 모른다.

천주당의 높이는 일곱 길이고, 넓이는 무려 수백 칸인데, 흡사 쇠로 주조하고 흙으로 구워 놓은 것 같다.

명(明)나라 만력(萬曆) 29년(1601)에 천진(天津) 지방의 세감(稅監)으로 있던 마당(馬堂)이란 관리가 서양인 이마두(利瑪竇)의 서양 물품과 천주녀상(天主女象, 마리아 상)을 바쳤는데 예부에서 말하기를,

"대서양이란 나라는 우리 『명회전(明會典)』[163]에도 실려 있지 않으니,

163) 『명회전(明會典)』: 명나라의 여러 법령을 집대성한 법전인 『대명회전(大明會典)』을 말하는 것으로 여겨진다. 『대명회전』은 서박(徐溥) 등이 황제의 칙령으로 편찬한 뒤, 1509년(정덕 4) 이동양(李東陽) 등이 수정하여 1511년에 간행하였다. 속칭 『정덕회전(正德會典)』이라고 한다.

그 진위 여부를 알 수 없다. 적당히 살펴서 의관을 주어 본토로 돌아가게 하고, 북경에 몰래 들어와 사는 일이 없도록 하라."
라고 하고는, 황제에게는 보고조차 하지 않았다고 한다. 서양이 중국과 교통한 것은 아마도 이마두로부터 시작된 것 같다.

서천주당은 건륭 기축년(1769)에 불에 탔으므로 소위 풍금이란 것이 남아 있질 않았다. 누각 위에 있는 망원경과 여러 관측, 실험기구 등은 창졸간에 상세히 살펴볼 수 없었기 때문에 기록하지 않는다. 이제 덕보가 논했던 풍금의 제도에 대해서만 추억하며 실망스러운 심정으로 기록해 둔다.

◇ 「황도기략(黃圖紀略)」 〈양화(洋畵)〉(1780년)

대저 그림을 그리는 사람이 사물의 외모만 그리고 내면의 모습을 그릴 수 없는 것은 어쩔 수 없는 형세이다. 사물이라는 것은 돌출되거나 오목한 부분이 있게 마련이고, 작은 것도 있고 큰 것도 있으며, 멀기도 하고 가깝기도 한 것이 있게 마련이거늘, 그림을 잘 그린다는 사람도 이를 무시하고 대략 붓을 몇 번 놀려서 그리는 데 불과하다.

그런 그림의 산에는 주름이 잡히지 않고, 물에는 물결이 일지 않으며, 나무에는 가지가 없다. 이렇게 그림을 그리는 기법을 가리켜, 사물의 모양보다는 화가의 마음을 나타낸다는 소위 사의법(寫意法)이라고 한다.

어떤 사람이 산수화 병풍을 얼마나 사실적으로 잘 그렸던지, 두보(杜甫)가 이를 보고 지은 시가 있다.

마루 위에 단풍나무가 산다는 것은 합당치 않고	堂上不合生楓樹
괴이하다, 강산에 연기와 안개가 오르고 있으니.	怪底江山起煙霧

마루 위는 나무가 자랄 곳이 아니므로 '합당하지 않다'는 시어는 이치와 맞지 않다는 말이고, 연기와 안개는 강산에서 피어오르는 것이 합당하건만 만약 그림을 그려 놓은 비단에서 생긴다면 아주 의아한 현상임을 말한 것인데, 그만큼 잘 그렸다는 뜻이다.

지금 천주당 안의 벽과 천장에 그려 놓은 운무와 인물들은 보통 사람의 지혜와 생각으로는 헤아릴 바가 아니고, 언어와 문자로도 형용할 수 있는 것이 아니다.

내 눈으로 그림 속의 인물을 보려고 하자, 번개처럼 번쩍번쩍 하면서 광채가 내 눈을 아득하게 만들었다. 그림 속의 그들이 내 속을 훤히 꿰뚫어보는 것 같아 싫었다. 내가 귀로 들어보려고 하자, 굽어보고 올려보며 돌아보고 흘겨보며 내 귀에 먼저 속삭이는 것 같다. 나는 그들이 내가 숨기고 있는 것을 꿰뚫어 보는 것 같아 부끄러웠다. 내가 입으로 말하려고 하자, 그들이 깊은 침묵을 지키고 있다가 갑자기 뇌성벽력을 지르는 것 같다.

가까이 가서 그림을 살펴보니 붓질이 아주 거칠고 엉성하다. 다만 인물들의 이목구비의 간격과, 터럭과 살결의 사이를 희미하게 달무리가 지듯 구분지어 놓았을 뿐이다. 그 털끝만 한 것도 구분할 수 있어 마치 산 사람이 숨을 쉬고 움직이는 듯하다. 대개 음양의 향배가 서로 잘 어울려서 밝은 곳과 어두운 곳의 윤곽이 절로 드러나기 때문에 그렇게 보이는 것이다.

그림 속에서는 한 부인이 대여섯 살쯤 된 어린아이를 무릎에 앉혀 놓고 있는데, 어린애는 병들어 파리한 몸으로 눈을 흘기며 빤히 쳐다보고, 부인은 고개를 돌려 차마 바로 쳐다보지 못하고 있다. 곁에서 시중드는 대여섯 명의 사람들이 병든 아이를 굽어보고 있는데, 처참한 광경에 고개를 돌린 자도 있다.

새의 날개가 붙은 귀신 모양의 수레는 마치 박쥐가 빙글빙글 돌면서 땅으로 곤두박질치는 것 같다. 한 신장(神將)이 발로 새의 배를 질끈 밟고 손에 든 철퇴로 새 머리를 짓이기고 있었다. 또 머리와 몸은 사람이면서 새의 날개를 달고 있는 놈도 있고, 별의별 괴상망측하고 기이한 것들이 많아서 도대체 분간이 되질 않는다.

좌우 벽 위에 운무가 뭉게뭉게 피어오르는 모양이 한여름 대낮 같기도 하고, 바닷가에 비가 오다가 갓 갠 풍경 같기도 하고, 어둑한 골짜기에 막 빛이 들어 밝아오는 것 같기도 하다. 구름이 뭉게뭉게 오르는 모습이 마치 천 떨기, 만 떨기의 꽃봉오리가 햇살에 비치어 햇무리가 생기는 모습과 같다.

먼 곳을 바라보면 아스라하고 깊으며 까마득하고 끝이 없는 사이로 온갖 신령들이 출몰하고 모든 귀신들이 모습을 드러내어, 옷깃을 헤치고 소매를 떨치고 어깨를 비비고 발등을 밟는다. 홀연히 가깝게 있던 놈이 멀리 보이고 얕은 놈이 깊게 보이기도 하며, 숨은 놈이 나타나기도 하고, 가려진 놈이 드러나기도 하며, 각각 떨어져 서 있는데 모두가 허공에 떠서 바람을 타고 있는 형세이다. 이는 운무가 서로 간격을 두고 그려져 있어서 그렇게 보이도록 만든 현상이다.

천장을 올려다보면 무수히 많은 어린애가 채색 구름 속에서 뛰는데, 주렁주렁 공중에 매달려 내려오는 것 같다. 살결을 만져 보면 따듯할 것 같고, 손마디와 종아리가 살이 포동포동 쪄서 잘록하다. 갑자기 구경하던 사람들이 놀라서 소리를 지르고 창졸간에 경악을 하면서 떨어지는 어린애를 받을 듯이 머리를 치켜들고 손을 뻗친다.

북연긔힝

이노춘(李魯春)

◆◆ 이노춘(李魯春, 1752~?)은 본관은 덕수(德水)이고 자는 군정(君正)이다. 1780년 문과에 급제한 후, 삼사와 이조의 청요직(淸要職)을 두루 역임했다. 1783년 홍문관 응교로 있으면서 사은사의 서장관으로 청나라에 다녀왔으며, 1784년에는 왕명을 받아 『홍문관지(弘文館誌)』를 편찬하였다.

이 연행의 목적은 건륭제(乾隆帝)가 『편액시장(扁額詩章)』·『고희설(古稀說)』 등의 어제시(御製詩)를 보내준 데 대한 사은의 뜻을 전하기 위한 것이었다. 정사는 판중추부사 홍낙성(洪樂性)이며, 부사는 대사헌 윤사국(尹師國)이다. 연행은 1783년 10월 15일 부터 1784년 2월 22일까지 약 130여 일이 소요되었으며, 『북연긔힝』에는 1783년 9월 20일 부터 이듬해 2월 22일까지의 연행기록이 남겨져 있다. 『북연긔힝』은 상·중·하 3권 3책의 한글본 연행록으로, 숭실대학교 한국기독교박물관에 상권과 하권만이 전하고 있으며 중권은 전하지 않는다. 상권의 내용은 한양을 출발하여 11월 12일 압록강을 건너고 14일에 책문을 지나며, 23일에 백탑에 도착, 12월 9일에 풍윤현에서 숙박한 내용까지 기술되어 있다. 하권은 1월 7일부터 23일까지 북경에 머무르면서 보고 들은 일들이 기술되었으며, 24일 이후는 북경을 떠나 의주에 도착하기까지의 여정이 기록되어 있다. 저자는 북경 체류 기간 동안 사신의 공식적인 행사보다는 북경 안의 명소에 대해 더 많은 관심을 기울였다. 특히 천주당 구경과, 옥하교의 화포놀이를 홍미로워 했으며, 양귀비와 안록산의 사당, 동낙사, 이제묘, 청풍대, 무령현 서진사의 집, 조대수와 조대락의 패루 등에 대하여 많은 지면을 할애하여 서술하였다.

참고 김기종, 「『북연긔힝』 해제」, 『국학고전 연행록해제 1』, 유성문화사, 2003.

◆ 1784년 1월 7일

식후에 부사와 이속(吏屬)과 함께 천주당에 가 구경하니, 문과 전을 모두 벽으로 둘렀고 나무는 하나도 사용하지 않았다. 들보와 기둥, 도리와 서까래를 모두 벽돌로 쌓고, 정전 안의 사면을 돌아가며 가로로 홍예문(紅霓門)을 만들었고, 홍예문 안에는 상탁을 벌려놓고 벽 위에는 인물을 그려놓았다. 혹은 늙은 신선이었으며 혹은 어린아이였는데 생기가 유동하여 사람을 보고 웃는 듯도 하며 말할 듯도 하니 의연히 살아있는 사람 같았다. 천장 위에 또 인물을 그렸으니 오랫동안 바라볼수록 사지가 꿈틀거리는 듯하다. 그 주벽(主壁)을 대하여 층탑을 쌓고 그린 것이 더욱 기이하였다.

전(殿)은 3층이었는데, 위층은 여덟 면을 모두 유리로 창을 만들었다. 홍예문(虹霓門) 안으로 들어가 수십 층의 구름다리를 밟고 오르니 상층은 사면에 난간을 두었는데 모두 벽이었고, 가운데 벽에 작은 집을 두었다. 그 제도는 탑과 같았는데 난간을 굽어보니 황성 안팎의 궁전과 누대를 충분히 헤아릴 만큼 보였는데, 눈이 아물아물하고 몸이 흔들흔들하여 위태로워 오래 앉아있을 수가 없었다. 부사는 다리 아래에서 우러러 보기만 하고 감히 오르지 못하고 있었다. 전 안에서 위층으로 오른 사람의 소리를 들으면 공중에서 나는 듯 하고, 위층에서 아래층 사람의 소리를 들으면 항아리 속에서 나는 소리와 같았다.

전 뒤에 벽을 쌓아 만든 조그만 홍예문으로 들어가 서전의 조그만 일각문(一角門)을 지나니 커다란 전이 있고 전 안에는 탁자를 벌여놓았고, 탁자 위에는 비단 장막을 드리웠다. 벽 위에는 인물을 그려놓았고, 동서의 벽 위에는 천문도와 옛 지도를 걸었다. 가운데 놓아둔 탁자 앞에 대여섯 곳에 자리를 놓고 노승이 앉기를 청하며 차를 권하였다. (차를 마시고) 다시 서전에 있는 일각문에 들어가니 전이 있어 제도(制度)가 한결같고 좌우의 벽 위에는 누대(樓臺)와 기명(器皿)과 새와 짐승을 그렸는데 완연히 참된 모습이었다. 앞 섬돌 위에 석주(石柱)를 세우고 석주 위에 일영(日影, 해시계)을 놓고 전 서편에 벽돌로 이층집을 쌓고 전면 벽 위에는 유리를 끼워 넣고 윤도(輪圖, 나침반)를 만들어 붙이고 층 다리가 있어 오르게 하였다.

문을 닫아 바깥사람을 들이지 않았고, 전을 둘러 북쪽으로 수십 간의 익랑(翼廊, 행랑)이 두어 겹이나 있는데 또한 문을 닫아 출입할 수가 없었다. 뜰 앞에 태호석 네다섯 개와 괴석 대여섯 개가 서 있는데 태호석은 두어 길이나 되었고, 뒤쪽의 처마 앞에 벽을 취병틀 모양으로 만들고 간간히 난간을 만들었다. 난간 뒤뜰에 대여섯 간의 토실(土室)이 있어 수십 본의 화훼를 심어놓았는데, 모두 이름을 알 수 없는 것이었다. 그 동편의 누대 위에는 해와 달을 관측하는 거울[망원경]과 혼천의(渾天儀)가 있고 또 서양 사람들이 그릇을 만드는 곳이라고 하였는데 문을 잠가 놓고 [사람을] 물리쳤으니, "이는 작년에 홍항사[164]가 왔다가 구경하고 돌아갈 적에 주인이 나와 인사하는 것을 모르고 소홀히 대하니, 주인이 크게 노하여 욕한다하고 조선 사람을 대접하지 않겠다."고 한 곳이다.

164) 홍항사: 1782년에 홍양호(洪良浩)가 삼절연공 겸 사은사의 부사로 연행한 일이 있기에, 아마도 홍양호를 가리키는 것이 아닌가 짐작됨.

표암연경편

강세황(姜世晃)

◆◆◆ 강세황(姜世晃, 1713~1791)은 본관은 진주, 자가 광지(光之)이며, 표암(豹菴)·해산정(海山亭)·무한경루(無限景樓) 등 여러 별호를 사용하였다. 아버지는 판중추부사를 지낸 현(鋧)이며, 어머니는 광주이씨(廣州李氏) 익만(翊晚)의 딸이다. 처남 유경종(柳慶種) 및 허필(許佖)·이수봉(李壽鳳)·이익(李瀷)·심사정(沈師正)·강희언(姜熙彦) 등과 교유하였으며, 1773년 영조의 배려로 61세의 나이에 처음 벼슬길에 올랐다. 1776년 기구과(耆耈科), 1778년(정조 2) 문신정시(文臣庭試)에 수석 합격하여 관계(官階)가 가선대부(嘉善大夫)에 이르렀다. 그 뒤 영릉참봉·사포별제(司圃別提)·병조참의·한성판윤 등을 두루 거쳤다. 1784년 천추부사(千秋副使)로 북경에 갔을 때 덕보(德保)·박명(博明)·김간(金簡) 등 당시 중국 지식인들과 접촉하면서 자신의 문화적 역량을 선보였다.

『표암연경편(豹菴燕京編)』은 『표암유고』 권2에 실려 있는데 여기에는 별도의 제목이 없다. 『표암연경편』이란 제명은 『연행록전집』에 수록하면서 임의로 명명한 것으로 여겨지는데, 여기에서도 다른 연행록과 구별하기 위해 이를 취하기로 한다. 이 연행의 정사는 이휘지(李徽之), 부사는 강세황, 서장관은 이태영이었으며, 사행의 목적은 진하사은겸삼절연공행이었다. 『표암연경편』의 내용은 총 19칙(則)의 짧은 글과 시로 구성되어 있다. 연경에 들어갔을 때부터 시작하여, 연경에 있는 천주당을 방문한 기록, 그리고 천수연(千叟宴)에 참석한 기록이 주를 이루고 있다. 『표암연경편』에 기록되지 않은 당시 사행의 정황은 『정조실록』 9년 2월 14일과 3월 22일의 기사를 통해 파악할 수 있다.

◆ 1784년 12월 25일

서양인이 거주하는 곳은 연경 서쪽 선무문(宣武門) 안에 있다. 우리들이 12월 25일에 가서 구경하였는데, 조각한 용마루와 그림이 그려진 기둥이 구름까지 높이 치솟아 사람들로 하여금 눈을 휘둥그렇게 하였다. 누각 뒤를 따라 돌계단 이십여 개를 올라 위층에 오르자, 온 성이 내려다보였고 누대가 연수(烟樹)처럼 펼쳐져 황홀하기가 마치 천상의 광한궁(廣寒宮)에 오른 듯하였다.

멀리 바라봄에 산하가 조그맣게 보이고	遠望山河小
높이 기대니 해와 달도 낮구나.	高憑日月低
붕새는 광활한 만 리를 날아가고	鵬飛萬里濶
연수는 아득한 구주(九州)에 점찍은 듯.	烟點九州迷
곧바로 속세 너머에 이른 듯 하고	直聳氛埃外
멀리 은하수에 오른 듯도 하구나.	迥將雲漢齊
서양 사람들 온갖 기교를 다 부려	西洋殫技巧
도성 사람들의 수레가 몰려든다네.	都市湊輪蹄

연행일록

조환(趙瑍)

◆◆ 조환(趙瑍, 1720~1795)은 본관이 풍양(豊壤), 자는 군서(君瑞)이다. 영유 현령(永柔縣令)으로 있던 1769년(영조 45)에 정시(庭試) 병과(丙科)로 합격하였으며, 이후 홍문관 수찬, 도승지, 대사헌, 예조판서, 좌참찬 등을 지냈다.

단권으로 이루어진 조환의 『연행일록(燕行日錄)』은, 1787년 7월 12일 도정(都政)에서 동지겸사은사의 부사로 정해지는 내용이 첫머리에 들어있고, 10월 20일 임금께 하직하고 출발하는 것을 시작으로 귀국하여 이듬해 3월 24일에 돌아와 복명할 때까지의 내용이 날짜별로 기술되어 있다.

간혹 별도의 표제를 뽑아 '등희(燈戲)', '추천(鞦韆)', '잡희(雜戲)'를 기록한 것이 보이기도 하며, 뒷부분에는 일정 및 거리에 대한 간략한 정의, 우리와는 다른 청(淸)의 상례(喪禮)에 대한 견문 기록이 있다. 이어서 '표자문(表咨文)', '방물삼기소입(方物三起所入)', '세폐물종(歲幣物種)', '행중원액좌목(行中員額座目)', '노정기(路程記)', '호황세계(胡皇世系)'가 기록되어 있다. 북경 체류 중에 별도로 적은 '등희', '추천', '잡희'는 내용의 상세함에서, 본서 끝부분에 부기(附記)된 청나라의 상례 풍속의 기록은 우리와의 비교의 시각에서 일정한 자료 가치가 있어 보인다.

참고 김동석, 「유언호의 연행록과 조환의 연행일기에 대한 고찰」, 『대동문화연구』 56집, 성균관대 대동문화연구원, 2006.

◇ 1788년 1월 27일

27일, 맑음.

식사 후에 서장관과 함께 태평거(太平車)를 타고 천주당에 갔다. 정양문(正陽門)을 지나 서쪽으로 길을 잡아 거의 선무문(宣武門)에 이르렀을

즈음 북쪽 길 가에 천주당이 있었다. 옥우(屋宇)의 제작 방식과 겉모습이 모두 극히 기이하였다. 돌계단을 올라 들어가 보니, 앞 뒤 당우(堂宇)의 벽에 모두 그림이 그려져 있었다. 그 중 한 곳의 옥벽(屋壁)에는 사람과 말, 건물 및 물형(物形)이 그려져 있었다.[원주: 물형은 곧 작은 광주리 같은 종류이다.] 두세 칸 정도 떨어진 곳에 앉아 그림을 보니 사람과 말이 완연히 살아있는 듯 했고, 물체의 형상과 집의 기둥 또한 완연히 만들어져 있는 듯하였다. 그런데 가까이 다가가 어루만져보니 곧 그림이었으니, 참으로 괴이하며 신비하다고 이를 만 하였다.

정당(正堂)의 북쪽 벽에 그려진 그림에는 여선(女仙)이 작은 아이를 안고 있었는데, 양쪽 겨드랑이에 모두 날개가 있어 신선처럼 보였다. 이는 곧 저 사람들이 존경하는 곳이다. 여선이 그려진 벽의 탑상(榻床) 아래 서쪽 편 낮은 곳에는 의자 하나를 놓고 비단 보로 덮어놓았는데, 이는 서양국 왕의 자리라고 한다. 이를 보건대 여선을 공경하고 받든다는 것을 알 수 있다.

자명종(自鳴鐘) 등속이 있었는데, 지극히 기묘하여 구경할 만했다. 또 태양의 모습을 관측하는 기구가 있었는데 나팔 같은 모양에 황색이었다. 뜰 가운데에 탁자를 놓고 탁자 위에 측후기(測候器)를 놓아두었는데, 그 끄트머리를 조금 높게 놔두었다. 입구는 곧장 태양 빛을 향하도록 했는데, 그 끝을 조금 낮추어놓고 그 구멍을 통해 태양의 모습을 살펴보니 천리경(千里鏡)과 같은 것이다. 살펴본 이들이 모두 "해의 형체를 또렷이 볼 수 있다."라고 하여 나 또한 그것을 보았는데, 눈이 아찔하여 분간할 수가 없었다. 이곳에 머무르는 자들은 흠천감(欽天監) 관원(官員)인데, 서양 사람이 대부분이다.

서양인이 차를 내 왔다. 마두(馬頭)를 시켜 묻기를,

"귀국은 여기에서 몇 리나 떨어져 있습니까?"

라고 하자, 답하기를

"해로와 육로를 합해 모두 9만 리 입니다."

라고 하였다. 또 묻기를,

"이곳에 살게 된 지는 몇 년이나 됩니까?"

라고 하자, 답하기를

"십년을 기한으로 교대해 돌아가는데, 우리들은 이미 8년이 지났습니다. 우리들은 오로지 천문(天文)·지리(地理)·역수(曆數)의 법을 담당하고 있습니다."

라고 하였다. 대개 그 생김새는 얼굴이 가름하고 코가 뾰족하며 눈이 움푹하여, 외모는 매우 정밀하고 또렷해 보였으나 행동은 다소 경박하였다. 이윽고 관소(館所)로 돌아왔다.

『도곡집(陶谷集)』에 이르기를 "서양국은 북경과의 거리가 바닷길은 9만 리요, 육지 길은 5~6만 리이다."라고 하였다. 이번에 서양 오랑캐가 대답한 것과는 차이가 있으니 이상한 일이다.

열하기유

서호수(徐浩修)

서호수(徐浩修, 1736~1799)는 본관은 달성, 호는 학산(鶴山)이다. 1765년(영조 41) 식년문과에 급제한 후 여러 관직을 거쳤으며, 홍봉한(洪鳳漢)과 함께 『동국문헌비고(東國文獻備考)』의 편찬에 참여하였다. 1776년에도 예조판서로 재직하면서 부사로 연행한 바 있다. 정조의 신임을 받아 임종할 때까지 왕의 측근으로 활약하였고, 규장각 직제학(奎章閣直提學)과 관상감 제조(觀象監提調)를 지내기도 했다. 문장으로 이름을 떨쳐 『홍재전서(弘齋全書)』의 편찬에 참여하였으며, 천문 역학에 뛰어난 실학적 학풍의 인물로 알려져 있다.

이 연행록은 1790년(정조 14)에 건륭황제의 80세를 축하하기 위한 진하겸사은사(進賀兼謝恩使)의 부사로 연행했던 체험을 기록한 것이다. 당시 정사는 황인점(黃仁點), 서장관은 이백형(李百亨)이었다. 1790년 5월 27일 사폐(辭陛)한 날로부터 10월 22일 복명(復命)하기까지 약 5개월간의 일기로 되어 있다.

서호수의 연행록으로는 『연행기(燕行記)』와 『열하기유(熱河紀遊)』 두 종류가 전해지는데, 『열하기유(熱河紀遊)』는 서호수가 연행에서 돌아온 후 약 2년 후인 1793년에 쓴 것이다. 그런데 『연행기(燕行記)』와 『열하기유(熱河紀遊)』의 두 책을 비교해보면 『연행기』에는 서호수의 서문과 서학과 관련한 내용 등이 누락되어 있음을 발견할 수 있다. 이는 신유사옥(1801) 이후 후손들이 필사하는 과정에서 의도적으로 산삭했을 가능성이 높다. 『연행기』에 기록된 6월 21일자 기사가 『열하기유』에 빠져 있기는 하지만 전체적으로 『연행기』와 비교했을 때 『열하기유』에서 다루는 내용이 더욱 풍부한 편이며, 『연행기』에 마멸되고 없는 글자들을 『열하기유』에서 확인할 수 있다. 여기에서는 서학 관련 기사가 많은 『열하기유』를 저본으로 삼았다.

참고 조창록, 「학산 서호수와 『열하기유』-18세기 서학사의 수준과 지향」, 「동방학지」, 연세대학교 국학연구원, 2006.

◇ 1790년 7월 26일

26일 갑진(甲辰). 맑음.

선무문(宣武門) 밖으로 성 밑을 따라가다, 외성(外城) 서편문(西便門)을 나와 내성(內城) 부성문(阜成門)을 지나 이서태(利西泰)[165]의 묘를 보았다. 서직문(西直門) 밖에 이르러 서쪽으로 20리를 가서 원명원(圓明園)의 우관(寓館)에 들어갔다. 원명원으로부터 황성까지의 어도(御途)에는 모두 돌이 깔려있는데 너비가 3칸쯤 되었다. 길가에는 채붕(綵棚)이 연이어 있고, 기이한 바위와 나무 및 화각(畫閣)과 패루(牌樓)는 이루 다 살펴볼 수 없었다. 열하(熱河)에 비하면 길가의 장식이 거의 백배는 되어 보였다. 구경하는 사녀(士女)들이 길거리를 꽉 메우고 수레바퀴가 서로 걸려 말이 뚫고 지나갈 수가 없으니, 참으로 천하의 장관이었다.

이서태(利西泰)의 묘는 부성문(阜城門) 밖 2리에 있었는데, 만력(萬曆) 황제(神宗)가 장지(葬地)를 하사하였다. 묘는 벽돌을 쌓아서 5층으로 만들었는데, 매 층의 높이는 서척(黍尺)[166]으로 8촌이 되고 너비는 서척(黍尺)으로 5척이며 길이는 서척으로 12척이었다. 각 층이 이어지는 부분에는 석회(石灰)와 기와 가루[瓦屑]을 고르게 섞어 잘라서 봉하는 부분에 발랐고, 위에는 벽돌을 덮었다. 튀어나온 처마가 네 곳으로 너비는 서척으로 3촌이었다. 위는 장원반체(長圓半體)로 덮어놓았는데, 또한 석회와 기와 가루를 고르게 섞었으며 길이와 너비는 각 층의 반 정도의 길이와 같아, 가로의 길이는 서척으로 1척 2촌이었다.

---

165) 이서태(利西泰): 이마두(利瑪竇, Matteo Ricci, 1552~1610)를 말하니, 서태(西泰)는 그의 호(號)이다.

166) 서척(黍尺): 척도의 단위로, 기장 100알을 배열해서 그 길이를 1척의 표준으로 삼은 것을 서척이라 한다. 횡으로 배열한 것은 횡서척(橫黍尺), 종으로 배열한 것은 종서척(縱黍尺)이라고 하는데, 전통적으로 자를 제작할 때에는 종서척을 사용했으며, 횡서척 1척은 종서척으로 8촌(寸) 2푼(分)에 해당한다.

총괄하여 말하면 묘의 제도는 흡사 처마가 있는 태평거(太平車)와 같았으며, 좌자향오(坐子向午)에 위치하였다. 묘의 북쪽에는 육각형 대(臺)가 있었는데, 역시 벽돌을 쌓았으며 가운데는 비었고 위는 높이 솟아있었다. 앞의 삼면에는 각기 무지개문이 있었다. 묘의 남쪽에 비석이 있었는데 이무기의 머리위에 평탄히 앉혀 놓았고, 높이는 서척(黍尺)으로 8척이고, 너비는 서척으로 3척이었다. 전면에 '예수회 선비 이공의 묘(耶蘇會士利公之墓)'라고 큰 글자로 씌어 있었으며, 큰 글자의 동쪽에 쓰인 비문에 "이선생의 휘(諱)는 마두(瑪竇)이고, 호(號)는 서태(西泰)이다. 대서양(大西洋)의 이태리[意大里亞國] 사람이다. 어릴 적부터 예수회에 입교해 수도하였으며 명나라 만력(萬曆) 신사년(1581)에 항해해 와서 가장 먼저 중국으로 들어와 가르침을 베풀었다. 만력 경자년(1600)에 북경으로 왔으며, 만력 경술년(1610)에 졸하였다. 향년 59세이며, 예수회에는 42년간 있었다." 라고 씌어져 있었다. 큰 글자 서쪽에는 서양 글자로 쓰인 비문이 있었는데 동쪽 것과 같은 내용이다.

비석의 좌우에 돌기둥이 있어 구름과 용이 새겨져 있었고, 비석의 앞에는 석대(石臺)가 있었는데 위쪽에 꽃무늬가 새겨져있었다. 석대 앞에는 다섯 개의 돌기둥이 가로로 늘어서 있었고, 모두 구름과 용이 새겨져 있었다. 묘 밖은 돌담으로 둘렀는데 높이가 1장 2척쯤 되었고, 너비는 천묘(千畝)를 수용할 만큼 길고 넓었다. 돌담 안 정북쪽에는 석단(石壇)이 있었고 위에 석부도(石浮屠)가 놓여 있었는데, 옹정(雍正) 13년(1735)에 건립한 것이다. 단 아래에는 벽돌을 깔아서 정로(正路)로 삼았으며, 돌담 남쪽의 정문(正門)에까지 연결되었다.

이서태(利西泰)의 묘가 가장 처음에 있었고, 담장 안 동북쪽으로부터 나아곡(羅雅谷)·등옥함(鄧玉函)·탕약망(湯若望) 이하 근래의 서일승(徐日昇)·유송령(劉松齡) 등 여러 서양 선교사들의 무덤이 정로(正路)의 동서쪽

이마두(利瑪竇, Matteo Ricci)의 묘

에 늘어서 있었다. 정로의 동쪽에는 31기, 정로의 서쪽에는 13기의 무덤이 있었으며, 모두 좌자향오(坐子向午)에 위치하였다. 돌담의 남쪽에는 돌로 만든 문 3개가 있는데, 정문(正門)은 제도가 화표문(華表門)과 같았고, 문선(門扇)은 순석(純石)을 사용하였다. 동서쪽의 문은 규모가 조금 작았으며, 문 안에 각기 석단(石壇)을 만들어놓았다. 동쪽의 석단에는 '상생지근(常生之根)'이라 씌어 있었고, 서쪽의 석단에는 '성총지원(聖寵之源)'이라 씌어 있었다.

정문 밖의 동서쪽에는 각각 돌로 만든 사자를 안치해 두었으며, 그 동서로 각기 경천석주(擎天石柱, 하늘을 버티고 있는 돌기둥)를 세워놓았는데 높이는 2장(丈)쯤 되었다. 그 옆에 향각(享閣) 세 칸이 있었고, 동서쪽의 문 밖에는 각각 석회로 만든 기둥 24쌍이 있었는데, 그 위에 걸친 시렁에는 포도 넝쿨이 구슬처럼 영글어 있었다. 열매가 푸른빛도 있고 자줏빛도 있었는데, 마침 잘 익어있었다. 한 송이를 따서 먹어보니 맛이 보통과는 달랐는데, 묘지기가 서양 종자라고 하였다. 향각의 남쪽에는 또 돌로 만든 사자 한 쌍을 안치해 놓았고 탕약망의 기은비(紀恩碑)를 세워 놓았다.

순치(順治) 갑오년(1654)에 탕약망(湯若望)의 장지(葬地)를 하사하였고, 순치(順治) 경자년(1660)에 탕약망 스스로 찬한 비문을 세웠다. 비(碑)의 남쪽에는 또 세 개의 돌문[石門]이 있었는데 주이존(朱彝尊)의 『일하구문(日下舊聞)』[167]에, "향각(享閣) 앞에 구석(晷石)을 설치했는데 거기에 새겨 명(銘)에 '아름다운 날의 짧은 시간, 헛되이 흘려보내지 말라. 눈에 보이는 만물이 시간과 함께 흘러간다네.(美日寸影, 勿爾空過. 所見萬品, 與時併流.)'라고 하였는데, 지금은 없어졌다."라고 하였다. 『명사(明史)』를 살펴보니, "만력(萬曆) 9년(1581) 신사(辛巳)에 이마두(利瑪竇)가 바다를 건너 향산(香山, 마카오)의 물가에 다다랐다. 29년(1601) 신축(辛丑)에 북경으로 들어왔고, 38년(1610) 경술(庚戌) 4월에 졸하여 서곽(西郭) 밖에 장사지냈다."라고 하였으니, 비석에 기록된 것과 같았다.

「고이서태묘문(告利西泰墓文)」은 다음과 같다.

지역이 서로 떨어짐은 9만 리요	地之相去九萬里
세월이 흐른 지가 200여 년이라.	世之相後二百年
어찌하여 큰 파도 넘고 갈석(碣石)을 지나	胡爲乎逾巨流過碣石
기연(冀燕) 땅에서 무덤을 찾았는가?	訪衣履于冀燕
서태(西泰)의 도는 상제를 밝게 섬기고	西泰之道昭事上帝
서태(西泰)의 학술은 하늘을 공경하였네.	西泰之藝欽若昊天

167) 『일하구문(日下舊聞)』: 청나라의 문학가 주이존(朱彝尊, 1629~1709)이 북경(北京)의 역사와 지리를 기록한 책. 42권으로, 북경(北京)의 지리(地理)와 연혁(沿革), 전장제도(典章制度) 및 고사(古事)와 구문(舊聞)을 각종 서적에서 수집하여 상세히 기록하였다. 당시로서는 가장 방대하고 완벽했던 북경 지방지(地方志)라고 할 수 있었다. 이 책을 바탕으로 건륭 연간에 『일하구문고(日下舊聞考)』가 찬수되었다.

탕약망(湯若望, Joannes Adam Shall von Bell)의 묘비

기물(器物)은 기자(箕子)의 땅에까지 전해지고	器傳于箕子之邦
서적은 학산(鶴山)의 편찬에 미치었다네.	書衍于鶴山之編[168]
내 『기하원본』[169]을 보충하여 지은바 있거니	竊附幾何之增題

168) 원주: 器卽渾盖通憲, 書卽渾盖圖說集箋.

169) 『기하원본』: 유클리드(Euclid)가 저술한 『기하학원본(幾何學原本, Stoikheia)』의 전반부(前半部)를 한문으로 번역한 책. 총6권으로 1605년 북경에서 간행되었다. 유클리드(BC 330?~275?)는 고대 그리스의 수학자로 '유클리드기하학'의 대성자이다. 『기하

감히 자운(子雲)[170]처럼 현묘한 이치를 논했다 말하리. 敢曰子雲之譚玄
남긴 서책과 기물을 안고 공중에 날아올라 抱書器而升中
구중천(九重天)[171] 드넓은 허공을 올려다보리. 仰寥廓于九重之圜
[원주: 기물은 혼개통헌(渾盖通憲)[172]이고, 서적은 『혼개도설집전(渾盖圖說集箋)』[173]이다.]

원본』은 이마두(利瑪竇)가 구역(口譯)하고, 서광계(徐光啓, 1562~1633)가 필기·정리하였는데, 저본은 클라비우스(Christopher Clavius, 1537~1612)가 교정한 『Euclidis elementorum libri』였다. 이는 마테오 리치가 중국에 오기 전 로마대학에서 당대 최고의 수학자로 꼽히던 클라비우스에게 교육받았기 때문이다. 원서는 총15권이었으나 전반부의 6권만을 번역하였으며, 후반부는 19세기에 들어 영국의 선교사인 알렉산더 와일리(Alexander Wylie, 1815~1887)와 이선란(李善蘭, 1810~1882)의 협력으로 완역되었다. '지오메트리(geometry)'에 기하(幾何)라는 한자어를 붙인 최초의 책이다.

170) 자운(子雲): 전한(前漢) 말기의 학자인 양웅(揚雄)의 자(字). 양웅은 박학다재(博學多才)하여 『태현경(太玄經)』을 지은바 있는데, 이를 저술한 후에 "후세에 나 자운(子雲) 같은 학자가 나오면 알 것이다."라고 하였다 한다.

171) 구중천(九重天) 천체의 구성을 말하는 것으로, 즉 일·월과 금·목·수·화·토 오성(五星)이 7겹이고, 여기에 28수(宿)를 더하면 8겹이 되며, 다시 여기에 종동천(宗動天)을 보태면 9겹이 된다. 주희(朱熹)는 구중천에 대해 "구중천은 땅에서 바깥으로 가면서 9개의 층으로 이루어져 있는데, 기의 회전은 멀면 멀수록 빠르고 맑으면 맑을수록 강해진다. 수를 다하여 그것의 가장 바깥쪽인 9층에 이르면 그곳은 지극히 맑으며 다시는 끝이 없다.(其曰九重, 則自地之外, 氣之旋轉, 益遠益大, 益淸益剛. 究陽之數, 而至於九, 則極淸極剛, 而無復有涯矣. 『이학유편(理學類編)』 권1)"고 하였다.

172) 혼개통헌(渾盖通憲): 서양의 평면구형 천체측량기구인 아스트로라브(planisheric astrolabe)를 이르는 말. 아스트로라브는 고대에서부터 만들어져 발전되어온 천문 도구로서, 태양, 달, 행성, 별의 위치를 예측하는 기능을 하였다. 현지시간, 위도, 측량과 같은 실용적인 도구여서 천문학자뿐만 아니라 항해가들에게도 널리 사용되었다.

173) 『혼개도설집전(渾盖圖說集箋)』: 『혼개통헌도설집전(渾蓋通憲圖說集箋)』을 말함. 저자인 서호수가 지은 천문서로 이지조(李之藻)의 『혼개통헌도설(渾蓋通憲圖說)』을 해설하기 위해 여러 학설을 모은 주석서이다. 총 4책으로 앞의 2책은 이지조의 원래 책이고 뒤의 2책이 서호수의 집전이다. 이지조는 서양의 평면구형 천체측량기구인 혼개통헌(渾蓋通憲)에 대해 중국에서 오랫동안 논쟁이 되었던 우주 구조론인 개천설(蓋天說)과 혼천설(渾天說)을 회통하고 있다고 높이 평가한 바 있다. 1790년에 서호수(徐浩修)가 자신의 『혼개통헌도설집전(渾蓋通憲圖說集箋)』을 청나라 학자 옹방강(翁方綱, 1733~1818)에게 보여주고 발문을 부탁한 기록이 그의 연행록에 보이는데, 책의 본문이 전하지 않아 구체적인 내용은 확인할 수 없다.

18세기경 페르시아의 아스트로라브

○만력(萬曆) 초에 이마두가 9만 리 바다를 건너서 광주(廣州)의 향산(香山, 마카오)의 물가에 도착하여 〈만국전도(萬國全圖)〉174)를 만들었는데, 거기에 이르길,

"천하에 다섯 개의 큰 대륙이 있는데, 첫 번째가 아세아주(亞細亞洲, 아시아)로, 그 안에는 100여 국이 있고 중국은 그 중 하나이다. 두 번째는 구라파주(歐羅巴洲, 유럽)로, 그 안에 70여 국이 있으며 이태리[意大里亞]는 그 중 하나이다. 세 번째는 이미아주(利未亞洲, 아프리카)로 역시 100여 국이 있다. 네 번째는 아묵리가주(亞墨利加洲, 아메리카)로 땅이 더욱 넓고 영토가 서로 연결되어있어 남북의 2주로 나뉘어진다. 마지막이 묵와납니가주(墨瓦臘泥加洲, 마젤라니카)로 다섯 번째가 되며 이것이 세상에 있는 대륙의 전부이다."

라고 하였는데, 그 설이 황당하여 고증할 수가 없다.

구라파(歐羅巴)의 여러 나라들은 모두 천주(天主)와 예수교[耶蘇教]를 신봉하는데, 예수는 아세아주의 유대[如德亞國, 팔레스타인]에서 태어났으며 서쪽으로 가 구라파에서 가르침을 행하였다. 왕풍숙(王豊肅)·양마락(陽瑪諾) 등이 남경과 북경을 오가면서 어리석은 백성들을 선동하고 미혹하여 드디어 천주교가 중국에 성행하게 되었다. 대개 그들이 욕망을 참아내고, 윤리를 없앰은 불교와 비슷하고, 정기를 아끼고 총명(聰明)함을 간직함은 도교와 비슷하다. 새벽부터 밤까지 절하고 머리를 조아리면 밝게

174) 〈만국전도(萬國全圖)〉: 〈곤여만국전도(坤輿萬國全圖)〉. 이마두(利瑪竇)가 1602년에 명(明)나라 학자 이지조(李之藻)와 함께 목판에 새겨 인쇄한 세계지도이다. 이 지도는 우리나라에는 중국 북경(北京)에 파견되어 있던 이광정(李光庭)과 권희(權憘)가 1603년(선조 36) 귀국할 때 가지고 왔는데, 이는 사실상 한국에 전래된 최초의 세계지도이다.

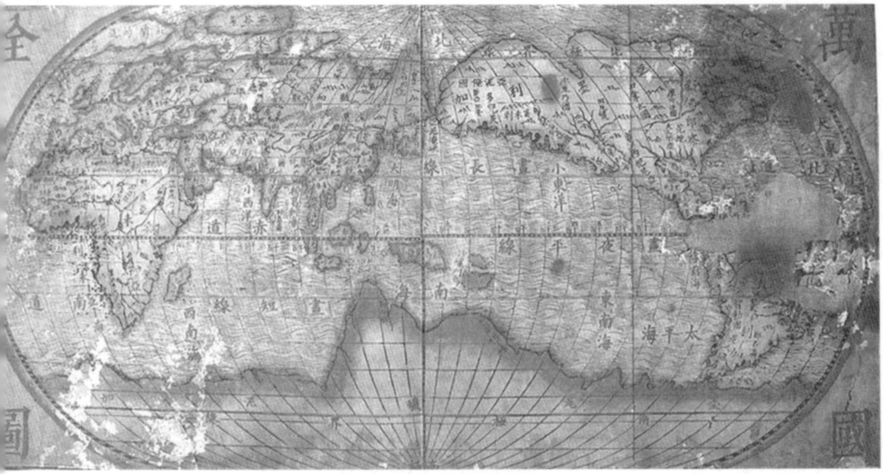

곤여만국전도(坤輿萬國全圖)

비추어 임함이 있다고 하며, 사람들로 하여금 세상을 가볍게 여기고 천당(天堂)을 중히 여기도록 한다. 이는 또한 하나의 백련교(白蓮教)[175]들이 무위(無爲)로서 향을 사르며 수행하는 것과 같다. 이것이 예부(禮部)의 서여가(徐如珂)가 매우 싫어하여 통절히 배척하고, 쫓아내자고 주장한 이유이다.[176] 그렇지만 이마두(利瑪竇)의 상수(象數)와 나아곡(羅雅谷)과 탕약

---

175) 백련교(白蓮教): 중국에서 당, 송 이래로 민간에 전해 내려온 비밀 종교결사(宗教結社)로 불교의 정토종(淨土宗)에 연원을 두고 있다. 초기의 백련교는 아미타불을 모시고, 염불과 계율을 중시했다. 신도들에게 살생하지 말고, 도둑질하지 말며, 음란하지 말며, 헛되이 말하지 말며, 술을 마시지 말도록 하였고, 이외에 조상을 잘 모시도록 요구하였다. 이런 점에서 반승반속(半僧半俗)의 비밀단체였다 하겠는데, 원나라, 명나라에 걸쳐 백련교는 여러 번 농민반란을 조직한다. 청나라 초에 이르러서는 반청비밀조직으로 발전하여 청(清)의 가경(嘉慶) 원년(1796)에 대규모의 반란이 발생하였다. 호북성(湖北省)에서 백련교도인 왕총아(王聰兒)와 요지부(姚之富)가 주동하여 발생한 이 반란은 순식간에 확대되어 호북·하남(河南)·섬서(陝西)·사천(四川)·감숙(甘肅) 등 각 성으로 번져가 9년간이나 계속되었으며, 이는 청국의 몰락을 재촉하였다.

176) 예부(禮部)의 서여가(徐如珂)가 … 주장한 이유이다: 이규경(李圭景)의 『오주연문장전산고(五洲衍文長箋散稿)』「사교(邪教)의 배척에 관한 변증설」에 "예부낭중(禮部郎

망(湯若望)의 역법(曆法), 남회인(南懷仁)의 의기(儀器)는 모두 천고에 뛰어나서 중국의 선비들이 미칠 수 없는 것이었다. 그렇기에 각학(閣學) 서광계(徐光啓)와 수부(水部) 이지조(李之藻) 같은 이들이 그들을 추대하여 칭송하고 윤색하지 않음이 없었으니, 이것이 시헌력(時憲曆)의 근본이다.

◇ 1790년 8월 19일

서양 선비 탕사선(湯士選)이 『혼개도설집전(渾盖圖說集箋)』의 서문을 지어 보내고, 아울러 작은 원경(遠鏡)·규비비례척(規髀比例尺)·〈만국전도(萬國全圖)〉를 선물해 왔다. 그가 보내온 서문은 다음과 같다.

"동국의 대종백(大宗伯)이신 학산(鶴山) 서공께서 사절로 연경에 이르러, 나에게 『혼개도설집전』 2권을 보여주셨습니다. 저는 서양의 말학으로 역상에 대해 자세히 알지 못하는데, 중국에 귀화하여 외람된 관직을 맡게 되어 본래 학식과는 어긋나게 되었습니다. 공의 불치하문(不恥下問)하는 겸손한 태도에 취한 듯 즐거운 마음으로 마침내 이 글을 완성하게 되었습니다. 이서태(利西泰, 利瑪竇)와 같은 영혼과 지혜가 아니라면 누가 능히 혼(渾)으로 개(盖)를 설명하고 개(盖)로 혼(渾)을 증명하겠으며, 이지조(李之藻)와 같은 박식함이 아니라면 누가 법칙을 추론하여 만들어내고 사용법을 밝히겠으며, 그대와 같이 근원을 좇아 하늘의 상(象)을 깨닫는 마음이 아니라면 또한 누가 능히 8선(線) 3각(角)의 이수(理數)를 근거하여 홀로 사직(斜直)의 비례를 밝히겠습니까? 그려놓은 도표를 보니, 또한 이서태를 잘 이해한 자운(子雲)이라고 할 만할 것입니다.

中) 서여가(徐如珂)가 그를 미워하여 의논을 벌여 그를 배척하였다. 이리하여 만력 44년에 시랑(侍郎) 심각(沈㴶)·급사중(給事中) 안문휘(晏文輝) 등과 합소(合疏)하여, 그가 사설(邪說)로 백성을 미혹시키니 급히 국내에서 쫓아낼 것을 청하였다."라는 대목이 보인다.

그러나 육의(六儀)가 나오면서 측량술이 더욱 세밀해졌고 타원이 만들어지면서 천체를 관측하는 일이 더욱 정밀해졌습니다. 천도(天度)는 때에 따라 변하고 바뀌니 옛 법식에 빠져있음은 실용의 재주가 아닙니다. 예를 들어 편 내의 〈황적도절기도(黃赤道節氣圖)〉를 보면, 황도와 적도에 큰 거리의 오차가 있어 매년 초(秒)를 넣어야 하며, 그 때문에 일식과 월식도 미세한 오차가 있습니다. 또 편 내의 「항성표(恒星表)」를 보면 항성이 매년 황도가 동쪽으로 움직이는 수치에 따라 적도상의 남북 고도에 더하거나 덜어야 하는 미세한 차이가 있습니다. 전체적으로 『흠정수리정온(欽定數理精蘊)』과 『역상고성(曆象考成)』을 따라서 추보(推步)한 뒤에라야 곧바로 점성(點星)할 수 있는 기준이 될 것입니다. 또 절기에 맞추어 천문대에 올라 일월성신을 측량한 뒤에야 거리와 도수의 멀고 가까움과 궤도의 늦고 빠름을 알 수 있을 것입니다. 간혹 측량하지 않고 정밀하게 추보(推步)한다고 하지만, 이러한 것은 모두 헛된 말입니다.

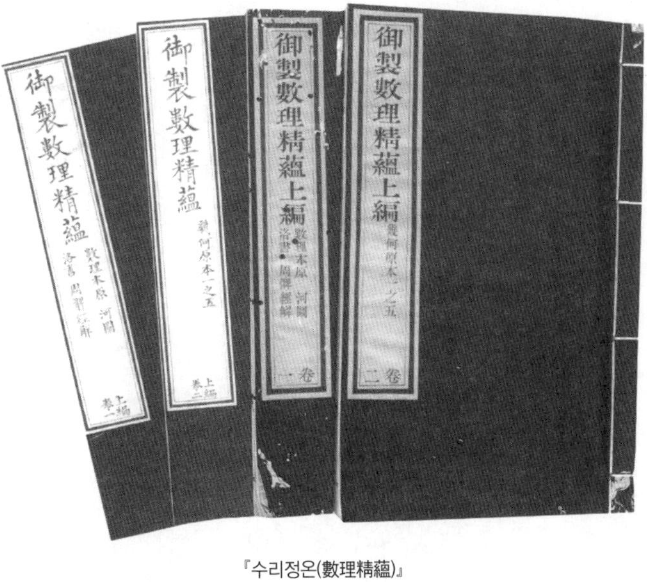

『수리정온(數理精蘊)』

직접 쓰신 서문에서, '정유년(1777) 천주당을 내방하였을 때, 이 기기의 작용을 상세히 연구하였으나, 서사(西士) 중에 그 이치를 말해주는 자가 없었다.'고 하셨는데, 이는 비밀로 하여 감추려 한 것이 아니라 동서양의 문자가 너무 달라서 그 뜻을 다 전하지 못했기 때문입니다. 삼가 이 책을 돌려보내오니, 서공께서 저의 어리석은 생각이 이러하다는 것을 참작하여 덧붙여 주십시오.

건륭 55년(1790) 8월 18일 흠천감우감부(欽天監右監副) 서양인 탕사선 쓰다."

◆ 1790년 8월 22일

22일 경오(庚午), 맑음. 남관에 머무르다.

서양 선교사 색덕초(索德超)에게 편지를 보내 문안하였고, 함께 자줏빛 비단 2필, 흰 베 2필, 채화석(彩花席) 5장, 두꺼운 기름종이[厚油紙] 10장, 설화지(雪花紙) 2속을 보냈다. 색덕초는 병신년(1776) 연경에 왔을 때 친했던 사람으로, 지난번에 천주당에 갔다가 만나지 못했기 때문에 편지로 대신한 것이다.

답장이 왔는데 함께 서양경(西洋鏡) 2면(面), 빈즐고(檳櫛膏) 1합(盒), 서양향(西洋香) 1합, 서양포(西洋布) 2필을 보내왔다.

연행록

백경현(白景炫)

◆◆◆ 백경현(白景炫, 1732~1799)은 본관은 선산(善山)이고 자는 시회(時晦), 호는 오재(悟齋)이다. 『일성록(日省錄)』·『내각일력(內閣日曆)』 등의 내용을 통해 액정서(掖庭署) 사알(司謁) 및 승정원 서리 등을 역임했음을 알 수 있다. 한시와 가창에 조예가 있어 중년 이후 시조집 『동가선(東歌選)』을 편찬하였으며, 1794년 결성된 '구로회(九老會)'라는 여항 시사의 일원으로 활동하였다. 1790년 동지사 김기성(金箕性, 1752~1811)의 별견절충(別遣折衝), 즉 비장(裨將)으로 북경을 다녀왔다.

이 사행의 삼사는 정사 김기성(金箕性, 1752~1811), 부사 민태혁(閔台爀, 1746~1806), 서장관 이지영(李趾永)이다. 정조가 1790년 동지사를 보낼 때, 원자(元子, 뒤의 순조)의 탄생을 축하해준 청 황제의 호의에 보답하고자 특별히 사행에 신경 쓰면서 정해진 인원 외에 별도의 인원을 선발해서 북경을 보냈다. 이때 백경현은 별견(別遣)으로, 박제가(朴齊家)와 역관 홍명복은 별계청(別啓請)으로 충원되었다.

『연행록(燕行錄)』은 1790년(정조 14) 동지사행을 수행한 서리 백경현이 일기체로 기술한 것으로 출발일인 1790년 10월 11일부터 이듬해 3월 8일 한양에 돌아와 임금을 뵙고 집에서 잔치를 벌이는 것까지 기술하였다. 백경현은 박제가와 함께 북경에 체류하면서, 청나라 화가 나빙(羅聘)과 교유하고는 그의 대표작 〈귀취도(鬼趣圖)〉를 보았으며, 서양 신부를 만나 서양 지도를 보기도 하였다. 1월 15일 유리창에서 행해지는 창시(倡市, 우리나라 산대나 야유와 비슷한 놀이)에 대해 자세하게 기록을 남기기도 하였다.

참고 김영진, 「『연행록(燕行錄)』 해제」, 『연행록선집보유』 中, 대동문화연구원, 2008.

◇ 1791년 1월 2일

초 2일 정축(丁丑), 맑음. 관소에 머물렀다.

천주당을 가서 보았다.

나는 익경(翼卿)과 함께 천주당을 방문하였다. 주인은 성이 주(周)씨인 자로, 본래 서양 사람인데 이곳에 와 머문 지가 이미 여러 해 되었다고 했다. 푸른 눈에 파리한 얼굴 모습이 세속의 사람 같아 보이지 않았다. 그들이 거주하는 집의 캉으로 우리를 맞이하여 의자에 앉으라고 하며 차를 끓여 마시기를 권하면서 대하는 것이 자못 은근한 정이 있었다. 또 문방사보(文房四寶)를 탁자 위에 늘어놓고 필담의 도구로 삼아 각자의 이름을 써서 인사를 마쳤다.

주(周)가 먼저 써서 말하기를,

“천하에 유・불・도 삼교가 있는데, 도(道)라는 것은 인간의 생사의 문제를 첫 번째로 다룹니다. 중국에서는 이를 극히 숭상하기에 지금 천하의 사람들이 모두 그것을 높이는데 귀국에서도 들어 본 적이 있습니까?”
라고 하자, 익경이 다음과 같이 써서 답하였다.

“천주도학(天主道學)의 고명함은 일찍이 들어 본 적이 있으나, 그 오묘한 이치가 어디에 바탕을 두고 있는지는 모릅니다.”

주(周)가 말하길,

“이 도를 행함은 청정하게 지내며 욕심을 끊고 사물과 더불어 다툼이 없은 연후에야 나아갈 수 있을 것입니다. 그 미묘한 경지는 죽더라도 사는 것 같으니 마치 매미가 허물을 벗듯 정신이 육신을 초탈하기에 천만년의 세월이 지날지라도 길이 존재하며 멸함이 없습니다. 이 이치를 깨달은 자는 살아서도 죽음을 싫어하지 않습니다.”
라고 하기에, 내가 다음과 같이 써서 말했다.

“그대가 말하는 도(道)라는 것은 곧 선(仙)이 아닙니까? 선도는 허령(虛靈)을 귀하게 여기고 불도는 적멸(寂滅)을 숭상하는데, 선도와 불도는 모두 오도(吾道, 유교)에서 갈라져 나간 가지일 뿐입니다. 우리 도를 행하면 곁가지를 통하지 않는 바가 없습니다. 생사(生死)를 매미가 허물을 벗듯 초탈한다는 설(說)은 끝내 도리에 맞지 않기에 성인께서 말하지 않은 것입니다.”

주(周)가 섭섭해 하며 좋아하지 않았는데, 내가 또 다음과 같이 써서 말하였다.

“선도(仙道)의 무(無)를 말함이 아닙니다. 유도(儒道)는 일상에서 행하는 도리를 말하기에 사람들이 모두 그것을 믿습니다. 선도에서 말하는 경액(瓊液)[177]이나 옥가루와 같은 단약은 사람들이 듣기만 하였고 본 적이 없습니다. 그러므로 간혹 그것을 의심하지 않을 수가 없는 것입니다. 비록 그렇지만 예전에 주 목왕(周穆王)[178]과 노자(老子)의 사적이 간책(簡册)에 실려 있으니 허무맹랑하고 견강부회하는 이야기라고만 할 수는 없습니다. 그들은 식색(食色)의 욕망을 제거하고 참된 원기를 기르면 세상을 꿰뚫어보는 이치를 얻는다고 합니다. 그런데 선도(仙道)를 미처 이루지 못했는데 갑자기 삿된 생각이 일어나면 도(道)에 해가 될 뿐만 아니라, 도리어 의술로도 고치기 어려운 질병이 생깁니다. 대개 배우기는 쉽지만 이루기는 어려운 것입니다.”

주(周)가 말하길,

“참으로 금석(金石) 같은 말씀이십니다.”

라고 하여, 내가 말하길

177) 경액(瓊液): 경장옥액(瓊漿玉液)의 준말로, 신선세계에서 마시는 술을 말한다.

178) 주 목왕(周穆王): 주 목왕(周穆王)이 서쪽을 정벌하러 갔다가 곤륜산(崑崙山)에 산다는 선녀(仙女)인 서왕모(西王母)를 요지(瑤池)에서 만났다는 전설이 전한다.

“사람이 살고 죽음은 모두 하늘의 뜻에 따르는 것이며, 다만 조금이라도 악한 짓을 하지 않으려는 마음으로 하늘을 섬길 뿐입니다. 천주(天主)의 도라는 것도 여기에서 벗어나지 않을 것입니다.”

라고 하자, 주(周)가 기뻐하여 웃으며 말하였다.

“노선생의 말이 과연 옳습니다.”

문답을 마치고 나서 함께 천주당 안으로 들어갔다. 주벽(主壁)에 늙은 여인의 화상이 붙어 있었는데, 물어보자 성모낭낭(聖母娘娘)이라고 했다. 좌우에 천신(天神)을 무수히 그려놓았는데, 모두 눈빛이 생동하는 듯했다. 기둥과 벽에는 청홍색의 유리를 붙여 놓은 듯 빛이 사람을 비추었는데, 가까이 다가가 살펴보니 흙에 채색한 광택과는 같지 않았다. 황색 비단으로 덮어놓은 탑상(榻床) 하나가 있었는데, 황제가 오면 앉는 자리라고 한다. 또한 천리경(千里鏡), 자명종(自鳴鍾) 등의 물건을 보니 모두 보통 생각으로는 떠올릴 수 없는 것으로, 서양 사람의 솜씨가 교묘함을 알 수 있었다.

익경(翼卿)이 서양의 복식에 대해 물어보자, 주(周)가 우리를 인도하여 후당(後堂)으로 들어가더니 함을 열어 옷 한 벌을 꺼내 보여 주었다. 관(冠)은 우리나라의 복두건과 비슷하였고, 옷은 장삼(長杉)인데 모두 비단으로 만들었으며, 모자는 검은색이었고 옷은 붉은색이었다. 내가,

“어째서 입지 않습니까?”

라고 묻자, 주(周)가 답하였다.

“만주족의 풍속에 저촉되기에 살아서는 감히 입을 수가 없습니다. 죽은 다음에야 입는 것이 허락되기에 본국에서 가지고 온 것입니다.”

그리고서 다시 처음에 앉았던 캉으로 와서 각자 의자에 앉자, 또 다과(茶果)를 대접 하였다.

주(周)가 갑자기 벽에 걸려있는 목패(木牌)를 가리키면서 말하길,

“이것을 보고 한서(寒暑)와 풍우(風雨)를 점칩니다.”
라고 하였다. 내가 그 목패를 보니 겨우 한 척(尺)쯤 되었으며, 우리나라의 누척(漏尺)과 흡사한데 아래로부터 12지(支)를 써 놓았다. 가운데에는 수기(水氣)가 통하게 되어있었는데, 어떻게 만든 것인지 알 수 없었다. 주(周)가 말하길,

“오늘 오시(午時, 오전 11시에서 오후 1시)에는 반드시 큰 바람이 불 것입니다.”
라고 하여, 나와 익경이 그 말을 자못 괴이하게 여겼다.

작별인사를 하고 돌아오는데, 길을 반쯤 왔을 때 과연 큰 바람이 갑자기 불어오기 시작했다. 이러한 일이 많기 때문에 천주의 도에 미혹되는 사람이 많은 것이다. 나는 부채 두 자루와 청심환 두 알을 선물로 주었다. 주(周)는 나에게 『곤여도설(坤輿圖說)』을 보여주었는데, 서양의 지도와 지리에 대한 설명이었다.

연행록

김정중(金正中)

◆◆ 저자 김정중(金正中, ?~?)에 관해서는 따로 참고할 서적을 볼 수 없고, 『연행록』의 내용에서 살펴보면, 자(字)가 사룡(士龍), 호가 자재암(自在庵)임이 확인된다. 당시 약 50세로 평양(平壤)에 거주하였으며, 벼슬살이를 한 일이 없고 시문(詩文)을 좋아한 사족(士族)으로 여겨진다. 이서구(李書九, 1754~1825)는 오언율시 「기제김생일옹정(寄題金生一翁亭)」(『척재집(惕齋集)』 권 3)에 '김정중은 평양 외성에 살면서 시에 능한데, 일직이 사행을 따라 연경에 간 적이 있다(居平壤外城, 能詩, 嘗隨使入燕)'라는 주석을 단바 있다.

『연행록(燕行錄)』의 첫 부분인 1791년 11월 일기에 보면, 용암(庸庵) 김이소(金履素) 상공이 동지정사겸사은사(冬至正使兼謝恩使)로 명을 받들고 나라를 나서는데, 용암 상공 덕분에 중국을 다녀온다고 하였다. 따라서 김정중은 1791년(정조 15)에 정사 김이소(金履素), 부사 이조원(李祖源), 서장관 심능익(沈能翼)이 연공(年貢)·진하(陳賀)의 목적으로 사행했을 때, 정사의 수행원으로 동행하였음을 알 수 있다. 『김사룡연행일기(金士龍燕行日記)』·『김사룡연행기(金士龍燕行記)』 등의 이본이 존재한다.

이 연행록의 내용은 대략 다음과 같다. 처음에 '도리(道里)'라 제목하여, 한성(漢城)부터 연경까지 거쳐 간 지명과 그 거리를 적었는데, 지명에는 그저 취음(取音)하여 바른 글자가 아닌 것이 많다. 다음에 '장관(壯觀)', '기관(奇觀)', '고적(古蹟)'이라는 제목하에, 관련 내용을 적어 놓았다. 다음에 '연행일기(燕行日記)'라는 큰 제목 밑에 작은 제목 없이, 저자와 동행한 송원(松園) 김이도(金履度)라 하는 사람, 저자의 형, 연경에서 만나 친해진 중국인 정가현(程嘉賢) 등과 왕래한 서한(書翰)을 싣고, 다음에 '연행일기서(燕行日記序)'라 하여, 정가현이 지은 서문을 실었는데, 그 서한들과 서문은 이 연행록의 내용을 대략 아는 데에 도움이 된다. 연행을 적은 부분은 '기유록(奇遊錄)'이라 제명하고, 1794년 11월부터 이듬해 3월 16일까지의 일기를 기록하였다. 마지막에는 제목 없이 일기에 적지 않은 풍속·음식·건축·물산(物産)·인물 등에 관하여 모아 실었고, 그 끝에 연경팔경(燕京八景)의 명칭과 사신의 이름을 적어 놓았다.

참고 정연탁, 「『연행록(燕行錄)』 해제」, 『국역 연행록선집』, 1976.

◇ 1792년 1월 26일

동곡(東谷) 이순천(李順天)이 서양 고과(西洋苦果) 2환을 얻어서 나에게 주었다. 이 약은 학질을 치료하는 데 좋다고 하는데, 조금 갈아서 뜨거운 물과 함께 마시면 신기한 효험이 있다고 한다.

연행록

이계호(李繼祜)

◆◆◆ 이계호(李繼祜, 1754~1833)는 본관은 용인(龍仁), 자가 여승(汝承)이며, 호는 휴당(休堂)이다. 충청도와 경상도의 찰방을 지낸 바 있다는 것 외에는 작자의 자세한 행적이 밝혀져 있지 않다.

저자는 부사 이재학(李在學, 1745~1801)과 같은 집안으로 숙부뻘이 되나, 나이는 9세 연하이다. 당시 이재학이 이조참판으로 있으면서 부사로 사행을 떠나게 되었기에, 그의 자제군관으로 연행에 참가한 것이다. 이 사행은 삼절연공겸사은사로 정사는 황인점(黃仁點, ?~1802), 부사는 이재학, 서장관은 정동관(鄭東觀, 1762~1809)이다. 연행 일정은 1793년(정조 17) 10월 22일 도성을 출발하여 12월 22일 북경에 도착했으며, 이듬해 2월 2일 북경에서 출발하여 2월 22일 복명하였다. 사행의 본진은 3월 20일에 귀국하였는데, 이계호는 연로한 부모님의 환후가 걱정되어 선발대 편으로 일찍 귀국한 것으로 되어 있다.

5권 5책으로 이루어진 이계호의 『연행록(燕行錄)』은 한글본으로 연행 중에 있었던 일을 날짜별로 빠짐없이 꼼꼼히 기록하고 있다. 아울러 이 연행록은 저자가 직접 한글로 필사했다는 점을 주목할 만한데, 권5의 말미에서 저자는 자신의 연행록을 한글로 쓴 이유를 다음과 같이 밝히고 있다.

> 한문으로 일기를 쓰면 저 사람들이 꺼리는 일이 많기 때문에 한글로 써온 사람들도 많다. 또한 늙으신 모친과 처자식들에게 보여주기 위해 쓴 것인데 한글도 설어 변변치 못하니 읽는 자들이 우스워할까 한다.[179]

179) 이계호 저, 최강현 역주, 『휴당의 연행록 2』, 신성출판사, 2004, 316쪽. "일긔롤 진셔로 ᄒᆞ면 ᄌᆞ연이 피인을 휘ᄂᆞᆫ 일이 만키 언문으로 ᄒᆞ여 오니도 무슈ᄒᆞ다. ᄒᆞ고, 겸ᄒᆞ여 노친과 쳐ᄌᆞ식들 보기롤 위ᄒᆞ여 이리ᄒᆞ여시나, 언문도 셔러 변변이 못ᄒᆞ니, 혹 보ᄂᆞᆫ니 우슬가 ᄒᆞ노라."

곧 중국인들에게 꺼려지는 내용을 숨기기 위해서이며, 자신 외에도 같은 이유로 연행록을 한글로 저술하는 예가 많다고 하였다. 이는 한글 연행록의 창작 배경과 관련하여 상당한 시사점을 주는 내용이라고 하겠다. 『연행록』에는 지은이가 연행 중에 느낀 감흥을 32수의 시로 읊어 실었으며, 필사자가 각 책마다 필사한 날짜를 밝히고 있어, 수택본은 아니라는 사실을 알 수 있다. 번역은 최강현이 역주한 『휴당의 연행록』(신성출판사, 2004)을 참고하였으며, 부분적으로 수정한 내용도 있다.

참고 최강현 「휴당 이계호의 『연행록』을 살핌」 『연행록연구총서』 5, 학고방, 2006.

◇ 1794년 1월 30일

삼십일에 사신 일행과 함께 동천추당에 갔다. 천주당 대인(大人)이라 하는 사람은 서양국에서 온 사람이었다. 이윽하여 큰 방에서 옷을 갈아입고 나와 손을 마주 잡고 흔연히 맞으니, 얼굴이 가장 고귀로워 두 뺨에 한 점 티가 없고, 코가 높고 눈이 깊어 산근(山根, 콧마루 위의 두 눈 사이를 말함)에서 눈 사이가 약 한 치는 실하니, 턱살도 볼 때에는 놀라와 사람 같지 아니하더니, 앉히고 오래 본 즉 얼굴 가득히 공경하고 조심하는 빛과 재화(才華)가 얼굴에 나타나고, 인중(人中)도 극히 영 늘어져 보이었다. 즉시 둥근 반(盤)을 반 길쯤 되는 독으로 만든 받침대에 붙이어 놓고, 각색 떡과 실과를 음식 놓은 대로 가까이 놓고 걸터앉아 사면에서 먹게 하였다.

먹기를 다한 후에 사신께 붉은 반베 수건(서양 손수건) 하나와 무슨 향물을 넣은 유리병과 비연통(鼻煙筒) 하나와 작은 가위 하나와 지도책 두 권을 드리니, 비연통이라 하는 것은 옥과 수정과 혹 사기로 먹소용(먹병)처럼 만들어 비누 같은 무슨 가루를 넣어가지고 다니면서 손가락으로 찍어 콧구멍에 바르는 기구였다.

손님을 만나보는 외당(外堂)의 십여 간은 되는 긴 방에 돌을 깨끗하게 갈아 가득히 펴고, 교의(交椅)를 네 면에 늘어놓고 도배를 분통(粉桶)같이 하였으니, 극히 정결하여 침 한 점을 뱉을 길이 없고, 한 편에 문방제구(文房諸具)를 각색 화초분 곁에 벌리어 두고, 비단 침장(寢帳)을 반공에 반은 걷어 달았거늘 가까이 가서 보니, 다 진 형용이오. 그림 그린 것이며, 또 한편에 구름사다리를 높게 하여 누상(樓上)으로 올라가되, 난간을 만들어 두었다. 내가 말하길

"상층을 보자."

하고, 향하여 나아가니 그도 그림이오. 또한 벽에 사자를 그리어 큰 족자로 만들어 드리웠으되, 메뚜기를 만들어 좌우에 세 곳씩 누른 곳은 족자가 벽에 붙고, 눌리지 아니한 쪽은 족자가 들떠서 벽에 닿지 아니하였으니, 연하여 속은 끝이라 여럿이 앉아 의논하되,

"저것은 분명 그림이 아니라."

하고, 서로 내기까지 정하고, 곁에 가 손으로 만져보니, 그것도 참 것이 아니니, 화법(畵法)은 고사하고 채색을 어찌 칠하여 원근 심천(深淺)이 획획이 분명하여 지척에서 보아도 진가(眞假)를 분간하지 못하게 그리었는지 신통신통하였다.

갈 길이 총총하고, 일세(日勢)가 점점 늦어가기에 주인은 우리를 데리고 정당(正堂)에 들어가니, 이 집은 과연 소문과 같아서 토목을 들이지 아니하고, 전부 푸른 돌로 지은 집이었다. 당 안은 극히 높고 넓은데, 집 제도가 더욱 거룩하여 비하건대, 쳇바퀴 여섯을 육모에 맞추어 놓은 것 같이 지어 안으로 들보가 없고, 밖으로 추녀가 없어 안팎이 사면이 다 둥글어 기둥과 서까래 하나가 없고, 네 벽과 반자에 어룡을 봉황과 어울어져 서리게 그리고, 혹을 다 돋우 새기고, 온갖 완호지물(玩好之物)을 무수히 벌리어 놓았다. 친히 가 손으로 만져보기 전에는 지척에서도 그림인 줄 몰라보며, 주장되는 벽에 '성모(聖母)'라 하고 그리어 붙이었으니,

성모는 옥황상제(玉皇上帝)의 어머니라는 말이었다. 가슴에 옥황(玉皇)을 품고 채복(彩服)을 입고 머리를 풀어 뒤로 제치고 좌우에 무슨 부인 하나씩 모시고 앉았다. 동서 양벽에 겉옷과 안개치마를 입은 신선의 할아비 여럿이 벌리어 서 있으니, 낱낱이 살아 있는 사람 같아서 황연히 서로 수작을 할 듯하니, 서양국 그림이 자고로 유명하나 어찌 이같이 기이한가 하는 생각이 들었다.

주인의 성은 유가(劉哥)니, 부르기를 유대인(劉大人)[180]이라 하였다. 저의 침방에 들어가 보니, 침향 교의(沈香交椅)에 대단 방석을 걸치어 놓고, 화류 탁자(樺榴卓子)에 양금(洋琴)을 비껴 놓았으며, 옥 같은 기둥에 크고 작은 자명종(自鳴鐘)을 서너 개 걸어 맑은 소리가 저절로 났다. 수를 놓은 책걸이에 도금을 한 서책이 놓이었으나 글자가 달라 한 글자를 알 길이 없으니, 천하에서 글자는 다 같다고 하였으되 청서(淸書, 만주어)와 몽서(蒙書, 몽고어)와 서양국 글씨는 알 길이 없으니, 이는 우리나라 언문(諺文)과 같은 것인가 싶었다.

오늘 백탑(白塔)을 보고 가려 하기에 주인과 훌훌히 작별하니, 바깥문까지 달려 나와 은근히 섭섭하여 하는 기색이 있었다.

---

180) 유대인(劉大人): 이 한문 표기는 지은이와 동행하였던 부사 이재학(李在學)의 『연행일기』를 참조하였음.

무오연행록

서유문(徐有聞)

◆◆◆ 서유문(徐有聞, 1726~1822)은 본관은 달성(達城)이고, 자는 학수(鶴叟)이다. 1787년(정조 11) 정시문과에 병과로 급제하여 예문관 검열(藝文館檢閱)에 임명되었고, 1794년에 별겸춘추(別兼春秋), 홍문관 교리를 역임하였고, 양남암행어사(兩南暗行御史)로 파견되었다. 1798년에 동지사(冬至使)의 서장관(書狀官)으로 임명되어 이듬해에 귀국, 기행문 『무오연행록(戊午燕行錄)』을 저술하였다. 그 뒤 통례(通禮)·승지(承旨) 등을 역임하고 1800년에 순조가 즉위 후, 대사간, 충청감사, 이조참의, 의주부윤, 평안감사, 이조참판 등을 역임하였다.

『무오연행록(戊午燕行錄)』은 서유문(徐有聞)이 1798년(정조 22) 10월 삼절연공겸사은사(三節年貢兼謝恩使)의 서장관으로 연경에 가서, 다음해 4월 초2일 복명(復命)하기까지의 여정을 기록한 연행록이다. 『연행록전집 62』에 『무오연록(戊午燕錄)』(한문본), 『무오연행록(戊午燕行錄)』(한문본), 『연행록』(한문본), 『무오연행록』(한글본) 등이 수록되어 있다. 김동욱(金東旭)은 「무오연행록 해제」에서 한문본이 한글본(전 6권)에 비해 "내용이 소략하고 저자인 서장관이 서지수로 되어 있어, 그 문헌적 신빙성이 의심스럽다."라고 하여, 한글본이 원본이고 한문본은 한글본을 한역한 것으로 판명하였다. 실제로 한글본은 내용이 더 자세하며 연행가기 전의 일도 기록되어 있다. 이에 비해 한문본은 세주 부분에 한글 주석이 삽입되어 있고, 한글본에 비해 축약된 부분이 보인다. 이상으로 볼 때 『무오연행록』은 한글본이 원본이며 한문본은 한글본을 축약하여 한역한 것으로 보인다. 따라서 본 연구에서는 한글본을 저본으로 삼아 관련 기사를 추출하였다. 번역은 『국역 연행록선집』을 참조하였으며, 부분적으로 수정한 내용이 있다.

참고 김동욱, 「『무오연행록』 해제」, 『국역 연행록선집』 Ⅶ, 민족문화추진회, 1976.

◆ 1799년 1월 19일

이날 치형(致馨)이 자송(子頌)을 좇아 천주당(天主堂)을 보고 왔다. 천주당은 서양국(西洋國) 사람 머무는 곳이라. 서양국은 서쪽 하늘 바닷가에 있는 나라요, 중국에서 수만 리 밖이라, 예부터 중국을 통하는 일이 없었다. 대명(大明) 홍무(洪武, 1368~1398) 초에 비로소 조공(朝貢)하고 만력(萬曆, 1573~1619) 연간에 서양국 사람이 나와 책력(冊曆)을 만들기로 흠천관(欽天官) 벼슬을 주어 대대로 나와 살게 하니, 대체로 천문성상(天文星象)과 천체의 운행을 관측하여 책력 만드는 법은 극히 세밀하여 천지 도수(天地度數)를 날날이 의논하여 세월 절후(歲月節候)를 틀리게 아니함이 옛 사람이 미치지 못할 바가 있었다. 또 그 나라 풍속이 가장 공교(工巧)하여 온갖 기계(機械)를 정묘하게 만드니, 대명 선덕(宣德, 1426~1435) 연간에 일찍이 왕삼보(王三輔)란 사람을 보내어 서양에 이르러 기이한 보배와 이상한 기명(器皿)을 무수히 얻어 왔다.

그 후 성화(成化, 1465~1487) 연간에 조정이 자못 완호(玩好)를 구할 때, 내감(內監) 한 사람을 보내어 병부(兵部)에 이르러 왕삼보의 서양국에 갔던 노정기(路程記)를 찾았다. 그때에 항충이란 사람이 병부 상서(兵部尙書)요, 유대하란 사람이 낭중(郎中)이 되었더니, 내감(內監)이 이르자 항충이 아전에게 명령하여 고(庫)에 들어가 노정기(路程記)를 찾을 때, 유대하가 먼저 들어가 얻어 내어 다른 곳에 찾지 못하게 감추고 나왔기에 아전이 찾지 못하거늘, 항충이 아전을 볼기쳐 다시 수험(搜驗)하여 이같이 수일을 찾되 끝내 없었다. 유대하 모르는 체하여 군이 말을 않더니, 마침 간관(諫官)이 계속하여 상소(上疏)하여

"서양국에 사람을 보내소서."

하니, 또한 노정(路程)을 알 길이 없어서 중지하였더니, 그 후 항충이 아전을 불러 비난하여 묻기를,

"고중(庫中)의 문서(文書)를 비록 잘고 작은 것인들 어이 잃었을 리 있으리요."

하거늘, 유대하가 곁에 있다가 빙그레 웃으며 말하기를,

"왕삼보가 서양을 다녀 돌아오는데, 은전(銀錢)과 양식(糧食) 수십 만을 허비하고, 사람이 돌아오지 못한 자가 또한 무수한지라. 비록 보배를 얻으나 국가(國家)에 무슨 유익함이 있으리오. 이는 큰 폐단이라, 대신(大臣)이 마땅히 간절히 말하여 막을 일이니, 노정기(路程記) 비록 있으나, 또한 마땅히 찢어 버림이 해롭지 않은지라, 어찌 구태여 그 있고 없음을 구핵(究覈)코자 하느뇨."

하였다. 항충이 유대하의 일을 짐작하고 송연(竦然)하여 자리에 내려와 유대하에게 두 번 절하고 사례하여 말하기를,

"공(公)의 음덕(陰德)이 적지 아니하니 내 자리에 오래지 않아 마땅히 공(公)이 돌아오리라."

하더니, 과연 병부 상서(兵部尙書)에 이른지라. 이 일은 명사(明史)에 지금까지 전해지고 있으니, 서양의 기물(奇物)과 보배 고금에 유명한 곳이다.

이러므로 대명 이후로 이때까지 그 사람을 불러들여 끊이지 않고, 근래는 작품(爵品)을 주어 후한 녹봉을 먹이고, 책력(冊曆) 만들기를 온전히 맡기니, 그 사람이 한 번 나오면 돌아가지 않고, 각각 제 나라 법으로 집을 지어 따로 거처하고 중국 사람과 뒤섞이지 않으니, 동서남북에 집이 있어 이름을 '천주당(天主堂)'이라 하니, 그중 서편에 있는 집이 제도(制度)와 기물(器物)이 더욱 이상하고, 두 사람이 있더니, 하나는 죽은 지 두 해라 하더라.

치형이 말하기를,

"정양문(正陽門) 앞으로 지나 현무문(玄武門)을 향하여 성(城) 밑으로 수 리(里)를 가서 멀리 바라보면, 용마루 없는 높은 집이 공중에 빼어나고

기와 이은 모양과 집 위에 세운 기물(器物)이 항아리 같기도 하며 말 같기도 하여 형용할 길이 없고 그림에서도 보지 못하던 제도러라. 묻지 않아도 천주당인 줄 짐작할러라. 큰 문(門)에 '칙건천주당(勅建天主堂)'이란 다섯 자를 썼으니, 태상황(太上皇) 어필(御筆)이요, 동편으로 또 작은 문이 있으니, 이 문을 들어가면 두 편에 채색한 누각을 세우고 남향(南向)하여 10여 장 높은 집이 있으니, 아로새긴 창(窓)과 비단 발[簾]이 보통의 모양과 다르고, 발을 들고 문을 열면 굴속에 들어가는 것 같고, 사람의 소리 공중에 퍼지는지라. 이 곧 천주(天主)를 위하는 곳이라.

그 안이 남북으로 여남은 칸이요, 동서는 5, 6칸이라. 천장과 바람벽과 칸살을 막은 것이 한 조각 나무를 드리지 아니하고, 온전히 벽돌로 쌓았으니, 그 안이 둥글고 시원하여 이미 그 이상한 제도를 짐작할 것이요, 북편 벽 위 한가운데에 한 사람의 화상(畵像)을 그렸으니 계집의 상이요, 머리를 풀어 좌우로 두 가닥을 드리우고 눈을 치떠 하늘을 바라보니, 무한(無限)한 생각과 근심하는 거동이라. 이것이 곧 천주(天主)라 하는 사람이니, 형체와 의복이 다 공중에 띄워 섰는 모양이요, 선 곳이 깊은 감실(龕室) 같으니, 처음 볼 때는 소상(塑像)으로 여겼더니, 가까이 간 후에 그림인 줄을 깨치니, 나이가 30세 남짓한 계집이요, 얼굴빛이 누르고 눈두덩이 심히 검푸르니, 이는 항상 눈을 치떠 그러한가 싶고, 입은 것은 소매 넓은 긴 옷이로되 옷 주름과 섶을 이은 것이 요연(瞭然)하여 움직일 듯하니, 천하에 이상한 화풍이요, 그 앞에 향로(香爐)를 놓고 향(香)을 피우니 향기 그치지 않고, 화상 서편 벽 밑으로 큰 의자를 놓고 위에 용(龍)을 그린 방석을 깔고 꾸민 것이 극히 화려하니, 누가 앉는 곳인지? 황제(皇帝)나 앉을 곳이요, 평민이 앉을 곳이 아닐러라.

동서 벽에 각각 여남은 화상을 그렸으되 다 머리털을 늘이고 장삼(長衫) 같은 옷을 입었으니, 이는 서양국 의복 제도인가 싶고, 혹 아이 안은 모양을 그렸으되, 아이가 눈을 치올려 떠서 놀라는 형상이라. 부인(婦人)이 어루만져 근심하는 빛이요, 늙은 사나이 겁내어 손을 묶어 무엇을 비는 거동(擧動)이며, 또 부인이 병든 아이를 돌봐주는 모양이로되, 위에 흰 새 한 마리가 날개를 벌리고 부리로 흰 것을 뿜어 부인 이마에 쏘이며, 천상(天上)에는 사방으로 구름이 에웠으되 어린아이들이 구름 속으로 머리를 내어 보는 것이 그 수를 세지 못하게 많으며, 혹 장차 떨어지는 거동이라. 노인이 손바닥으로 하늘을 향하여 받으려 하는 체하니, 인물의 정신(精神)이 두어 칸을 물러서서 보면 아무리 보아도 그림으로 알 길이 없으니, 기괴(奇怪) 황홀(恍惚)하여, 오래 섰으니 마음이 언짢아 좋지 아니하더라.

앞에 한 사람이 인도하니, 그 안에 별로 사람의 왕래 없으되, 앞을 지나는 자 문득 한 무릎을 꿇고 지나며, 첫 번 구경할 때부터 서편 벽 밑에 한 되놈이 한 다리를 꿇고 눈을 감아 숨소리 없이 앉았으니, 무슨 뜻인 줄 모를러라. 남쪽으로 벽을 의지하여 높은 누각(樓閣)을 만들고 채색(彩色) 사다리를 또한 벽으로 쌓아 오르게 하였으며, 난간 안으로 기이한 악기(樂器)를 벌였으니, 이는 서양 사람이 만든 것이라. 틀을 움직이고 말뚝을 틀어 절로 음악 소리를 내게 한 것이었다.

누각에서 내려와 북으로 돌아가니 또 집을 하나 깨끗이 꾸미고 벽에 화상을 꾸몄으며, 벽 밑으로 긴 탁자를 놓고, 위에 관(冠)과 의복을 놓았으니, 서양 사람이 경(經)외울 적에 입는 의복이라. 옷은 검고 누런빛이 장삼(長衫) 같이 만들고, 관(冠)은 검은 비단으로 모난 관이었다.

서로 한 채 집을 들어가니, 북쪽 벽 밑에 큰 탑을 놓고, 아래 세 쌍 의자를 베풀고, 그 아래 조그만 그릇에 등겨를 담아 각각 놓았으니, 이는 침을 뱉게 한 것이요, 좌우벽(左右壁)에 첩첩(疊疊)한 누각(樓閣)과 자잘한 집기를 그렸으되, 이편 벽 밑에서 저편 벽을 바라보니 그림은 간 곳이 없고 갑자기 무수한 출입문과 은은히 빛나는 장원(莊園)이 따로 인간에 생겼으며, 바람벽에 건 것이며 상 위에 베푼 것이 다 진짜 같고, 그림인 줄 깨닫지 못하여, 가까이 보면 벽 위에 두 줄 검은 획(劃)을 규칙 없이 흐르게 한 모양이더니, 물러서서 보면 글자가 완연하여 글자의 획이 분명하니 천하에 기이한 재주러라.

이 집 앞으로 또 한 채 집이 있으니, 이는 책(冊)과 의기(儀器)를 쌓은 곳이라. 책은 비단 갑을 만들어 사면에 탁자를 놓고 쌓았으되, 다 서양 글자라 무슨 책인 줄 모르며, 의기(儀器)는 대여섯을 놓았으되, 쇠로 틀을 만들고 둥근 형체(形體)를 그 안에 구르게 하였으니, 다 하늘 각도를 측량(測量)하여 보게 한 것이라. 위에 삼원(三垣)[181] 이십팔수(二十八宿)[182]의 온갖 별을 잘 갖추어 그리고, 주석(朱錫) 고리를 그 위에 세웠으되 동서로 마음대로 돌리고, 남북은 각각 곧은 쇠를 버티어 치놀지 못하게 하였으니, 한 고리는 이름이 적도(赤道)니 하늘 가운데를 이름이요, 한 고리는 황도(黃道)니 해와 달이 다니는 길을 이름이라. 여러 그릇이 다 각각 대소가 있으나 거의 다 한 모양이었다.

서양 사람은 끝내 나와 보는 일이 없더니, 돌아올 때에 천주(天主) 위하는 집에서 무슨 경(經) 읽는 소리가 나거늘 문을 열어 보니, 아까 보던 관(冠)과 옷을 입고 북벽(北壁) 밑으로 돌아다니며 무슨 소리 하니, 키 작

---

181) 삼원(三垣): 동양 천문학에 있어서의 성좌의 세 구획, 곧 자미원(紫微垣)·태미원(太微垣)·천시원(天市垣)을 말한다.

182) 이십팔수(二十八宿): 동양 전통 천문학의 별자리 이름으로 해와 달, 오성(五星, 목성, 금성, 수성, 토성, 화성)의 운행을 관측할 때 28개의 별자리를 나누고, 그것을 이용하여 해와 달, 오성이 이르는 위치를 설명했다. 이는 오늘날 천문학에서 말하는 별자리(constellation)와는 다른 개념으로서, '이십팔사(二十八舍)' 또는 '이십팔성(二十八星)'이라고도 부른다. 이십팔수는 각 자리에 해당하는 짐승과 지역, 그리고 사람의 생일 등등에 복잡하게 대응되어 설명되기도 하며, 중국의 전통적인 민간신앙에서는 각 별자리에 해당하는 신을 설정하여 섬기기도 하였다.

고 얼굴이 검으며 인물(人物)이 매우 모질어 뵈더라. 성(姓)은 탕개라 하고 이름은 기록치 못하며, 근래는 우리나라 사람이 이곳에 가는 일이 없는지라. 우리나라 사람이 이르자 지키는 자가 묻기를,

'이곳에 다님을 귀국(貴國)에서 금한다 하더니 어찌 왔느뇨?'

하니, 누가 전하는 말인지 모르되, 극히 괴이하더라. 공자(孔子)가 가라사대, '말이 충성되고 미더우며 행실이 도탑고 공경하면 비록 만맥(蠻貊) 지방이라도 가히 가리라.' 하시고, 유하혜(柳下惠)가 이르되, '저는 저요 나는 나니 제가 어찌 내게 더러우리오.' 하니, 천주당을 구경 않음이 또한 괴이한 의사라."

하여 치형이 보고 와서 웃더라.

계산기정

이해응(李海應)

◆◆◆ 이해응(李海應, 1775~1825)은 본관은 한산(韓山), 자가 성서(聖瑞)이고, 호는 동화(東華)이다. 1825년(순조 25) 51세의 나이로 사마시(式年司馬試)에 생원 3등으로 합격하였고, 그해 5월 6일에 죽었다. 그는 조인영(趙寅永), 조만영(趙萬永), 한치윤(韓致奫), 이지연(李止淵), 이회연(李晦淵), 서장보(徐長輔), 조수삼(趙秀三) 등과 교유하였다. 1803년(순조 3)에 친우인 서장관(書狀官) 서장보를 따라 청의 연경(燕京)에 다녀와서 이 연행의 기록을 『계산기정(薊山紀程)』으로 정리하였다. 그는 이 책에서 세밀한 관찰력을 바탕으로 산문과 시를 적절히 배합하여 명승고적과 중국의 민속연희·공연예술을 생동감 있게 그려내고 있다. 문집으로 『동화유고(東華遺稿)』 3권을 남겼다.

본 사행은 동지진하사(冬至進賀使)로 이해응은 서장관 서장보(徐長輔)를 따라 29세의 나이로 자제군관으로 연행길에 올랐다. 『계산기정(薊山紀程)』은 총 5권으로 이루어져 있으며, 각 권의 내용은 다음과 같다. 권1은 「출성(出城)」이라는 제목 아래 한양을 출발, 의주 용만관(龍灣館)에 도착하고, 이어서 압록강을 건너 십리하보(十里河堡)에 이르기까지의 기록이다. 권2는 심양(瀋陽)을 거쳐 옥하관(玉河館)에 이르기까지를 다루었다. 권3은 연경의 옥하관(玉河館)에서 머무르며 활동한 일을 기록하였는데, 궁궐과 관아를 비롯하여 사원·누대(樓臺)·원유(苑囿)·지정(池亭) 등을 유람한 기록이 들어 있다. 아울러 유리창(琉璃廠)과 희원(戲猿)·환희(幻戲)·등희(燈戲) 등을 관람하고 북경 문인과 접촉한 기록이 보인다. 권4는 「복로(復路)」라는 제목 아래 연경을 떠나 귀국하기까지의 기록이며, 권5는 부록으로 사행 일행의 총목과 예물, 연행 시 지나간 고을과 관아·세폐·도리(道里) 등과 산천·성궐·궁실·의복·음식·기용(器用)·주거(舟車)·과거제도·가축·언어·호번(胡藩)·공세(貢稅) 등을 기록하였다. 번역은 『국역 연행록선집』을 참조하였으며, 부분적으로 수정한 내용도 있다.

◆ 1804년 1월 26일

「천주당(天主堂)」

천주당은 현무문(玄武門) 안 동쪽에 있는데, 서양 사람들이 거주하는 곳이다. 문이며 담장의 제도가 성에 임하여 아득히 높이 솟아있다. 당 안에 벌여놓은 것들 중에는 볼 만한 것이 많다. 이전에 옥하관에 머물 때에는 들어가 보는 사람이 많았는데, 한번 사학(邪學)으로 금지된 후부터는 서로 통행하지 못하게 되었다.

천주당 속에 사는 사람	天主堂中客
만 리 떨어진 서양에서 왔네.	萬里西洋來
사람을 보면 곧 자취를 감추고	見人輒屛跡
대낮에도 문이 닫혀 있다네.	白日門不開
오묘한 재주 신의 솜씨에 가깝고	巧才逼神造
기이한 보물이 산처럼 쌓여 있네.	寶玩如山堆
어디서 온 학설이기에	何來一種學
끝내 윤강(倫綱)을 해치려는가.	竟欲倫綱頹
석가와 노자의 말은 저대로 높고	釋老言猶高
양주와 묵적은 죄인의 괴수일세.	楊墨罪爲魁
지사(志士)여 부질없이 걱정하지 마오	志士莫謾憂
눈앞에는 슬픈 일이 많기도 하다네.	眼前多堪哀
백 년 동안 오랑캐 나라 되어	百年驕虜國
예의의 풍속 초토에 버려졌네.	正風委草萊

부연일기

이재흡(李在洽)

◆◆ 이 연행록의 저자에 대해서는 그동안 밝혀지지 않았으며, 간혹 정사 남연군(南延君) 이구(李球)의 반당(伴倘)으로 수행한 김노상(金老商)을 저자로 추정하기도 했었다. 그러나 최근의 연구에 의하여 『부연일기』의 작자가 이재흡(李在洽)이라는 사실이 해명되었다. 『부연일기』의 첫머리에서 이재흡은 의관 겸 비장(醫官兼裨將)의 신분으로 자신을 밝히고 있는데, 이 외에 호가 석은(石隱)이며 주부(主簿)라는 직함을 사용했다는 사실이 새롭게 밝혀졌다. 그렇지만 이 외에 저자의 생애에 관한 구체적인 사실은 아직까지 미상이다.

『부연일기(赴燕日記)』는 1828년 청나라 도광제의 회강(回疆) 토벌을 축하하기 위한 진하사(進賀使)로 떠난 내용을 실은 것인데, 정사(正使)는 남연군 이구, 부사는 참판 이규현(李奎鉉), 서장관은 조기겸(趙基謙)이었다. 이 사절은 1828년 4월 13일 한양을 출발하여 6월 9일 연경에 도착하였고, 8월 13일 연경을 떠나 10월 4일 귀국하였다. 『부연일기』은 연행 시에 겪은 일을 기록한 일기와 함께 저자의 관심에 따라 주제별로 나누어 기술한 내용으로 세분하여 기록하였다. 구체적으로 보면 서두에 대략의 노정을 밝혀놓은 「노정기(路程記)」, 다음으로 매일의 일기인 「왕환일기(往還日記)」, 다음으로 자신이 구경한 것을 기술한 「역람제처(歷覽諸處)」, 다음으로 청나라의 지리, 인물, 풍속, 경제 등에 대해 보고들은 것을 서술한 「주견제사(主見諸事)」, 다음으로 회회국에서 보내온 국서[회자국서(回刺國書)]와 연행 중에 든 비용을 적어놓은 일급(日給)으로 구성되어 있다. 이재흡은 김노상과 함께 북경에서 중국 문사 장제량(張際亮)과 만나 깊은 문학적 교유를 나누었는데, 그 내용이 현전하는 장제량의 문집 『사백자당문집(思伯子堂文集)』 속에 전하고 있어 그 실상을 확인해 볼 수 있다. 번역은 『국역 연행록선집』을 참조하였으며, 부분적으로 수정한 내용도 있다.

참고 한영규, 「19세기 한중 문인 교류의 새로운 양상 –『부연일기』·『서행록』을 중심으로」, 『인문과학』 45집, 성균관대학교 인문과학연구소, 2010.

◇ 1828년 6월 25일

6월 25일, 계사(癸巳). 맑음.

아침에 아라사관(俄羅斯館, 러시아관)[183]에 가보니 문의 편액을 '회동관(會同館)'이라고 하였다. 이는 이른바 '옥하관(玉河館)'으로서 옥하교의 서쪽 길가에 있었다. 당초에 우리나라 사람들이 머무르던 곳인데, 지금은 남관(南館)으로 옮긴 것이다. 집이 넓고 시원하여서 남관에 비하면 배나 되고 빈 땅 또한 많이 있었다.

집 제도가 정밀하고 기묘하며 기물이 치밀하고 특이한데, 천문을 측정하는 데에 가장 정밀하여 기형(機衡, 선기옥형) 등의 기구가 방마다 없는 데가 없었다. 여기저기 걸린 그림에는 가축, 궁실, 수목, 산수 등을 자세히 묘사하였는데 길이와 너비가 두어 자씩 되며, 특이한 나무로 틀을 만들어 유리로 덮어 놓았는데 벽마다 걸려 있었다. 멀리서 보니 흐릿하기에 곧 노인의 안경을 가져다 끼고 나아가 보니 한 치나 되는 말, 콩만 한 사람이 살아 움직이듯 세밀하였으니, 그림 솜씨가 뛰어나다 할 만하

183) 아라사관(俄羅斯館): 1727년(옹정 5)에 러시아와 청국 사이에 체결된 캬흐타(Kyakhta) 조약에 따라 설치된 러시아 관소. 양국의 통상 문제와 국경 획정을 목적으로 한 카흐타 조약의 5조에는 '북경 회동관에 러시아인들만이 거주하게 한다'는 조항이 포함되어 있었다. 이로 인해 북경에는 선교와 유학 명목으로 거주하는 러시아 사절단이 생겨났다. 이들은 옥하관에 거주하며 종교와 교육상의 특권을 가지게 되었으며, 보통 10년에 한 번씩 교체되었다. 한편 신유박해(1801년)로 인해 천주당 방문이 금지된 19세기 연행사절들은 북경에서 천주당 대신 아라사관(俄羅斯館)을 방문하게 되었는바, 당시 조선 사신들이 서양 문물을 구경하고 체험할 수 있는 공간은 아라사관이 유일했던 것이다. 아라사관은 18세기의 천주당을 대신하여 19세기에 서학을 접촉하는 주된 통로가 되었다.

였다.

또 자명종이 큰 것도 있고 작은 것도 있는데 방마다 놓아두었고, 어떤 곳에 가니 마치 매감(梅龕)처럼 높다란 것이 있는데 이마에 유리로 된 구멍이 있고 크기가 달[月]만 했다. 때가 되면 우는 비둘기 한 마리가 구멍 속에서 나와 시간에 맞추어 우는데, 또한 숫자가 있어 갑(甲)·기(己)·자(子)·오(午)의 아홉 수[184]에 따라 울다가 끝나자 도로 머리를 숙이고 들어갔으니, 너무도 기괴하였다.

또 자명악(自鳴樂)이 있으니 이 역시 매감과 모양이 비슷했는데, 사람이 가닥을 들어 고동을 굴리면 음악이 크게 일어나서 각종 음악 소리가 우렁차게 번갈아 연주되었다.

아라사국 사람들은 10년씩 번갈아 머무는데, 그 사람들은 얼굴이 희며 털이 누렇고, 코가 뾰족하고 우뚝하며, 눈이 우묵하면서 노랗고, 키가 8척이나 되는데, 10여 명을 보았으나 대체로 다 그러하였다. 좌우에 서적이 많이 있는데 모두 횡서로 쓴 서적으로 글자를 알아볼 수 없었으며, 중국 경서 또한 섞여 있었다.

그 나라의 풍속을 살펴보면, 이른바 천주학(天主學) 외에는 다른 학문이 없었다. 그들의 서적 가운데는 더러 중국 글자로 번역하여 종이에 써 놓은 것이 있었는데, 불과 두서너 줄을 보고서도 분명히 이단임을 알았다. 그 학문(천주학을 말함)이 유독 이들뿐만 아니라 서쪽이나 남쪽의 먼 변방은 애초부터 오도(吾道, 유교를 말함)를 모르고 서양 등지에서 이를 하지 않는 데가 없는 듯 여겨졌다.

---

184) 갑(甲)·기(己)·자(子)·오(午)의 아홉 수: 『천기대요(天機大要)』의 선천수(先天數)에 의하면, 갑·기·자·오는 9, 을(乙)·경(庚)·축(丑)·미(未)는 8, 병(丙)·신(辛)·인(寅)·신(申)은 7, 정(丁)·임(壬)·묘(卯)·유(酉)는 6, 무(戊)·계(癸)·진(辰)·술(戌)은 5, 사(巳)·해(亥)는 4로 간지를 수에 해당시켰는데, 술수가에서 흔히 쓴다.

대체로 저들 오랑캐가 관(館)에서 살면서 그들의 풍속을 숭상함이 이와 같다. 그런 까닭에 중국의 글을 가르치기 위하여 10년 기한으로 20명씩 교대하여 살며, 중국 문자를 익히도록 하니, 귀국한 다음에 이를 전하게 하여 먼 지역에도 성인의 도가 있음을 알게 하려는 것이다. 언어와 문자가 대부분 중국 사람과 맞지 않기에 이처럼 관에서 살게 하는 방법이 아니고서는 가르쳐 알게 할 수 없을 것이니, 그야말로 사람을 교화시키는 좋은 법도인 것이다.

두루 구경하고 한 곳에 이르자, 문이 굳게 잠겼기에 자물쇠를 열게 하여 들어갔다. 외간(外間)에 가로 막은 칸막이가 있는데 모두 특이한 나무에 조각을 하여 만들었고, 칸막이마다 모두 산발한 사람을 그렸다. 방 안은 우뚝 솟았으며 사방을 벽돌로 높이 쌓았고, 둥근 창문이 서로 비치는데 모두 유리를 사용하였다. 칸막이를 열고 안 칸으로 들어가니 주벽(主壁)에 죽은 사람 하나를 걸어 놓았다. 대개 벽 위에 십(十)자로 된 나무 판자를 붙이고 사람의 머리 위와 사지(四肢)에 모두 쇠못을 박아 내걸어, 마치 거열(車裂)[185]하는 형상과 같은데 완연히 고결한 풍채의 사람이었다. 피부와 살, 손톱과 머리카락이 꼭 살아있는 사람 같은데 온몸이 나체였으며 진짜인지 가짜인지 분간이 되지 않았다. 머리에서 발끝까지 쇠못 자리에서 붉은 선혈이 쏟아져 뚝뚝 떨어지는데, 그 얼굴을 보니 방금 죽어 식지도 않은 것 같아 현기증이 나도록 참혹하여 똑바로 쳐다보기가 힘들었다.

또 방 안에는 침향(沈香)이나 단향(檀香) 같은 목재를 많이 사용하여 향기가 오래도록 사라지지 않았고, 한 점 바람도 들어오지 않아 음습한 기운이 냄새를 풍기었다. 피비린내가 완연하며 속이 메슥거리며 진정되지

185) 거열(車裂): 죄인의 몸을 두 대의 수레에 갈라 매어 좌우로 찢어 죽이는 형벌이다.

않아서, 우연히 오게 된 것이 후회스러웠다. 마두가 그 연유를 물으니, 관소의 오랑캐가 말하기를,

"옛날 예수[耶蘇]가 있었는데, 곧 서방의 신명한 성인으로 도학이 고명하고 영험한 변화가 헤아릴 수 없었습니다. 요망하고 허탄하다는 죄를 받아 중국에서 이 같은 형벌을 받아 죽으니, 서양 사람들이 슬퍼하며 사모하여 사당에 모시고 받들면서 그 형상대로 소상(塑像)을 만들었습니다. 이 뒤로부터 서양 사람들이 모두 머리를 풀어헤치고 맨발을 하는 것이 풍속이 되었습니다."

라고 하였다. 사학(邪學)하는 무리들이 형벌을 받아 죽는 것을 두려워하지 않는다는 말이 진실로 이 때문임을 알았다.

정양문(正陽門) 밖 길에서 어떤 사람이 머리를 풀어헤치고 맨발로 다니는데 수염이 파랗고 기골이 준수하며 기운이 팔팔하여 빈곤하거나 걱정스런 기색이 없었다. 손에는 작은 버드나무 광주리를 들고 가게를 차례차례 지나며 문간을 바라보고 한번 소리치자, 사람들이 다투어 돈을 던져 주는데 오히려 남보다 뒤질까 걱정하였다. 가는 곳마다 사람들이 몰려들어 잠시 동안에 광주리를 가득 채웠다. 그는 필시 서방 사람인 듯하며, 사람들 또한 재물을 서로 나누는 풍속으로 대하기에 이러한 듯하다.

이어 한 방을 지나다가 붓으로 써서 물었는데, 매우 장대하고 수염이 많은 오랑캐가 의자에 기대앉아 있었다. 그는 자신을 강보록(康保錄)이라고 하면서 관소에 있은 지 8년이며 나이는 63세인데, 그 나라는 2만 8000리 떨어져 있으며, 2년 후에 귀국하는데 몇 해가 걸려야 비로소 도착한다고 하였다. 그 나라의 사방 국경을 묻자 그가 대답하였다.

"남쪽은 중국과 이웃하고, 동쪽 경계는 일본과 큰 바다로 접하는데 얼음바다[氷海]이며, 북쪽 경계는 서양이고, 서쪽 경계는 회회(回回)입니다."

지도를 가지고 살펴보면, 아라사는 사막 밖 매우 외진 변방에 위치하

여 천지의 서북 모퉁이인 정건해방(正乾亥方, 정서북 방향)에 있으니, 이 오랑캐의 말은 전혀 천지의 방향을 모르는 것이다.

오랑캐가 그의 서적을 내어 놓기에 내가 물리쳤더니, 그가 말하기를,

"우리나라의 왕공(王公) 대인(大人)들과 도덕이 고명한 분들이 모두 이 책을 읽습니다."

라고 하였다.

다시 빈과(蘋果) 한 접시와 사과 한 접시를 내놓기에, 각기 한두 개씩 먹었다. 청심환(淸心丸)과 서초(西草, 담배) 등의 물건을 주었더니, 그는 안 먹는다고 사양하였다. 이들은 우리를 자못 정성스럽게 대우하여 드나들 적에는 읍하고 인사를 하였다. 그 모습에는 모두 오랜 객지생활에 시달려 고단하고 쓸쓸한 기색이 있었으며, 탐욕스럽거나 야비한 점은 볼 수 없었다.

다만 그들의 풍속이 숭상하는 바가 해괴하고 사악한데 어찌 중국의 교화로 그 풍속을 혁신할 수 있겠는가? 학문이 몹시 괴이하여 절대로 가까이 할 수 없을 것이다. 또 천주당은 지극히 해괴하고 참혹하여 눈에 가가이 해서는 안 될 것이다. 우리나라에 돌아가는 날에는 연경 가는 사람들에게 신신당부하여 절대로 이 관소에 발을 들여놓지 않도록 해야 하겠다.

선무문(宣武門) 안 내성(內城) 동쪽 성 밑 길가에 서양인 관소가 있는데 거기에도 천주당이 있다. 밖에서 보니 집 모양이 매우 기이하며 옥하관(玉河館)보다 배나 크고 기이한 구경거리가 많이 있다고 한다. 그런데 우리나라에서 신유사옥(辛酉邪獄)[186]이 일어난 뒤로는 우리나라 사람은 이

186) 신유사옥(辛酉邪獄): 신유박해(辛酉迫害). 1801년(순조 1년)에 일어난 천주교 탄압 사건. 중국에서 들어온 천주교는 당시 성리학적 지배 원리의 한계성을 깨닫고 새로운 원리를 추구한 일부 진보적 사상가와, 부패하고 무기력한 봉건 지배체제에 반발한 민중을 중심으로 퍼져나가면서, 18세기 말 교세가 크게 확장되었다. 특히, 1794년 청나라 신부 주문모(周文謨)가 국내에 들어오고 천주교도에 대한 정조의 관대한 정책은 교

관에 들어가는 일이 없다고 한다.

아라사는 중국 발음이 어라시(於羅澌, 워루어스)이니, 우리나라에서 말하는 석경(石鏡)의 어리쇠(於里衰)[187]라는 것은 필시 아라사에서 생산되는 매우 두꺼운 유리로서 거듭 와전되어 그렇게 불리는 것이다.

세 확대의 중요한 계기가 되었다. 그러나 가부장적 권위와 유교적 의례·의식을 거부하는 천주교의 확대는, 유교사회 일반에 대한 도전이자 지배체제에 대한 중대한 위협이었다. 이 때문에 정조가 죽고 이른바 세도정권기에 들어서면서 천주교도에 대한 탄압이 본격화되었다. 순조가 즉위하자, 집권파인 노론은 반대파인 소론과 남인 중 천주교 신자가 많다며 대대적으로 천주교 신자들을 탄압했다. 이로 인해 이승훈·이가환·정약용 형제 등 많은 실학자들이 처형되거나 유배당했다. 또 천주교 신자 100여 명이 처형되고 400여 명이 유배되었다.

187) 어리쇠(於里衰): 당시 옥하관에서 몰래 사온 물품 가운데 가장 인기가 있었던 거울로 알려져 있다. 지금도 거울이 어루쇠란 말로도 통용되는데, 서유문(徐有聞)의 『무오연행록(戊午燕行錄)』에 "아라사(러시아)는 중국말이요, 우리말로는 어리쇠(於里衰)다. 흑룡강 북쪽에 자리 잡은 몽고의 별종으로 코가 별나게 크고 흉악한 인종이다. 그러므로 코 큰 승냥이[大鼻獺子]라 일컬었으니, 우리나라에 많은 석경들은 거의가 어리쇠 소산이다."라는 기사가 보인다.

연계기정

박사호(朴思浩)

◆◆◆ 박사호(朴思浩, 1784~1854)는 본관은 밀양(密陽) 자가 성부(誠夫)이며, 호는 심전(心田)이다. 그는 박천행(朴天行, 1729~1791)의 서자로 태어났는데, 부친이 별세한 후 한양에 있는 종형 박웅호의 집에서 길러졌고, 15세부터 박웅호 및 여러 사대부들을 배종하면서 수십 년간 지방관의 막객(幕客) 생활을 했다. 옥수(玉垂) 조면호(趙冕鎬, 1804~1887), 자하(紫霞) 신위(申緯, 1769~1847) 등의 사대부와 조수삼(趙秀三, 1762~1849)·이상적(李尙迪, 1804~1865) 등의 여항 인물과도 교유했다. 그는 1828년과 1837년 두 차례에 걸쳐 연행을 했는데, 1828년에는 연행한 경험을 연행록으로 기록하였고, 1837년의 2차 연행에서는 시만 남겼다. 2차 연행의 정사 김현근(金賢根)이 『옥하일기(玉河日記)』 남기고 있어 연행의 경위가 파악된다.

『연계기정(燕薊紀程)』은 1828년 사은겸동지사로 연행한 내용을 담고 있다. 당시 정사는 홍기섭(洪起燮), 부사는 유정양(柳鼎養), 서장관은 박종길(朴宗吉)이었다. 연행 일정은 10월 25일 한양을 출발하여 11월 15일 의주 도착, 11월 25일 압록강을 건너 12월 24일 북경에 도착한다. 이곳에서 40일을 머물고 이듬해 2월 4일 북경을 출발하여 4월 4일에 복명하였다. 『연계기정』은 3권으로 이루어져 있는데, 1권에서 일기체를 주된 형식으로 삼아 여정을 기록하면서 별도의 기문이 있다고 부기했다. 2권에서 별도의 기문을 시간 순서대로 배치하였고, 3권에는 주로 현지인들과 주고받은 시문을 실었다.

『심전고』의 원본은 영남대학교 동빈문고(東濱文庫)에 소장되어 있으며 필사본 9권 9책이다. 이 중 5~8권에 해당하는 부분이 연행록이며, 제목이 '연계기정(燕薊紀程)'으로 되어 있으니, 의당 이를 연행록의 제목으로 보아야 할 것이다. 번역은 『국역연행록 선집 IX』를 참조했으며, 부분적으로 수정한 내용도 있다.

참고 임영길, 「심전 박사호의 연행과 한중문학교류」, 성균관대학교 석사학위논문, 2008.

◆ 1829년 1월 3일

맑음. 관소에 머물렀다. 악라사관을 가보았다. 따로 「악라기(鄂羅記)」가 있다.

…〈중략〉…

악라사관은 옥하교(玉河橋) 곁에 있다. 두 겹문을 들어가니, 높은 누각을 세워 놓았고 누각 안에 남자를 그려놓았다. 그는 머리를 풀어헤치고 벌거벗었는데, 유혈이 낭자하였으며 눈을 감고 고개를 숙이고 있는 것이 분명 죽은 사람이었기에 그것을 보고 크게 놀랐다. 종이에 그림 그린 것을 유리에 붙여 투과되어 보였는데, 그 밑에는 의자와 탁자, 향로와 촛대가 놓여 있었으며 채색이 화려했다. 문미(門楣) 위에 그려놓은 사람도 유리에다 붙인 것인데 완연히 살아 움직이는 것 같았다. 그들에게 어떤 신을 받들어 모시느냐고 물었더니, 악라 태자(鄂羅太子)가 중국에서 피살되었는데, 죽은 영혼이 있어서 그가 피살되었을 적의 모습을 정표(旌表)하여 받든다고 했다. 혹은 이마두(利瑪竇)가 피살된 상이라고도 하였는데, 어느 것이 옳은지 모르겠다.

살피건대, 악라사는 대비달자국(大鼻㺚子國)이라고도 부르는데, 흑룡강 북쪽에 있으며 중국과 통상하기는 하지만 신하 노릇을 하지 않고 조공도 바치지 않는다. 10년마다 한 번씩 관소에 머무는 이가 교체되는데, 그들은 눈이 깊고 코가 높으며 천성이 모질고 사납다. 한번은 그들이 대낮의 저자거리에서 사람을 죽인 일이 있었는데, 건륭(乾隆) 황제가 그 중 몇 사람을 찢어 죽이는 형벌에 처하였더니 그 때부터 조금 두려워하여 조심하게 되었다. 그 나라에서 만든 석경(石鏡)은 품질이 좋다.

그 관소에 들어가니 매우 깨끗하고 기물들이 다 진기한 보물이었다. 한 사람이 맞이하여 앉았는데 우리나라 말을 조금 알아 간략히 인사를 주고받았다. 책상 위에는 만주와 중국 책이 있어 편질(篇帙)이 꽤 많은데, 악라사 글자로 번역해 놓았다. 작은 글씨로 베껴 썼는데 글자가 범서(梵書) 같았다.

탁자 위에는 자명종이 있는데 만듦새가 매우 정묘했다. 또, 손바닥만 한 자명금(自鳴琴, 일종의 오르간)이 있는데, 그 만듦새는 굴대를 한번 돌리면 기둥을 따라 줄이 튕겨지면서 음조를 이뤘다. 또, 길이가 두어 자 되는 문갑(紋匣, 무늬가 있는 작은 상자)이 있었는데, 정묘하게 조각이 되어 있었고, 위에는 동그란 구멍이 있는데 유리를 붙여 벽 사이에 걸어놓았다. 그 문갑 밑에는 손잡이[樞機]가 있어서 그것을 손으로 돌리면 두견새가 문갑 속에서 둥근 유리 구멍으로 날아와 머리를 들고 밖을 내다보며 한두 마디 지저귀는데 소리마다 맑고 아름다웠다. 잠시 후 도로 내려갔는데 이것은 진짜 새가 아니었다.

내가 악라사인에게 이곳에서 귀국까지의 거리가 얼마나 되는지 묻자, 그가 2만여 리가 된다고 했다. 내가 땅의 넓이는 얼마나 되는지 묻자, 청나라 셋을 붙이면 저들 나라 하나만 하게 된다고 하였다. 대개 땅이 북해에 닿았고 영토가 매우 넓어서, 청나라는 중원이지만 악라의 3분의 1밖에 안 된다고 한다.

유헌속록

강시영(姜時永)

◆◆ 강시영(姜時永, 1788~?)은 본관은 진주(晉州). 자는 여량(汝亮, 또는 汝良)이고, 시호는 문헌(文憲)이다. 1819년(순조 19) 정시문과에 을과로 급제하여 수찬을 지내고, 충청도관찰사 · 한성부판윤 · 형조판서 등을 거쳐, 철종 연간에 대사헌 · 예조판서를 지냈다. 1866년(고종 3) 조대비가 수렴섭정(垂簾攝政)을 철회하고, 홍선대원군이 집권한 뒤에 남인으로 기용되어 홍문관제학을 거쳐 이조판서로 승진되었다. 글씨에도 뛰어났다. 그의 집안은 8대에 걸쳐 연행에 참가한 가문으로 이름났는데, 1829년의 첫 번째 연행에서 『유헌속록(輶軒續錄)』을 남기고, 1853년의 두 번째 연행에서 『유헌삼록(輶軒三錄)』을 남겼다.

이 사행의 목적은 진하겸사은사로, 정사는 이광문(李光文, 1778~1838), 부사는 한기유(韓耆裕)이며, 강시영은 서장관의 자격으로 연행에 참여했다. 연행의 일정은 1829년 11월 2일 한양을 출발하여, 11월 24일 북경에 도착하였고, 이듬해 2월 4일 북경을 출발하여 3월 21일 복명했다. 『유헌속록』은 일기체 방식으로 기록되었으며, 연행의 주요한 장면에서 자신의 감회를 읊은 시와 함께 연행한 인물과 수창한 시를 매일의 일기의 마지막에 수록해 둔 것이 특징이다. 그는 두 차례의 연행 중에 중국 문인들과의 다양하게 접촉하였는데, 그 양상은 『유헌속록』에 잘 나타나 있다.

◇ 1830년 1월 3일

노종(魯從), 임 비장(任裨將) 및 여러 사람과 함께 아라사관(俄羅斯館)을 보러 갔으니, 아라사인이 머무는 관소이다. 본래는 조선관(朝鮮館)이었는데, 몽고인들이 점유하게 되었다가 다시 아라사인들이 들어갔다고 하였다. 아라사국은 서쪽 끝에 있으며, 중국과는 몇 만리나 떨어져 있다. 관소에 머무는 사람들은 10년마다 한 번씩 교체된다. 사람들은 대부분 눈이 깊고 코가 높으며, 얼굴빛은 검푸르면서 흰 빛이 돌았다. 몸에는 검은색 비단옷을 걸쳤는데 소매가 좁은 두루마기[周衣]이다. 검은색 두건으로 머리를 싸맸는데 침향목(沈香木)으로 만든 필통과 모양이 비슷했다. 그들은 대략 한자를 알았는데 북경에 온 후에 배운 것이라고 한다. 앉은 자리 옆에 불경(佛經) 등의 책이 있었는데 모두 본국에서 가져 온 것이다. 거위 깃털 끄트머리에 단단한 것이 있었는데, 그 끝을 깨물어서 뾰족하게 만든 것을 먹에 담가 글씨를 썼다. 글씨는 가늘기가 파리 대가리만 했고, 반드시 가로로 쓰되 왼쪽에서 오른쪽으로 썼다. 건물에는 층층마다 시렁을 설치해 놓았는데 이 또한 하나의 기이한 볼거리였다.

다과를 차려와 예를 갖추기에 나 또한 청심환으로 사례했다. 자명종이나 조총(鳥銃) 등의 물건은 뛰어난 기교가 평범한 것과는 달랐다. 곁에는 열 십(十) 자로 만든 패(牌)가 금벽(金壁) 위에 걸려 있고, 또 화상이 두 점 있었다. 그 나라의 왕과 왕후의 상으로 동서쪽의 벽에 나누어 걸어 놓은 것이라고 하는데, 그을음과 때가 끼어 보이는 형상으로 장엄하게 높이고 꾸미는 뜻이 없었기에 이상했다. 자리 오른편에는 금색 글씨로 '장상묘술(長桑妙術)'188)이라 쓴 편액이 있었다. 그것을 물어보니, 황제의 조카인 어떤 패륵(貝勒)189)이 몇 년간 부스럼을 앓아, 중국의 여러 의원

188) 장상묘술(長桑妙術): 장상군(長桑君)의 신묘한 술법이라는 뜻. 장상군은 전국 시대 때 신의(神醫)의 이름으로 편작(扁鵲)과 아주 친하게 지냈으며, 금방(禁方)을 편작에게 전하고 또 약(藥)을 내어 편작에게 복용하게 하고는 홀연히 사라졌다. 편작이 이 뒤로 편작이 병자를 보면 오장(五臟) 안의 병원(病原)이 다 보여서 드디어 의술에 정통하게 되었다고 한다.(『사기(史記)』 권105, 「편작열전(扁鵲列傳)」)

189) 패륵(貝勒): 청나라 때 만주인 종실(宗室)과 몽고(蒙古)의 외번(外藩)들에게 봉해진 작위(爵位) 가운데 하나를 이르는 말. 청나라에서는 만주인 종실과 몽고의 외번들에게 여섯 가지의 작위를 나누어 봉했는데, 그 여섯 가지는 친왕(親王)·군왕(郡王)·패륵·

들이 백방으로 치료해 보았으나 고칠 수가 없었는데, 아라사관의 의원만 이 그 뿌리를 제거할 수 있었다고 한다. 그래서 그 패륵이 이 글을 써서 칭송한 것이라고 하였다.

면경(面鏡)이 있는데 크기가 접시보다도 작았으나 그 두께는 수어 촌(寸)이나 되었다. 이것이 이른바 아라사경(俄羅斯鏡)으로 작은 톱으로 썰어서 얇게 만들 수도 있다고 하는데, 품질이 뛰어나 매우 환하고 밝아 그 이름이 천하에 널리 알려졌다. 관소 안에는 그들이 받들어 모시는 신상(神像)이 있는데 들어가 보지 못했다. 바깥문 안에는 옷 만드는 점포가 있었는데, 곧 옷을 제봉하는 곳이었다. 들어가 보지는 않고 관소로 돌아 왔다.

패자(貝子)·진국공(鎭國公)·보국공(輔國公)이었다.

수사록

한필교(韓弼教)

◆◆ 한필교(韓弼教, 1810~1878)는 본관은 청주(清州), 자가 보경(輔卿)이며, 호는 하석(霞石)이다. 1834년(순조 34) 성균관 진사시에 급제하여 1837년 목릉참봉(穆陵參奉)을 시작으로 헌종·철종·고종 연간에 벼슬하였으며, 돈녕부도정·오위도총부부총관·공조참판 등을 역임하였다. 1839년 진하사(進賀使)의 서장관(書狀官)이 되어 청나라에 다녀온 바 있으며, 문집으로 『하석유고』 6권이 있다.

이 연행은 1831년 순조의 왕세손 책봉을 감사하기 위한 사은사였으며, 정사는 판중추부사(判中樞府事) 홍석주(洪奭周), 부사는 호조참판(戶曹參判) 유응환(兪應煥), 서장관은 이원익(李遠翊)이었다. 한필교는 정사인 장인 홍석주(洪奭周, 1774~1842)의 자제군관으로 참여하였으며, 연행 기간은 1831년(순조 31) 7월 22일에서 그해 12월 11일까지였다. 한필교는 사행기간 동안 초록·정리해 두었던 연행기록을 귀국길에 잃어버렸기에 귀국한 후 다시 여러 사람들의 자료를 모아 연행록을 편찬했다. 『수사록』은 천(天)·지(地)·인(人) 6권 3책으로 구성되어 있다. 권1의 「북행총요(北行總要)」는 연행의 인적 구성, 여행 노정과 거리, 접반 관원, 청조의 역사와 황제 등 연행 사절에 관련된 기본 사항을 기술해 놓았다. 「일월기략(日月紀略)」은 연행 138일 동안 일어난 중요 사항을 날짜 별로 기술한 일지이다. 권2·권3의 「유상수필(遊賞隨筆)」은 일종의 유람 기행문으로 총 206조목으로 이루어져 있다. 권4의 「풍속통고(風俗通攷)」는 저자가 견문한 중국의 풍속과 제도에 대해 정리해 놓은 것으로 총 30조목이다. 「문견잡지(聞見雜識)」는 연행 중에 일어났던 신변잡기를 기술해 놓은 것으로 총 58조목이다. 권5와 권6의 「반형총화(班荊叢話)」는 저자와 그의 장인인 홍석주가 중국 문사들과 나누었던 필담을 기록한 것으로 총 30조목이다.

『수사록(隨槎錄)』은 25살 시절의 저자가 중국 여행에 들였던 의욕과 정성을 짐작할 수 있을 만큼, 수많은 인사들과의 접촉과 폭 넓은 견문을 매우 자세하게 담고 있다. 특히 장인 홍석주와 함께 중국 문사들과 금석문과 관련된 교류와, 조선에서 구하고자 했던 중국 측 문헌 등에 대한 대목은 주목할 만한 내용을 담고 있다.

참고 김승호, 「『수사록』 해제」, 『국학고전 연행록해제』, 유성문화사, 2003.

◇ 「천주당(天主堂)」(1831년)

천주당은 선무문(宣武門) 안에 있는데, 곧 서양인이 볼모로 머물고 있는 건물로, 순치(順治, 1644~1661) 연간에 건립되었다. 당에는 돌로 된 무지개문 8개가 있는데, 들어가서 동쪽으로 돌아 돌층계 12계단을 오르고 또 꺾어서 17계단을 지나면 곧 높은 누각에 이른다. 다시 나무층계 20층을 오르면 옥상에 지붕이 있는데 큰 일산[大傘]처럼 생겼다. 그 반을 갈라 문을 만들어 놓았는데, 이에 마침내 사립문 하나를 열고 빠져나오는데 겨우 한사람의 몸이 드나들 수 있었다. 그 위에 서서 멀리 바라보면 가로막히는 것이 없어 마치 높은 하늘 위에 오른 듯하였다. 성 안팎의 모든 광경이 하나하나 눈에 들어왔다.

천주당 안의 벽면에는 그림을 그려놓았는데, 구름 기운이 뭉게뭉게 피어올라 멀리에서 바라보매 아득히 끝없이 이어진 듯해 보였다. 마치 여름철에 여러 신선이 출몰하여 살아 움직이는 듯하였는데, 혹 드러나기도 하고 혹 숨기도 하며, 가까이 있는 것 같기도 하고 멀리 있는 것 같기도 하였다. 그 북쪽 벽에는 예수[耶蘇]의 형상이 있는데, 상서로운 구름이 에워싸고, 빛나는 해에는 햇무리가 비치는 듯 눈부시고 황홀한데 그렇게 보이는 연유는 알 수가 없는 듯하였다. 동쪽 벽에는 조그만 둥근 문이 반쯤 열려 있고, 문밖의 벽돌 길만이 보였는데, 구름이 자욱하게 깔리고

풀빛이 짙으며 안팎이 환하게 비쳐 마치 기이한 구경거리라도 있는 듯하였다.

여러 사람이 그 문으로 나가고자하여 겨우 몇 걸음을 옮겨 몸을 구부리고 머리를 들여 넣었더니, 어떤 물체가 있어 부딪쳤다. 머리가 깨질듯하고 눈에는 불이 번쩍 일어 모두들 놀라 크게 소리를 지르며, 어찌해야 할 줄을 몰랐다. 뒤따라오던 자들도 놀라 자세히 살펴보니, 사람의 자취도 없고 물체의 형체 또한 없었다. 마음속으로 매우 의아하게 여기며 손으로 밀어 열어보자, 문이 아니라 곧 벽화였다. 나가려 했던 자도 놀라 땀으로 옷을 적시며, 자신도 모르게 눈이 휘둥그레지며 물러났다.

대개 그 화법(畫法)이 신의 경지에 들어서 능히 가까운 것을 멀리 보이게 하고, 얕은 것도 깊게 보이게 할 수 있는 바, 지각으로 헤아리거나 언어로 형용할 수 있는 바가 아닌 듯 했다. 강희(康熙) 황제가 세운 비각(碑閣)이 있어 붉게 칠해 놓았다.

연원직지

김경선(金景善)

◆◆ 김경선(金景善, 1788~1853)은 본관은 청풍(淸風)이고, 자는 여행(汝行)이다. 1830년(순조 30) 진천 현감으로 있으면서 정시문과에 병과로 급제하였고, 1839년(헌종 5) 이조참의가 되고, 1841년 대사성에 취임하였다. 1843년에는 전라도관찰사, 1850년(철종 1)에는 우참찬이 되었는데, 이때 진주사(陳奏使)로 청나라에 다녀와 1853년 판의금부사가 되었다. 시호는 정문(貞文)이다.

이 연행록은 김경선이 1832년(순조 32) 6월 말 동지겸사은사(冬至兼謝恩使)의 서장관으로 청나라에 다녀온 기록이다. 당시 사행의 정사는 서경보(徐耕輔), 부사는 윤치겸(尹致謙)이었다. 저자는 1832년 10월 20일 한양을 출발해 이듬해 4월 2일 귀국하였는데, 일기 형식과 기사체(記事體)를 병용하고 간간히 저자 자신의 입론(立論)을 제시하는 형식으로 서술하였다. 『연원직지(燕轅直指)』는 총 6권 6책으로 연행기록 가운데 가장 방대한 분량을 담고 있다. 권1·2「출강록(出疆錄)」은 우리나라를 출발하여 북경에 도착하기까지의 기록으로, 도중에 있는 유명한 정각(亭閣)이나 묘우(廟宇) 등의 기문(記文)과 관아의 규모를 적었다. 권3·4「유관록(留館錄)」은 관소에 도착하여 귀국하기 전까지를 일기체로 기록하였는데, 북경의 풍수·연혁·궁궐 등에 대해 자세히 기록하였다. 권5「회정록(回程錄)」은 북경을 떠나 한양에 오기까지의 기록으로, 끝에「통주기(通州記)」·「반산기(盤山記)」 등을 실었다. 권6「유관별록(留館別錄)」은 첫머리에서 "한 곳에 다 기록할 수 없는 견문을 분류하여 기록했다"고 했듯이, 본문에 수록하지 못한 중국의 지리·문물·제도·풍속 등을 기록하였다.

김경선은 서문에서 "『노가재연행일기』는 편년체(編年體), 『담헌연기』는 기사체(紀事體), 『열하일기』는 입전체(立傳體)로 기술되어 각기 일장일단이 있다."고 하면서 이들 김창업·홍대용·박지원의 체재를 본받아 기록하고, 당시의 기록과 다른 것은 별도로 기록하였다고 하였다. 그러면서 이 저술이 뒷날 사행 가는 인사들에게 간편한 지침서가 될 것임을 기대하였다. 따라서 『연원직지』는 연행록의 대표적인 기록인 위의 세 연행록을 두루 참조하여 그 장점을 취하여 인용하고, 자신의 견해를 덧붙인 연행록의 집대성이라 할 수 있다. 천주당과 관련해서는 김창업·홍대용·박지원의 관련 기사를 소개하는 데 그쳤으나, 아라사관을 방문하여 러시아의 그리스정교가 천주교와 다른 점 및 러시아인의 신문물을 소개한 점은 주목할 만한 내용으로 보인다. 번역은 『국역 연행록선집』을 참조하였으며, 부분적으로 수정한 내용도 있다.

참고 이이화, 「『연원직지』 해제」, 『국역 연행록선집』, 민족문화추진회, 1976.

◇ 1832년 12월 22일

식후에 정사와 부사 및 여러 사람과 더불어 수레를 빌려 타거나 혹은 말을 타고서 정양문(正陽門)을 지나 선무문(宣武門)을 채 못 가서였다. 길가에 한 채의 큰 집이 있었는데, 제도가 매우 기이하고 교묘하였다. 물어보니, 이는 서천주당(西天主堂)이었다. 또 수백 보를 가서 시헌국(時憲局)을 지나 상방(象房)에 이르렀다. [원주: 따로 「천주당기(天主堂記)」, 「시헌국기(時憲局記)」, 「상방기(象房記)」가 있다.]

◇ 「서천주당기(西天主堂記)」

천주당(天主堂)은 곧 서양 사람의 관소이다. 건륭(乾隆, 1736~1795) 연간에 '통미가경당(通微佳境堂)'이라는 편액을 하사하였다. 옛날에는 네 채가 있었으나 남북 두 당은 지금 없어지고 다만 동서 두 당만이 남아 있는데, 서쪽에 있는 당이 바로 이것이다.

명나라 만력(萬曆) 29년(1601, 선조 34) 2월, 천진(天津) 감세(監稅) 마당(馬堂)이 서양사람 이마두(利瑪竇)의 방물과 천주의 상을 바쳐 왔다. 예부에서,

“대서양(大西洋)은 『대청회전(大淸會典)』에 실려 있지 않으니, 그 진위(眞僞)를 알 수 없다. 적당히 의복을 주어 본토로 돌아가게 하고 경사(京師)에 머물게 하지 말라.”
고 하였다는데, 황제에게 보고하지 않았다. 서양이 중국과 교통한 것은 이로부터 시작되었다고 한다.

역서(曆書)의 연구에 정밀하고 또 추측(推測)의 여러 가지 기기(機器)가 대단히 기이하고 교묘하였다. 그러므로 명나라 때부터 지금까지 관소를 주어 대접함이 끊어지지 않았는데, 그 나라의 제도대로 집을 만들어 살게 했다. 대개 천주(天主)란 무엇을 가리켜 말하는 것인지 모른다. 그런데 그 술(術)은 부화와 거짓을 끊고 정성과 믿음을 귀하게 여김으로써 상제(上帝)를 섬기는 것을 종지(宗旨)로, 충효 자애(忠孝慈愛)를 공무(工務)로, 천선 개과(遷善改過)를 입문(入門)으로 삼는다. 생사(生死) 같은 큰일에 대비하여 큰 걱정이 없도록 하는 것을 목표로 삼으면서, 스스로 근본을 찾고 근원을 궁구(窮究)하는 학문이라 한다. 그러나 입지(立志)가 높은 데에 치우치고 말이 교묘한 데에 치우쳐서, 도리어 하늘을 속이고 사람을 속이며 의리를 어기고 인륜을 상하게 하는 데로 귀착되었음을 알지 못한다. 그것이 처음 중국에 들어올 적에 중국 사람 중에도 그 학문을 배우는 자들이 있었는데, 건륭 때에 비로소 금지하여 그 사람들을 관 밖으로 나오지 못하게 하였다 한다.

『신원지략(宸垣識略)』에 이르길,

“서양의 이마두(利瑪竇)가 유럽에서 9만 리를 항해하여 중국에 들어와서는 천주를 숭봉(崇奉)하였다. 그 당(堂)의 제도는 좁고 깊은 것으로써

실상(實狀)을 삼고, 정면은 바깥을 향하여 완연히 측면과 같으며, 그 꼭대기는 붕(棚)을 말아 놓은 것과 같은 모양인데 기와를 덮었다. 정면 끝에는 문 하나를 만들어 두었고, 창은 동서의 두 벽 꼭대기에 만들었다. 북쪽 벽에는 예수상[耶蘇像]을 모셨다. 언뜻 보니 흙으로 빚은 것 같았는데, 자세히 보니 그린 것으로 귀와 코는 우뚝 솟아 산 사람과 같았다. 협당(夾堂) 좌우에는 두 전루(甎樓)가 있었다. 왼쪽에는 풍금[天琴]을 놓아두었다. 한낮이 되자 다락의 문이 저절로 열리고는 천금이 소리를 냈으며, 조금 지나서 소리가 그치고 다락문이 바로 닫혔다. 오른쪽 성모당(聖母堂)에는 마리아[瑪作亞]라는 예수[耶蘇]의 소녀 어머니의 상을 모셔 두었다. 상은 한 어린아이를 안았고, 그 의복은 바느질함이 없이 이마에서부터 온몸을 덮었다. 그곳에 있는 인쇄된 서책은 한 면에 희고 붉은 것으로 반복(反覆)하였으며, 인쇄한 글자는 모두 가로로 썼다. 그 책의 장정한 법은 송나라 판본의 방식과 같이 바깥은 칠한 가죽으로 씌웠으며 금으로 끄트머리를 찍어 갈고리 쇠로 묶었다. 그곳의 제기(製器)로는 간평의(簡平儀)[190], 용미거(龍尾車), 모래시계[沙漏], 망원경, 후종(候鐘), 천금(天琴) 따위가 있다." 라고 하였다.

노가재(老稼齋, 김창업)의 『연행일기(燕行日記)』에,

"일찍이 신지순(申之淳)의 말을 들으니, '홍우정(洪禹鼎)을 따라가서 천주대(天主臺)를 보았다. 문안에 대(臺)가 있는데, 그 높이는 3, 4길이었다. 대 남쪽에 홍예문(虹霓門) 하나가 열려 있어서 그 안에 들어가니, 북쪽 벽에 한 화상이 걸려 있었다. 그 사람은 머리를 풀어헤치고 어개를 드리

---

190) 간평의(簡平儀) …… 천금(天琴): 간평의는 천체(天體)의 운행을 관측하는 기계, 용미거는 관개하는 기구의 일종, 사루는 모래시계, 원경은 망원경, 후종은 시계의 일종, 천금은 풍금을 말한다.

내었으며 손에는 큰 구슬을 쥐었는데, 얼굴이 살아 있는 듯하였다. 그 위에는 '천지진주(天地眞主)' 4자와 '경천(敬天)' 2자가 있었는데 황제가 쓴 것이었다. 좌우의 벽에도 하나의 화상이 걸려 있었는데, 그 모양은 모두 북쪽 벽의 것과 같았다.

홍예문의 좌우 석면(石面)에는 돌아가며 12방위(方位)를 써놓았고 중간에 철침(鐵針)을 끼어 놓았는데, 해 그림자를 보는 기구였다. 그 위에는 크고 작은 종이 걸려 있었는데, 종에는 각기 치는 것[撾]이 있었다. 중앙에 있는 것이 가장 높고도 컸으며, 혼천의(渾天儀)가 그 위에 있었다. 홍예문 왼쪽 가에 또 홍예문 하나가 있었으며, 문 위에는 또한 12방위가 씌어 있었다. 문 안에는 얇은 판자 4개를 세워 문을 만들고, 겉면에 분칠을 해서 그림을 그렸다. 지키는 자가 대나무 지팡이로 여니, 두 판(板)이 좌우 벽 속으로 들어간다. 그 안에는 또 2층의 붉은 문이 있었는데 위는 두 짝, 아래는 네 짝이었다. 차례로 문을 여니, 기둥, 서까래, 대나무 같은 것들이 무수히 세워져 있었다. 크기는 한결같지 않았지만 모두 금은을 섞어 칠하였다. 그 위에 철판을 가로로 놓아두었는데, 그 한쪽에는 구멍이 무수하게 나 있었고, 한쪽은 부채 모양과 같았다.

조금 뒤에 보니, 해 그림자가 그 방위에 이르자 크고 작은 종들이 각각 네 번씩 쳐서 소리를 내고 중앙의 큰 종은 여섯 번 쳐서 소리를 내었다. 이것이 자명종(自鳴鐘)이다. 괴이한 것은 종소리가 그치자마자, 동쪽 가의 홍문 안에서 갑자기 여러 수레바퀴가 굴러가는 듯한 한 오리의 바람 소리가 나더니, 이어서 악기를 연주하여 생황(笙簧), 사죽(絲竹)의 소리가 나는데, 어디서부터 나오는 것인지 알 수가 없었다. 율려(律呂)에 맞고 궁상(宮商)이 조화를 이루었다. 역관들이, 이는 중화(中華)의 음악이라고 말하였다. 얼마 있다가 그치고, 또 다른 소리가 났는데, 그 소리는 조참(朝參) 때에 듣던 것과 같았다. 역관들이 이것은 지금의 음악이라고 말하였다.

얼마 있다가 그치고, 또다시 다른 소리가 났는데, 그 소리는 급박하였다. 역관들이 이것은 몽고(蒙古)의 음악이라고 말하였다. 또한 얼마 있다가 그쳤다. 음악의 소리가 다하자 여섯 판(板)의 문이 모두 저절로 도로 닫혔다. 이것은 서양 나라 사신 서일승(徐日昇)이 만든 것이라고 하였는데, 한 번 보고자 했으나 근래에는 금지한다기에 드디어 지나쳐 왔다.'
라고 하였다.

담헌(湛軒, 홍대용)의 『연기(燕記)』에는 다음과 같이 기록하고 있다.[191)]

서양의 풍속에는 천주학(天主學)이 있다. 산수(算數)에 밝고 기기(奇器)를 만들어 기후를 측량함이 신(神)과 같으며 역상(曆象)의 정묘함은 한당(漢唐) 이래 없던 바였다. 이마두(利瑪竇)가 죽은 후에 항해하여 동쪽으로 오는 자들이 항상 끊이지 않았으며, 중국 사람 또한 그들을 기특하게 여기고 그 기술을 이용하였으며, 호사가(好事家)들은 더러 그들의 학을 겸비하였다.

강희 말년에는 건너오는 자들이 더욱 많아서 황제가 그들의 기술을 수집하여, 『수리정온(數理精蘊)』[192)]이라는 책을 만들어 흠천감(欽天監)에 내

---

191) 이는 홍대용의 『연기』 중 「유포문답(劉鮑問答)」(『담헌서 외집(湛軒書外集)』 권7)의 내용을 초록한 것이다.

192) 『수리정온(數理精蘊)』: 청나라 때 매곡성(梅瑴成) 등이 편찬한 총 53권의 수학서. 강희제는 재위 시 유럽계 수학을 처음으로 적용했고, 전통적인 중국 수학 역시 중시한 인물로 만년에 진후요(陳厚耀), 하국종(何國宗), 명안도(明安圖) 등에게 명하여 천문연산법(天文演算法) 서적을 편찬하게 하였다. 이들은 『역상고성(曆象考成)』(42권), 『율려정의(律呂正義)』(5권), 『수리정온(數理精蘊)』(53권)을 합해 총 100권의 『율력연원』을 완성하였고, 옹정(雍正) 원년(1723) 10월에 판각을 마쳤다. 『수리정온』은 중국 수학과 유럽 수학을 하나로 융합한 것으로 방대한 내용의 초등수학 백과전서라 할 수 있다. 상편(上篇) 5권과 하편(下篇) 40권, 수학용 표(表) 8권으로 분류되어 있는데, 상편은 『기하원본(幾何原本)』, 『연산법원본(演算法原本)』을 실었고, 하편에서는 산술(算術), 대수(代數), 기하(幾何)의 세 조목으로 나누어 삼각형 등 초등수학의 여러 방면을 설명

려 주었으니, 실로 역상의 원오(源奧)가 된다. 이에 성안에 네 당(堂)을 세워 그들을 살게 하였으니, 천주당이라 부른다. 이 때문에 서학이 비로소 성해져서 천문을 담론하는 자들은 모두 그들의 기술을 조술(祖述)하게 되었다.

대개 우(虞), 하(夏)가 쇠퇴하면서부터 희화(羲和)[193]가 직무를 잃게 되어 그 기술이 세상에 전해지지 않았고, 한나라 이후부터 선우 망인(鮮于妄人)[194], 낙하굉(洛下閎)[195], 장형(張衡)[196]과 당나라 일행(一行)의 무리들이 서로 천문을 변통(變通)함이 정밀하다고 일컬어졌듯이 그러나 세차(歲差)[197]의 법 같은 것은 또한 끝내 그 상세함을 얻지 못하였으니, 곧 망상과 억측으로 구하고 그 도(道)로써 하지 않았던 것이다.

지금 서양의 법은 수치에 근본하고 의기(儀器)로써 참작하여 온갖 형상(形象)을 헤아리고 살펴본다. 무릇 천하의 원근(遠近), 고저(高底), 부피, 중량을 눈앞에 모아 놓고 마치 손바닥을 가리키듯 하니, 한, 당 이래 없

했다. 『수리정온』은 간행되자 곧 조선에 수입되었으며, 황윤석(黃胤錫)이 저술한 『이수신편(理藪新編)』 중 일부인 『산학입문(算學入門)』과 홍대용(洪大容)의 『주해수용(籌解需用)』 등의 인용서명 중에 이 책의 이름이 실려 있다.

193) 희화(羲和): 요 임금 때 천문과 역상을 맡은 신하로, 희씨(羲氏)·화씨(和氏)이다.

194) 선우 망인(鮮于妄人): 한나라의 술사(術士)로 재래의 역(曆)을 고쳤다.

195) 낙하 굉(洛下閎): 전한(前漢) 무제(武帝) 때의 인물로 자는 장공(長公). 최초로 혼천의(渾天儀)를 만들었으며, 태초(太初) 원년(BC 104년) 당도(唐都), 사마천(司馬遷), 선우망(鮮于妄) 등과 함께 『태초력(太初曆)』을 만들었다. 태초력은 중국에서 사용된 통일된 공식 역법(曆法)의 시초이며, 천체력(天體曆)으로의 발달을 가져와 역법(曆法)의 기준을 제시하였다는 평가를 받는다.

196) 장형(張衡, 72~139): 후한(後漢) 서악(西鄂) 사람으로 자는 평자(平子)이다. 천문과 역상에 정통하여 혼천의(渾天儀) 및 후풍지동의(候風地動儀)를 만들었고, 『영헌산망론(靈憲算罔論)』·『주역훈고(周易訓詁)』 등을 지었다.

197) 세차(歲差): 지구의 자전축의 방향이 해마다 각도 50.26초씩 서쪽으로 이동함으로써 춘분점(春分點)과 추분점(秋分點)이 조금씩 앞당겨지는 현상. 지구가 타원체이며, 부풀어 있는 적도 부분에 작용한 달과 태양의 힘이 가장 큰 원인이며, 다른 행성의 힘 등이 작용하여 일어난다고 한다.

었던 바라 하여도 망녕된 것이 아니다.

강희 이래 우리나라 사신이 연경에 가서 간혹 천주당에 이르러 보기를 청하면, 서양 사람들은 반드시 흔쾌히 맞이하여 천주당 안의 이상한 그림과 신상(神像) 그리고 기기(奇器)들을 두루 보여 주고 이어서 서양에서 나는 진기한 물품들을 주었다. 그리하여 사신 간 자들이 그 주는 물건을 탐내고 그 이상한 구경을 즐거워하여 해마다 찾아가는 것을 상례로 삼았다. 그런데 우리나라 풍속은 교만하여 과장하고 간사함을 숭상하여 대우함에 예를 갖추지 않는 일이 많았고, 간혹 물품을 받고서도 보답하지 않았다. 또 따라간 무식한 자들이 종종 천주당 안에서 담배를 피우고 침을 뱉으며 기물을 함부로 만져 그들이 깨끗한 것을 좋아하는 성질을 거스르기도 하였다.

근년 이래 서양 사람들은 우리나라 사람들을 더욱 싫어하여, 보여 주기를 청하면 반드시 거절하고 또한 정의(情誼)로 대하지도 않는다. 진실로 정성어린 예의를 앞세우지 않으면 그 마음을 움직일 수가 없다. 이에 장지(壯紙) 2묶음, 부채 3자루, 먹 3갑, 청심환(淸心丸) 3알을 가지고 편지를 써서, 서양 사람 유송령(劉松齡)과 포우관(鮑友官) 두 사람에게 보냈다.

다음 날 정양문(正陽門)을 경유하여 성을 따라 서쪽으로 수 리를 가니 대들보가 없는 높은 집이 바라보였다. 제작(制作)이 신기스럽고 특이하여 나도 모르게 쳐다보았다. 문에 이르니 문이 매우 높고 컸다. 문 동쪽에는 벽돌담이 있었는데, 높이가 두 길 가량 되었다. 담을 뚫어서 문을 만들었는데 문이 반쯤 열려 있었다. 그 바깥을 바라보니 누각의 난간들이 겹겹이 있었다. 그곳에 달리 볼 것이 있을 것 같아서 자세히 살펴보니 그림이었다. 서쪽으로 문을 들어가니 객당(客堂)이 있었고, 남쪽 창문에는 비단발[錦簾]이 드리워져 있었다. 안으로 들어가니, 당(堂)은 6칸쯤 되었는데 아래에는 벽돌을 깔았다. 동쪽 벽에는 하늘의 성상(星象)이 그려져 있었고 서쪽 벽에는 천하의 여지도(輿地圖)가 그려져 있었다. 중당(中堂)에는 의자를 동서 각각 3개씩 두었는데, 모두 무늬 있는 석류(石榴) 나무, 박달나무였으며, 위에는 비단 보료를 깔아 두었다. 또 당의 북쪽 문을 따라 들어가니 계단과 뜰이 툭 틔어 있었다. 뜰 북쪽에는 더욱 높은 당이 있는데, 장식은 그다지 현란하지 않았으나 정교함은 신이 만든 것 같았다.

양쪽 벽에는 누각과 인물을 그렸는데 모두 원색의 채색[眞彩]을 써서 그렸다. 누각은 가운데가 비었는데 요철(凹凸)이 서로 알맞고 인물은 살아있는 사람처럼 생동하였다. 더욱이 원경(遠景)을 잘 그려 냇물과 골짜기의 나타난 것과 어두운 것, 연기와 구름의 밝은 것과 희미한 것과 먼 하늘과 공중까지 모두 그와 같은 정색(正色)을 썼다. 둘러보니 실제와 거의 다름이 없었다. 대개 들으니, 서양 그림의 오묘함은 교묘한 생각이 뛰어날 뿐만 아니라 재할(裁割), 비례(比例)의 법이 오로지 산술에서 나왔다고 한다. 그림 속 인물들은 모두 머리털을 늘어뜨리고 큰 소매가 달린 옷을 입었으며 눈빛은 빛났다. 또 궁실(宮室)과 기용(器用)은 모두 중국에서 보지 못한 것으로 모두가 서양의 제도로 생각되었다.

당의 북쪽에는 단첩(單疊)의 그림 병풍을 놓아두었고, 산수(山水)를 먹물로 그렸는데 필법이 매우 고아(高雅)하였다. 좌우에는 또 의자를 각각 3개씩 놓았고, 그 가운데에는 다리가 하나인 높은 탁자를 놓아두었는데, 밑은 열십(十) 자의 발받침이 되어 있고 위는 연잎처럼 둥글었다. 여기에 칠한 채색이 거울처럼 비칠 듯하고 의자 곁에는 각각 작은 유기(柳器)를 놓고서 왕겨를 담아 두었는데, 이것은 타구(唾具)였다.

조금 뒤에 유송령과 포우관 두 사람이 발[簾]을 걷고 들어왔는데, 깊이 들어간 눈동자가 맑고 빛남은 완연히 그림 속의 사람과 같았다. 두 사람은 모두 머리를 깎았으나 옷과 모자는 청나라 제품이었다. 북쪽 문을 거쳐서 함께 들어가니 또 뜰이 있는데 꽃나무가 무성하였다. 계단을 따라 동쪽으로 다시 문에 들어가니, 동쪽에 높은 집이 우뚝하게 있었는데 모두 벽돌로 지었다. 이것이 길가에서 바라보이던 집이었다. 너비는 수십 칸이 되었고 높이는 대여섯 길이 되었는데, 제작의 화려함은 말로 다 전할 수가 없다.

북쪽 벽에 설치해 둔 한 상(像) 또한 머리털을 늘어뜨리고 얼굴은 부인인 듯한데 근심스런 안색을 띠고 있으니, 이른바 천주(天主)이다. 앞에는 긴 탁자를 놓아두었고, 탁자 위에는 누런 보자기를 씌운 책 하나가 있었는데 이는 황상(皇上)을 위해 복을 비는 말이 들어 있는 것이다. 그 뜻을 살펴보건대 자중(藉重)이 있는 듯하였다. 옆에는 이정(彝鼎)과 같은 진기한 것을 진열하여 두고서 봉공(奉供)하고, 검은 구리 향로, 초록빛 자기의 꽃병, 유리(琉璃), 수정(水晶)의 기구, 산호(珊瑚) 나무와 여러 모양의 오색 비단을 잘라 만든 꽃들이 기이하게 뒤섞여 있었는데 뭐라고 형상할 수가 없었다. 벽 둘레에는 모두 천주의 유적(遺跡)과 서양의 고사를 그렸다. 그 유장(帷帳)과 기물(器物)을 몇 걸음 떨어져서 바라보니 끝내 그림이라고 믿어지지 않았다.

위층에는 수십 개의 진상(眞像)을 진열하였으니, 모두 천주 이후로 서양 사람의 계통을 이은 자 및 중국에 전도(傳道)한 이마두(利瑪竇), 탕약망(湯若望)의 무리였다.

남쪽은 다락이었다. 다락 위에는 악기를 설치하였는데 사방 한 길쯤 되는 나무 궤짝에 납통(鑞筒) 수십 개를 배열하였다. 통(筒)은 크고 작은 것도 있고, 길고 짧은 것도 있는데 모두 율려(律呂)에 맞았다. 궤짝 옆에는 통의 수만큼 작은 말뚝이 가로로 나와 있었다. 서쪽으로 10여 보 떨어진 곳에도 나무 궤짝이 있었는데, 양쪽 사이에 바람이 통하게 보이지 않는 구멍이 있었다. 서쪽의 나무 궤짝 위에는 몇 섬을 담을 만한 가죽 주머니가 있었는데 무거운 판자로 주머니 입을 묶어 두었고, 판자에는 궤짝 옆의 횡목(橫木)에 이어지는 자루가 있었다. 한 사람이 자루를 눌러 판자를 들면 주머니가 불룩하게 공기가 채워졌다. 그 밑에는 바람구멍이 있는데 판자를 들고 놓음에 따라 열고 닫히게 된다. 자루를 놓으면 판자가 무거워 주머니를 누르는데, 일정한 정도 이하로 내려가지 않는 것은 바람구멍이 이미 닫혀서 공기가 샐 곳이 없기 때문이다. 공기가 샐 곳이 없으면 바람이 들어오는 길을 따라 납통을 뿜어 올려서 소리를 낸다. 통 밑에는 공기를 받아들이는 구멍이 있는데, 따로 닫히게 하는 것이 있다. 그래서 주머니는 늘 부풀어 있고, 공기는 샐 데가 없어서, 통 또한 소리를 내지 않는다. 통 구멍의 개폐기(開閉機)는 옆에 있는 말뚝에 달려 있어서, 이에 손가락으로 그 말뚝을 가볍게 누르면 통 소리가 난다.

납통과 말뚝은 각기 붙어 있다. 맨 위의 것을 누르면 큰 통의 구멍이 열리며 공기를 받아 소리가 난다. 그 소리는 나각(螺角)을 부는 것처럼 웅장하니, 황종(黃鐘)[198]의 무겁고 탁한 소리였다. 맨 아래 것을 누르면 작은 통의 구멍이 열리며 공기를 받아 소리가 난다. 그 소리는 생황(笙簧)을 부는 것처럼 가냘프니, 응종(應鐘)[199]의 가볍고 맑은 소리인 것이다. 그 외에 여러 말뚝이 상응(相應)하고 납통의 장단이 고르지 않은 것이 모두 이와 같았다. 아마도 생황의 제도를 취해서 크게 하고 기기(氣機)의 힘을 빌어서 사람의 호흡을 쓰지 않았으니, 역시 서양의 제도였다.

내가 그 곡을 한 번 듣기 청하자, 유송령이 손가락으로 말뚝을 눌러 소리를 내서 그 연주하는 방법을 보여 주었다. 내가 나아가 그가 한 대로 눌러 소리를 살펴보았더니, 거문고[玄琴]의 과율(棵律)과 대략 같았다. 비로소 현금에 과율을 만든 것은 비록 동방의 비루한 제도이긴 하나 영축

198) 황종(黃鐘): 음률(音律)의 명칭이다. 12율의 하나로서 육률(六律), 육려(六呂)의 기본이 되는 음이다.

199) 응종(應鐘): 12율(律) 가운데 음려(陰呂)의 하나이다.

(盈縮)으로 음률을 나눈 것은 또한 근본되는 바가 있음을 알았다.

이에 현금의 곡조[腔曲]에 따라 말뚝을 좇아 눌러 대략 한 곡을 이루니, 유송령이 잘한다고 칭찬하였다. 나는 바람을 끌어들여 소리를 내는 기계에 대해 질문하였더니, 유송령은 "설명이 명백하다."고 말하였다.

문을 나와 계단을 따라서 서쪽으로 갔더니, 기둥 옆에 철사를 매달아 뜰 가운데의 돌기둥에 이어 두었는데, 남북의 줄이 팽팽하였다. 무엇이냐고 물었더니, 중성(中星)[200]을 관측하기 위한 것이라고 하였다.

뜰 남쪽에 작은 각(閣)이 있었다. 위에는 다락을 만들고, 누각 북쪽에는 철추(鐵錘)가 아래로 드리워 있었는데 무게가 수십 근은 될 듯하였다. 기륜(機輪)이 급하게 돌면서 쨍그랑하는 소리가 났으며, 매달린 큰 종이 한 번 치자, 다락 안이 모두 울렸다. 2장쯤 되는 사다리가 있고 천장에는 겨우 한 사람이 들어갈 수 있는 창문이 있었다. 유송령이 나에게만 올라가라고 허락하였다. 나는 갓을 벗고 다락에 올라가 보았더니, 그 제도가 대단히 기이하고 웅장하여서 작은 종에 비할 것이 아니었다. 바퀴가 큰 것은 수십 뼘이 넘었다. 옆에는 추가 있는 6개의 작은 종이 매달려 있으니, 시각을 알리는 것이다. 철간(鐵竿)이 다락 남쪽에 가로로 나와 있었고, 그 바깥에는 큰 원(圓)에 두루 시각을 써서 나누어 두었다. 철간 머리에는 바늘 침이 있어서 시각을 가리키고 있었다. 대략 이와 같았다.

아마도 자명종(自鳴鐘)은 원래 서양에서 나와 근래에 이미 천하에 두루 퍼졌지만, 기륜(機輪)의 제도는 증감(增減)에 따라 서로 의의(意義)가 있으나 서양에서 만든 것같이 교묘하지는 않다. 시간과 날짜를 표시하는 따위는 큰 것이라도 손아귀에 차지 않고 무게가 경미(輕微)하고, 아주 작은

---

200) 중성(中星): 28수(宿) 중 해가 질 때와 해가 돋을 때 하늘 정남(正南)쪽에 보이는 별. 혼중성(昏中星, 저녁에 보이는 별)과 단중성(旦中星, 새벽에 보이는 별)으로 나뉘는데, 이 별이 자리를 옮김에 따라 계절이 바뀐다.

것은 가락[戒指] 속에 감출만하다. 기륜이 털이나 실과 같이 가늘지만 때에 맞추어 종을 치는 것은 귀신과 같다. 다만 작은 것은 만들기는 어렵지만 훼손하기는 쉬워서 각분(刻分)도 틀리지 않고 오래도록 상하지 않기로는 실로 큰 것일수록 더욱 좋다. 이 누각의 자명종은 어느 때나 잘 맞으므로 가장 좋은 자명종이 된다.

내가 묻기를,

"천주의 학문은 삼교(三敎)와 함께 중국에 행해지지만 우리나라에만 전해지지 않았습니다. 그 대략을 듣고 싶습니다."

라고 하니, 유송령이,

"천주의 학은 이치가 매우 기이하고 심오합니다. 존가(尊駕)께서는 무엇을 알고자 하는지 모르겠습니다."

라고 하였다. 내가,

"유학은 오교(五敎)를 숭상하고, 불교는 공적(空寂)을 숭상하고, 노자(老子)는 청정(淸靜)을 숭상합니다. 천주교에서는 무엇을 숭상하는지 듣고 싶습니다."

라고 하자, 답하기를,

"천주의 학은 사람에게 사랑을 가르칩니다. 천주는 만유(萬有)의 상(上)이시며 사람 사랑하기를 자기 몸과 같이 합니다."

라고 하였다. 내가,

"천주는 상제를 가리킵니까? 아니면 별도로 그런 사람이 있습니까?"

라고 하니, 답하기를,

"공자가 교사(郊社)[201]의 예는 상제를 섬기는 바라고 한 그것이요, 도가에서 말하는 옥황상제(玉皇上帝)는 아닙니다."

---

201) 교사(郊社): 천지(天地)에 제사 지내는 것인데, 동지에는 남교(南郊)에서 하늘에 제사하고 하지에는 북교(北郊)에서 땅에 제사한다.

하고, 또 말하길

"『시경(詩經)』의 주석에도, 상제는 하늘의 주재자(主宰者)라고 말하지 않았습니까?"

라고 하였다. 내가 말하길,

"삼가 들으니, 여러분은 오성(五星) 경위(經緯)의 측후와 추보(推步)[202] 하는 법을 겸하여 숭상한다고 하니, 근래에 새로 수정한 것입니까?"

라고 하니, 답하기를,

"오성의 경위와 현재의 추보법(推步法)은 또한 『역상고성(曆象考成)』에 따른 것이고, 모두 새로 수정한 것은 아닙니다."

하였다. 이때에 별자리의 도수(度數)에 대한 여러 가지 법을 대략 논하였으나 모두 기억하지 못한다. 내가 말하길,

"어리석은 제가 외람되고 경솔하게 혼천의(渾天儀) 하나를 만들면서 하늘의 성상(星象)을 상고하였더니 어긋나고 잘못된 점이 많았습니다. 귀당(貴堂)에는 기묘하고 좋은 기구가 있을 것이니, 한 번 보여 주시겠습니까?"

라고 하니, 답하기를,

"관상대(觀象臺)의 의기(儀器)는 매우 볼 만합니다만, 여기에는 보통 것이며 파손된 것만이 있습니다."

라고 하였다. 그리고는 시자(侍者)를 시켜 1개의 기구를 가져오게 하였다. 그것은 배지(褙紙)가 매우 두껍고 반듯하였으며 지름이 1주척(周尺) 정도 되었다. 위에는 펼쳐진 별들이 그려져 있고, 2개의 주석 고리를 서로 연결하여서 황도(黃道)와 적도(赤道)를 만들어 동서로 움직이게 하였으며, 남극과 북극에는 각각 곧은 쇠를 장치하여 남북이 낮거나 높게 되지

---

202) 추보(推步): 천체의 운행을 관측하는 것이다.

않도록 하여 세차(歲差)를 측정한다고 한다.

내가 또 망원경 보기를 청하니, 유송령이 시자(侍者)를 돌아보며 무슨 말을 건넸다. 조금 있으려니 나가자고 하여서, 서무(西廡) 아래 종루(鐘樓) 북쪽에 이르렀다. 시자가 이미 망원경을 설치하여 두었는데, 해를 향하여 짤막한 등상[橙]을 놓고, 앉아서 들여다보게 하였다. 망원경의 제도는 통을 청동(靑銅)으로 만들었고, 크기가 조총(鳥銃)의 통만 하였으며, 길이는 3주척을 넘지 않았다. 양쪽 끝에는 파리(玻璃)를 끼워 넣었으며, 아래에는 외기둥에 발 셋이 달리게 만들었고 위에는 기계를 두어 형상을 이루었는데, 한 직각(直角)에만 망원경의 통을 가설하였다. 그 기둥 위의 기계에는 2개의 움직이는 추(樞)를 만들어 두었으니, 이 때문에 기둥은 항상 일정하게 서 있지만 기계를 낮추거나 높이거나 돌리는 따위는 사람이 조종하는 대로 된다. 기둥의 끝머리에 선(線)이 드리워져 있으니, 지평(地平)을 정하기 위한 것이다. 길이가 1촌쯤 되는 종이를 바른 짧은 통이 따로 있었는데, 한쪽 끝머리에는 유리를 두 겹으로 붙여 두었다. 이것으로 하늘을 들여다보니 밤과 같이 캄캄하였다. 이것을 망원경 통에다 붙여 놓고 등상에 앉아, 낮추거나 높이면서 해를 향하여 한 눈을 감고 바라보니, 통 안에 가득 차서 마치 엷은 구름 속에 있는 듯하다. 해를 똑바로 보아도 눈이 부시지 않아, 참으로 어떤 물건이라도 그 속에 있으면 호리(毫釐)만 한 것이라도 살필 수가 있으니, 이상한 기계였다. 해 속에 한 선이 가로놓여 위아래를 나누었다. 내가 놀라 그 까닭을 물으니, 유송령이 웃으면서 말했다.

"이 통 가운데에 가로로 있는 선은 지평을 잡기 위한 것입니다."

내가 말하기를,

"해 속에는 흑점[黑子]이 셋 있다고 일찍이 들었는데, 지금은 없으니 무슨 까닭입니까?"

라고 하니, 답하기를

"흑점은 셋만이 아니요, 많을 때는 여덟이 됩니다. 때로는 있기도 하고 때로는 없기도 하니, 이 까닭은 해가 공처럼 돌기 때문입니다. 지금의 시각은 마침 그것이 없을 때입니다."

또 다른 의기(儀器) 및 시간을 알아보는 등의 종을 보고 싶다고 하였더니, 모두 없다고 하였다. 다시 요종(鬧鍾)을 보자고 하였더니 꺼내서 보여주었다. 바깥은 방(方)이 1척쯤 되는 목갑(木匣)으로 만들었으며, 안에는 석갑(錫匣)이 있었다. 가운데에는 기계 바퀴가 장치되어 있는데, 태엽[羊腸]이 돌면서 그 기계를 건드리면 수없이 종을 치므로 요종이라 한 것이다. 이를 이용하여 새벽이나 밤에 일이 있으면 저녁에 시간을 맞추어 기계를 틀어 베개 옆에 놓아둔다. 그 시간이 되면 종이 쳐서 시끄럽게 하므로 잠이 깨게 되는 것이다. 앞에는 시각의 분도(分度)를 새겼는데, 나무판에 유리를 붙여 가렸다.

두 사람은 품속에 각각 일표(日表)를 넣어 두었다가 때때로 꺼내 살펴본다. 일표라는 것은 종 없이 시간을 알아보는 것인데, 꽃을 새긴 검은 구리로 갑을 만들었다. 갑을 열어 보니, 직경이 1촌쯤 되는 속에 갖가지의 기륜(機輪)이 구비되어 있었다.

두 사람이 모두 비연(鼻煙)을 들이마셨다. 비연도 서양에서 나는 것이다. 대모(玳瑁)의 갑에 넣어두며, 가는 가루로 된 것으로 색깔은 조금 붉었다. 조금씩 쥐어서 콧구멍에다 대고 들이마신다. 중국 사람들이 흡초(吸草)를 담배[煙]라 부르므로 이것을 비연이라 일컫는다. 경성(京城)의 가게에서 조그마한 병에 넣어서 파는데, 유난히 만주 사람들이 많이 이용한다고 한다.

두 사람이 모두 안경을 끼었다. 내가,

"서양의 안경도 수정으로 만들었습니까?"

라고 하자, 유송령이 답했다.

"수정으로 안경을 만들지는 않습니다. 눈을 상하게 하기 때문에 우리들은 쓰지 않습니다."

나침판[羅經]을 보자고 하였더니, 유송령이 하나를 보여 주었다. 침(針)의 길이는 두어 치 되고 주위에 360도를 표시하였다. 유송령이,

"바늘이 늘 병방(丙方)에만 치우쳐 있고 또한 고르지 않은 적이 많아 하늘의 바른 방위를 보는 데에는 이것을 믿을 수 없습니다."

라고 하였다. 내가,

"귀국의 나침판은 32방위가 있다고 들었는데, 그렇습니까?"

하고 묻자, 유송령이,

"8방위로 나눈 것도 있고, 16방위로 나눈 것도 있으며, 24방위로 나눈 것도 있고, 32방위로 나눈 것도 있는데, 다만 바다의 선박에 사용할 수 있습니다."

하였다. 내가

"무신의(撫辰儀)가 있습니까?"

하고 물었더니 유송령이,

"관상대에 있으나 육의(六儀)를 사용하는 것보다 간편하지 않기에 지금은 사용하지 않습니다."

하였다.

연암의 『열하일기』에,

"대저 그림을 그리는 사람이 사물의 외모만 그리고 내면의 모습을 그릴 수 없는 것은 어쩔 수 없는 형세이다. 사물이라는 것은 돌출되거나 오목한 부분이 있게 마련이고, 작은 것도 있고 큰 것도 있으며, 멀기도 하고 가깝기도 한 것이 있게 마련이거늘, 그림을 잘 그린다는 사람도 이

를 무시하고 대략 붓을 몇 번 놀려서 그리는 데 불과하다.

그런 그림의 산에는 주름이 잡히지 않고, 물에는 물결이 일지 않으며, 나무에는 가지가 없다. 이렇게 그림을 그리는 기법을 가리켜, 사물의 모양보다는 화가의 마음을 나타낸다는 소위 사의법(寫意法)이라고 한다.

어떤 사람이 산수화 병풍을 얼마나 사실적으로 잘 그렸던지, 두보(杜甫)가 이를 보고 지은 시가 있다.

마루 위에 단풍나무가 산다는 것은 합당치 않고	堂上不合生楓樹,
괴이하다, 강산에 연기와 안개가 오르고 있으니.	怪底江山起煙霧.

마루 위는 나무가 자랄 곳이 아니므로 '합당하지 않다'는 시어는 이치와 맞지 않다는 말이고, 연기와 안개는 강산에서 피어오르는 것이 합당하건만 만약 그림을 그려 놓은 비단에서 생긴다면 아주 의아한 현상임을 말한 것인데, 그만큼 잘 그렸다는 뜻이다.

지금 천주당 안의 벽과 천장에 그려 놓은 운무와 인물들은 보통 사람의 지혜와 생각으로는 헤아릴 바가 아니고, 언어와 문자로도 형용할 수 있는 것이 아니다.

내 눈으로 그림 속의 인물을 보려고 하자, 번개처럼 번쩍번쩍 하면서 광채가 내 눈을 아득하게 만들었다. 그림 속의 그들이 내 속을 훤히 꿰뚫어보는 것 같아 싫었다. 내가 귀로 들어보려고 하자, 굽어보고 올려보며 돌아보고 흘겨보며 내 귀에 먼저 속삭이는 것 같다. 나는 그들이 내가 숨기고 있는 것을 꿰뚫어 보는 것 같아 부끄러웠다. 내가 입으로 말하려고 하자, 그들이 깊은 침묵을 지키고 있다가 갑자기 뇌성벽력을 지르는 것 같다.

가까이 가서 그림을 살펴보니 붓질이 아주 거칠고 엉성하다. 다만 인물들의 이목구비의 간격과, 터럭과 살결의 사이를 희미하게 달무리가 지듯 구분지어 놓았을 뿐이다. 그 털끝만 한 것도 구분할 수 있어 마치 산 사람이 숨을 쉬고 움직이는 듯하다. 대개 음양의 향배가 서로 잘 어울려서 밝은 곳과 어두운 곳의 윤곽이 절로 드러나기 때문에 그렇게 보이는 것이다.

그림 속에서는 한 부인이 대여섯 살쯤 된 어린아이를 무릎에 앉혀 놓고 있는데, 어린애는 병들어 파리한 몸으로 눈을 흘기며 빤히 쳐다보고, 부인은 고개를 돌려 차마 바로 쳐다보지 못하고 있다. 곁에서 시중드는 대여섯 명의 사람들이 병든 아이를 굽어보고 있는데, 처참한 광경에 고개를 돌린 자도 있다.

새의 날개가 붙은 귀신 모양의 수레는 마치 박쥐가 빙글빙글 돌면서 땅으로 곤두박질치는 것 같다. 한 신장(神將)이 발로 새의 배를 질끈 밟고 손에 든 철퇴로 새 머리를 짓이기고 있었다. 또 머리와 몸은 사람이면서 새의 날개를 달고 있는 놈도 있고, 별의별 괴상망측하고 기이한 것들이 많아서 도대체 분간이 되질 않는다.

좌우 벽 위에 운무가 뭉게뭉게 피어오르는 모양이 한여름 대낮 같기도 하고, 바닷가에 비가 오다가 갓 갠 풍경 같기도 하고, 어둑한 골짜기에 막 빛이 들어 밝아오는 것 같기도 하다. 구름이 뭉게뭉게 오르는 모습이 마치 천 떨기, 만 떨기의 꽃봉오리가 햇살에 비치어 햇무리가 생기는 모습과 같다.

먼 곳을 바라보면 아스라하고 깊으며 까마득하고 끝이 없는 사이로 온갖 신령들이 출몰하고 모든 귀신들이 모습을 드러내어, 옷깃을 헤치고 소매를 떨치고 어깨를 비비고 발등을 밟는다. 홀연히 가깝게 있던 놈이 멀리 보이고 얕은 놈이 깊게 보이기도 하며, 숨은 놈이 나타나기도 하고, 가려진 놈이 드러나기도 하며, 각각 떨어져 서 있는데 모두가 허공에 떠서 바람을 타고 있는 형세이다. 이는 운무가 서로 간격을 두고 그려져 있어서 그렇게 보이도록 만든 현상이다.

천장을 올려다보면 무수히 많은 어린애가 채색 구름 속에서 뛰는데, 주렁주렁 공중에 매달려 내려오는 것 같다. 살결을 만져 보면 따듯할 것 같고, 손마디와 종아리가 살이 포동포동 쪄서 잘록하다. 갑자기 구경하던 사람들이 놀라서 소리를 지르고 창졸간에 경악을 하면서 떨어지는 어린애를 받을 듯이 머리를 치켜들고 손을 뻗친다."

하였다.

서양의 기술은 지금 중국과 우리나라에서 금하고 있어 서로 접촉을 허락하지 않을 뿐만 아니라 음사(陰邪)가 심하다는 말을 듣고는 눈으로 보거나 발로 밟으려고도 하지 않는다. 다만 그 화법(畫法)과 여러 교묘한 기물은 참고삼아 한 번쯤 보아 두는 것이 무방하다 생각한다.

노가재(老稼齋)의 『연행일기(燕行日記)』, 담헌(湛軒)의 『연기(燕記)』, 연암(燕巖)의 『열하일기(熱河日記)』 등 세 연행기는 견문(見聞)을 기록한 것이 이미 빈틈없이 갖추고 있는 듯하니, 지금 비록 친히 보고 기록하여도 반드시 이보다 낫다고 할 수는 없다. 하물며 세 기록을 할 때 견문한 바와 같을지도 기필하지 못함에랴. 그리하여 그 요점을 추려 기록하니, 뒤에 이곳을 지나는 사람이 이 뜻을 알아 내가 보지 않은 것을 결점으로 생각하지 말았으면 한다.

◆ 부록 「동천주당기(東天主堂記)」

담헌(湛軒, 홍대용)의 『연기(燕記)』에 이르길,

"몽고관(蒙古館)을 경유하여 옥하교(玉河橋)를 지나서 자금성(紫禁城)을 따라 북쪽으로 100여 보를 가서 꺾어 동쪽으로 큰길에 나왔다가, 또 북쪽으로 1리쯤 가서 다시 꺾어 동쪽으로 100여 보쯤 오니 길 남쪽에 집이 보였다. 기와지붕이 기이하고 당의 높이는 일곱 길로, 무려 수백 칸이나 되었고 쇠를 녹인 것과 흙을 빚어지은 것 같았으니, 그것이 서양의 제도인 줄 알 수 있었다. 안에 들어가 보니 기물(器物)의 사치스러움은 서당(西堂)만 못했으나 벽화의 신기함과 교묘함은 서당보다 나았다.

북쪽 벽에는 천주상(天主像)이 또한 있었는데 모발이 무성하여 살아 있는 것과 같았다. 앞에는 두 사람이 모시고 서 있었다. 처음 문에 들어와서 바라볼 적에는 벽 중간에 채색 감실(龕室)을 만들어 소상(塑像) 셋을 만든 것으로 알았는데, 그 아래에 가서 만져 보니 감실도 아니요 소상도 아니라 벽화였다. 서쪽 벽에는 천주의 유사(遺事)를 그렸다. 갓 죽은 어린아이가 관(棺) 위에 가로놓여 있고, 젊은 부인이 얼굴을 감싸고 울고 있으며, 그 옆에 4, 5인이 둘러 엎드려 울고 있었다. 참으로 요망한 그림이었다.

당 서쪽에 자명종(自鳴鐘)이 있는 누각이 있었는데 서당(西堂)의 제도와 대략 같았다. 누각 아래에는 해시계[日晷石] 한 쌍이 있었다.

서쪽으로 문을 나오니 두어 길 되는 대(臺)가 있었는데 관성대(觀星臺)라 하였다. 대 위에 집 셋을 세워 놓았다. 가운데 집에 여러 가지 의기들을 보관해 두었다는데, 문이 잠겨 열 수가 없었다. 그리하여 창틈으로 들여다보니 혼의(渾儀), 망원경 등의 기구가 대략 보였다. 물받이[屋霤]의 남쪽에 너비가 두어 치 되는 구멍이 처마까지 통해 있었고 구리기와를 그 길이만큼 덮어 두었다. 밤에 측후(測候)할 때마다 열어서 중성(中星)을 관찰한다고 한다.

대 아래 넓이가 수십 묘(畝) 되는 뜰에는 벽돌을 쌓아 길이가 1장쯤 되는 기둥을 만들어 두었는데, 위에는 열십자로 구멍이 뚫려 있었다. 이런 것이 무려 수백 개가 뜰에 널려 있었으니, 대개 봄여름에는 위로 포도

덩굴이 올라가도록 횃대를 놓아 둔 것이다. 기둥 옆에 군데군데 무덤처럼 흙을 모아 둔 것은 포도를 저장하는 곳이라 한다.

뜰 동쪽에 집이 두어 칸 서 있고 가운데에는 우물이 있었다. 우물 위에 두레박틀을 만들어 두었고, 옆에는 치목(齒木)을 가로질러서 톱니바퀴가 맷돌처럼 고르게 돌아가게 하였다. 벽에는 버드나무 물통이 수십 개나 매달려 있었다. 또한 봄여름에 물을 길어 포도에 대는데, 기계 바퀴가 한 번 돌면 수십 개의 두레박이 차례차례로 물을 끌어올리기 때문에 사람이 노력을 들이지 않고도, 물은 도랑에 고루 퍼져 콸콸거리며 뜰에 가득 차게 된다. 그러므로 여름에 더울 때는 짙은 그늘에 푸른 구슬 장막이 겹겹으로 친 것 같고, 가을에 익을 때면 포도알이 주렁주렁 매달려 실로 도회지 안의 좋은 구경거리가 된다 하였다. 술을 빚는 데도 서양의 법이 있어 냄새와 독하기가 독특하고 심하다. 포도를 힘들여 가꾸는 것은 술을 빚기 위한 것이다."

라고 하였다.

◆ 1832년 12월 26일

예부(禮部)의 통보에 따라 오시(午時)에 정사와 부사 및 여러 역관과 함께 홍려시(鴻臚寺)에 가서 연의(演儀)에 참석하였다. 유구의 사신도 참석하였다. 따로 「홍려시 연의기(鴻臚寺演儀記)」가 있다. 돌아오는 길에 화초포(花草鋪)와 채조포(彩鳥鋪)를 구경하였고 따로 「화초포기(花草鋪記)」와 「채조포기(彩鳥鋪記)」가 있다. 또 악라사관(鄂羅斯館)을 구경하고 따로 「악라사관기(鄂羅斯館記)」가 있다. 관소로 돌아왔다.

◆ 「악라사관기(鄂羅斯館記)」

악라사관(鄂羅斯館)은 옥하관 뒷거리인 건어호동(乾魚衚衕) 반 리쯤 못 가서 있다. 악라사는 혹 아라사(阿羅斯)라 일컫기도 하고, 혹 아라시(俄羅㒋)라 일컫기도 한다. 그 사람들은 모두 코가 크므로 혹 대비달자(大鼻㺚子)[203]라고도 하니, 몽고(蒙古)의 별종이다. 그 나라는 큰 사막 바깥의 외딴 지역에 있는 듯한데, 역사책에는 보이는 바가 없어 어느 곳에 있는지 알지 못하겠다. 그런데 그 사람들이 스스로 말하는 것을 들으니, 그 나라는 지역이 매우 커서 동서가 3만여 리, 남북이 2만여 리가 된다. 동남쪽은 유구(琉球, 오키나와)와 안남(安南, 베트남)과 접해 있고, 동북쪽은 몽고와 접해 있으며, 서남쪽은 크고 작은 서양(西洋)과 접해 있다. 서쪽으로 통하는 사막의 바깥은 몇 만 리가 되는지 알지 못하며, 동쪽으로 중국과의 거리는 5만 리가 된다 하였다. 참으로 이와 같다면 그 크기가 거의 중국의 몇 배가 될 것이니, 과장하거나 거짓으로 꾸민 말로 생각되었다. 사방 지역의 경계 또한 옳은지 알 수 없다.

예부터 중국에 조공(朝貢)하는 나라는 아니었는데, 강희 때에 스스로 친교(親交)를 맺으러 와서 한어(漢語)와 한서(漢書)를 배우고자 하여, 중국에서는 먼 지방을 편안케 해 준다는 의리로써 사관(使館)을 주어 그들을 거처하게 하였다. 그러나 그 문금(門禁)을 엄하게 하여 출입을 할 수 없었고, 그들이 왕래하는 인원의 수와 교대하여 돌아가는 연한(年限)이 응당 정식이 있을 것이지만 알 수가 없다. 그런데 연경의 시장에서 사 가지고 온 석경(石鏡) 및 서피(鼠皮)가 대부분 그 나라 산물이다. 그렇다면 그들이 와서 친교하는 것은 교역(交易)의 이익을 위함인 듯하다.

---

203) 대비달자(大鼻㺚子): 달자(㺚子)는 중국인이 북방의 소수민족을 일컫는 말이니, 대비달자란 '코가 큰 북방의 오랑캐'란 뜻이다.

사관의 문에는 편액이 없었고, 문 바깥에는 검은 목책을 둘러 쳐서 사람의 접근을 금하였다. 우리나라 사신이 해마다 들어가 보려 하면서 그때마다 문지기에게 뇌물을 주었기에 출입함이 어렵지는 않았다. 단지 하례들이 매양 도둑질하는 걱정거리가 있었는데, 문지기가 반드시 가로막아도 함부로 들어감을 그치지 않았으니, 참으로 민망한 일이었다.

채조포(彩鳥鋪)에서 돌아오는 길에 들어가 보았다. 대문 좌우에는 대여섯 칸 되는 집이 있었는데, 하인들이 거처하는 곳이라고 한다. 그런데 한 사람도 보이지 않아 적막하였고, 군데군데 의자와 탁자만을 놓아두었을 뿐이었다. 또 한 문을 들어가니 좌우에 또한 예닐곱 칸 되는 집이 있었다. 뜰 북쪽에는 한 채의 넓은 집이 있었는데, 모두 비어 있었다. 서쪽을 따라 한 작은 문을 들어가니 꽃나무를 많이 심어 놓은 넓은 뜰이 있었고, 거기에는 큰 개 두 마리와 작은 개 대여섯 마리가 있었다. 개들은 대개 그 나라에서 생산되는 것인데, 큰 개는 사람을 보면 물려고 하기 때문에 쇠줄로 다리를 매어 둔다고 한다.

뜰 좌우에는 각각 십여 채의 집이 있었는데 또한 비어 있었다. 뜰 남쪽에는 대들보가 없는 높은 각(閣) 한 채가 있었다. 각의 제도는 이상하여서 정면으로 보거나 측면으로 보거나 사면이 모두 똑같았다. 아래는 널찍하고 위는 뾰족하였으며 벽돌을 쌓아 처마에 닿았다. 각 위에는 두어 장(丈)의 금표(金標)를 세워 두었는데, 공중에 높이 솟아 있었다.

남북의 양쪽 벽에는 각각 창 넷이 있었는데 큰 유리를 끼워 놓았다. 서쪽 벽에는 무지개문[虹霓門]처럼 생긴 문 셋을 뚫어 놓았는데, 이것이 출입하는 문이다. 그런데 이 각을 또한 천주당(天主堂)이라 일컫는다고 한다. 대개 그 나라는 서양과 가까워서 그 교를 숭상하기 때문에 서양의 제도를 모방하여 천주의 상을 봉안한다고 한다.

뜰 북쪽에는 죽 이어진 긴 집이 있었다. 툭 트인 집은 문목(文木), 침향

(沈香), 자단(紫檀) 등의 나무로 조각하여 꾸며 놓았고, 탁상(卓床)과 기물(器物)이 모두 기묘하였다. 군데군데 순금의 부처[佛]를 봉안하였는데, 작은 것은 어린아이의 주먹만 하였고 더러 밤톨만 한 것도 있었다. 이것들은 그들의 본국에서 만들어 온 것인데, 연전에 우리나라의 하례(下隷)가 부처 하나를 훔쳤기 때문에 우리나라 사람을 보면 하례배들이 따라 들어오는 것을 매우 괴롭게 여긴다고 한다.

네 벽에는 큰 거울을 둘러서 걸어 놓았으며, 또 인물, 산수, 누대(樓臺) 등의 여러 그림을 걸어 놓았다. 화법(畫法)은 모두 실물에 가까웠다. 인물을 그린 그림은 모두 큰 코에 파란 눈이었으며 간혹 긴 수염을 그린 것도 있었는데, 사독(邪毒)한 기운이 사람을 핍박한다. 아마도 음침한 기운을 많이 타고났기 때문에 그런 것인지도 모르겠다.

건물마다 그 나라의 황제와 황후의 초상을 걸어 놓았다. 황제의 상은 머리에 관(冠)을 쓰지 않아 짧은 머리가 헝클어져 있었으며, 몸에 수를 놓은 두루마기[周衣]만을 입었는데 풀어헤쳐 몸통을 드러내 놓았으며, 발에 푸른 버선을 신었다. 황후의 상은 머리에 오색(五色)의 꽃을 꽂았으며, 몸에 수놓은 옷을 입었는데 맨발이었다. 두 화상(畫像) 사이에 또 하나의 화상이 있었으니, 이른바 천주였다.

조금 있자, 한 사람이 손에 비연(鼻煙)이 든 통을 쥐고 오른쪽 캉[炕]을 따라 나왔다. 이 사람은 완연히 그림 속의 인물과 같았는데, 긴 수염에 큰 키였고 안색이 아름다웠으며 옷은 모두 만주의 제도와 같았다. 다만 쓰고 있는 모자는 모양이 우리나라의 이엄(耳掩)과 같았는데, 통이 약간 작고 황금을 칠하였다. 이것이 그들 본국의 모자 모양이라 한다. 이 사람은 그 나라의 귀인인 것 같았는데 덕 노야(德老爺)라 부른다고 한다. 그와 필담(筆談)을 약간 주고받았다. 이곳에 온 지 오래되지 않아 한자를 익히지 못하여, 글을 가르친다는 조씨(趙氏) 성을 가진 자가 옆에서 대신 말하여 주었다. 그런데 그 또한 간신히 문자를 썼으니, 그가 이른바 글을 가르친다는 것이 어느 정도인지 알 만 했다. [원주: 따로 필담을 기록해 두었다.]

탁자 위에는 책이 수십 권 있었으니, 곧 그 나라의 서적이었다. 글자 모양은 성전(星篆)이나 범서(梵書)와 같았는데 알아볼 수가 없었다. 심부름꾼 4, 5인이 상 아래에 서 있었는데, 모두 한인으로 일꾼인 듯하였다. 계속 차를 마시라고 권하기에, 차를 마셨더니 맛이 맑고 시원하였다. 조금 있다 덕 노야와 함께 동쪽 온돌방으로 갔더니, 혁 노야(赫老爺)라 하는 자가 거처하고 있었다. 차 마시기가 끝나자, 자명악(自鳴樂) 듣기를 청하였다. 음악은 「천주당기(天主堂記)」에서 기록한 것과 똑같아서 불거나 타거나 두드리지 않고 5음(音)과 6률(律)이 가락을 스스로 이루었으니, 이는 기이한 기예이다. 음악이 끝나자, 덕 노야가 벽 위의 여러 그림을 가리키면서,

"이것은 모두 혁 노야가 그린 것인데, 초상화를 더욱 잘 그립니다." 라고 하였다. 이에 정사와 부사가 모두 초상화 그려 주기를 청하자, 혁 노야는 일일이 응해주었다.

드디어 뜰 남쪽 높은 각(閣) 아래에 이르렀다. 정사, 부사와 성신(聖申) 등 여러 사람이 서쪽 벽의 홍예문(虹霓門)을 따라 들어가서 조금 있다가 돌아왔다. 그들이 구경한 바를 말해 주기를,

"그 안에 들어가니 좌우에 각각 금 자물쇠로 굳게 봉해 둔 작은 방이 있었습니다. 그 안에 무엇이 있느냐고 물으니, '삭망(朔望)에 천주에게 천재(薦齋)할 때에 입는 법복(法服)이 있다.'고 하였습니다. 한 번 보기를 간청하자 매우 난처한 기색을 지었는데, 여러 번 간청한 뒤에야 비로소 꺼내 보여 주었습니다. 관은 평상시에 쓰는 것과 같았으나 금빛이 더욱 휘황찬란하였으며, 옷 또한 금을 입혔는데 우(又) 자의 모양과 같았습니다.

이것은 두관천(頭貫穿)인 듯하였습니다. 각 안에는 문목(文木)으로 깎아 만든 문장(門障)을 비껴 놓아두었으며, 문 앞에는 유리로 된 큰 등 3개를 달아 놓았습니다. 그 문안에 들어가 동쪽 벽 위를 보니, 서쪽을 향하여 천주상을 걸어 두었습니다. 천주의 상은 모습이 매우 맑고 여위었으며 온몸이 알몸으로 단지 두어 자의 흰 비단 자락으로 볼기와 허벅지를 가렸을 뿐이었습니다. 머리에 쓴 것은 제도가 우리나라의 패랭이[平涼子]와 같았는데 이것이 중국에서 말하는 등립(藤笠)인 듯하였습니다. 방금 형벌을 당하여 머리 부분이 반나마 숙여져 거의 땅에 떨어질 것 같았습니다. 또 쇠못으로 가목(架木) 위에다 두 손을 못질하여 몸을 움직이지 못하게 하였으며, 비린내 나는 피가 진짜로 얼굴에 뚝뚝 떨어지는 듯 하였습니다. 그 모습이 참혹하여 사람으로 하여금 차마 똑바로 바라보지 못하게 하였습니다."

라고 하였으니, 이는 서학에서 말하는 예수[耶蘇]이다.

각 서쪽에는 2층의 누각이 있었는데, 위에 큰 종을 달아 놓았다. 그 옆에 또 집 한 채가 있었다. 거기에 배열해 놓은 기물은 다른 집의 것과 똑같았다. 발(勃)이라는 성(姓)을 가진 자가 그곳에 살고 있었는데, 의술(醫術)에 능통하였다. 탁자 위에는 사람의 두개골을 놓아두었으니, 주술(呪術)로 사람을 누르는 술인 듯하였다. 동쪽 온돌방에는 구종(鳩鐘)이 있었으니, 종 모양이 비둘기처럼 생겼다. 기계를 설치해 놓고 줄을 잡아당기면 종소리가 나는데, 마치 비둘기 소리 같았다.

발씨(勃氏)가 흰죽 한 그릇을 가져다주었는데, 맛이 매우 달고 담백하였다. 여러 사람과 함께 돌려 가면서 맛보고는 재료가 어떤 것이냐고 물으니, 살구씨[杏仁]라 하였다. 살구씨를 가루로 만들어 설탕을 타서 만든 것 같았다. 조금 쉬었다가, 덕 노야, 혁 노야, 발씨 세 사람에게 작별을 고하자, 세 사람이 시자(侍者)에게 살구씨를 넣어 끓인 죽 세 그릇을 가져오게 하여 세 사신에게 나누어 드리라 하였기에, 각각 가지고 왔다. 대저 그들 관소 안에 머무는 자는 이 세 사람에 지나지 않았으니, 매우 이상한 일이었다.

연사일록

김직연(金直淵)

◆◆◆ 김직연(金直淵, 1811~1884)은 본관은 청풍(淸風), 자는 경우(景愚)이고 호는 품산(品山)이다. 1846년(헌종 12) 36세의 나이로 문과 병과(丙科)에 3등으로 합격한 이후 사헌부 지평·경기도사·사간원 정언·사헌부 장령·홍문관 교리·성균관 사성을 두루 역임하였다. 1858년(철종 9) 사은겸동지사(謝恩兼冬至使)의 서장관(書狀官)으로 연경(燕京)에 다녀온 경험을 바탕으로 『연사일록(燕槎日錄)』을 지었다. 1860년 사간원 사간·부수찬·교리에 제수되었으며, 1874년에는 우부승지, 1878년 안변부사(安邊府使)를 지냈다. 한양에서 벼슬하면서 의왕의 문사들과 계속적인 교류를 하여 지역의 문학을 발전시켰다. 문집으로 『품산만필(品山謾筆)』(전 20책)을 남겼다.

연행의 목적은 사은겸동지사(謝恩兼冬至使)로 당시 정사는 이근우(李根友), 부사는 김영작(金永爵)이고, 김직연은 서장관으로 참여했다. 이 연행은 310명의 인원에 105필의 말이 동원되어 총 98일 동안의 여정이었는데, 『연사일록』에는 한양을 출발해서 이듬해 귀국해서 임금께 복명하기까지의 기록이 하루도 빠짐없이 서술되어 있다.

『연사일록(燕槎日錄)』은 한문본과 한글본이 함께 전한다. 한문본은 총3종이 확인되는데, 3권 2책(乾坤)의 연행록과 김직연의 문집인 『품산만필』의 18·19·20권에 수록된 3권 3책 의 연행록, 그리고 일본에 소장되어 있는 3권 3책(天地人)의 연행록이다. 이들 세 본의 내용은 대동소이하며, 한글본은 3권 2책으로 상책에 상권을 하책에 중하권이 수록되어 있다. 한글본은 일반인이 알기 어려운 용어와 개념을 쉽게 풀이하여 이해를 돕고 있는 반면에 지리적 고증이나 학술적 기사가 일부 생략되어 있다. 이에 비해 한문본은 그 내용이 상세하게 실려 있는데, 여기에서는 3권 3책본 『연사일록』을 저본으로 삼았다. 그 개략적인 내용을 살펴보면 상권에는 1858년 10월 27일 한양을 출발해서 12월 25일 북경에 도착하기까지의 여정이 기록되어 있고, 중권은 북경에 머물 때의 기록으로 12월 26일부터 이듬해 2월 3일까지 38일 간의 일정이 기록되어 있다. 그리고 하권에는 2월 4일 북경을 출발해서 3월 20일 귀국해서 임금께 복명하기까지의 기록이며, 「별단(別單)」·「문견사건(聞見事件)」·「문견잡지(聞見雜識)」가 끝에 첨부되어 있다.

◆ 1859년 1월 22일

천주당은 시헌국(時憲局)의 동쪽에 있는데, 명나라 만력(萬曆) 연간에 처음 세워졌고 건륭제 때에 중건(重建)되었다. 문의 편액에는 '미묘한 이치에 통하는 아름다운 경개[通微佳境]'[204]이라 하였고, 당의 편액에는 '하늘의 운행에 고요히 부합되다[密合天行]', '선함을 다하고 아름다움을 다한다[盡善盡美]'라고 하였다. 후청(後廳)의 편액에는 '소리는 맑고 기운은 화평하다[聲淸氣和]'라고 하였다.

대개 서양인 이마두(利瑪竇)가 구라파로부터 9만 리를 항해하여 중국에 들어와, 천주를 떠받들어 모시고 이 당을 지은 것이다. 천주당은 좁으면서도 깊었고 정면은 밖을 향해 있었는데 완연히 측면과 같았다. 건물의 위는 궁륭형(穹窿形)으로 높이 치솟아서 마치 몇 층의 누각과 같았으며, 위에는 벽돌기와[瓦甎]로 덮어놓아 마치 석가산(石假山)처럼 보였다. 정면에는 단지 창문[門囱] 하나가 나 있었는데 동서 양쪽 벽의 꼭대기에 설치되어 있었다. 가운데에 예수상[耶蘇像]이 있었는데 그림인데도 마치 빚은 듯하여 귀와 코가 우뚝 솟아 있는 것이 분명히 살아있는 사람 같았다. 좌우의 협당(夾堂)에는 벽돌로 지은 두 개의 누각을 세웠는데, 왼편에는 풍금[天琴]을 놓아두었다. 해가 정오를 가리키면 누각의 문이

---

204) 『연원직지(燕轅直指)』 권3, 「유관록(留館錄)」 上, 12월 22일 기사를 보면, '통미가경(通微佳境)'이라는 편액은 건륭제가 하사한 것이라고 밝혔다.

저절로 열리면서 풍금이 소리를 낸다. 시간이 지나면 소리가 그치고 문 또한 닫혔다. 건륭(乾隆) 연간에 화재로 불타버렸다. 오른쪽에는 '성모당(聖母堂)'이라고 하였는데, 소녀가 아이를 안고 있는 모습으로, 소녀는 마리아(瑪利兒)이며, 아이는 예수[耶蘇]이다. 몸에는 재봉질하지 않은 옷을 걸쳤는데 정수리부터 온몸을 덮었다. 인쇄한 서책은 글자가 모두 가로로 씌어져 있었으며, 놓아둔 물건으로는 간평의(簡平儀)·용미거(龍尾車)·사루(沙漏)·원경(遠鏡)·후종(候鐘)[205] 따위가 있었다. 가경(嘉慶, 1796~1820) 연간으로부터 서양의 학문을 엄금하여, 법을 범한 자는 죽였다. 지금 서양인은 다른 곳에 따로 거처하며, 천주당은 폐쇄하여 벽돌로 그 문을 막아놓았다.[206]

---

205) 간평의는 천체(天體)의 운행을 관측하는 기계이고, 용미거는 관개(灌漑)에 사용되는 기구의 일종이다. 사루는 모래시계이며, 원경은 망원경, 후종은 시계의 일종, 천금은 풍금이다.

206) 이날 김직연이 천주당을 방문한 내용은 김경선의 『연원직지(燕轅直指)』 권3, 「유관록(留館錄)」 上, 12월 22일의 기사의 「서천주당기」에서 인용하고 있는 『신원지략』의 내용과 상당히 유사하다. 아마도 김직연은 『신원지략(宸垣識略)』의 내용을 인용하여 서천주당을 소개한 것으로 보인다. 『신원지략(宸垣識略)』은 청나라 오장원(吳長元)이 편집하여 1788년(건륭 53) 간행한 북경에 관한 지리서로 16권으로 이루어져 있다. 천문(天文), 형세(形勢), 수리(水利), 건치(建置), 대내황성(大內皇城), 내성(內城), 외성(外城), 원유(苑囿), 교경(郊坰), 지여(識餘) 등으로 나누어 기술하였다.

연행일기

이항억(李恒億)

◆◆ 이항억(李恒億, 생몰년 미상)은 1862년 연행을 했을 때 정사 이의익(李宜翼, 1794~?)과는 아저씨뻘 되는 친척으로 연행을 따라갔던 사실 외에는 알 수가 없다. 그는 한산지식인(閑散知識人) 층으로 우연히 연행의 기회를 얻었는데, 정사의 자제군관으로 연행을 따랐던 것으로 보인다. 이 사행의 목적은 진하사은겸세폐로, 청나라 문종(文宗)과 자안태후(慈安太后)·자희태후(慈禧太后)의 존호(尊號)의 진상을 축하하기 위한 것이다. 이 사행의 정사는 이의익, 부사는 이영보(朴永輔, 1808~?), 서장관은 이재문(李在聞, 생몰년 미상)이다. 1862년(철종 13) 10월 21일 출발하여 12월 26일 북경에 도착하고, 이듬해 2월 8일 북경에서 출발하여 4월 4일 홍제원에 도착한 사실까지가 일기체로 기록되어 있다.

『연행일기(燕行日記)』의 내용은 대체로 연행 중에 접한 개인적 체험을 기술한 것이 특징이다. 일례로 결혼할 딸의 예물로 쓸 비단의 수량 및 구입 품목과 가격 등을 적는 등 연행 중에 접한 신변사를 상세하게 기록하였다. 저자는 이국(異國)의 풍물을 가능한 한 많이 접하고 즐기고자 노력했다. 또한 서양 여인이 길거리를 다니는 모습을 관찰한 것이나, 서양 물건을 파는 가게에서 딸의 혼수품을 사거나, 아라사관에서 사진을 찍는 등의 기술은 서세(西勢)가 동점(東漸)하는 즈음 청나라 말엽의 분위기를 잘 보여주고 있다.

『연행일기』는 3권 1책의 유일본으로 국립중앙도서관에 소장되어 있다. 일기의 원본은 전하지 않고 전사된 필사본 한 책만 전하는데 오탈자가 상당히 많은 편이다. 또한 한문 어법을 무시하거나 내용이 뒤섞인 부분이 있다. 원문은 『국역 연행일기』(이동환 역주, 국립중앙도서관, 2008)에서 교감한 내용을 참고하였고, 번역문 역시 이 책을 참고하면서 부분적으로 수정하였다.

◆ 1863년 1월 5일

천주당에 가 보았다. 천주당은 선무문(宣武門) 안쪽에 있었는데, 한 누각이 공중에 아스라이 높이 솟아 있었다. 맨 위에는 '십(十)'자 모양의 나무를 걸어 놓았고, 금빛으로 칠하고 붉은 빛이 흘러넘쳤으며, 그림 담장과 무늬 놓인 벽이 황홀하고 장려한 모습이었다. 출입을 금하여 들어가지는 못하고 밖에서 먼발치에서 바라볼 뿐이었다.

◆ 1863년 1월 24일

정양문(正陽門) 밖에 있는 서양 물화를 파는 가게에 가서 여러 가지 물건을 샀다. 여러 가지 색깔의 가계주(可桂紬) 32척 7촌은 은 6냥 9전 6푼이었고, 홍주추(紅紬傷) 16척은 은 5냥 5전이었고, 월백갑사(月白甲紗) 11척 5촌은 은 3냥 5전으로, 도합 은 15냥 9전 6푼이었다. 딸아이가 시집을 앞두고 있기 때문에 구매한 것이다.

◆ 1863년 1월 28일

식사를 마치고 판관 박명홍(朴命鴻), 오상준(吳相準)과 함께 악라사관(鄂羅斯館, 러시아관)에 가서 유람했다. 악라사관은 예전에는 조선관(朝鮮館)이었는데, 중년(中年)에 지금의 회동관(會同館)과 맞바꾸었다. 그 까닭은 우리나라 사람들이 악라사관에 머물 때 병으로 죽는 자가 많았기 때문이라고 한다. 악라사국(鄂羅斯國)은 대양(大洋) 서쪽에 있으며, 서양의 나라들과 이웃하고 있다. 천하에서 제일 큰 강역이며, 그 인물과 풍속은 서양과 대동소이하다고 한다.

관소에 들어가니 악라사 사람이 나와서 읍하고 맞이하는데 반가워하

정사 이의익(李宜翼)으로 추정되는 사진

는 기색이 있었다. 말을 전혀 알아들을 수 없어 역관들이라 할지라도 중국 사람이 있어야만 서로 대화를 통할 수 있었다. 거처가 정결하고 집물(什物)이 극히 사치스러웠다. 관소에 있는 한 사람은 인물의 형상을 잘 모사(模寫)해서 털끝 하나도 착오가 없다. 관소의 캉벽(炕壁) 위에 사람들이 늘어앉아 있었는데 의관(衣冠)이 선명하고 기상이 단엄(端嚴)했다. 가까이 나아가서 보았더니, 이는 인물의 형상을 그려 벽에 걸어둔 것이다. 산 사람으로만 알았지, 어찌 사람을 그린 것으로 생각했으랴? 동행한 여러 사람이 진상(眞像)을 모사해 줄 것을 청하니, 그 사람이 대답하기를,

"진상을 모사하는 법은 화창한 날, 아홉 시에서 손사시(巽巳時, 오전 9시~10시) 사이에 모사해낼 수 있습니다. 지금은 날이 이미 저물었으니 내일 다시 오시지요."
라고 했다.

◆ 1863년 1월 29일

관초(冠樵)는 일이 있어 양주신관(揚州新館)으로 가고, 나는 박명홍, 오상준 두 사람과 함께 악라사관을 다시 방문했다. 그 사람이 나와서 맞이했는데, 내가 동행 중에 나이가 제일 많았기에 먼저 진상(眞象)을 모사하게 했다.

그 사람이 탁자 하나를 내왔는데, 탁자 모양은 우리나라의 말안장거리

같았다. 그 모양은 가로지른 나무의 양 끝을 유리[玻璃]로 장식하고, 청색 보자기로 탁자의 앞머리를 덮었다. 나를 탁자의 뒤쪽에 앉히고 움직이지 말라 하더니 선 채로 입으로 주문을 두어 번 외웠다. 주문이 무엇을 말하는 것인지는 알 수 없었다. 마지막으로 캉 안으로 다시 들어가더니 조금 뒤에 나와서는 탁자 앞머리의 유리를 뽑고는 머리를 숙이고 서 있었다. 이윽히 있다가 파리를 다시 꽂아두고 무언지 알 수 없는 물건을 품속에 품고는 사람들에게 보이지 않게 하였다. 다시 캉 안에 서서 등불을 켜고 서서는 유리 한 조각을 항아리에 담긴 물에 담갔다가 즉시 꺼내어 보여주었다. 나의 전면(全面)이 유리의 면(面)에 옮겨져 있는데, 7분 정도 비슷한 것이 아니라 10분 모두 똑같았다. 다시 캉 안 탁자의 정결한 곳에 놓고는 채색 보자기로 덮어두었다.

박홍명과 오상준을 나오게 하더니 차례로 진상을 모사했는데, 그 절차는 이전과 똑같았다. 나의 진상을 모사할 때에 앉아서 움직일 수가 없었기에 요량해 볼 수가 없었다. 박홍명과 오상준을 모사할 때에 그 사람이 다시 캉 안에 들어간 때를 틈타서 탁자 앞머리에 덮인 보자기를 들추고 머리를 숙여 보았더니, 저쪽에 앉은 박홍명이 탁자 앞머리에 있는 유리의 면에 거꾸로 서 있었고, 전체 모습이 전혀 상반되었다. 기이하구나! 이 무슨 술법인가? 입으로 주문을 외우는 것이 아마도 환신(幻身)하는 법인가 보다. 그 사람이 말하길

"화상(畵像)을 지금은 가져갈 수 없습니다. 며칠 뒤에 다시 와서 찾아가시지요."

라고 했다.

이항억 일행이 러시아관에서 찍은 사진

◆ 1863년 2월 3일

박판관(朴判官)이 다시 악라사관에 진상을 찾으러 갔기에 나의 화본(畵本)도 찾아오게 했는데 작은 조각에 불과했다. 라사지(羅斯紙) 위에 똑같은 내 모습이 완연히 있었는데, 다만 육색(肉色)은 나타나 있지 않았다. 대개 육색을 나타나게 하기 위해서는 은 수십 냥이 필요하다고 한다. 이것은 이국의 기술이라 배울 수가 없는데, 이미 모사한 상은 불에 태워져 입수할 수 없었기에 상자 속에 간직해 두었다. 역관 십 여 명 또한 모두 모사해 왔다. 관초(冠樵) 또한 모사해 오기 위해 이경환(李景煥)과 함께 두어 차례 갔으나, 마침 그 사람이 없을 때라 모사하지 못했다.

연행일기

유후조(柳厚祚)

◆◆ 유후조(柳厚祚, 1798~1876)는 본관은 풍산(豊山), 자가 재가(載可)이며, 호는 매산(梅山)·낙파(洛坡)·영매(嶺梅) 등을 사용하였다. 1858년(철종 9) 정시문과에 급제한 뒤 부사·부호군을 지내고 1864년(고종 1)에 이조참판, 이듬해 공조판서를 지냈으며, 흥선대원군(興宣大院君)의 남인계 인사 중용책에 따라 1866년 우의정에 이르렀다. 이 해에 주청사(奏請使)로 청나라에 다녀와 그곳 서양인들의 동정을 알렸는데, 병인양요 때에는 상주에 살던 아들 주목(疇睦)에게 의병을 일으키게 하기도 하였다. 1867년 좌의정에 오르고, 1872년에는 판중추부사로 퇴관하고 봉조하(奉朝賀)가 되었다. 시호는 문헌(文憲)이다.

『연행일기(燕行日記)』는 유후조가 진하사은겸주청사(進賀謝恩兼奏請使)의 정사로 연행한 기록이다. 서당보(徐堂輔)가 부사, 홍순학이 서장관으로 참여하였다. 1866년(고종 3) 4월 9일 한양을 출발하여 약 2개월 만인 6월 6일에 연경에 도착하였으며, 8월 23일에 귀국하여 고종에게 복명하는 내용이 『승정원일기』에 보인다. 이때 고종은 중국 안에 있는 서양인들의 동정에 대해 관심을 가지고 묻고 있다. 내용은 날짜별로 기록되어있는데 빠진 부분이 많으며, 후반부에는 연행 길에 보고들은 내용을 간략히 소개하였다.

◇ 1866년 6월 14일

남관(南館)의 북쪽 대로변에 서양관(西洋館)이 있었다. 기해년(1839)에 서양인 4명이 우리나라로 온 이후[207]로 조선인은 서양관에 들어가지 말

---

207) 기해년에 서양인 4명이 우리나라로 온 이후: 1839년(기해년, 헌종 5년)에 발생한 기해박해(己亥迫害) 때 붙잡혀 처형당한 프랑스 선교사 3인, 즉 앵베르(Imbert,

라는 명이 있었기 때문에 들어가 구경할 수가 없었다. 길 가에 나와 노니는 서양인들은 모두 눈동자가 노랗고 콧머리[鼻頭]가 뾰족했으며 또한 말을 달릴 수 있었다. 여자들은 흰 치마를 입었는데, 치마는 우리나라 여인들의 치마와 같았고, 아이들을 데리고 왕래하는 것이 평소와 다름없었다.

◆ 날짜 미상

남문(南門) 서쪽 5리쯤에 서양관(西洋館)이 있는데, 조각의 세밀함과 누각의 기교가 연경의 제도와는 크게 달랐다. 이는 서양인이 지은 것이라고 하는데, 지금은 관을 폐쇄하였다.

Laurent Marie Joseph), 모방(Maubant, Pierre Phillibert), 샤스탕(Chastan, Jacob Honoré)를 말하는 듯한데, 왜 4명이라고 했는지는 알 수 없음.

연행록 소재 천주당 관련기사 원문

김창업(金昌業) 『노가재연행일기(老稼齋燕行日記)』

『연행록전집』 32 · 33

◇ 1712년 11월 4일

[31-300]夕見主守于客舍大廳, 主守卽洪君禹鼎, 曾隨其叔父參判受疇公赴燕, 余問其遊覽事爲說. 其槩如五龍亭·天主堂, 皆我人難到處, 而亦得見云. 茶啖夕飯, 皆精可喫, 亦非少幸也.

◇ 1713년 2월 9일

[32-110]市多柑橘, 令善興買之, 價亦不賤. 至門內向東望, 有一鐵鍾, 高出人家上, 此天主臺也. 曾聞申之淳言, 隨洪禹鼎見之. 外面扁書'天主臺'三字, 門內有臺, 其高三四丈高. 南面開一虹門, 入其中, 北壁掛一像. 其人散髮袒臂, 持火珠, 面如生. 其上有'天地眞主'四字及'敬天'二字, 卽皇帝筆. 左右壁各掛一像, 其貌皆似北壁者. 虹門左右石面, 周廻書十二方位, 中揷鐵針, 所以看日影者也. 其上懸大小鐘, [32-111]鍾各有撾, 中央者最高而大, 渾天儀在其上. 虹門左傍, 又有一虹門, 門上亦書十二方位, 門之內立四薄板爲門, 粉其面而畫之. 守者以竹杖分開兩板, 藏於左右[32-227]壁, 其內又有二層朱門, 而上二扉下四扉, 次第開之. 中有物如柱如椽如竹者, 簇立無數, 大小不一, 而皆金銀雜塗之. 其上橫寘一鐵板, 其一邊鑽穴無數, 一邊如扇形. 俄見日影到其方位, 臺上大小鐘, 各打四聲, 中央大鍾打六聲. 此是自鳴鍾, 不足爲異, 所怪者, 鍾聲纔止, 東邊虹門內, 忽有一陣風聲, 如轉衆輪, 繼而樂作, 笙簧·絲竹之聲, 不知自何處出, 律呂合度, 宮商成調, 通官輩云: "此中華之樂." 良久而止, 又出他聲, 其聲如朝參時所聽, 通官輩云: "此今之樂." 良久而止, 復出他聲, 其聲急促, 通官[32-228]輩云: "此蒙古之樂." 亦良久而止, 樂聲旣盡, 六板門皆自還閉, 此西洋國使臣徐日昇所作也. 蓋與朴得仁家沈香山, 其制雖異, 其機則同, 亦欲一見, 而聞近有禁, 故遂過之.

조영복(趙榮福) 『연행일록(燕行日錄)』

『연행록전집』 36

◇ 1719년 2월 14일

[36-93]西洋國所來三老人, 或乘轎或騎馬, 爲謝昨日送贐物來到. 出正廳, 分東西而坐, 與之酬酌問, "老來燕京, 有何所幹?" 答曰: "皇帝崇奉道教, 邀俺等爲師, 故來此, 已三十餘年." 又問曰: "西洋在西域之西, 宜同奉佛教, 而[36-94]尊尙三淸者, 抑何故耶?" 答曰: "西洋與西域, 相去絶遠, 所尊自不同矣." 又問曰: "西洋國俗, 亦如老師服色否?" 答曰: "本國如此不同矣." 仍曰: "曾聞朝鮮儀制之有別矣. 今見諸大人, 誠甚忻幸."云云. 畧設果肴, 行酒一巡, 而罷去時, 頗有繾綣之色. 出外後各以千里鏡一介·吸毒石二介·小靈龜二介·刀子一柄·火鏡二枚·手帕二件·道書九冊送贈, 以紙扇諸種答謝之.

이이명(李頤命), 『연행잡지(燕行雜識)』

『한국문집총간』 172: 『소재집(疎齋集)』

◇ 연행잡지(燕行雜識) (『疎齋集』 권11, 「雜著」)

[295d]西洋人蘇霖·戴進賢, 來見于館中. 以書謝之, 兼論天主之學, 且問曆數之術. 其答不甚明白, 且期更對論確. …〈후략〉…

◇ 서양인 소림(蘇霖)과 대진현(戴進賢)에게 보내는 편지 (경자년, 1720년)

『疎齋集』 卷19, 「書牘」〈與西洋人蘇霖戴進賢, 庚子〉

[461a] 冒叩仙堂, 歡迎若舊, 旋蒙臨顧, 重以嘉貺. 東西十萬里之人, 成此奇緣, 眞是異事. 情好款曲, 寔出望外, 自顧薄劣, 何以獲此? 中心感愧, 耿耿數日. 竊聞百餘年來, 貴邦有志之士, 出萬死浮大海, 入中國而未歸者, 踵相接也, 謂必有所願欲甚於好生者矣.

昨瞻殿閣崇深, 金碧炫晃, 異像高掛, 香燭在卓, 疑若釋子之伽籃. 橫書細字, 籤軸充棟, 又似梵唄之文書, 捌見驚疑, [461b]茫然不知何故. 及讀所示利·艾諸先生之書, 略得其梗槩矣. 噫! 使世間樂道之士, 發願皆如貴邦之士, 千古聖賢之學, 何患乎不傳? 其苦心可以感鬼神也.

盖其對越上帝, 勉復性初, 似與吾儒法門, 無甚異同, 不可與黃老之淸淨·瞿曇之寂滅, 同日而論. 又未嘗絶倫背理, 以塞忠孝之塗, 海內之誦羲·文·周·孔之言者, 孰不樂聞? 然天主之降, 彷彿牟尼之生, 地獄之說, 反取報應之論, 何也? 思以此易天下則難矣. 嚮者中國之賢如葉蒼霞諸公, 極意辨論於寬閒之濱, 猶未能沕然相合. 況此羈旅倉卒, 何能以依俙迷見, 開悟於[461c]片言之間也? 是以不敢多談.

且惟曆象之學, 堯·舜之所以敬授民時, 有國之不可廢者也. 中國世守其法, 中多喪亂, 舊法日晦. 如漢之壺遂·洛下閎, 唐之一行, 亦多自得於荒廢之餘, 歲差年數, 多少無定例. 元時測晷甚廣, 而大統曆節候, 久而漸差. 一自時憲曆之出, 時節無愆, 七政不差, 東國亦聞西士之有大功矣. 昨承盛教, 不用前世之法云. 然則歲差不定幾年幾度, 只以星度·日晷, 隨差隨改歟? 必有其法矣.

分野之說，中國自上世所傳，如大火當宋·箕尾守燕之類．今雖地名有沿革之殊，區域可知，而昨者盛教，不分曉[461d]於此．豈分野之法，貴邦之所不用歟？地球，東人亦曾見其圖說矣．從古論天地之形者，皆言天圓而地方．獨此法，以爲地亦從天而圓，中高而四邊下，不知緣何推測若是，乃用天度畫地里也？

周髀·雞子黃之說，稍近于此，亦不以天度定地里，至若諸巴之地，必非今人所目見．又何以知其如此乎？鄹寇十洲·釋氏四大部洲之說，亦近之．或出於此等傳聞歟？以此言之，中國廑當廿八宿中一宿之分，貴邦之不用分野之法，抑以此歟？仰觀天象者，不但識星躔而已．甘石之術，以形色凌犯，占人事之吉凶．貴邦亦兼用此術否？

[462a]九章之術，聖門所謂六藝之一．中國固多神于筭者，巧曆則尤難其人．貴邦此術，絶異萬國，厥初何所傳受歟？同文算指，曾亦窺見矣．凡算有實有法，以乘以除，皆取其有其數者．只曆筭空中，命法數以乘除，其命之也，亦有法歟？

鳴鐘之制，儘奇妙矣．日本通南舶，東人數十年廑一見之，制造不精，未數月，必多差錯，棄而不用，亦可惜也．貴邦所造，應不如是．渾天儀，中國歷代多造，而下設機輪以水激之之法，不傳於東國．貴邦或有文字記其制法歟？東人於此等事，甚鹵莽．

凡以智曉愚，以先覺覺後覺，亦豈非天主之仁也？[461b]或可示其法書否？茅塞之見，欲質高明者，不止于此，恐煩回敎，千萬不宣，只乞明答所稟，以啓昏蒙．

이기지(李器之) 『일암연기(一庵燕記)』

『연행록선집보유』 上

◆ 1720년 9월 22일

[302b]食後與朴泰重同出汲水, 金斗益開天守賢亦從焉. 盖錦平尉朴弼成, 前年使燕時, 朝參回路, 往見天主堂, 西洋國人紀姓者, 紀亦來玉河館相見, 贈以吸毒石, 歸後亦不絶音問贈遺. 朴泰重曾隨錦平來燕, 識其人. 今行[302c]又賫錦平所送物, 將傳紀姓人, 故余欲與朴同往見西洋人, 盖皇帝待紀以賓師之禮云.

[302c]出門而刷馬人當汲水者, 久不出. 屢使督促, 半餉猶不出, 極可痛. 歸後言兵房杖之. 甲軍王四, 以他甲軍之猜忮, 難於越次作行. 余使周旋同去, 臨發始得諾同出. 盖他甲軍, 則恐難隨意旁出故也. 出大路, 循宮墻而南, 至兵部前, 折而西至太淸門南·正陽門內. 又折而西, 遵城而行, 城內面削立不可上, 故三百步許, 輒附築堦級, 以通上堞之路, 兩端設門鎖之, 或有不鎖處. 迤北行數十步, 又折而西, 未至天主堂數百步, 鐵鐘及日影, 已[302d]望見矣.

抵天主堂, 入兩重門, 堂屋制度, 如口字狀. 東西五楹, 南北七楹, 前面三層閣, 皆以甎築, 高可六丈. 下層設五門, 門扇開, 則隱於壁中. 中層畵五虹門, 望見如可入. 上層中三間, 皆圓圈作黃金綺疏, 東作日影圓圈, 徑周尺五尺許, 直立面南極, 中樹臬. 下方書九時, 自寅止戌, 字上開畵, 玄臬數寸而止, 若撒扇狀. 時至則臬影, 輒當畵頭, 方爲午正矣. 西邊圓圈, 亦如東邊, 但周書十二時, 中有金龜回轉, 指十二時. 閣裡設機, 有鐵杖長十餘尺, 一頭揷牙輪, 接於鐵機之輪, 一頭接金龜, 以通內外之回轉. 其上有鐘, 隨時而鳴. [303a]機下三大輪, 皆垂大鉛錘, 大抵如自鳴鐘, 而牙輪甚多, 制作之妙, 幾奪天巧. 又有一鐵杖西出, 亦如之.

北邊正殿, 高大深邃. 堂中最高壁上, 畵天主像, 一人朱衣立雲中. 旁有六人出沒雲氣中, 或露全身, 或露半身, 或披雲露面. 亦有身生兩翼者, 人物眉目鬚髮, 直如生人. 鼻高口陷, 手脚墳凸, 如陽刻者然. 衣摺而垂, 若可攀捌雲氣, 數鬆如彈綿. 最可異者, 披雲露面者, 深若數丈. 初入殿中, 仰面猝見, 壁上有大龕, 龕中滿雲氣, 雲中立五六人, 緲緲恍惚, 如仙鬼變幻, 審視則帖壁之畵耳, 不謂人工之能至此也.

左右壁上, 列畵[303b]天神之像, 百態具備, 不可盡記. 亦有女子像, 而深遠緲綿, 眞若仙子. 天主像前設座, 有紅衣加胡帽, 而無面目者, 曰皇帝之位, 可怪. 前置朱紅卓·香爐·香盒·器皿之屬, 皆極異. 立燭臺二雙, 而高皆丈餘, 其外設長卓若闌干, 以防人出入. 卓上列花盆數十, 皆紙蠟造者, 而花葉如眞莫辨. 左右翼室, 自正殿接前閣, 皆畵天神之像, 東壁上一神將, 身有兩翼, 足踏鬼鳥. 狀若蝙蝠, 而其翅如輪, 方作蹫地狀. 天神以降魔杵舂其頭, 而目光射之, 勃勃若生. 世無神將則已, 若有之, 形相必如此矣.

翼室神像前, 亦皆置卓, 外設闌干, 防人[303c]近前. 中廷立屛畵天女, 亦設香卓. 大抵棟宇·欄楯·墻壁, 皆以彩作石色, 或靑或紅, 間作石理, 全然似石, 入其中, 初若冷氣逼人, 從者皆以爲石. 余以爪畵示之, 然後知爲非石. 殿宇制度, 皆壁立無簷棟, 若木樻然. 設像處, 金柱簇立, 或作螺旋紋, 或作叢笙狀, 玲瓏嵌空, 皆出意表. 門扉關鍵, 竝無痕縫之可尋. 盖西洋國俗, 崇奉天主若西域之佛, 多作天主堂而奉之, 此堂亦西洋人所造也.

余遍看殿內, 入西翼室, 偶捫壁得一門, 入其門. 回互折旋, 有梯可上. 試攀上回回盤屈, 踏梯而上, 梯盡處, 卽前閣上層, 西邊自鳴鐘也. 移時[303d]細看, 機鍵之運動. 還下則, 守者怒其不言而上. 開前門使出, 出後則鎖.

朴泰重招守門者, 通紀姓者, 門者言紀於今年七月已死, 他西洋人八人, 方在此云. 盖西洋人來此者, 皆住此矣. 遂使通之, 俄則請入. 使朴先入通余之來, 俄有人請余入. 余出天主堂外門, 入小中門, 方修治堂屋, 鋸甎·剗石, 百工紛然. 盖作屋, 皆以甎石, 少用棟樑. 入中堂, 西洋人三人, 西坐東向, 置花柤椅子於東邊. 余入皆揖而使坐, 禮貌恭恪. 三人皆長髯犯類, 鼻高準尖而下垂, 眉厖髮細, 眼光汪汪通明, 若琉璃覗瞻, 若不能轉睛. 坐第二位者, 身長九[304a]尺餘, 皆薙髮淸服. 堂中所置器玩, 皆奇異, 多自鳴鐘·千里鏡之屬. 北壁掛一障子, 畵天女披髮, 立雲霧中, 態極雅潔天然, 若從容自得於六合之外者, 目光低視, 若有所思. 東壁雜畵花木·蟠桃·怪石, 輪囷交錯, 數重相掩, 遠見則條理分明. 若一塊石假山, 而迫視則紛亂不可辨矣. 東邊室, 垂錦帳, 從人捲視, 朱紅床絪縟繡𧝐 又有小屋, 帳器物件件精奇. 三人皆能漢語, 而不能分曉, 亦不能知文字. 旁坐漢人, 乃江南擧人, 在此通語云, 而朴泰重通語, 而終不分明. 余遂書字給擧人, 其人輒持書, 往三人前飜語, 又以三人語書[304b]字示之.

余書問曰: "吾居天地之極東, 君居天地之極西, 今此會面, 豈非天緣? 况一箇靈心, 君我無異, 情志相通, 何論遠近. 鄙姓某名某, 敢請三位姓名." 答書, "一位蘇霖, 二位張安多, 三位麥大成." 蘇言 "李老爺, 話極是明通之論, 相見恨晚." 話間居一位者, 使從人取一鏡立余前, 鏡徑三尺餘, 一面凸, 一面凹. 以花柤作跗及臺, 高與人身等. 作機回轉, 稍照凸面, 人小如初生孩兒, 俄轉而照凹面, 人皆倒見. 其人使余近前襯視, 面大如盤, 而却不倒. 余周視器物, 其人出千里鏡示之, 長二丈餘, 地窄無可遠視.

案上多積書卷, 皆以革爲[304c]衣裼, 視乃西洋字也. 字樣與梵字略同. 余使蘇霖書之, 其筆以鵝翎或雕羽, 莖根斜削使尖, 水晶小缸, 以綿濡墨. 蘸其筆而書之, 一蘸五六行, 墨不乾. 其書自左旁行書之, 乃大宛傳, 所謂'革書旁行'也. 西方之書, 大抵如此. 運筆神速, 如飛行, 如引繩. 又出自鳴鐘示之, 四面皆以琉璃付之, 上盖以烏金. 引小繩, 則輒打鐘, 制作精巧到極. 卓上多置朱紅釘, 大如筆管, 問何用, 則使從人燃燭來, 燭細如指, 盤屈如麵, 長幾數十尺. 隨手屈伸, 似非蠟燭. 其人以朱釘頭, 燒於燭上, 釘卽着火, 乃以釘頭火點紙, 摺而封之. 再點後, 以小銅[304d]印印之, 朱字却分明. 問, "印此何用?" 答, "書札及他封識處, 皆用此云."

余又言 "三位中, 或可進來我們館中否?" 盖欲以此人現於大人也. 其人却以羽筆書紙贈之, 以指按示, 言 "李老爺極明白可敬, 當進館中." 王四在旁言 "買賣方不通, 門禁甚嚴, 不可來." 其人却躊躇答言 "當訪問門禁, 可入則進去." 余却叱王四曰: "你行事不知道, 買賣人慮挾禁物, 或可禁入, 而九萬里外西洋人, 有何干你等買賣事?" 朴亦叱之, 王四面赧而退, 然其人終不隨來. 余遂辭出, 三人皆送至門外, 慇懃作別.

◇ 1720년 9월 27일

[314a] 九月 二十七日, 辛卯. 晴.

晨起, 一行將往鴻臚寺演儀. 余欲同出, 先往天主堂, 故喫飯而出. 楊澄有往見之約, 而久不踐, 遂與王四往趙華家. …〈中略〉… [314c]余方欲往天主堂, 不可久坐. 遂書, '余有忙, 故請出. 午後當更來討話.' 卽出. 兩人皆送至門. 行至玉河橋, 逢洪舜澤, 言使行已往[314d]天主堂. 余遂從太淸門外, 入牌樓下, 直向天主堂. 所經衚衕, 皆作里門, 夜則關之, 甲軍守直. 雖無巡邏夜禁, 人不得往來矣. 未至天主堂半里, 衚衕中鋪子外, 掛一畫像, 此乃畫像受價處也. 雖小小衚衕, 路旁則皆設廛房, 衚衕之法, 亦異於我國. 皆井井直以長, 無迂曲深僻處.

至天主堂, 使行方坐門間. 俄而其守者出來, 先開天主殿, 余與一行皆入, 遍看. 大人欲上, 看西邊自鳴鐘, 守者云: "若盡驅出雜人, 方可上看." 遂使從者盡出門外, 三使臣及余, 同上樓梯, 看自鳴鐘. 遂還下, 入見西洋人, 乃頃日余坐之房也. 蘇霖·張安多·麥[315a]大成, 三人皆在, 戴進賢亦在, 而面目比三人清明. 蘇·張·麥皆見余欣迎, 握手致款. 大人與副使·書狀列坐, 余亦旁坐, 以書問答. 旁坐欽天監官兩人, 執筆傳問答, 一名邵雲龍, 一名孫爾茂云.

大人問答云云, 送面幣紙扇等物. 三行出房, 遍看諸房珍玩奇異之物, 不可勝看. 而尙未朝飯, 故遂皆還, 西洋人出門送之. 大人請來于館所, 則言當於數日內進去云矣. 余獨留在, 將欲更細看也. 西洋人邀入他房坐定. 余更以三扇, 送頃日三人, 又以扇及各色扇子紙, 贈戴哥, 與打話. 欲以飯待, 辭以已喫. 出西洋餠三十立, 其狀類我[315b]國中薄桂, 而脆軟甘味, 入口卽消, 誠異味也. 問其方, 則以砂糖和鷄卵·麵末爲之. 先王末年, 厭食思異味, 御醫李時弼言, "曾赴燕時, 治瀋陽將軍松珠病, 以鷄卵餠食之, 而味極脆軟奇絶, 彼中亦以爲稀異之味"云. 請依法造成, 內局造之, 而終不能善, 盖此物也. 余喫一丁, 彼卽進茶, 盖食此後飮茶, 則善消不滯故也. 腹中甚安穩, 不飽而忘飢.

余求見西洋畵, 出示畵像七簇, 皆西洋人出來中國, 而中國人畵其像者也. 利瑪竇·湯若望·龍華明·安文思, 皆明時入來之人. 淸時人, 亦有三人像. 利瑪竇, 氣像儒雅清明, 類學問[315c]中人. 眼有精彩, 頭戴程子巾. 坐旁有一小冊, 揭視則西洋字, 而以小紙作畵如手掌, 納冊中數十丈. 余請得一二丈, 蘇·戴二人, 各出他小畵二三丈贈之. 其中小錦片塗墨, 而空人形, 若陰刻印本者然. 畵作女人抱子狀, 欲與而還置, 甚有吝惜意. 余問其故, 答[1]此是天母之像, 若慢屑待之, 與受皆不好云. 余曰: "天主之敎, 若行於東國, 是亦諸公之功, 天主之像, 流布何害?" 三人皆以爲君言極是, 遂與之.

又出大冊三卷, 長廣皆二三尺, 厚半尺許. 一畵西洋人主及皇后, 他人物·山川·城郭·居邑·海島, 皆以西洋書細書, 不可卞矣. 西洋[315d]主作披髮狀, 衣無縫長衣, 皇后作卷髮, 而鬅鬆如雲. 城郭制度, 亦皆異常. 又有雲霧中畵一人, 持鐵杵, 而亦不類雷公之狀, 卷裡甚多其像. 問何物, 答, "此如中國之龍, 能飛行雲中, 行雨使雷電."云. 意者天神人鬼之間, 自有一種異物, 未可知也. 草木多奇異, 未曾見者. 果多形如螺殼者, 草多葉如芭蕉者, 花多葵菊之類. 禽獸則獅·象·

---

1) 答: 원본에는 '茶'로 되어 있는데, 오기가 분명하기에 바로잡음.

虎·熊·牛·馬之屬, 皆類中國, 而有形如鼠而大若牛者, 名曰貘. 有若犀而項長於身者, 名西牛. 其他奇異形狀, 不可勝玩. 筆法精奇, 非中國所及. 禽獸草木, 各極其態, 一草一獸, 皆疊畵三四本.

更與[316a]蘇·戴諸人, 遍歷諸房. 細看一室, 中別置朱紅椅子十餘, 朱卓五介. 北壁納石函貯水, 函底通三穴, 以銅作龍頭揷穴中. 龍口爲開閉關鍵, 開則龍口噴水, 其下承以石櫃, 龍中水落櫃中, 而流出壁外. 其旁掛長布十餘尺, 乃飯後諸人盥水處也. 此屋亦西洋人會食所也.

一屋中多置地圖·渾天儀·地球等物. 卓上有一機, 一頭側立圓木板. 板上以五彩雜抹, 縱橫散亂, 無條理. 或有似鳥頭者, 或有似鳥翼者, 堇可指名而已. 離木板三尺許, 橫竪圓筒, 一頭付水晶. 水晶中高而多作廉稜, 一頭有四小孔, 堇如針孔. 人以眼着小孔,[316b] 透水晶而視板畵, 則向之散亂者, 皆湊成一物. 或鶴啄松枝, 或鸂鶒浮水, 種種如生物飛動. 板上畵終莫卞其何者爲頭·何者爲足, 極可怪. 盖水晶廉稜, 能離合人視物, 故隨其離合之勢而爲畵, 使湊合一板之點畵, 以成完鳥. 匠心之妙, 可奪神巧. 板上書 '視學' 二字, 旁書 '以散聚以聚散' 六字.

庭中有小井無水, 旁穿穴, 揷銅筒, 筒大如人臂. 曲柄而高出井上, 其下承以竹筧, 以達于池. 小井之北百步, 屋後有井, 井中設機, 使人運其機, 水由地中行, 從銅筒口噴出, 直湧平地上, 落于筧而入于池. 蘇·戴又引入一房, 卓上有水晶[316c]甁, 高三尺許, 貯酒若空. 酌酒勸余, 其酒味甘而淸爽, 異香逆鼻. 飮後但微醺, 而亦不醉. 遂辭出, 諸人皆送至門.

蘇·戴又引入一房, 卓上有水晶甁, 高三尺許, 貯酒若空. 酌酒勸余, 其酒味甘而淸爽, 異香逆鼻. 飮後但微醺, 而亦不醉. 遂辭出, 諸人皆送至門.

◇ 1720년 9월 29일

[317d]食後, 西洋人戴進賢·蘇霖, 來見大人. 欽天監正, 邵雲龍, 曆科博士, 孫爾茂, 亦隨來, 而從人十餘, 蘇則乘轎來矣. 大人延坐炕上, 余陪坐, 俄副使亦來. 兩人以吸毒石·呂宋果·西洋刀·水晶盒·西洋畵·西洋人所著, 三種冊, 納于大人. 又以吸毒石·呂宋果·西洋紙·水中天, 別贈余. 副使·書狀許, 亦各有贈. 吸毒石·呂宋果, 各有治法, 吸毒石, 乃毒蛇頭中之石. 其書皆發明天主之敎, 畵則乃印畵西洋天主堂也.

[318a]大人與余雜書問之, 盖戴進賢能看漢字而不能書, 使孫爾茂代書答之. 饋

以栗餠·海松子餠·藥果·鰒魚等物, 又飮以桂糖酒, 皆飮[318b]一二呷而已. 臨去, 三房各贈壯紙·刀子·文魚·扇子之屬. 孫·邵兩人許, 亦略贈紙扇. 別爲饌, 待其從人而送之. 蘇霖邀余必再來, 余言數日後當去. 大人欲見西洋人物·禽獸·花草雜畵言之, 戴指余曰: "彼必饒舌." 余答, "余看後, 來言之矣." 答, "此畵不可於多人處雜看, 請於靜處獨看, 當送示之."

且以鼻烟末少許贈余, 余曰: "此何用?" 卽少撮, 近鼻孔吸之曰" "如此, 則頭目百病·外感風寒皆療. 皇帝近來, 亦學於吾輩爲此, 北京人, 亦多漸學爲之"云. 又言"身毒·天竺國, 去中原三萬里, 西洋去天竺, 六萬餘里, 旱路多峻嶺, 及食人掠人之國,[318c] 經過甚難. 大洋中, 泛舡而來, 或一歲二歲方到"云. 辭出, 余送至門而還. 聞蘇·戴歷見通官金四傑, 金求得鼻烟云.

◇ 1720년 10월 3일

[322a]十月 初三日, 丙申. 晴. 朝, 大人作書于西洋人, 問曆法歲差·渾天儀法·造琉璃法·造靑瓦法. 且送刀子, 付王四傳之.

◇ 1720년 10월 10일

[336d]訪東華門外天主堂, 入東安門, 問于路人, 皆言無有. 一人言, '乃在東安門外'云. 還出門, 遇趙華, 問, '何去?' 余答, '往看天主堂, 廻路當歷入.'云. 馬上交揖而過, 入東邊衚衕數十步, 至天主堂. 實與館所不遠, 自前每尋東安門內, 故不能尋矣. 使門者入通, 俄而西洋費姓人出迎, 盖前日蘇·戴兩人言: "費在此不遠地, 欲相見.", 故來訪. 其人邀入揖余, 先行, 余累辭而絶讓. 路紆廻, 行墻屋間, 至一屋. 屋制度, 及屋中所有之物, 大抵與西天主堂略同. 坐定進茶, 卽招漢人解書者, 持筆硯, 置前問答, 各通姓名. 其人姓費名隱, 高準多鬚, 與[337a]蘇·戴一樣. 四壁卦西洋畵障子, 壁掛自鳴鐘二介坐, 聞[2]一時齊打午時鍾.

余問, '頃日有欲相訪之意, 故玆來見先生. 今蒙款接多謝.' 其人能讀之, 而却不能手書, 倩漢人書答, '我從西洋來行聖敎. 與君今日會, 實是前緣.' 余曰: "天主之敎, 尙今不行於中國, 此緣佛敎方大行, 故天主之敎不得行. 君輩何不告于皇帝, 天下佛寺變作天主堂, 僧人變作耶蘇會士乎?" 答, "中國, 奉天主聖敎者甚多,

2) 문(聞): 원본에는 '문(問)'으로 되어 있는데, 오자로 여겨져 바로잡음.

咸以順理存心. 皇上萬幾之績, 俱亦順理, 莫非崇奉天主. 佛教誕妄乖戾, 人亦醒悟, 現今外省, 有曾毁佛寺, 建成天主堂者矣."

余曰: "西洋[337b]書冊, 何不以漢字飜出?" 答, '西洋書, 聲音長短不一, 飜出漢字甚難, 而亦有譯解者. 字音雖不同, 道理則一也.' 彼又問, '貴邦建都何地, 從何等地名來此, 乞指明路程.' 答, '我國建都漢陽, 乃一國之中也. 自王京從京畿道·黃海道·平安道, 渡鴨綠江, 入柵門而來.' 余又問, '西洋來的郎先生聞隨駕往暢春苑云, 何日廻來?' 答, '皇上廻京可還.' 問, '郎先生之外, 又有西洋人善畵者乎?' 答, '止有郎一人, 亦有中國畵手, 習西洋畵者甚多, 而不及西洋畵遠甚.' 余以雪花紙一丈·僧頭扇一柄給之, 其人稱謝, 摩挲其紙. 余曰: "君若有用處, 當再送." [337c]答, '此已多, 何敢望再惠?'

傍掛一障, 而畵人頭髮, 鬔鬆四垂. 余問, '此何人, 頭髮何以如此?' 答, '是西洋皇帝像. 本國之法, 以頭髮粧飾在外, 如頂帽一般.' 又出冊三卷, 洋畵人物城池及天主堂數十制, 箇箇奇怪, 箇箇不同, 不可盡視之, 皆西狀矣. 又出地圖示之, 中國則以漢字書之, 外國以西洋字書之, 亦畵我國, 而山川形勢, 大畧不差, 可怪.

旁有千里鏡, 而大如棟, 長三丈餘. 問, '何用?' 答, '以此看星, 星大如拳'云. 又出一物, 圓徑寸許, 以木爲郛, 當中內外, 皆安琉璃. 琉璃之內, 有若黑繒者數重. 使着眼視日, 日形分明如視月, 可終日視日而眼不眩. 此乃日食及日變時, 視日之具也.

又出一物, 以[337d]水晶爲之, 長二寸餘, 大如兩指大, 而作三稜. 使橫着於鼻梁而視日, 渾天皆作青·紅·黃·白色, 如數百彩虹, 金光四散, 瑞彩漫天, 眩耀淩亂, 頃刻萬變. 又一轉其稜, 而着之天上, 則却清明, 而五彩却在虛空中變幻, 尤奇怪恍惚. 又一轉, 則天上虛空無物, 而五彩却鋪地上, 庭宇墻屋, 皆入金色中, 起滅若海中蜃樓狀. 此則無甚緊用, 而亦一奇觀矣.

西邊屋中多畵, 請入看, 使人先入, 收拾藏置, 而後同入, 未知何物也. 四壁畵天主·天神之狀, 而北壁一天神在雲霧中, 口噴白氣一道. 氣闊處, 有嬰兒臥地, 其旁有兩牛竝立, 未可知[338a]也. 又有一人背負架, 架狀若十字, 乃天主受厄狀云. 壁上皆障子, 卓上皆作龕. 龕中多立方尺屛風, 畵天主, 而塗以琉璃, 遠見如生人行步其中. 又有水晶圓珠如拳大, 中以象牙作天主狀, 玲瓏隱見, 不可摸狀.

壁上掛自鳴鍾, 而無時刻, 亦不轉運. 問之, 則答, '此名鬧鍾, 而常時則不鳴. 若定時設機, 則至時自鳴, 輪軸亂轉, 如雷鍾聲甚鬧. 倘欲五更要去暢春苑, 則鳴之以醒眠'云. 燈爐·刀几·鎖鑰之屬, 制作多奇巧, 不可盡述. 又以木作渾天儀,大如小兒頭. 刻星宿·黃赤道, 北高南低爲兩極, 以銅作圈, 象地刻·周天度數, 而安渾[338b]天於其上. 半入地, 半出地, 側立廻轉, 而天體之出地面者, 長短盈縮, 每各不同, 制作精奇, 不失毫分.

俄而設饌以待, 西洋餠·西洋糖·山査片·櫻桃片·梨·棗·葡萄之屬, 皆精潔, 餠則與戴·蘇所出者一樣. 蘸熱茶片刻啖之, 却如軟粥, 柔滑可口. 費敎食法, 又出西洋葡萄酒一鍾. 色紅黑, 味極芳烈淸爽. 余本不飮, 而盡一鍾, 亦不醉, 腹中和泰, 微醺而已. 問, '此以西洋法造成否? 自西洋來否?' 答, '西洋人近有出來者, 方在此, 而不會漢語故, 亦不出見. 其人來時, 持此酒來.'云. 問, '西洋葡萄, 比中國葡萄如何?' 答, '顆大而長有寸餘者, 味勝中[338c]國, 以此釀酒, 可數十年不敗.' 茶罷, 余辭出, 以一寸長千里鏡贈之. 出屋門, 問, '此但有屋, 而無天主堂乎?' 答, '未及建. 方營建而像設, 姑安於中門內屋.' 引余入看, 四壁之畵, 一如西天主堂. 堂[3]中作女子抱子狀, 乃天主之母抱天主像也. 南邊畵一人, 狀貌甚偉. 問之則, 答聖人像, 不可知也. 費隱叩頭拜禮於畵前, 口中低聲念念. 且念且拜, 自後門又出西洋人二人, 隨而拜跪. 念聲時, 每以手指指鼻, 未可解也. 出門而費隱方作別.

還入至趙華家, 先使正叔通之, 趙華已出, 立門外待之. 迎入西邊室, 過前日所見客室, 而深入也. 楊[338d]澄亦來到, 鼎坐炕上, 置卓于中置筆硯. 俄而趙華之子入來, 坐趙華之旁, 名國壁, 字思蘭, 年二十云. 歸館, 日尙早. 甲軍輩皆喜曰: "今日早早廻來, 可喜." 是日大人作呈文二道, 欲呈禮部. 一則以方持方表, 辭上下馬宴, 一則書送前代謚號, 以防議謚時疊出也. 余作書於費隱, 送一束紙一扇, 且以一束紙一扇送郎哥, 使費傳致, 且求葡萄酒少許, 送小甁付王從仁送之. 夜往副房, 書狀亦來. 共射韻, 至夜深而還.

◇ 1720년 10월 11일

[338d]十月十一日, 甲辰, 晴. 朝, 王從仁, 受費隱之答書以來送, 葡萄酒一甁, 以靑琉璃甁貯, 送納于大人. 共酌小盃, 味冽而不甚醉. .

3) 당(堂): 원본에는 '당(當)'으로 되어 있는데, '당(堂)'의 오자가 분명하여 바로 잡았다.

◆ 1720년 10월 12일

[343c]夕, 作書於西洋費隱, 謝葡萄酒, 送各色扇子紙十五丈·墨三丁·煙竹一介·鰒魚·紅蛤少許, 求鼻烟, 及西洋韭種, 使王從仁傳之.

◆ 1720년 10월 13일

[343d]十月十三日, 丙午, 晴. 王從仁, 持西洋費隱答書而來. 言, "韭種, 新者尙未到, 陳者, 已告竭, 不能應副. 鼻烟容改日, 遣价賫呈, 郎先生許所送物已傳, 致其原謝刺竝付上."云云. 其刺小紅紙, 上書'領謝', 下書'郎石寧拜'. …〈中略〉… [344a]費隱送人致書, 送西洋費烟一盒, 竝角盒夜香花鼻烟一封. 來人言, "費方往暢春苑, 而作此書付渠傳之"云. 以一扇, 紙一束, 給來人, 作答送之, 言, '郎先生竊願一見, 若或入城, 須通于吾.'云.

◆ 1720년 10월 16일

[349b]至東華門外大街, 風漸歇. 余言 "余欲看天主堂, 你須先去." 遂入東巷, 至天主堂前. 問費先生在否, 門者言, 今日往暢春苑云. 遂還出往趙華家.

◆ 1720년 10월 18일

[351d]十月十八日, 辛亥, 晴. 朝, 作書於西洋費隱, 付. 問郎石寧之來否. 且使邀來送鑷子一介. 答書言郎, "尙在暢春苑, 明日欲出暢春, 當言于郎, 使於二三日內入城, 入城則郎通."云.

◆ 1720년 10월 20일

[356b]十月二十日, 癸丑, 晴.西洋人戴進賢·費隱來上房. 余卽進去同話, 俄[356c]副使·書狀亦來會. 費見余言, "昨者虛枉驚感." 浙江貢生吳煜, 亦隨來. 余書示煜, 則轉示戴, 依其言書答, 余問, "郎石寧何時入城?" 答, "在皇上所, 皇上每使之畵圖, 不得暫離."云. 問, "頃日吾往天主堂時, 西洋人一人新到云. 九萬里海路決無獨來之理, 同來者何往?" 答, "商賈船, 每歲往來, 修道一二人, 每歲出來. 而船商賈買賣於廣東·廣西地方, 而還歸."云. 問, "買賣何物?" 答, "但載西洋銀子而來, 買人參·白絲·錦段·茶葉等物而去." 問, "修道人來此者, 或有還歸者

乎?” 答, “來時發願天主之前, 願行教化, 永別家屬, 更不廻去.”

問, “天主堂宮殿, 如[356d]是壯麗瑰奇, 西洋人所用, 亦極華美. 此處料祿俸錢, 能辨此乎?” 答, “皇上賜廩, 而我輩皆不受. 造殿物力, 及日用所需, 皆以西洋來的銀子買用. 年年西洋商賈船, 來時多寄銀子, 此自足用, 不籍此處之物.”云. 問, “諸位在西洋時, 有妻子乎?” 答, “修道人, 元來與童子一樣, 我們倣無妻子.” 問, “西洋海路程道, 旣是九萬里, 則幾年來中國乎?” 答, “若遇順風, 或半年來泊廣東, 或有一二年來者, 不可期限.”

問, “頃惠葡萄酒, 味極淸冽, 此能治病乎?” 答, “大補氣血, 養精長力.” 問, “釀法如何?” 答, “須九月內, 收極熱葡萄一百斛, 用細羅布做成帒, 濾出淸汁. [356a]然後放大鍋內, 煮收一半. 每一斛, 加上好滴火燒酒一斛, 入鐔內藏, 過一年後, 取看顏色卽成.” 問, “西洋天文書, 有以漢字翻出者乎?” 答, “俱在皇上內庭, 不可輕易取看, 今我輩推測, 皆在西洋時習學, 工夫已成然後來.” 費隱以西洋各物, 進三使臣及余, 地圖八丈·天文圖二丈·西洋書四卷·西洋畵六丈·鼻烟盒·路鏡·西洋香等物, 獻大人. 推步書一卷·西洋畵三丈·手巾布等物, 與余. 副房·三房, 亦有所送.

大人使廚房設饌相待, 以壯白紙·扇子·筆墨·丸藥·銀粧刀等物, 答禮兩人. 副房·三房, 亦皆答之. 費言, “頃日李進士先生, 多有所[357b]惠. 且屢顧鄙處, 故敢來進幣, 此所贈, 不敢領答, 薄物安足辭, 尊旣有贈, 豈可無答耶?” 余言, “頃日所示, 西洋禽獸·魚虫·草木畵, 大人欲見之, 未可借送耶?” 答, “明日當送.” 隨來浙江人序班, 亦給扇紙. 答, “一介寒儒, 一見蒙賜, 可感.” 戴·費皆辭出, 余送至外門而還.

◇ 1720년 10월 21일

[357c]午費隱送葡萄酒一缸, 及西洋卵甁二十塊·橙實·桃李·雜色煎四器, 味極香甘. 咨官尙未發, 大人以餠[357d]及果·煎, 略送于領相, 使咨官往傳之. 西洋禽獸魚蟲畵一冊, 西洋城地人物畵一冊, 天主堂各樣畵三冊亦來. 而來人言, 此冊曾前不出天主堂外一步地, 老爺要見故送來. 必於今日內, 立待看後還持去. 大人使譯輩言, 今日決不可盡看, 明朝當早送云. 以海參·紅蛤·全鰒·糯米答之.

與陪大人, 細翫其畵. 筆法儘精妙神奇, 物物酷肖生者. 且雖微細之物, 如蝶蜂之屬, 必畵數十種. 如粉蝶·繡蝶·蜜蜂·壺蜂, 種種形色, 各爭毫分異同, 而必窮其類之數. 觜眼鬚眉, 各極其態, 不設彩, 不書名, 而一見知其了然爲某虫某獸. 猝然開[358a]卷, 虫魚蠢動飛走, 如可手掬. 每畵之下, 以西洋字, 書其名字·性情, 而不可解矣.

城池制度, 亦奇異, 或六稜, 或八面, 或水裡, 或山上, 隨地形而築城. 城內人家鱗鱗, 街路井井. 畵僅二尺, 而若登高俯視. 滿城人家, 但見其瓦甍. 盖以墨之濃淡, 作明暗隱顯之色. 能令人看, 作遠近高低之狀, 人工之妙可奪造化. 天主堂制度各異, 有百餘形狀, 不可盡記. 大抵多簇立楹, 壁多設虹門, 上不覆瓦, 或平或圓, 層層積累, 多用甃石矣.

◆ 1720년 10월 22일

[359a]十月二十二日, 乙卯, 晴而暖. 朝, 李樞言于通官, 則答, "李進士一出門, 必遍踏城內外, 若遇大臣宰相, 則李進士雖無所妨, 而吾輩或有責. 且君是堂上官, 亦不可無故出去." 甚有持難之色云. 遂以鄭泰賢幇金振泌, 不言于通官輩而送之. 余則別與王從仁, 同汲水出. 提督奴張奇索紙許之, 遂導余出門. 才出衚衕, 甲軍一人, 從後來言. "通官有言不可去." 遂執鞚回來. 未及館門, 提督奴, 鞭其甲軍, 使余還出, 遂往東天主堂. 門前有太平車問之, 則西天主堂蘇霖來云.

入門而[359b]費隱·蘇霖皆出迎, 延入坐定進茶. 余來時, 携昨日所送西洋畵冊五卷而還之. 蘇霖問大人安否. 旁有一人尖鼻鬍鬚, 亦西洋人, 問之, 則今年來中國, 故不能通話云. 俄而又有一人入來, 同蘇·費坐, 問之, 則亦西洋人, 在此堂內, 姓名羅懷中. 吳煜, 亦在座服事. 費·蘇兩人, 恭虔若下官. 問, "君是貢士, 何故在這裡?" 答, "西洋先生請來置幙, 若記室."云.

且以二扇送余, 使獻大人, 一書〈減字木蘭花〉, 一畵指頭畵山水. 費隱出示一書, 乃抵余書而未及送者也. 其書問, 三使臣職名姓名, 故皆書示之. 費又出一畵, 言, "是郎石寧送余之畵." 以[359c]厚紙畵小狗, 剪紙但存狗形, 側立地上, 猝見如生物. 且出地圖, 問東國路程, 遂書自通州至冊門之路, 一一按驗. 地圖盖費隱, 隨穆克登往義州, 且往寧古塔歸東邊地圖, 而皆書淸字, 不可解矣. 又出一畵帖, 皆畵西洋山水·樓坮·園林, 而筆劃精細, 若秋毫之末. 問這畵是印的, 答是陰陽銅板印的云, 又可奇異.

一畵花木中有石假山. 高數丈, 而上顚湧水二三丈, 四散如珠如霧, 亂洒於花卉, 若細雨輕霖. 又有石坮銅盤數十層, 若塔狀, 其下平地繞塔, 有四龍頭, 水自龍口, 湧起數丈, 落於坮要銅盤, 而其水却自塔顚之傍, [359d]湧出射天, 折而下散, 落於十層銅盤, 若罩輕縠.

又有水自三層樓上甍顚而出, 細布簷端而下, 四面作水簾. 又有浴室, 水自屋樑散下, 若細雨, 室中作人浴狀. 問, "此是何法?" 答, "此畫, 乃西洋大家花園內戲法, 種各樣花卉, 設各樣奇巧之事, 或作水機, 或激流泉, 件件不一. 其下設機, 自然湧出. 水自遠來者, 其勢益大."云. 以余目睹者, 八里堡佟家墳園裡水器, 能以一筒水, 湧起十餘丈. 西天主堂, 以小井水, 引地中百餘步而湧出, 用此機巧於川溪潭池源大之水, 無怪其千變萬化也.

又出一畫, 乃畫西洋人屋. 屋皆作二層, 多不[360a]覆瓦而平, 其顚間間作門. 一屋, 或數十間, 費言, "屋制, 四面看之, 皆如此."云. 又出西洋卵餠, 及西洋酒待之. 余以雪花紙十丈·紫金菱花三十丈, 與費而辭出. 三人皆送至門. 余再入天主殿, 更細見障畫, 問有兩翼者, 則答是天神. 蘇霖言, "人人皆有元神, 形相不同. 人雖不知, 神自守身, 亦此神之類."云. 出門而兩人握手作別, 甚慇懃.

…〈中略〉… 大人以郎石寧畫狗, 立置于卓上. 諸裨譯人入門, 猝見者, 直以爲生狗, 迫視後, 方知其畫, 遂以其畫立于地上, 招寺中僧狗, 視之狗, 輒直前撓尾來嗅畫狗, 恐其咬傷, 逐輒更前.

◆ 1720년 10월 24일

[363a]食後西洋蘇霖·費隱又來. 余往上旁同見, 欽天監官孫爾蕙·邵雲龍, 亦隨來. 余書示, "數日之內, 又復來臨, 深荷厚情." 兩人皆能看解, 而不能書, 如前替孫爾蕙答曰: "聞得大人之事已完, 皇上下優旨, 我們聽知, 甚是欣喜. 因大人起身日近, 故特來相送." 蘇霖以自鳴小鐘·千里鏡·黃膏·黑膏, 各三四丁, 膏藥名得利雅啤者一盒·日影公晷獻大人. 以七克三卷·坤輿圖二卷·天主實義二卷·呂宋果三箇[363b]贈余. 長安多亦以地球圖八丈·天文圖二丈·西洋畫七丈寄余. 蘇霖又以西洋卵餠三器, 分饋三房, 各四十介, 新軟比前來者尤好.

自鳴鐘, 比拳稍大, 而制作精奇. 日晷亦精妙, 但以西洋字書十二時, 不可解. 黃膏·黑膏, 付於諸般毒腫云. 其狀似彩黑丁, 得利雅啤如黑湯, 脾胃不和, 霍亂·胸痞等疾, 皆服之云. 俄而副使書狀, 皆來見, 亦以書冊·呂宋果, 贈余之數贈之. 盖自鳴鐘·千里鏡, 再昨余見蘇·費, 言, '欲得故送來也.'

大人使鄭泰賢傳言, "多惠貴物, 雖感厚意, 心甚不安." 答, "大人們與我們, 相與情親, 曾前厚受賜物, 迄今銘感, 我們[363c]無可廻敬. 雖有微物數件, 不甚要緊, 所重者, 書數本, 諸大人廻家後, 漫漫細看, 自多妙處." 余亦書, "多多送與, 何以爲謝, 心裡甚是不安." 答, "微物略表寸心, 情深不在物也."

余問, 自鳴鐘·日晷所書十二時字. 答, "此非十二辰, 乃一二三四字也. 丑一正二, 寅三正四, 卯五正六, 辰七正八, 巳九正十, 午十一正十二, 未一正二, 申三正四, 酉五正六, 戌七正八, 亥九正十, 子十一正十二. 其書以十一·十二各爲一字." 問之, 則以十二爲成數, 如中國之十數, 自十三更數爲一矣. 以丑·未起於一數, 而不起於子午者, 定一陽起於子之半. 子之[363d]初, 猶屬於陰, 不可起一數. 至于正, 方微有一陽, 可起一數, 而一時分陰陽不可, 故以丑初爲陽之首而爲一, 未初起一亦然矣. 其字有楷有草, 極簡便易書.

再昨, 余往天主堂時, 指石刻日影, 請印去. 蘇言, "此表, 側立四十度, 不可用於朝鮮. 朝鮮則當用三十六度."云. 是日, 指所持來日晷曰: "此是公晷, 普天之下, 俱用得." 盖以銅作半月形爲圓圈, 四分之一刻九十度, 此以周天三百六十度, 分爲四破也. 以此側立爲柱, 又以圓圈, 加於柱上, 隨意高低, 各隨其地之度數. 圓圈上, 刻十二時, 當中立表, 以測日影. 盖北極出地諸處, 度[364a]數各異, 我國則北極出地三十六度, 故如是耳.

此贈之物頗厚, 亦不可草草償之, 欲於後日寄送. 問, "西洋餅, 以何物造成?." 答, "以白麵·白糖·鷄卵造成."云. 問, "西洋國王, 亦有革代之事乎?" 答, "有之. 今是四葉, 與中國皇上一樣矣." 問, "子子相傳乎?" 答, "然." 問, "無子, 則若何?" 答, "無子, 則取同姓立之, 不立異姓."

大人書問, "星曆諸書, 欲買去而難得." 答, "此書不敢賣, 不但中國人不敢買, 雖是我們外國人也, 不敢買. 中國人不敢賣, 西洋人亦也, 不敢送."云. 盖星曆之書有禁, 自劉基始其法, 尙行於淸也. 夕時辭出, 余出送中門. 蘇霖言, "中國之規, 送[364b]人出門, 而朝鮮之規, 但立炕而送之. 老爺不必送出." 余問, "西洋之規若何?" 答, "如中國規, 亦出門送人."云.

◇ 1720년 10월 26일

[365b]十月二十六日, 己未, 晴寒. 來此後初寒也. 大人使乾粮辦出各物, 送蘇霖. 白綿紙十束·玳瑁·銀粧刀二柄·青黍皮十丈·倭菱花一軸·馬障泥二部·筆十柄·墨十笏·淸心元十丸·大小匣草二十五匣, 爲報自鳴鐘·千[365c]里鏡·日

晷之贈也.

早飯, 余與鄭泰賢, 同往宣武門內天主堂. 是日寒凜, 而風沙塵滿, 道極難行. 余衣厚裘猶寒, 而見道上人, 多是薄衣無綿而無寒色. 風逆而塵撲面, 雖六七歲兒童, 亦皆不瞬. 此皆恒習而能耐也. 至天主堂, 使人通之, 邀入前日所坐. 房裡蘇霖·戴進賢·張安多三人, 及他西洋人三人皆來會. 其中一人, 眼睛如碧珠, 碧珠之內有白圈, 白圈之內有瞳. 人鬚髥鬣大卷曲, 而色眞黃, 相貌極怪異.

使鄭泰賢通話於蘇言, "昨者枉顧, 兼惠珍異之物, 多謝多謝. 略將薄物, 以答盛意." 出所持來, 各物與之. 答, "吾之所贈, 不[365d]過畵紙玩目之具, 而今所贈, 如是着實, 有不敢受." 余言, "些少之物, 安足辭? 君居極西, 吾在極東, 天緣相逢, 各以其土物, 相贈遺而已, 何論多少?" 蘇卽受置. 又以壯紙二束·大小烟十二匣·鑷子一介, 贈戴進賢. 贈張安多, 亦如贈戴之數.

大人使廚房作我國甑蒸米餠二盒, 送來贈之. 諸人各喫少許, 皆云好好, 以西洋餑餑盛二盒還之. 來時携自鳴鐘, 問蘇曰: "此鐘不能善運, 且不能隨時而鳴. 請修治而去."其中一人言, "渠在西華門外天主堂. 再明若來其處, 當以此鐘, 破視裡面, 且告妙理."云. 余約以再明往見, 問其姓名, 則杜德[366a]美云.

余以文字書問, "自古皆言周天, 三百六十五度四分度之一, 而今西洋之法, 去五度四分度之一, 但用三百六十度. 然則中國數千年曆法, 皆誤耶? 西洋不通中國之前, 造曆·置閏·節氣, 皆不差爽, 何也? 五度四分度之一, 有剩餘, 故參差不齊, 贏不足生焉. 此所以有氣盈朔虛, 而置閏月者也. 「堯典」曰: '朞三百有六旬有五日, 以閏月, 定四時成歲.' 然則, 「堯典」之言, 亦誤耶?" 欽天監官孫爾蕙, 以余所書示戴進賢, 聽其言, 而書示曰: "西洋之人, 竝不知中國曆法, 亦不知堯典. 但在西洋時, 測候天象, 度度究覈, 毫分不差, 則恰爲三百[366b]六十度, 更無一分餘剩. 測候之法, 極精細, 如數手中念珠, 萬無一誤. 且以三百六十度, 造曆法, 驗之于天象, 則日月食及五星躔度凌犯, 如合符節, 無一不中. 以中國法五度四分度之一算之, 則日月食多不中. 或當食不食 或不當食而反食. 西洋之法, 上算過去千年, 下算未來千年, 皆知某日日食, 某月月食, 時刻不差. 至於五星凌犯亦然, 此豈非三百六十度, 眞正無疑之明驗耶?"

余又問, "日月食, 皆係天變, 人君修德, 則或當食不食, 政事昏亂, 則日食數見. 是以孔子作春秋, 必書日食以爲大變. 盖人事之善惡, 有以感而[366c]致之, 至於五星淩犯亦然. 若如君言, 則日月食五星淩犯, 自有一定年月日時, 此不定爲天變乎?" 答, "日月食五星淩犯, 自古至今, 皆有應行年時, 竝不爲天變, 不干人事."

余又問, “二十八宿, 漸漸移度, 宋時人測候言, ‘虛危之間, 爲子之正中, 張三度, 爲午之正中.’云. 星宿比上古, 已差東矣. 卽今, 則危三四度, 爲子之中. 然則此後數千年, 二十八宿盡爲易位耶?” 答, “二十八宿, 隨黃道, 每年往東行五十一秒. 自宋時至今, 年代久遠, 自然與前漸遠.” 余又問, “上古時, 以十二方位, 配二十八宿. 定其神名, 如子鼠·丑牛之類是也. 十二方位[366d]不移, 而二十八宿漸移, 然則十二神名, 亦隨而變耶?” 答, “上古以來, 支干相配時辰. 十二宮名, 一定不移, 仍以子鼠·丑牛爲號, 竝非以星宿爲準則.”

余又問, “子當虛日鼠故爲鼠, 丑當牛金牛故爲牛, 寅當尾火虎故爲虎, 卯當房日兎故爲兎, 辰當亢金龍故爲龍, 巳當翼火蛇故爲蛇, 午當星日馬故爲馬, 未當鬼金羊故爲羊, 申當觜火猴故爲猴, 酉當昴日鷄故爲鷄, 戌當婁金狗故爲狗, 亥當室火猪故爲猪. 十二神名莫不皆然. 而卽今則子當危月燕, 子之神變爲燕, 而丑當女土蝠, 丑之神變蝠耶? 且昏星漸移, 則東方蒼龍七[367a]宿, 角亢氐房心尾箕, 當移入於南方, 南方朱鳥七宿, 移入於西方, 西方白虎七宿, 移入於北方, 北方玄武七宿, 移入於東方. 然則天地四方, 都易位耶? 子午正針, 土圭南北, 亦隨天而變耶? 此等處, 甚多可疑, 願一一示破.”

孫爾蕙持余所書, 遍誦與戴·蘇諸人, 半晌相議, 有茫然難對之狀. 末乃書答曰: “二十八宿, 隨四季行走, 方向不一. 每年星行五十一秒, 其子午正針, 一定不移.”云. 而其言甚不明白. 盖西洋人, 但以其法, 測候而已, 元不推考中國曆法, 與之辨詰同異, 亦不解中國天星時辰名目, 故猝當余問, 皆語塞不能答. 欽[367b]天監官二人, 亦不能深解天學源委, 但一遵西洋人語, 而翻以漢字造曆而已, 故不能盡解西洋之術, 而參究中國之法也. 諸人相顧, 屢稱他的狠明白, 狠者方音甚也.

余又問, “古者聖人, 以中國之地, 上配二十八宿, 名爲分野. 春秋時及漢唐以來, 以分野占星, 其說多驗而不差, 不可爲非矣. 星宿漸移, 而中國之地一定不移, 則北京箕尾之分, 南京斗牛之分, 亦皆移入他宿之分. 分野占驗, 則却依舊不變耶? 抑以卽今移入之分野, 而占之耶?” 孫爾蕙書, ‘西洋先生, 但定新法測候不差, 其分野之說, 未究也.’云. 恨不與中國知[367c]天學者, 相問答以破此疑也.

余又問蘇曰: “前惠自鳴鐘, 不能隨時鳴鐘, 此有病而然耶?” 答, “如此小者, 只可看玩, 不可知時. 凡自鳴鐘, 愈大愈好, 大者甚貴價, 或至三四百兩.”云. 因出示一鐘, 高廣二尺盧, 以金銀粧餙四面, 以玻瓈作窓, 透視裡面. 制作精工, 珍異輪機甚錯, 比我國自鳴鐘倍焉. 左懸銀鐘, 右懸銀磬, 十二若鱗甲. 時至, 則次第擊十二磬, 一磬才了, 又擊一磬, 其聲清越, 若奏樂磬而擊鐘. 鐘則隨時, 異其數矣.

卓上置綠色玻瓈片數十, 厚四五分. 問, "此何用?" 答, "磨切作各樣器用, 瑩而堅, 不似琉璃之易破." 問, "造與琉璃[367d]同乎?" 答, "造琉璃甚易, 而造玻瓈難. 以軟土石末, 各種數十件合成, 甚難凝合." 問, "磨潤, 用何物?" 答, "以細沙磨訖, 以木賊潤之, 則自生光矣."

辭出, 見左邊屋新成, 而北壁門開, 而有犬露面門扉. 引頸窺外, 諦視則元無門焉, 但畵門扇於壁, 作半開狀. 而畵狗其下, 筆畵塗抹, 甚不精細, 而近視則畵, 却立十步外, 則分明是生狗. 門扇之內, 甚深邃若暎, 見一邊壁, 尤可怪也. 問之, 爲郎石寧畵云. 其人所長, 似是畵狗也. 諸人出送于門外, 歸館, 日已暮矣.

◇ 1720년 10월 27일

[368c]蘇霖送人以假寶二封, 各十餘枚, 送大人及余. 若紅鸞而無用處. 且以地球圖, 送于朴泰重, 上面書'瓢老爺收', 誤傳於書狀. 書狀與副使, 適來上房, 一場大笑. 盖我國方言, 以瓢爲朴, 因此而此處人, 却以朴姓爲瓢, 極可笑.

◇ 1720년 10월 28일

[369b]再昨與西洋人杜德美相約, 故早飯, 與鄭泰賢出門, 王從仁 · 正叔 · 萬億從焉. …〈中略〉… [369b]至天主堂. 堂在宮城之外, 宮墻之內, 西華 · 西安兩門之間. 守門者見余來, 卽出迎入, 杜德美預言之也. 入兩門, 守者入[369c]西邊客室, 請坐椅子, 卽入通西洋人.

室中四壁, 多掛西洋畵及地毯圖. 一簇畵人馬戰爭之狀, 而弓甚長, 矢鏃如鷹舌, 馬皆絶大. 南壁掛玻瓈大圓盤, 中以黃金作雲峯墳起寸許, 制度珍異. 炕上置三繡茵, 朱紅椅子十餘座, 皆掛金絲繡龍被. 當中置大銅爐, 經四五尺, 熾炭其中, 其暖如春. 俄而, 西洋人四人出來揖, 余坐炕上, 渠皆坐椅子. 亦揖鄭泰賢, 坐炕下主壁椅子, 盖此處對客之道, 尊客則必坐以炕, 雖敵已以下, 必使主壁, 主人坐客位. 問, "杜先生在否?" 答, "再昨自南天主堂還, 卽得病方臥, 不可出來." 問, "可就見臥內否?" [369d]答, "不能起坐, 不可見."云. 又有一人入來, 面麻眇一目, 浙江貢生楊達也. 天主堂三處, 皆有浙江貢生, 以通筆舌.

問西洋四人姓名, 一白晉, 一雷孝思, 一湯尙賢, 一殷弘緖. 四人中殷之相貌, 甚豊盈魁偉, 和氣滿面, 不似西洋人. 使鄭泰賢通話, 而西洋人漢語甚齟齬, 多未曉. 余要筆硯, 一人出鼻烟與之. 盖筆硯 · 鼻烟, 漢語同音, 鼻當急, 筆有餘韻, 而余話亦口生不能了了故也. 余言, "寫字的筆硯." 其人大笑. 使從者拿四具置卓上. 盤龍硯石, 制度奇異.

余書, "極東極西之人, 相逢於此, 當是天緣." 雷孝思, 使楊達書答. "此番幸會, 俱有[370a]天主深意. 我們人類, 俱係天主所生, 四海盡屬弟兄. 相去數萬里, 亦弟兄也." 余答, "'四海皆兄弟'云者, 誠確論. 先儒言, '民吾同胞, 凡天地間, 圓首橫目之民, 皆吾同胞兄弟'云. 不別西海東海, 但貴一介, 心相友愛." 四人見書, 皆點頭.

余問, "湯先生, 或湯若望之同宗耶?" 答, "不是, 與湯若望, 非一國之人. 盖西洋有三十餘國矣." 又問, "諸公之姓名, 在西洋時, 亦如此乎?" 答, "在西洋時, 別有姓名, 而一姓或三四字, 且不與中國字相同. 故來中國後, 各定姓名如此."云. 白晉言, "曾與穆克登, 往見長白山, 見朝鮮地方. 朝鮮亦有大城云, 未知見何[370b]城也." 且問, "自登萊往朝鮮, 海路多少如何?" 答, "不能詳知, 而不過二三千里." 問, "有舟楫往來者乎?" 答, "山東漁採人, 多往來朝鮮海邊." 問, "山東海亦多漁採處, 何以往朝鮮?" 答, "山東海無海參, 朝鮮海中, 海參甚大, 故多往漁採." 其人但首肯而已.

湯尙賢, 言于鄭泰賢曰: "吾們欲出往朝鮮, 作天主堂, 使天主之教, 無遠不行, 可乎?" 盖問海路, 亦有意也. 鄭泰賢答, "此係於我國朝廷, 非我們所可遙度. 但此處皇上能許諸先生出去乎?" 答, "我們元不受官於此處, 但爲行教以來, 行止隨意, 大西洋·小西洋·中國·外國, 無處不可往. 皇上亦不照[370c]管我輩之來去矣."

前此西洋人, 雖不明言東出, 而每問我國路程, 多有欲往之意. 盖其人品雖詭異, 而甚高潔, 有厭薄此處胡俗之意, 見我國人衣冠文物, 有艷慕之色. 曾見蘇霖, 問"在西洋時, 亦剃頭否", 答"來此後剃頭, 國俗如此, 我輩亦不得免"云. 因捫其頭, 頗有愧色. 西洋人, 與佛僧爲仇讐, 亦嫌其與僧同也, 以此亦可推知矣. 然我國萬無接住之理. 且久居我國, 洞知虛實, 而還出則亦有可慮. 故我每推託示以不可出來之意, 而斬斬猶問路程, 亦可悶也.

俄而進饌, 連進猪·羊·鷄·鵝雜湯六七器. 下箸數三, 從者輒更進一[370d]碗, 而味極珍濃, 來此後初喫也. 又進葡萄酒三鍾, 味勝前飮者. 余連飮二鍾, 而亦不甚醉. 入口爽然, 入喉薰然, 其味不可形言. 瓊漿玉液, 想無以加此矣. 又進餠四五種, 亦有前見卵餠, 而霜花唐餠之屬. 皆軟胞可食. 又進魚湯之屬三四楪, 鷄卵湯·羊猪髓湯, 進進不已. 又進白米飯, 意以爲饌止此矣. 從者以大俎, 盛全體熟猪二首, 熟鵝二首, 以刀簿割片, 連續置前. 味皆濃軟, 余言, "已胞不可再喫, 請勿更進." 答, "不必多喫, 但少嘗無妨." 食訖進烹猪湯, 盖代飯後水也. 余喫淸茶來連喫數鍾.

諸人却請, 余往看天主堂. 遂同出迤西, [371a]過屋數重, 入天主堂. 其大微不及宣武門內之堂, 而制度略同焉. 深邃明朗, 如入別世界. 珍異之物, 不可勝記. 主壁高處, 畫天主堂, 棟樑交錯, 掩暎高深, 廉角側轉, 如可隱身. 最可怪者, 圓柱簇立, 中高邊殺, 圓體分明, 如可抲抱. 畫天主, 側臥雲上, 手撫大珠狀. 鬚髮鬆然, 眼光照人. 其珠大如人頭, 而靑色炯然玲瓏, 若琉璃水晶, 透見一邊, 設彩之神奇, 不可解矣. 天主之下, 畫五人, 竝立仰視天主, 而額蹙眼瞪, 眞如生人, 如可摸捉. 前置花梐大卓, 錯以白玉瑠瑪炯潤, 照影天主畫之下. 壁貼玻瓈方鏡, 而色黑而明, 若透視壁外, [371b]深十餘丈者然. 鄭泰賢以爲壁外又有天主堂云, 可笑.

西邊畫天神, 有兩翼而以足踏一鬼. 四稜鐵槍, 舂其頭, 勃勃如生身, 不貼壁, 槍稜墳高, 如刀刃向外, 極可怪. 余問殷弘緖, "這鬼何物?" 答, "鬼有餓鬼·飽鬼二種, 此是飽鬼."云. 卓下有西洋錦十餘疋, 一一出示. 錦長二丈餘, 廣倍於大緞, 皆作如畫綃機, 而加錦其上. 一用銀絲織成, 以金絲爲花紋. 其紋有高有低, 高或寸許. 金疋, 不用一絲, 直以金銀, 細鍊如髮, 而合紋織之, 以其極細故, 却柔軟如蚕絲. 又有紅白雜織錦, 而厚如我國試卷紙. 各色錦, 皆以金銀絲垂邊幅, 若馬鬐[371c]焉. 東邊有小門, 開門則卽房子, 而器玩珍寶, 眩耀怪奇, 玻瓈大方鏡, 方四尺許, 黑黯如漆, 光照一室. 水晶雕龍, 玲瓏燈檠, 長五六尺, 如氷雪堆壁, 他不可盡記.

西洋人, 導入南邊, 方委曲行出一門, 却是天主堂東門也. 行過一屋門, 一人自門出作禮邀入, 亦西洋人. 鬚眉皓白, 擧止寬裕, 問名則巴多思云. 言有病不得出待尊客. 屋內鋪花文膩石, 光潤如鏡. 卓上置水晶甁·琉璃葫蘆·靑鸞甁, 高二尺. 壁上掛自鳴鍾, 方打未時鍾. 盖西洋畫及自鳴鍾, 每屋有之, 而制度各異. 使鄭泰賢問答寒喧. 左邊有西洋鵝翎筆, 巴多思要余[371d]書字. 余却以西洋法, 從左房, 行書西洋字, 一二三四至十二字. 諸人驚怪稱奇, 巴又自書草書數行以示曰: "此是西洋草字, 須學習久久而後可書."云.

還出客室, 前引入北邊屋. 北壁上扁'荷龍光'三字而塗金. 畫大如椽, 下書賜巴多思, 乃皇帝筆云. 屋中方褙西洋畫屛一貼, 方二丈半, 大畫西洋山水·城郭·人物, 筆法奇壯, 所褙之紙, 乃我國壯紙也. 又引入東邊屋, 乃藏書所也. 四邊設架, 積西洋冊萬餘卷. 大者方四五尺, 小者董一寸餘, 皆以皮爲衣. 冊葉單而不摺, 以絲縫合冊後, 字與畫, 皆銅板印出云. 而畫如毫髮, 愈看愈[372a]分明. 出大冊三卷, 示之曰: "此是西洋本草." 乃南天主堂所見者也. 更細看, 則一獸皆畫數個,正面·側面·行坐之狀, 各極其態. 又畫其臟腑骨節於其旁, 雖微細之物亦然. 其窮極物理, 到底精確如此.

出門見客室, 西邊屋上懸五鍾, 而桴自擊之, 其聲響喨殷屋. 余來入見, 屋中諸人引入. 壁上高處, 安大自鳴鍾, 方五尺輪機甚錯, 倉卒不能究竟. 鐵索繫於輪機, 回轉低昂, 索一端上出屋上, 引桴擊鍾, 其數隨時各異. 諸人又引還客室中, 卓上之饌已撥, 與從者, 更排各種果實二十餘器, 以待之. 坐定又進葡萄酒, 余言, "俄者所喫, [372b]已極過多, 何必又如是哉?" 答, "飽後喫諸果, 飲食易消. 不必盡喫, 但略嘗各種."云. 山査煎·梨煎·櫻桃煎·橘餅·橙糖·棗糖之屬, 介介珍甘. 指乾葡萄曰: "此是西洋葡萄, 味甚佳."云. 其大如乾棗, 味爽大勝於北京乾葡萄. 余却以紙裹諸乾果五六種, 歸獻大人.

食罷辭出, 殷弘緖以『天主寶義』二冊, 分與余及鄭泰賢. 初到, 以壯紙二束·筆墨·南草送于杜德美, 以玻瓈小方鏡二介·西洋手巾二介·西洋畵二張·西洋紙一束, 答之. 且傳言"自鳴鐘, 今日日晩, 明日當送人持去, 開示裡面云."矣. 諸人皆出門相送, 聞正叔之言, 以其饌饋渠輩, 不[372c]可盡食. 牽馬兩人及韓興五奴, 李世芳奴, 及他驛子五人隨余, 觀光而來, 盡皆飽珍饍, 餘其半而來. 景先以霜花納懷, 其處人大笑. 盖笑其珍饌滿前, 而懷其最賤者也. 路上從者皆言, "今日飮食, 生後初見." 余曰: "不但汝輩, 吾亦初見." 鄭泰賢曰: "略算乾物, 以十兩銀, 不可辦出."云. 盖杜德美, 邀余約日, 而設饌以待之也.

◆ 1720년 10월 29일

[373b]今日, 西洋杜德美, 當送人, 且有感氣. 答, "有身病, 明日當往."云. …〈中略〉… [373c]西洋蘇霖送人, 寄葡萄酒方文, 西洋膏藥用方. 答送之.

◆ 1720년 10월 30일

[374b]至天主堂, 問, '費先生有無.' 門者言, '才往南天主堂, 但有徐老爺, 而不能通漢語.'云. 第使通之, 卽迎入屋中, 卽前日所見者, 相視默默, 極無味. 從者言, "相公稍可通話," 卽邀來, 卽前日解字者, 而亦浙江人也. 稍能通話, 盖與之同處, 熟習而然也. 坐定進茶及西洋餑[4], 以水晶鍾, 酌西洋酒, 飮之.

---

4) 발(餑): 원본에는 이 뒤에 '발(餑)'자가 한 번 더 쓰였는데, 연문으로 여겨 생략함.

余書, '行期不遠, 欲見費先生作別而來, 適値不在悵悵, 費先生回來爲傳此言也.' 答, '費老爺, 往南天主堂, 目下回來, 少待如何?' 余書, '忙不可待.', 問徐之名. 答懋昇云. 問, '天主堂方造建, 財力從何處出?' 答, '皇上給錢粮, 亦有西洋銀子.'

徐懋昇出地圖冊及紙造渾天儀, 以紙[374c]稍作圓圈五六, 周天度數·地平·南北極·黃赤道·日月運行節氣, 各作大小圈, 外圈徑尺餘, 而裡面地形, 堇如彈子. 其人輪轉, 示日月往來, 道以日當冬至而轉于天, 則掠地平南邊, 出地三分之一, 入地三分之二. 夏至反是而行天中. 春秋分, 半出地, 半入地. 一見了然, 洞知天地日月之運, 如可燭照數計. 地平則不動, 而南北極圈, 作來往高低, 方出地四十度, 乃中國所見也. 却縮四度, 言朝鮮當三十六度, 日月之運, 稍異中國矣.

看地毬圖, 西洋去赤道, 比中國尤北. 故問, '西洋當幾度?' 答, '地方甚大, 有四十餘度, 或五十度·六十[374d]度·七十度, 北邊海島, 有八十餘度.' 余以渾天儀, 踶作北極, 出地九十度, 北極正當天中, 以日輪當冬至而轉之, 日輪一周天, 而長在地下, 無出地時. 又當夏至而轉之, 日輪一周天, 而長在地上, 無入地時.

余問, '西洋北邊, 夏至有晝無夜, 冬至有夜無晝乎?' 其人咋舌, 連稱明白, 答, '儘然. 極北地方, 春分至秋分, 有晝無夜, 秋分至春分, 有夜無晝. 西洋地方極大, 晝夜不等, 但以晝言之, 有六時·七時·八時·九時處, 亦有一晝爲一朔之地, 亦有日纔沒而卽出處.'云. 盖尤近北而日長短, 尤參差不齊, 其言其術, 的確無疑, 可以洗萬古管[375a]豹之陋也.

唐太宗北征, 日暮後, 烹羊胛, 羊胛未熟, 而日卽出. 每以此爲疑, 不知其故. 今見此渾天儀, 想其時, 必是春分後秋分前也. 若是秋分後, 則羊胛未熟而日便沒. 當時唐太[5]宗及其後看史者, 皆但以爲北邊夜短晝長, 而實不知春分·秋分之互有長短也. 卽此一事, 可驗其術之不妄亦可知. 天圓地亦圓之說, 眞正無疑也. 曾見〈皇極經世書〉, 言日不過八時, 盖據中國所見而言, 而今有九時·十時·一朔之地, 則邵子之言, 亦非大觀也.

余問, '天之一度, 當地之幾里?' 答, '當一千九百里.'云. 余言, '此貌樣渾天儀, 有銅造者乎?' 答, '有[375b]之.' 問, '有漢字書字乎?' 答, '無有.' 問, '此物旣有銅造的, 此紙造的, 當是當初取樣的, 吾請買去, 以玩天地日月, 如何?' 答, '此是西

---

5) 태(太): 원본에는 이 글자가 없는데, 누락된 것으로 여겨져 보충해 넣음.

洋字, 老爺若欲得此物, 當別作一個, 寫中國字以待須去, 後作一字以寄, 則當奉送.'云. 遂辭出, 其人送至門.

◇ 1720년 11월 1일

[376b]費隱送書, 謝余往別之意, 且問山東海路, 而余答以不知.

◇ 1720년 11월 2일

[376d]費隱送書, 兼送日規小木片, 而且示解看之法, 文未明白, 不可解矣. 日莫未能答, 言明日當送人作答云.

◇ 1720년 11월 3일

[377a]作書於費隱, 送油芚·銀粧刀·壯紙十束·筆十·墨十, 使正叔與王從仁往傳.

…〈中略〉… [377b]夕, 費隱送書作別, 自門隙傳之, 作答送之. 略曰: "蒙此專人賜答, 欣慰沒量, 而況辭語鄭重, 逈出尋常, 不知不佞, 何以得此執事? 只自感戢一見傾盖. 方樂新知, 遽爾分手, 後會難期, 此心怊悵, 非筆可旣. 山川間阻, 雅儀日遠, 幸望, 時因西風, 爲寄聲息."

◇ 1720년 11월 4일

[377b]十一月初四日, 丁卯, 晴.

朝, 使正叔及驛子葛孫, 送書東天主堂竝物. 又作書西天主堂杜德美言, "頃造高[377c]軒, 適値愆候, 終失一面, 悵嘆何極? 未審卽日, 已得痊安. 白·雷·殷·湯四先生, 俱安穩? 末日者之會, 眷待出常, 珍羞淋漓, 情意款洽. 兼以佳貺, 深感盛意, 不知攸謝. 某行期在近, 勢難更投門屛. 馬首東歸, 一心猶懸於几案之間, 西望流悵而已. 無物表情, 略呈土産數種, 零些愧汗. 送花紋席一立·壯紙三束·扇三柄·筆墨各七." 使王從仁之父起鳳往傳之. 提督奴入來, 譯官言之, 而始許出送.

費隱答書云云. "送膏藥三種·地圖五張·呂宋苦果一封·西洋針一封·火柴一封·多鏡一介, 且以錢六百六十文·畵二丈·催生石二介, 分給正[377d]叔葛孫"云.

起鳳回來言, "杜先生初二日已死, 他西洋人, 作答以送."云. 數日間人事, 亦可悲也. 其書云, "下書遠西湯尙賢, 雷孝思, 白晉, 殷弘緖等同頓首." 兼送一人, 持自鳴鐘而來.

其人自言, "是杜先生之弟子, 姓名袁文林. 山西太原府祈縣人, 其父爲擧人, 來北京, 故渠亦隨來."云. 而爲人極精詳明白. 余言, "杜先生, 一見如舊. 遽爾奄忽, 吾心裡甚痛." 答, "西洋人中, 杜先生最賢明, 曉天文曆法, 肚裡極明白. 不幸以中風, 數日不起." 仍泣下且言, "杜先生邀老爺至天主堂, 欲示自鳴鐘裡面. 今持來開示修治, 以成杜先生之遺意."

余與[378a]其人, 往上房, 於大人前, 開自鳴鐘裡面. 其人器械精利, 皆西洋法云. 一一破開輪機, 翻視裡面曲折, 更爲合成. 且言, "西洋先生, 今日盡入闕中." 問, "緣何事入闕?" 答, "今日, 皇上入受朝參, 西洋人同拉兒素入朝參. 拉兒素之話 惟西洋人通之故也. 拉兒素者, 卽大鼻㺚子也." 問, "緣何能通話?" 答, "地方相接故耳." 問, "曾聞拉兒素, 在中國東北. 怎與西洋接境." 答, "元在中國西北, 在西洋東北萬餘里, 去中國二萬餘里." 又云, "他不是朝貢, 只因買賣皮物而來. 自長城外, 蒙古地方, 入居庸關, 宿淸河縣, 而入北京, 一百三十人來."云. 問, "曾前我[378b]國使臣東還時, 拉兒素同行過薊州."云. 偭云. "在西邊, 未可知也?" 答, "其時當適有事, 作路東出."云. 合成自鳴鐘未了, 而門將閉, 使譯輩姑留, 通官少遲閉門, 而甲軍輩突入上房, 大呼拿去其人, 所見極駭惡. 凡禁雜胡出入, 乃軍奴之任, 大人使兵房軍官, 杖軍奴三棍.

通官輩言, "大鼻㺚子地, 女人極稀, 十男共娵一女, 輪番更宿, 法律甚嚴. 或有越次交奸者, 九人共殺之. 生子則不能辨其父, 十人以次第爲其子."云. 盖與禽獸無異, 西洋人亦以禽獸待之, 盖如中國之北狄矣.

◇ 1720년 11월 5일

[379c]食後, 袁文林又來, 同往上房, 治自鳴鐘, 誤折一柱. 言, "明早當送人拿去改送."云. 問, "杜德美死後殮葬之節." 答, "死後二日入棺, 十餘日後當葬. 諸西洋人連日誦經, 至初八日止." 問, "何經?" 答, "西洋之經." 問, "葬何地?" 答, "阜城門外, 西洋人曾多葬在此地. 葬法一如漢人, 不似淸人之燒火. 亦立大石碑以記行蹟."云.

大人待以藥果·燒酒, 且給二扇及壯紙. 其人以小輪日影, 納之而去. 余寄書白·殷諸人弔杜德美曰: "恭聞杜先生, 奄歸冥寂, 驚愕悲慟, 不知所云. 俺與杜先生, 俱以九萬里外, 天涯地角之人, 萍水相逢, [378d]一見如舊. 歡意未闌, 人事遽變, 如夢如幻, 能不愴恨. 感念交情, 爲之一涕. 俺尙如此, 況諸公情同兄弟, 異域相依者乎? 誼當奠卮一哭, 而行期在近, 無由致身, 尤增悲咽."云.

◇ 1720년 11월 11일

[384d]西天主堂殷弘緖等四人, 使袁文林傳書. 且送西洋卵餠二盒·吸毒石二介·鼻烟·畵磁小壺二介·西洋手巾二端·玻瓈方鏡一介. 其書辭簡妙, 不知誰人所代筆也. 袁文林持前去自鳴鐘而來言, "已繕治."云. 遂與同往大人所, 招鄭泰賢問答. "杜先生已葬否?" 答, "初[385a]八日, 運柩出城, 待明春當葬."云. 問, "昨聞大鼻㺚子, 往暢春苑, 皇帝觀其舞云, 然否?" 答, "西洋諸先生, 亦出暢春苑. 皇帝引見鼻㺚, 對坐賜宴, 今番拉兒素上使, 甚知禮貌, 故皇帝嘉之, 待之甚厚."云.

問, "你文筆如此, 何不做八股文章赴擧, 但在天主堂?" 答, "在彼學算數·曆法, 學成亦可做官."云. 且以玳瑁·鼻烟盒, 進于大人. 言, "今日又隨西洋人, 往暢春苑, 甚忙." 仍起去, 以筆墨各三贈之. 且傳頃日所見, 浙江貢生楊達, 欲得扇子, 以一扇給之. 余作答書於殷弘緖諸人曰: "承拜辱字, 辭意款曲. 有逾尋常, 兼以各種珍異之貺, 厚情無窮, 何[385b]敢當也? 只自感佩而已. 恭聞杜先生靈柩已出城, 瞻望揮淚, 愴慟何言. 俺們行期已在五六日後, 如得暇隙, 擬欲再候門屛, 尊駕之光臨, 何敢望也? 來价告忙, 不能一一, 某日某頓首."

◇ 1720년 11월 22일

[393b] 十一月二十二日, 乙酉, 晴.

今日王考忌日也. 大人於異域, 過此日, 愴痛一倍. 朝, 徐懋昇寄書, 兼送紙造小渾儀, 經半尺許, 以漢字書之. 答書言, "承拜辱字, 兼領[393c]渾儀之惠, 感荷聖眷, 不知攸謝. 此物雖小, 可以琓天地日月之運. 歸詑東國, 足揚西學之精妙. 然形小可欠, 大者一座, 若蒙再惠, 尤可感佩. 明春, 我使回還, 幸付寄也. 郎費兩先生, 亦望致謝. 俺們行期在再明明日, 或可進敍爲別."云.

◆ 1720년 11월 24일

[396b] 至東天主堂, 費隱不在, 徐懋昇出迎, 邀坐勸茶, 及西洋糖餠·卵餠三四楪. 前日浙江人亦在坐, 作字問答. 余書, "俺今日回程, 爲作別而來." 徐出紙造渾天儀示之, 比前來者, 大倍之, 以漢字書之方. 半成未[396c]完, 六七日後, 可了工云. 坐旁有沙漏, 極精妙, 其大董一寸, 而中貯黑沙, 極細而硬, 下如針之孔, 而不濡滯, 乃西洋沙云. 壁上自鳴鐘, 小圈數轉, 下垂銅鎚, 東西往來, 一往爲一秒云. 作別出門, 徐亦隨至門外, 握手爲別.

이건명(李健命) 『한포재사행일기(寒圃齋使行日記)』
『연행록선집보유』 上

◇ 1721년 12월 29일

[445b]仍送言于提督及通官, 請往見天柱寺. 屢請乃許. [445c]通官朴得仁·金世倫, 前導出門, 而南從大淸門外紅箭柵前路, 至順城門內天主寺, 門外下馬入門. 中門內有石築高臺, 臺上設渾天儀, 測候時刻. 置陞床于庭中, 坐憩移時, 適當巳盡而午至, 臺上懸鐘自鳴數聲.

由臺傍小門而入, 歷觀天主堂殿閣欄杆粉壁圖畫, 奢麗炫耀, 淸靜奇巧. 殆非聞見所及文字可記. 北壁下龕上有一塑像, 而覆以皀色袱, 未知其何狀. 西洋人麥大成·穆敬遠居在此處, 出來相迎, 請于其所住炕. 進去之際, 忽見南廡壁下, 有一黑犬擡頭猛視, 怳若活動. 前進詳見, 則是畫而非眞. 西洋人畫法之妙, 據此可知. 入坐炕上, 勸以茶漿, 覓來紙筆, 以文字問答.

問, "此距西洋幾里? 何年出來? 此閣造成在於何年? [445d]卽今所業何事"云爾. 則答以 "西洋距中國, 海路九万餘里. 渠輩出來, 已過十餘年. 此閣造成六十餘年. 渠輩所業, 俱係內庭辦事." 又問, "所謂辦事, 是辦何事?" 則答以 "天文曆法."云矣. 給紙扇等物, 而問, "吸毒石有無?" 則卽出六箇而贈之. 請見西洋書籍, 則約以他日覓出送示云. 西洋人浪先生稱號者, 巧於畫法云. 故必欲相見, 而適入闕, 留置紙扇, 以爲還歸後傳致之計. 遂出來, 小憩天主堂, 仍卽歸來館所.

◇ 1722년 1월 25일

[452d] 金震弼歸言, "來時歷[453a]入天主堂, 西洋人送兩枸圖, 故袖來."云.

◇ 1722년 1월 29일

[453b]西洋人送示數卷畫圖冊, 此乃西洋諸國宮室人物, 而多不可曉.

◇ 1722년 2월 14일

[455c] 西洋人送二榼饌·數丈畫, 且送書封及吸毒石·千里鏡等物, 以爲傳送蓮洞進士之地.

유척기(兪拓基) 『지수재연행록(知守齋燕行錄)』

『연행록전집』 38권

◇ 1721년 12월 29일

[38-96]天主堂門內設石臺, 高可二丈餘, 上安日影. 後有天主殿, 殿內安天主像, 覆以皀錦袱. 殿主欄戶, 皆用柒塗木, 作朱白色文, 若異石. 天主像安在彩龕中, 而龕左右皆作金龍攀楹狀. 殿壁四圍, 畵許多天神像, 生氣勃勃, 不類丹靑. 殿之南楹有樓, 上設機, 懸自鳴鐘. 按時自擊, 不差毫分. 又有一機, 若引之, 則笙簧自鳴其中. 而適値主者出他, 不得試. 其結構之奇麗巧壯, 煥爛眩耀, 殆不可以文字勝記. 要之, 雖中國之大, 若[38-97]此類, 必未多也. 西洋國人麥大成·穆敬遠者居之. 其人率皆深目高準, 虯髥長頰. 邀入渠所住房, 床卓倚凳之屬, 亦皆潔淨端妙. 以文字酬酌, 問'此距西洋國幾里? 何年出來〉 此閣造成, 在於何年? 卽今所業何事?' 答'以西洋到中國九萬里, 渠輩出來十餘年, 天主堂造成亦十年, 俱在內庭辦事'云. 又問'所辦何事?' 答以天門曆法'云矣.

天主敎者, 未知昉於何年代, 而自云'只奉天無僞, 斥老佛爲外道'云. 書肆亦未聞有此書, 未審其宗旨法門果如何也.

◇ 1722년 1월 29일

[38-105]西洋國人之居天主堂者, 蘇林·麥大成. 住東天主堂[東天主堂在城內東邊, 而比西天主堂, 壯麗頓不相及云.]者戴進賢來到, 同副使往正使下處接見. 戴姓人, 年最老, 狀貌奇偉, 類有道者. 服色與淸人同, 問'在本國亦同否?' 答以'歸國則用本國冠服'云.

[38-106]西洋人送示其國文字三大卷. 字形非梵非倭, 不可曉. 每葉有圖, 圖畵宮闕·城池·人物·禽獸之狀, 輒用文字, 細書數三十行. 俱用白紙印出, 濃淡淺深, 恰似工描, 纖悉奇巧, 絶非中國所可擬, 而人物禽獸亦多不[38-107]可解者.

◆ 1722년

[38-118]觀象臺在距十方院東墻外百餘步. 臺在城上, 城下有一廨, 名曰'五官監', 卽古欽天監正堂. 扁'觀察惟勤'四大字. 穿過堂前, 由層梯而上臺, 亦有門外鑄鐵作[38-119]柵, 四方皆四五間許. 中安渾天儀, 其形圓而大如瓮. 上刻星宿躔道, 安於交機上, 皆以銅爲之. 隨手轉旋左右, 又有黃黑道. 機定時盤, 而皆以銅鑄成. 竿下或作盤螭形, 或爲交龍狀, 備極精妙. 上刻'康熙癸丑懷仁立法', 此卽西洋國人云. 城上可竝馳七騎, 四望通濶. 俯瞰都居, 甍棟比櫛, 魚鮮戢戢, 茫不可窮際. 北有一樓最高, 左右長廊, 殆累百甍. 望之如塍畝, 云是試場. 西望白塔高聳, 塔後隱約見蓊蔚狀, 云是萬壽山, 令人有黍離之悲.

강호부(姜浩溥) 『상봉녹』

『연행록선집보유』 下

◆ 1727년 12월 29일

[173] 도라올 길희 셔양국 텬쥬당을 구경ᄒᆞ라 갈 ᄉᆡ 남으로 힝ᄒᆞ야 태쳥문을 지나니 곳 궁셩 남문이라. 태쳥문은 명 적의 브친 거시러니 이제 인ᄒᆞ엿ᄂᆞᆫ지라 원 적의 대궐문 일홈을 대명문이라 ᄒᆞ얏더니 대명이 원을 ᄃᆡᄒᆞ고 명 적의 궁셩 문 일홈을 태쳥문이라 ᄒᆞ얏더니 대청이 명을 ᄃᆡᄒᆞ니 이도 ᄯᅩᄒᆞᆫ 나라 흥망이 미리 나타나 뵈미니 가히 이샹ᄒᆞ더라 태쳥문 밧긔 돌노ᄡᅥ 수빅여 보를 둘너 목칙ᄀᆞ치 울흘 ᄆᆞᆫ들고 가온대 문을 내야 군ᄉᆡ 직희엿더라 셕칙 압흐로 도라 ᄶᅥ거 셔로 힝ᄒᆞ니 태쳥문으로 바로 남편 삼빅 보 밧근 곳 경양문이니 곳 셩 남문이러라 ᄯᅩ ᄉᆞ오리를 힝ᄒᆞ야 텬쥬당의 니ᄅᆞ니 텬쥬당이 도셩 남편 셋재 문 션무문 안희 잇ᄂᆞᆫ지라 슌치 초년의 셔양국 사ᄅᆞᆷ 탕약망이 드러와 이 집을 지어 귀신을 밧들고 도를 닥ᄂᆞᆫ 고ᄃᆞᆯ ᄆᆞᆫᄃᆞ니 그 후로브터 셔양 ᄒᆨᄉᆞ와 밋 화공과 슐ᄉᆞ 모든 사ᄅᆞᆷ이 서ᄅᆞ 니어 와 은총을 닙어 벼슬ᄒᆞ야 지금 끈치 아니ᄒᆞ엿다 ᄒᆞ니 셔양국은 곳 구라파국이니 그 셔희 밧긔 잇ᄂᆞᆫ 고로 ᄡᅧ 듕국 사ᄅᆞᆷ이 셔양이라 일ᄏᆞᆺᄂᆞᆫ지라 『연경긔보통지』예 니ᄅᆞ되 셔양국이 강희 뉵년의 드러와 진공ᄒᆞ다ᄒᆞ고 ᄯᅩ 니ᄅᆞ되 그 ᄯᅡ히 멀기를 인ᄒᆞ야 진공ᄒᆞᄂᆞᆫ 긔약을 [174]경치 아니ᄒᆞ고 진공ᄒᆞᄂᆞᆫ 길이 광동으로 말ᄆᆡ암으니 이제 그 사ᄅᆞᆷ이 셩듕의 와 머무ᄂᆞᆫ 재 잇다 ᄒᆞ고, ᄯᅩ 니ᄅᆞ되 그 진공ᄒᆞᄂᆞᆫ 거시 태반이나 산호슈와 호박과 금강셕과 가남향과 소합유와 피려경이라 ᄒᆞ엿더라

텬쥬당 압흐로 수십 보 밧긔 돌노 문을 ᄆᆞᆫᄃᆞ라시되 노픠 ᄉᆞ십여 댱이오 문 우희 일월을 ᄆᆞᆫᄃᆞ라 브쳐시되 히ᄃᆞᆯ과 ᄀᆞ치 절노 돌게 ᄒᆞ엿더라 텬듀당이 거의 수십 간이로ᄃᆡ 들보를 업시 지엇고 간마다 ᄉᆞ벽의 다 무지게 형상을 ᄆᆞᆫᄃᆞ라 그 안흘 깁게 ᄒᆞ고 그 안희 귀신과 부쳐를 그리고 그 우희 각ː 그 일홈을 ᄡᅥ시되 그 그림이 다 뉴동ᄒᆞ고 발월ᄒᆞ야 경신이 살아 움ᄌᆞ기ᄂᆞᆫ ᄃᆞᆺᄒᆞ야 엄연히 ᄎᆞᆷ사ᄅᆞᆷ ᄀᆞᆺ고 븍벽 가온대 간의 텬쥬신샹을 그리고 셔벽 ᄒᆞᆫ 간의 ᄒᆞᆫ 고은 부녀를 그려시되 니러셧고 머리 ᄲᅱ온 거시 ᄂᆞ려져 손으로ᄡᅥ 그 터럭을 쥐여시니 더옥 핍진ᄒᆞ야 그림에 사ᄅᆞᆷ인 줄 ᄭᆡᄃᆞᆺ지 못ᄒᆞ리러라. 당 가온대 아롱진 탁ᄌᆞ와 ᄎᆡᄉᆡᆨ 기동이 첨의ᄂᆞᆫ 화반셕이라 ᄒᆞ얏더니 손으로 글거본 후의야 비로소 그림이 그러케 ᄒᆞ엿ᄂᆞᆫ 줄을 알너라. 당이 여ː간

나믄대 ᄒᆞᆫ 담으로 수를 노하 ᄡᆞ앗고 샹하좌위 조츌ᄒᆞ고 녕농ᄒᆞ야 ᄒᆞᆫ 졈 ᄯᅳᆺ글이 업ᄉᆞ니 사ᄅᆞᆷ으로 ᄒᆞ야곰 졍신이 ᄆᆞᆰ고 ᄢᅢ 상연ᄒᆞ더라. 당 놉기 가히 십여 댱이니 ᄇᆞ라매 의미ᄒᆞ더라. 담 남편 츌입ᄒᆞᄂᆞᆫ 문을 돌노ᄡᅥ 무지게 ᄀᆞ치 문을 ᄆᆞᆫ들고 문 우희 세 층 누를 ᄆᆞᆫ들고 누 압면에 냥쳔침이 〻셔 스〻로 십이시[175]를 ᄀᆞᄅᆞ치고 누 우희 ᄌᆞ명죵이 〻셔 시ᄀᆞᆨ을 ᄯᆞ라가며 절노 우되 졔작이 다 졍묘ᄒᆞ고 공교ᄒᆞ야 사ᄅᆞᆷ의 ᄆᆞᆫᄃᆞᆫ 것 ᄀᆞᆺ지 아니ᄒᆞ니 가히 텬하 공교ᄒᆞᆫ 거ᄉᆞᆯ 극진이 ᄒᆞ엿다 ᄒᆞ리러라

당으로셔 〻녁 담 밧긔 ᄯᅩ 당이 〻셔 븍벽 ᄒᆞᆫ 귀신을 그려 안쳐 부쳐 위ᄒᆞᄃᆞᆺᄒᆞ고 압희 탁ᄌᆞ를 노코 그 우희 분향ᄒᆞ고 ᄉᆞ벽의 산슈와 누ᄃᆡ와 인믈과 화초와 금슈를 그려시되 그 〻림이 말노ᄡᅥ 형용키 어려온지라 대개 멀니셔 ᄇᆞ라본 즉 사라 움ᄌᆞ기고 변환ᄒᆞ야 옴기여 공듕의 잇ᄂᆞᆫ ᄃᆞᆺᄒᆞ야 집이 간〻이 ᄯᆞ로 나 버려세온 ᄃᆞᆺᄒᆞ고 사ᄅᆞᆷ이 ᄯᆞ로 각〻 버러 안즌 ᄃᆞᆺᄒᆞ고 초목와 금슈 웃갓 거시 다 그러ᄒᆞ더니 나아가 ᄉᆞᆯ펴본 즉 이예 ᄇᆞ친 그림이러라 셰샹이 니ᄅᆞ되 셔양국 그림이 신긔로온 품이라 ᄒᆞ미 대개 이러홈으로 ᄢᅦ어니와 날노ᄡᅥ 보건대 사ᄅᆞᆷ도 요괴 잇고 금슈도 괴이ᄒᆞᆫ 거시 잇ᄂᆞ니 ᄌᆡ조도 ᄯᅩᄒᆞᆫ 그러ᄒᆞ미 잇ᄂᆞᆫ지라. 그 〻림이 진실노 ᄭᅮᆷ에 군말ᄒᆞᄂᆞᆫ 것과 귀신의 변환ᄒᆞᄂᆞᆫ 것 ᄀᆞᄐᆞ야 가히 아지 못ᄒᆞ니 진짓 요괴 옛 ᄌᆡ죄라 니ᄅᆞ리니 셔양인품과 텬쥬도슐을 이예 ᄯᅩ ᄒᆞᆫ가히 ᄒᆞᆫ 모흘 두루혀 알니러라

텬쥬당의 녜ᄂᆞᆫ 하ᄂᆞᆯ 거믄괴라 ᄒᆞᄂᆞᆫ 거시 이셔 날이 오시 곳 되면 누문이 절노 열니고 텬금이 스〻로 ᄐᆞ이여 거문고 두어 곡조를 ᄒᆞ다가 이윽ᄒᆞ야 소ᄅᆡ 근치고 누문이 스〻로 닷기이니 그 긔특고 공교ᄒᆞ미 이러ᄒᆞ더니 이제ᄂᆞᆫ 보지 못ᄒᆞ니 대개 ᄒᆡ 오라매 훼파ᄒᆞ미러라 뒤ᄯᅳᆯ에 긔특ᄒᆞᆫ 플과 이샹ᄒᆞᆫ ᄭᅩᆺ흘 심거고 ᄯᅳᆯ 가온대 ᄯᅩᄒᆞᆫ 〻 졈 [176]진애 업ᄉᆞ니 신을 신고 그 우흘 ᄇᆞᄅᆞ미 앗가온 ᄃᆞᆺᄒᆞ더라 셔양 사ᄅᆞᆷ 잇ᄂᆞᆫ 방의 드러가니 셔양인이 나와 마자 고두ᄒᆞ니 그 사ᄅᆞᆷ이 ᄂᆞᆺ치 져그되 비치 히여 분밧 ᄀᆞᆺ고 눈이 깁고 관골이 놉고 슈염이 가마ᄒᆞ야 옷칠ᄒᆞᆫ ᄃᆞᆺᄒᆞ고 석긔고 기러 아ᄅᆞᆷ답고 프른 눈이 졍치를 ᄀᆞᆷ초고 ᄌᆡ조로온 긔운이 밧그로 드러나 표〻ᄒᆞ야 죠곰 연화식ᄒᆞᄂᆞᆫ 긔운이 업ᄉᆞ니 그 ᄌᆡ조에 공교로오미 맛당ᄒᆞ더라.

텬쥬당 압 왼편의 돌비 이시니 대강 니ᄅᆞ되 셔양 사ᄅᆞᆷ이 하ᄂᆞᆯ 알기예 졍ᄒᆞ며 인믈 그리기예 공교ᄒᆞ미 임의 텬하의 유명ᄒᆞ얀지 오라ᄂᆞᆫ지라 황명 ᄢᅢ로브터 임의 그 말을 조차 칙녁법을 고치고져 ᄒᆞ되 조졍 의논이 시비 만하 ᄆᆞᄎᆞᆷ내 과연치 못ᄒᆞ얏더니 슌치 초년의 비로소 은혜를 닙어 드러와 벼슬ᄒᆞ고 그 도슐이 크게 ᄒᆡᆼᄒᆞᆫ다 ᄒᆞ엿더라 셔양인의 잇ᄂᆞᆫ 방으로 드러가ᄂᆞᆫ 듕문 ᄒᆞᆫ ᄧᅡᆨ에 먹으로 개를 그려시되 듕문의 반만 나와 즛ᄂᆞᆫ 형상을 ᄒᆞ여시니 일ᄒᆡᆼ이 다 진짓 개로 아라다가 갓가이 본

후에 그림인 줄을 알고 다 대쇼ᄒᆞ더라

삼ᄉᆞ신이 외당 탁ᄌᆞ 압희 나아가 교의 우희 안자더니 대비달ᄌᆞ 두 놈이 :셔 ᄯᆞ라 드러와 통관 뉴만권으로 더브러 억게를 대햐 교의 우희 안자 ᄉᆞ신으로 더브러 서ᄅᆞ 향ᄒᆞ야 만권으로 ᄒᆞ야곰 말을 젼ᄒᆞ야 삼ᄉᆞ신긔 고ᄒᆞ야 ᄀᆞᆯ오ᄃᆡ 대인을 뫼와 말ᄉᆞᆷᄒᆞ고져 ᄒᆞ되 하방의셔 나셔 ᄌᆞ란ᄂᆞᆫ지라 녜졀을 아지 못ᄒᆞ니 일노ᄡᅥ 황공ᄒᆞ여 ᄒᆞᄂᆞ이다 ᄉᆞ신이 ᄒᆞ야곰 니ᄅᆞ되 ᄒᆞᆯ 말이 잇거든 니ᄅᆞ라[177] ᄒᆞ되 그 긔쉭을 보니 국츅ᄒᆞ야 편안치 못ᄒᆞ야 ᄒᆞ더니 이윽고 문으로 나거ᄂᆞᆯ 만권ᄃᆞ려 무ᄅᆞ라 ᄒᆞ되 네 어인 연고로 ᄒᆞᆫ 말을 아니ᄒᆞ고 즉시 니러 가ᄂᆞ뇨 ᄒᆞᆫ대 답왈 녜모를 일흘가 저허 감히 오래 안자지 못ᄒᆞ노라 ᄒᆞ니 대개 아국이 본ᄃᆡ 녜의로 ᄉᆞ이예 소문이 나타낫ᄂᆞᆫ 고로 제 우리 우의를 보고 ᄌᆞ연히 ᄉᆞ모ᄒᆞ고 공경ᄒᆞ야 위염이 업시 셔 :로 두리오믈 씨돗지 못ᄒᆞ미러라

드ᄅᆞ니 대비달ᄌᆡ 본ᄃᆡ 녕한ᄒᆞ야 연경의 와 횡힝ᄒᆞ니 연경 사ᄅᆞᆷ이 ᄒᆞᆯ 일이 업서 다만 삼가 피ᄒᆞᆫ다 ᄒᆞ더니 ᄒᆞᆯ노 우리를 두려ᄒᆞ미 이러틋 ᄒᆞ니 녜의 무용에셔 더 강ᄒᆞ미 이러ᄒᆞᆫ뎌 대비달ᄌᆡ 의복과 모양이 쳥인과 몽고와 대동쇼이ᄒᆞ되 추ᄒᆞ기ᄂᆞᆫ 몽고에셔 심ᄒᆞ고 사오나온 거동이 터럭과 가족에 나타나 뵈더라 두루 보기를 ᄆᆞᄎᆞ매 파ᄒᆞ야 도라올 ᄉᆡ 셔양인이 고두ᄒᆞ고 읍ᄒᆞ야 보내더라 관소의 도라오니 날이 임의 오시 지낫더라.

[177]텬쥬의 일홈은 야쇠니 구나파국 사ᄅᆞᆷ이라. 야쇠라닐음은 셰샹을 구완ᄒᆞ야 건져낸다홈이니 존저ᄒᆞᄂᆞᆫ 재일크라. 바다밧긔 셩인이라ᄒᆞ고 하ᄂᆞᆯ노ᄡᅥ 읏듬을 삼ᄂᆞᆫ고로 ᄯᅩ닐으되 텬쥐라 하ᄂᆞᆫ지라. 그 ᄒᆞᆨ술이 입을 열면 반ᄃᆞ시 하ᄂᆞᆯ을 일ᄏᆞ라 일이 크며 져그니 업ᄉᆞ며니 깁흐며 여ᄐᆞ니 업시 다 반ᄃᆞ시 ᄒᆞᄂᆞᆯ노ᄡᅥ 근본을 삼고 ᄡᅥ니ᄅᆞ되 공ᄆᆡᆼᄡᅥ젼의 모든 셩인은 ᄒᆞᆨ문이 하ᄂᆞᆯ에 근본ᄒᆞᆫ고로 그 도를 어ᄃᆞ시고 졍쥬[178]로ᄡᅥ 후의 모든 현인은 그 ᄒᆞᆨ문이 다 능히 하ᄂᆞᆯ에 근본치 못ᄒᆞᆫ 고로 드ᄃᆡ여 그 도통을 일허ᄇᆞ리다ᄒᆞ니 그 무망ᄒᆞ고 망탄ᄒᆞ미 가히 뭡고 ᄯᅩ 가히 우수은지라. ᄯᅩ 그ᄒᆞᆨ숄이 ᄆᆞᆰ고 조출하여 욕심이 업기로ᄡᅥ 공부를 삼고 도를 어더 안자셔 변화하기로ᄡᅥ 효험을 삼ᄂᆞᆫ다 ᄒᆞ니 대개 불도와 션도를 합ᄒᆞ야 ᄒᆞ나히 되엿더라. 그 지은 글이 닐은바 텬쥬진경과 텬쥬연의라 ᄒᆞᄂᆞᆫ ᄎᆡᆨ들이 이시니 그 말이 잇다감 신거로와 가히 됴흔말이 업지 아니ᄒᆞ되 그쇽을 궁구하면 필경에 탄망ᄒᆞ고 허환ᄒᆞ야 족히 ᄒᆞᆫ번 보암즉지 아니ᄒᆞ더라. 야소로보터 세번재 젼ᄒᆞ야 니마두에 니ᄅᆞ니 니마두의 지은거시 감여되라ᄒᆞᄂᆞᆫ 책이 이셔 바다안팟 모든나라 지형과 풍쇽을 기

록ᄒᆞ미 심히 ᄌᆞ셔히ᄒᆞ고 ᄯᅩ 스스로 니르되, "ᄇᆡᄅᆞᆯᄐᆞ고 오ᄅᆞᄂᆞ래 하ᄂᆞᆯ우와 ᄯᅡ아래ᄅᆞᆯ 가지아니ᄒᆞᆫ되 업서 수십년을 두루 도라다본 후의 이예 도라와 비로소 도라와 이글을 ᄆᆞᆫᄃᆞ노라" ᄒᆞ고 ᄯᅩ 니르되, "ᄯᅡ 형상이 구ᄀᆞᄐᆞ야 공즁에 쎳ᄂᆞᆫᄃᆡ 좌우와 샹하의 다 세계이시니 ᄯᅡ아래셔 사ᄂᆞᆫ 사ᄅᆞᆷ이 ᄯᅡ우희 잇ᄂᆞᆫ 사ᄅᆞᆷ으로 더브러 발바당을 마초와 쳥ᄒᆞᄂᆞ니 시방 이세계ᄂᆞᆫ 텬지로ᄡᅥ 닐은즉 사ᄅᆞᆷ이 다 빗그로셔시니 머리ᄂᆞᆫ 동으로 두고 발은 셔로 두엇다"하고, ᄯᅩᄀᆞᆯ오ᄃᆡ, "내 말을 밋지 아니커든 북두셩으로ᄡᅥ 가히 알니라"하니 그 말이 조곰 놀납고 크게 고이ᄒᆞ야 사ᄅᆞᆷ으로 ᄒᆞ야곰 눈이 둥구러케ᄒᆞ되 다만 그 슐[179]업이 텬문에 ᄌᆞ못 졍ᄒᆞ야 텬지운긔와 셩신도수ᄅᆞᆯ 니르미 녯사ᄅᆞᆷ의 니르지 못ᄒᆞᆫ거ᄉᆞᆯ 발명한거시 만타ᄒᆞ니 그ᄂᆞᆫ 혹 고이치 아니ᄒᆞ되 다만 은하쉬 긔운이 아니라 이예 모든 별이라 ᄒᆞᆷ이 진실노 가히 ᄒᆡ연ᄒᆞ더라.

구라파에 ᄯᅩ 풍보보란 재 이시니 그 하ᄂᆞᆯ 형상을 그린ᄃᆡ 닐어시되, "하ᄂᆞᆯ이 아홉층이 이시니 ᄆᆡᆫ우층은 별ᄃᆞᆫ니ᄂᆞᆫ 하ᄂᆞᆯ이오, 그 버금은 하ᄃᆞᆫ니ᄂᆞᆫ 하ᄂᆞᆯ이오, ᄆᆡᆫ아래층이 ᄃᆞᆯᄃᆞᆫ니ᄂᆞᆫ 하ᄂᆞᆯ이라"하여시니 션유ᄡᅵ니ᄅᆞ시되, 하ᄂᆞᆯ이 빠힌 기운이라ᄒᆞ니 기운이 엇지 층이 이시며 ᄯᅩ 니ᄅᆞ되 하ᄂᆞᆯ이 형체 이시미 아니라 ᄯᅡ우흔 다 하ᄂᆞᆯ이라ᄒᆞ니 층을 ᄂᆞᆫ호녀 ᄯᅩ 엇지 아홉층ᄲᅮᆫ이리오. ᄯᅩ 가히 우셤즉 ᄒᆞ도다.

구라파란 나라히 네ᄉᆞ긔예 젼치 아니ᄒᆞ더니 명말의 니ᄅᆞ러 셔역으로브터 뉴젼ᄒᆞ야 비로소 즁국에 드러와 임의발뵈야 믈드릴 졈이 잇더니 그 말과 그 글이 졈졈 텬하의 셩ᄒᆡᆼᄒᆞ야 이제ᄂᆞᆫ 연즁이 사ᄅᆞᆷ마다 존ᄃᆡ치 아니리 업고 우리 동방사ᄅᆞᆷ도 잇다감 그 도ᄅᆞᆯ 슝샹하고 그 말을 좃난 재 이시니 그 홰 임의 텬하의 덥혓ᄂᆞᆫ지라. 슬프다 셩현의 글과 말ᄉᆞᆷ이 ᄒᆡ와 별ᄀᆞ치 ᄇᆞᆯ가 기동에 몌이고 집의 넘ᄶᅵ어 이시되 사ᄅᆞᆷ이 능히 다니러지 못ᄒᆞ거날 셔방 오랑캐 귀신의 ᄶᅵ친 춤바튼 것과 나믄 즙이 텬지ᄉᆞ이예 넙히여 방ᄌᆞ히 ᄒᆡᆼᄒᆞ야 금치 아니ᄒᆞ믄 엇지오. 졔 비록 ᄌᆡ죄 놉고 아ᄂᆞᆫ 거시 너를지라도 불과 괴귀ᄇᆡ의 글ᄌᆞ아ᄂᆞᆫ 재 될 ᄯᆞᄅᆞᆷ이어ᄂᆞᆯ 사ᄅᆞᆷ이 그 도ᄅᆞᆯ 좃고 그 말을 미ᄃᆞ리 만흐미 [180]져러ᄐᆞᆺ ᄒᆞ니 더옥 가히 고히ᄒᆞ도다.

네 셕개 셔방의셔 낫더니 이제 야쇠 ᄯᅩ 셔방의셔 나니 내 일즉 이ᄅᆞᆯ 인ᄒᆞ야 ᄉᆡᆼ각호니 그 동방과 남방은 텬지문명ᄒᆞᆫ ᄯᅡ히니 이예 텬지간 긔운이 뫼히여 인걸이 삼겨나 필경의 아ᄅᆞᆷ다와 문명ᄒᆞᆫ ᄯᅡ히 될지라. 그런고로 삼ᄃᆡ 적을 당ᄒᆞ야 태ᄇᆡᆨ이 남월노 도망ᄒᆞ시고 긔ᄌᆡ 죠션으로 드러오시니 그 ᄯᆡᄅᆞᆯ 당ᄒᆞ야 남월과 죠션이 면면 오랑캐 ᄯᅡ되미 셔만과북젹으로 더브러 다ᄅᆞ미 업거ᄂᆞᆯ 두 셩인이 자최ᄅᆞᆯ 의탁ᄒᆞ시미 셔북으로 가시지 아니ᄒᆞ고 반ᄃᆞ시 동남으로 오신 밧재 대개 반ᄃᆞ시 ᄡᅧ홈이 잇ᄂᆞᆫ지라 이러므로ᄡᅥ 수쳔여년 지난 후의 양귀산·니연평·쥬회암·채구봉 모든 대현이 남월 ᄯᅡᄒᆡ셔 나시고 정암·퇴계·눌곡·우계 모든 션셩이 죠선 ᄯᅡᄒᆡ셔 나시니 동남두 ᄀᆞ히 ᄆᆞᄎᆞᆷ내 문물휴명ᄒᆞᆫ ᄯᅡ히 되믈 태ᄇᆡᆨ과 긔ᄌᆡᆨ 임의 징죄 되시고 하ᄂᆞᆯ이 두 셩인으로ᄡᅥ ᄂᆞᆫ화 동남을 맛지신 밧재 마ᄎᆞᆷ 우연ᄒᆞ미 아닌듯 시브니 동남이 지리에 문명한 ᄯᅡ히되믄 진실노 가히 소기지 못ᄒᆞᆯ지라. 의셔ᄎᆡᆨ에 텬지국ᄆᆡᆨ되이셔 ᄀᆞᆯ와시되, "긔운이 동남으로 뫼히여 문명이 너모 셩ᄒᆞ니 ᄯᅩᄒᆞᆫ 텬지예 ᄒᆞᆫ 병이라." ᄒᆞ여시니 대개 그말이 ᄯᅩᄒᆞᆫ 소견이 잇ᄂᆞ니라. 져 셔방은 그윽ᄒᆞ고 그늘지고 슉살ᄒᆞᆫ ᄯᅡ히되니 맛당이 그 명인이 나지 아니ᄒᆞ얌즉ᄒᆞ되 젼의 셕가를 내야 감히 허무ᄒᆞᆫ 말노ᄡᅥ 우리 셩인의 도ᄒᆞᆨ으로 더브러 항[181]형ᄒᆞ야셔 도의 근심 ᄭᅵ치기를 이제ᄀᆞ지니든고. 이제 ᄯᅩ 야소를 내야 허환ᄒᆞᆫ ᄒᆞᆨ슐노ᄡᅥ 유쟈의 나믄 죽거로 ᄭᅮ며내고 ᄯᅩ 너르말과 고이ᄒᆞᆫ 소문으로ᄡᅥ ᄌᆞ뢰ᄒᆞ야 침침ᄒᆞ야 온 셰샹을 모라좃게ᄒᆞ니 그해 ᄯᅩ 장ᄎᆞᆺ 유도와 불도로 더브러 ᄉᆞᆺ발나게 니러셔 졍형ᄒᆞ리니 세도의 근심이 그다ᄒᆞ미 이시랴. 젼후 두 이젹의 귀신이 다 셔방의셔 나믄 대개 ᄯᅩᄒᆞᆫ ᄲᅧ호미 이시니 셔방ᄆᆡ곡에 ᄒᆡᄯᅥ러지매 북방 유도에 비ᄒᆞ면 져기 ᄇᆞᆯ근고로 경경ᄒᆞᆫ 나믄 긔운이 ᄯᅢ로 혹 반ᄃᆡᄡᅮᆯᄀᆞᄐᆞᆫ 겨조를 비저내되 셔방이 ᄯᅥ러지ᄂᆞᆫ ᄒᆡ에 비로소 ᄇᆞᆯ근고로 셕가ᄂᆞᆫ 동쥬적셕양의 나고 야소ᄂᆞᆫ 황명적셕양의 나고 셔방 ᄇᆞᆯ그미 어두온ᄃᆡ라 ᄃᆞ란ᄂᆞᆫ 고로 그 사ᄅᆞᆷ들이 비록 약간 ᄌᆡ조와 져근 아ᄂᆞᆫ거시 이시나 다 이단유음ᄒᆞᆫ 무리의 션소ᄅᆡ되 텬도와 지리의 가히 소기지못ᄒᆞ미 이러ᄒᆞᆫ져. 그러나 이ᄂᆞᆫ 억탁에 소견이니 감히 스스로 밋보지 못ᄒᆞ야 아직 긔록하야 당셰예 말을 아ᄂᆞᆫ 군ᄌᆞ의게 질졍ᄒᆞ려ᄒᆞ노라.

◆ 1728년 1월 11일

[231]부ᄉᆞ 녕공이 무슐년의 ᄉᆞ신으로 와실 제 듕국 명화를 구ᄒᆞ야 어더 화샹을 그리려 ᄒᆞ되 여러 번 일홈난 화ᄉᆞ를 다 쳥ᄒᆞ야 여러 번 그리되 ᄆᆞᄎᆞᆷ내 방블치 아니ᄒᆞᆫ 고로 근쳐더니 이번의 드ᄅᆞ니 셔양국 화법이 텬하의 독보ᄒᆞᆫ다 ᄒᆞ매 홍만운으로 ᄒᆞ야곰 텬쥬당의 가 셔양인을 보고 녕공 화상 그리기를 쳥ᄒᆞᆫ대 셔양인이 ᄉᆞ양ᄒᆞ야 왈 "내 바다 밧긔 잇ᄂᆞᆫ 사ᄅᆞᆷ으로셔 ᄇᆡ야흐로 텬ᄌᆞ의 ᄉᆞ랑ᄒᆞᄂᆞᆫ 은혜를 닙어 텬ᄌᆡ ᄇᆡ야흐로 텬쥬당을 너희 ᄉᆞ신 드러ᄂᆞᆫ 관우 올흔편의 ᄯᆞ로 별노 짓기 실노 잠간도 틈이 업ᄉᆞ니 수골니 쳥ᄒᆞᄂᆞᆫ ᄯᅳ들 조출 길이 업ᄉᆞ니 연경의 화상을 잘 그리ᄂᆞᆫ 재 이시니 내 맛당이 쇼개ᄒᆞ야 천거ᄒᆞ리라" ᄒᆞ더니 금일에 마건이란 재 오니 대개 셔양인의 보낸 바러라 방셕을 주니 올나 안자 녕공의 얼굴을 우러 : ᄌᆞ셔히 보다가 압희셔 초본을 그려내되 ᄯᅩᄒᆞᆫ 심히 방블치 아니ᄒᆞᆫ지라 건이 왈 "첨으로 그리니

능히 굿게 못ᄒᆞ여시니 명일에 맛당이 다시 그려내리라" ᄒᆞ거ᄂᆞᆯ 녕공이 조히와 부채를 주어 뻐 보내다

◆ 1728년 1월 12일

[232]마건이 와 ᄯᅩ 녕공 화상을 그리니 어제 그린 것도곤 져기 방블ᄒᆞᆫ 둣ᄒᆞ되 오히려 굿지 못ᄒᆞᆫ지라 건이 왈 "내 왕공 귀인의 화상을 그리미 젼후의 믈읫 몃 번인 줄을 아지 못ᄒᆞ되 ᄒᆞᆫ 번 붓을 ᄂᆞ리오면 다시 고치지 아니ᄒᆞ야셔 방블치 아니미 업고 혹 쳠의 그려내여 십분 굿지 못ᄒᆞ야도 두 번 그리면 일졍 굿지 아니미 업더니 이제 녕공 화상은 두 번 시험ᄒᆞ되 오히려 모ᄯᅳ지 못ᄒᆞ니 대개 대인의 놉흐신 상이 과연 그리기 어려온지라 내 직죄 이예 근치니 가히 시험치 못ᄒᆞᆯ 거시니 셔양인의 졔ᄌᆞ 듕의 잘 그리ᄂᆞᆫ 재 이시니 내 맛당이 ᄃᆞ려오리라" ᄒᆞ더라

◆ 1728년 1월 22일

[246] 셔양인이 새로 텬쥬당을 경영ᄒᆞ되 우리 든 [247]우에셔 심히 갓가온지라 부ᄉᆞ 녕공이 반ᄃᆞ시 셔양인을 어더 화상을 그리고져 ᄯᅩ 홍만운을 보내야 가 쳥ᄒᆞ려 ᄒᆞᆯ ᄉᆡ 내 ᄯᆞ라가 문 밧긔 니ᄅᆞ러 셔양인의게 통ᄒᆞ니 셔양인이 나와 마자드리니 텬쥬당의셔 읍ᄒᆞ야 보내던 재러라 ᄆᆡ양 문에 들 제 반ᄃᆞ시 읍ᄒᆞ야 몬져 들기를 손의게 ᄉᆞ양ᄒᆞ더라 그 집의 니ᄅᆞ러 한훤을 ᄆᆞᄎᆞ매 셔양인이 우리를 인도ᄒᆞ야 새로 짓ᄂᆞᆫ 텬쥬당의 니ᄅᆞ니 집 짓ᄂᆞᆫ 역ᄉᆡ 오히려 ᄆᆞᆺ지 못ᄒᆞ야 각ᄉᆡᆨ 장인이 당듕에셔 역사를 ᄇᆡ야흐로 방댱ᄒᆞ엿고 부계를 ᄆᆡ야 반ᄌᆞ의 그림 그리ᄂᆞᆫ 역ᄉᆡ ᄯᅩᄒᆞᆫ 반이 못ᄒᆞ엿더라 그 졔도 굉걸ᄒᆞ미 션무문 안희셔 보던 것만 밋지 못ᄒᆞ되 그 굉교ᄒᆞ고 샤치ᄒᆞ믄 다ᄅᆞ미 업더라 두루 보기를 ᄆᆞᄎᆞ매 셔양인이 ᄯᅩ 인도ᄒᆞ야 그 방으로 도라와 아희를 블너 차를 드리더라 홍만운이 부녕공 ᄯᅳᆺ으로뻐 화상 그리믈 근ᄂᆞᆨ히 쳥ᄒᆞᆫ대 셔양인이 왈 "내 임의 황지를 바다 이 집 역ᄉᆞ를 ᄎᆞ지ᄒᆞ여 시기니 엇지 가히 그 맛ᄃᆞᆫ 소임을 ᄇᆞ리고 ᄆᆞ음을 등한ᄒᆞᆫ 그림에 옴기리오" ᄒᆞ거ᄂᆞᆯ 달내기를 만단으로 ᄒᆞ되 ᄆᆞᄎᆞᆷ내 즐겨 허락지 아니ᄒᆞ더라 셔양인이 셩이 낭개라 ᄒᆞ더라

김순협(金舜協) 『연행일록(燕行日錄)』

『연행록전집』 38

◇ 1729년 10월 12일

[38-281]聞城中有東西兩天主殿, 而西天主殿, 距此不遠云, 故自禮部直往焉. 過正門, 題曰, '大清門' 其前有正南門, 曰, '正陽門' 正陽·大淸其間, 僅百步矣. 由正陽門內循城, 而西至于天主殿, 殿在宣武門內. 所謂天主殿, 卽西洋國人, 所居之處, 而其國之俗, 崇主耶蘇教, 故立天主殿而繪其像, 以爲焚香供奉之所. 所謂耶蘇, 卽西洋國異人也. 其學以理[38-282]主於天爲宗, 故曰, '天主', 其側又造其居處之舍矣.

蓋西洋國, 在西海九萬里之外, 航海而入焉. 皇明神宗時, 西洋人利瑪竇等入中國, 故神宗皇帝, 命留內地, 而渠亦願留, 故[欲大行耶蘇之學於中國]出給財力, 使之模倣其國之制, 造成所居之家者也. 其後西洋人, 又有入朝者, 至今如一, 而來者鮮得復還云.

其殿之制, 大異於凡他, 所謂樓閣者, 雖以口言之, 不能形容其彷彿. 況以文墨, 烏能寫出其萬一哉. 雖然若其大槩, 則殿制狹而長, 不以廣爲面, 而以長爲面, 其前面立大石柱而作三層, 其三層皆石柱, 而長可二丈餘, 東西五間也. 其層層, 連楹之際, 以石雕鐫, 爲棟爲礎, 且無簷焉.

其壁則精築以甓, 而加灰漆焉. 下層作一霓[38-283]門, 卽出入門也. 其上層, 分作三霓門, 以爲照明窓. 其模樣, 大抵與牌樓同, 又於上層卦日影, 圓大如平盤. 周刻十二辰, 其中象日月兩明以黃金, 一條作爲日影而橫之, 又於殿屋之上, 立一大自鳴鐘, 隨時自擊, 毫分不差云. 余之初到天主殿時, 見鐘, 上童子先三擊, 鐘繼四擊錚. 乃辰正四刻云. 又於殿上最高處, 立一風旗鐵柄, 金色十字, 其形前面所見如斯而已.

開門入其中, 仰視屋上, 則元無一椽一樑, 隆高而圓, 狀如覆幔. 深長寥廓, 回瞻殿內, 無非黃金之色, 而煇轉熒煌, 眼精眩奪, 怳惚驚駭, 莫測其如何也. 良久而細察, 則其中所立之柱與架卓等, 皆青石·花石·五色石, 而人之言曰: [38-284]"此非石也, 和漆於木取出石色, 此乃西俗之能技, 而中州及諸國人之所不能云." 然而熟視, 而不見其非石, 爬刮而盖覺其堅確, 人雖曰: "非石" 五不信之, 及其擧一板, 而輕甚然後, 果知其木也.

見北壁上, 畵耶蘇像, 自下作爲層層石跛, 達于耶蘇像前, 而因作長榻子, 其上所置臺鐙等物, 無非異常奇美矣. 畵像之左右, 各立雙金柱, 其柱大而圓, 於柱上以五色石層層圓搆, 而飾以黃金. 其上下左右雕龍, 篆雲文彩繪, 煒煌照輝, 奇異難狀. 懸雙燈於前, 晝夜明燭, 其燈之制, 乃雙龍飛天之象. 左右各附一板於楹上, 而以金字大書, 一曰: "無始無終, 先作聲形, 眞主宰." 一曰: "宣仁宣義, 聿昭拯濟, 大權衡."

其上層空, 金書大字曰: "萬有眞元". 見其東西壁, [38-285]則每於一間, 作霓門狀, 而深其中頗闊. 皆畵人形, 或以二三, 或以四五. 而其爲畵, 則幼女倩盼, 稚兒肥軟, 如笑如喜, 若將開話, 如是者, 東西皆五位, 而各於其前置香鼎·香燭焉. 又周立長架於列像之前, 趺高二尺餘, 以障外人之褻近. 盖此長架, 卽木板, 而取土石色者也. 天主殿外西邊, 有小閣, 閣中空, 而四壁皆畵. 畵無細密者, 而無非絶妙, 不可畵狀. 見壁上畵五間之閣, 而閣中幽深平正, 其中空闊. 看看益遠, 其內精置冊子於卓上.

又糊細書於壁上, 重楹小窓, 歷歷如眞搆焉. 犬立於門, 而門是畵也. 白馬回頭, 而怳如動蹄, 其他唾器圓笥等物, 無非逼眞. 尤於可異者, 交倚, 有影花瓶, 有陰樑頭之橫板, 黃色白邊, 而理痕折釁, 丁寧新出[38-286]於刀斷之下, 見之者, 莫識其非眞. 諸人或謂之木, 或謂之畵, 而副使尤責其謂畵者, 至於以手摩挲然後, 始卞其爲畵, 而大笑焉. 於此, 足可知其神妙矣.

有西國人五人出待, 其言語衣服亦一胡矣. 而其目深而碧, 其眉多而黑, 其鼻寂長而端揭, 其鬚細曲, 而茂鬪且紫焉. 其顔貌, 則潔白精粹, 五人之面只如一人矣. 問其國之遠近, 則曰 "九萬餘里云" 且曰: "天下地方, 旣分西洋東洋, 故東海之外, 有東洋大國及諸他小國, 西海之外, 亦有西洋大國及諸他小國, 不知有東洋西洋者, 奚異於管窺." 云云.

聞其人精於曆術, 故其中一人, 入於欽天監, 而以特恩, 加禮部待郞, 其姓名卽戴進賢也. 又其內, 有渠輩所居之家, 而家舍極妙, 不使外人而輕入矣. 大抵西洋人之學, 闢佛廓如, 而所宗[38-287]主者, 上天與正理. 然亦一異端云. 周覽而還, 日已欹午.

◆ 1729년 10월 17일

[38-295]三使自鴻臚寺還, 歷入東天主殿, 見畵, 格[38-296]尤奇. 大抵畵其外而不能畵其內, 畵其前而不能畵其後者, 乃是畵之道也. 而今此畵也, 則竝畵前後, 兼通內外, 故紅幃半捲, 則壁間空焉, 白雲初起, 則高於空中, 無物不然, 而畵畵愈大而愈妙. 聞西洋國有陰陽水, 故能且畵陰陽於一幅之上, 所以如此云云, 未知其果然否.

◆ 1729년 10월 24일

[38-305]午, 西洋國人送人來謝, 兼致藥物·吸毒石·石鏡·畵圖·菱花紙及『萬物眞原』[6)]·『闢妄』兩冊. 所謂『萬物眞元』者, 天是萬物之元也, 則主於天爲正理也. 『闢妄』者, 所謂釋氏之常誦阿彌陀佛, 誠無意義, 此何足以破地獄而躋天堂乎? 妄之無雙, 闢而廓如者也.

◆ 1729년 11월 26일

[38-426]天主堂者, 在宣武門內, 大西洋國人所建也. 皇明時有利瑪竇者, 奉耶蘇教, 自歐羅巴國, 航海九萬里而入中國. 神宗時, 命給廩賜, 第此邸. 邸左建天主堂, 堂制狹長, 上如覆幔, 傍皆藻繪, 其國制樣也. 畵耶蘇像於其上, 望之如塑, 只三十許人. 鬚眉竪者如怒, 揚者如喜. 耳隆其輪, 鼻隆其準, 目容有矚, 口容如笑. 以中國繪所不及也. 所具香鐙盖幃, 淨潔異常. 右聖母堂, 母貌少一兒耶蘇也. 耶蘇之一名曰陡斯, 斯造天地萬物, 無終始形際之言. 漢哀帝二年庚申, 誕自如亞國童女瑪利亞, 而以耶蘇稱. 居世三[38-427]十三年死. 死三日生, 生三日昇去, 其死者明人也, 復生而昇者明天也. 祭陡斯以七日及降生昇天等日刻, 有天學實義等書行于世.

其國俗工器. 若夫簡平儀[本名範天圖, 爲測念根本], 龍尾車[下水可以引上], 沙樓[鵝卵狀, 實沙其中, 顚倒漏之. 沙盡則時盡, 沙之銖兩準于時也], 遠鏡[狀如尺許. 竹筩抽抽出出五尺餘. 琉璃眼光, 節節視遠近], 候鐘[自擊有節], 天琴[鐵絲絃, 隨所按, 音調如譜]之屬存焉.

瑪竇紫髯碧眼, 面色如朝華. 來顧萬國圖, 其亡也, 葬于阜城門外, 嘉興館之

---

6) 萬物眞原: 원본에는 '萬物眞元'으로 되어 있는데, 오자이기에 바로잡았다. 이하 같음.

右. 其坎封之制, 大異中國. 附葬其友鄧玉函, 其塚至今依然焉. 其友龐迪鵝·龍華民輩, 代主其教法, 友而不帿, 帿[7]耶蘇也. 嘉興李日華, 贈利瑪竇詩曰: “西程九萬里, 東泛八年槎. 昭昭奇器數, 元本浩無涯.” 池顯方詩亦有“五洲窮足力, 七政佐心靈.”之句. 其後西洋人至今世世入居中國. 戴進賢者, 方傳其教法云耳. 按西賓之學, 遠二氏而近儒, 中國稱之曰‘西儒’矣.

7) 帿帿 : 원본에는 결락되어 있는데, 후대에 누군가가 이 두 글자를 가필하였다.

조상경(趙尙絅) 『연사록(燕槎錄)』

『연행록전집』 37

◆ 「天主堂」(1731년)

金碧輝煌映一樓, 淋漓活畵破人愁. 群仙滿壁森相動, 瑞靄迷空色欲浮. 緱嶺得非隨羽化, 蓬山無乃遍神遊. 堂名不合丹青理, 枉使耶蘇妙法留.

君敬

巍然金碧架虛樓, 奇巧眞令造物愁. 四壁丹青森欲動, 半空烟霧藹如浮. 天無聲臭誰爲主, 世有神仙此定遊. 試問耶蘇傳法意, 箱中實義帶書留.

[원주: 耶蘇, 西洋國名, 『天主實義』, 亦西洋書名.]

◆ 「西洋國人」(1731년)

眼碧鼻隆仍綠髮, 邦鄉遠在大洋西. 自言求道長修戒, 六十年高不娶妻.

君敬

深瞳長鬠詭奇貌, 來自金天日沒西. 一種帶來蔥嶺氣, 案無魚肉室無妻.

이의현(李宜顯) 『임자연행잡지(壬子燕行雜識)』

『연행록전집』 35

◇ 1732년

[35-500]往見天主堂. 堂卽西洋國人所創也. 西洋之道, 以事天爲主, 不但與儒道背異, 亦斥仙佛二道, 自以爲高. 康熙甚惑之, 象天上, 作是廟. 中間毁壞, 雍正又新創之. 在所在數十武, 不勞歷覽, 故往賞之. 入門, 便覺丹碧眩耀, 目難定視. 旣是象天上者, 故其高幾摩星漢. [35-501]其畫日月星辰固也, 壁上多畫陰鬼, 有同禪房十王殿. 見之, 幽闇無陽明氣象, 可怪也. 守直人費姓者, 西洋國人也. 出見, 持茶以待之. 年今六十, 碧眼高鼻, 鬚髯屈盤. 披髮圓冠, 闊袖長衣. 問其國距北京幾里, 答曰: "海路爲九萬里, 陸路五六萬里, 與大鼻㺚子地界相接"云.

◇ 1732년

[35-507] 天主堂主胡費姓人, 送三山論學記, 主制羣徵各一冊, 彩紙四張, 白色紙十張, 大小畫十五幅, 吸毒石一箇, 苦果六箇, 以若干種爲答禮, 所送二冊, 卽論西洋國道術者也, 所謂吸毒石, 其形大小如拇指一節而匾長, 色青而帶黑. 其原由, 則小西洋, 有一種毒蛇, 其頭內生一石. 如扁豆仁大, 能拔除各種毒氣, 此生成之吸毒石也. 土人將此石捶碎, 同本蛇之毒及本地之土, 搗末和勻, 造成一石. 式如圍棊子, 乃造成之吸毒石也.

其用法, 則此石能治蛇·蝎·蜈·蚣毒蟲傷嚙, 竝治癰疽一切腫毒惡瘡, 其效甚速. 若遇此患, 卽將吸[35-508]毒石, 置于傷嚙處及癰疽惡瘡之上, 此石便能吸拔其毒, 緊粘不脫, 俟將毒吸盡時, 方自離解. 是時急持吸毒石, 浸于乳汁之內, 浸至乳略變綠色爲度, 後將此石取出, 以清水洗淨抹乾, 收貯以待後用. 其所浸之乳汁, 旣有毒在內, 須掘地傾掩, 免傷人物. 如傷毒及瘡毒或未盡, 仍置吸毒石吸拔之, 其法如前. 若吸毒石離解不粘, 是其毒已盡, 患可徐痊. 乳汁須預備半鍾爲要. 或人乳或牛乳俱可. 倘是時無乳汁可浸, 或浸之稍遲則此石受傷, 後不堪用矣.

所謂苦果, 其形或圓或長, 色黃黑, 其大不過一寸. 用法則能療內[35-509]外之患. 一治婦人難産, 用清水磨服, 卽産. 一治霍亂吐瀉, 用清水磨服, 一治瘧疾, 用清水磨服. 一治食積, 用清水磨服. 一治凡諸火證, 用淸水磨服. 一治凡諸瘡毒, 用乾燒酒磨敷, 卽能止疼痛, 徐徐自愈. 更有他用, 其功不能盡述. 此果大者可作十服, 小者可作七八服.

한덕후(韓德厚) 『승지공연행일기(承旨公燕行日記)』

『연행록전집』 50

◆ 1732년 10월 12일

[50-229] 十二日丙寅, 留館. 食後, 三使同往天主堂. 所謂天主堂者, 卽尊天之義也, 西洋國人費哥者主之. 新造廟宇, 而窮極奇麗, 四隅皆作虹蜺門, 層層造上, 最上頂極圓正, 畫天形. 其四隅有書, 曰, '萬有', 曰, '眞元', 曰, '無始', 曰, '無終'. 四壁上, 皆畫人物, 而活動如生, 不分眞假. 闔一眼而視之, 屋宇人形, 皆浮動, 又若刻畫, 而以手摸[50-230]之則皆畫也, 眞是怪底. 費哥進茶, 回與問答, 則西洋國, 去中原, 水路爲九萬里, 旱路爲六萬里, 接隣者, 卽大鼻㺚子, 與回回國.

其國, 亦有君臣文武, 無斂髮之道, 大小皆被髮. 所戴之冠, 似磨帽子, 而圓大, 衣制則濶袖長衣. 國俗不知尊崇儒佛道三教, 只是尊天主, 術業, 皆以湯若望爲宗云. 回披視輿圖, 而混茫不可識也. 其國文字, 有似我國諺文, 而奇奇怪怪. 渠於康熙四十三年來此, 仍留. 大抵此國人, 皆形貌精悍, 碧眼尖鼻, 脣紅而薄, 鬚毛屈盤, 誠是一種別般人物也.

◆ 1732년 10월 28일

[50-239] 二十八日壬午, 留館. 西洋國人, 送致雜畫, 藥石等物, 以紙筆雜物, 回禮.

이철보(李喆輔), 『정사연행일기(丁巳燕行日記)』

『연행록전집』 37

◆ 1753년 1월 20일

[37-474]三使改服, 由前路還出, 直向天柱寺, 翫天柱堂. 寺是清朝所創, 以居西洋國人, 而堂則西洋人所造也. 堂高四五丈, 長廣可六七間. 而皆以甎甓築成, 絶無土木之痕. 四壁皆畵本國所尊奉之神, 千態萬形, 不可名狀. 人形之外, 各樣儀物, 奇奇巧巧, 天然似眞. 迫而細審, 乃知其爲畵, 絶可異也. 此外器械之奇巧者必多, 而[37-475]堅藏不出. 雖淸人亦不得見云. 城西亦有天柱堂, 而頹廢不足翫云.

남태제(南泰齊) 『초자록(椒蔗錄)』

국립중앙도서관본

◆ 1753년 1월 20일

[1-81]二十日, 晴. 是日日氣稍暄. 往觀東天主堂. 閣凡三層, 柱樑榱桶, 皆甓石架成. 窓闥以紋木爲之, 仰見最上層, 安量天尺, 下層屋中主壁, 畵一男子, 年甚少. 面白而狹, 被髮垂項, 謂之天主像. 傍着一男一女, 謂之聖[1-82]人·聖母. 東西壁畵, 許多小兒, 皆傅兩翼, 謂之'仙童', 間畵仙佛或異國之人, 狀貌·衣服種種詭異. 左壁有一小兒, 臥床作喘喘, 將死之形. 傍有一女子, 攢手向空, 有若祈禱者然.

若此類者, 甚衆, 皆天主行法, 普濟之事云. 而其說荒惑不可測. 西洋國人, 方誦經別堂云. 有祈禳事, 不得相見. 只與守門淸人問答, 而語不了了, 不能相問. 大抵畵法活動, 設彩點睛, 宛若生人, 毛髮衣紋, 迎風飄拂, 以手就捫, 始覺其爲畵, 甚可異也.

정광충(鄭光忠) 『연행일록(燕行日錄)』

『연행록전집』 61

◇ 1756년 1월 10일

[61-54] 欲見五龍亭及天主堂, 別飯後, 與上使·書狀同行. 到大路, 則以宮女揀擇事, 城中女兒, 皆入闕內, 故車輛滿路, 不得行過. 直往南館, 日暮還歸. 夫天主堂, 卽西洋國人所居之處, 而爲其天主置之云.

◇ 1756년 1월 13일

[61-55] 欲見天主堂, 先送馬頭, 探其官員之在否. 未及回來之前, 與上使同向天主堂矣. 行未半, 行中來傳, 天主堂官員, 皆護駕隨往, 而不在堂內云. 故回往南館, 日暮還歸.

◇ 1756년 1월 21일

[61-57]飯後, 與上使往天主堂. 本堂在宣武門內, 而[俗名順直門]有甲軍守直者. 下車入門, 則守門者入告. 其官小頃出曰: "方進朝飯."云. 故入東邊夾門, 到堂內, 麾下下踞坐繩床矣. 俄而有人來告曰: "老爺出來."云. 而貌甚雅潔, 鬚髮半白. 問之, 則"乃西洋國人劉松齡"云. 開堂門, 則堂內廣闊, 四壁皆畵, 畵工合神, 眞天下奇畵矣.

[61-58] 自堂內西邊有梯, 上樓則樓上有作樂之處, 而無一樂器, 以木板作一高樻, 以大小鑞筒三十餘箇, 揷立其上. 樻面鑽穴, 穴數多少, 如鑞筒之數. 每穴橫揷如尺之木, 動一, 一聲作, 動二, 兩聲作. 隨動而聲隨作, 動此動彼調曲自和, 而衆樂成焉. 夫樂之成律, 人多有難, 而此則一人兩手指之所着, 五音齊作, 六律俱成. 聲甚淸凉, 不淫不俗, 其奇工妙術, 不可量測, 雖謂之犯天機奪造化, 未爲不可矣.

聽畢, 又向西堂, 則乃其小室不過三四間, 而東西壁上, 皆以水墨朦朧渾畵. 或作門墻, 或作窓戶, 退坐潛看, 久而愈奇. 屋宇分明, 間架宛然, 似畵非畵, 難辨眞僞. 世稱西洋畵之奇妙者, 非徒然矣. 盖西洋國有大小, 西洋拒中國, 爲九萬餘里, 而本國之人, 以中國爲東洋[61-59]云.

地方幅圖, 比中國尤大, 而其間開國基者, 又有三十二國. 各有君長, 不相統攝, 而男婚女嫁, 互結姻戚, 故自相親和, 不甚戰爭. 刑政法度, 一以天道爲尊, 言語文[8]章, 與中國大異. 書如抖蚪, 言從土俗, 嫁娶則適一無二, 居喪則一年乃除. 祭祖宗, 必置畵像. 飾威儀, 必尙端雅, 人品敦厚, 容貌精白. 燕居則束髮加冠, 公會則被髮跣足. 且其爲人, 深目大鼻, 頗類鄂羅斯矣.

自古至今, 遠居海外, 不知儒佛, 專尙道教. 來住燕京者, 俱是道家者流. 自幼時不食肉·不娶室, 存心修戒, 而慕中國之言語文章者, 去國離親, 來仕中國, 有終身不歸者云. 而其人最精於曆法, 且工於繪畫. 欽天監官員太半, 是西洋人, 而其中善畵者, 輪直闕內, 凡有畵役, 一切董成云矣.

卽今西洋人[61-60]之來留者, 二十五人, 而六人居於西天主堂, 餘則或居於東天主堂, 或居於西華門外, 而西堂六人, 其中一卽劉松齡也. 問其年, 則曰: "五十歲." 問其來留幾年, 則曰: "十七年."云. 而眞可與語者也. 在其國常樓居, 樓柱必用石, 樓樑不以木. 山川·草木·五穀·畜養, 皆與中國無異, 而五穀之中, 麥最居多云. 而及到佛語, 則以爲修善則致福, 爲惡則生災, 祈佛何爲. 中國之以爲佛自小西洋出來云者, 皆虛語云矣. 松齡今作欽天監正, 正是三品官也. 酬酌良久, 日已向暮, 作別還歸. 暗想之, 則西洋國, 特一別天地矣.

◆ 1756년 1월 24일

[61-62]天主堂官員劉松齡, 送人回單, 而皮封書曰: "大大人榮陞." 內有紅紙兩單. 而一則書曰: "來儀謹議, 不敢自專, 謹謝, 竝候近祉." 一則書曰: "謹具洋畵四張·呂宋果四枚·吸毒石二箇·洋鏡一方, 奉上." 所謂洋畵, 畵山水人煙之小畵也. 呂宋, 果卽苦果也, 洋鏡, 卽小面鏡也. 回單持來之人, 給送扇把·藥丸, 上房亦如之云.

---

8) 文: 원문은 '爻'로 되어 있으나, '文'의 오자로 여겨져 바로잡음.

이상봉(李商鳳) 『북원록(北轅錄)』

『연행록선집보유』 上

◇ 1761년 1월 8일

[836b]初八日, 戊申, 晴暖, 留北京.

家君, 朝進駱粥, 又進飯半盂. 同正副使出, 余與□□子謙從. 過玉河東岸, 出東安大街, 循宮墻而行, 折入小街口, 至東天主堂. 入有臺, 高可三四丈, 圓樑如偃弓, 長廡似伏黿. 南面開一虹門, 方柱圓楣, 或縱或橫. 非石非甎, 而不用一木. 從虹門入北壁, 畫多少女像, 其中一女, 散髮袒臂, 此所謂天主也. 蒜眼煞有精彩, 其始入也, 望之若怒. 馬頭輩, 或有卻步者.

東西畫無數女人抱多少嬰兒之狀, 芸芸如動. 至於錦惟之高搴, 甎砌之成方, 眞贋尤不可辯. 距數步而視, 猶不知[836c]爲畫, 以手摩挲, 驗其無物, 而後始辨. □□□□"古人以畫爲七分, 而此殆九分, 非溢美也." 或云, "用陰陽畫傳神, 故望之活潑若動"云. 畫者誰? 西洋人也. 其爲室深而奧, 左右皆有翼廂, 廂必有額, 東西窓牖, 又極明朗. 天板有扁, 曰, '眞元', 曰, '萬有', 曰, '無始', 曰, '無終' 此處無官員以守護, 惟四五隷人守之, 西洋人則在西天主云. 臺前後, 俱有長廊, 廊必有室, 室已下鑰. 從門隙覘視, 滿壁畫圖, 俱係神品. 入一室, 案上積星曆圖, 傍置水晶器, 制樣奇巧, 諦視之, 乃造成者也. 按天主, 卽所謂造物主宰, 如吾儒所謂鬼神也. 西人不尙三教, 唯尊天主, 一飮一喙, 皆以爲天主之賜, 以尊奉之若帝王, 愛戴之如父母.

其徒艾儒略之言曰: "造物主, 生我人[836d]類於世也. 如進之大庭中, 令饗豊醼, 又娛歌舞之樂也. 嘗試仰觀天象, 而有日月·五星·列宿之麗, 則天似室廬, 列象似瑰寶之飾垣壁者然. 俯察地形, 而有山川草木之羅列芬芳, 則猶劇戲之當場者然. 其他空中飛鳥, 江海潛鱗, 地上百穀果實, 則集五齊八珍之薦列几筵者然. 然則造物主之恩, 厚亦極矣. 胡爲乎人每日用, 不知若將謂固然宜然, 而曾莫究其所以然也. 夫唯造物主之神化無量, 是故五方萬國之奇詭不窮. 倘一轉念思厥所由, 返本還原, 徑固不遠, 區區之愚, 良有見于此爾. 所願共戴天覆地者, 旣幸宅是庭, 饗是醼, 觀是樂, 回而遡流窮源. 循末求本言, 念創設萬有一大主宰, 而喟然昭事之是惕, 則巵言薈[837a]粹庶其不貽說鈴之誚乎? 若曰, '異聞異見, 始以炫耀耳目.' 則儒略何人, 而敢於學海名區, 呈此伎倆? 是又玩物喪志之甚者也."云云. 覽已出街.

◆ 1761년 1월 27일

[862c]仍[862d]馳至西天主堂, 正副使列椅坐於中堂, 虛其一, 家君坐焉. 西洋二人, 又列椅對坐. 鶴髮厖眉, 長身碧瞳, 少無烟火界人氣味. 雖穿淸人服與帽而未掩也. 坐上頭者, 曰, '劉松齡', 字喬年, 尤秀者也. 堂內滿壁圖畵, 活潑逼眞, 而宛馬回首之形·雙犬相顧之狀, 尤入神. 揭榜曰, '氣和聲淸' 西士徐日昇所題也.

少焉, 進一大卓, 列鷄卵圓餠一器·長餠一器·木瓜糕·山裡紅糕各一器·小梨一器. 三使前薦一刀一匙, 匙以錫鑄, 張手形, 而柄用象牙. 劉操刀, 以井字割山裡紅糕, 又割鷄卵餠, 擧匙揷木瓜糕. 三使啜罷, 余輩又餕其餘. 木瓜糕, 爽而憩, 果異味也.

家君欲命筆代舌, 劉辭曰: "不會漢字, 請以重舌." 遂命邊譯憲傳語曰: "西來今幾年?"[863a]曰: "二十二年." 曰: "從古北來, 而或有旋歸故國者乎?" 曰: "未也. 一渡東洋, 輒埋骨燕山." 曰: "挈眷否?" 曰: "竝與幇子不來, 何眷之有? 惟吾二人而已. 此所謂出家也." 曰: "西洋距此爲幾里路?" 曰: "五萬餘里." 曰: "西洋國地方約幾許?" 曰: "西洋非國號, 猶中州諸國之通稱東洋, 西洋有三十國矣." 曰: "西洋也有統領諸國之君, 如中州之天子者否?" 曰: "未也. 只各自爲君而已." 曰: "君從何處來?" 曰: "熱爾瑪尼亞國人也."

請觀遠鏡, 呼幇子, 荷而出之. 長可八尺, 圍不過一握有半. 用四稜木, 空其中. 每尺餘環鐵片, 上下端附以鏡, 乃夜驗星宿之具也. 擎以雙手, 向屋脊覗之, 游動不定疊. 劉云: "盍揭諸器?" 遂引入小門, 門內有二層閣, 額第一層曰, '欽若', 第二層, 垂紅箔. [863b]閣前樹雙柱, 柱上橫雕藻圓木. 遂揭遠鏡於上, 又用兩木交撑之. 劉先覘之, 推出上頭, 頭出二寸有奇. 曰: "可以觀矣." 乃以次覘之. 天主殿屋脊雕瓦, 近在目下, 毫髮不爽, 眞奇寶也. 若以此登法藏寺彌陀塔上, 上頭皇居之壯, 不必足踏身踐而後可領會也. 劉云: "西洋有百尺鏡, 仰觀星漢, 則不差毫釐, 此亦向日而視, 猶驗日中之坎黑, 而方積雲蔽日, 使貴大人不得觀, 可恨也."

又引至觀象臺, 臺凡四方, 方各數間. 外甃以石, 內鋪以甎, 高過二人, 設石梯十餘級, 而屈曲盤折, 便於登降. 前有一屋子, 劉用長木, 拍其南簷而捲之, 天光徘徊, 可以通望. 又從前後捲之如南, 宛然無屋空架. 當中樹兩柱, 柱上橫一木.

木上揭一把遠鏡. 劉[863c]又先覘而後却步立曰: "可以觀." 遂闔一眼覘之. 鏡面用鐵絲分金, 一絲竪而三絲橫, 此所以窺測星宿躔次之具也.

又其對壁懸定時鏡, 當中坎圓鏡, 鏡中揷小針, 環四周列十二辰, 而不以字以畫, 畫以一二三四爲別, 以琉璃覆其上面. 針自轉動, 適時指辰. 視其底, 有機括, 隨環而轉, 叮嚀有聲. 雖大小不同, 其製樣, 則一如中和殿庭老璫所佩之物矣.

又主天主堂請觀西樂, 劉與其伴有所云云, 其人卽登行樓. 已而螺角簫管, 鼓缶琴笛聲迭奏互鳴, 淸濁高低, 雜然聒耳, 略似我國之軍樂. 請觀樂器, 劉引余至右夾室, 升十層梯. 又升九層梯, 始登樓上. 樓北壁分三層, 第一層, 立圓筒之鍍鉛者, 八十七箇. 其大如椽, 長短不齊, [863d]箇箇有小孔. 第二層, 鋪角牌二十七個, 第三層, 又鋪角牌十數個. 左六七步爲小室坎, 其中用革附木, 如草屋狀. 以足按之則入, 捨之則出, 若風爐之開闔. 一人以指按角牌, 則一人以足踏風爐, 而樂作矣. 余使之止, 遂按第一牌, 樂聲雄壯, 如吹大螺. 第二·第三, 至第九·第八, 以次輕淸, 至第十九·二十, 則細而長, 宛然玉笛寥亮之響. 第二十六·二十七, 則淸極而微. 又按下層十牌, 亦以次淸濁不齊. 盖以高低長短, 節八音而行八風者也. 又一齊按上下牌, 宮商佚奏, 律呂合度, 眞奇寶也. 及撤樂也, 合籤於傍, 則雖按牌, 樂無聲矣. 至小室革包, 隨其闔闢, 風自坎中出沒, 聲若轉輪, 可謂透天機而奪造化, 看來令人神奪.

劉又携吾儕[864a]至小樓, 過石梯七級, 循木梯八級, 上懸七鐘, 鐘以次漸小, 前者最大, 後者最小. 大鐘之傍, 高懸一桴, 小鐘之後, 作小龕, 揭小扉. 內作機械, 如我國紡車樣. 中懸樛鐵, 鐵自轉運, 不少息. 用細鐵索, 一頭綴之七鐘, 一頭綴之樛鐵. 龕之後, 卽空地也. 用大絚四五條, 條端各懸一石塊, 貫龕頂而垂之地. 此所謂自鳴鐘也. 劉言, "申時不遠, 少焉, 鐘自鳴矣." 已而, 樛鐵不轉, 龕內機械左轉甚疾. 轉已, 有小桴自上而來, 擊第七最小鐘, 七次擊已. 又有桴擊第一最大鐘, 數次擊已, 樛鐵又轉運如故, 亦異觀也.

自中堂至欽若樓, 其間有小門, 有一禽. 大如梟而頭較身小, 首與尾短, 頂長而喙曲, 肉鼻有二條, 一垂之頸, 一垂之頷, 而能縮能伸. 毛[864b]羽則黑白相間, 如我國所謂鷹鷄. 見人惱怒, 逆羽張尾, 其大如小鶥, 血聚鼻上, 紅色益鮮, 此所謂洋溪之雄也. 又有一禽, 大如鴨而首尾長, 羽毛短, 朱冠最小, 只在啄端, 聲如野鴨者, 洋鷄之雌也. 皆西洋亞墨利加州白露國所產. 有稍白者, 有灰色者, 有靑天色者, 生有鼻肉, 而開屛其羽毛, 如孔雀. 生子之後, 不甚愛養, 須人照管, 方得存活云. 又有二大狗, 皆以鐵索係其項, 防其噬人, 而猶見人吠而進, 此北產也. 公署及諸王家皆畜之.

又至一小室, 室內堆積律曆書. 余曰: "『天學初函』, 曾讀過幾遍." 劉不會, 顧謂邊譯, "『幾何原本』乎?" 余曰: "非也." 曰: "今乃創聞, 何由讀過." 室之庭除, 有二甃井, 用圓石覆其上. 兩井之間竪兩柱, 柱上橫一[864c]木, 木上懸一圓環, 環端以大繩貫其中, 繩兩端各係織柳小瓢, 泛之井. 汲水者挐其繩, 則左瓢汲左井, 右瓢汲右井, 右出則左入, 左出則右入, 其挐繩也, 亦不用力, 而惟持環柄轉之. 凡事之入妙, 類如此. 時適喉渴, 以一清換冷茶一盂啜之.

三使出, 劉與諸人送至門. 余曰: "何不以渾天儀示之乎?" 答曰: "人如是紛踏, 安能盡? 日後從頌惠然, 則吾無隱乎公." 曰: "雖欲復來, 閽者阻之, 奈何?" 劉卽呼守門者, 指余謂曰: "此公如或臨門. 須火告余." 揖而入. 余亦揖而出, 還館.

◆ 1761년 2월 6일

[879b]余至玉河舊館, 欲見大鼻韃子, 令通官招出門外, 方醉臥不肯見人云. 遂至西天主堂, 閽者又阻之, 踞床良久, 閽者請入. 入中閾, 劉正松齡迎揖, 讓門而入, 延至中堂. 堂揭額, 曰, '和氣聲清', 傍有小字, 曰, '雍正三十九年月日, 賜徐日昇', 前日打話之室也. 又扁左右楹, 曰, '琴愛靜時彈, 雲從高處望'. 主客對椅而坐, 三啜茶罷, 余書曰: "尊候何似? 向蒙示渾天·簡平儀之敎, 所以再叩門屛." 劉讀過一遍, 答以語可謂, 話不同不可知. 余曰: "滿腔多少懷, 脉脉不能言." 劉招一書記來, 與之筆, 呼而書之曰: "請敎. 來過幾次?" 曰: "初入京. 僕乃李商鳳, 敢問僉尊姓名." 書記曰: "這大人姓劉名松齡, 賤姓徐名承恩, 卽[879c]明相國徐光啓七世孫." 曰: "世守先子之學乎?" 曰: "未能, 未能." 曰: "尊先相公明於數學, 與西士利瑪竇, 反復闡揚, 多所著述. 愚也讀其書, 想其人, 若朝暮遇之, 今幸得見相公之雲仍也.『天學初函』應在貴案, 可以示余否?" 曰: "不識." 曰: "初函首題'幾何原本'" 曰: "唯有『天問略』·『句股義』而已."

曰: "西洋學稱仙界·道理·地方·人物·風謠, 盍爲俺詳說之?" 劉曰: "同在天高地厚之中, 亦不相大異耳. 其中智愚, 亦有不同." 曰: "古人云'百里不同風, 千里不同俗.'今東西相距幾萬里, 其間豈無奇聞異蹟之可述者? 至於智愚不同, 氣質囿之也."

曰: "貴處亦有坤輿圖否? 此便詳悉, 如論治國平天下, 大同小異, 但五倫之中, 夫婦一倫, 獨守其正, 終無娶妾之道. 所奉敬者, [879d]唯一造化天地人物之主,其餘邪神, 不恭敬." 曰: "若不娶妾, 則男爲女守貞, 若女子之夫死不嫁者然歟?" 曰: "夫死, 女可再嫁, 猶之妻子死, 夫可再娶也. 但妻生時, 不可娶妾, 猶之夫在不得再嫁耳."

余贈之以五彤管, 劉受言叩謝, 箇箇開甲而視之. 余曰: "飫聞尊公精於數理之蘊, 每欲得接容光, 窺見一豹之班, 而行事有期, 暇日無多, 深所歎恨. 尊必知人前後命與數, 幸爲僕籌之, 則東歸有所不忘者." 曰: "咱們不信命數, 緣命稟有生之初, 非人所能揣度也." 曰: "好箇話." 曰: "貴國亦有船到中國來否?" 曰: "只有一帶鴨綠水, 一葦可杭. 西洋渡幾里海路?" 曰: "約五六萬里. 鴨綠水出海口否?" 曰: "源出白頭山頂." 曰: "四方多是海, 請敎陸地上有水道[880a]出海之河否?" 曰: "環東土皆海也. 唯自義州距北京, 左夾渤海而來, 直路則唯有一衣帶水而已."

曰: "『天學初函』在貴藏否?" 曰: "在敝國欽天監." 曰: "知道, 有幾多大? 幾多夲?" 曰: "約數十夲." "西洋亦尊尙孔夫子否?" 曰: "亦尊敬." 曰: "斥佛乎?" 曰: "斥." 曰: "西洋與東洋大小, 如何?" 曰: "東洋也有多少地方, 西洋一然." 曰: "西洋有三十餘國云, 爲治之道如何? 其名山·大川·珍獸·異禽必多, 可觀可聞者?" 曰: "現今有九個國王, 山川與中國相同. 至于禽獸, 西洋所有, 中國亦間有無者, 中國西洋一然." 一卒自外入, 有所云云, 劉卽起身而出. 徐君曰: "聞三大人方來, 大人且去用餕, 有罪有罪." 余曰: "九國之名, 君亦記有否?" 曰: "其名都是西音, 絶無意義可解, 唯西洋能解之."

曰: [880b]"君居那邊? 將欲與西士講究曆學而來乎?" 曰: "賤夲江南人. 但因大人們用寫書啓并進上摺字之類, 故在此耳." 曰: "摺字, 何物?" 曰: "上皇上奏夲也." 曰: "此亦官耶? 與書辦尊卑, 如何?" 曰: "書辦在欽天監衙門內, 此係賤役. 我在此, 係窃先生之職耳." 曰: "西士中有工於傳神者乎?" "有姓郎的, 有姓艾的, 俱在皇上裡頭. 老爺幾多貴庚了?" 曰: "二十九. 敢問尊岭?" 曰: "虛度了三十七歲耳." 曰: "日用彜倫, 莫非事也, 曷謂虛度?" 曰: "名不成業不就, 特讀幾句死書而已." 曰: "心性內也, 名業外也, 其成與就, 自有分量. 至於古人千言萬語, 莫非活潑潑地, 何可謂之死書?" 曰: "尊大人幾時到此?" 曰: "領賞歸路." 曰: "吾儕偶爾萍逢, 對榻娓娓, 亦係奇遇." 曰: "果然. 果然." "請問[880c]尊公大人, 幾時再到此地?" 曰: "未可期."

曰: "此地素称名勝地, 有幾處?" 曰: "在此日久, 未見所奇." 曰: "仙鄕在江南. 何州何縣?" 曰: "松江府上海縣, 距京都三千五百里." 曰: "君能遍踏洞庭·岳陽之勝乎?" 曰: "未曾, 未曾." 曰: "足下親黨中克述先相國曆法者, 有幾個人?" 曰:

"寒宗念書科甲者, 有十幾人, 能講習天文者, 沒有." 曰: "尊亦業八股否?" 曰: "考試幾次, 未得進學. 尊公大人今日必駕到否? 劉大人在家恭候." 曰: "不久當駕到." 曰: "三位大人都來? 抑獨尊公一位也?" 曰: "三大人一位當來臨." 余與徐生出至外堂. 堂左右有額曰, '密合天行, 盡善盡美' 又扁'琴愛靜時彈, 雲從高處望' 之句. 東壁貼天象啚, 西壁貼坤輿啚, 如地形·地震·山岳·海潮·海動·江河·人物·風俗·[880d]各方生産, 莫不備載, 或爲啚, 或爲說.

康熙甲寅, 西士南懷仁因利瑪竇·艾儒畧·高一志·熊三拔, 諸子所嘗論辨者發揮之. 其說非徒擴前人所未發 至於『職方外記』皆係異聞, 今錄其槩.[9] 槩以爲格致之一大端. 盖以天下萬國分爲五大州, 一曰亞細亞州. 人類肇生, 聖賢首出. 其界南至蘇門答喇·呂宋等島, 北至新增白臘及北海. 東至日夲島·大淸海, 西至大乃河·墨河的湖·大海·西紅海·小西洋. 國土不啻百餘, 大者首推中國, 此外曰韃而靼, 曰回回, 曰印第亞, 曰莫臥爾, 曰百兒西亞, 曰度兒格, 曰如德亞, 俱此州巨邦. 海中有大島曰 則意蘭, 曰蘇門答喇, 曰瓜哇, 曰渤泥, 曰呂宋, 曰大路各, 更有地中海諸島, 亦屬此州界內. 中國則居[880a]其東南, 自古帝王聖哲·聲名文物·禮樂衣冠·遠近山川·土俗物産·朝貢諸國, 詳載省志諸書, 不贅. 西北有回回諸國, 卽回子國也. 人多習武, 亦有好學好禮者. 初宗馬哈默之敎, 諸國多同. 後各立門戶, 互相排擊. 地産牛羊馬畜極多. 因不啖豕, 諸國無豕. 莫臥爾, 印度有五, 唯南印度仍其舊, 餘四印度皆爲莫臥爾所併. 其國甚廣, 分十四道, 象三千餘. 嘗攻西印度, 其王統人五十萬, 馬十五萬, 象二百. 每象負一木臺, 容人二十. 載銃千門, 大者四門. 每門駕牛二百. 盛載金銀五十罌, 以禦不勝, 盡爲莫臥爾王所獲. 印度國産獨角獸, 形大如馬, 極輕快. 毛色黃, 頭有角, 長四五尺, 其色明. 作飮器, 能解毒. 角銳能觸大獅, 獅與之鬪, 避身[881a]樹後, 若誤觸樹, 獅反噬之.

…〈中略〉…

[893a]與徐君指點圖畵之玅, 辨論方輿之大, 劉老自內而出, 付以『坤輿圖說』二冊曰: "請學過天文否?" 曰: "士生斯世, 微而天象, 顯而彜倫, 莫非吾人分內事. 但敝邦人孜孜於聖賢經傳, 或有發前人所未發者, 而至於天象曆數, 則糟粕而已. 俺亦有意未能焉, 方欲購得新書, 東歸細究所未究, 是素志, 而恐無明者爲之指

---

9) 今錄其槩: 이 대목은 원본에는 '以下不書'라고 적혀 있고, 원본의 두주에 '今錄其槩'라고 따로 기록해 놓았다. 그런데 아래에 『직방외기』의 많은 부분을 초록해 놓고 있기에, 이와 같이 수정하였다.

南. 今幸得攀高人, 未能一叩關鍵, 其將茹恨而歸耳." 劉[893b]曰: "洪大人, 於三大人爲何許人?" 曰: "吾三大人之同僚也. 老爺在燕邸居何官? 而月捧爲幾許? 離鄕萬里, 能無遼鶴重返之願歟?" 曰: "係欽天監監正, 食三品俸. 離鄕萬里, 原欲引人入敎." 有一幇子自外告曰: "高麗三大人臨門矣." 余卽起身而出, 劉亦躡後迎入中堂, 對椅而坐. 家君命小子書示曰: "向者多人悤擾, 未能從容, 故雖聞近少暇日, 而不速再來者. 一見眉睫, 決非烟火界人, 東歸隔日, 拔忙叩扉. 尊府亦知此意, 半餉倒傾幸甚." 劉又命徐生以書對曰: "心中願得, 大人多住幾日, 多見幾次, 甚屬歡喜." 曰: "日昨正副使有所奉贈之物, 而僕則一欲更攀淸儀, 仍爲面幣, 故玆始以若干紙扇携呈, 些略可愧. 以壯紙一束·別扇二把·[893c]大淸心二丸爲禮." 劉受言藏之, 叩謝不已. 余曰: "郞大人三尊位, 何間到此堂?" 曰: "郞大人不能來這堂, 常在圓明園." 曰: "三尊中所寫得意盡, 吾大人欲得一玩, 曰, '常見裡面, 畵外面一幅沒有.'"

家君曰: "銀河非大地河海之精, 乃衆星所聚, 精光之如水者, 此乃貴國人所傳天象也. 果如是說, 則先儒所稱水精者非耶?" 曰: "天河本係小星所聚, 如有至好千里鏡, 便能辨之." 曰: "小星之環天體, 其狀如帶者, 何象也? 天漢之中間岐而復合者, 又何象也?" 曰: "此卽命爲天河." 曰: "周天三百六十五度四分度之一. 天之一度爲地之二百里, 如是分之, 則十度不過二天五里零, 百度不過二萬五千里零, 則周天之下, 不過七八萬里, 自極南之國, [893d]至極北之地, 似當爲四五萬里. 自倭國距西洋, 又不知爲幾萬里, 此說將何適從?" 曰: "天周三百六十度, 地亦如之. 度二百里, 天上度越高越大." 仍誦南懷仁之言曰: "地周三百六十度, 每度二百五十里, 其周圍實獨有九萬里. 令地爲方, 四面爲一面, 應得二萬二千五百里. 人居一面地平之上, 其二萬二千五百里之內, 幷宜見之. 乃今目力所及, 大略能見三百里, 卽于最高山上, 未有能見四五百里者, 則地之圜体突起于中, 能遮兩界故也."

適紙乏, 劉呼僮出數張, 乃我國大好紙也. 曰: "然則地之周, 不過六萬餘里, 可乎?" 曰: "地一周三百六十度, 一度二百里, 則地一周七萬多里. 所以舊說, 每度二百五十里, 稱一周, 共九萬里." 曰: [894a]"此去西洋五六萬里, 又去日本三萬有餘里, 然則一周地有餘矣." 曰: "西國一直到中國, 不過三萬里, 因饒湾子故遠耳." 曰: "此去日本, 直到不過二萬有餘里, 又去西國不過三萬有餘里, 若如貴國言, 則幾乎已周地矣, 不可曰, '東西絶遠矣'"

劉卽起身而入, 取方輿圖一軸而來, 擧手指之甚悉, 一軸可五六十張, 而天下五大州, 盡入其中. 自中國以至黑人·回子·日本·西韃, 其地方道里·山川·人物, 莫不畢載, 而尤詳於西洋. 我東則附之中國幅圓內, 而不別立圖. 其圖回子人物形容衣裳, 傳七分神, 其他地方人物, 雖不可驗, 推此可知其不爽矣. 山川地名, 皆以西字題之, 字形方而横, 横而竪[10], 極整齊精細. 又以五色線, 縱横圖上, 此[894b]所謂經緯線也.

余曰:"有以漢字題地名者乎?" 曰: "無有." 仍示南懷仁坤輿圖, 畧曰: "夫地與海本是圓形, 而合爲一球, 居天球之中, 誠如鷄子黃在靑內. 有謂地爲方者, 乃語其定而不移之性, 非語其形體也. 天旣包地, 則彼此相應, 故天有南北二極, 地亦有之. 天分三百六十度, 地亦同之. 天中有赤道, 自赤道而南二十三度半爲南道, 赤道而北二十三度半爲北道. 按中國在赤道之北, 日行赤道, 則晝夜平, 行南道, 則晝短, 行北道, 則晝長. 故天球有晝夜平圈列於中, 晝短晝[11]長二圈列於南北, 以著日行之界. 地球亦設三圈, 對於下焉. 但天包地外爲甚大, 其度廣, 地處天中爲甚小, 其度狹, 此其差異者耳. 查得直行北方者, 每路二百五十里, 覺北極出高一度, 南極入低一度, 直行南方者, 每路二[894c]百五十, 覺北極入低一度, 南極出高一度, 則不特審地形果圓, 而竝徵地之每一度廣二百五十里, 則地之東西南北, 各一週, 有九萬里實數也. 是南北與東西數相等, 而不容異也.

夫地厚二萬八千六百三十六里零百分里之三十六分, 上下四旁皆生齒所居, 渾淪一球, 原無上下. 盖在天之內, 何瞻非天? 總六合內, 凡足所貯, 卽爲下, 凡首所向, 卽爲上, 其專以身之所居分上下者, 未然也. 且予自大西浮海入中國, 至晝夜平線, 已見南北二極, 皆在平地, 略無高低, 道轉而南, 過大浪山, 已見南極出地三十五度, 則大浪山與中國[12], 上下相爲對待矣. 而吾彼時只仰[894d]天在上, 未視之在下也, 故謂地形圓, 而週圍皆生齒者, 信然矣.

以天勢分山海, 自北而南爲五帶. 一在晝長晝短二圈之間, 其地甚熱帶, 近日輪故也. 二在北極圈之內, 三在南極圈之內, 此二處地居甚冷帶, 遠日輪故也. 四在北極晝長二圈之間, 五在南極晝短二圈之間, 此二地皆謂之正帶, 不甚冷熱, 日輪不遠不近故也. 又以地勢分輿地, 爲五大州, 各州之界, 當以五色別之, 令其便覽. 更[13]圓爲平, 反圈爲線耳. 欲知其形, 必須相合, 連東西二海爲一片, 可也. 其經

---

10) 竪: 원본에는 '堅'으로 되어 있는데, 오자로 여겨 바로잡음.

11) 晝: 원본에는 '夜'로 되어 있는데, 원 출전인 『곤여도설』에 의거해 바로 잡음.

12) 國: 원본에는 없는 글자인데, 원 출전인 『곤여도설』에 의거해 보충해 넣음.

緯線, 本宜每處畫之, 今且惟每十度爲一方, 以免雜亂, 依是可分置各國于其所.

天下之緯, 自晝夜平線爲中而起, 上數至北極, 下數至南極. 天下之經, 自順天府[895a]起爲初度, 至三百六十度, 復相接焉. 試加察得福島, 離中線以上二十八度, 離順天府以東二百十五度, 則安之于所也. 凡地在中線以上至北極, 則實爲北方, 在凡中線以下, 則實爲南方焉. 又用緯線, 以著各極出地幾何, 盖地離晝夜平線度數, 與極出地度數相等, 但在南方, 則著南極出地之數, 在北方, 則著北極出地之數也. 假如視京師, 隔中線以北四十度, 則知京師北極高四十度也. 視大浪山, 隔中線以南三十五度, 則知大浪山南極高三十五度也. 凡同緯之地, 其極出地數同, 則四季寒暑同態焉. 若兩處離中線度數相同, 但一離于南, 一離于北, 其四季竝晝夜刻數均同, 惟時相反, 此之夏爲彼之冬耳. 其長晝長[895b]夜, 離中愈遠, 則其長愈多. 余爲式以記于圖邊, 每五度, 其晝夜長何如, 則東西上下隔中線數一, 則皆可通用焉.

用經線, 以定兩處相離幾何辰也. 盖日輪一日作一週, 則每辰行三十度, 兩處相離三十度, 竝謂差一辰. 假如山西太原府, 列在于三百五十五經度, 而則意蘭島列于三百二十五經度, 彼此相去三十度, 則相差一辰. 故凡太原爲午, 則意蘭爲巳, 其餘倣此焉. 設差六辰, 則兩處晝夜相反焉. 如所離中線度數又同, 差南北, 則兩地人對足底反行, 假如河南開封府, 離中線以北三十四度, 又南亞墨利加之內近銀河之地, 如趙路亞斯等離中線以南三十四度, 而列于一百七十七經度, 彼此相去一百八十度, 卽六[895c]辰則彼此相對, 反足底行矣. 從此可曉同經線處竝同辰, 而同時見日月蝕焉.

夫地圖所定各方之經緯度, 多歷年世, 愈久而愈準. 盖其定法, 以測驗爲主, 當其始, 天下太半諸國地海島, 不可更, 僕前無紀錄之事, 不知海外之復有此大地否也. 近今二百年來, 大西洋諸國名士, 航海通游天下, 週圍無所不到, 凡各地依曆學諸法測天, 以定本地經緯度, 是以萬國地名輿圖, 大備如此. 其六合之地, 及山川·江河·湖海·島嶼, 原無名稱, 凡初歷其地者, 多以前古聖人之名名之, 以爲別識, 而定其道里云."

余曰: "蒙諭詳悉, 深荷鄭重, 儀器之可以觀者, 又無隱乎余?" 劉卽起身而入, 取渾天球而來, 斲木爲團圓, 大似西瓜, 空其中貫之機, [895d]以便轉動. 其上刻星宿躔度·黃赤道及南北極出入地度數, 極其詳悉.

---

13) 更: 원본에는 '各'으로 되어 있는데, 원 출전인 『곤여도설』에 의거해 바로 잡음.

家君顧小子有所論難, 劉在傍聽已領, 語李譯寅德曰: "公子煞能領會矣." 已而點茶, 又以鷄卵方圓餠·山裡紅糕, 進之家君, 家君以其餘分之諸人. 啜罷, 余曰: "簡平儀·璿璣玉衡, 盍觀余?" 劉曰: "俱在觀星臺. 若要見, 須與禮部大人說便見矣." 曰: "禮部似恡一觀." 曰: "然." 余以別扇二把, 爲禮謝『坤輿誌』之贈也. 劉以〈黃道總星圖〉二本, 〈水墨羽獵〉二本·金綾花二張·小刻刀一柄. 柄用黃錫, 刃甚銛利, 中附小釘, 如意屈伸, 舍則藏刃於柄, 殊奇製也. 又吸毒石二個, 狀如燕石而小, 苦瓜一顆, 小如栗, 舐之甚苦. 以是進之家君及余, 家[896a]君受而謝之, 還綾花與刻刀曰: "此兩物物也, 與書畵·藥石不同, 不敢受." 劉含笑謂李譯曰: "好個好個. 只取書畵·藥石而已."

余問苦瓜療何疾, 曰: "已藿亂嘔吐." 曰: "吸毒石用法可聞歟?" 劉入取三張卷子來, 題曰, '吸毒石原由用法' 其書曰: "小西洋有一種毒蛇, 其頭內生一石, 如扁豆仁大, 能拔除各種毒氣, 此生成之吸毒石也. 土人將此石捶碎, 同本蛇之肉及本地之土, 搗末和勻, 造成一石. 式如圓棊子, 乃造成之吸毒石也. 凡走獸及諸虫, 各有本性所喜之氣味, 養其本體, 猶草木各吸本體之所需, 以養其本體者然. 夫毒蛇之類, 本性喜食諸毒氣, 以滋養其生, 并爲兵甲以護衛其身, 免他物之害, 如馬之有蹄·牛之有角·虎狼獅象之[896b]有爪牙長鼻, 以扞敵焉. 若諸毒虫無毒味養其体, 猶牛馬無芻粟養其身, 則性命必不能保存矣. 故毒味實爲毒虫本性所喜所需者, 可用法以驗之. 盖土內雜入諸毒物料, 又將毒蛇之肉, 先以法去毒後, 將此無毒之蛇肉, 入於毒料之土內, 則蛇肉必盡吸本土諸毒, 全萃于本肉之內, 此明徵其本性所喜所需者也. 今吸毒石所以有吸毒之能力者, 乃因石所由成之質, 與毒蛇之性情相同故耳. 夫毒虫之類, 無算各品形質, 俱有本性之惡氣, 故亦各有本虫以消其惡氣, 如禽獸有飢虱. 草木花卉隨本體之虫, 土木各有蛇蝎蜈蚣蝦蟆等各氣行, 有蜘蛛蟥蚊等皆爲以除各物之毒氣, 竝養諸虫之本體, 總所以利益保存. [896c]人類愈顯, 造物主之愛人, 節制調和各品之物, 順其性以完全寰宇之美好云爾.

又曰: "此石能治蛇蝎蜈蚣毒虫傷齒, 竝治癰疽一切腫毒惡瘡, 其效甚速. 若遇此患, 卽將吸毒石, 置于傷齒處及癰疽惡瘡之上, 此石便能吸拔其毒, 緊粘不脫, 俟將毒吸盡時, 方自離解. 是時急持吸毒石, 浸于乳汁之內, 浸至碁變綠色爲度後, 將此石取出, 以淸水洗淨抹乾, 收貯以待後用. 其所浸之乳汁, 旣有毒在內, 須掘地傾掩, 免傷人物, 如傷毒及瘡毒或未盡, 仍置吸毒石吸拔之, 其法如前. 若吸毒石離解不粘, 是其毒已盡, 患可徐痊. 乳汁須豫備半鍾爲要, 或人乳, 或牛乳, 俱可倘. 是時無乳汁可浸, 或浸之稍遲, 則此石受傷, 後不堪用矣." [896d]此亦南懷仁所識也.

家君告別而出, 余亦後, 劉送至大門外, 顧謂李譯曰: "公子很[원주: 最字之義]明白, 很明白." 徐生又牽衣告別, 贈以小淸二丸而歸. 余與劉正語半日, 時時以揚烟傅之鼻端, 盖用羊角爲小盒, 狀如袖中天, 盛藥末於中, 臭甚峻烈, 近鼻輒嚔, 利於通氣. 西人常用此法, 食息不休, 卓下置唾具, 一室無一點塵埃.

홍대용(洪大容) 『을병연행록(乙丙燕行錄)』

『연행록전집』 49

◇ 1766년 1월 7일

[49-257] 식젼의 셰팔을 불너 텬쥬당 보기를 의논ᄒᆞ니 셰팔이 닐오ᄃᆡ, “년젼은 텬쥬당 사ᄅᆞᆷ이 됴션 사ᄅᆞᆷ을 각별이 대졉ᄒᆞ고 귀경 가ᄂᆞᆫ 사ᄅᆞᆷ을 막ᄂᆞᆫ 일이 업더니, 근ᄂᆡ예 귀경가ᄂᆞᆫ 사ᄅᆞᆷ이 혹 잡되이 보채고 자리와 그림을 더러이ᄂᆞᆫ 고로 심히 괴로이 녁여 문을 막아 드리디 아니 ᄒᆞ니, 미리 통치 아니 ᄒᆞ면 드러가기를 밋디 못ᄒᆞ리라.” ᄒᆞ거ᄂᆞᆯ, 드ᄃᆡ여 셰팔노 ᄒᆞ야곰 몬져 나아가 내일 가고져 ᄒᆞᄂᆞᆫ ᄯᅳᆺ을 통ᄒᆞ라 ᄒᆞ니라.

텬쥬당은 셔양국 사ᄅᆞᆷ의 머무ᄂᆞᆫ 곳이니 셔양국은 셔편 바ᄃᆞ 가온ᄃᆡ 잇ᄂᆞᆫ 나라히오, 듕국셔 수만 니 밧기라. 옛적은 듕국을 통ᄒᆞᆫ 일이 업더니 대명 만녁 년간의 셔양국 니마두라 ᄒᆞᄂᆞᆫ 사ᄅᆞᆷ이 비로소 듕국에 드러오니, 니마두ᄂᆞᆫ 텬하의 이샹ᄒᆞᆫ 사ᄅᆞᆷ이라. 스ᄉᆞ로 닐오ᄃᆡ, “이십여 세예 텬ᄒᆞ를 구경ᄒᆞᆯ ᄯᅳ지 이셔 나라ᄒᆞᆯ ᄯᅥ나 텬하를 두루 보고, ᄯᅡ 밋흐로 도라 듕국을 드러왓노라.” ᄒᆞ야시니, 그 말은 비록 밋부지 아니 ᄒᆞ나, 대개 텬문셩샹과 산슈 녁법을 ᄆᆞᆯ 거시 업ᄉᆞᄃᆡ, 다 근본을 구획ᄒᆞ고 증거를 ᄇᆞᆰ혀 ᄒᆞ나토 억탁ᄒᆞᆫ 말이 업ᄉᆞ니, 대개 텬고의 긔이한 ᄌᆡ죄오, ᄯᅩ 저히 ᄒᆞᆨ문을 듕국에 뎐ᄒᆞ니, 그 ᄒᆞᆨ문은 대강은 하ᄂᆞᆯ을 존슝ᄒᆞ여 하ᄂᆞᆯ 셤기믈 불도의 부쳐 셤기ᄃᆞ시 ᄒᆞ고, 사ᄅᆞᆷ을 권ᄒᆞ야 됴셕의 예ᄇᆡᄒᆞ고 착ᄒᆞᆫ 일을 힘ᄡᅥ 복을 구ᄒᆞ라 ᄒᆞ니, 대져 듕국 셩인의 도와 다르고, 이젹의 교괘라 족히 니를 거시 업ᄉᆞᄃᆡ, 다만 텬지 도슈와 칙녁 근본을 낫낫치 의논ᄒᆞ야 셰월 졀ᄒᆞᆯ 틀니디 [49-258]아니케 ᄒᆞᆷ은 ᄯᅩᄒᆞᆫ 녯 사ᄅᆞᆷ의 밋디 못ᄒᆞᆯ 곳이오,

ᄯᅩ 그 나라 풍쇽이 공교ᄒᆞ기 이샹ᄒᆞ야 온갓 긔계를 별양 정묘히 ᄆᆞᆫᄃᆞ니, 이러므로 니마두 죽은 후에 그 나라 사ᄅᆞᆷ이 년ᄒᆞ야 듕국을 통ᄒᆞ야 긋디 아니 ᄒᆞ고, 근ᄂᆡᄂᆞᆫ 작품을 주어 후록을 먹이고 칙녁 ᄆᆞᆫ돌기를 젼혀 맛지니, 그 사ᄅᆞᆷ들이 ᄒᆞᆫ번 나오면 도라가ᄂᆞᆫ 일이 업ᄉᆞᄃᆡ, 각각 집을 지어 ᄯᅡ로 거쳐를 뎡ᄒᆞ고 듕국 사ᄅᆞᆷ과 혼잡디 아니 ᄒᆞ니, 동셔남북에 집이 이셔 일홈을 텬주당이라 ᄒᆞ야시니, 이ᄂᆞᆫ 하ᄂᆞᆯ을 쥬ᄒᆞᆫ다 말이라. 그 듕 셔편 쥬당이 집과 긔물이 더 이샹ᄒᆞ고, 두 사ᄅᆞᆷ이 이시ᄃᆡ ᄒᆞ나흔 뉴숑녕이오, ᄒᆞ나흔 포우관이니, 두 사ᄅᆞᆷ이 다 나히 만코 소견이 놉흐니, 젼브터

아국 사룸이 츌입ᄒᆞᄂᆞᆫ 곳이러라.

이윽고 셰팔이 드러와 닐오ᄃᆡ, "큰 셔통관이 아무넹 드러와 문을 엄금ᄒᆞ야 츌입을 통치 아닛ᄂᆞᆫ다." ᄒᆞ니, 큰 셔통관은 셔종ᄆᆡᆼ이니 셔종현의 ᄉᆞ촌 형이라. 종ᄆᆡᆼ의 형 셔종슌은 대통관을 당ᄒᆞ야 권녁이 냥국의 진동ᄒᆞ더니, 종슌이 죽은 후에 종ᄆᆡᆼ이 그 뒤를 니어 쏘ᄒᆞᆫ 권셰를 브리ᄃᆡ, 아국 말을 능히 ᄒᆞ고 셩경이 능활ᄒᆞ야 여러 번 칙ᄉᆞ를 ᄃᆞ리고 아국의 ᄃᆞᆫ니매, 대쇼 일을 다 종ᄆᆡᆼ의 손의 결단ᄒᆞ고, 쏘 욕심이 무궁ᄒᆞ고 위인이 불양ᄒᆞ니, 아국 역관들이 감히 그 쯧을 어그룻지 못ᄒᆞ고 극히 두려워 ᄒᆞᄂᆞᆫ지라.

제 사ᄂᆞᆫ 곳이 황셩셔 ᄉᆞ십 니 밧기라 병이 이셔 드러오디 못ᄒᆞ얏더니, 이날 아츰의 드러오ᄃᆡ ᄆᆞ참 통관 오림픠 제 집의 음식을 ᄀᆞ초고 일힝 역관을 쳥ᄒᆞ야 노ᄂᆞᆫ디라. 이러므로 셔종ᄆᆡᆼ이 드러오ᄃᆡ 역관들이 나가 대졉디 못ᄒᆞ얏ᄂᆞᆫ디라. 종ᄆᆡᆼ이 크게 노ᄒᆞ야 문을 엄히 막으믄 아국 사룸을 갈아 곤욕ᄒᆞᄂᆞᆫ 의ᄉᆞ니, 갑군이 문을 엄히 직희여 안팟기 서로 말을 통치 못ᄒᆞ게 ᄒᆞ고, 물깃ᄂᆞᆫ 사마군을 쏘ᄒᆞᆫ 젼닙을 벗겨 갑군을 맛져 즉시 드러올 쯧을 뵈게 ᄒᆞ고, 수를 혜여 부졀없[49-259]ᄂᆞᆫ 사룸을 ᄂᆡ여 보내디 아니 ᄒᆞ니 귀경ᄒᆞᆯ 일이 극히 낭픽ᄒᆞᆯ디라.

역관들이 드러왓거ᄂᆞᆯ 그 연고를 무ᄅᆞ니, 다 긔ᄉᆡᆨ이 져상(沮喪)ᄒᆞ야 긔운을 펴디 못하고, 다만 서로 ᄀᆞᆯ오ᄃᆡ, "종맹이 죽지 아니면 북경을 ᄃᆞᆫ니기 어려우리라."

ᄒᆞ고, 혹 ᄀᆞᆯ오ᄃᆡ, "비록 그러ᄒᆞ나 사오나온 가온ᄃᆡ 슬긔온 거시 잇ᄂᆞᆫ디라. 변통키 여려온 일은 능히 쥬선ᄒᆞᄂᆞ 니 업시키ᄂᆞᆫ 어려우리라." ᄒᆞ더라. 귀경 ᄒᆞᆯ 일을 의논ᄒᆞᆫᄃᆡ, 다 ᄀᆞᆯ오ᄃᆡ, "ᄉᆞ오일 안ᄒᆞᆫ 변통ᄒᆞᆯ 길히 업ᄉᆞ니, 져기 진경ᄒᆞ기를 기ᄃᆞ리라." ᄒᆞ니, 대개 종ᄆᆡᆼ의 셩식을 저허하야 말ᄒᆞ기를 다 어려이 녁이ᄂᆞᆫ 거동이라. 역관들이 나가거ᄂᆞᆯ 셰팔과 덕형을 불너 의논ᄒᆞᆯᄉᆡ, 셰팔이 ᄀᆞᆯ오ᄃᆡ, "셔통관이 비록 셩식이 불양ᄒᆞ나 허위ᄒᆞᆫ 곳이 니시니, 만일 사룸을 몬져 보ᄂᆡ여 말숨을 잘 ᄒᆞ야 온공한 쯧을 뵈고, 죵ᄎᆞ 나가기를 쳥ᄒᆞ면 필연 허ᄒᆞᆯ 법 잇ᄂᆞ니라." ᄒᆞ고, 덕형이 ᄀᆞᆯ오ᄃᆡ, "오ᄂᆞᆯ 일은 역관으로 노ᄒᆞ야 ᄒᆞᆯ 샌이 아니라, 젼브터 이곳 상고들이 아문에 몬져 셰를 밧친 후에 아문의 방을 부쳐 온갓 ᄆᆡᄆᆡ를 하ᄒᆞᄂᆞ니, 이러므로 됴션 사룸을 막을 샌이 아니라 이곳 샹고를 츌입을 막아 그 셰 밧치믈 ᄌᆡ촉ᄒᆞᄂᆞᆫ 쯧이니, 만일 말을 잘 ᄒᆞ야 다ᄅᆡ면 오래 막히기를 격정치 아니리라." 셰팔이 ᄀᆞᆯ오ᄃᆡ, "덕형은 젼브터 ᄆᆡᄆᆡᄒᆞᄂᆞᆫ 거시 만흔 고로 아문에 권역이 잇고, 셔통관이 쏘ᄒᆞᆫ ᄉᆞ랑ᄒᆞᄂᆞᆫ 디라 만일 덕형을 보내면 일이 쉬오리라." ᄒᆞ거ᄂᆞᆯ, 덕형을 밧비 ᄂᆡ여 보내엿더니, 이윽고 도라와 닐오ᄃᆡ, "아문에 나아가 이 ᄉᆞ연을 니ᄅᆞᄃᆡ 셔통관이 대ᄉᆞ와 다른

통관의 말을 드럿ᄂᆞᆫ디라, 쾌히 허락하야 닐오ᄃᆡ, '궁ᄌᆞ의 구경코져 ᄒᆞᄂᆞᆫ 뜻을 내 임의 아라시니 사ᄅᆞᆷ을 젹게 ᄃᆞ리고 임의로 단니라'ᄒᆞ고, 또 피ᄒᆞ야 내게 문안 [49-260]젼갈을 브치더라." ᄒᆞ고, 아국 ᄉᆞ연으로 젼갈ᄒᆞ던 말을 뎐ᄒᆞ거ᄂᆞᆯ, 내 ᄀᆞᆯ오ᄃᆡ, "제 임의 젼갈을 브텨시니 내 ᄃᆞ답디 아니면 필연 무류히 넉일 거시니, 즉시 사ᄅᆞᆷ을 보내여 안부를 뭇고 귀경 허ᄒᆞ믈 치샤ᄒᆞ미 엇더ᄒᆞ뇨?" 셰팔, 덕형이 다 ᄀᆞᆯ오ᄃᆡ, "만일 이리ᄒᆞ면 크게 감샤ᄒᆞ야 ᄒᆞ리라." ᄒᆞ거ᄂᆞᆯ, 이에 덕유를 식여 아문의 나아가 말ᄉᆞᆷ을 공근이 ᄒᆞ라 ᄒᆞ엿더니, 도라와 닐오ᄃᆡ, "셔통관이 젼갈을 듯고 우ᄉᆞ며 극히 됴하ᄒᆞ고, 젼의 슈역을 ᄯᆞ라와 여러번 젼갈을 ᄃᆞᆫ녀시ᄃᆡ ᄉᆞ연이 심히 거만ᄒᆞ여 안부를 알고져 ᄒᆞ노라 ᄒᆞ더니, 이번 문알을 알고 못내 알외노라 ᄒᆞ니, 됴션 일을 익이 알고 ᄃᆡ답이 다른 줄을 안다." ᄒᆞ니, 우습더라.

텬쥬당 일이 심히 밧븐디라 덕유를 다시 브텨 셰팔을 ᄃᆞ리고 내여보내기를 청ᄒᆞ라 ᄒᆞ니, 과연 즉시 ᄂᆡ여 보내엿ᄂᆞᆫ디라. 셰팔이 텬쥬당을 단여와 닐오ᄃᆡ, "두 사ᄅᆞᆷ은 보디 못ᄒᆞ고, 문 딕흰 갑군을 쳥심원을 주고 여러번 달ᄂᆞ니 두어번 드러가 ᄃᆞᆫ녀 나와 닐오ᄃᆡ, 이십일 후 서로 만나 볼 날이 이시려니와 그 젼은 년ᄒᆞ야 나라 일이 이셔 틈이 업노라." ᄒᆞ니, 기ᄃᆞ리ᄂᆞᆫ 밧긔ᄂᆞᆫ ᄒᆞᆯ 일이 업더라.

◆ 1766년 1월 9일

[49-280] 드ᄃᆡ여 니덕셩·홍명복과 ᄒᆞᆫ 수ᄅᆡ예 올나 텬쥬당을 향ᄒᆞᆯᄉᆡ, 죠고만 나귀를 메워시니 세 사ᄅᆞᆷ을 이긔디 못ᄒᆞᆯ 듯ᄒᆞᄃᆡ 죠곰도 어려워 ᄒᆞᄂᆞᆫ 모양이 업ᄉᆞ니 이샹ᄒᆞ더라. 이날 ᄇᆞ람이 크게 니러 길희 몬쥐 ᄒᆞᄂᆞᆯ을 덥[281]허시니 눈을 ᄠᅳᆯ 길이 업ᄉᆞᆫ디라, 풍안경을 ᄡᅵ고 가니라. 정양문을 디나 셔편 셩 밋흐로 수 리를 힝ᄒᆞ니, 먼니셔 ᄇᆞ라보매 두 층 셩문이 ᄯᅳᆺ글 가온ᄃᆡ 표연이 놉흐니 이ᄂᆞᆫ 션무문이오, 이 문 한흐로 ᄆᆞ로 업ᄉᆞᆫ 놉흔 집이 공듕히 ᄲᅢ혀나고 긔와와 졔 졔도와 집 우희 세운 긔물이 다 그림의도 보디 못ᄒᆞ던 모양이라 뭇디 아니 ᄒᆞ야도 텬쥬당인 줄 짐쟉ᄒᆞᆯ너라. 문 압희 니르러 수ᄅᆡ를 ᄂᆞ려 셰팔을 시겨 몬져 드러가 통ᄒᆞ라 ᄒᆞ니, 셰팔이 드러가더니 문 딕흰 사ᄅᆞᆷ의 셩은 댱개니 언약ᄒᆞᆫ 줄 아ᄂᆞᆫ디라. 즉시 드러가기를 쳥ᄒᆞᆫ다 ᄒᆞ거ᄂᆞᆯ, 세히 ᄒᆞᆫ가지로 그 사ᄅᆞᆷ을 ᄯᆞ라 드러가니, 큰 문을 들매 셔편으로 또 문이 이시니 이ᄂᆞᆫ 안흐로 통ᄒᆞᆫ 문이오, 동편에 벽당으로 담을 정결이 ᄡᆞ고 가온ᄃᆡ 문 ᄒᆞ나ᄒᆞᆯ 내여시ᄃᆡ 반만 열녀시니 문 밧긔 쳡쳡ᄒᆞᆫ 집들이 은영ᄒᆞ야 뵈거ᄂᆞᆯ, 셰팔을 불너 그 곳을 무ᄅᆞ니, 셰팔이 우서 ᄀᆞᆯ오ᄃᆡ,

"이ᄂᆞᆫ 진짓 문이 아니라 담에 그림을 그려 구경ᄒᆞᄂᆞᆫ 사ᄅᆞᆷ을 ᄌᆡ조를 뵈려ᄒᆞᆷ이라." ᄒᆞ거ᄂᆞᆯ, 내 고이히 넉여 두어 거름을 나가 보니 과연 담에 그림이오, 진짓 물이 아니라. 이만 보아도 셔양국 그림 ᄌᆡ조를 샹샹ᄒᆞᆯ 일이러라.

[49-281] 셔편 문을 드니 남향ᄒᆞ야 큰 집이 이시니, 아로사긴 창과 비단발이 다 녜ᄉᆞ 졔도와 다르고, 발을 들고 문을 들매 그 안히 너ᄅᆞ기 칠팔 간이오. 바닥의 벽당을 ᄭᆞ랏고 교위 세 빵을 당둥ᄒᆞ야 가로 노하시ᄃᆡ, 다 화류를 ᄆᆞᆫ들고 긔이ᄒᆞᆫ 비단으로 바셕을 경결이 ᄆᆞᆫᄃᆞ라 그 우히 언젓고, 셔편 바람의ᄂᆞᆫ텬하 지도를 브치고, 동편 바람의ᄂᆞᆫ 텬문도를 붓쳐시니 져기 투식 ᄒᆞ야시나 쇼쇼히 보아도 ᄀᆞ장 ᄌᆞ셔ᄒᆞ고 분명ᄒᆞ야 아국의셔 보디 못ᄒᆞ던 본이러라. 동편 벽 빗히 교ᄌᆞ ᄒᆞ나흘 노하시니 쥬인의 ᄠᆞᄂᆞᆫ 거신가 시브더라. 두 편 밋츠로 ᄃᆞ니며 그림을 구경ᄒᆞ더니, 댱개 ᄀᆞᆯ오ᄃᆡ,

"내 몬져 드러가 통ᄒᆞ리라."

ᄒᆞ고, 가더니 이윽고 뒷문으로 드러와 드러가기를 청ᄒᆞ거ᄂᆞᆯ, 뒷문으로 드니 좌우에 쳡쳡ᄒᆞᆫ 집이 잇고, ᄠᅳᆯ흘 건너 두어층 셤을 올나 남향ᄒᆞᆫ 큰 집으로 드러가니, 이곳은 손 대졉ᄒᆞᄂᆞᆫ 졍당이라. 북편의 쥬벽ᄒᆞ야 발[49-282]나마 네모진 병풍을 셰워시니, 슈묵으로 산슈를 긔이히 그렷고, 그 압흐로 탁ᄌᆞ ᄒᆞ나흘 노하시ᄃᆡ 졔양은 년엽 모양이오, 옷칠 우히 니금으로 화초를 그렷고, 외ᄃᆞ리를 셰우고, 아ᄅᆡ 네 굽으로 ᄃᆞ라시ᄃᆡ 다 사김과 ᄎᆡ식이 이샹ᄒᆞ고, 탁ᄌᆞ 좌우로 세 빵 교위를 노코 교위 압흐로 죠고만 그ᄅᆞ식 둥겨를 ᄀᆞ득이 담아 각각 노하시니, 이ᄂᆞᆫ 춤 밧긔 ᄒᆞᆫ 거시오. 좌우 바람의 산슈와 화초 인물을 ᄀᆞ득히 그려시ᄃᆡ 다 진짓 형상이오, 공듕에 드러나니 수 보를 물너나면 죵시 그림인 줄을 밋디 못ᄒᆞᆯ디라. 사ᄅᆞᆷ의 ᄉᆡᆼ긔와 안뎡이 산 사ᄅᆞᆷ의 거동이라 ᄎᆞ마 갓가이 가디 못ᄒᆞᆯ 듯ᄒᆞ고, 놉흔 바회예 폭포 ᄂᆞ리ᄂᆞᆫ 거동은 의연이 소ᄅᆡ를 드ᄅᆞ며 오시 저즐 듯ᄒᆞ고, 셤 우히 외로온 ᄂᆡ와 수풍 가온ᄃᆡ 충층ᄒᆞᆫ 누각이 아모리 보아도 벽상의 진짓 경계를 베픈 듯 ᄒᆞ더라.

이윽고 댱개 드러와 니르ᄃᆡ, "대인들이 나온다." ᄒᆞ거ᄂᆞᆯ, 창황이 문을 나가 마조니, 두 사ᄅᆞᆷ이 문 밧긔 셧거ᄂᆞᆯ 나아가 숑슌이 읍ᄒᆞ고 물너셔니 두 사ᄅᆞᆷ이 ᄯᅩᄒᆞᆫ 공슌이 ᄃᆡ답ᄒᆞ고 손을 드러 몬져 드러가라 ᄒᆞ거ᄂᆞᆯ, 두어 번 ᄉᆞ양한 후에 몬져 드러가 문 안히 드러 셔시니, 두 사ᄅᆞᆷ이 ᄯᅩᄒᆞᆫ 교위를 ᄀᆞᄅᆞ쳐 안자ᄅᆞ ᄒᆞ거ᄂᆞᆯ, ᄯᅩ ᄉᆞ양ᄒᆞᆫ 후에 ᄒᆞᆫ가지로 안즈니, 두 사ᄅᆞᆷ은 셔편 교위예 안고 우리ᄂᆞᆫ 동편 교위예 안즈니, 좌를 뎡ᄒᆞ매 탁ᄌᆞ 우히 다ᄉᆞᆺ 그릇 차를 버리니 쥬인이 몬져 ᄒᆞᆫ 그ᄅᆞ술 마시며 권ᄒᆞ거ᄂᆞᆯ, 다 치샤ᄒᆞ고 마실ᄉᆡ, 차 마시 별양 쳥널ᄒᆞ고 향긔로오니, 차ᄂᆞᆫ 범것과 다른 법이 잇거니와 이상흔 졔도와 공교흔 즙물이 므음이 취ᄒ이고, 이목이 현난ᄒ여 심상흔 긔물이라도 쏘흔 우러러 보는 연괸가 시브더라. 뉴숑녕은 나히 여슌둘히오, 포우관은 나히 여슌네히라. 뉴숑녕은 냥남 딩ᄌ를 브쳐시니 죵이품 벼솔이오, 포우관은 암빅 딩ᄌ를 브쳐시니 뉵품 벼솔이라. 이러므로 숑영이 나히 젹으딕 우관의 우희 안잣더라. 두 사름이 다 머리를 싹고 일신에 호복이라 듕국 사름과 분변이 업고, 나히 늙어 슈발이 셰여시나 얼굴은 져믄의 긔쉭이오, 두 눈이 깁고 밍녈ᄒ야 늘근 동ᄌ에 이샹흔 졍신이 [49-283]사름을 쏘는 듯ᄒ더라. 홍명복을 시켜 말을 통ᄒ니 서로 몰나 듯는 말이 심히 만하 심히 답답ᄒ더라.

홍명복이 골오딕, "귀국이 듕국 어늬 편의 이시며 멀기는 언마나 되ᄂ뇨?"

뉴숑녕이 골오딕, "듕국셔 남편의 수만 니 밧기오. 대셔양 쇼셔양 두 나라히 이시니, 우리는 대셔양 사름이로라." 홍명복이 골오딕 "대서양 지광이 언마나 되ᄂ뇨?" 뉴숑녕이 골오딕, "세 싱이 이시니 지방은 너르디 못ᄒ딕, 인지는 ᄀ장 셩ᄒ니라."

쏘 골오딕, "ᄉ대부 쥐를 아는다?" 홍명복이 골오딕, "엇디 모ᄅ리오." 뉴숑녕이 골오딕, "죠션은 동승신쥐 이니라." 홍명복이 골오딕, "그딕 어ᄂ 히예 듕국의 왓는다?" 뉴숑녕이 골오딕, "듕국에 니르런 지 스물 여ᄉ 히로다." 홍명복이 골오딕, "셔양 복식이 듕국과 다르미 업ᄂ냐?" 뉴숑녕이 골오딕, "우리 본 복식은 이러흔 일이 업서 머리를 싹지 아니 ᄒ고 의복이 너르딕, 우리는 듕국의 드러와 듕국 녹을 먹는디라 마지 못ᄒ야 듕국 졔도를 ᄒ노라."

홍명복이 골오딕, "글ᄌ는 듕국과 다르미 업ᄂ냐?" 뉴숑녕이 골오딕, [49-284] "다만 우리 글ᄌ를 힝홀 쌴이라 듕국 진셔는 아는 일이 업ᄂ니라." 홍명복이 골오딕, "그러ᄒ면 그딕 듕국 글ᄌ를 모ᄅ는다?" 뉴숑녕이 골오딕, "우리는 듕국에 드러와 비로소 진셔를 빅화 약간 글ᄌ를 알고, 셩명이 쏘흔 본셩이 아니라 듕국에 드러온 후 지은 거시니라." 홍명복이 니덕셩을 ᄀᄅ치딕, "이는 아국 흠텬감 관원이라. 그딕게 칙녁 믄드는 법과 셩신 도수를 빅호고져 ᄒᄂ니라." 뉴숑녕이 골오딕, "엇디 감히 당ᄒ리오. 다만 벼솔이 우리와 흔가지니 므음이 각별ᄒ도다." ᄒ고, 날을 ᄀᄅ쳐 골오딕, "이는 무슴 벼솔이뇨?" 홍명복이 골오딕, "이는 우리 삼대인의 죵지니 벼솔이 업서 션비 몸으로 듕국을 구경코져 ᄒ야 왓ᄂ니, 그딕의 놉흔 의논을 참예ᄒ여 듯고져 ᄒᄂ니라." 이써 슈작흔 말이 만흐딕 다 긔록디 못ᄒ니라.

내 골오딕, "텬쥬당은 유명흔 곳이라 흔번 구경코져 ᄒᄂ니 사름을 블너 인도ᄒ게 홈이 엇더ᄒ뇨?" 뉴숑녕이 골오딕, "엇디 사름을 시기리오. 내 흔가지로 가리라." ᄒᆞ고, 즉시 니러 뒷문으로 인도ᄒᆞ거ᄂᆞᆯ ᄯᆞ라 드러가니 뒤희 ᄯᅩᄒᆞᆫ 뜰이 너ᄅᆞ고 뜰 가으로 온갓 화초분을 노핫고, 셔편을 ᄶᅧ거 수십 간 힝각이 잇고, 간간이 비단 발을 드리워시니 사ᄅᆞᆷ들의 머므ᄂᆞᆫ 곳인가 시브고, 화초분은 뵌 거시 만코 뜰의 여ᄅᆞ문 흙 무덤이 이시니 화초ᄅᆞᆯ 무든 [49-285]거신가 시브더라. 동편 쳠하로 북으로 ᄶᅧ거 두 번 문을 드니, 이거ᄉᆞᆫ 텬주 위ᄒᆞᆫ 묘당이라. 그 안히 남북은 려ᄅᆞ믄 간이오, 동셔ᄂᆞᆫ 오뉵 간이오, 놉픠ᄂᆞᆫ 칠팔 댱이라. ᄉᆞ벽과 반ᄌᆞᄅᆞᆯ 다 벽댱으로 무우고 나모 ᄒᆞᆫ 가지 드린 곳이 업ᄉᆞ니, 이믜 그 이샹ᄒᆞᆫ 졔도ᄅᆞᆯ 짐작ᄒᆞᆯ 거시오, 북편 벽우희 당듕ᄒᆞ야 ᄒᆞᆫ 사ᄅᆞᆷ의 화샹을 그려시니 계집의 의샹이오, 머리ᄅᆞᆯ 푸러 좌우로 드리우고 눈을 ᄧᅵᆼ긔여 먼 ᄃᆡᄅᆞᆯ ᄇᆞ라보니 무ᄒᆞᆫᄒᆞᆫ ᄉᆡᆨ과 근심ᄒᆞᄂᆞᆫ 긔ᄉᆡᆨ이라. 이거시 곳 텬쥬라 ᄒᆞᄂᆞᆫ 사ᄅᆞᆷ이니 형톄와 의복이 다 공듕의 셧ᄂᆞᆫ 모양이오, 션 곳은 깁흔 감실 ᄀᆞᆺ으니, 첫번 볼 제ᄂᆞᆫ 소샹만 녁엿더니 갓가이 간 후에 그림인 줄을 ᄭᆡ치나, 안졍이 사ᄅᆞᆷ을 보ᄂᆞᆫ 듯ᄒᆞ니 텬하의 이샹ᄒᆞᆫ 화격이오,

동셔 벽의 각각 여ᄅᆞ믄 화샹을 그려시ᄃᆡ, 다 머리털을 드리오고 댱삼 ᄀᆞᆺ흔 긴 오ᄉᆞᆯ 닙어시니 이ᄂᆞᆫ 셔양국 의복 졔된가 시브고, 화샹 우흐로 각각 칭호ᄅᆞᆯ ᄡᅥ시니 다 셔양 사ᄅᆞᆷ의 텬쥬 ᄒᆞᆨ문을 슝샹ᄒᆞ고 명망이 놉흐니라. 니마두, 탕약망 두 사ᄅᆞᆷ 밧긔ᄂᆞᆫ 아디 못ᄒᆞᆯ너라. 텬쥬 화샹 아ᄅᆡ로 십여 ᄡᅡᆼ ᄭᅩᆺᄭᅩᆫ 병과 온갓 긔이ᄒᆞᆫ 긔물을 버려 노하시ᄃᆡ, 다 셔양국 화긔와 긔묘ᄒᆞᆫ 졔양이라 니ᄅᆞᆯ 긔록디 못ᄒᆞᆯ 거시오. 두어 간을 물녀 당듕ᄒᆞ야 놉흔 탁ᄌᆞᄅᆞᆯ 노코, 그 우희 향노·향합과 온갓 보븨에 즙물을 버리고, ᄒᆞᆫ편의 아로사긴 ᄎᆡᆨ상을 노코 그 우희 누른 비단 보흘 덥허시니 뉴숑녕이 그 보흘 헤치고 ᄒᆞᆫ 권 ᄎᆡᆨ을 내여 ᄀᆞᆯ오ᄃᆡ, "이거ᄉᆞᆯ 보라." ᄒᆞ거ᄂᆞᆯ, 나아가 보니 다 황뎨와 후비의 복녹을 츅원ᄒᆞᆫ 말이라. 뉴숑녕이 비록 나히 만코 텬문 녁샹의 소견이 놉흐나, 이런 무리ᄒᆞ고 아당ᄒᆞᄂᆞᆫ 일을 스ᄉᆞ로 나초아 외국 사ᄅᆞᆷ의게 쟈랑코져ᄒᆞ니 극히 비루ᄒᆞ고 용쇽ᄒᆞ야 원방 이젹의 풍습을 벗디 못ᄒᆞᆫ 일이러라. 두편 바람벽에 우층은 화샹이오, 아ᄅᆡ층은 다 온갓 누[49-286]각과 인물을 그려시ᄃᆡ, ᄎᆡ식과 긔물이 쳔연ᄒᆞ고 이샹ᄒᆞᆯ ᄲᅮᆫ 아니라 인물의 졍신이 두어 간을 물너시면 아모리 보아도 그림으로 알 길히 업더라.

남편으로 벽을 의지ᄒᆞ야 놉흔 누각을 ᄆᆡᆫ들고, 난간 안흐로 긔이한 악긔ᄅᆞᆯ 버려시니 이ᄂᆞᆫ 셔양국 사ᄅᆞᆷ의 ᄆᆡᆫᄃᆞᆫ 거시오, 텬쥬의게 졔ᄉᆞᄒᆞᆯ ᄯᅢ 주ᄒᆞᄂᆞᆫ 풍뉴라. 올나가 보기ᄅᆞᆯ 쳥ᄒᆞᆫᄃᆡ, 뉴숑녕이 첫 번은 ᄀᆞ장 지탄ᄒᆞ더니, 여러번 쳥ᄒᆞᆫ 후에 열쇠ᄅᆞᆯ 가져오라 ᄒᆞ야 셔편의 ᄒᆞᆫ 문을 여더니, 그 안흐로 드니 두어 길 ᄎᆡ식ᄒᆞᆫ 사다리ᄅᆞᆯ 노핫거ᄂᆞᆯ, 이 사ᄃᆞ리ᄅᆞᆯ 올나 ᄯᅩᄒᆞᆫ 층을 오ᄅᆞ니 곳 누 후의 니르럿ᄂᆞᆫ디라. 나아가

그 풍뉴 졔작을 ᄌᆞ시보니 큰 남그로 틀흘 ᄆᆞᄃᆞ라시ᄃᆡ, ᄉᆞ면이 막혀시니 은연이 궤 모양이오, 당광이 발 남즉ᄒᆞ고 놉희 ᄒᆞᆫ 길이라. 그 안흔 보디 못ᄒᆞ고, 다만 틀 밧그로 오뉵십 쇠통을 당단이 층층ᄒᆞ야 경졔히 셰워시니 다 ᄇᆡᆨ쳘노 ᄆᆞᄃᆞᆫ 통이오, 져대 모양이로ᄃᆡ 져른 통은 틀 안희 드러시니 그 대쇼ᄅᆞᆯ 보디 못ᄒᆞ나, 긴 통은 틀 우희 두어 자히 놉고, 몸픠 두어 우흠이니 대개 기릐와 몸픠ᄅᆞᆯ ᄎᆞᄎᆞ 주려시니 이ᄂᆞᆫ 음뉼의 청탁고져ᄅᆞᆯ 마초아 ᄆᆞᄃᆞᆫ 거시라. 틀 동편의 두어 보ᄅᆞᆯ 물녀 두어 자궤ᄅᆞᆯ 노핫고, 그 뒤흐로 이삼 간 물녀 큰 두지 ᄀᆞᆺ흔 틀을 노코, 틀우흔 부드러온 가족을 덥허시ᄃᆡ 큰 젼ᄃᆡ 모양이라. 아래 부리ᄂᆞᆫ 틀을 둘너 ᄃᆞᆫᄃᆞᆫ이 브쳐시니 바람도 통치 못ᄒᆞᆯ 거시오. 웃 부리ᄂᆞᆫ 넙은 널노 더데ᄅᆞᆯ ᄆᆞᄃᆞ라 ᄯᅩᄒᆞᆫ ᄃᆞᆫᄃᆞᆫ이 브치고, 더데 놉긔 발 나믄 나모 ᄌᆞ로ᄂᆞᆯ 마초아시니 더데 남기 심히 무거워 틀 우희 덥혓더니, ᄒᆞᆫ 사ᄅᆞᆷ이 그 ᄌᆞ로ᄂᆞᆯ 잡아 틀젼을 의지ᄒᆞ야 아래로 누르ᄃᆡ ᄀᆞ장 힘 ᄡᅳᄂᆞᆫ 거동이러니, 더데판이 두어 ᄌᆞᄅᆞᆯ 들니이고 구긔인 가족이 핑핑이 펴이고, 사ᄅᆞᆷ이 ᄌᆞ로ᄂᆞᆯ 잡아 틀젼을 의지ᄒᆞ야 아래로 누르ᄃᆡ ᄀᆞ장 힘 ᄡᅳᄂᆞᆫ 거동이러니, 더데판이 두어 ᄌᆞᄅᆞᆯ 들니이고 구긔인 가족인 핑핑이 펴이고, 사ᄅᆞᆷ이 ᄌᆞ로ᄂᆞᆯ 노흔 후에 무거온 판이 즉시 눌니이지 아니 ᄒᆞ고 핑핑한 가족의 언치여 노혓ᄂᆞᆫ디라.

내 뉴숑녕ᄃᆞ려 그 소ᄅᆡ 듯기ᄅᆞᆯ 쳥ᄒᆞᆫᄃᆡ, 뉴숑녕이 ᄀᆞᆯ오ᄃᆡ, “풍뉴 아ᄂᆞᆫ 사ᄅᆞᆷ이 마ᄎᆞᆷ 병드러시니 ᄒᆞᆯ 일이 업다.” ᄒᆞ고, [49-287]쳘통 셰운 틀 압희 나아가니 틀 밧그로 죠고만 말둑 ᄀᆞᆺ흔 네모진 두 치 남기 주줄이 구멍의 ᄭᅩᆺ쳣거ᄂᆞᆯ, 뉴숑녕이 그 말둑을 ᄎᆞ례로 누르ᄃᆡ, 샹층의 동편 첫 말둑을 누루매 홀연이 ᄒᆞᆫ갈 ᄀᆞᄐᆞᆫ 져소ᄅᆡ 우으의 ᄀᆞ득ᄒᆞᄃᆡ 웅장ᄒᆞᆫ 듕에 극히 정완ᄒᆞ고, 심원ᄒᆞᆫ 듕에 극히 유양ᄒᆞ니, 이ᄂᆞᆫ 네 풍뉴의 황죵 소ᄅᆡᄅᆞᆯ 응ᄒᆞᆫ가 시브고, 말둑을 노흐매 그 소ᄅᆡ 손을 ᄯᆞ라 그쳐지고, 그 버거 말둑을 누루매 첫 번 소ᄅᆡ예 비ᄒᆞ면 져기 젹고 놉흐니, ᄎᆞᄎᆞ 눌너 하층 셔편에 니르매 극진이 ᄀᆞᄂᆞᆯ고 극진이 놉흐니, 이ᄂᆞᆫ 뉼녀에 응죵을 응ᄒᆞᆫ가 시븐디라. 대개 ᄉᆡᆼ황졔도ᄅᆞᆯ 근본ᄒᆞ야 텬하의 ᄎᆞᆷ치ᄒᆞᆫ 음뉼을 ᄀᆞ초아시니, 이ᄂᆞᆫ 고금의 희한ᄒᆞᆫ 졔작이러라. 내 나아가 그 말둑을 두어번을 ᄂᆞ려 집흔 후에 아국 풍뉴ᄅᆞᆯ 의방ᄒᆞ야 집흐니 거의 곡됴ᄅᆞᆯ 일울 듯 ᄒᆞᆫ디라 뉴숑녕이 듯고 희미히 웃더라. 여러히 다토아 집허 반향이 디난 후에 홀연 집허도 소ᄅᆡ 나지 아니 ᄒᆞ거ᄂᆞᆯ, 동편 틀 우흘 보니 가족이 졉히이고 더데판이 틀 우희 눌니엿ᄂᆞᆫ디라.

대개 이 악긔 졔도ᄂᆞᆫ 바람을 비러 소ᄅᆡᄅᆞᆯ 나게 ᄒᆞᆷ이오, 바람을 비ᄂᆞᆫ 법은 풀모졔도와 ᄒᆞᆫ가지라. 그 고동은 젼혀 동편 틀에 이시니, ᄌᆞ로ᄂᆞᆯ 누르면 가족이 ᄎᆞᄎᆞ 펴이여 어ᄂᆞᆫ 구셕의 굼기 졀노 열니여 ᄒᆞᆫᄃᆡ 바람을 틀 안희 ᄀᆞ득이 너흔 후에 ᄌᆞ로

날 노하 바람을 밀면 드러오던 굼기 졀노 막히이고, 통 밋흘 향ᄒᆞ야 믱녈이 밀니이ᄃᆡ, 통 밋히 비록 각각 굼기이시나 ᄯᅩᄒᆞᆫ 죠고만 더데를 ᄆᆞᆫᄃᆞ라 ᄃᆞᆫᄃᆞᆫ이 막은 고로 말둑을 집혀 틀 안히 고동을 �여 굼기 열닌 후에 비로소 바람이 통ᄒᆞ야 소ᄅᆡ를 일우ᄃᆡ, 소ᄅᆡ예 쳥탁고져는 각각 통에 대쇼댱단을 ᄯᆞ와 음뉼을 다ᄅᆞ게 ᄒᆞᆷ이라. 그 틀 속은 비록 여러 보디 못ᄒᆞ나 것츠로 보아도 그 대강 졔작을 짐쟉ᄒᆞᆯ디라. 내 뉴숑녕을 향ᄒᆞ야 그 소ᄅᆡ 나는 곡졀을 형용ᄒᆞ야 니르니, 뉴숑녕이 우ᄉᆞ며 ᄀᆞᆯ오ᄃᆡ, [49-288]"아는 말이라." ᄒᆞ더라.

누를 ᄂᆞ려 다른 구경을 쳥ᄒᆞ니, 뉴숑녕이 압셔 나가며 ᄯᆞ라 오라 ᄒᆞ거ᄂᆞᆯ, 그 뒤흘 조차 문을 나 셔편으로 ᄒᆞᆫ 집에 니르니 이는 ᄌᆞ명종 ᄀᆞᆺ촌 집이라. 뎡당의셔 말을 슈작ᄒᆞᆯ ᄢᅴ예 ᄲᅢ대 웅장ᄒᆞᆫ 죵셩이 들니니 이곳의셔 나는 소ᄅᆡ라. 몬져 그 집 졔양을 보니 서너 길 표묘ᄒᆞᆫ 집을 지어시니 너르미 삼ᄉᆞ 간이라. 남편 쳠하는 다 녈노 빈지를 ᄡᅡ고, 당듕ᄒᆞ야 ᄒᆞᆫ아름 쇠골희를 박고, 골희 우희 열두시와 고십뉵ᄀᆞᆨ을 그리고 각각 셔양국 글ᄌᆞ로 시ᄀᆞᆨ을 표ᄒᆞ고, 가온대 죠고만 둥근 굼게 쇠막대 부리 두어 치를 나오고, 그 우희 ᄀᆞ로 쇠를 박아 시ᄀᆞᆨ을 ᄀᆞᄅᆞ치게 ᄒᆞ엿더라. 문 안흘 드니 우희 ᄯᅩᄒᆞᆫ 누히 이셔 남편은 두 발 사ᄃᆞ리를 셰윗고, 북편은 누히 터지고 큰 줄 두 가닭이 가로 드리워시ᄃᆡ 실은 ᄒᆞᆫ 가닭이오, 그늬줄 모양이라. 그 줄의 말만ᄒᆞᆫ 큰 츄를 ᄢᅦ여시니 연알 모양이라. 아래셔 드ᄅᆞ매 다만 도는 소ᄅᆡ를 드를 ᄲᅮᆫ이오, 그 졔양을 볼 길이 업ᄂᆞᆫ디라

올나가 보기를 쳥ᄒᆞᆫᄃᆡ, 뉴숑녕이 ᄀᆞᆯ오ᄃᆡ, "누 우히 심히 좁으니 여러흘 용납디 못ᄒᆞᆯ디라 ᄒᆞ나만 올나가ᄃᆡ, 머리의 ᄡᅳᆫ 거ᄉᆞᆯ 벗고 오ᄅᆞ라." ᄒᆞ고, 날을 향ᄒᆞ야 ᄀᆞᆯ오ᄃᆡ, "그ᄃᆡ만 올나가라." ᄒᆞ거ᄂᆞᆯ, 내 즉시 젼닙을 버셔 셰팔을 맛디고 누 우흘 오ᄅᆞ니, 너르기 두어 간이오, 긔이ᄒᆞᆫ 긔계를 ᄀᆞ득이 버려시니 무수ᄒᆞᆫ 바회들이 서로 얽키여 창졸의 녈낙ᄒᆞᆯ 길히 업ᄉᆞᄃᆡ, 대개 ᄌᆞ명종 졔도를 인ᄒᆞ야 형졔를 킈우고 긔계를 변통ᄒᆞ야시니 박회 ᄒᆞ나히 혹 크기 ᄒᆞᆫ 아름이 남고, ᄒᆞᆫ편에 여러 가지 이샹한 긔계를 잡난이 베풀고 그 셔편에 져근 죵 다ᄉᆞ슬 ᄃᆞᆯ고 그 녑희 큰 죵 ᄒᆞ나흘 ᄃᆞᄅᆞ시ᄃᆡ, 각각 마치를 ᄀᆞ초고 쳘ᄉᆞ를 두루늘워 서로 응ᄒᆞ게 ᄆᆞᆫᄃᆞ라시니 대강 이러ᄒᆞᆯ ᄯᆞ름이오, 그 공교ᄒᆞᆫ 법은 말[49-289]노 이ᄅᆞ 긔록디 못 ᄒᆞᆯ너라.

누흘 ᄂᆞ려 문을 나니 셔편 집에 비단 발을 드리오고 쳥아ᄒᆞᆫ 죵소ᄅᆡ 들니거ᄂᆞᆯ, 홍명복ᄃᆞ려 무ᄅᆞ니 저희 머므는 캉이라 ᄒᆞ거ᄂᆞᆯ, 드러가 보기를 쳥ᄒᆞ라 ᄒᆞ니 여러 번 근쳥ᄒᆞᄃᆡ 죵시 응답디 아니ᄒᆞ고 ᄀᆞ장 어려이 넉이는 긔ᄉᆡᆨ이라. 드ᄃᆡ여 도로 뎡당의 니르러 두어 말 슈작ᄒᆞ고 홋 긔약을 머믈고 문을 나 대문의 니르니 두 사ᄅᆞᆷ

이 문 밧긔 니르러 여러번 드러 가기를 쳥ᄒᆞᄃᆡ 듯지 아니 ᄒᆞ고 수릭에 오른 후에 비로소 드러 가더라.

◇ 1766년 1월 13일

[49-321]식후의 니덕셩을 ᄃᆞ리고 텬쥬당의 [322]다시 갈식, 홍명복은 연괴 이실 샏 아니라 말을 죵시 분명이 통치 못ᄒᆞ니 출하리 지필노 서로 슈작ᄒᆞᄂᆞ니만 굿디 못ᄒᆞ다 ᄒᆞ야 니덕셩만 ᄒᆞᆫ가지로 갓더니, 텬쥬당의 니르니 문 딕흰 당개 닐오ᄃᆡ, “뉴대인은 일이 이셔 흠텬감의 나아가고 포대인이 혼자 이시나 직샹 대인들이 여러히 왓ᄂᆞᆫ디라 만나 보디 못ᄒᆞᆯ 거시니, 십구일 이십일 두 날 듕의 다시 오면 필연 죵용이 만나리라.” ᄒᆞ고, 과연 문 밧긔 술위와 휘황ᄒᆞᆫ 인마 여러히 ᄆᆡ이고 뎡ᄌᆞ 브친 관원 두어히 나오더니, 셰팔이 닐오ᄃᆡ, “포우관이 듕문 안히셔 손을 보내고 우리를 보매 밧비 몸을 숨겨 도로 드러가니 보기를 어려워 ᄒᆞᄂᆞᆫ가 시브고, 이ᄡᅴ 샹원이 갓다왓ᄂᆞᆫ디라 텬쥬당의 긔도ᄒᆞᄂᆞᆫ 직샹이 만히 단니니 필연 외국 사ᄅᆞᆷ 보기를 더욱 비편이 넉이ᄂᆞᆫ가 시브다.” ᄒᆞ거ᄂᆞᆯ, 드ᄃᆡ여 당가ᄃᆞ려 십구일 긔약을 직삼 언약ᄒᆞ고 술위를 니덕셩을 주어 관으로 도라가게 ᄒᆞ고, 덕유를 다리고 거러 셩문 안히 니르니,

◇ 1766년 1월 19일

[49-358]일관 이덕셩은 관샹감의 칙역 ᄆᆞᆫ드ᄂᆞᆫ 법을 질졍ᄒᆞ라 왓ᄂᆞᆫ디라. 쳔쥬당의 죵용이 의논치 못ᄒᆞᆷ을 민망ᄒᆞ야 ᄒᆞ더니, 이날 약간 폐빅을 가초와 ᄒᆞᆫ가지로 가기를 쳥ᄒᆞ거ᄂᆞᆯ, ᄂᆡ게셔 당지와 화젼지와 부체를 ᄂᆡ여 ᄒᆞᆫᄃᆡ 봉ᄒᆞ고 식후의 셰팔을 다리고 천쥬당의 니르러 당가를 불너 온 ᄯᅳᆺ즐 통ᄒᆞ라 ᄒᆞ니, 당개 드러가더니 나와 니ᄅᆞᄃᆡ, [49-359]“두 대인이 밤의 새도록 천문을 보ᄂᆞᆫ디라 ᄌᆞᆷ얼 드러 아직 ᄭᆡ지 못ᄒᆞ여시니 ᄌᆞᆷ간 기ᄃᆞ리라.” ᄒᆞ거ᄂᆞᆯ, 드ᄃᆞ혀 수뤼를 도라 보ᄂᆡ고 당으로 올나가 교위예 안ᄌᆞ더니 당개 쳥심환을 어더지라 ᄒᆞ거ᄂᆞᆯ, 낭즁의 둘흘 ᄂᆡ여 쥬고 니덕셩이 ᄯᅩ ᄒᆞ나흘 ᄂᆡ여 주니 당개 깃거ᄒᆞ난 긔ᄉᆡᆨ이오, 니르ᄃᆡ, “노야들이 져 덕의 나아와 구경ᄒᆞᆯ 곳즐 남긴 거시 업고, 두 ᄃᆡ인들과 죵일 말을 ᄒᆞ여시니 다시 보고져 ᄒᆞᆷ은 무ᄉᆞᆷ 곡졀이뇨?” ᄂᆡ ᄀᆞᆯ오ᄃᆡ, “우리ᄂᆞᆫ 두 대인의 놉흔 식견을 흠모ᄒᆞ야 죵용이 텬문 도ᄉᆔᆯ을 의논코ᄌᆞ ᄒᆞ노니, 이번은 구경을 위ᄒᆞᆷ이 아니라 약간 폐빅을 갓초아 경셩을 표ᄒᆞ고 ᄇᆡ오기를 쳥ᄒᆞ랴 ᄒᆞ노라.” 당개 머리를 그덕이더니 오ᄅᆡ도

록 소식이 업거놀, 당가의게 여러번 직촉ᄒᆞ니, 당개 니르ᄃᆡ, "님의 폐ᄇᆡᆨ을 가져 왓시면 몬져 발긔를 적어 대인의게 뵈임이 엇더ᄒᆞ뇨?" ᄂᆡ 골오ᄃᆡ, "이 ᄆᆞᆯ이 ᄒᆡ롭지 아니 ᄒᆞᄃᆡ 지필을 가져오디 아니 ᄒᆞ엿시니 엇디 ᄒᆞ리오." 당개 나가 필연과 죠희를 가져 왓거놀, 니덕셩을 시겨 발긔를 적으니, 세묵 두 필, 청심환 네 환, 당지 두 권, 화젼지 ᄒᆞᆫ 권, 부체 열다ᄉᆺ 병이라. [49-360]당개 드러가더니 나와 니르ᄃᆡ, "ᄃᆡ인들이 몸이 피곤ᄒᆞ여 손을 볼 길이 업고, 이 면피ᄂᆞᆫ 져젹 바든 것도 지금 회폐를 못ᄒᆞ야시니 엇지 다시 ᄇᆞ드리오 ᄒᆞ니, ᄒᆞᆯ 일이 업사니 훗날 다시 오라." ᄒᆞ거날, ᄂᆡ 골오ᄃᆡ, "우리 면피ᄂᆞᆫ 졍셩을 표ᄒᆞᆷ이니 무슴 호폐를 바들 ᄯᅳᆺ이 잇스며, 죵용이 텬문을 강논ᄒᆞ여 놉흔 의논을 듯게 ᄒᆞ면 니거시 더 업ᄂᆞᆫ 듕ᄒᆞᆫ 호폐 될지라. 이 말을 다시 통ᄒᆞ고 즘간 보기를 쳥ᄒᆞ라."

당가 드러가더니 나와 니르ᄃᆡ, "이번은 볼 길이 업고 면피ᄂᆞᆫ 바들 ᄯᅳᆺ지 업ᄉᆞ니 ᄂᆡ 알 ᄇᆡ 아니라." ᄒᆞ고, 여러번 다시 쳥ᄒᆞ야 보랴 ᄒᆞ니, 당개 도로혀 괴로히 여기ᄂᆞᆫ 거동이여놀, ᄂᆡ 니르ᄃᆡ, "네 ᄆᆞᆯ노 쳥ᄒᆞ기를 어려이 여기ᄂᆞᆫ가 시부니 ᄂᆡ 두어쥴 글노 도라가ᄂᆞᆫ ᄉᆞ연을 적어 주어든 대인들의게 젼ᄒᆞᆯ가 시부냐?" 당개 허락ᄒᆞ거놀, 드ᄃᆡ여 당가의게 죠희를 다시 어더 ᄡᅧ 골오ᄃᆡ, "우리 등은 놉흔 덕을 흠모ᄒᆞ고 ᄇᆡ호기를 원ᄒᆞᄂᆞᆫ 졍셩이 잇거놀, 두 번ᄌᆡ 문병의 나아오ᄃᆡ 죵시 얼골을 바라보디 못ᄒᆞ니 무슴 죄를 어든 듯ᄒᆞ여 붓그러 몸을 이긔지 못ᄒᆞᆯ디라. 쳥컨ᄃᆡ 길이 하직을 고ᄒᆞ고 나아 오지 아니랴 ᄒᆞᄂᆞ니 혜아려 용셔ᄒᆞᆷ을 ᄇᆞ라노라." ᄡᅳ기를 마ᄎᆞ며 당가를 주어 니르ᄃᆡ, "우리ᄂᆞᆫ 대인의게 무어슬 엇고져 ᄒᆞᄂᆞᆫ ᄯᅳᆺ지 아니여날 대인의 ᄉᆞ롬 대졉ᄒᆞ미 가장 박졀ᄒᆞ니 다시 ᄇᆞ랄 ᄯᅳᆺ지 엇지 잇스리오. 이 편지를 젼ᄒᆞᆫ 후의 즉시 도라가리라." ᄒᆞ니, 당개 가지고 드러 가더니, 즉시 도라와 니르ᄃᆡ, "ᄃᆡ인들이 만나기를 쳥ᄒᆞ니 ᄂᆡ당의 몬져 드러가 기ᄃᆞ리라." ᄒᆞ거놀, ᄂᆡ 골오ᄃᆡ, "ᄃᆡ인들이 보기를 괴로히 넉이니 우리 엇지 몬져 드러가리오."

당개 여러번 ᄌᆡ촉ᄒᆞ며 대인들이 ᄂᆡ당의 ᄒᆞᆷ아 나와시리라 ᄒᆞ거놀, 비로소 당가를 ᄯᅡ라 드러가니 당개 ᄂᆡ당의 발을 드러 몬져 안기을 쳥ᄒᆞ거놀, ᄂᆡ 셤 아ᄅᆡ 머므러 골오ᄃᆡ, "우리 엇지 몬져 당의 오르리오." 이윽이 셧더니 뉴송영, 포우관이 과연 ᄒᆞᆫ가디로 나와 친이 발들 드러 몬져 드러가기를 쳥ᄒᆞ거놀, 두어번 ᄉᆞ양ᄒᆞ다가 몬져 드러가 ᄀᆞᆨᄀᆞᆨ ᄌᆞ리의 안즌 후의 피ᄎᆞ 한훤을 통ᄒᆞ고 ᄂᆡ 니르ᄃᆡ, [49-361]"우리ᄂᆞᆫ 즁국을 쳣번 드러온 ᄉᆞ롬이라 한어를 이기 아지 못ᄒᆞ니 ᄒᆞ고져 ᄒᆞᄂᆞᆫ 말을 셔로 통ᄒᆞᆯ 길이 업ᄂᆞᆫ지라. 쳥컨ᄃᆡ 지필을 어더 글노 수작ᄒᆞᆷ이 엇더ᄒᆞ뇨?" 뉴송영이 즉시 ᄉᆞ롬을 불너 필연과 죠희를 가ᄌᆞ오라 ᄒᆞ고 ᄯᅩ 무슴 말을 니르더니, 이윽고 ᄒᆞᆫ

ᄉᆞ롬이 드러오ᄃᆡ 모양이 져기 죠출ᄒᆞ거ᄂᆞᆯ, 교위ᄋᆡ ᄂᆞ려 읍ᄒᆞ야 인ᄉᆞᄒᆞ니, 뉴숑영이 니르ᄃᆡ, “니ᄂᆞᆫ 남방 션ᄇᆡ라. 마춤 이곳의 머므ᄂᆞᆫ 고로 쳥ᄒᆞ야 슈작ᄒᆞᄂᆞᆫ 말을 쓰이고져 ᄒᆞ노라.” ᄒᆞ니, 대개 두 ᄉᆞ롬이 비록 즁국 글을 약간 아라시나 글ᄌᆞ 쓰기ᄅᆞᆯ 바히 못ᄒᆞᄂᆞᆫ디라 져의 ᄃᆡ답ᄒᆞᄂᆞᆫ 말은 이 ᄉᆞ롬의게 말노 일너 글을 만ᄃᆞ라 쓰게 ᄒᆞ고, 우리의 뼈 뵈ᄂᆞᆫ 말은 포우관은 바히 아디 못ᄒᆞᄂᆞᆫ 모양이오, 뉴숑영은 구절을 붓쳐 닑으며 ᄌᆞ셔치 못ᄒᆞᆫ 고로 그 션ᄇᆡ와 의ᄉᆞᄅᆞᆯ 의논ᄒᆞᆫ 후의 비로소 ᄃᆡ답ᄒᆞᄂᆞᆫ 말을 쓰이고, 니러므로 죵일 수작의 죵시 난만이 ᄒᆞ디 못ᄒᆞᆯ너라.

그 션ᄇᆡᄂᆞᆫ 탁ᄌᆞ 남편으로 교위ᄅᆞᆯ 노코 안거ᄂᆞᆯ, ᄂᆡ 문ᄌᆞ 뼈 ᄀᆞᆯ오ᄃᆡ, “비록 흔모ᄒᆞᄂᆞᆫ 마음이나 ᄌᆞ루 나아와 괴로움을 끼치니 극히 불안ᄒᆞ야 ᄒᆞ노라.” 뉴숑영이 보고 대답이 업거ᄂᆞᆯ, ᄂᆡ 또 ᄀᆞᆯ오ᄃᆡ, “그윽이 드르니 텬쥬 학문이 ᄉᆞᆷ교로 더부러 즁국의 병힝ᄒᆞᆫ다 ᄒᆞᄃᆡ 우리ᄂᆞᆫ 동국 ᄉᆞ롬이라 홀노 아디 못ᄒᆞ니, 원컨ᄃᆡ 그 ᄃᆡ강을 드러디라.” [49-362]뉴숑영이 ᄀᆞᆯ오ᄃᆡ, “텬쥬의 학문은 심이 긔특ᄒᆞ고 깁흔디라. 그ᄃᆡ 어ᄂᆡ 뜻즐 알고져 ᄒᆞᄂᆞᆫ다?” ᄂᆡ ᄀᆞᆯ오ᄃᆡ, “유교ᄂᆞᆫ 인의ᄅᆞᆯ 슝샹ᄒᆞ고, 노도ᄂᆞᆫ 청졍을 슝샹ᄒᆞ고, 불교ᄂᆞᆫ 공젹을 슝샹ᄒᆞ노니, 원컨ᄃᆡ 쳔쥬의 슝샹ᄒᆞᄂᆞᆫ ᄇᆡᄅᆞᆯ 듯고져 ᄒᆞ노라.” 뉴숑영이 ᄀᆞᆯ오ᄃᆡ, “텬쥬의 ᄒᆞᆨ문은 ᄉᆞ롬을 ᄀᆞᄅᆞ쳐 쳔쥬ᄅᆞᆯ ᄉᆞ랑ᄒᆞ고, ᄉᆞ롬 ᄉᆞ랑홈을 ᄂᆡ 몸과 갓치 ᄒᆞᄂᆞ니라.” ᄂᆡ 므ᄅᆞᄃᆡ, “쳔쥬ᄂᆞᆫ 상졔ᄅᆞᆯ 가르쳐 니롬이냐? 혹 별 ᄉᆞ롬이 이셔 칭호ᄅᆞᆯ 쳔쥬라 ᄒᆞᄂᆞ냐?” 뉴숑영이 ᄀᆞᆯ오ᄃᆡ, “이ᄂᆞᆫ 공ᄌᆞ의 니른 바 ‘교ᄉᆞ의 녜ᄂᆞᆫ 뼈 상뎨ᄅᆞᆯ 셤기ᄂᆞᆫ 배라’ 홈이오, 도가의 옥황상뎨ᄅᆞᆯ 니름이 아니니라.” 또 니르ᄃᆡ, “시뎐 쥬의 ‘샹뎨ᄂᆞᆫ ᄒᆞᄂᆞᆯ 쥬ᄌᆡ라’ 니르디 아니 ᄒᆞ얏ᄂᆞ냐?” ᄂᆡ ᄀᆞᆯ오ᄃᆡ, “그윽이 드르니 그ᄃᆡᄂᆞᆫ 겸ᄒᆞ야 텬문을 살피고 녁법을 다ᄉᆞ린다 ᄒᆞ니, 하늘의 다ᄉᆞᆺ 별이 년년 도라가ᄂᆞᆫ 도수ᄅᆞᆯ 변ᄒᆞᄂᆞ니 츄보ᄒᆞᄂᆞᆫ 법을 근년의 곳쳐 슈보홈이 잇ᄂᆞ냐?” 뉴숑영이 ᄀᆞᆯ오ᄃᆡ, “즉금 츄보ᄒᆞᄂᆞᆫ 법은 역상고셩의 의논ᄒᆞᆫ 바ᄅᆞᆯ 고치미 업ᄉᆞᄃᆡ, 근년의 두어 도수ᄅᆞᆯ 변ᄒᆞ얏ᄂᆞᆫ디라. 이 연고ᄅᆞᆯ 황샹긔 알외여 옛법을 고치고져 ᄒᆞᄃᆡ 아직 시작지 못ᄒᆞ얏ᄂᆞᆫ디라.” ᄒᆞ니, 역상고셩은 강희 황뎨의 ᄆᆡᆫ든 칙이오, 하늘 조슈ᄅᆞᆯ 산법으로 미뤄여 칙역 ᄆᆡᆫ드ᄂᆞᆫ 법을 의논ᄒᆞᆫ 말이라. 이ᄯᅴ의 슈작ᄒᆞᆫ 말이 만흐ᄃᆡ 다 긔록지 못ᄒᆞ고, 나종의 ᄂᆡ 이르ᄃᆡ, “텬문 조수ᄂᆞᆫ 경히히 알 ᄇᆡ 아니로ᄃᆡ, ᄂᆡ 망녕되물 잇고 혼텬의 ᄒᆞ나흘 만드러 쳔샹을 모방ᄒᆞ니, 비록 대강 도수ᄅᆞᆯ 어드나 [363]하늘 법샹의 ᄎᆞᆷ녜ᄒᆞ여 샹고ᄒᆞ면 어긔고 그롬이 만흔디라. 이곳의 여러 순 나아와 번거롬을 피치 아니홈은 필연 긔이ᄒᆞᆫ 의긔 졔되 만히 잇ᄉᆞᆯ 거시니, ᄒᆞᆫ 번 귀경ᄒᆞ여 미혹ᄒᆞ고 덥히온 마음을 ᄭᆡ치고져 ᄒᆞ노라.” 뉴숑영이 ᄃᆡ답ᄒᆞ여 ᄀᆞᆯ오ᄃᆡ, “여러 가디 의긔ᄂᆞᆫ 다 관상ᄃᆡ의 잇ᄉᆞ니 가장 보암즉ᄒᆞ나경이히 드러가디 못홀 거시오, 이곳의는 다만 초솔ᄒᆞ고 상ᄒᆞᆫ 것 ᄒᆞ나히 이시니 쪽히 볼 거시 업ᄂᆞ니라."

ᄂᆡ ᄀᆞᆯ오ᄃᆡ, "비록 초솔ᄒᆞ나 ᄌᆞᆷ간 보기ᄅᆞᆯ 쳥ᄒᆞ노라." 뉴숑영이 ᄉᆞᄅᆞᆷ을 불너 무ᄉᆞᆷ 말을 니르더니 즉시 ᄒᆞ나흘 ᄂᆡ여 왓시ᄃᆡ, ᄃᆡ쇼는 큰 뒤웅 갓고, 죠희ᄅᆞᆯ ᄇᆡ졉ᄒᆞ야 ᄆᆞᆫ든 거시라. 우희 ᄉᆞᆷ원 니십팔수의 온갓 셩신을 희비히 그리고, 주셕 고리ᄅᆞᆯ 그 우희 쎄여시되 동셔로 임의로 돌니고, 남북은 각각 고든 쇠ᄅᆞᆯ 버틔여 ᄎᆡ노지 못ᄒᆞ게 ᄒᆞ야시니, ᄒᆞᆫ 골의는 일홈이 젹되니 하ᄂᆞᆯ 가온ᄃᆡᄅᆞᆯ 니ᄅᆞᆷ이오, ᄒᆞᆫ 고리는 황되니 일월 단니는 길을 니ᄅᆞᆷ이라. 뉴숑영이 두 고릐ᄅᆞᆯ 돌녀 뵈며 니ᄅᆞᄃᆡ, "이는 ᄒᆡ마다 도수의 틀니는 거ᄉᆞᆯ 샹고ᄒᆞ게 ᄒᆞᆷ이라." ᄒᆞ더라. 포우관이 죠고만 그림 ᄒᆞᆫ 댱을 ᄂᆡ여 왓거ᄂᆞᆯ, 보니 관샹ᄃᆡ 그림이라 ᄒᆞ얏ᄂᆞᆫ디라. 놉흔 ᄃᆡ 우의 ᄉᆞ면을 녀당을 두르고, 그 안의 쳔문 보는 온갓 의긔ᄅᆞᆯ 버려시니 그 그림으로 보아도 긔이 신묘ᄒᆞ야 ᄒᆞᆫ번 귀경ᄒᆞ얌즉 ᄒᆞ거ᄂᆞᆯ, ᄂᆡ ᄀᆞᆯ오ᄃᆡ, [49-364]"관샹ᄃᆡ는 니 그림을 보매 더욱 ᄒᆞᆫ번을 보고져 ᄒᆞ니, 그ᄃᆡ는 님의 흠쳔감의 벼ᄉᆞᆯ을 ᄶᅴ여시니 직흰 ᄉᆞᄅᆞᆷ의게 ᄒᆞᆫ 말을 니르면 필연 어그릇디 못홀 거시니 우리ᄅᆞᆯ 위ᄒᆞ여 ᄒᆞᆫ번 도모ᄒᆞᆷ이 엇더ᄒᆞ뇨?" 뉴숑영이 ᄀᆞᆯ오ᄃᆡ, "관샹ᄃᆡ는 나라 듕ᄒᆞᆫ 긔물을 ᄀᆞᆷ촌 곳이라 금영이 가장 엄ᄒᆞ야 밧ᄉᆞᄅᆞᆷ이 임의로 츌입디 못ᄒᆞ니, 비록 친왕 대인이라도 황샹의 죠셔ᄅᆞᆯ 엇지 못ᄒᆞᄂᆞ니 엇지 드러가리오. 이는 우리 힘으로 도모홀 ᄇᆡ 아니라." ᄒᆞ더라.

이곳의 원경이라 ᄒᆞ는 거시 잇ᄉᆞ니 셔양국셔 만든 거시오, 아국의 나오는 쳔니경 뎨도와 ᄀᆞᆺ드니 먼ᄃᆡ 보는 안경이라 이ᄅᆞᆷ이오, 쳔만니 밧긔 터럭 ᄭᅳᆺ출 능이 ᄉᆞᆯ피는 거시라. 이럼으로 하ᄂᆞᆯ을 여어 보며 일월의 형톄와 셩신의 빗출 난만이 측냥ᄒᆞ니 텬하의 니샹ᄒᆞᆫ 그릇시라. 이ᄯᅢ 구경ᄒᆞ기ᄅᆞᆯ 쳥ᄒᆞ니 두 ᄉᆞᄅᆞᆷ이 셔로 니윽히 의논ᄒᆞ고 ᄉᆞᄅᆞᆷ을 불너 말을 니르더니 이윽고 나가보기ᄅᆞᆯ 허ᄒᆞ거ᄂᆞᆯ, 문을 나 셔편 월앙의 나아가니 원경을 님의 ᄂᆡ여다가 버러 노핫ᄂᆞᆫ디라. 그 졔도ᄅᆞᆯ ᄌᆞ시 알길이 업ᄉᆞᄃᆡ 그 대강을 보니, 둥근 통이 룡열 모양이니 프른 구리로 만든 거시오, 길이는 두쳑 셕ᄌᆞ이 넘지 못홀 거시오, 그 ᄭᅳᆺ히 뉴리ᄅᆞᆯ 붓쳣고 셰우는 틀은 당초ᄃᆡ 모양 ᄀᆞᆺ트니 외기동이 놉희 쥬쳑 셕너 ᄌᆞ이는 아래셔 굽을 만드러 ᄊᆞ의 세우고, 기동 우희 녑흐로 드는 고동을 만들고 쇠로 만드러 그 우희 엽흘 드리워 거러 노흔 거시 잇시ᄃᆡ, 졔도는, 펴 노흔 부체 모양이오, 그 우의 통을 단단이 세워시되 각각 고동이 잇셔 기동을 음즉이지 아니 ᄒᆞ야도 보고져 ᄒᆞ는 고ᄃᆞᆯ 임의로 돌녀 다히게 ᄒᆞ얏고, 가온ᄃᆡ 가는 실의 져근 ᄎᆔ을 ᄆᆡ워 드리워시니 나는 지평을 졍ᄒᆞ게 ᄒᆞᆫ 거시오, 문을 ᄆᆞᆫ드라 ᄃᆞᄃᆞ시되 쇠로 ᄉᆞ개ᄅᆞᆯ 만들고 가온ᄃᆡ 뉴리ᄅᆞᆯ ᄭᅮ며시니 비록 여지 아니 ᄒᆞ야도 안흘 분명이 ᄉᆞᆯ피게 홈이니, 그 니샹ᄒᆞᆫ 졔도와 공교ᄒᆞᆫ 명영은 젼ᄒᆞᆯ 길이 업더라.

그 대강 졔도ᄂᆞᆫ 니러ᄒᆞ고, 보ᄂᆞᆫ 법을 모르니, 죠곰안 져른 통이 이시ᄃᆡ 기리 ᄒᆞᆫ 치 남즛 ᄒᆞ[49-365]고 죠희를 단단이 ᄇᆡ졉ᄒᆞ야 ᄆᆞᆫ든 거시오, 한편 머리의 두 층으로 뉴리를 븟쳐시니 눈의 ᄃᆡ히고 ᄒᆞᆫ ᄃᆡ를 ᄇᆞ라보니 침침이 어두어 계유 희미히 붉은 빗치 잇더니, 뉴숑녕이 그 통을 드러 큰 통 동편 부리의 세우고, 셔편 부리ᄂᆞᆫ ᄒᆡ를 향ᄒᆞ야 고동을 트러 단졍이 노흔 후의 날을 가ᄅᆞ쳐 몬져 보라 ᄒᆞ니, 틀 동편으로 죠고만 교위를 노코 그 우희 비단 방셕을 ᄭᆞ라시니 니ᄂᆞᆫ ᄉᆞ름을 거러 안ᄌᆞ 보게 홈이러라. ᄌᆞ리의 나아가 ᄒᆞᆫ 눈을 ᄀᆞᆷ고 통안흘 녀러 보니 ᄒᆡ 빗치 둥근 형톄를 통 ᄉᆞᆺ히 거러ᄂᆞᆫ 듯ᄒᆞ고 조곰도 멀니 ᄇᆞ라보ᄂᆞᆫ 모양이 아니니, ᄒᆡ 속의 무ᄉᆞᆷ 잇ᄂᆞᆫ 거시 잇ᄉᆞ면 머리 털이라도 ᄀᆞᆷ초이디 못ᄒᆞᆯ 듯ᄒᆞ고, 형톄ᄂᆞᆫ 비록 분명ᄒᆞ나 희미ᄒᆞᆫ 구름 속의 ᄡᆞ힌 듯ᄒᆞ니 눈의 ᄠᆞ이ᄂᆞᆫ 빗치 업셔 오ᄅᆡ 보아도 죠곰도 부싀디 아니 ᄒᆞ니 니샹ᄒᆞᆫ 일일너라. ᄒᆡ 가온ᄃᆡ 가로 간은 쥴이 잇셔 ᄡᅵ ᄡᅵ온 듯 ᄒᆞ거ᄂᆞᆯ, 그 곡졀를 모르니, 뉴송영이 우셔 ᄀᆞᆯ오ᄃᆡ, “이ᄂᆞᆫ ᄒᆡ 속의 잇ᄂᆞᆫ 거시 아니라, 통안의 ᄀᆞᄂᆞᆫ 철ᄉᆞ를 가로 가로 ᄆᆡ야 밧겻 지평을 응ᄒᆞ게 ᄒᆞᆫ 거시라.” ᄒᆞ더라. ᄂᆡ 므르ᄃᆡ, “이ᄂᆞᆫ ᄒᆡ 속의 잇ᄂᆞᆫ 거시 아니라, 통안의 ᄀᆞᄂᆞᆫ 철ᄉᆞ를 가로 ᄆᆡ야 밧겻 지평을 응ᄒᆞ게 ᄒᆞᆫ 거시라.” ᄒᆞ더라. ᄂᆡ 므르ᄃᆡ, “젼의 드르니 ᄒᆡ 속의 세 거믄 졈이 잇다 ᄒᆞ더니 보디 못ᄒᆞ니 엇진 연괴뇨?” 뉴숑영이 ᄀᆞᆯ오ᄃᆡ, “거문 졈은 셋분 아니라 혹 ᄒᆞ나 둘이 잇고, 만흘 젹이면 여ᄃᆞᆲ이 이시되 시방은 ᄒᆞ나토 뵈디 아닐 ᄯᅵ니라.” ᄂᆡ ᄀᆞᆯ오ᄃᆡ, “졈이 임의 잇ᄉᆞ면 엇지 업ᄉᆞᆯ 뎍이 잇ᄉᆞ며, ᄯᅩ 다리 고르디 아님은 무ᄉᆞᆷ 곡졀이뇨?” 뉴숑녕이 ᄀᆞᆯ오ᄃᆡ, “그ᄃᆡ 그 묘리를 모르ᄂᆞᆫ도다. 거문 졈이 두루 박여시되 ᄒᆡ의 형톄 임의 둥근 거시오, 쥬야의 도라 갈 젹이면 구을기 수뤼 박퀴 갓튼디라 ᄯᅡ 우의셔 ᄇᆞ라보ᄆᆡ 이 면의 뎜이 잇ᄉᆞ면 혹 져 면의 업ᄉᆞ며, 이 면의 젹으면 져 면의 혹 많을 젹이 이ᄂᆞ니라.”

보기를 파ᄒᆞ고 졍당으로 도라와 ᄂᆡ 므르ᄃᆡ, [49-366]“ᄌᆞ명죵이 필연 여러 졔양이 이실 거시니 ᄌᆞᆷ간 보게 홈이 엇더ᄒᆞ뇨?” 뉴숑녕이 ᄀᆞᆯ오ᄃᆡ, “ᄌᆞ명죵은 다만 다락 우의 베픈 거시 잇ᄉᆞᆯ ᄯᆞ름이니 다른 거ᄉᆞᆫ 업ᄂᆞ니라.” ᄒᆞ니, 뵈기를 어려히 녁이ᄂᆞᆫ가 시부더라. 올 ᄯᅵ의 ᄉᆞᆷ방으로셔 각각 면피보ᄂᆡᄂᆞᆫ 거시 있ᄂᆞᆫ디라 셰팔을 불너 드려 오라 ᄒᆞ여 ᄉᆞ힝 의ᄉᆞ로 젼ᄒᆞ야주니 강잉ᄒᆞ야 바드되 괴로히 녁이ᄂᆞᆫ 긔ᄉᆡᆨ이 이시니, 회폐를 어려이 녁이ᄂᆞᆫ 의ᄉᆞᆫ가 시부더라. ᄂᆡ ᄀᆞᆯ오ᄃᆡ, “날 긔운이 심이 ᄎᆞ니 귀톄를 샹ᄒᆞ임이 이실가 져허ᄒᆞ고, 날이 ᄯᅩᄒᆞᆫ 져므러시니 감히 물너 가기를 고ᄒᆞ

거니와, 그윽히 다시 나아와 빅호기를 청ᄒᆞ고져 ᄒᆞᄂᆞ니 ᄒᆞᆫ가ᄒᆞᆫ 날을 긔약ᄒᆞ여 ᄀᆞᄅᆞ치미 엇더ᄒᆞ뇨? 가져온 폐빅은 극히 쇼쇼ᄒᆞ거니와 아딕 경셩을 표ᄒᆞ니 만일 밧지 아니 ᄒᆞ면 이는 다시 보기를 허치 아님이니 다시 싱각하여 보라." 뉴숑영이 ᄀᆞᆯ오ᄃᆡ, "셩ᄒᆞᆫ 폐빅의 후의를 닙으니 ᄉᆞᆷ가 바들 거시오, 청컨ᄃᆡ 우리를 대ᄒᆞ야 세ᄃᆡ인의게 ᄉᆞ례 ᄒᆞᄂᆞᆫ 뜻즐 뎐ᄒᆞ라. 이후의 다시 만나고져 ᄒᆞ야도 이ᄃᆞᆯ 안흔 다시 ᄒᆞᆫ가ᄒᆞᆫ 날이 업ᄉᆞ니, ᄂᆡ 월후의 다시 샹냥ᄒᆞ야 한번 모히기를 도모ᄒᆞ라." ᄂᆡ ᄀᆞ로ᄃᆡ, "우리ᄂᆞᆫ 비록 날마다 빅호기를 쳥코져 ᄒᆞ나 진실노 ᄒᆞᆫ가ᄒᆞᆫ 날이 업ᄉᆞᆯ진ᄃᆡ 엇지 ᄒᆞ리오." 두 ᄉᆞ름의 ᄭᅵᆫ 안경이 심히 젹고 ᄉᆞ민 졔양이 긔이ᄒᆞ거ᄂᆞᆯ, 그 ᄆᆞᆫ든 곳을 므르니, 셔양국의셔 만드라 온거시라 ᄒᆞ고, 수경인가 므르니, 뉴숑영이 우셔 ᄀᆞᆯ오ᄃᆡ, "수경 안경은 눈이 상ᄒᆞ야 ᄭᅵ디 못ᄒᆞᆯ 거시오, 이거ᄉᆞᆫ 뉴리로 ᄆᆞᆫ든 거시라." ᄒᆞ더라. 두 ᄉᆞ름이 다 비연을 ᄂᆡ여 코의 너흐ᄃᆡ, 남은 그릇ᄉᆞᆫ 대모로 ᄆᆞᆫ든 둥근 합이오 품의 품어더라. 읍ᄒᆞ고 물너 올ᄉᆡ, 글 ᄡᅳ든 션ᄇᆡᄂᆞᆫ 몬져 나가고 두 ᄉᆞ름은 문 밧긔 와 보ᄂᆡ더라. 세팔이 수ᄅᆡ를 어더 ᄃᆡ령ᄒᆞ얏거ᄂᆞᆯ, [49-367]니덕셩과 ᄒᆞᆫ가디로 타고 도라올ᄉᆡ, 니덕셩이 니르ᄃᆡ, "년전은 텬쥬당 ᄉᆞ름이 아국 ᄉᆞ름을 보면 가장 반겨ᄒᆞ야 대졉ᄒᆞᄂᆞᆫ 음식이 극히 풍비ᄒᆞ고, 혹 셔양국 소산으로 납폐ᄒᆞᄂᆞᆫ 션물이 뎍지 아니 ᄒᆞ더니, 근ᄂᆡ의 아국 ᄉᆞ름 봇침을 괴로히 넉여 대졉이 이리 낙낙ᄒᆞ니 통분ᄒᆞ다." ᄒᆞ더라. ᄒᆡ 질 ᄯᅢ의 관의 도라오니라.

◇ 1766년 1월 24일

[49-403]드드여 술위를 세 ᄂᆡ여 나ᄂᆞᆫ 덕셩과 ᄒᆞᆫ가지로 타고 동텬쥬당을 향ᄒᆞᆯᄉᆡ, 북편 옥화교를 건너 궁당을 조ᄎᆞ 빅여 보를 힝ᄒᆞ야 동편 골목을 드러 큰 길노 나가 북으로 일이 니를 힝ᄒᆞ야 동편 골목을 드러 빅여 보를 힝ᄒᆞ야 쳔쥬당의 니르럿ᄂᆞᆫ디라. 집 졔양은 밧그로셔 ᄇᆞ라보ᄆᆡ 대강 셔텬쥬당과 ᄒᆞᆫ가지오, 대문을 드니 문 직흰 ᄉᆞ름이 구ᄐᆞ여 막지 아니 ᄒᆞ고 면피를 징식지 아니 ᄒᆞ니, 죠션 ᄉᆞ름이 드물게 ᄃᆞᆫ니ᄂᆞᆫ 년괴러라. 동편으로 즁문을 드니 문 안희 두 ᄉᆞ름이 마죠 안ᄌᆞ 쟝긔를 두거ᄂᆞᆯ, 나아가 보고져 ᄒᆞ니 두 ᄉᆞ름이 즉시 ᄡᅳ러 ᄇᆞ리고 니러나거ᄂᆞᆯ, 다시 두기를 권ᄒᆞᄃᆡ 죵시 듯지 아니 ᄒᆞ고, ᄒᆞ나히 나아와 니르ᄃᆡ, "죠션 ᄉᆞ람이 ᄀᆞ장 청슈ᄒᆞ야 다른 외국의 비치 못ᄒᆞ리라." ᄒᆞ거ᄂᆞᆯ, ᄂᆡ ᄃᆡ답ᄒᆞᄃᆡ, "무ᄉᆞᆷ 청슈홈이 이시리오. 우리를 죠롱ᄒᆞᄂᆞᆫ 말이로다." 그 ᄉᆞ름이 머리를 두르며, "그러치 아니 ᄒᆞ다." ᄒᆞ더라. 뎡당 문이 ᄌᆞᆷ겨거ᄂᆞᆯ 직흰 ᄉᆞ름을 불너오라 ᄒᆞ니, 세팔이 ᄒᆞᆫ 소년을 ᄃᆞ려 왓시니 열쇠를 가져와 문을 여ᄃᆡ ᄯᅩᄒᆞᆫ 면피를 구치 아니하고 인물이 극히 양순ᄒᆞ거ᄂᆞᆯ,

그 셔을 모르니, 왕개라 ᄒᆞ고, 연산역 ᄉᆞᄅᆞᆷ이니 연젼의 죠션 ᄉᆞ신이 졔 집의 여러 번 쥬인ᄒᆞ얏다 ᄒᆞ더라. 문을 드니 북벽의 텬쥬화샹과 좌우로 버린 즙물이 ᄃᆡ강ᄒᆞᆫ 모양이오, 바람의 가득ᄒᆞᆫ 그림은 더욱 니샹ᄒᆞ야 인물과 왼갓 물샹이 두어 보ᄅᆞᆯ 물너시면 아모리 보아도 그림인 쥴을 ᄭᆡ치지 못ᄒᆞᆯ너라. 동편 벽의ᄂᆞᆫ 층층ᄒᆞᆫ 루각을 그리고 여러 ᄉᆞᄅᆞᆷ이 안ᄌᆞ시되, 아ᄅᆡ 긔치와 의장을 만히 버려시니 왕자의 위의 갓고, 셔편 벽의ᄂᆞᆫ 죽은 ᄉᆞᄅᆞᆷ을 관 우의 언저 노코 좌우의 ᄉᆞᆫ아ᄒᆡ와 계집이 혹 셔고 혹 업드려서 우ᄂᆞᆫ 모양을 그려시니, 소견이 아니ᄭᅩ아 춤아 바로 보지 못ᄒᆞᆯ너라. 왕가다려 그 곡절을 므르니, 왕가 니르ᄃᆡ, "니ᄂᆞᆫ 쳔쥬의 쥭은 거동을 그렷다." ᄒᆞ더라.

[49-404]이외예 고히ᄒᆞᆫ 형샹과 니샹ᄒᆞᆫ 화격이 무수ᄒᆞᄃᆡ 다 긔록지 못ᄒᆞᆯ너라. 셔편 협문을 나가니 왕가 문 우ᄒᆞᆯ 가라쳐 보라 ᄒᆞ거ᄂᆞᆯ, 도라보니 문 우ᄒᆡ ᄉᆞᄅᆞᆷ ᄒᆞ나히 무슴 고히ᄒᆞᆫ 짐싱을 걸터 안ᄌᆞ거ᄂᆞᆯ, 마음의 놀납더니 압희 나아가 ᄌᆞ시 ᄇᆞ라보니 진짓 ᄉᆞᄅᆞᆷ이 아니고, ᄯᅩᄒᆞᆫ 그림을 거러 ᄉᆞᄅᆞᆷ의 눈을 놀라게 ᄒᆞᆷ일너라. 셔편 ᄯᅳᆯ을 지나 ᄌᆞ명종 감촌 누 우희 오르니 ᄌᆞ명죵 졔도ᄂᆞᆫ 셔텬쥬당과 다름이 업더라. 이윽히 구경ᄒᆞ고 ᄂᆞ려오니 ᄯᅳᆯ 좌우의 ᄒᆞᆫ ᄡᅡᆼ 일영을 노아시되, 네모진 돌 우의 도슈ᄅᆞᆯ 졍뎨이 ᄉᆡᆨ이고, ᄀᆞ온ᄃᆡ 시보ᄂᆞᆫ 쇠ᄅᆞᆯ 솟ᄌᆞ더라. 기동의 쳘ᄉᆞ ᄒᆞᆫ 오리ᄅᆞᆯ ᄡᅧ녀 남편으로 향ᄒᆞ야 ᄯᅳᆯ 가온ᄃᆡ 됴곰만 돌기둥의 ᄒᆞᆫ 긋츨 ᄆᆡ야거ᄂᆞᆯ, ᄡᅵᄂᆞᆫ 곳즐 므르니, 왕개 니르ᄃᆡ, "이ᄂᆞᆫ 남방을 가라친 거시니 별을 보게 ᄒᆞᆷ이라." ᄒᆞ더라. 왕가ᄅᆞᆯ 불너 다른 구경ᄒᆞᆯ 곳즐 인도ᄒᆞ라 ᄒᆞ니, 잇ᄯᆡ 다른 ᄉᆞᄅᆞᆷ ᄒᆞ나히 ᄯᅡ라와 니르ᄃᆡ, "다른 구경이 업ᄉᆞ니 어ᄃᆡᄅᆞᆯ 보고ᄌᆞ ᄒᆞᄂᆞ냐?" ᄒᆞ고, 괴로히 넉이ᄂᆞᆫ 긔ᄉᆡᆨ이라. ᄂᆡ ᄯᅳᆯ 셔편으로 혼ᄌᆞ 단니며 집 지은 졔양을 구경ᄒᆞ더니, 셔편을 ᄇᆞ라보ᄆᆡ 놉흔 집 말니 반공의 ᄡᅱ여ᄂᆞ고 졔작이 니샹ᄒᆞᆫ지라. 마츰 아ᄒᆡ ᄒᆞ나히 ᄯᆞ라 단니거ᄂᆞᆯ, 위연이 므르ᄃᆡ, "네 져 집을 아ᄂᆞᆫ다?" 그 아ᄒᆡ ᄃᆡ답ᄒᆞᄃᆡ, 관샹대라 ᄒᆞ거ᄂᆞᆯ, 즉시 왕가ᄅᆞᆯ 불너 니르ᄃᆡ, "관샹ᄃᆡᄂᆞᆫ 이곳의 졔일 귀경이여ᄂᆞᆯ, 너희 엇지 우리ᄅᆞᆯ 속이고 뵈지 아니ᄒᆞᄂᆞᆫ다?" ᄒᆞ니, 왕가 우ᄉᆞ며 갈오ᄃᆡ, "관샹ᄃᆡᄅᆞᆯ 엇디 아ᄂᆞᆫ다?" ᄒᆞ고, 이예 셔편으로 두어 문을 지나 ᄒᆞᆫ가지로 나갈ᄉᆡ, 북편으로 년ᄒᆞ야 집이 이시ᄃᆡ 간간이 비단 발을 드리우고 ᄉᆞᄅᆞᆷ이 머므ᄂᆞᆫ 거동이여ᄂᆞᆯ, 왕가ᄃᆞ려 므르니, "다 셔양국 ᄉᆞᄅᆞᆷ의 ᄌᆞᄂᆞᆫ 캉이로ᄃᆡ, 오날은 셔쳔쥬당의 닐이 잇셔 나가[49-405]고 ᄒᆞ나도 잇ᄂᆞ 니 업다." ᄒᆞ더라. ᄯᅩ ᄒᆞᆫ 문을 나니 셔너길 놉흔 ᄃᆡᄅᆞᆯ 무으고 ᄃᆡ 우희 세 집을 지여시ᄃᆡ, 가온ᄃᆡ 집은 가장 놉고 두편 집은 져기 나ᄌᆞᆫ지라. 여러 층 셤을 지나ᄃᆡ 우희 오르니 셔북으로 만세산을 ᄇᆞ라보고 ᄉᆞ면으로 즐비ᄒᆞᆫ 여염이 집 ᄆᆞᆯ니 셔로 ᄇᆞ라니 ᄯᅩ

ᄒᆞᆫ 그이ᄒᆞᆫ 귀경이오, 집의 다 쇠를 ᄎᆡ와거ᄂᆞᆯ, 왕가를 달ᄂᆡ여 문을 열나 ᄒᆞ니, 왕가 니르ᄃᆡ, "셔양국 ᄉᆞᄅᆞᆷ이 쇠를 가지고 나가시니 ᄒᆞᆯ 일이 업다." ᄒᆞᄃᆡ, 칭탁ᄒᆞᄂᆞᆫ 긔식일너라. 문 틈으로 안흘 여허 보니 니샹ᄒᆞᆫ 의긔를 가득이 버려시ᄃᆡ, 안히 어두어 ᄌᆞ시 알아보지 못ᄒᆞ고, 그 즁 두어 ᄌᆞ 쇠통을 틀의 언즌 거시 이시니 이ᄂᆞᆫ 원경인가 시부터라. 가온ᄃᆡ 집은 집 우흐로 남편을 향ᄒᆞ야 길 세 궁글 통ᄒᆞ고, 쇠로 문작을 만드러 업퍼거ᄂᆞᆯ, 무르니, 왕가 ᄀᆞᆯ오ᄃᆡ, "이ᄂᆞᆫ 밤의 쳔문을 볼 ᄯᅢ면 이 문을 열치고 집안희 드러 남방의 뵈ᄂᆞᆫ 별을 상고ᄒᆞ게 ᄒᆞᆷ이라." ᄒᆞ더라.

ᄃᆡ 아ᄅᆡ셔 남편으로 ᄯᅳᆯ이 ᄀᆞ장 널고, ᄯᅳᆯ 가온ᄃᆡ 별당으로 무어, 기동 모양을 만드라 놉히 길이 남고 주츌이 세워시ᄃᆡ 다 항렬이 정졔ᄒᆞ고, 긋ᄒᆡ 궁기 잇셔 ᄉᆞ면의 남글 ᄡᅧ여 셔로 언져시니 이ᄂᆞᆫ 포도 널츌을 올니게 ᄒᆞᆷ일너라. 쳐쳐의 포도 무든 곳이 이시니 그 슈를 대강 혜여 도 슈슴십이 넘으니, 여름의 넌츌을 올녀 닙티 피고 열ᄆᆡ를 ᄆᆡᆺ친 후ᄂᆞᆫ 천녀 간 너른 ᄯᅳᆯ의 그ᄂᆞᆯ이 가득ᄒᆞᆯ 거시니 장ᄒᆞᆫ 귀경이 될 듯ᄒᆞ더라. ᄃᆡ 아ᄅᆡ 나려 남편의 두어 간 집이 잇거ᄂᆞᆯ, 왕가을 ᄯᅡ라 드러가니 그 안의 우믈 ᄒᆞ나히 이시ᄃᆡ 집피 열남은 길이오, 우희 녹노를 베퍼시ᄃᆡ 농노 ᄒᆞᆫ 긋ᄒᆡ 둥근 말둑을 여러흘 박고, 남편으로 싼 기동을 세우고 기동 가온ᄃᆡ 남오 박회 나흘 걸어 박회 우희 말둑을 무슈이 박아 녹노 말둑의 셔로 걸니게 ᄒᆞ고, 박회 밧긔로 ᄡᅵ아[14] 쐭지 갓튼 남글 ᄡᅧ녀 손으로 돌니게 ᄒᆞ야시니, 왕가 니르ᄃᆡ, [49-406]"이 무물은 포도의 물 주기를 위ᄒᆞᆫ 거시라. 여름이면 무수ᄒᆞᆫ 두레를 ᄎᆞᄎᆞ 드리우고 이 밧그로 ᄒᆞᆫ ᄉᆞᄅᆞᆷ이 돌니며 연ᄒᆞ야 물이 올나가 긋치지 아니 ᄒᆞ니, 두루 홈을 노아 여러 포도의 각각 흘너가게 한다." ᄒᆞ고, 손으로 그 모양을 형용ᄒᆞ여 니르ᄃᆡ, "챵졸의 ᄌᆞ시 아라듯지 못ᄒᆞ고 ᄒᆞᆫ편의 두어 칭 탁ᄌᆞ를 ᄆᆡ고 두레를 무슈이 ᄡᅡ아더락. 여러 ᄉᆞᄅᆞᆷ들이 주머니의 너흔 쳥심환을 모화 황가을 주고, 나ᄂᆞᆫ 쳥심환 ᄒᆞ나와 별선 ᄒᆞ나흘 쥬니라.

◇ 1766년 2월 2일

[49-450]식후의 니덕셩과 ᄒᆞᆫ가지로 텬쥬당의 가고져 할ᄉᆡ, 이 날은 문금이 오히려 엄ᄒᆞᆫ디라. 세팔노 ᄒᆞ야곰 "아문의 구경나가ᄂᆞᆫ ᄯᅳ들 통ᄒᆞ라." 하니, 통관들이 나ᄅᆞᄃᆡ, "졔독 대인의 방문을 부쳐 사ᄅᆞᆷ의 츌입을 엄히 금ᄒᆞ니 임의로 허락디 못ᄒᆞᆯ디라. 우리 아문을 뷔오고 잠간 피ᄒᆞᆯ 거시니 ᄀᆞ마니 나가ᄂᆞᆫ 거시 ᄒᆡ롭디 아니

14) ᄡᅵ아: 목화의 씨를 빼는 기구. 교차(攪車).

타." ᄒᆞ니, 대개 문금이 엄ᄒᆞᆯ 씌의ᄂᆞᆫ 역관과 하인이 근쳐 푸ᄌᆞ의 츌입이 무샹ᄒᆞᆫ디라 아문을 디나도 먼니 나가믈 의심치 아니 ᄒᆞ되, 나ᄂᆞᆫ 힝식이 다ᄅᆞ고 무샹ᄒᆞᆫ 츌입이 업슬 ᄲᅮᆫ 아니라 ᄒᆞᆫ번 물을 나면 먼니 ᄃᆞᆫ니ᄂᆞᆫ 줄 짐쟉ᄒᆞᆯ 거시니 혹 ᄀᆞ만이 나가다가 욕저은 일이 이실지라. 이러므로 츌입의 다 아문을 알게 ᄒᆞ니 아문이 안졍이 익어실 ᄲᅮᆫ 아니라, 속이디 아니믈 미더 ᄆᆡ양 쥬연ᄒᆞᆯ 도리를 ᄀᆞᄅᆞ치고 막ᄌᆞ를 계교를 ᄒᆞ디 아니터라. 드되여 니덕셩과 ᄒᆞᆫ가지로 셰팔을 다리고 아문을 나가니 뎡당의 문이 다치고 대ᄉᆞ와 통관들이 다 몸을 숨겻ᄂᆞᆫ디라. 밧비 큰 문을 나니 셰팔이 니ᄅᆞᄃᆡ, "아문을 비록 디나시나 두 편 억위예 막ᄌᆞ라ᄂᆞᆫ 갑군이 이시되, 그 듕 졍양문 근쳐의 ᄃᆞᆫ니ᄂᆞᆫ 푸ᄌᆞ들히 만흔 고로 더욱 엄히 금ᄒᆞ니 필연 디나가디 못ᄒᆞᆯ디라. 옥하교 어귀로 도라가ᄂᆞᆫ 거시 올타." ᄒᆞ거ᄂᆞᆯ 셔편 길노 힝ᄒᆞ야 어귀예 니ᄅᆞ매 과연 두어 갑군이 이셔 엄히 막ᄂᆞᆫ디라.

셰팔이 느ᄅᆞᄃᆡ, "이ᄂᆞᆫ 위틱ᄒᆞᆫ 계교ㅣ라. 엇디 도망ᄒᆞᄂᆞᆫ 거ᄌᆞ를 뵈리오." 하고, 셰팔노 ᄒᆞ야곰 아문의 드러가 통관의게 이 ᄉᆞ연을 니ᄅᆞ라 하엿더니 이윽고 셔종ᄆᆡᆼ의 종 ᄒᆞ나히 ᄒᆞᆫ가지로 나와 갑군의게 분부를 뎐ᄒᆞ고 나가라 ᄒᆞ거ᄂᆞᆯ, 즉시 어귀를 디나 술위를 어더 ᄐᆞ고 뎡양문 안흘 지나 텬쥬당[49-451]의 니ᄅᆞ니 문 딕흰 당개 즉시 쳥ᄒᆞ야 외당의 안치거ᄂᆞᆯ, 밧비 온 ᄯᅳ들 통ᄒᆞ라 ᄒᆞ니 당개, ᄯᅩ 쳥심환을 구ᄒᆞ니 슌슌이 면피 징식ᄒᆞᄂᆞᆫ 일이 ᄀᆞ장 통분ᄒᆞᄃᆡ, ᄒᆞᆯ 일이 업서 셰팔의게 맛진 져근 쳥심환 두어흘 내여 주니라. 당개 드러가더니 이윽고 ᄂᆡ당으로 쳥ᄒᆞ고 두 사ᄅᆞᆷ이 나와 마ᄌᆞ니 좌를 뎡ᄒᆞ고 한훤을 파ᄒᆞᆫ 후의 ᄯᅩ 필담을 쳥ᄒᆞᄃᆡ, 뉴숑녕이 사ᄅᆞᆷ을 불너 글 쓰ᄂᆞᆫ 션ᄇᆡ를 쳥ᄒᆞ니 미처 드러오지 못ᄒᆞ엿ᄂᆞᆫ디라. 뉴숑녕이 무ᄅᆞᄃᆡ, "대말와 부산이 됴션 어ᄂᆡ 편의 이시며 근년은 왜국 사ᄅᆞᆷ과 왕ᄂᆡ를 통ᄒᆞᄂᆞ냐?" 내 그 ᄉᆞ샹을 대답ᄒᆞ고 무ᄅᆞᄃᆡ, "대말와 부산을 그ᄃᆡ 어이 아ᄂᆞᆫ냐?" ᄒᆞ니, 뉴숑녕이 나ᄅᆞᄃᆡ, "젼됴의 만녁 년간 ᄉᆞ긔를 보아시니 엇디 모르리오."

ᄯᅩ 무ᄅᆞᄃᆡ, "됴션도 ᄌᆞ명죵이 잇ᄂᆞ냐?" 내 ᄀᆞᆯ오ᄃᆡ "아국의셔ᄂᆞᆫ 만ᄃᆞᆫ 거시 이시되 만치 아니ᄒᆞ고, 듕국의셔 만ᄃᆞᆫ 것과 일본셔 나온 거시 만코 혹 셔양국 졔작도 잇ᄂᆞ니라." 숑녕이 놀나 ᄀᆞᆯ오ᄃᆡ, "일본의도 ᄯᅩᄒᆞᆫ ᄌᆞ명죵이 잇ᄂᆞ냐?" 내 ᄀᆞᆯ오ᄃᆡ, "근본 졔양은 듕국 제도를 효측ᄒᆞ야시나 정교ᄒᆞᆫ 슈단은 듕국의 지지 아니니라." ᄯᅩ 무ᄅᆞᄃᆡ, "만셰산의 ᄌᆞ명죵이 이시니 구경ᄒᆞ얏ᄂᆞᆫ냐?" 내 ᄀᆞᆯ오ᄃᆡ, "일즉 그 압흘 다나ᄃᆡ, 딕흰 사ᄅᆞᆷ이 드리디 아니ᄒᆞ니 엇디 구경ᄒᆞ야시리오." [49-452]숑녕이 ᄀᆞᆯ오ᄃᆡ, "만셰산은 황샹의 노ᄂᆞᆫ 곳이라 밧겻 사ᄅᆞᆷ을 드리디 아니미 고이치 아니ᄒᆞ고, 가온ᄃᆡ 집안히 ᄌᆞ명죵이 이시되 죵이 ᄀᆞ장 웅장ᄒᆞ야 문밧긔셔도 그 소ᄅᆡ를

듯ᄂᆞ니라.” ᄒᆞ더라. 이ᄯᅢ 숑녕이 세팔ᄃᆞ려 무ᄅᆞᄃᆡ, “너희 노애 말이 극히 분명ᄒᆞ니 필연 첫길이 아닌가시부다.” ᄒᆞ더라. 두 사ᄅᆞᆷ이 서로 ᄃᆡᄒᆞ야 이윽히 슈작ᄒᆞᄃᆡ 어음이 고이ᄒᆞ고 ᄒᆞᆫ 구절을 알 길히 업ᄉᆞ니 필연 셔양국 어법인가 시부더라.

이윽고 션ᄇᆡ 드러왓거ᄂᆞᆯ 글노 서로 슈작ᄒᆞᆯᄉᆡ, 니덕셩과 ᄎᆡᆨ녁 ᄆᆞᆫᄃᆞᄂᆞᆫ 법을 약간 의논ᄒᆞ되 다 졸연이 의논티 못ᄒᆞ리라 ᄒᆞ야 분명이 니ᄅᆞᄂᆞᆫ 말이 적고, 저희 산 두ᄂᆞᆫ ᄎᆡᆨ을 보아지라 ᄒᆞ니 포우관이 우ᄉᆞ며 닐오ᄃᆡ, “본들 어이 알리오.” ᄒᆞ고, 사ᄅᆞᆷ을 불너 ᄒᆞᆫ 권 ᄎᆡᆨ을 내여오니 됴희ᄂᆞᆫ 왜지 가ᄐᆞᄃᆡ 별노 둣거오니 셔양국 됴힌가 시부고, 당당이 고이ᄒᆞᆫ 글ᄌᆞᄅᆞᆯ ᄀᆞ득이 써시ᄃᆡ ᄌᆞ획이 ᄀᆞᄂᆞᆯ기 털ᄀᆞᆺᄀᆞᆺ고, 졍간이 졍제ᄒᆞ야 줄노 친 듯ᄒᆞ니 글ᄌᆞᄂᆞᆫ 저희 언문이라 과연 ᄒᆞᆫ ᄌᆞᄅᆞᆯ 알 길히 업고, 졍셰ᄒᆞᆫ 필획은 텬하의 ᄧᅡᆨ이 없ᄉᆞᆯ더라. 그 ᄡᅳᄂᆞᆫ 양을 보고져 ᄒᆞ야 ᄉᆞ방의 스물 네 방위ᄅᆞᆯ 됴희예 몬져 ᄡᅳ고, 그 녑ᄒᆡ 셔양국 글ᄌᆞᄅᆞᆯ ᄡᅳ다가 글ᄌᆞᄅᆞᆯ 일우디 못ᄒᆞ니 그치고 닐오ᄃᆡ, “부시 다ᄅᆞᆫ 고로 ᄡᅳ디 못ᄒᆞ노라.” ᄒᆞ거ᄂᆞᆯ, 그 ᄡᅳᄂᆞᆫ 부ᄉᆞᆯ 보아디라 ᄒᆞ니, 숑녕이 사ᄅᆞᆷ을 불너 ᄒᆞ나ᄒᆞᆯ 내여오니 ᄂᆞᆯ즘ᄉᆡᆼ의 기시오, 밋ᄒᆞᆯ 동골고 ᄃᆞᆫᄃᆞᆫᄒᆞᆫ 고ᄌᆞᆯ 두어 치ᄅᆞᆯ ᄌᆞᆯ나 밋동을 엇버혀 ᄉᆞᆺ치 놀나게 ᄆᆞᆫᄃᆞ라시니 이 ᄉᆞᆺᄎᆞ로 글ᄌᆞᄅᆞᆯ ᄡᅳ게 한 거시오. 엇ᄶᅡᆺ근 안희 무슴 먹물을 굼긔 ᄀᆞ득 너허 글시ᄅᆞᆯ ᄡᅳᄂᆞᆫ 대로 ᄎᆞᄎᆞ 흘너 나와 졸연히 ᄉᆞᆺ허지지 아니ᄒᆞ니 ᄯᅩᄒᆞᆫ 이샹한 졔양이러라.

내 무ᄅᆞᄃᆡ, “그ᄃᆡᄂᆞᆫ ᄌᆞ식이 잇ᄂᆞ냐?” 숑녕이 대답ᄒᆞᄃᆡ, “우리ᄂᆞᆫ 쳐쳡이 업ᄉᆞ니 엇디 ᄌᆞ식 유무ᄅᆞᆯ 의논ᄒᆞ리오.” 내 무ᄅᆞᄃᆡ, [49-453]“텬쥬의 ᄒᆞᆨ문은 쳐쳡을 두지 못ᄒᆞᄂᆞ냐?” 숑녕이 ᄀᆞᆯ오ᄃᆡ, “엇디 그러ᄒᆞ리오. 즉금 북경 사ᄅᆞᆷ이 텬쥬당의 ᄒᆞᆨ문을 슝상하거니와 엇디 인뉸을 폐ᄒᆞᆯ 사ᄅᆞᆷ이 이시리오. 우리ᄂᆞᆫ 듕국의 ᄒᆞᆨ문 뎐키ᄅᆞᆯ 위ᄒᆞ야 졈어셔 집을 ᄯᅥ나 이곳의 니ᄅᆞ러 임의 나히 늙어실 ᄲᅮᆫ 아니라, 고향이 수만니 밧기라 비록 쳐쳡을 두고져 ᄒᆞ나 엇디 ᄒᆞ리오.” 내 무ᄅᆞᄃᆡ “셔양국은 듕국 진셔ᄅᆞᆯ 아디 못ᄒᆞ면 필연 듕국 셔젹이 업ᄉᆞᆯ 거시니 도ᄅᆞᆯ 배호ᄂᆞᆫ 사ᄅᆞᆷ은 무슴 글을 보ᄂᆞ뇨?” 숑녕이 ᄀᆞᆯ오ᄃᆡ, “다만 아국 언문을 힝ᄒᆞᆯ ᄲᅮᆫ이오, 온갓 셔젹이 이시나 다 아국 사ᄅᆞᆷ의 ᄆᆞᆫᄃᆞᆫ 글이오. 아국 언문을 디은 거시니 말이 비록 다ᄅᆞ나 도리의 논한 말은 듕국과 다ᄅᆞ미 업ᄉᆞ니라.” ᄒᆞ고, 인ᄒᆞ야 듕용 첫장을 외오며 니ᄅᆞᄃᆡ, “이 세 귀절노 닐너도 비록 그 글은 업ᄉᆞ나 그 말은 잇ᄂᆞ니라.” ᄒᆞ더라.

ᄌᆞ명죵과 잇ᄂᆞᆫ 의긔ᄅᆞᆯ 보아지라 하야 누누히 쳥ᄒᆞ니, 여러번 칭탁ᄒᆞ다가 사ᄅᆞᆷ을 불너 ᄒᆞᆫ 가지 거ᄉᆞᆯ 내여오니 남그로 집을 만ᄃᆞ라시되 네모지고 기릐 두어 ᄲᅡᆷ이오. 안희 주셕으로 ᄆᆞᆫᄃᆞᆫ 거시 이시니 ᄌᆞ명죵 모양이라. 젼면의 시ᄀᆞᆨ 분수ᄅᆞᆯ 사기고 밧그로 뉴리ᄅᆞᆯ 부쳐 문을 여지 아니ᄒᆞ야도 속을 살피게 ᄒᆞ얏더라. 밧글 열쇠

ᄀᆞᆺ흔 거슬 거럿ᄂᆞᆫ지라 숑녕이 그 쇠를 가져 굼그로 너허 서너 번을 돌니더니 초을 써히매 우히 ᄃᆞᆯ린 죵을 치되 반향을 긋치 아니ᄒᆞ야 그 수를 혜디 못ᄒᆞ고 ᄀᆞ장 요란ᄒᆞ니, 이거슨 일홈이 뇨죵이니 ᄃᆞᆯ네ᄂᆞᆫ ᄌᆞ명죵이란 말이라. 이거슨 무슴 일이 이셔 니러나고져 ᄒᆞ면 혹 시각을 몰나 잠을 졔 ᄭᆡ의 ᄭᆡ디 못ᄒᆞᆯ가 ᄒᆞ야 져녁의 자기를 님ᄒᆞ야 시ᄀᆞᆨ을 짐작ᄒᆞ야 상 아ᄅᆡ 트러 노흐면 졔 ᄭᆡ를 당ᄒᆞ야 고동이 열니고 요란ᄒᆞᆫ 죵소ᄅᆡ로 사ᄅᆞᆷ의 ᄌᆞᆷ을 ᄭᆡ오게 ᄒᆞᄂᆞᆫ 거시러라. 두 사ᄅᆞᆷ이 다 품의 일금을 품어 잇다감 내여 시각을 상고ᄒᆞ거ᄂᆞᆯ, ᄒᆞᆫ번 보기를 쳥ᄒᆞ니 포우관이 제 찬 거ᄉᆞᆯ 글너 내여 쇽을 여러 뵈니, 냥흔의게 비러보든 것과 다ᄅᆞ미 업더라. 그 뇨죵을 ᄌᆞ시 보고져 숀을 잠[49-454]간 달라 ᄒᆞᆫᄃᆡ, 포우관이 놀나며 다치디 말나 ᄒᆞ니 긔ᄉᆡᆨ이 극히 용쇽ᄒᆞ더라. 즉시 도로 뎐ᄒᆞ고 셔양국 뉸도를 보아디라 ᄒᆞ니 ᄒᆞ나흘 내여와 시되 크기 두어 움히이니 쥬셕으로 ᄆᆞᆫ다랏고, 바ᄂᆞᆯ 가ᄅᆡ 두어 치오, 밧글 삼ᄇᆡᆨ뉵십 도를 삭여시니, 숑녕이 닐오ᄃᆡ, "뉸도의 바ᄂᆞᆯ이 비록 남방을 ᄀᆞᄅᆞ치다 ᄒᆞ나 미양 병방을 다ᄅᆡ고, 여러 뉸도를 비교ᄒᆞ면 종시 고ᄅᆞ디 아니ᄒᆞ야 ᄉᆞ방의 대강 방위를 알냐ᄒᆞ면 일노 죡히 짐쟉ᄒᆞ려니와 텬문 졍셰ᄒᆞᆫ 도수를 측양코져 ᄒᆞ면 이를 밋디 못ᄒᆞᄂᆞ니라." ᄒᆞ더라. 내 무ᄅᆞ되, 숑녕이 ᄀᆞᆯ오ᄃᆡ, "듕국은 스물네 방위를 쓰거니와 아국은 수를 일졍ᄒᆞ미 업ᄉᆞ니 혹 여ᄃᆞᆲ 방위를 ᄂᆞᆫ호고, 혹 열여섯 방위를 ᄂᆞᆫ호고, 혹 스물네 방위를 ᄂᆞᆫ호고, 혹 셜흔두 방위를 ᄂᆞᆫ호니 셜흔두 방위의 ᄂᆞᆫ호ᄂᆞᆫ 거ᄉᆞᆫ 다른 되ᄂᆞᆫ ᄡᅳᄂᆞᆫ 일이 업고 큰 바다의 ᄃᆞᆫ니ᄂᆞᆫ ᄇᆡ의 ᄡᅳᆫ다." ᄒᆞ더라. 문시죵의 시ᄀᆞᆨ 표ᄒᆞᆫ 글ᄌᆞ를 무ᄅᆞ니, 포우관이 닐오ᄃᆡ, "이거ᄉᆞᆫ 죵치ᄂᆞᆫ 수를 긔록ᄒᆞᆫ 거시라. ᄌᆞ오시 초의 ᄒᆞ나흘 치고 졍의ᄂᆞᆫ 둘을 치고 차차 ᄒᆞ나식 더ᄒᆞ야 사ᄒᆡ 시 졍의 니르러ᄂᆞᆫ 열두 번 치ᄂᆞᆫ 줄을 알게 ᄒᆞ미라."

무신의를 보아지라 ᄒᆞ니, 숑녕이 닐오ᄃᆡ, "젼의ᄂᆞᆫ 오경과 이십팔 슈를 다 각각 의긔로 측냥ᄒᆞ야 여ᄉᆞᆺ 가지 졔되 잇더니, 무신의ᄂᆞᆫ 근ᄂᆡ의 ᄆᆞᆫᄃᆞᆫ 거시라 여ᄉᆞᆺ 가지 의긔를 ᄒᆞᆫ 틀의 합ᄒᆞ야 그 졔도ᄂᆞᆫ 비록 간냑ᄒᆞ고 공교ᄒᆞ나 죵시 틀님이 이셔 젼 졔도의 밋디 못ᄒᆞᆯ니라. 요ᄉᆞ이ᄂᆞᆫ 폐ᄒᆞ야 ᄡᅳ디 아니ᄒᆞ고 여러 의긔들은 다 관샹ᄃᆡ의 금ᄒᆞ고 이곳의ᄂᆞᆫ 잇ᄂᆞᆫ 거시 업다." ᄒᆞ더라. 날이 느즈매 물러나기를 쳥ᄒᆞ고 도라갈 긔약이 머지 아니ᄒᆞ니 다[49-455]시 오디 못ᄒᆞ리라 ᄒᆞᄃᆡ, 죠곰도 챵연이 넉이ᄂᆞᆫ 긔ᄉᆡᆨ이 업고, 능화 두 댱과 져은 박은 그림 두 댱과 고과 네 낫과 흑듀셕 두 나출 각각 봉ᄒᆞ야 나와 니덕셩을 ᄂᆞᆫ화주며 닐오ᄃᆡ, "근ᄂᆡᄂᆞᆫ 셔양국의 왕ᄂᆡᄒᆞᄂᆞᆫ 인편지 ᄌᆞᆺ지 아닌지라 잇ᄂᆞᆫ 토산이 업서 이리 초초ᄒᆞ니 허물치 말나." ᄒᆞ고, ᄉᆞ행으로셔 각각 면피를 보내여시되 회례ᄒᆞᆯ 계교를 아니ᄒᆞ니 고이ᄒᆞ더라. 니덕셩은 맛다온 일이 이셔 녁법을 ᄌᆞ시 ᄇᆡ호고 두어 가지 의긔와 셔칙을 사고져 ᄒᆞ엿더니 ᄃᆡ졉이 죵시 관곡지 아니ᄒᆞ고, 셔칙과 의긔ᄂᆞᆫ 다 업노라 일ᄏᆞᆺ고 즐겨 뵈지 아니ᄒᆞ니 ᄀᆞ장 통분ᄒᆞ야 ᄒᆞᄃᆡ ᄒᆞᆯ 일이 업더라.

엄숙(嚴璹)『연행록(燕行錄)』

『연행록전집』 40

◆ 1774년 2월 25일

[40-240] 二十五日, 陰.[15]

三使同往天主堂, 堂在宣武門內, 卽西洋人所住. 有劉松齡者, 年過七十, 見爲欽天監正. 日昨見譯人, 先通未見, 意松齡以今日爲約, 且言, '人多則當弊. 三使各率一兩人爲宜'云. 今日三房上下人盡隨出及至, 則松齡稱病不出見. 而訪天主殿則許, 其入見, 而別無奇觀. 樓上板壁■■器, 樓側設春機, 一人動其機, 則壁中衆樂齊鳴. 前後使臣, 皆來親見, 人求■, 則托以春機. 人■■以爭入, 且有恨怒色, 驅送從人. 屢致懇款. 有二漢, 上樓求索淸心丸. 試使爲之, 則一人春機, 一人■■■露出, 衆■■有樂聲而旋止. 自謂不習, 尤勸而不從, 殊可憤歎.

15) 원문에서 '■'로 표시한 부분은 심하게 뭉개져 있어 판독할 수 없는 글자를 표시한 것이다.

이압(李岬) 『연행기사(燕行記事)』

『연행록전집』 53

◆ 『聞見雜記 上』(1777년)

[53-152]西洋國所謂葡萄酒, 色淸而綠, 味如倭酒而亦佳云.

◆ 『聞見雜記 下』(1777년)

[53-172]西洋人若干, 雖隷於欽天監, 以修曆法, 而其餘則外夷無入仕者, 此則仕宦與滿州同. 外國雖通物貨, 俱有防限操切, 而此則商賈互相往來無間.

이덕무(李德懋) 『입연기(入燕記)』

『연행록전집』 57

◇ 1778년 6월 14일

[57-316]十四日壬寅, 雨, 留館. 午後, 往天主堂, 堂在順城門東, 俱以甓砌成, 不藉一木, 穹崇寬敞, 與中國, 間架甍簷之制不同, 欽天監官, 西洋人二員入直, 圓明[57-317]園不在, 只有守直漢人數輩, 揭簾圭竇而入, 如邃洞, 人語響應, 仰見屋宇, 如覆釜, 周遭畫人物, 有一兒眼睛直上, 作驚癎之狀, 一婦人, 撫摩憂愁, 一老翁恐懼攢手, 若或祈其不死, 四方雲氣圍繞, 小兒出頭雲中者, 不知其數.

屋大抵三楹, 而第一楹, 北壁刻木障如佛幢. 又畫婦人救護病兒之狀, 上有一白鳥, 張翼口吐白氣, 直射婦人之頂. 左右兩壁, 又各設三木障, 或畫婦人傳雙翼持戟刺人者, 亦有十字架, 纍纍懸小兒欲墜, 老人以掌向天, 若將承之, 恍惚幽怪, 令人不樂. 蓋病小兒, 所謂天主耶, [57-318]穌也, 其憂愁夫人, 耶穌之母也.

西洋人性甚潔, 堂中甓上, 排列紅木器, 貯糠以承人唾. 屋上又有樓, 外有五窓, 設蠟紙格明, 逈如玻璃. 守者托以主人不在, 不許其登覽, 盖其上設樂, 如風爐鼓氣象, 樂嘈嘈, 此胡元時興隆笙法也. 或云, "堂近年失火, 今新刱而樂亦焚壞, 未得更設." 然此堂都是甓成, 非火所可燒也, 大抵屋則新成者也, 堂之右, 有小門, 門內, 有小衚衕. 從小門遠望, 則北墻畫一大犬, 鐵索罥其頂, 瞥看則可怖其欲噬. 其下有活犬數頭臥于陰地, 渾不可辨. 西墻外, 有儀器之閣, 而守者[57-319]竟不許其觀, 甚可恨也,

박지원(朴趾源) 『열하일기(熱河日記)』

『한국문집총간』 252: 『연암집(燕巖集)』

◆ 「鵠汀筆談」(1780년)

[261d]余曰: "鄙人萬里間關, 觀光上國. 敝邦可在極東, 歐羅乃是泰西, 以極東泰西之人願一相逢, 今遽入熱河, 未及觀天主堂, 自此奉勅東還, 則不[262a]可復入皇都, 今幸忝遊大人先生之間, 多承教誨雖適我大願, 然於泰西遠人, 無路相尋, 是爲鄙人恨. 所今聞西人從駕亦在是中云, 願蒙指敎或有相識, 幸爲紹介."

◆ 「黃圖紀略」, 〈天主堂〉(1780년)

[310b]余友洪德保, 嘗論西洋人之巧曰 "我東先輩, 若金稼齋, 李一菴, 皆見識卓越, 後人之所不可及, 尤在於善觀中原. 然其記天主堂 則有憾焉. 此無他, 非人思慮所到, 亦非驟看所可領略. 至若後人之繼至者, 亦無不先觀天主堂, 然恍惚難測反斥幽怪, 是眼中都無所見者也. 稼齋詳于堂屋畵圖, 而一菴尤詳于畵圖儀器, 然不及風琴, 蓋二公之于音律, 不甚曉解, 故莫能彷彿也. 余雖耳審其聲, 目察其制, 然又文不能盡其妙, 是爲大恨也. 因出稼齋所記共觀焉.

堂之東壁有二層朱門, 而上二扉下四扉次第開之. 其中有筒如柱椽者簇立, 大小不一而皆金銀雜塗之, 其上横置鐵板, 其一邊鑽穴無數, 一邊如扇形, 刻方位及十二時. 俄見日影到其方位, 則臺上大小鐘各撾四聲, 中央大鐘撾六聲. 鐘聲纔止, 東邊虹門內, 忽有一陣風聲如轉衆輪, 繼以樂作, 絲竹管絃之[310c]聲, 不識從何而來. 通官言, "此中華之樂" 良久而止, 又出他聲如朝賀時所聽, 曰: "此滿洲之樂也" 良久而之, 又出他曲音節急促曰: "此蒙古之樂也" 樂聲旣止, 六扉自掩, 西洋使臣 徐日昇所造云. (稼齋記止此)

德保讀已大笑曰: "是所謂語焉而不詳也. 中有筒如柱如椽者, 鍮鑞爲管, 其最大之管如柱椽, 簇立參差, 此演生簧而大之也, 小大不一者, 取次律而加倍之, 隔八相生如八卦之變, 而爲六十四卦也. 金銀雜塗者侈其外也, 忽有一陣風聲如轉衆輪者, 爲地道宛轉相通而鼓橐, 以達氣如口吹也, 繼以樂作者, 風入城道輪囷棍輾, 而簧葉自開衆竅嗷噪也. 其鼓橐之法, 聯五牛之皮柔滑如錦袋, 以大絨索懸之樑上如大鐘, 兩人握索奮躍懸身若掛帆狀, 以足蹋橐, 橐漸蹲伏而其腹澎漲, 虛氣充滿驅納之道, 於是按律掩竅則無所發洩, 乃激金舌次第振開, 所以成衆樂也. 今吾略能言之而亦不能盡其妙, 如蒙國家發帑命造, 則庶幾能之[310d]云. (德保所談止此)

今吾入中國 每思風琴之制, 日常撞撞于中也. 旣自熱河還入燕京, 卽尋天主堂. 宣武門內東面而望, 有屋頭圓如鐵鐘, 聳出閭閻者乃天主堂也. 城內四方皆有一堂, 此堂乃西天主也. 天主者猶言天皇氏盤古氏之稱也. 但其人善治曆, 以其國之制, 造屋以居, 其術絶浮僞貴誠信, 昭事上帝爲宗地, 忠孝慈愛爲工務, 遷善改過爲入門, 生死大事有備無患爲究竟. 自謂窮原溯本之學, 然立志過高爲說偏巧, 不知返歸於矯天誣人之科, 而自陷于悖義傷倫之臼也.

堂高七仞無慮數百間, 而有似鐵鑄土陶. 皇明萬曆二十九年二月, 天津監稅馬堂, 進西洋人利瑪竇, 方物及天主女像, 禮部言 "大西洋不載會典, 其眞僞不可知, 宜量給衣冠令還本土, 勿得潛住京師." 不報. 西洋之通中國, 蓋自利瑪竇始也. 堂燬于乾隆己丑, 所謂風琴無存者, 樓上遠鏡及諸儀器, 非倉卒可究故, 不錄, 追思德保所論風琴之制, 悵然爲記.

◆ 「黃圖紀略」, 〈洋畵〉(1780년)

[311a]凡爲畵圖者, 畵外而不能畵裡者勢也. 物有窿坎細大遠近之勢, 而工畵者不過略用數筆於其間, 山或無皴, 水或無波, 樹或無枝, 是所謂寫意之法也. 子美詩 '堂上不合生楓樹, 怪底江山起煙霧.'堂上非生樹之地, 不合者理外之事也, 烟霧當起於江山, 而若於障子則訝之甚者也.

今天主堂中墻壁藻井之間, 所畵雲氣人物, 有非心智思慮所可測度, 亦非言語文字所可形容, 吾目將視之而有赫赫如電先奪吾目者. 吾惡其將洞吾之胸臆也, 吾耳將聽之而有俯仰轉眄先屬吾耳者, 吾慚其將貫吾之隱蔽也, 吾口將言之則彼亦將淵默而雷聲. 逼而視之筆墨麤疎, 但其耳目口鼻之際, 毛髮腠理之間, 暈而界之, 較其毫分, 有若呼吸轉動, 蓋陰陽向背而自生顯晦耳.

有婦人膝置五六歲孺子, 孺子病羸白眼, 直視則婦人側首不忍見者, 傍側視御五六人, 俯視病兒有[311b]慘然回首者, 鬼車鳥, 翅如蝙蝠墜地宛轉, 有一神將, 脚踏鳥腹, 手擧鐵鱗腹,撞鳥首者. 有人首人身而鳥翼飛者, 百種怪奇不可方物, 左右壁上雲氣堆積如盛夏午天, 如海上新霽, 如洞壑將曙蓬滃勃鬱, 千葩萬朶暎日生暈, 遠而望之則綿邈深邃杳無窮際, 而群神出沒百鬼呈露, 披襟拂袂挨肩疊跡, 而忽令近者遠而淺者深, 隱者顯而蔽者露, 各各離立, 皆有馮空御風之勢, 蓋雲氣相隔而使之撞鳥首仰視藻井則, 無數嬰兒跳蕩彩雲間, 纍纍懸空而下, 肌膚溫然手腕脛節肥若緣絞, 驟令觀者莫不驚號錯愕, 仰首張手以承其墜落也.

이노춘(李魯春) 『북연긔힝』

숭실대학교 한국기독교박물관 소장본

◆ 1784년 1월 7일

[3-1]식후의 부ᄉᆞ와 이슈로 더브러 쳔쥬당의 가 구경ᄒᆞ니 문과 젼을 다 벽으로 싸 남근ᄒᆞ나토 든일업고 보와 기동과 도리와 혁가래를 다 벽으로 무으고 졍젼 안히 ᄉᆞ면을 도라가며 가로이 홍예를 ᄆᆡᆫ들고 홍예 안히 상탁을 버리고 벽 우희 인물을 그려시니 혹 늙은 신션이며 혹 어린아히로ᄃᆡ ᄉᆡᆼ긔 뉴동ᄒᆞ야 사ᄅᆞᆷ을 보고 웃ᄂᆞᆫ 듯도 ᄒᆞ며 말ᄒᆞᆯ 듯도 ᄒᆞ니 의연이 산사ᄅᆞᆷ ᄀᆞᆺ고 텬쟝 우히 ᄯᅩ 인물을 그려시니 오래 볼ᄉᆞ록 ᄉᆞ지꿈젹이ᄂᆞᆫ 듯ᄒᆞ고 그 쥬벽ᄒᆞ야 층탑을 무으고 그린 거시 더욱 긔이ᄒᆞ더라

젼이 삼층이니, [3-2]샹층은 팔면의 다 뉴리로 창을 ᄆᆡᆫ들고, 젼동 편졔 일간 홍예 안흐로셔 수십층 운졔를 말ᄆᆡ암아 올나가니, 샹층의 ᄉᆞ면으로 난간을 무어시ᄃᆡ, 다 벽이오 가온대 벽으로 져근 집을 무어시니, 그 졔되 탑 ᄀᆞᆺ고, 난간을 굽어보니 황셩 안팟긔 궁뎐과 누ᄃᆡ를 녁〃히 가히 혤 거시오, 눈이 아믈〃〃ᄒᆞ고 몸이 흔덕〃〃 ᄒᆞ니 위티ᄒᆞ야 오래 안잣디 못ᄒᆞᆯ디라. 부ᄉᆞᄂᆞᆫ ᄃᆞ리 아래셔 우러〃 볼만ᄒᆞ고 감히 오ᄅᆞ디 못ᄒᆞᄂᆞᆫ디라. 뎐 안히셔 샹층 오른 사ᄅᆞᆷ의 소ᄅᆡ를 드ᄅᆞ면 공듕의셔 나ᄂᆞᆫ 듯ᄒᆞ고, 샹층의셔 하층 사ᄅᆞᆷ의 말을 드ᄅᆞ면 독 속의셔 나ᄂᆞᆫ 소ᄅᆡ ᄀᆞᆺ더라.

뎐 뒤히 벽으로 빤 젹은 홍예문으로 드러가 셔[3-3]편 져근 일각문을 디나니, 큰 젼이 잇고, 젼 안히 탁ᄌᆞ를 버리고 탁ᄌᆞ 우히 비단 쟝을 드리우고, 벽샹의 인믈을 그리고 동셔 벽의 텬문도와 예지도를 걸고, 가온대 노흔 탁ᄌᆞ 압히 오뉵 교위를 노코, 노승이 좌를 쳥ᄒᆞ며 차를 권ᄒᆞ더라. ᄯᅩ 셔편 일각문으로 드러가니, 젼이 이셔 졔되 ᄒᆞᆫ글ᄀᆞᆺ고, 좌우 벽샹의 누ᄃᆡ와 긔명과 새즘ᄉᆡᆼ을 그려시ᄃᆡ 완연이 진면목 ᄀᆞᆺ고, 압섬 우히 셕쥬를 셰우고 셕쥬 우히 일영을 노코, 젼 셔편의 벽으로 이층 집을 무으고, 젼면 벽샹의 뉴리로 눈도를 ᄆᆡᆫᄃᆞ라 브치고, 층ᄃᆞ리 이셔 오ᄅᆞ게 ᄒᆞ여시ᄃᆡ,

문을 다다 외인을 드리디 아니ᄒᆞ고, 젼을 둘너 븍으로 수십 간 익낭[3-4]이 두어 겹이나 ᄒᆞᄃᆡ, ᄯᅩᄒᆞᆫ 문을 다다 츌입디 못ᄒᆞ고, ᄠᅳᆯ 압히 틔호셕 너덧과 괴셕 다엿시 셔시니, 틔호셕은 두어 길이나 ᄒᆞ고, 후면 쳠하 압히 벽을 취병틀 모양으로 무으고, 간〃이 난간을 ᄭᅮ미고 난간 후졍의 오뉵 간 토실이 이셔, 수십 본 화훼를

심거시ᄃᆡ, 다 일홈을 알 길 업ᄉᆞᆫ 거시오, 그 동편 누 우희 일월 보ᄂᆞᆫ 거울과 혼텬의 잇고, ᄯᅩ 셔양국 사ᄅᆞᆷ의 그ᄅᆞᆺ ᄆᆡᆫᄃᆞᄂᆞᆫ 곳이라 ᄒᆞᄃᆡ, 문을 ᄌᆞᆷ으고 다 피ᄒᆞ야시니, '이ᄂᆞᆫ 젼년의 홍항ᄉᆡ 와 구경ᄒᆞ고 도라갈 째의 쥬인이 나와 인ᄉᆞᄒᆞᄂᆞᆫ 거ᄉᆞᆯ 모ᄅᆞ고 쇼ᄃᆡᄒᆞ니 쥬인이 대로ᄒᆞ야 욕ᄒᆞᆫ다 ᄒᆞ고 됴션 사ᄅᆞᆷ을 ᄃᆡ졉디 아닛ᄂᆞᆫ다' ᄒᆞ더[3-5]라.

강세황(姜世晃), 『표암연경편(豹菴燕京編)』

『한국문집총간』 속집 80: 『표암유고(豹菴遺稿)』

◆ 1784년 12월 25일

[350a]西洋人所居, 在燕京之西, 宣武門內. 余輩於臘月二十五日, 往觀焉. 彫甍畵棟, 高聳雲霄, 令人駭眼. 遂從樓後, 躡石梯二十餘級, 登其上層. 俯瞰一城, 樓臺烟樹, 怳然如入淸都廣寒也.

조환(趙瑍) 『연행일록(燕行日錄)』

『연행록선집보유』 中

◇ 1788년 1월 27일

[24c]二十七日, 晴. 食後, 與書狀乘太平車, 往天柱堂. 路過正陽門, 向西作行, 幾到宣武門, 北邊路傍有天柱堂. 屋宇制作外樣, 極甚奇異. 陞層石階入見, 則前後堂宇之壁, 皆是畵圖. 而其中一處之屋壁, 畵人馬屋宇及物形.[物形, 卽小筐之類] 坐二三間之地視之, 則人馬宛然如生, 且物樣屋柱, 依然有製作之形. 近而摩之, 卽畵也, 可謂怪怪, 亦可謂神異矣.

正堂北壁所畵, 卽女仙抱小兒, [24d]而兩腋皆有羽, 似是仙類. 此乃渠輩所尊敬之處. 而女仙所畵壁之榻下, 西邊低處設倚子, 罩以錦袱, 是西洋王之位云. 以此見之, 女仙之敬奉可知也. 有自鳴鐘之屬, 極其奇巧, 可觀. 而又有測候日形之器, 狀如囉叭而色黃. 庭中置卓子, 卓子上排置測候器. 而其末端稍高. 而以其口直向日影, 其上端乍低, 而從其孔, 窺覘日形, 如千里之鏡. 察視人皆曰: "日形昭昭可見."而余則視之, 眼眩不能卞矣. 所留者, 欽天監官員, 而多西洋國人也.

西洋人進茶. 使馬頭問曰: "貴國去此幾里?" 答曰: "水陸通計, 合九萬里."云. 又問, "寓此幾[25a]年?" 答曰: "限十年替歸, 而吾輩則已過八年. 而專管天文·地理·曆數之法."云. 盖其爲人, 面銳鼻尖目凹, 貌甚精詳, 而行動頗輕躁. 卽歸館所『陶谷集』云, "西洋國, 距北京, 海路爲九萬里, 陸路五六萬里." 與今番西洋胡之所對有異, 可怪.

서호수(徐浩修) 『열하기유(熱河紀遊)』

『연행록전집』 51

◆ 1790년 7월 26일

[51-536]二十六日, 甲辰, 晴. 由宣武門外, 遵城底, 出外城之西便門, 歷內城之阜成門, 觀利西泰墓. 到西直門外, 向西行二十里, 入圓明園寓館. 自圓明園達皇城, 御途皆鋪石, 廣可三間. 夾途左右, 綵棚聯亘, 奇巖異樹, 畵閣牌樓, 形形色色, 不可窮詰. 比之熱河, 沿途之點綴, 殆百倍也. 觀光士女, 塡咽街巷, 車轂相掣, 馬不得穿過, 眞天下壯觀也.

利西泰墓, 在阜城門外二里, 卽萬曆賜葬地也. 墓以甎築爲五層, 每層高橫黍尺八寸, 廣橫黍尺五尺, 長橫黍尺十[51-537]二尺. 各層累接間, 和匀石灰瓦屑, 環爲切縫帶, 上覆甎. 盖四出簷橫黍尺三寸, 盖上鎭以長圓半體. 亦用石灰瓦屑和匀, 長廣如各層半徑, 橫黍尺一尺二寸.

總言墳制, 恰如有簷太平車, 坐子向午. 墓北有六面臺, 亦以甎築, 中空虛而上穹窿. 前三面各有虹霓門. 墓南有碑, 平趺螭首, 高橫黍尺八尺, 廣橫黍尺三尺. 前面大書曰, '耶蘇會士利公之墓', 大字東有紀曰: "利先生諱瑪竇, 號西泰. 大西洋意大里亞國人, 自幼入會眞修. 明萬曆辛巳, 航海首[51-538]入中華衍教, 萬曆庚子來都, 萬曆庚戌卒. 在世五十九年, 在會四十二年." 大字西有西洋字紀, 與東紀同.

碑左右有石柱, 刻雲龍, 碑前有石臺, 上刻花文. 臺前橫列五石柱, 皆刻雲龍. 墓外繞石墻, 高可一丈二尺, 長濶可容千畝. 墻內正北有石壇, 上設石浮屠, 雍正十三年所建. 壇下鋪甎爲正路, 連墻南之正門.

利西泰墓爲首, 在墻內東北維, 而自羅雅谷·鄧玉函·湯若望以下, 至近古徐日昇·劉松齡等, 諸西士墓, 分列于正路東西. 正路東爲三十一[51-539]墳, 正路西爲四十三墳, 皆子坐午向. 墻南爲石門三, 正門制如華表, 而門扇用純石. 東西門規模稍殺, 而東西門內各爲石壇. 東壇書曰, '常生之根', 西壇書曰, '聖寵之源'.

正門外東西, 各安石獅, 次東次西, 各竪擎天石柱, 高可二丈. 次有享閣三間,東西門外, 各爲石灰柱二十四雙, 上架葡萄蔓珠, 顆或綠或紫, 方爛熟. 摘噉一叢, 甛爽異常, 守墓者云, "是西洋種." 享閣南又安石獅一雙, 竪湯若望紀恩碑.

順治甲午, 賜湯若望葬地, 順治庚子, 湯自撰紀立[51-540]碑. 碑南又有三石門, 朱彝尊『日下舊聞』謂, "享閣前設晷石, 有銘曰, '美日寸影, 勿爾空過, 所見萬品, 與時併流.' 今亡." 按『明史』, "萬曆九年辛巳, 利瑪竇汎海抵香山澳, 二十九年辛丑, 入京師, 三十八年庚戌四月卒, 賜葬西郭外." 與碑紀同.

「告利西泰墓文」曰: "地之相去九萬里, 世之相後二百年, 胡爲乎逾巨流過碣石, 訪衣履于冀燕. 西泰之道昭事上帝, 西泰之藝欽若昊天. 器傳于箕子之邦, 書衍于鶴山之編. [器卽渾盖通憲, 書卽渾盖圖說集箋.] 竊附幾何之增題, 敢曰子雲之譚玄. 抱書器而升中, 仰寥廓于九重之圜.

○ 萬曆初, 利瑪竇汎海九萬里, 抵廣州之香山澳, 爲萬國全圖. 言天下有五大洲, 第一曰, '亞細亞洲', 中凡百餘國, 而中國居其一. 第二曰, '歐羅巴洲', 中凡七十餘國, 而意大里亞居其一. 第三曰, '利未亞洲', 亦百餘國. 第四曰, '亞墨利加洲', 地更大, 以境土相連, 分爲南北二洲. 最後得墨瓦臘泥加洲, 爲第五, 而域中大地盡矣. 其說荒渺莫考.

歐羅巴諸國, 悉奉天主耶蘇教, 耶蘇生於亞細亞洲之如德亞[51-542]國, 西行教於歐羅巴. 至王豊·肅陽·瑪諾等, 往來南北京, 煽惑愚民, 而天主教遂盛於中國. 盖其屛嗜慾·滅倫理, 似佛氏, 嗇精氣·住聰明, 似道家. 曉夜拜稽, 謂有赫然照臨, 使人輕世界而重天堂, 則又一白蓮無爲之焚修. 此徐禮部如珂, 所以深惡痛斥, 倡議驅逐也. 然利瑪竇之象數, 羅雅谷·湯若望之曆法, 南懷仁之儀器, 皆千古絶藝, 而中國士所未能及, 故如徐閣學光啓·李水部之藻, 莫不推詡而潤色之, 是爲時憲曆之原本也.

◇ 1790년 8월 19일

[52-129]西士湯士選, 製送「渾盖圖說集箋序」, 兼惠小遠鏡·規髀比例尺·『萬國全圖』. 序曰: "東國大宗伯, 鶴山徐公奉使到京, 示余渾盖圖說集箋二卷. 士選西土末學, 粗識歷象, 歸化中華, 猥隨柱史重違. 公不恥下問之謙光, 遂醉心卒業于斯編. 非利西泰之靈心慧智, 孰能以渾詮盖, 以盖證渾, 非李水部之博識宏文, 孰能推衍作法, 闡明用法, 非公之心接蒼垠, 玅悟玄象, 又孰能根據八線三角之理數, 獨違明暗斜直之比例? 覽其繪圖立表, 亦可謂西泰之[52-130]子雲也. 然六儀

出而測量尤密, 橢圓成而推步尤精. 天度隨時變改, 泥古者, 非實用之才. 試如編內「黃赤道節氣圖」, 因黃赤大距, 每歲有應入之秒, 遇交食而微差. 又編內「恒星表」, 因每歲有循黃道東行之數, 而赤道南北加減微差. 總宜遵『欽定數理精蘊』·『歷象考成』推步, 然後時下點星乃準也. 又須隨節, 登臺測量日月星辰, 然後可以知距度之遠近, 行度之遲疾. 倘無測量, 縱使推步精密, 亦空言也. 自序云 '丁酉來堂, 詳究是器之作用, 而西士未[52-131]有言' 其故者, 非敢秘而私之. 東西文字逈殊, 不能畢陳意致也. 謹以原編歸之, 徐公附余遇見如此云爾. 乾隆五十五年八月十八日, 欽天監右監副西洋湯士選序.

◆ 1790년 8월 22일

[52-141]二十二日, 庚午, 晴. 留南館.

書問西士索德超, 兼贈紫[52-142]紬二疋, 白棉布二疋, 彩花席五張, 厚油紙十張, 雪花紙二束. 索是丙申朝京時親熟者, 而向進天主堂未逢, 故以書替之. 答來件惠西洋鏡二面·檳榔膏一盒, 西洋香一盒, 西洋布二疋.

백경현(白景炫) 『연행록(燕行錄)』

『연행록선집보유』 中

◇ 1791년 1월 2일

[79c]初二日，丁丑，晴．留館．往觀天主堂

余與翼卿，同訪天主堂．主人姓周者，本以西洋國人，來住於此，已多年所云．碧眼癯容，似非俗人．迎我於渠之所居[80a]之炕，設椅請坐，烹茶勸飮．侍之頗有殷勤底意．又以文房四寶，排於卓上，以爲筆談之具，各書問姓字訖．

周先書曰："天下有儒釋道三教，而道者，人之死生中一件也．在中土崇奉之極，故方今天下皆尊尙之．貴邦亦有聞知否?" 翼卿答書曰："天主道學之高明，曾所聞之，而但不知微妙之理何居" 周曰："爲此道者，淸淨無慾，與物無競，然後能造乎? 微妙之境，則雖死猶生，如蟬之蛻，精神脫出形殼之外，雖千万歲，長存不滅．知此理者，生不惡死矣．" 余書曰："君之所謂道者，無乃仙乎? 仙貴虛靈，佛尙寂滅，仙佛皆吾道之歧也．行吾道，則歧無所不通．生死蟬蛻之說，終近於不經，故聖人不言之耳．" 周悵然不悅．余又書曰："非謂仙道之無也．儒[80b]道如常食茶飯，人皆信之．仙道如瓊液玉屑之丹，人皆聞而不見．故或不無疑之者矣．雖然古有穆王·老子事蹟，載於簡冊，則不可歸之於孟浪傅會之說．渠嘗論之，除去食色之欲，修眞養精，透得撤視之理，是爲仙道之未及成．邪念忽發，則非直害於道，反生難醫之疾．盖學之易而成之難也．" 周曰："果然金石之論也．" 余曰："人之生也死也，一從天之所會，但當以毫髮不作惡爲心而奉天．天主之道，無過於此而已．" 周喜而笑曰："老先生之言，果是矣"

問答書訖，相與入天主堂內．見主壁付一老婦畵像，問之則聖母娘娘云．左右畵以天神者無數，箇箇眼如流動，柱與壁，如付靑紅琉璃，光潤映人．近視之，則不與土爲彩華生澤矣．有一[80c]榻覆以黃袱，皇帝來臨，則御坐於此云．又觀千里鏡·自鳴鍾等物，種種出於意思之外，西洋人手才之妙，可以知也．翼卿問西洋服色，周乃請我等入後堂，開函而出一襲衣冠示之．冠如我國幞頭，衣則長衫，而皆以錦製之．冠皀而衣緋矣．余曰："何以不着?" 周曰："拘於滿俗，生不敢着，而死則始許服之，故自本國持來矣．" 仍與復來初坐之炕，各坐椅上，又以茶果待之．

周忽指壁上所掛木牌而言曰："觀此而卜寒暑風雨矣．" 余觀其木牌，則僅尺許，

而如我國漏尺. 自下沂書十二支, 而中通水氣, 未知何所成也. 周曰: “今日午時, 必大風矣.” 余與翼卿, 頗怪其言. 而仍辭歸, 至半路, 果有大風驟至. 如此等事, 人多惑於天主之道焉. 余以扇[80d]子二把·淸心元二丸爲幣. 周示余以坤[16]輿圖說, 卽西洋地圖輿說也.

16) 坤: 원본에는 ‘神’으로 되어 있는데, 오자가 분명하여 바로잡음.

김정중(金正中) 『연행록(燕行錄)』

『연행록전집』 75

◆ 1792년 1월 26일

[75-223]二十六日, 晴. 東谷 李順天, 得西洋苦果二丸, 贈余. 此藥利於愈瘧, 磨少許, 和湯水服之, 則有神效云.

이계호(李繼祜) 『연행록(燕行錄)』

『연행록전집』 96 · 97

◆ 1794년 1월 30일

[97-443]삼십일은 ᄉᆞ신과 ᄒᆞᆫ가지로 동쳔쥬당의 가니, 쳔쥬당 ᄃᆡ인이라 ᄒᆞᄂᆞᆫ 사ᄅᆞᆷ은 셔양국셔 온 사ᄅᆞᆷ이라. 이윽ᄒᆞ여셔 ᄃᆡ방의셔 ᄀᆡ복ᄒᆞ고 나와 손을 마죠 잡고, 흔연이 마ᄌᆞ[97-444]니, 얼골 가장 고귀로와 두 ᄲᅣᆷ의 한 점 고이 업고 코이 놉고, 눈이 깁허 산근의셔 눈 ᄉᆞ이가 ᄒᆞᆫ치ᄂᆞᆫ 실ᄒᆞ니, 턱살도 볼 제ᄂᆞᆫ 놀나와 사ᄅᆞᆷ이 ᄀᆞᆺ지 아니ᄒᆞ더니, 안치고 오ᄅᆡ 본 즉 만면 경신과 ᄌᆡ홰 얼골의 ᄂᆞᄐᆞ나고, 인즁도 극히 영 낙낙ᄒᆞ여 뵈더라. 즉시 둥근 반을 반길은 ᄒᆞᆫ 독ᄃᆡ에 붓쳐 노코 각식 ᄯᅥᆨ과 실과를 음식 노은 ᄃᆡ로 ᄀᆞᆺ가이 노코 거러안져 ᄉᆞ면의셔 먹게 ᄒᆞ더라.

먹기를 다ᄒᆞᆫ 후의 사신계 블근 반ᄇᆡ 수건 ᄒᆞ나와 무슨 향물 너흔 뉴리병과 비연통 ᄒᆞ나와 져근 가의 ᄒᆞ나와 지도ᄎᆡᆨ 두 권을 드리니, 비연통이라 ᄒᆞᄂᆞᆫ 거슨 옥과 슈정과 혹 ᄉᆞ긔로 [97-445]먹소용쳐러 ᄆᆡᆫ그러 비노ᄀᆞᆺᄐᆞᆫ 무슨 갈늘 너어가지고 단니면셔 손ᄀᆞ락으로 ᄶᅵᆨ어 코궁긔 ᄇᆞ르ᄂᆞᆫ 풍속이라.

손 보ᄂᆞᆫ 외당의 십여간은 되ᄂᆞᆫ 장방에 돌을 졍이 가라 ᄀᆞ득히 펴고, 교의를 네면의 느러노코 도ᄇᆡ를 분통ᄀᆞᆺ치 ᄒᆞ여시니, 극히 정결ᄒᆞ여 츄 ᄒᆞᆫ점을 밧틀 길이 업고, ᄒᆞᆫ편에 문방제구를 각식 화초분 겻희 버려 두고, 비단 침쟝을 반공의 ᄇᆞᆫ은 거더 ᄃᆞ라거ᄂᆞᆯ ᄀᆞᆺ가이 가 보니, 다 진 형용이오. 그림그린 거시며, ᄯᅩ 한편의 운졔를 놉게 ᄒᆞ여 누샹으로 올나가대 난간을 ᄒᆞ엿거ᄂᆞᆯ, “샹층을 보쟈.” ᄒᆞ고 향ᄒᆞ여 나아가니, 그도 그림이오. ᄯᅩᄒᆞᆫ 벽의 사ᄌᆡ를 그려 대죡ᄌᆞ를 ᄉᆞᆷ여 드리워[97-446]시되 뫼독이를 ᄆᆞᆫ드러 좌우에 셰 곳식 누른 고즌 쪽ᄌᆞ가 벽의 븟고 눌니이지 아니ᄒᆞᆫ 편은 듧더 벽의 닷치 아니ᄒᆞ여시니, 연ᄒᆞ여 속은 ᄉᆞᆺ치라 여러이 안져 의논ᄒᆞ되, “져것슨 분명 그림이 아니라.” ᄒᆞ고, 셔로 나기ᄉᆡᆨ장 경ᄒᆞ고, 겻희 가 손으로 만쳐 보니, 그것도 참거시 아니니, 화법은 고ᄉᆞᄒᆞ고 ᄎᆡ식을 엇지 쳐 원금 심경이 획획이 분명ᄒᆞ여 ᄃᆡ쳑의 보아도 진가를 분간치 못ᄒᆞ게 그렷ᄂᆞᆫ고? 신통 신통ᄒᆞ더라.

갈길이 총총ᄒᆞ고, 일셰가 점점 느져가기 쥬인은 다리고 뎡당의 드러가니, 이 집은 과연 소문과 ᄀᆞᆺ트여 토목을 드리지 아니ᄒᆞ고, 져녀 푸른 돌노 지은 집이니, 극히 놉고 너른ᄃᆡ 뎨도가 더옥 거로ᄒᆞ여 비ᄒᆞ건ᄃᆡ, [97-447]체박ᄭᅵ 여ᄉᆞᆺ슬 뉵모의 마초아 노은 것 ᄀᆞᆺ치 지어 안으로 들보가 업고, 밧그로 츈여가 업셔 안ᄑᆞᆺ기 ᄉᆞ면이 다 둥그러 기동과 셕ᄀᆞᄅᆡ ᄒᆞ나이 업고, 네 벽과 반ᄌᆞ의 어룡을 봉황과 셔리여 그리고, 혹을 다 도도삭이고, 왼ᄀᆞᆺ 완호지물을 무슈이 버려시니, 친히 가 손으로 만져 보기 젼은 지쳑의셔도 그림인 줄 몰나보며, 쥬벽ᄒᆞ여 셩모라ᄒᆞ고 그려 붓쳐시니, 셩모ᄂᆞᆫ 옥황상졔 모친이란 말이라. 가슴의 옥황을 픔고 ᄎᆡ복을 입고 머리ᄅᆞᆯ 푸러 뒤으로 졋치고 좌우에 무슨 부인 ᄒᆞ나식 뫼셔 안져시며, 동셔 양벽의 것옷과 안ᄀᆡ 치마ᄅᆞᆯ 닙은 신션의 하라비 여러이 버러셔시니, 낫낫치 ᄉᆡᆼ인ᄀᆞᄐᆞ여 황[97-448]연이 셔로 슈작을 ᄒᆞᆯ ᄃᆞᆺᄒᆞ니, 셔양국 그림이 ᄌᆞ고로 유명ᄒᆞ나 엇지 이ᄀᆞᆺ치 괴이ᄒᆞᆫ고? ᄒᆞ며, 쥬인의 셩은 뉴가니, 침향교의 세 ᄃᆡ단 방석을 걸쳐 노코 화류 탁ᄌᆞ의 양금을 비겨시며, 옥ᄀᆞᆺ튼 기동의 ᄃᆡ소 ᄌᆞ명죵을 셔너을 거러 ᄆᆞᆰ근 쇼ᄅᆡ 스스로 나며 슈 노은 ᄎᆡᆨ거리의 도금 ᄒᆞᆫ 셔ᄎᆡᆨ이 노여시나, 글ᄌᆞ가 달나 ᄒᆞᆫ 자ᄅᆞᆯ 알 길 업스니, 텬하의셔 동문이라 ᄒᆞ여스되 청서와 몽셔와 셔양국 글시ᄂᆞᆫ 알 길이 업스니, 이ᄂᆞᆫ 우리 나라 언문과 ᄀᆞᄐᆞᆫ 거신가시부더라.

오날 ᄇᆡᆨ탑을 보고 가랴 ᄒᆞ기 쥬인과 흘흘이 작별ᄒᆞ니, 밧문가지 ᄃᆞ라나와 은연이 셥셥ᄒᆞ여 ᄒᆞᄂᆞᆫ [97-449]긔ᄉᆡᆨ 잇더라.

서유문(徐有聞) 『무오연행록(戊午燕行錄)』

『연행록전집』 62~64

◆ 1799년 1월 19일

[63-353]이날 치형이 ᄌᆞ송을 조차 텬쥬당을 보고 오다. 텬쥬당은 셔양국 사ᄅᆞᆷ 머므ᄂᆞᆫ 곳이라. 셔양국은 셔텬 바다 ᄀᆞ히 잇ᄂᆞᆫ 나라히오, 즁국의셔 슈만 리 밧기라. 녜로브터 즁국을 통ᄒᆞᄂᆞᆫ 일이 업더니, 대명 홍무 초의 비로소 됴공ᄒᆞ고, 만력 년간의 셔양국 사ᄅᆞᆷ이 나와 ᄎᆡᆨ녁 ᄆᆡᆫ들기로 흠텬관 벼ᄉᆞᆯ을 쥬어 ᄃᆡ〃로 나와 살게 ᄒᆞ[63-354]니, 대져 텬문셩상과 츄보ᄒᆞ야 ᄎᆡᆨ녁 ᄆᆡᆫ드ᄂᆞᆫ 법은 극히 셰밀ᄒᆞ야 텬지도 슈ᄅᆞᆯ 낫〃치 의논ᄒᆞ야 셰월졀후ᄅᆞᆯ 틀니게 아니ᄒᆞ미 녯사ᄅᆞᆷ의 밋지 못ᄒᆞᆯ 배 잇고, ᄯᅩ 그 나라 풍쇽이 ᄀᆞ장 공교ᄒᆞ야 온갓 긔계ᄅᆞᆯ 경묘히 ᄆᆡᆼ그니, 대명 션덕 년간의 일즉 왕삼보란 사ᄅᆞᆷ을 보내여 셔양국의 니ᄅᆞ러 긔이ᄒᆞᆫ 보ᄇᆡ와 이샹ᄒᆞᆫ 긔명을 무슈히 어더 왓ᄂᆞᆫ지라.

그 후 셩화 년간의 됴뎡이 ᄌᆞ못 완호ᄅᆞᆯ 구ᄒᆞᆯᄉᆡ, ᄂᆡ감 ᄒᆞᆫ 사ᄅᆞᆷ을 보내여 병부의 이ᄅᆞ러 왕삼부의 셔양국 가던 노졍긔ᄅᆞᆯ ᄎᆞ즈니 ᄣᅢ예 항퉁이란 사ᄅᆞᆷ이 병부샹셔오, 뉴대하란 사ᄅᆞᆷ이 낭즁이 되엿더니, 밋 ᄂᆡ감이 니ᄅᆞᆷᄋᆡ 항츙이 아젼을 명ᄒᆞ여 고의 드러가 노졍긔ᄅᆞᆯ ᄎᆞ[63-355]질ᄉᆡ, 뉴대해 믄득 몬져 드러가 어더내여 다른 곳의 ᄀᆞᆷ초고 나왓ᄂᆞᆫ지라. 아젼이 ᄎᆞᆺ지 못ᄒᆞ거ᄂᆞᆯ 항츙이 아젼을 볼기 쳐 다시 슈험ᄒᆞ야 죵시 이ᄀᆞᆺ치 슈일을 ᄎᆞ즈ᄃᆡ 죵시 업ᄂᆞᆫ지라. 뉴대해 모로ᄂᆞᆫ 톄ᄒᆞ야 구지 말을 아니터니 ᄆᆞᆺᄎᆞᆷ 간관이 년ᄒᆞ야 샹소ᄒᆞ야 '셔양국의 사ᄅᆞᆷ을 보ᄂᆡ쇼셔' ᄒᆞ니 ᄯᅩᄒᆞᆫ 노졍을 알 길이 업ᄂᆞᆫ지라. 인ᄒᆞ야 즁지ᄒᆞ엿더니 그 후 항츙이 아젼을 블너 힐난ᄒᆞᄃᆡ,

"고즁의 문셔ᄅᆞᆯ 비록 셰셰ᄒᆞᆫ 거신들 어이 일허실 니 이시리오" ᄒᆞ여ᄂᆞᆯ 뉴대해 겻ᄐᆡ 잇다가 희미히 우어 ᄀᆞᆯ오ᄃᆡ "왕삼뵈 셔양을 ᄃᆞᆫ녀 도라오매 은젼과 냥식을 슈십 만을 허비ᄒᆞ고 사ᄅᆞᆷ이 도라오지 못ᄒᆞᆫ 재 ᄯᅩᄒᆞᆫ 슈ᄅᆞᆯ 모ᄅᆞᆯ지라. [63-356]비록 보ᄇᆡᄅᆞᆯ 어드나 국가의 무ᄉᆞᆷ 유익ᄒᆞᆷ이 〃시리오 이ᄂᆞᆫ 큰 폐단이라. 대신이 맛당히 ᄀᆞᆫ졀이 간ᄒᆞ여 막을 일이니 노졍긔 비록 이시나 ᄯᅩᄒᆞᆫ 맛당히 ᄲᅳ져ᄇᆞ리미 해롭지 아닌지라. 엇지 구ᄐᆞ여 그 이시며 업ᄉᆞ믈 구ᄒᆡᆨ고져 ᄒᆞᄂᆞ뇨?"

츙이 대하의 일을 짐쟉ᄒᆞ고 송연ᄒᆞ야 위의 ᄂᆞ려와 대하의게 두 번 졀ᄒᆞ고 샤례

ᄒᆞ야 ᄀᆞᆯ오ᄃᆡ "공의 음덕이 젹지 아니ᄒᆞ니 내 위에 오라지 아니ᄒᆞ야 맛당이 공이 도라오리라." ᄒᆞ더니 그 후의 과연 병부샹셔의 니른지라. 이 일을 명ᄉᆞ의 일ᄏᆞ라 지금ᄭᆞ지 뎐ᄒᆞ여시니 셔양의 긔믈과 보ᄇᆡ 고금의 유명ᄒᆞᆫ 곳이라.

이러므로 대명 이후로 이ᄶᅴᄭᆞ지 그 사ᄅᆞᆷ으로 ᄆᆡ여 와 끈치 아니코 근ᄂᆡᄂᆞᆫ 쟉픔을 쥬어 후록으로 [63-357]먹이고 칙녁 ᄆᆡᆼ글기를 젼혀 맛기니 그 사ᄅᆞᆷ이 ᄒᆞᆫ 번 나오면 다시 도라가지 아니ᄒᆞ고, 각〃 졔 나라 법으로 집을 지어 ᄯᅡ로 거쳐ᄒᆞ고 즁국 사ᄅᆞᆷ과 혼잡지 아니ᄒᆞ니, 동셔남븍 네 집이 〃셔 일홈을 텬쥬당이라 ᄒᆞ니, 그 즁 셔편의 잇ᄂᆞᆫ 집이 졔도와 긔믈이 더옥 이샹ᄒᆞ고 두 사ᄅᆞᆷ이 잇더니 ᄒᆞ나흔 죽언지 두 ᄒᆡ라 ᄒᆞ더라.

치형이 니로ᄃᆡ

"졍양문 알프로 지나 현무문을 향ᄒᆞ야 셩 밧흐로 슈 리를 힝ᄒᆞ야 먼리 ᄇᆞ라보매 ᄆᆞ로 업ᄂᆞᆫ 놉흔 집이 공즁의 ᄉᆡᆨ혀나고 기와 니은 졔양과 지 우희 셰운 긔믈이 독도 ᄀᆞᆺ트며 말도 ᄀᆞᆺ흐며 형용ᄒᆞᆯ 길이 업고 그림애도 보지 못ᄒᆞ던 졔되라. 뭇지 아녀도 텬쥬당인 쥴 짐작ᄒᆞᆯ너라. 큰 문 '칙건텬쥬당'[63-358]다ᄉᆞᆺ ᄌᆞ를 ᄲᅥ시니 태샹황 어필오 동편으로 ᄯᅩ 젹은 문이 〃시니 이 문을 들매 두 편의 칙각을 세오고 남향ᄒᆞ야 십여 쟝 놉흔 집이 〃시니 아로삭인 창과 비단발이 예ᄉᆞ 졔도와 ᄃᆞ르고 발을 들고 문을 열ᄆᆡ 굴 속의 드러가ᄂᆞᆫ 것 ᄀᆞᆺ고 사ᄅᆞᆷ의 소ᄅᆡ 공즁의 맛초이ᄂᆞᆫ지라. 이 곳 텬쥬를 위ᄒᆞᆫ 곳이라.

그 안히 남븍으로 여라믄 간이오, 동셔ᄂᆞᆫ 오뉵 간이라. 텬장과 ᄇᆞ람벽과 간살을 막은 거시 ᄒᆞᆫ 조각 남글 드리지 아니ᄒᆞ고 젼혀 벽돌노 무어시니 그 안히 궁글고 싀훤ᄒᆞ야 임의 그 이샹ᄒᆞᆫ 졔도를 짐쟉ᄒᆞᆯ 거시오, 븍편 벽 우희 당듕ᄒᆞ야 ᄒᆞᆫ 사ᄅᆞᆷ의 화샹을 그려시니 계집의 샹이오, 머리를 프러 좌우로 두 가ᄃᆞᆰ을 드리오고 눈을 칩ᄯᅥ 하ᄂᆞᆯ[63-359]을 ᄇᆞ라보니 무ᄒᆞᆫᄒᆞᆫ ᄉᆡᆼ각과 근심ᄒᆞᄂᆞᆫ 거동이라. 이거시 곳 텬쥬라 ᄒᆞᄂᆞᆫ 사ᄅᆞᆷ이니 형톄와 의복이 다 공즁의 ᄯᅴ여 셧ᄂᆞᆫ 모양이오, 션 곳의 깁흔 감실 ᄀᆞᆺ트니, 쳣번 볼 제ᄂᆞᆫ 소샹만 너겻더니, ᄀᆞᆺ가이 간 후의 그 그림인 쥴을 ᄭᆡ치니, 년긔 삼십 셰 남즉ᄒᆞᆫ 계집이오, 얼골 빗치 누ᄅᆞ고 눈두덩이 심히 검프ᄅᆞ니 이ᄂᆞᆫ 샹해 눈을 칩ᄯᅥ 그러ᄒᆞᆫ가 시부고, 넙은 거ᄉᆞᆫ ᄉᆞᄆᆡ 너른 긴 옷시로ᄃᆡ 옷 쥬름과 셥히 인 거시요, 연ᄒᆞ야 움즈일 ᄃᆞᆺᄒᆞ니 텬하의 이샹ᄒᆞᆫ 화격이오, 그 알ᄑᆡ 향노를 노코 향을 픠오니 향긔 끈치이지 아니코 화샹 셔편 벽 밋흐로 큰 탑을 노코 우희 농 그린 방셕을 ᄭᆞᆯ고 ᄭᆞ민 거시 극히 화려ᄒᆞ니 뉘 안ᄂᆞᆫ 곳인지 황뎨나 안즐 배오, 샹인의 [63-360]안즐 곳이 아닐너라.

동셔 벽의 각〃 여라믄 화상을 그려시ᄃᆡ 다 머리털을 느리치고 당삼 ᄀᆞᆺᄒᆞᆫ 옷ᄉᆞᆯ 닙어시니 이ᄂᆞᆫ 셔양국의 복졔된가 시브고 혹 아희 안ᄒᆞᆫ 모양을 그려시ᄃᆡ 아희 눈을 짓흠ᄯᅧ 놀나ᄂᆞᆫ 형샹이라. 부인이 어로만져 근심ᄒᆞᄂᆞᆫ 빗치오, 늙은 ᄉᆞ나희 겹ᄂᆡ여 손을 묵거 므어ᄉᆞᆯ 비ᄂᆞᆫ 거동이며, ᄯᅩ 부인이 병든 아희ᄅᆞᆯ 구완ᄒᆞᄂᆞᆫ 모양이로ᄃᆡ, 우희 ᄒᆞᆫ 흰 새 ᄂᆞᆯ개ᄅᆞᆯ 버리고 부오리로 흰 거ᄉᆞᆯ ᄲᅮᆷ어 부인 니마의 쏘이며 뎐샹의ᄂᆞᆫ ᄉᆞ방으로 구ᄅᆞᆷ이 에워시되 어린 아희들이 구ᄅᆞᆷ 쇽으로 머리ᄅᆞᆯ 내여 보ᄂᆞᆫ 거시 그 슈ᄅᆞᆯ 혜지 못ᄒᆞ며, 혹 쟝ᄎᆞᆺ ᄯᅥ러지ᄂᆞᆫ 거동이라. 노인이 손바닥을 하ᄂᆞᆯ을 향ᄒᆞ야 바드려 ᄒᆞᄂᆞᆫ 톄ᄒᆞ니 인물의 졍신이 두어 간을 둘너셔 보면 아모리 보와도 그림으로 알 길이 업시니 긔괴황홀ᄒᆞ야 오ᄅᆡ 셔시ᄆᆡ ᄆᆞ음이 셧거워 됴치 아니터라.

알ᄑᆡ ᄒᆞᆫ 사ᄅᆞᆷ이 인도ᄒᆞ니 그 안ᄒᆡ 별노 사ᄅᆞᆷ이 왕ᄂᆡ 업ᄉᆞᄃᆡ 알플 지나ᄂᆞᆫ 쟈 믄득 ᄒᆞᆫ 무릅흘 ᄭᅮᆯ고 지나며 첫번 구경ᄒᆞᆯ 적브터 셔편 벽 밋ᄒᆡ ᄒᆞᆫ 되놈이 ᄒᆞᆫ 다리ᄅᆞᆯ ᄭᅮᆯ고 눈을 ᄀᆞᆷ아 숨소ᄅᆡ 업시 안져시니 므ᄉᆞᆷ 의ᄉᆡᆫ 쥴 모ᄅᆞᆯ너라. 남편으로 벽을 의지ᄒᆞ야 놉흔 누각을 ᄆᆡᆼ글고 ᄎᆡᄉᆡᆨ ᄉᆞ닥다리ᄅᆞᆯ ᄯᅩᄒᆞᆫ 벽으로 ᄲᅡ하 오르게 ᄒᆞ야시며 난간 안흐로 긔이ᄒᆞᆫ 악긔ᄅᆞᆯ 버려시니 이ᄂᆞᆫ 셔양 사ᄅᆞᆷ의 ᄆᆡᆼ근 거시라. 틀을 움ᄌᆞ기고 발ᄯᅮᆨ을 트러 졀노 풍뉴[63-362]소ᄅᆡᄅᆞᆯ 내게 ᄒᆞᆫ 거리러라. 누의 ᄂᆞ려 븍으로 도라가ᄆᆡ ᄯᅩ ᄒᆞᆫ 집을 졍히 ᄭᆞ미고 벽의 화상을 ᄭᆞ며시며 벽 밋흐로 긴 탁ᄌᆞᄅᆞᆯ 노코 우희 관과 의복을 노하시니 셔양 사ᄅᆞᆷ의 경 외올 적 닙ᄂᆞᆫ 의복이라. 옷슨 검고 누른 빗치 당삼 ᄀᆞᆺ치 ᄆᆡᆼ글고 관은 거믄 비단으로 모난 관이러라.

셔흐로 ᄒᆞᆫ ᄎᆡ 집을 드러가니 븍벽 밋ᄒᆡ 큰 탑을 노코 알ᄑᆡ 세 ᄲᅡᆼ 교위ᄅᆞᆯ 베플고 그 아ᄅᆡ 조고만 그ᄅᆞ시 등겨ᄅᆞᆯ 담아 각〃 노하시니 이ᄂᆞᆫ 츔을 밧게 ᄒᆞᆫ 거시오, 좌우 벽의 쳡〃ᄒᆞᆫ 누각과 셰셰ᄒᆞᆫ 즙믈을 그려시되 이 편 벽면희셔 져 편 벽을 ᄇᆞ라본 즉 그림은 간 곳이 업고 홀연 무슈ᄒᆞᆫ 문호와 은영ᄒᆞᆫ 쟝원이 별노 인간[63-363]의 숨겨시며, ᄇᆞ람벽의 건 거시며 샹 우ᄒᆡ 베픈 거시 다 진즛 거시오, 그림인 쥴 ᄭᆡ듯지 못ᄒᆞ여 갓가이 볼 졔ᄂᆞᆫ 벽 우ᄒᆡ 두 쥴 거믄 획을 샹 업시 흐리온 모양이러니 믈너셔 보면 글ᄌᆡ 완연ᄒᆞ여 ᄌᆞ획이 분명ᄒᆞ니 텬하의 이ᄒᆞᆫ ᄌᆡ죄러라.

이 집 알프로 ᄯᅩ ᄒᆞᆫ ᄎᆡ 집이 〃시니 이ᄂᆞᆫ ᄎᆡᆨ과 의긔ᄅᆞᆯ 싸ᄒᆞᆫ 곳이라. ᄎᆡᆨ은 비단갑을 ᄆᆡᆼ그라 ᄉᆞ면의 탁ᄌᆞᄅᆞᆯ 노코 싸하시ᄃᆡ 다 셔양 글ᄌᆡ라. 므ᄉᆞᆷ ᄎᆡᆨ인 쥴 모로며 의거ᄂᆞᆫ 다여ᄉᆞᆯ 노하시ᄃᆡ 쇠로 틀을 ᄆᆡᆼ글고 둥근 형톄ᄅᆞᆯ 그 안ᄒᆡ 구을게 ᄒᆞ여시니 다 하ᄂᆞᆯ 도수을 측냥ᄒᆞ야 보게 ᄒᆞᆫ 거시라. 우희 삼원 이십팔 슈와 온갓 셩신을 ᄒᆡ비히 그렷고 쥬셕 골희ᄅᆞᆯ 그 우희 세워시ᄃᆡ [63-364]동셔로 임의로 ᄃᆞᆯ니고 남븍은 각〃 곳은 쇠ᄅᆞᆯ 빗트여 치노지 못ᄒᆞ게 ᄒᆞ여시니 ᄒᆞᆫ 골희ᄂᆞᆫ 일홈이 젹되니 하ᄂᆞᆯ

가온ᄃᆡᄅᆞᆯ 니르미오, ᄒᆞᆫ 골희ᄂᆞᆫ 황되니 일월 ᄃᆞᆫ니ᄂᆞᆫ 길을 니르미라. 여러 그ᄅᆞ시 다 각〃 대쇄 이시나 거의 다 ᄒᆞᆫ 졔양이러라.

셔양 사ᄅᆞᆷ은 죵시 나와보ᄂᆞᆫ 일이 업더니 도라올 ᄯᅢ의 텬쥬 위ᄒᆞᄂᆞᆫ 집의셔 므슴 경 닑ᄂᆞᆫ 소ᄅᆡ 나거ᄂᆞᆯ 문을 여러 보니 앗가 보던 관과 옷슬 닙고 븍벽 밋흐로 도라 ᄃᆞᆫ니며 므슴 소ᄅᆡ ᄒᆞ니 킈 젹고 얼골이 거므며 인믈이 심히 모질어 뵈더라. 셩은 탄씨라 ᄒᆞ고 일홈은 긔록지 못ᄒᆞ며 근ᄂᆡᄂᆞᆫ 아국 사ᄅᆞᆷ이 〃곳의 가ᄂᆞᆫ 일이 업ᄂᆞᆫ지라. 밋 아국 사ᄅᆞᆷ이 니ᄅᆞᄆᆡ 직흰 재 [63-365]므러 ᄀᆞᆯ오ᄃᆡ

"이곳의 ᄃᆞᆫ니믈 귀국의셔 금ᄒᆞᆫ다 ᄒᆞ더니 엇지 왓ᄂᆞ뇨?"

ᄒᆞ니 뉘 뎐ᄒᆞᆫ 말인지 몰으ᄃᆡ 극히 고히ᄒᆞ더ᄅᆞ. 공ᄌᆡ ᄀᆞᆯ오샤ᄃᆡ '말이 츙셩되고 밋브며 힝실이 돗탑고 공경ᄒᆞ면 비록 만ᄆᆡᆨ 지방이라 가히 힝ᄒᆞ리라' ᄒᆞ시고 뉴하혜 니ᄅᆞᄃᆡ '져ᄂᆞᆫ 졔오 나는니 졔 엇지 내게 더러리오' ᄒᆞ니 '텬쥬당을 구경 아니미 ᄯᅩᄒᆞᆫ 의ᄉᆡ라' ᄒᆞ야 치형이 보고 와셔 웃더라.

이해응 『계산기정(薊山紀程)』

『연행록전집』 66권

◆ 1804년 1월 26일

[66-351]「天主堂」

堂在玄武門內東邊, 是西洋人所寓處. 門墻制度, 縹緲臨城. 堂內鋪敍, 多有可觀. 前此留館時, 人多入見, 而一自邪學之有禁, 遂不得相通.

"天主堂中客, 萬里西洋來. 見人輒屏跡, 白日門不開. 巧才逼神造, 寶玩如山堆. 何來一種學, 竟欲倫綱頹. 釋老言猶高, 楊墨罪爲魁. 志士莫謾憂, 眼前多堪哀. 百年驕虜國, 正風委草萊."

이재흡(李在洽) 『부연일기(赴燕日記)』

『연행록전집』 85

◆ 1828년 6월 25일

[85-63]二十五日, 癸巳. 晴. 朝往俄羅衕館, 門額曰, '會同館'. 此所謂玉河館, 而在於玉河橋西路邊. 始也我國人留處, 今蓋移于南館. 室廬廣爽, 比南館倍之, 亦多有空地. 室制精奇, 器什緻異, 最詳測度, 機衡等具, 無室無之. 片片掛畫, 細細摸寫人畜·宮室·樹木·山川, 長闊數尺, 以異木作機, 覆以琉璃, 方方掛壁. 遠看糢糊, 乃以老人眼鏡隔照臨視, 則寸馬豆人, 生動細密, 可謂深於畫工矣. 又有自鳴鍾, 或大或小, 逐室置之, 而至一處有若梅龕而高者, [85-64]額有琉璃竇, 竇大如月. 時至則有一鳴鳩出在竇中, 應時而鳴, 亦有數依甲己子午九之數, 鳴了還縮首而入, 甚是奇怪. 又有自鳴樂, 亦類梅龕狀, 有人挈條轉樞, 則音樂大作, 絲竹金石, 轟轟迭奏矣.

俄羅斯國人十年遞留, 其人白面黃髮, 鼻削而高, 目深而黃, 長身八尺, 閱十餘胡, 大較同然矣. 左右多有書籍, 而皆横行, 書籍字不可强曉, 中國經書亦雜置之. 審其國俗, 則所謂天主學外無他學矣. 渠書中或有以中國字翻謄于紙頭, 看不過數三行, 明是異端也. 意者其學非特此胡, 西南遐陬, 初不知吾道, 已自西洋等處, 無處不然. 蓋彼胡之居館也, 以其俗尚之如是也, 故爲教中國之書, 限十年二十人交遞居之, 習以中國文字, 欲令歸國傳之, 使遠方知有聖人之道也. 言語文字, 大與[85-65]中國人不侔, 則非此居館之法, 莫可教曉矣, 大是化人之良規矣.

歷覽至一所, 扃鎖謹嚴, 使之啓鑰而入, 外間有隔障, 皆以異木雕刻而成, 片片皆畫人散髮. 室中穹崇, 四築以甓, 圓窓交映, 皆用琉璃. 開其障, 入于內間, 主壁掛一死人. 蓋壁上付十字木板, 人之頭上及四肢, 竝下釘揭之, 若車裂之狀, 宛然是玉骨人. 皮肉爪髮, 十分如生, 通身赤裸, 眞假未分. 而自頭至足釘處, 迸血紅鮮淋漓, 而看其面目, 若方未冷矣, 眼猙神慘, 殆難正視. 且室中多沈檀用材, 香久不泄, 又點風不入, 陰濕成臭, 宛有血腥, 惡心不能定, 悔其偶到矣. 馬頭問其由, 館胡云: "古有耶蘇, 乃西方神聖, 道學高明, 靈變不測, 以妖誕爲罪, 被中國如是刑死. 西人悲慕而廟奉之, 依樣塑像, 自後西人皆被髮徒跣, 因以爲俗."[85-66]云. 而儘覺邪學輩不畏刑死之說, 良以是也.

而正陽門外道中, 有被髮跣行, 蒼髯俊骨, 氣稜稜無貧戚之容. 手持柳小筐, 歷肆而行, 望門一聲, 人爭投錢, 猶恐後之. 到處紛紛, 須臾滿筐者. 必似西方人, 而人亦以通財之俗待之, 故如是耳. 因過一室, 拿筆詰之, 有胡甚長大多髯, 據椅而坐. 自稱康保錄, 居館八年, 年爲六十三, 其國爲二萬八千里, 二年後歸國, 數年始達云. 問其四界, 則答云: "南傍中國, 東界日本大海氷海, 北界西洋, 西界回回."云. 以輿圖考之, 俄羅在流沙以外極邊, 在天地西北隅, 正乾亥方, 則此胡所云全沒方向矣. 胡以其書進之, 余乃却之, 渠曰: "我之王公大人及道德高明者, 皆讀此書."云. 再以蘋波一器·楂果一器供之, 各嚼一二顆, 以淸心丸·西草等物與之, 胡以不食謝[85-67]之. 待吾人頗重愛之, 出入施禮揖者, 其人物皆久客遠離, 自有孤另悲悶之色, 無貪狠鄙野之氣. 但俗尙駭惡, 安得使中國之敎一革其風也? 爲學極異, 絶不可近. 又天主堂極駭慘, 不可觸目, 擬於東歸之日, 丁寧付入京之人, 愼勿令投迹于此館耳.

宣武門內, 城東邊城下路傍, 又在西洋館, 天主堂在焉. 外看而屋制絶奇, 倍大於玉河館, 多有異玩云. 而自我國辛酉邪獄之後, 東人無入此館者云. 俄羅斯是華音於羅澌也, 我東所云石鏡於里衰者, 必是俄羅斯所產, 極厚琉璃, 而以訛傳訛而然.

박사호(朴思浩) 『연계기정(燕薊紀程)』

『연행록전집』 85

◇ 1829년 1월 3일

[85-299]晴. 留館. 往見鄂羅斯館. 別有鄂羅記. …〈中略〉… [85-506]「鄂羅斯館記」"鄂羅斯館, 在玉河橋傍. 入兩重門, 建一高閣, 閣中畫一丈夫. 披髮赤身, 流血淋漓, 瞑目垂首, 奄然一死人[85-507]也, 見之駭愕. 畫紙上貼琉璃映透, 其下設椅卓爐燭, 丹雘鮮麗. 門楣上畫人物, 亦以琉璃貼之, 宛若活動. 問其尊奉何神, 鄂羅太子被殺於中國, 死而有靈, 故旌表其被殺之狀以奉之云. 或云利瑪竇被殺留像云, 未知孰是.

按鄂羅斯, 亦名大鼻㺚子國, 在黑龍江北, 與中國通商旅, 不臣不貢. 十歲一至, 留館替易, 其人深目高鼻, 天性悍獰. 嘗白日殺人于街市, 乾隆命磔其數人, 自是稍畏戢. 石鏡出其地者品佳.

入其館甚精灑, 器玩皆珍寶. 有一人迎坐, 頗解東語, 革敍寒暄. 床有滿漢書冊, 篇帙頗多, 以鄂羅字繹之. 細字謄[85-508]書, 字如梵書. 卓上有自鳴鍾, 制甚精妙. 又有自鳴琴, 大如掌者, 其制一轉軸, 則隨柱撥絃, 彈成音調. 又有一紋匣長數尺者, 雕刻精妙, 上有圓孔, 貼琉璃, 懸于壁間. 其匣底有一樞機, 以手轉之, 則杜鵑忽自匣中飛上琉璃圓孔, 矯首窺外, 一聲叫, 二聲叫, 聲聲淸婉. 俄而還下, 此非眞禽也. 問鄂羅人, '此去貴國相距幾里?' 曰, '二萬餘里.' 問, '地方幾里?', 曰, '三淸國爲一我國.'云. 蓋地盡北海, 幅圓甚大, 淸國, 中原也, 爲鄂羅三分之一云."

강시영(姜時永) 『유헌속록(輶軒續錄)』

『연행록전집』 73

◇ 1830년 1월 3일

[73-165] 與魯從任裨及諸人, 往見俄羅斯館. 館是俄羅斯人所留處也. 本是朝鮮館, 爲蒙古所占, [73-166]蒙古又與俄羅斯換入云. 俄羅斯國在極西, 距中國幾萬里. 留館者十年一交遞. 其人類皆深目高鼻, 面鐵色. 身長大, 身着皀錦, 挾袖周衣. 頭戴黑幘, 如沈香筆筒樣. 略解漢字, 卽是入燕後所學者. 而坐傍有佛經等書, 皆其本國書. 以鵞翎頭硬者, 嚙而爲尖, 蘸墨而寫之. 細如繩頭, 字必横行, 自左向右. 層層爲間架, 亦是一種異觀.

以茶果爲禮, 余亦以丸劑謝之. 其自鳴鐘·鳥銃等物, 奇巧異常. 旁掛十字牌於金壁上, 又有畵像二本, 稱以其君及其王后之像, 分掛東西壁. 狀如烟煤所渝, 全無粧嚴崇飾之意, 亦可異也. 座右有[73-167]金字扁額曰, '長桑妙術', 問之, 則以爲皇侄貝勒某, 有積年所苦之瘰癧. 中國諸醫百方不療. 獨因俄羅斯醫能得祛根, 故貝勒書此稱頌云. 有面鏡, 大不過楪子, 而其厚爲數寸, 所謂俄羅斯鏡也. 以小鋸鋸之, 亦可爲薄, 而品最明瑩, 馳名天下矣. 館之中, 有所謂崇奉神像處, 而未及入見. 其外門內, 有成衣舖, 卽縫製衣服處, 而不爲入見, 還于館所.

한필고(韓弼教) 『수사록(隨槎錄)』

『연행록선집보유』 中

◆ 「天主堂」 1831년

[312a]「天主堂」

堂在宣武門內, 卽洋人入質之館, 而順治時所建也. 堂有石虹門八, 旣入而東轉, 循石梯十二級, 又折而涉十七級, 方到高樓. [312b]又登木梯二十層, 則屋上有蓋, 如大傘. 剖其半爲門, 遂開一扇而出, 菫容一身. 立其上, 眺望則無所障碍, 若登雲宵. 城內外全面, 歷歷入眼.

堂中墻壁所畵, 雲氣蓬滃鬱勃, 遠而望之, 則杳無窮際綿邈. 如夏天間, 有群神出沒, 宛若生動, 或顯或隱, 似近似遠. 其北壁有耶蘇像, 彩雲擁護, 映日生暈, 炫爛恍惚, 殆莫知其所以然. 東壁小圓門半開, 但見門外甎路, 雲影黯澹, 草色葱蘢, 表裏洞徹, 若有異觀.

諸人欲出其門, 纔移數步, 俯躬納頭, 則有物觸擊. 頭欲碎眼生火, 驚呼一聲, 不知所措. 隨後者亦驚, 而諦視之, 旣無人跡, 亦無物形, 心甚訝怪, 以手推開, 則非門也, 乃壁畵也. 欲出者駭汗沾衣, 不覺瞠然刦步. 盖其畵法入神, 能令近[312c]者遠而淺者深, 殆非心智之所測度·言語之所形容也. 有康熙碑閣而朱之.

김경선(金景善) 『연원직지(燕轅直指)』

『연행록전집』 71

◆ 1832년 12월 22일

[71-222]食後, 與正副使及諸人, 或雇車或騎馬, 過正陽門, [71-223]未至宣武門, 路傍有一座大屋, 制甚奇巧, 問是西天主堂. 又行數百步, 過時憲局, 轉至象房.[別有「天主堂記」·「時憲局記」·「象房記」.]

◆ 「西天主堂記」

[71-223]天主堂, 卽洋人所館. 乾隆時, 賜額'通微佳境堂'. 舊有四, 而南北二堂, 今無之, 只有東西二堂, 西卽此也. 明萬曆二十九年二月, 天津監稅馬堂, 進西洋人利瑪竇方物及天主之像. 禮部言, "大西洋不載[71-224]會典, 其眞僞不可知. 宜量給衣冠, 令還本土, 勿得潛住京師." 不報, 西洋之通中國, 自此始. 以其精於治曆, 且其推測諸器, 多奇巧. 自明至今, 館接之不絶, 以其國之制, 爲屋而居之. 蓋天主者, 未知指何處而言. 而其術絶浮僞, 貴誠信, 昭事上帝爲宗旨, 忠孝慈愛爲工, 務遷善改過爲入門. 生死大事, 有備無患爲究竟, 自謂溯本窮源之學, 然立志偏高, 爲說偏巧, 不知反歸於矯天誣人悖義傷倫之科. 其始入之初, 中國人亦有學其學者, 乾隆時, 始禁之, 使其人不許出館云.

『宸垣識畧』曰: "西洋利瑪竇, [71-225]自歐羅巴航海九萬里, 入中國, 崇奉天主. 其堂制狹以深實, 正面向外, 而宛若側面, 其頂如中國捲棚, 而覆以瓦. 正面止啓一門, 窓則設於東西兩壁之巓. 北壁供耶蘇像, 驟看若摶塑, 逼察乃繪畫耳, 鼻隆起, 儼然如生人. 夾堂左右, 有兩甎樓. 左貯天琴. 日向午則樓門自開, 琴乃作聲, 移時聲止, 樓卽閉矣. 右聖母堂, 供瑪作亞, 作少女耶蘇之母像. 抱一小兒, 其衣服無縫, 自頂被于身. 其所印書冊, 以白紅一面, 反覆印之, 字皆傍行. 其書裝法, 如宋板式, 外以漆革護之, 用金屈戍鉤絡. 其所製器, 有簡平儀·龍尾車·沙漏·遠鏡·候鍾·天琴之屬."云.

『稼記』曰: "曾聞申之淳言, 隨洪禹鼎, 見天主臺. 門內有臺, 其高三四丈. 臺南面開一虹門, 入其中, 北壁掛一像. 其人散髮袒臂, 持大珠, 面如生. 其上有'天地眞主'四字及'敬天'二字, 卽皇帝筆. 左右壁, 各掛一像, 其貌皆似北壁者. 虹門左右石面, 周廻書十二方位, 中揷鐵針, 所以看日影者也. 其上懸大小鍾, 鍾各有撾. 在中央者最高而大. 渾天儀在其上. 虹門左旁, 又有一虹門, 門上亦書十二方位. 門之內立四薄板爲門, 粉其面而畫之. 守者以竹杖分開兩板, 藏於左右壁. 其內又有二層朱門, 而上二扉下四扉, 次第開之, 中有物如柱如椽如竹者, 簇立無數. 大小不一, 而皆以金銀雜塗. 其上橫置一鐵板, 其一邊鑽穴無數, 一邊如扇形. 俄見日影到其方位, 臺上大小鍾, 各打四聲, 中央大鍾打六聲. 此是自鳴鍾, 不足爲異. 所怪者, 鍾聲纔止, 東邊虹門內, 忽有一陣風聲, 如轉衆輪, 繼而樂作, 笙簧絲竹之聲, 不知自何處出. 律呂合度, 宮商成調. 通官輩言此中華之樂. 良久而止, 又出他聲, 其聲如朝叅時所聽. 通官輩云, 此今之樂, 良久而止, 復出他聲, 其聲急促. 通官輩云, 此蒙古之樂. 亦良久而止, 樂聲旣盡, 六板門皆自還閉. 此西洋國使臣徐日昇所作云. 欲一見, 而聞近有禁, 故遂過之."云.

『湛記』曰: "西俗有天主學. 明算數, 工奇器, 測候如神, 妙於曆象, 漢唐以來所未有也. 利瑪竇死後, 航海而東者, 常不絕, 中國亦奇其人, 而資其術, 好事者往往兼尙其學. 康熙末, 來者益衆, 帝乃採其術, 爲『數理精蘊』書, 以授欽天監, 實爲曆象源奧. 乃建四堂于城中, 以處其人, 號曰天主堂. 由是西學始盛, 談天者皆祖其術. 蓋虞夏之衰, 羲和失職, 其術無傳於世, 自漢以下, 鮮于[71-229]妄人, 洛下閎, 張衡, 唐一行之徒, 相與變通之, 號爲精密, 然如歲差之法, 亦終不得其說, 則由妄想億中, 而求之不以其道也.

今西洋之法, 本之以籌數, 叅之以儀器, 度萬形, 窺萬象. 凡天下之遠近高深巨細輕重, 擧集目前, 如指諸掌, 則謂漢唐所未有者, 非妄也. 康熙以來, 東使赴燕京, 或至堂求見, 則洋人必欣然引接, 使遍觀堂中異畫神像及奇器. 仍以洋產珍異饋之, 爲使者利其賄, 喜其異觀, 歲以爲常. 惟東俗驕傲尙夸詐, 待之多不以禮, 或受其饋而無以報. 又從行無識者, 往往吸烟唾涕於[71-230]堂中, 摩弄器玩, 以拂其潔性. 近年以來, 洋人益厭之, 求見必拒, 見亦不以情接之. 苟不先之以誠禮, 不可以動其心. 乃以壯紙二束, 扇子三把, 眞墨三笏, 淸心丸三箇, 修書以送於洋人劉松齡, 鮑友官兩人.

翌日由正陽門, 循城而西, 行數里, 望見無梁高屋. 制作神異, 已不覺聳瞻. 至門, 門甚高大. 門東有甎墻, 高可二丈. 穿墻爲門, 門半啓. 望其外, 樓閣欄楯重重. 意其有異觀, 詳察之, 乃畫也. 西入門, 有客堂, 南其戶, 垂錦簾. 入戶, 堂可六間, 下鋪甎, 東壁畫, 蓋天星象也, 西壁畫, 天下輿地也. 中堂而設椅, [71-231]

東西各三, 皆榴檀文木, 上鋪錦褥, 又從堂北門而入, 階庭軒暢. 庭北有堂益高, 粧飾不甚眩曜, 惟精巧如神. 兩壁畫, 樓閣人物, 皆設眞彩. 樓閣中虛, 凹凸相參, 人物浮動如生. 尤工於遠勢, 若川谷顯晦, 烟雲明滅, 至於遠天空界, 皆施正色. 環顧然, 不覺其非眞也. 蓋聞洋畫之妙, 不惟巧思之過人, 有裁割比例之法, 專出於籌術也. 畫中人皆被髮, 衣大袖, 眼光炯然. 宮室器用, 俱中國所未見, 意皆洋制也.

堂北張單疊畫屛, 水墨山水, 筆法極高雅. 左右又設椅各三, 中置獨脚高卓, 下爲十字之跗, 上[71-232]圓如荷葉. 髹采可鑑, 椅傍各置小柳器, 以盛稻穣, 爲唾壺也. 少間, 劉鮑二人掀簾而入, 深目睛光, 宛是畫裏人也. 皆剃頭衣帽, 爲清制. 偕行由北門入, 又有階庭, 花樹蔚然. 循階而東, 再入門, 東有高屋穹然, 結搆皆用甎甓. 卽路上所瞻也. 廣爲數十間, 高可五六丈, 制作瑰麗, 不可以言傳. 北壁設一像, 亦被髮, 顔如婦人, 有憂色, 所謂天主也. 前設長卓, 卓上有一冊, 覆以黃帕, 乃爲皇上祈福之辭. 觀其意, 若有藉重也. 傍列彝鼎珍怪以供之, 如烏銅之香爐, 綠磁之花壺, 琉璃水晶之器, 珊瑚之樹, 各㨾[71-233]翦綵之花, 錯落瑰奇, 莫可名狀. 環壁皆畫天主遺跡, 西洋故事. 其帷帳器物, 隔數步而望之, 竟不信其爲畫也. 上層列數十眞像, 皆天主以後凡洋人之承統者, 及傳道于中國者利瑪竇·湯若望之徒也.

南爲樓. 樓上設樂器, 爲木櫝方丈餘, 中排鑞筒數十. 筒有大小有長短, 皆中律呂. 櫝傍橫出小橛子, 如筒之數, 西十餘步, 亦有木櫝, 兩間有暗穴, 以通風路. 西櫝上有皮囊, 可容數石, 以重板結囊口, 板有柄, 加于櫝傍橫木. 一人按柄而擧, 板囊飽而氣充於中, 蓋底有風戶, 隨以開閉, 捨柄而板重, 壓[71-234]囊而不能下者, 風戶已閉, 而氣無所泄也, 氣無所泄, 則隨風路而噴薄于鑞筒矣. 筒底有孔, 將以受氣, 而別有物以閉之, 則囊常飽, 氣無泄, 而筒亦無聲矣. 筒孔之開閉機, 係於傍橛, 乃以手指, 輕按其橛而筒聲發矣. 惟筒與橛, 各有其屬. 按其最上而大筒之孔, 開以受氣, 其聲雄渾如吹螺角, 則黃鍾之重濁也. 按其最下而小筒之孔, 開以受氣. 其聲微細如呼笙管, 則應鍾之輕淸也. 諸橛之相應, 筒律之參差, 皆倣此. 蓋取笙簧之制而大之, 借氣機而不費人之呼吸, 亦西洋之制也. 余請一聽其曲, [71-235]劉以指按橛而發聲, 以示其法. 余仍就而按之, 察其聲, 與玄琴棵律. 畧相合, 始知玄琴設棵, 雖爲東方陋制, 其盈縮分律, 亦有所本也. 乃依玄琴腔曲, 逐橛按之, 畧成一章, 劉稱善. 余因就其引風發聲之機而質之. 劉曰: "說得明白."

出門循階而西, 見柱傍懸鐵絲, 引係于庭中石柱, 南北弦直, 問之, 爲測中星也. 庭南有小閣, 上爲樓, 樓北鐵錘垂下, 重可數十斤. 機輪激轉, 錚錚有聲, 懸巨鍾, 一擊, 樓中皆震, 有胡梯, 可二丈, 天窓僅容一人. 劉只許余上去. 遂脫笠上樓, 見其制甚奇壯, 非小鍾之比. 輪之大[71-236]者, 可數十圍有餘. 傍懸六小鍾, 皆具鎚, 所以報刻也. 鐵竿橫出樓南外, 打大圈, 周分時刻, 竿頭有物而指之, 大畧如此. 蓋自鳴鍾, 原出於西洋, 近已遍於天下, 而其機輪之制, 隨以增減, 互有意義, 終不如洋產之巧. 如問時日表之類, 大不盈握, 重不過銖兩, 甚者藏於戒指之中. 機輪細如毫絲, 而能應時擊鍾如神. 但小者難成而易毁, 其不差刻分, 永久無傷, 實愈大愈好. 此樓鍾之善於變通, 而爲自鳴之上制也.

余問, "天主之學, 與三敎幷行于中國, 獨吾東方無傳, 願聞其畧." 劉曰: "天主之學, 理甚奇[71-237]奧. 不知尊駕欲知何端." 余曰: "儒尙五敎, 佛尙空寂, 老尙淸靜. 願聞天主所尙." 答, "天主之學, 敎人愛天主, 萬有之上, 愛人如己." 余曰: "天主是指上帝耶? 抑別有其人耶?" 答, "孔子所云郊祀之禮, 所以事上帝也, 幷非道家所講玉皇上帝." 又曰: "『詩經』註, 不言上帝天之主宰耶?" 余曰: "竊聞僉位, 兼尙測候, 五星經緯推步之法, 近有新修乎?" 答, "五星經緯, 現在步法, 還是曆象考成, 幷未新修." 此時畧論宿度諸法, 幷未記. 余曰: "愚不揆僭率, 作渾天儀一座, 考諸天象, 多有違錯. 貴堂當有奇器, 願賜一覽." 答, "觀象臺儀[71-238]器, 甚可觀, 此中只有平常破物." 乃令侍者持一器來, 褙紙甚厚, 正圓徑不過一周尺, 上畫列宿, 兩錫環相結, 爲黃赤道, 使之東西遊移, 南北極各施直鐵, 使不得南北低昂, 以測歲差云.

余又請見遠鏡, 劉顧語侍者. 少頃, 請出至西廡下鍾樓之北. 侍者已設遠鏡, 向日置短凳, 使坐而窺望. 鏡制靑銅爲筒, 大如鳥銃之筒, 長不過三周尺. 兩端各施玻璃, 下爲單柱三足, 上有機, 爲象限一直角之制, 架以鏡筒. 其柱之承機, 爲二活樞, 所以柱常定立, 而機之低仰回旋, 惟人所使也. 柱頭懸墜線, 所以定地[71-239]平也. 別有糊紙短筒, 長寸許, 一頭施玻璃兩層. 持以窺天, 黯淡如夜色. 以施于鏡筒, 坐凳上遊移低仰以向日, 眇一目窺之, 恰滿筒口, 如在淡雲中. 正視而目不瞬, 苟有物, 毫釐可察, 蓋異器也. 日中平橫一線, 截斷上下. 余驚問其故, 劉笑曰: "此箇中橫線, 所以爲地平也." 余曰: "曾聞日中有三黑子, 今無有, 何也?" 劉曰: "黑子不止於三, 多或至於八, 但時有時無, 此以日行翻轉如球, 此刻適置其無也."

又請見他儀器及問時等鍾, 皆言無有. 又請見鬧鍾, 出示之. 外爲木匣, 方尺許, 內有錫匣. 中藏機輪, 轉羊[71-240]腸而撥其機, 則打鍾無數, 所以謂之鬧也. 此因曉夜有事, 臨夕按時張機, 置之枕傍. 及時擊鍾, 欲其鬧耳而罷睡也. 前刻時刻分度木板, 付玻瓈而掩之. 二人懷間, 各藏日表, 時出而考之. 日表者, 無鍾而考時, 烏銅鏤花爲匣. 開匣視之, 徑寸之中, 俱備機輪之制. 二人皆吸鼻煙, 鼻煙者, 亦洋産也. 貯以玳瑁甲. 細米色微赤. 撮少許, 當鼻孔而吸之. 華人吸草爲烟, 故此稱以鼻烟也. 京城列肆以賣之, 裝以小壺, 獨滿人盛用之. 二人皆戴眼鏡, 余問, "西洋鏡, 亦以水晶乎?" 劉曰: "水晶不可作鏡, 以傷眼也, 我[71-241]輩皆不用. 請見羅經, 劉出示一件. 針長數寸, 周表三百六十度. 劉曰: "每偏丙方, 亦多不均, 視天正位, 不可恃此." 余曰: "貴國羅經, 聞有三十二位, 信乎?" 劉曰: "有分八位者, 有分十六位者, 有分二十四位者, 有分三十二位者, 只可用於海船." 余問, "撫辰儀有無?" 劉曰: "在觀象臺, 而不如六儀之簡, 今廢不用."云.

[71-241]『燕記』曰: "凡爲畫圖者, 畫外而不能畫裏者, 勢也. 物有窿嵌細大遠近之勢, 而工畫者不過畧用數筆於其間, 山或無皴, 水或無波, 樹或無枝. 是所謂寫意之法也. 子美詩曰, '堂上不合生楓樹, 怪底江山[71-242]起烟霧.' 堂上非生樹之地, 不合者, 理外之事也. 烟霧當起於江山, 而若於障子, 則訝之甚者也. 今天主堂中墻壁藻井之間所畫雲氣人物, 有非心智思慮所可測度, 亦非言語文字所可形容. 吾目將視之, 而有赫赫如電, 先奪吾目者, 吾惡其將洞吾之胸臆也, 吾耳將聽之, 而有俯仰轉眄, 先屬吾耳者, 吾慚其將貫吾之隱蔽也. 吾口將言之, 則彼亦將淵默而聲.

逼而視之, 筆墨麤疏, 但其耳目口鼻之際, 毛髮腠理之間, 暈而界之, 較其毫分, 有若呼吸轉動. 蓋陰陽向背, 而自生顯晦耳. 有婦人側首, 膝置五六歲孺子, 孺子羸白, 兩眼直視. 則婦人側首不忍見, 在傍侍御五六人, 亦俯視病兒, 有慘然回首者. 鬼車鳥翅, 如蝙蝠墜地宛轉, 有一神, 將脚踏鳥腹, 手擧鐵杵, 撞鳥首者, 有人首人身, 而鳥翼飛者, 百體怪奇, 不可方物.

左右壁上, 雲氣堆積. 如盛夏午天, 如海上新霽, 如洞壑將曙, 蓬滃勃菀, 千葩萬朶, 映日生暈, 遠而望之, 則綿邈深邃. 杳無窮際, 而羣神出沒, 百鬼呈露, 披衿拂袂, 挨肩疊跡. 而忽令近者遠, 而淺者深, 隱者顯, 而蔽者露, 各各離立, 皆有憑空御風之勢, 蓋雲氣相隔, 而使之也. 仰[71-244]觀藻井, 則無數嬰兒, 跳蕩彩雲間, 累累懸空而下. 肌膚溫然, 手腕脛節, 肥若線絞, 驟觀者莫不驚號錯愕, 仰首張手, 以承其墮落也云.

洋術, 今爲兩國禁條, 非但不許相接, 槩聞其陰邪之甚, 亦不欲目覩而足躡. 但其畫法與諸般器物之奇巧者, 想堪一觀. 而稼湛燕三記, 記其所聞見, 已備盡形似矣. 今雖親見而記之, 亦未必過之. 況其能如三記所聞見之時, 有未可必乎. 玆撮其要, 爲之記, 俾後過此者知此意, 毋以不觀爲缺典也.

◇ 附錄 「東天主堂記」

[71-245]『湛記』曰: "由蒙古館, 過玉河橋, 循紫禁城而北百餘步, 折而東出大路, 又北行里許, 復折而東百餘步, 道南見屋甍怪奇, 堂高七仞, 無慮數百間, 而有似鐵鑄土陶, 可知其爲西制也. 入堂見器皿之奢, 遜於西堂, 而壁畫之神巧過之. 北壁亦有天主像, 毛髮森森如生. 前有兩人立侍. 始入門望見, 半壁設彩龕, 安三塑像, 至其下而摸之, 則非龕非塑, 乃壁畫也. 西壁畫天主遺事. 有新死小兒, 橫置于棺上, 少婦掩面而啼. 其傍四五人, 環伏而哭之, 眞妖畫也. 堂西有自鳴鍾樓, 與西堂之制大同. 樓下有日[71-246]晷石一雙. 西出門, 有數丈之臺曰, '觀星臺'. 上建三屋, 中屋藏各種儀器, 門鎖不可開. 穴窓而窺之, 略見渾儀遠鏡等器也, 屋霤之南, 通穴至簷, 廣數寸, 掩以銅瓦, 如其長. 每夜測候, 啓而窺中星云. 臺下庭廣十數畝, 築甎爲柱, 長丈餘, 上有十字通穴. 遍庭無慮百數, 蓋春夏上施葡萄架. 柱傍往往聚土如墳者, 葡萄之收藏也.

庭東有屋數間, 中有井. 井上設轆轤, 傍施橫齒木, 牙輪平轉如磨. 壁上有柳罐數十. 亦春夏汲水, 以漑葡萄, 機輪一轉, 數十罐子鱗次上水, 人不勞而水遍於溝坎中, 瀜瀜滿庭. [71-247]每夏熱, 濃翠厚陰, 如張重帟珠帳, 秋熟累累實, 爲都下勝賞. 釀酒有西法, 香冽絶異. 其護養之勤, 專爲釀酒."云.

◇ 1832년 12월 26일

[71-285]因禮部知委, 午時, 與正·副使及諸任譯, 往鴻臚寺演儀, 琉球使亦參. 別有「鴻臚寺演儀記」. 歸路, 歷見花草鋪·彩[71-286]鳥鋪, 別有「花草鋪記」·「彩鳥鋪記」. 又見鄂羅斯館, 別有「鄂羅斯館記」. 還館所.

[71-291]「鄂羅斯館記」

鄂羅斯館, 在玉河館後街乾魚衚衕不過半里許. 鄂羅斯, 或稱阿羅斯, 或稱俄羅嘶. 以其人皆鼻大, 故或稱大鼻㺚子, 卽蒙古別種也. 其國蓋在大漠外絶域, 史無所見, 不知在何處, 而聞其人自言其國幅員甚大, 東西三萬餘里, 南北二萬餘里, 東南接琉球·安南, 東北接蒙古, 西南接大小西洋, 西通流沙之外, 不知爲幾萬里, 東距中國爲五萬里云. [71-292]儘如是, 則其大殆數倍於中國矣. 意其夸誕之辭, 而四至地界, 亦未知是否. 自古以來, 初非朝貢之國, 而康熙時自來通好, 要學漢語漢書, 中國以綏遠之義, 授館以處之. 然嚴其門禁, 無得出入. 其來住人員之多少·替歸年限之久速, 應有定式, 而不可知. 然燕市所買石鏡及鼠皮, 多其國所産. 然則其來通, 似爲交易之利也. 館門無扁, 門外周設黑木柵以禁人, 我使則歲必入見, 輒賂閽者, 故不難出入. 而但下隷輩每有偸竊之患, 故閽者必阻搪, 而闌入不已, 是誠可悶.

自彩鳥鋪歸路, 歷入大門, [71-293]左右有屋五六間, 卽其下人所處云. 而寂無一人, 惟往往設椅卓而已. 又入一門, 左右亦有屋六七間, 庭北有一座廣廈而皆空. 從西邊一小門入, 有廣庭, 多植花木. 有大犬二, 小犬五六, 蓋産於其國, 而大犬則見人欲噬, 故鐵索維其脚云. 庭左右各有屋十餘, 亦空. 庭南有一無梁高閣, 閣制異常, 正看側看, 四面皆同, 下豐上銳, 甎築至簷, 閣上立數丈金標, 高入半空. 南北兩壁, 各有四牕, 以大琉璃傅之, 西壁穿三門, 制如虹門, 是爲出入之門. 而聞此閣亦稱天主堂, 蓋其國與西洋近, 亦尙其敎, 故[71-294]倣洋制, 而奉安天主之像云. 庭北有一帶長屋, 屋頗軒敞, 以文木·沈香·紫檀, 雕鏤爲飾, 床卓器物, 皆奇妙. 往往安純金佛, 小如兒拳, 或如栗子, 自其本國造來, 而年前東隷偸其一佛, 故見我人, 甚苦下輩之隨入云. 四壁環掛大鏡, 又掛人物山水樓臺雜畫, 畫法皆逼眞. 其畫人物則皆巨鼻碧眼或長鬚, 邪毒之氣逼人, 蓋鍾其幽陰者爲多而然歟. 每屋輒掛其國帝后之像, 帝像則首不加冠, 短髮鬔鬆, 身上只着紋繡周衣, 而披豁露體, 足着靑襪. 后像則頭揷五綵花, 身被繡服而跣足. 兩間又有一[71-295]像, 卽所謂天主也.

俄有一人, 手持鼻烟壺, 從右炕出, 宛是畫裏人. 而長鬚長身, 顔色姸好, 衣袴皆爲滿制, 但所着之帽, 狀如我國耳掩桶而稍小, 塗以黃金, 謂是本國帽制也. 似是其國貴人之來留者, 而稱以德老爺, 略與筆談, 而以來此未久, 不閑漢字. 其訓書者, 趙姓人, 從傍代話, 亦僅僅成字, 其所謂訓書, 亦可知也. [別有筆談錄.] 卓上有冊數十弓, 卽其國書也, 字㨾如星篆如梵書, 不可解. 有使喚者四五人, 立於床下, 似皆漢人, 而供役者也. 連勸吸茶, 味頗淸冽. 少頃, 與德也偕往東炕, 有赫老爺云者[71-296]居之. 茶罷, 請聞自鳴樂, 樂制一如天主堂記所稱, 不待吹彈搏拊, 而五音六律, 自成腔調, 蓋是奇技也. 樂畢, 德也指壁上諸畫曰: “此皆赫老爺之筆, 而尤長於寫照.” 於是, 正副使皆請寫照, 赫皆應諾.

遂至庭南高閣下, 正副使與聖申諸人, 從西壁虹門入, 移時而還來, 述其所見. 入其中, 左右各有小房, 以金鎖堅封, 問其中所有, 則乃朔望薦齋於天主時所着法服云. 懇其一見, 則甚有難色, 屢懇然後始出而示之. 冠則如常時所着, 而金色尤煒煌, 衣亦塗金, 而如又字形, 似是頭貫穿也. 閣中橫設門[71-297]障, 以文木雕成, 門前懸三座琉璃大燈. 入其門, 見東壁上西向掛天主像, 風骨甚淸瘦, 渾身赤裸, 只以數尺素帛掩臀腿, 所着之服制, 如我國平涼子, 似是中國所謂藤笠也. 方被刑誅, 頭部半倒, 幾乎落地, 又以鐵釘, 釘住兩手於架上, 使不得動身, 腥血被面, 淋淋若眞, 宛轉慘毒, 令人不忍正視云. 似是西術所謂耶蘇也.

閣西有二層樓, 上懸大鍾, 其傍又有一屋, 所排器物, 一如他屋. 有勃姓者居之, 能通醫技, 卓上置人頭骨, 似爲厭勝之術也. 東炕有鳩鍾, 鍾形如鳩, 設機引繩, 則鍾鳴如鳩聲. 勃也出[71-298]白粥一器以饋之, 味甚甘淡, 與諸人輪嘗而盡. 問其材料, 則杏仁, 似以杏仁作糜, 和糖屑而造也. 少憩, 與德·赫·勃三人敍別, 三人命侍者, 又取杏仁粥三器, 分餉三使, 故各持來. 大抵住其館中者, 不過三人, 殊可异也.

김직연(金直淵), 『연사일록(燕槎日錄)』

의왕시 향토사료관 소장본

◆ 1859년 1월 22일

[88a]天主堂在時憲局東, 明萬曆間始建, 乾隆時重建. 門額曰, '通微佳境', 堂額曰, '密合天行', 曰, '盡善盡美', 後廳扁曰, '聲淸氣和'. 盖西洋人利瑪竇, 自歐羅巴, 航海九萬里入中國, 崇奉天主, 而搆其堂. 堂狹而深, 正面向外, 而宛若側面. 屋上穹崇, 如數層樓閣, 上覆瓦甎, 如石假山. 正面只有一門囱, 則設于東西兩壁之顚, 中有耶蘇像, 畵而若塑, 耳鼻隆起, 儼然如生人. 左右夾堂, 而立兩甎樓, 左貯天琴. 日向午, 則樓門自開, 琴乃作聲. 移時聲止, 門亦閉矣. 乾隆間燬于火. 右曰, 聖母堂, 爲少女抱兒狀, 女卽瑪利兒, 兒卽耶蘇也. 衣無縫, 自頂被于體. 所印書冊, 字皆傍行, 所置儀物, 有簡平儀·龍尾車·沙漏·遠鏡·候鐘之屬. 自嘉慶間, 痛禁洋學, 犯者殺之. 今洋人別居他所, [88b]而天主堂則廢之, 甎塞其門.

이항억(李恒億) 『연행일기(燕行日記)』

『연행록전집』 93

◇ 1863년 1월 5일

[93-100]往觀天主堂. 堂在宣武門之[93-101]內, 縹妙一樓, 出于半空. 上設橫木十字形, 塗金流丹, 畵墻紋壁, 恍惚壯麗. 禁不得入, 在外跂望而已.

◇ 1863년 1월 24일

[93-138]往正陽門外洋貨肆, 買各色可桂紬三十二尺七寸, 銀六兩九戔六分, 紅紬傷十六尺, 銀五兩五戔, 月白甲紗十一尺五寸, 銀三兩五戔, 都合銀爲十五[93-139]兩九戔六分. 有女當婚, 故買此也."

◇ 1863년 1월 28일

[93-145]飯後與朴判官命鴻・吳相準, 往鄂羅斯館遊覽. 館卽古朝鮮館, 中年與今會同館相換, 盖其由則我東人留鄂羅斯館時, 多有病死者, 故相換云矣. 鄂羅斯國在大洋之西, 西洋之國, 卽其隣也. 天[93-146]下之第一大域, 而其人物也・俗尙也, 與西洋大同而小異云矣. 入其館, 鄂羅斯人出而迎揖. 有欣欣然色, 話套全不可曉. 雖通官輩, 因華人而轉相通曉. 居處精潔, 什物極侈. 館中有一人, 善摹人像, 毫髮不差. 館中炕壁上, 有人列坐, 衣冠鮮明, 氣像端儼. 就而視之, 卽畵像掛壁者也. 的知生人, 豈意畵人? 同行諸人請模眞, 其人答云, "模眞之法, 明朗之日巽巳之時, 可以模出, 今則日日晩, 明日再來也."

◇ 1863년 1월 29일

[93-147]冠樵因事, 往楊州新館, 余與朴・吳兩行, 更往訪之. 其人出迎, 余以同行中年最高, 故先使寫眞. 其人出置一卓子, 卓子形如我東馬鞍巨里. 樣橫木之兩頭, 以玻璃飾之, 以靑裌覆于卓子之前頭. 坐我於卓子之北, 不使搖動, 立而口呪數遍, 口呪不知何樣說. 末乃還入炕中, 少焉出來, 拔卓子前頭之玻璃, 俯首而

立, 良久還揷玻璃, 不知何樣物. 置諸懷中, 而不使人見之. 又立炕中, 燃燈而立, 以一片玻[93-148]璃, 洗于缸水, 旋卽出而示之. 余之全面, 移在玻璃之面, 非七分卽十分也. 還置炕卓精潔處, 以畵袱覆之. 又爲出來朴·吳, 次第寫眞, 其節次一如前樣. 方其寫吾之眞, 坐而不動, 故不得揣觀, 及其朴·吳之寫, 乘其人還入炕中之時, 擧卓子前頭之覆袱, 俯首視之, 則坐彼之朴, 倒立于卓頭玻璃之面, 全體貌樣, 酷相背矣. 異哉! 此何術法? 口呪之說, 似是幻身之法歟. 其人云, "畵像今不可持去, 數三日後, 更來覓去."云.

◆ 1863년 2월 3일

[93-168]朴判官更往鄂羅斯館, 推其攀直, 而余之畵本, 亦爲推來, 不過一小片. 羅斯紙上, 十分眞面, 宛爾在焉. 但肉色未寫, 盖肉色之出, 費銀數十兩云. 此異國之術, 不可學得, 而旣寫之像, 燒爲不可得, 置諸箱中. 譯官十數, 亦皆模出. 冠樵亦欲寫出, 與李景煥數次委往, 適値不得寫焉.

유후조(柳厚祚) 『연행일기(燕行日記)』

『연행록전집』 75

◆ 1866년 6월 14일

[75-351]南館之北大路邊, 有西洋館, 而己亥洋人四名, 出我之後, 有我人禁入之命, 故不得入玩. 洋人出遊之路上者, 皆眼睛黃, 鼻頭尖矣. 又能馳馬. 女則衣素裳, 裳如我女裳, 携稚子往來如常矣.

◆ 날짜 미상

[75-354]南門西五里許, 有西洋館. 雕鏤之細密, 樓閣之奇巧, 大異於燕京之製也. 此是西洋人所製云, 而今爲廢館矣.

부록

- 「부록 1」 교류 양상 일람표
- 「부록 2」 서양 선교사 약력

[부록 1] 교류 양상 일람표

연행사	일자	선교사	주요 내용
김창업	1712년 11월 4일	·	천주상(天主像), 혼천의(渾天儀), 자명종(自鳴鐘) 관람.
조영복	1719년 2월 14일	미상 (3인)	천리경(千里鏡) 등의 서양 물품과 천주교 서적을 예물로 줌.
이이명	1720년 10월 3일	소림(蘇霖) 대진현(戴進賢)	삼사가 방문하여 역법 토론/ 편지를 보내어 역법의 세차(歲差)와 혼천의(渾天儀)의 제조법 및 유리와 청기와의 제조법에 대해 물음.
이기지	1720년 9월 22일	소림 장안다(張安多) 맥대성(麥大成)	철종일영(鉄鐘日影)·천주당 벽화·천리경을 보고 3인의 선교사와 필담 나눔/ 펜으로 글씨 쓰는 법·밀랍으로 편지 밀봉하는 법을 보고 선교사를 관소로 초대함.
	1720년 9월 27일	소림, 장안다, 맥대성, 대진현	삼사가 방문함/ 서양떡·서양 그림과 서책·식당의 수도 장치·각종 서양 기물·포도주 접함.
	1720년 9월 29일	대진현, 소림	서양인이 관소로 찾아옴/ 흡독석(吸毒石), 여송과(呂宋果), 서양인이 저술한 책, 비연(鼻烟) 등을 예물로 줌/ 남당의 그림책 빌려 볼 것을 청함.
	1720년 10월 10일	비은(費隱)	비은과 필담 중 조선의 지리와 노정을 물음/ 천리경·프리즘·천주상·뇨종(鬧鍾)·혼천의(渾天儀)를 보고 포도주 제조법 물음/ 비은이 천리경 선물.
	1720년 10월 11일	비은	관소로 편지와 포도주를 보내 옴.
	1720년 10월 12일	비은	비은에게 답서를 보냄/ 비연(鼻烟)과 서양구(西洋韭) 종자를 요청.
	1720년 10월 13일	비은	비은에게 답서가 옴.
	1720년 10월 18일	비은	비은에게 편지를 보내어 낭세녕(郎世寧)이 왔는지 물음.

이기지	1720년 10월 20일	대진현, 비은	서양인이 관소로 찾아 옴/ 지도·천문도·서양서적·서양화 등을 선물함/ 남당의 서양 그림책을 빌려보길 청함.
	1720년 10월 21일	비은	비은이 관소로 포도주 한 항아리와 서양 계란떡 스무 덩어리, 등자나무 열매[橙實], 복숭아와 자두 및 여러 가지 빛깔의 전병 네 그릇을 보냄.
	1720년 10월 21일	비은	비은이 관소로 포도주 한 항아리와 서양 계란떡 스무 덩어리, 등자나무 열매[橙實], 복숭아와 자두 및 여러 가지 빛깔의 전병 네 그릇을 보냄/ 서양의 금수(禽獸)와 충어(蟲魚)를 그린 그림책 1권과 서양의 성지(城地) 및 인물(人物)을 그린 그림책 1권, 여러 모습의 천주당을 그린 그림책 3권을 빌려 봄.
	1720년 10월 22일	비은, 소림, 나회중(羅懷中)	어제 빌려 본 서양화 책을 돌려 줌/ 낭석령(郎石寧)의 개 그림을 보내줌/ 비은이 지도를 꺼내 조선으로 가는 노정을 물음.
	1720년 10월 24일	비은, 소림	서양인이 관소로 찾아 옴. 자명종·천리경(千里鏡)·서양 고약(膏藥)·일영공구(日影公晷)·『칠극(七克)』 3권·〈곤여도(坤輿圖)〉 2권·『천주실의(天主實義)』 2권과 서양화 등을 선물/ 자명종의 숫자와 일용공구의 사용법을 묻고 천문역서의 구입을 요청함.
	1720년 10월 26일	소림, 대진현, 장안다(張安多)	정사가 어제의 선물에 답례하는 물품을 보내고, 선물 받은 자명종의 수리를 부탁함/ 동서양 천문역법의 차이점에 대해 필담을 나눔.
	1720년 10월 27일	소림	가보(假寶) 2봉, 지구도(地球圖)를 보내옴.
	1720년 10월 28일	백진(白晉) 뇌효사(雷孝思) 탕상현(湯尙賢) 은홍서(殷弘緖)	북당의 그림과 각종 의기를 보고 도서관에서 서양본초(西洋本草) 관람/ 백진이 조선으로 가는 해로(海路)를 묻고, 탕상현이 조선에 천주교를 전파하고자 하는 뜻을 말함/ 비연(鼻烟)·『천주실의(天主實義)』 2책 등을 선물로 받음.

이기지	1720년 10월 29일	두덕미(杜德美) 소림	두덕미가 자명종 수리에 관한 편지를 보냄/ 소림이 사람을 보내 포도주 만드는 법과 서양 고약 만드는 법을 설명.
	1720년 10월 30일	서무승(徐懋昇)	지도책과 혼천의를 보며 천문역법에 관해 필담 나눔/ 혼천의를 만들어 달라고 부탁함.
	1720년 11월 1일	비은	편지로 산동에서 조선으로 가는 해로(海路)를 묻자 모른다고 대답함.
	1720년 11월 2일	비은	편지와 함께 해를 관측하는 조그만 나무 조각을 보냄.
	1720년 11월 3일	비은	편지로 작별인사를 하고 선물을 보냄/ 답서를 보내옴.
	1720년 11월 4일	두덕미, 탕상현, 뇌효사, 백진, 은홍서	두덕미에게 편지를 보냄/ 비은이 답서와 함께 지도 다섯 장을 비롯해 여러 서양 물품을 보내옴/ 두덕미가 2일에 죽었다는 소식을 들음/ 원문림(袁文林)이라는 자가 자명종을 수리하러 옴.
	1720년 11월 5일	·	원문림이 자명종을 수리하러 옴/ 두덕미를 조문하는 글을 보냄.
	1720년 11월 11일	은홍서(殷弘緖)	은홍서 등 네 사람이 편지와 함께 서양란병(西洋卵餠)·흡독석(吸毒石)·비연(鼻烟) 등의 선물을 보내옴/ 원문림이 자명종을 수리하여 가지고 옴.
	1720년 11월 22일	서무승	서무승(徐懋昇)이 편지와 함께 종이로 만든 조그만 혼천의를 보냄.
	1720년 11월 24일	서무승	부탁한 혼천의를 만들고 있었음.
이건명	1721년 12월 29일	맥대성, 목경원(穆敬遠)	천주당을 방문해 필담을 나눔/ 흡독석(吸毒石)을 얻음.
	1722년 1월 25일	·	탱자 그림[兩枸圖]을 얻어 옴.
	1722년 1월 29일	·	서양화 책 세 권을 보라고 보내줌.
	1722년 1월 29일	·	서양 음식과 그림을 보내옴/ 편지 및 흡독석(吸毒石)·천리경(千里鏡) 등의 물건을 이기지에게 전해달라고 보내 줌.

유척기	1721년 12월 29일	맥대성, 목경원	천주당을 방문해 필담을 나눔.
	1722년 1월 29일	대진현	대진현이 관소로 찾아와 서양 그림책 세 권을 보라고 보내줌.
	1722년 [날짜미상]	·	관상대 관람.
강호부	1727년 12월 29일	·	천주당을 관람하고 필담 나눔/ 서학(西學)에 관한 자신의 견해를 기술
	1728년 1월 11일	·	서양인에게 부사 이세근(李世瑾)의 초상을 요청하니, 마건(馬建)이라는 자를 보냄.
	1728년 1월 22일	낭세녕(郎世寧)	천주당에 방문하여 초상 그리기를 요청하였으나, 거절당함.
김순협	1729년 10월 12일	대진현 외 서양인 5명	천주당을 관람하고 필담을 나눔.
	1729년 10월 17일	·	동천주전을 방문하여 그림 등을 살펴봄.
	1729년 10월 24일	·	서양인이 흡독석(吸毒石) 등의 물품과 『만물진원(萬物眞元)』·『벽망(闢妄)』 2책을 보내 옴.
조상경	1731년	·	〈천주당〉 시를 남김.
이의현	1732년 10월경	비은	천주당을 관람하고 필담을 나눔.
	1732년 10월경	비은	『삼산논학기(三山論學記)』, 『주제군징(主制群徵)』 등의 책과 서양화를 보내옴.
한덕후	1732년 10월 12일	비은	삼사가 천주당을 관람함.
	1732년 10월 28일	·	여러 그림과 약석(藥石) 등의 물건을 보내옴.
남태제	1753년 1월 20일	·	천주상과 그림 등을 관람.
정광충	1756년 1월 21일	유송령(劉松齡)	풍금 등을 관람하고 필담 나눔.
	1756년 1월 24일	유송령	서양화와 흡독석(吸毒石) 등을 선물로 보냄.

이상봉	1761년 1월 8일	·	천주당을 관람하고, 『직방외기(職方外記)』의 서문을 인용해 서학을 소개함.
	1761년 1월 27일	유송령	유송령, 서숭은(서광계의 후손)과 필담/『직방외기』·『곤여도설(坤輿圖說)』을 50면에 걸쳐 초록하여 소개함.
	1761년 2월 6일	유송령	『곤여도설』·〈황도총성도(黃道總星圖)〉 등을 선물로 받음.
홍대용	1765년 1월 9일	유송령 포우관(鮑友官)	천주당의 풍금과 자명종 등을 관람하고 필담 나눔.
	1765년 1월 19일	유송령, 포우관	역법의 이치에 대해 필담 나누고, 천리경으로 태양을 관찰함.
	1765년 1월 24일	·	동당(東堂)을 방문하여 그림 등을 관람.
	1765년 2월 2일	유송령, 포우관	자명종과 윤도(輪道, 나침반)을 관람하고 역법의 이치에 대해 필담 나눔.
엄 숙	1774년 2월 25일	유송령	풍금 관람.
이 압	1777년	·	서양 포도주에 대해 언급.
이덕무	1778년 6월 14일	·	천주당 벽화 관람.
박지원	1780년	·	「북경천주당기(北京天主堂記)」·「양화(洋畵)」 남김.
이노춘	1784년 1월 7일	·	천주당을 관람하고, 조선 사람을 대접하지 않겠다는 말을 들음.
강세황	1784년 12월 25일	·	천주당을 읊은 시 남김.
조 환	1788년 1월 27일	·	성명 미상의 선교사와 필담 나눔.
서호수	1790년 7월 26일	·	이마두(利瑪竇) 등이 묻힌 서양 선교사들의 묘지를 찾음.
	1790년 8월 19일	탕사선(湯士選)	『혼개도설집전(渾盖圖說集箋)』의 서문을 받음. 규비비례척(規髀比例尺)·〈만국전도(萬國全圖)〉 등을 보내옴.
	1790년 8월 22일	색덕초(索德超)	서양경(西洋鏡) 등의 물품을 보내옴.

백경현	1791년 1월 2일	주(周) 씨	선교사 주씨와 필담을 나누고, 천리경·자명종·〈坤輿圖說〉 등을 봄.
김정중	1792년 1월 26일	·	서양 고과(西洋苦果) 2환을 얻음.
이계호	1794년 1월 30일	유대인(劉大人)	천두당 벽화 감상.
서유문	1799년 1월 19일	탕개(湯士選?)	치형(致馨)의 천주당 방문 사실 기록.
이해응	1804년 1월 26일	·	「천주당」 시를 남김.
이재흡	1828년 6월 25일	강보록(康保錄)	아라사관을 관람하고 필담을 나눔.
박사호	1829년 1월 3일	·	아라사관 방문.
강시영	1830년 1월 3일	·	아라사관 방문.
한필교	1831년	·	천주당 남당을 관람.
김경선	1832년 12월 22일	·	길에서 천주당 남당 건물을 봄/ 김창협, 홍대용, 박지원의 천주당 관람기를 소개함.
	1832년 12월 26일	덕 노야(德老爺)	아라사관을 관람하고 필담을 나눔.
김직연	1859년 1월 22일	·	김경선의 기록을 인용해 천주당 소개.
이항억	1863년 1월 5일	·	천주당에 방문했으나 출입을 금하여 들어가지 못함.
	1863년 1월 29일	·	악라사관에 가서 사진을 찍고, 그 과정을 기록함.
	1863년 2월 3일	·	악라사관에 가서 찍은 사진을 찾아 옴.
유후조	1866년 6월 14일	·	천주당을 찾았으나, 금령(禁令)으로 구경하지 못함.

[부록 2] 서양 선교사 약력

◉ **고일지(高一志, 1566~1634)** : 이탈리아 출신의 예수회 선교사로, 본명은 알폰소 바뇨니(P. Alphonsus Vagnoni)이며 자는 칙성(則聖)이다. 또 다른 중국식 이름은 왕풍숙(王豊肅)이다. 1584년 예수회에 입교하여 신부가 되었으며, 공부를 마친 후 처음 5년 동안은 인문학과 수사학을 가르쳤고, 그 다음에는 밀라노에서 3년 동안 철학을 가르쳤다. 1603년 동방으로 항해를 시작하여 1605년 중국 남경(南京)에 들어와 전교 활동을 시작했다. 1616년 남경교난(南京教難)으로 투옥된 후 쫓겨나 마카오에 체류하면서 저술활동을 하거나 신학을 가르쳤다. 1624년 이름을 고일지(高一志)라 개명하고 다시 중국 내륙으로 들어와 주로 산서성에서 선교활동을 하다가 1640년 4월 9일 산서성의 강주(絳州)에서 생을 마감했다. 저술로는 1633년 서방세계의 과학적 지식과 경험을 한문으로 기술한 『공제격치(空際格致)』가 있고, 그 외에 『서학제가(西學齊家)』·『의학(醫學)』·『환자시말(寰宇始末)』·『서학치평(西學治平)』·『배록휘답(裴錄彙答)』·『서학수신(西學修身)』·『아동교육(兒童教育)』·『성모행실(聖母行實)』 등이 있다.

◉ **기리안(紀理安, 1655~1720)** : 독일 출신의 예수회 선교사로, 본명은 킬리안 슈툼프(Kilian Stumpf)이며 자는 운풍(雲風)이다. 1673년 예수회에 입교하여 공부를 마친 다음 수사학(修辭學)·고전학(古典學)·수학(數學) 등을 가르쳤다. 1694년 마카오에 도착했는데, 당시 지방관이 그가 안경 유리의 제작 기술이 있음을 알고 조정에 천거하였으며, 1696년(강희 35)에 황제의 명령으로 파리창(玻璃廠)을 설치했을 때 그에게 주관하도록 하였다. 그는 이곳에서 관상대에 놓인 광학 의기(儀器)와 안경에 들어가는 유리를 생산하였다. 강희제(康熙帝)의 신임을 받아 흠천감(欽天監) 감정(監正)을 역임하였다. 흠천감에 근무할 때 망원경에 사용하는 유리 조각[鏡片]을 만들었으며, 북경의 관상대(觀象臺)에 지평경위의(地平經緯儀)를 만들어 설치하기도 하였다. 1695년에 북경에 온 이후 죽기 직전까지 예수회 중국 교구 책임자를 역임하였다.

◉ **나아곡(羅雅谷, 1593~1638)** : 이탈리아 출신의 예수회 선교사로, 본명은 쟈끄로(Jacques Rho)이며 자는 미소(味韶)이다. 1614년 예수회에 입교하였으며, 1622년 마카오에서 전교 활동을 하던 중 네덜란드[荷蘭] 군대가 침입하자 그곳 주민들에게

대포의 사용법을 가르치기도 하였다. 1624년에 고일지(高一志)를 따라 중국에 들어와 산서(山西) 지방에서 전교하다가, 1631년에 북경에 소환되어 서광계(徐光啓), 탕약망(湯若望), 용화민(龍華民), 등옥함(鄧玉函) 등과 함께 『숭정역서(崇禎曆書)』를 편찬하는 일에 종사하였다. 수학과 천문학에 뛰어나, 『측량전의(測量全義)』·『오위표(五緯表)』·『일전증오성도(日躔增五星圖)』·『원리역지(月離歷指)』·『일전역지(日躔歷指)』·『역인(歷引)』·『비례규해(比例規解)』 등의 저술을 남겼다.

◉ **나회중(羅懷中, 1679~1747)** : 이탈리아 출신의 예수회 선교사로, 본명은 주세페 다 코스타(Giuseppe Da Costa)이며 자는 자경(子敬)이다. 1700년 예수회에 입교하였으며, 1715년에 낭세녕(郎世寧)과 함께 상선을 타고 오문(澳門, 마카오)에 도착하였는데, 이때 자신을 외과의사로 소개하였다. 의술에 뛰어나 강희제의 소환을 받아 북경에 온 이후 청 황실의 서양 어의(御醫)로 30여 년간 활동하였다. 그는 서양의 인체 해부학서적을 번역해 강희제에게 소개하기도 하였다. 나회충(羅懷忠)이라는 이름으로도 알려져 있으니, 비뢰지(費賴之)의 『재화야소회사열전급서목(在華耶蘇會士列傳及書目)』에는 나회중으로 올라 있다.

◉ **남회인(南懷仁, 1623~1688)** : 벨기에 출신의 예수회 선교사로, 본명은 페르디난드 페르비스트(Ferdinand Verbiest)이다. 1659년(順治 16)에 중국으로 건너왔으며, 천문학과 수학에 깊은 조예가 있어 탕약망(湯若望)을 도와 흠천감(欽天監)에서 근무하게 되었다. 중국에서는 이미 1645년부터 서양 천문학에 기초하여 계산된 역서(曆書)인 시헌력(時憲曆)이 시행되고 있었으나, 1662년(강희 1)에 접어들어 양광선(楊光先)을 주축으로 한 보수파의 반대운동이 일어나, 역법의 문제는 기독교에 대한 탄압으로까지 발전했다. 이로 인해 선교사의 대부분은 광동(廣東) 지방으로 쫓겨났고, 탕약망과 남회인은 북경의 감옥에 갇혔다. 탕약망은 결국 옥사했는데, 남회인은 때마침 일어난 지진으로 대사면이 행해졌을 때 석방되었다. 이어 보수파가 실각하자 그는 다시 흠천감의 일을 맡게 되었으나, 기독교의 포교는 제한을 받았다. 남회인은 궁정의 분수를 제작하고, 내란 진압용 대포를 주조함으로써 강희제의 신임을 받고 공부시랑(工部侍郎)의 직위를 하사받았다. 또한 시헌력에 의거한 천문기기를 제작하여 1673년 완성하고, 이를 해설한 『영태의상지(靈台儀像志)』 16권을 썼으며, 같은 해에 세계지도인 〈곤여전도(坤輿全圖)〉와 이를 해설한 『곤여도설(坤輿圖說)』을 저술하였다. 이밖에 『간평규총성도(簡平規總星圖)』·『월식측험(月食測驗)』 등의 천문서를 남겼다.

◉ **낭세녕(郎世寧, 1688~1766)** : 이탈리아 출신의 예수회 선교사로, 본명은 주세페 카스틸리오네(Giuseppe Castiglione)이다. 1701년 예수회에 입회하였다. 1715년 중국에 와 강희제를 알현하고, 이후 강희·옹정·건륭 3대에 걸쳐 50여 년간 궁정화가로 활동하면서 많은 그림을 그렸다. 원명원에 세운 서양루의 설계에도 참여했다. 인물, 산수, 동물 등의 묘사 및 미술 전반에 대한 뛰어난 실력으로 인정받았다. 낭세녕은 중국 화가 연희요(年希堯)와 함께 파좌(波佐, Andrea Pozzo)가 투시법에 대하여 논한 책인 『회화와 건축의 원근법(Perspectiva Pictorum et Architectorum)』을 『시학(視學)』(『시학정온(視學精蘊)』 이라고도 함.)이라는 이름으로 번역하여 출간했다. 그의 중국식 이름은 '사녕(士寧)' 혹은 '석녕(石寧)'이라고도 했으며, 『일암연기』에서는 '낭석녕(郎石寧)'으로 표기하고 있다.

◉ **뇌효사(雷孝思, 1663~1738)** : 프랑스 출신의 예수회 선교사로, 본명은 진-밥티스트 레지스(Jean Baptiste Régis)이고, 자는 영유(永維)이다. 1679년 예수회에 입교하여 1698년 중국에 들어왔다. 강희제(康熙帝)의 명으로 시작된 청대 초기의 전국 측지사업(1708~1716)인 〈황여전람도(皇輿全覽圖)〉의 작성에 참가하여 만리장성의 측량을 비롯해 만주(滿洲)·산동(山東)·하남(河南)·안휘(安徽)·절강(浙江)·복건(福建)·운남(雲南) 등지를 측량하였다. 수학과 천문학에 정통한 그는 파리의 관측기술자와 함께 목성의 위성식(衛星蝕)을 동시에 관측하여 북경[北京]의 위도를 알아냈다고 한다. 『주역(周易)』을 라틴어로 번역한 저서가 있으며, 특히 『조선지(朝鮮志)』를 저술하였는데, 이는 한국의 지지(地誌)와 역사에 대하여 서양 사람으로서는 최초로 기록한 것으로 알려져 있다.

◉ **대진현(戴進賢, 1680~1746)** : 독일 출신의 예수회 선교사로, 본명은 이그나티우스 쾨글러(Ignatius Kőgler)이며 자는 가빈(嘉賓)이다. 16세에 예수회에 입교하고, 1716년 중국에 도착하였다. 이듬해 강희제의 소환을 받아 북경에 와서 역법을 제정하는 일을 도왔다. 1725년(옹정 3) 흠천감 감정(監正)의 벼슬에 임명된 이래 30년간 이 자리에 있으면서 흠천감의 최고 책임자를 지냈으며, 1738년(건륭 2년)에 예수회 중국 교구 부회장을 역임했다. 그는 천문 역법에 조예가 깊어, 청나라 옹정제(雍正帝)의 칙명을 받아 1724년 『역상고성후편(曆象考成後編)』을 편찬했다. 이 책은 시헌력(時憲曆)의 도입과 관련하여, 우리나라 천문학에도 많은 영향을 끼친 저술이다.

◉ **두덕미(杜德美, 1668~1720)** : 프랑스 출신의 예수회 선교사로, 본명은 피에르 자르투(Pierre Jartoux)이며 자는 가평(嘉平)이다. 1701년 청나라에 들어갔는데, 수학, 천문학, 기계, 시계 등에 정통하여 강희제(康熙帝)의 신임을 받았다. 1708년 강

희제의 명에 따라 실시된 전국의 측량 사업에 참가하여, 만리장성(萬里長城)의 측량과 중국 북동부 만주 북단에서부터 신강성(新疆省) 변경 지대에 이르는 지역의 실측에 관여하였다. 이 사업은 8년이 소요되어 1717년에 완료되었으며, 1718년에 실측의 결과로써 〈황여전람도(皇輿全覽圖)〉가 완성되어 헌상되었다. 그는 식물학 방면에도 조예가 있어 장백산 일대를 측량할 때 인삼을 접하고서 인삼의 형태, 약용, 생장 환경, 분표 지역 등을 기술한 편지를 서양에 보낸바 있다. 1720년 연행한 이기지는 북경에 머물 때 그가 죽었다는 소식을 접하고, 죽음을 애도하는 글을 보낸 바 있다.

◉ **등옥함(鄧玉函, 1576~1630)** : 스위스 출신의 예수회 선교사로, 본명은 진 테렌츠(Jean Terrenz)이며 자는 함박(涵璞)이다. 그의 이름은 요하네스 테렌츠 슈렉(Joannes Terrenz Schreck)으로도 알려져 있다. 테렌츠는 중국에 오기 전에 이미 독일에서 의학자, 철학자, 수학자로 이름을 날리고 있었고 동물, 식물, 광물, 기계 등에도 해박했다고 전한다. 1611년 35세 즈음에 예수회에 가입했으며, 수학자이자 의학자의 신분으로 중국선교사 일행에 참여해 1618년 4월 구주(歐洲)를 떠났다. 구주를 떠날 때 서양서적 7,000부(部)를 가지고 배에 올랐는데, 동행인은 탕약망(湯若望)과 나아곡(羅雅谷) 등을 포함한 22명이었다. 배는 1620년 7월 마카오[澳門]에 도착했으며, 그는 마카오에 머무르는 동안 병리해부를 실행했는데, 이것은 중국에서 서양의학자가 인체해부를 한 최초의 사례로 알려져 있다. 이후 중국의 정치적인 혼란 때문에 일정 기간 항주에 있는 이지조(李之藻)의 집에서 머물렀는데, 이 때 몇 명의 중국학자들과 함께 『인신설(人身說)』을 번역했다. 1623년 북경에 들어온 이후 『숭정역서』의 편찬에 종사하였다. 이때 중국학자 왕징(王徵)과 함께 『원서기기도설록최(遠西奇器圖說錄最)』를 번역했고, 1627년에 이를 간행했다. 이는 등옥함이 구주에서 올 때 가져온 7000부의 서적에서 내용을 뽑아 실은 것으로 『사고전서』에도 수록되었다.

◉ **맥대성(麥大成, 1676~1723)** : 포르투갈 출신의 예수회 선교사로, 본명은 카르도소 진-프랑수아(Cardoso, Jean-Francois)이며 자는 이장(爾章)이다. 1693년 예수회에 입교하고, 1710년, 포르투갈 왕이 강희 황제에게 보낸 특사 자격으로 중국에 왔다. 〈황여전람도〉의 작성에 참여하여 1711년 뇌효사(雷孝思)와 함께 산동(山東) 지역을 측량하였으며, 이듬해에는 산서(山西), 섬서(陝西), 강서(江西), 양광(兩廣) 지역을 측량하는 데 참여하였다. 그림에도 뛰어났다고 한다.

◉ **목경원(穆敬遠, 1681~1726)** : 포르투갈 출신의 예수회 선교사로, 본명은 요한 모라오(Joannes Morao)이며 자는 약망(若望)이다. 1700년경 도착할 당시에는 신부가

아니었으며, 마카오[澳門]에 머물며 학업을 마치고 신부가 되었다. 그 뒤 북경에 소환된 뒤 조정의 신임을 받아 대관들과 교유하였다. 그는 천주교에 호의적이었던 강희제의 제10자 윤당(允禟)을 후계자로 세울 것을 건의한바 있는데, 강희제는 이를 참람된 행위로 여겼다. 1722년(강희 62) 강희제가 붕어하고 이어서 즉위한 옹정제(雍正帝)는 목경원의 행위로 인해 예수회 선교사에 반감을 가지고 그들의 전도 행위를 부정적으로 보게 되었다. 옹정제 재임 때(1723~1735)에 천주교가 박해가 이전에 비해 심했던 것은 이와 연관된 것으로 보이며, 목경원은 1726년 사망했는데, 교살 또는 독살로 살해되었다고 전해진다.

◉ **백진(白晉, 1656~1730)** : 프랑스 출신의 예수회 선교사로, 본명은 조아심 부베(Joachium Bouvet)이며 자는 영유(永維)이다. 1678년 예수회에 입교하여 신학·언어학·철학·자연과학 등을 배웠는데, 특히 수학과 물리학에 뛰어났다. 루이 14세가 파견한 프랑스 선교사단에 포함되어 1687년 중국에 온 이후 흠천감에 근무하면서 프랑스 국적의 이태리 천문가 잡서니(卡西尼, Jean Dominique Cassini, 1625~1712)와 프랑스 수학가이자 천문가인 덕랍이이(德拉伊爾, Philippe de Lahiere, 1640~1718)의 일식과 월식을 관측하는 새로운 방법을 소개했다. 1693년에 백진과 장성(張誠, J. F. Gerbillon) 두 사람은 강희제의 학질을 치료한 공로로 황성 서안문(西安門) 안에 있는 내사지(內賜地) 건방(建房)을 하사받았는데, 이 땅은 선교사들이 거주하는 주택으로 사용되었다. 강희제의 명에 따라 1708년부터 뇌효사(雷孝思)·두덕미(杜德美)·비은(費隱) 등과 함께 서양의 측량 기술을 이용해 중국 전역의 지도인 〈황여전람도(皇輿全覽圖)〉의 작성에 참여했다. 1730년 74세의 나이로 북경에서 사망했으며, 정복사(正福寺)의 묘지에 안장되었다. 강희제에 대해 서구 세계에 소개한 『강희제전(康熙帝傳)』을 파리에서 출간한 것을 비롯해 『고금경천감(古今敬天監)』, 『역경석의(易經釋義)』 등의 저술을 남겼다.

◉ **비은(費隱, 1673~1743)** : 오스트리아 출신의 예수회 선교사로, 본명은 자비에르-에른베르트 프리델리(Xavier-Ehrenbert Fridelli)이며 자는 존성(存誠)이다. 1688년(15세) 예수회에 입교하고, 1705년 인도를 거쳐 마카오에 들어왔다. 수학에 정통한 그는 북경에 불려와 1718년에 완성된 〈황여전람도(皇輿全覽圖)〉의 제작에 참여했다. 뇌효사(雷孝思)·백진(白晉)·두덕미(杜德美) 등과 함께 1709년에서 그 이듬해까지 장성 이북의 만주 지역과 봉천(奉天), 조선 북부 지역 및 도문강(圖們江)과 압록강(鴨綠江)의 위치를 측량하였다. 옹정제 즉위 초년인 1723년에서 1736년까지 뇌효사(雷孝思)와 함께 섬서(陝西) 지역을 측량하여 지도를 작성하기도 하였다. 죽기 직전까지 북경에 있는 천주당 남당의 책임을 맡아보았다.

◉ **색덕초(索德超, 1728~1805)** : 포르투갈 출신의 예수회 선교사로, 본명은 조셉 베르나드 알메이다(Joseph-Bernard d'Almeida)이며 자는 월상(越常)이다. 1759년 북경에 도착하여 천문 역법에 종사하다가 1783년에 흠천감 감정에 임명되었다. 1792년 안국녕(安國寧)과 함께 북경 부근에 수학 학당(學堂)을 설립해 운영하였다. 건륭제(乾隆帝) 사후 가경제(嘉慶帝)가 즉위하였을 때 고두배례(叩頭拜禮)하라는 명이 교리에 위배된다고 거절한바 있으며, 예수회 해산령이 내려진 뒤에도 북경 천주당에 남아 있던 최후의 예수회 선교사로 알려져 있다.

◉ **서무덕(徐懋德, 1690~1783)** : 영국계 포르투갈 예수회 선교사로, 본명은 페레이라(Pereira. A.)이며 자는 탁현(卓賢)이다. 1716년 대진현(戴進賢)과 함께 중국에 입국하여, 중국 남방 지역에서 전교하다가 1724년 북경에 와서 활동하였다. 천문학에 뛰어나 20여 년간 흠천감에서 일했고, 대진현과 함께 『역상고성후편(曆象考成後篇)』을 저술하였다. 이 책은 서양 천문학의 이론과 최신 관측 결과를 소개한 것이다. 옹정제는 선교사를 싫어하였지만 서무덕이 박학하고 한어를 잘 했으며 성품이 온화해서 중시했다고 하며, 조정의 대신들도 사안에 대해 자문했다고 한다. 그는 특히 대진현과 오랜 기간 함께 지내며 중국의 천문학 발전에 큰 기여를 했다. 『역상고성후편』 외에 『천문측험(天文測驗)』·『추산표(推算表)』·『예감록(睿鑒錄)』 등의 저술을 남겼다.

◉ **서일승(徐日昇, 1645~1708)** : 포르투갈 출신의 예수회 선교사로, 본명은 토마스 페레이라(Thomas Pereira)이며 자는 인공(寅公)이다. 1663년 수도원에 들어갔고 3년 후에 중국 마카오[奧門]로 왔다. 북경의 흠천감정(欽天監正)으로 있던 남회인(南懷仁)의 추천으로 1673년 북경에 들어왔다. 처음 황제를 진견할 때 남회인, 민명아(閔明我)와 함께 있었는데, 남회인이 중국 음악 한 곡을 연주하자, 서일승이 이를 들은 후에 그 곡을 그대로 연주해냈다. 이를 본 황제가 그의 재주를 크게 칭찬했다고 한다. 1688년 남회인이 서거한 뒤 강희제가 서일승을 흠천감정으로 임명했는데, 그는 이 직임을 사양하고 흠천감정 안다(安多, Antoine Thomas)의 조수가 되어 일했다. 이후 강희제는 서일승을 중국사신단의 한 사람으로 임명하여, 두 차례에 걸쳐 러시아로 파견하게 된다. 그는 이 과정에서 성공적인 협약을 체결해냈고, 강희제의 신임을 크게 얻었다. 이를 계기로 천주교에 대한 청 조정의 압박이 느슨해졌고, 천주교가 중국에서 자유롭게 전파될 수 있었다. 1688년부터 1691년까지 그는 예수회 북경회원(北京會院)의 원장직을 역임했으며, 1691년에 중국과 일본 교구의 순찰사를 역임했다. 음악에 조예가 깊었던 그는 이탈리아인 선교사 덕리격(德理格)과 함께 『율려정의(律呂精義)』를 저술했는데, 이는 서양 음악의 오선보를 이용해서

서양 음악의 이론을 기술한 최초의 저술이다.

◉ **소림(蘇霖, 1656~1736)** : 포르투갈 출신의 예수회 선교사로, 본명은 조셉 수아레즈(Joseph Suarez)이며 자는 패창(沛蒼)이다. 1674년(18세) 예수회에 입회하였고, 1684년 중국에 들어와 강남(江南)과 광동(廣東)에서 전교하다가 1688년부터 북경에서 활동했다. 1692년부터 1697년까지 예수회 단장을 맡아보았으며, 매우 적극적으로 전교하여 황제의 종친인 소노(蘇努) 일가를 비롯해 많은 사람들이 입교하였다고 한다. 1704년 큰 홍수가 일어나자 산동성(山東省)의 유민들이 북경으로 몰려와 기아에 허덕였다. 이때 그는 파다명(巴多明) 신부와 함께 4개월 간에 걸쳐 천여 명의 백성에게 죽을 먹여 살렸다고 하며, 이 같은 사실이 강희제에게 알려져 하사금을 받기도 했다.

◉ **안문사(安文思, 1609~1677)** : 포르투갈 출신의 예수회 선교사로, 본명은 가브리엘 드 마갈렌스(Gabriel de Magalhaens)이며 자는 경명(景明)이다. 1640년(숭정 13) 중국에 와서 이류사(利類思, Ludovicus Buglio)와 함께 항주(杭州), 보녕(保寧), 중경(重慶) 등지에서 전교하였다. 후에 장헌충(張献忠)의 휘하에 있다가 장헌충이 청군에 패배한 이후, 북경으로 와서 남회인 밑에서 역법을 찬술하는 일을 돕고 북경의 천주당 동당(東堂)을 건립하였다. 기계 제작에 능하여 여러 의기(儀器)를 제작하였다. 1668년 강희제의 명에 따라 남회인·이류사 등과 함께 서양의 국토와 풍속 등을 소개한 『서방요기(西方要紀)』를 편찬하였다.

◉ **애유략(艾儒略, 1582~1649)** : 이탈리아 출신의 예수회 선교사로, 본명은 알레니 줄리오(Aleni Julio)이며 자는 사급(思及)이다. 1582년 이탈리아의 브레시아에서 태어났다. 1597년에 성 안토니오 대학에 입학하여 2년간 문학 과정을 수학했다. 1609년 중국으로 가는 선교사로 임명되어 3월 23일 리스본을 출발해 중국으로 항해하여 1610년 말에 마카오에 도착했다. 중국에서 30년 동안 전교와 저술에 종사하였으며 중국인들은 그를 서양의 공자로 추앙했다. 1623년 그 당시의 세계 지리를 종합적으로 소개한 『직방외기(職方外記)』를 출간했으며, 『기하요법(幾何要法)』·『삼산논학기(三山論學記)』·『서방문답(西方問答)』 등 수십 권의 저서가 있다. 1649년 8월에 서거하여 복주(福州)의 십자산(十字山)에 안장되었다.

◉ **양마락(陽瑪諾, 1574~1659)** : 포르투갈 출신의 선교사로, 본명은 임마누엘 디아즈(emmanuel diaz)이며 자는 연서(演西)이다. 1592년에 예수회에 입교한 후 1601년 인도로 건너와 학문을 닦았다. 1610년 비기관(費奇觀, Gaspard Ferreira)과 함께 중국 소주(韶州)로 들어와 선교 했으며, 1616년 남경교난(南京教難)이 일어나자

마카오[澳門]로 갔다가, 1621년 북경으로 들어가 서광계의 별당에 거처하게 되었다. 그는 용병술과, 총포(銃砲)의 제작 기술에 뛰어나, 용화민(龍華民, N. Longobardi)과 함께 조정에 천거되는데 이를 계기로 청에서 자유로운 선교활동을 허락받는다. 1623년 나여망(羅如望, J. de Rocha)이 세상을 떠나자, 중국 전교구의 부성회장(副省會長)이 된다. 1626년에 여영석(黎寧石, P. Ribeiro)과 남경에 있다가 반대파의 공격을 받았으나 서광계의 비호를 받아 무사할 수 있었다. 그는 항주에 있을 때 큰 교당을 지었고 모든 비용은 양정균(楊廷筠)이 대었다. 이후 강서성 남창(南昌)과 복건성 복주(福州)에서 선교활동으로 교세가 크게 확장되었다. 그러나 또 다시 문제가 일어나 다시 마카오로 피신했다가, 1648년부터 복건성 연평부에서 선교와 저술에 힘썼다. 1659년 항주에서 세상을 떠났다. 『성경직해(聖經直解)』·『천주성교십계직전(天主聖教十誡直詮)』·『대의론(代疑論)』, 『경교비전(景教碑詮)』·『성약슬법행실(聖若瑟法行實)』·『성약슬도문(聖若瑟禱文)』·『천신도문(天神禱文)』·『경세금서(輕世金書)』·『묵상서고(默想書考)』·『피죄지남(避罪指南)』·『천문략(天問略)』 등 많은 저술을 남겼다.

◉ **용화민(龍華民, 1559~1654)** : 이탈리아 출신의 예수회 선교사로, 본명은 니콜라스 롱고바르디(Nicolas Longobardi)이며 자는 정화(精華)이다. 1582년 예수회에 입교한 후 1597년에 명나라에 와서 선교 활동을 하였고, 1609년에 북경으로 들어왔다. 당시 이마두(利瑪竇)는 중국 전역을 통괄하는 예수회 회장을 맡고 있었는데 그는 이마두의 뒤를 이어 활동하였다. 그러나 이전부터 이마두의 전교 방식과 교리 해석에 차이점이 많았기 때문에, 예수회를 맡은 후에 전과는 다른 방향으로 예수회를 이끌었다. 1636년 이전에는 북경에 머무르며 전교활동을 하다가, 이후로는 제남, 태안, 청주 등지에서 활동했다. 과학 분야에 뛰어났으며, 저술로 『지진해(地震解)』 외에 『성교일과(聖教日課)』·『영혼도체설(靈魂道體說)』 등을 남겼다.

◉ **웅삼발(熊三拔, 1575~1620)** : 이탈리아 출신의 예수회 선교사로, 본명은 사바티노 데 우르시스(Sabbathino de Ursis)이며 자는 유강(有綱)이다. 1606년 중국에 입국하고 북경에 들어가 이마두(利瑪竇)에게 중국어와 한문을 배웠다. 1610년의 일식, 1612년의 월식을 관측하고 유성에 대한 이론서를 번역하는 등 천문과학 지식의 보급에 공헌했다. 명 황실의 요청에 따라 천문역산서(天文曆算書)의 편찬에도 참여하였다. 1616년 남경교난(南京教難)이 일어나 북경까지 그 여파가 미치자, 마카오로 피신하였다가 1620년 마카오에서 사망하였다. 저서에 『태서수법(泰西水法)』·『간평의(簡平儀)』·『표도설(表度說)』 등이 있다.

◉ **유송령(劉松齡, 1703~1774)** : 독일 출신의 예수회 선교사로, 본명은 폰 할레슈타인(A. Von Hallerstein)이며 자는 교년(喬年)이다. 과학 아카데미 회원으로 활동하였으며, 인도를 거쳐 북경에 왔다. 해박한 과학 지식을 바탕으로 관상감의 최고 관직을 35년간 역임하였으며, 그가 제작한 혼천의는 매우 정교한 것으로 유명하다. 그는 중국 최초의 인구조사에 참여하여 당시 중국의 인구가 198,214,553명이라고 밝혀내기도 하였다. 1761년에 연행한 이상봉, 1765년에 연행한 홍대용과도 여러 차례 필담을 나누며 과학 지식에 대한 토론을 벌였다. 『의상고성(儀象考成)』·『북경관상대기(北京觀象臺記)』 등의 저술 외에 많은 천문 관측 기록을 남겼다.

◉ **은홍서(殷弘緖, 1664~1741)**: 프랑스 출신의 예수회 선교사로, 본명은 프랑수아-자비에르 앙트르콜르(Francois-Xavier D'Entrecolles)이며 자는 계종(繼宗)이다. 1706년경 중국에 들어와 강서(江西) 지역에서 전교 활동을 하였으며, 도자기 생산지로 유명한 경덕진(景德鎭)에 교당을 건립하기도 하였다. 이때 중국 도자기의 제조 기술을 장인으로부터 직접 배우고 관련 서적을 참고하여 서구에 그 제조법을 소개하기도 하였다. 가톨릭 교리의 신앙관과 순교의 의미 등을 서술한 『역이충언(逆耳忠言)』을 저술한바 있다.

◉ **이마두(利瑪竇, 1552~1610)** : 이탈리아 출신의 예수회 선교사로, 본명은 마테오리치(Matteo Ricci)이며 자는 서태(西泰)이다. 인도를 경유하여 1582년 마카오에 도착, 중국으로 입국을 결심하고 선교를 위해 중국어와 중국 문화를 익히고, 기하학 등 서양의 학문을 중국어로 번역하였다. 1583년 조경(肇慶)에서 정주를 허락받아 선교활동을 시작했으며, 이어 소주(韶州), 남창(南昌), 남경(南京)을 거쳐 1601년에 북경(北京)에 도착했다. 서광계(徐光啓)·이지조(李之藻) 등의 협력을 얻어 많은 서양 학술서를 번역하여 서양의 학술 사상을 중국에 전파하는 데 크게 공헌하였다. 특히 그의 도움을 받아 이지조가 편찬한 『천학초함(天學初函)』은 중국 및 우리나라에 서양의 학술 사상을 소개하는데 지대한 영향을 미쳤다. 이마두의 저서로는 『천주실의(天主實義)』·『교우론(交友論)』·『건곤체의(乾坤體儀)』 등이 있으며, 〈곤여만국전도(坤輿萬國全圖)〉 등의 세계 지도를 편찬하였다. 그가 제작한 〈곤여만국전도〉는 중국 중심의 지리관을 타파하는 데 커다란 영향을 미쳤으며, 『천주실의』는 한국의 천주교 성립에 결정적인 영향을 끼친 것으로 알려져 있다.

◉ **장안다(張安多, 1677~1735)** : 포르투갈 출신의 예수회 선교사로, 본명은 앙트완드 마갈렌스(Antoin de Magalhaens)이며 자는 경수(敬修)이다. 1684년 중국에 도착하여, 1692년부터 1703년까지 북경회(北京會)의 원장과 부성회(副省會)의 회장

을 맡았다. 1721년에 강희제(康熙帝)의 명으로 포르투갈에 사신으로 갔다가 1726년에 포르투갈 국왕의 사신과 함께 중국에 돌아왔으나, 이때는 이미 강희제가 죽고 옹정제(雍正帝)가 즉위한 뒤라 옹정제에게 복명(復命)한 일이 있다.

◉ **탕사선(湯士選, 1751~1808)** : 포르투갈 출신의 프란치스코회 소속 선교사로, 본명은 알렉산드르 드 구베아(Alexandre de Gouvea)이다. 1773년 프란치스코회 제3회 정규 회원으로 입회하여 리스본 수도원에서 수도서원을 하였으며, 수학 박사 학위를 취득하고 리스본의 왕립 과학 한림원의 회원이 되었다. 1782년 교황으로부터 북경교구(北京教區)의 교구장에 임명되어 1785년 1월 18일 현지에 도착하였다. 건륭제의 비호를 받아 흠천감정(欽天監正) 겸 국자감(國子監) 산학관장(算學館長)을 맡았다. 그는 10년간 계속되던 북경교회의 분열을 종식시키고, 1790년 10월 6일 교황 비오 6세에게 한국 교회 사정을 처음 상소하여 1792년 7월 5일 로마에서 접수함으로써 비로소 조선천주교회를 정식으로 북경교구에 편입하게 하였다. 또 조선 본당 신부로 마카오 출신의 신부를 1791년 2월에 처음으로 조선에 파견하였고, 1794년 주문모(周文謨) 신부를 두 번째 조선 본당신부로 보냈다. 사천(四川) 교구 주교이던 곽항개(郭恒開, 1743~1801) 주교의 청에 따라 「조선왕국에 대한 천주교의 기적적 도입 및 그 기적적 진전」이라는 제목으로 약 14년간(1784~1797)의 한국교회의 초창기 역사를 엮어 1797년 8월 15일 사천 주교에게 보냄으로써, 한국 교회사 연구에 귀중한 자취를 남긴 인물이다.

◉ **탕상현(湯尙賢, 1669~1724)** : 프랑스 출신의 예수회 선교사로, 본명은 페트루스 토르테(Petrus V. du Torte)이며 자는 빈재(賓齋)이다. 1685년 예수회에 입교하였으며, 1701년 중국으로 건너와 광주(廣州)와 산서(山西) 지방에서 전교하였다. 그 후 북경에 와서 역산(曆算)에 종사하다가, 1712년 맥대성(麥大成, Cordoso)과 산서·섬서(陝西)·강서(江西)·양광(兩廣) 등지를 측량하여 〈황여전람도(皇輿全覽圖)〉의 작성을 도왔다. 1715년 잠시 산서 지방에 머물며 전교하다가, 다시 북경에 돌아와 활동하였다.

◉ **탕약망(湯若望, 1591~1661)** : 독일 출신의 예수회 선교사로, 본래 이름은 요하네스 아담 샬 폰 벨(Joannes Adam Shall von Bell)이며 자는 도미(道未)이다. 1618년에 사제서품을 받고, 1622년에 중국으로 건너와 남회인(南懷仁) 등과 함께 전교에 종사하였다. 천문 역법에도 뛰어나 월식(月蝕)을 예측하여 명성을 얻었으며, 명나라 말엽 북방에서 일어나는 청(淸)에 대항하기 위해 서양식 대포인 홍이포(紅夷砲)를 주조하였다. 청태조 누르하치는 이 홍이포에 부상을 입고 사망하기도 하였다.

명나라가 멸망한 후, 청나라 조정에서 1645년에 흠천감(欽天監)을 맡아 이듬해에 서양 역법을 기초로 한 『시헌력(時憲曆)』을 완성하였는데 이 역법은 청과 조선에서 채택하여 사용되었다. 저서에 『서양신법역서(西洋新法曆書)』·『주제군징(主制群徵)』·『주교연기(主教緣起)』 등이 있다. 청나라에 볼모로 가 있던 소현세자는 탕약망과 친분을 맺어 천문서적, 과학서적, 천구의(天球儀) 등을 선물로 받고 서양문물에 관한 이해를 높이기도 했다.

◉ **포우관(鮑友管, 1701~1771)** : 독일 출신의 예수회 선교사로, 본명은 안톤 고가이슬(Antoine Gogeisl)이며, 자는 의인(義人)이다. 1720년 예수회에 들어왔다가, 사제로 서품되고 나서 마카오를 거쳐 1738년 북경에 왔다. 1745년 흠천감 부정(副正)으로 임명되어 죽기 전까지 봉직하였다. 그는 대진현(戴進賢, Ignatius Kőgler), 유송령(劉松齡, A. Von Hallerstein) 등과 함께 『의상고성(儀象考成)』의 편찬에 착수하여 1752년에 완성하기도 했다.

◉ **파다명(巴多明, 1665~1741)** : 프랑스 출신의 예수회 선교사로, 본명은 도미니크 파레닌(Dominique Parrenin)이며 자는 극안(克安)이다. 1685년 예수회에 입교하여 1698년 중국으로 건너왔다. 한문과 만주어에 조예가 깊었으며, 해박한 과학 지식으로 강희제의 신임을 받았다. 강희제 때 진행된 중국 전역의 측량 사업은 그의 제안에 따른 것으로 알려져 있다. 중국 사상과 의학에 관심을 가져 『내경(內經)』과 『본초강목(本草綱目)』 등에 대한 연구를 했다. 주요 저서로 『덕행보(德行譜)』·『인체해부학(人體解剖學)』·『육경주석(六經注釋)』 등이 있다.

찾아보기

【인명 색인】

【서명 색인】

【지명·국명 색인】

【일반 색인】

ㄱ

ㄴ

■ 신익철
한국학중앙연구원 한국학대학원 인문학부 교수. 한국한문학 전공. 성균관대학교 국문학과와 동 대학원을 졸업하고, 태동고전연구소에서 한학을 수학하였다. 저서에 『유몽인 문학 연구』, 역서에 『나 홀로 가는 길』·『역주 이옥전집』(공역)·『어우야담』(공역)·『조희룡전집』(공역)·『송천필담』(공역) 등이 있다. 한국 한시 및 산문이 지닌 아름다움과 가치를 해명하는 작업에 주력해 왔으며, 고전을 대중에게 친숙하게 번역하는 데에도 관심을 기울이고 있다.

연행사와 북경 천주당

2013년 5월 30일 초판 1쇄 펴냄

편저자 신익철
펴낸이 김흥국
펴낸곳 도서출판 보고사

책임편집 이경민
표지디자인 윤인희

등록 1990년 12월 13일 제6-0429호
주소 서울특별시 성북구 보문동7가 11번지 2층
전화 922-5120~1(편집), 922-2246(영업)
팩스 922-6990
메일 kanapub3@chol.com
http://www.bogosabooks.co.kr

ISBN 979-11-5516-023-7 93810

정가 28,000원

이 도서의 국립중앙도서관 출판시도서목록(CIP)은 서지정보유통지원시스템 홈페이지(http://seoji.nl.go.kr)와 국가자료공동목록시스템(http://www.nl.go.kr/kolisnet)에서 이용하실 수 있습니다. (CIP제어번호: CIP2013007186)

이 저서는 2008년 정부(교육인적자원부)의 재원으로 한국학술진흥재단의 지원을 받아 수행된 연구임 (KRF-2008-327-A00468)